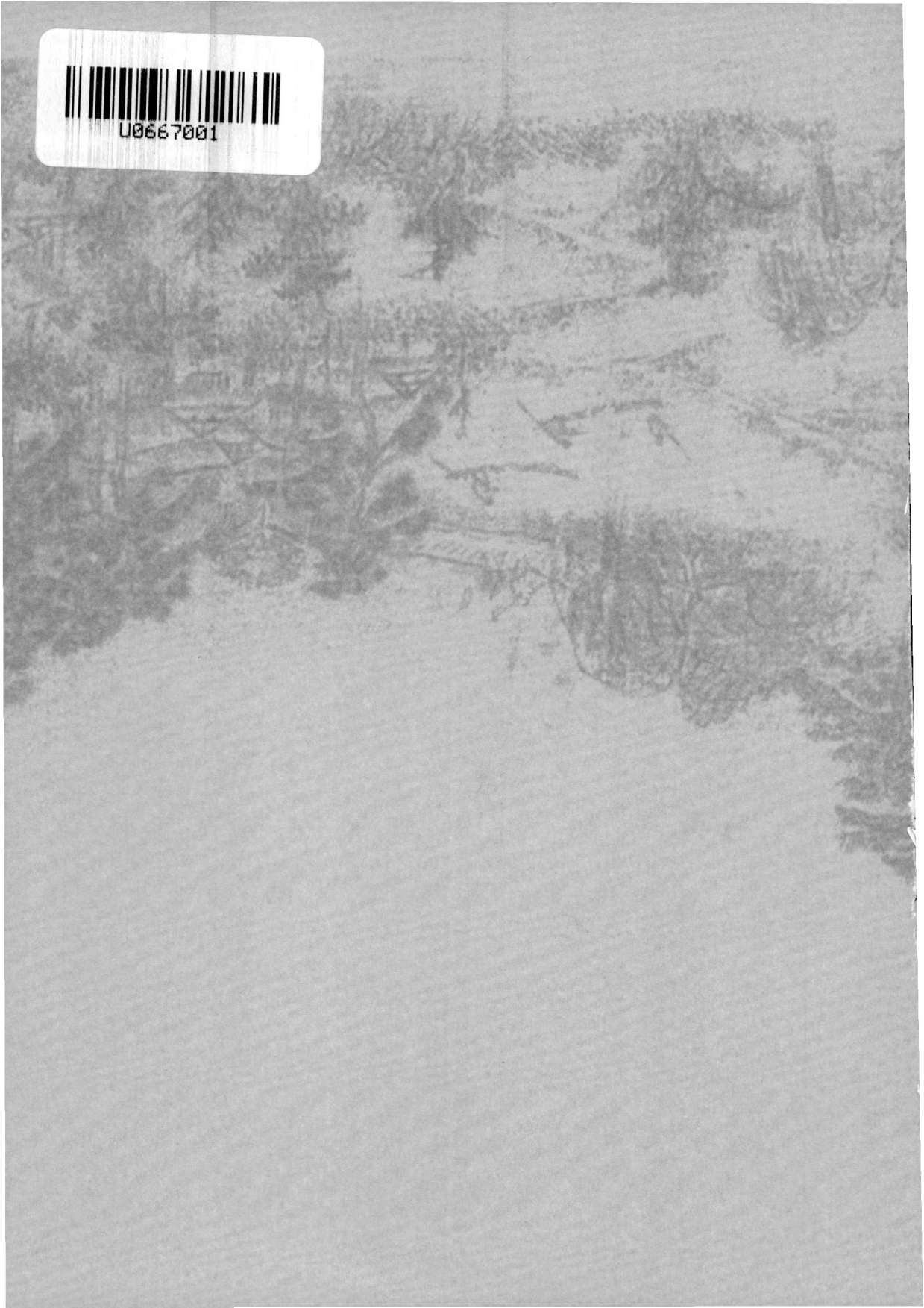

海鹽張氏涉園叢刻全編

上

張元濟 輯
張元濟圖書館 張元濟研究會 編

上海古籍出版社

《涉園叢刻》據海鹽張氏家藏商務印書館
宣統三年排印本原大影印
《涉園叢刻續編》據上海圖書館藏商務印書館
民國十七年排印本原大影印

序

明初洪武，張留孫（其志）公率族人自錢塘遷居海鹽城南聞琴里，是爲海鹽張氏之始，其志公遂宗爲「始遷祖」。明中葉，族漸壯大。明萬曆間，張奇齡公曾主杭州虎林書院，人稱大白先生，其寓在南門外烏夜村。子惟赤（螺浮），清順治進士，任職清廷，以直言敢諫著稱，盛年即告休辭朝。歸里，拓大白公讀書之處爲「涉園」。嗣後，涉園著書、刻書、藏書之風益盛，至清嘉慶、道光年間登一時之巔。著述如張惟赤《入告編》《退思軒詩集》，張皓《賦閒樓詩集》，張宗松《捫腹齋詩鈔》及《詩餘》，張宗橚著並刻《詞林紀事》，刊刻典籍如《王荊文公詩箋注》等，皆傳世之作。道光後，家道中落，藏書散佚，更經太平軍戰亂，涉園荒圮，書板盡毁。張元濟（菊生）先生清同治六年（一八六七）生於廣州，幼年即聆聽乃父森玉（德齋）公教誨，於涉園文化之始末銘刻心間，及至十四歲返回故鄉，尋訪涉園遺址，「往來於荒煙曼草之間，俯仰陳跡」，至此，傳承光大涉園文化之志益堅。待事業初成，遂於清宣統三年（一九一一）偕族弟元傑先生收集、校勘張氏先人遺著，輯成《涉園叢刻》，委託商務印書館排印出版，全書含著作七種，分訂線裝八册。又十七年，再將陸續搜輯所得遺著四種，並自輯《張氏藝文》、續輯《涉園題詠》二種編成《涉園叢刻續編》。惜出版未久，商務印書館上海總廠遭日寇戰禍，寄存庫房之書悉數焚毁，故《續編》今已十分罕見。家鄉海鹽，人文薈萃，自古素有讀書進取之鄉風。

今中共海鹽縣委、縣人民政府對文教事業極爲重視。今年適值張元濟先生誕生一百五十五週年，縣文化廣電旅遊體育局暨張元濟圖書館、張元濟研究會以影印《海鹽張氏涉園叢刊全編》（含《涉園叢刊》《涉園叢刊續編》二書）作爲紀念活動之一項。恭奉盛舉，略述數行，以誌銘感，亦爲涉園文化之傳承而雀躍鼓呼。

張瓏
張人鳳
謹敘　壬寅處暑節日

目録

上册

海鹽張氏涉園叢刻

海鹽張氏涉園叢刻

藕村詞存　張宗橚　撰

涉園題詠　張鶴徵　輯

海鹽張氏

涉園叢刻

涉園叢刻序

張菊生參議創設圖書館於海濱既廣羅祕笈古書影模傳世復取張氏先世箸書已刻梓而板亡及藏家未刻者活板印行而屬植敍其指要植受而讀之曰入告編者菊生九世祖黃門君之諫草也其賦詠爲退思軒詩曰賦閒樓詩者黃門之子皜亭先生所作也曰篔谷詩者黃門之孫葭士所作曰捫腹軒詩詞曰藕村詞黃門曾孫靑在詠川兩先生所作也坿以涉園題詠總類之曰涉園叢刻涉園者黃門君父前明孝廉大白先生讀書之廬黃門致政歸而拓以爲園　國初諸老所題詠而葉星期作記者也張氏藏書目卽以涉園名而所謂退思軒賦閒樓篔谷捫腹軒藕村者皆卽園中齋館張氏盛衰園爲表幟焉余惟黃門通籍在順治甲午乙未其入諫垣當在丙申丁酉之間當是時天宇闓明朝廷出震齊巽之精神與南北賢士大夫窮剝反復憂傷蕉萃之思忽微

相應與黃門同甲偕升者吾鄉若項眉山楊自西兩侍郎皆以儒林之秀發抒志意卓然有所表見於當時而黃門與仁和楊通政壎同以言事受 章皇特達之知同於康熙初蒙 先朝諫臣之褒禮尊缶契合曠世可思而黃門章疏剴切謹嚴尤能糾官吏非違曲折達民間疾苦葆存國家元氣其言簡質不支其往復惻怛至誠而絕無晚明臺諫詭激囂凌之習親政一疏霜嚴日烈出辭乃不溢錙黍是其蘊蓄爲可思道直而履和風采偉著於朝端年力未愆而遺情貞觀於邱壑其襟抱尤可愛也志稱黃門在工垣時三藩不靖軍需孔亟計臣或有履畝加賦之議黃門力爭以爲不可由是淛賦得循舊額又言鎬亭先生嘗以黃門議賦書入告得如議今此兩文乃皆不載編中無由見議事本末惜哉貞元之際朝野同心以謀減賦嘉謨讜論官書省志佚漏綦多此二百年來閭閻樂利之保障財政學之沿革樞紐菊生所當訪求緝補者也自鎬

亭先生以下四世食德承家澤躬爾雅各能以文采自襮不墜名家令聞施及菊生蓋經九世遭際敭歷出處榮悴之所更懿廸前光固當有異世懸感者比量異同若相類若不相類若不相類而相類夫鄱陽形性之遺傳亘數百年眎而可識而王謝崔盧之儀範不能不藉國運教澤禮俗制度以貞存杞柳之喻柏石之談筠心柯葉之在人古曰天倪今稱天演詩有之明發不寐有懷二人菊生刻斯編也吾知其籀誦而慕思歸故里而臨睨夫園林址域躑躅俛仰其將有悁焉以悲怔營長懷而無由理遣者已宣統三年六月嘉興沈曾植序

海鹽張氏涉園叢刻總目

涉園題詠 張鶴徵輯

竺嵒詩存 張賜采撰 續出

海鹽張惟赤撰

入告編

裔孫元濟謹署

是書原板久佚今流傳者祇有
嘉慶補刊本且甚罕見然舛誤
既多字亦漫漶因參考他書謹
加訂正其有疑義者則空格以
方匡別之至全書四編行款參
差今悉改歸一律宣統三年四
月在上海商務印書館用活字
排印既竣謹識數語以示後人

序

稽帝之命龍曰汝作納言夙夜出納朕命惟允羔裘之詩曰彼其之子邦之
司直是以君明臣直之日正色抗論補我袞職至於勑可以批詔可以還風
采奕奕千載猶可見也當
先帝鼎創大業從諫如流於時忠言骨鯁之臣翕然奮起其最著者共推
螺浮先生公學問原本謨訓復以里近宣公每讀其奏議而慨然有懷初官
農曹康濟之略甫數月卽爲
天子所知
特簡諫垣蹇蹇諤諤之風震動海內公前後封事長安之人亦旣共聞而共見
矣今春以入
告初編惠余退食之暇正襟危坐手披一章輒見忠

君愛　國之思與憂時憫俗之慮不禁凜然動色史稱唐制諫官隨宰相議事
爲貞觀致治之本今公所入
告者皆釐奸剔蠹興利救時諸大政與
廷臣爭執可否至如海防漕蠹廠夫塘工尤建白鑿鑿咸拜
俞旨自是而東南之間共樂更生有以仰副
宵旰圖治至意古所云不負
天子不負所學者其公之謂歟雖然公之深識遠猷挾持有素淵然其靡罄矣
且將於啟心沃心燮理寅亮之間殫平生精力焉昔魏相給事漢廷好陳直
諫嘗白去副封以防壅蔽比爲相則奏行洛陽廣川諸賢臣所言相業之盛
史册美之是知正言讜論司諫之責端揆之謨皆此物此志也持公入告之
編輝諸史管以爲他日坐論之券其疇曰不然

順治辛丑仲夏既望晉河東年家弟上官鑑頓首書

自序

余自釋褐歸里落落家食亦且數年然惟棲息林皋杜門掃軌故於四方之事聽睹多所不逮乃桑梓一片地凡利弊興革動關民瘼未嘗不蒐討故實約略時宜其所憤懣而欲言者亦已數矣至承乏版曹尺寸無所表豎復蒙不次之擢謬廁諫垣拜

命之日㦬懼自失惟或隕越以曠若職不幸建白無幾忽罹大故扶櫬言旋負罪君親百身莫贖此予所仰天摧心淚盡而繼之以血也茲哀毀稍定檢前後所論列彙帙如干欲授之梓或者以爲陳長文每有封事輒削其草雖子弟莫之知是役也得無售直以爲名歟予謂遭遇郅隆

聖天子從善如流朝奏夕可正宜傳示中外以著千載一時之盛亦何嫌何疑而爲此忌諱事哉矧吾鄉僻處海濱

詔諭所及引領不得見者何限即如廠夫一疏業經部議禁革奉

旨嚴行矣迺令茲土者尙欲矯而復之豈王介甫所謂僱役之法終不可罷者

乎斯非赫赫

王鈇誠敢蔑而弗問或緣簿書鞅掌無暇繙閱邸抄即

明禁炳焉星日未寓諸目而著於心也長吏且然而況窮陬逸壤有能家喻而

戶曉哉予故鐫帙成書俾知一事之舉廢利害昭晰較若鵠㲋庶幾

朝廷愛民至意不致浸斁也若售直以爲名則吾豈敢

時

順治辛丑孟陬中浣棘人張惟赤書於苫次

戊戌冬赤筮仕戶曹主山東司事其職綜理泉穀出入嬴縮之數蓋橐藏之府也方愧疏識譾才不堪典領唯日懍懍是懼乃己亥閏三月蒙
先皇帝猥加賞識拔寘禮垣庚子春旋荷量移給事刑右時
主德清明
朝廷政事亦漸修舉固無煩引裾折檻之臣然吏治得失民生利病尚有
九閽遙隔耳目未易周者忝在言班意中所欲從容論列者何限不幸仲夏
先慈見背扶櫬而歸號踊餘生豈得復議天下事然雖伏處草土念不忘
君因憶歷垣十有四月密陳以外共奏議二十三首爰集爲入告初編

張惟赤自識

入告編目錄

初編

遵　旨查照會典詳列具題

庫務有不得不新之條解役有不得不嚴之法

續陳庫務未盡之宜收解宜更之法

禮科給事中臣張惟赤謹

題爲東南財賦所關捍海最爲要著懇淸久匿額銀勒限修葺以固重地事

竊惟

國家財賦半取足於江浙而江浙二省尤以杭嘉湖蘇松常鎮七郡爲重是七郡者皆瀕於海民之不爲魚鱉田土廬舍之不蕩爲波臣者以海塘之捍其外也查此塘築自唐開元中至明始易以石編立字號蓋因七郡地勢窪下易於淹沒故沿海郡縣皆有築塘至海鹽一處兩山夾峙潮勢尤爲洶湧昔之縣治已沒海中蓋囓而進者已七十餘里矣明萬歷十七年衝決一次則七邑之廬舍人民盡遭湮沒也崇禎元年又衝決一次則七邑之廬舍人民又遭湮沒也不惟

國課無資亦且生靈可念此時旋卽估修已費金錢十餘萬兩大約逐年修

理則易爲力俟其大壞而後修則民受害而爲費滋大所以明朝特編海塘夫銀以事歲修他郡無論卽就海鹽一處之塘歲編銀六千九百九十九兩九錢一分內派嘉興縣一千七百五兩一錢零秀水縣一千二十五兩三錢三分零嘉善縣九百三十四兩八錢一分零海鹽縣九百二十三兩六錢三分零平湖縣九百二十三兩七錢二分零崇德縣七百八十七兩一分零桐鄉縣七百兩一錢八分零徵貯府庫以爲協濟載在賦役全書及海塘錄內班班可考近來此銀不知銷歸何地自明末以及我

朝十六年來並未修築此塘被水衝嚙基址盡行圮壞縣治百步外已有坍口倘一旦風濤大作徑從坍口深入則滔天之勢潰於蟻穴將見七郡烟火之墟財賦之地盡付之浩渺之鄉矣縱億萬生靈不足惜其如軍

國何其如度支何前歲紳士耆老痛念所係甚大合詞呼籲該縣再四詳請

已經前任撫臣陳　於去年五月間檄委知府許　詣縣起土興工則
亦既有專責矣乃今年正月間嘉湖道史　遵諭陳言疏內復言及此臣
問之臣鄉謁選者云尚未修築則此
國本民命所關之大事尚不喫緊視之矣夫使額無正銀事經創始苟有係
於大利大害猶將設法爲之今查每歲協濟銀共有七千兩卽自
赦後十二年以至十五年四年之間額該銀二萬八千兩存貯府庫臣竟不
知此項作何支銷而竟隔膜視之也臣非獨爲臣鄉言也七郡皆濱海則
七郡皆有塘七郡皆有塘則七郡皆有額編之銀不以急正務而以填漏
卮臣恐爲害於七郡者猶小而因七郡之壞以使財賦困乏所係非渺小
也伏乞
皇上大賜乾斷嚴察數年來額編銀兩作何銷算幷

敕新撫按勒限報竣毋得仍前怠玩仍勒碑定限歲一修葺則防患未然不特
東南士民手額呼祝而
國本亦已固矣如果臣言不謬伏乞
敕部議覆施行
順治十六年閏三月二十八日具題於四月初一日奉
旨該部察議具奏
工部　題爲東南財賦所關捍海最爲要著等事該禮科張　題前事
奉
旨該部察議具奏欽此該臣等案查浙江嘉湖道史　於本年正月內條議
海鹽縣捍海石塘一疏已經臣部伏請
敕下該撫嚴行道府縣官速追前項辦料興工勒限報竣仍將補築大場半

塲等處工完之日一并報部如有玩延□□□賦等項卽行指名
題參再查嘉興府屬歲編修塘銀兩作何支用因何任憑塲壞不行修築
併將歷年各州縣解交完欠數目補修支銷過銀兩逐一分晰造册具
題奉
旨遵行在案今科臣張　疏稱杭嘉湖蘇松常鎭七郡皆瀕於海卽海鹽一
塘歲編銀六千九百九十九兩九錢一分徵貯府庫以爲協濟前任撫
臣陳　於去年五月間檄委知府許　詣縣起土興工嘉湖道史
復言及此尚未修築請察數年來額編銀兩作何支銷併
敕新撫按勒限報竣仍勒碑歲一修葺等因具題前來相應請
敕江浙撫按查照科臣疏内事宜塘工作何修築錢糧存貯何處逐一查明
速行造册據實具題以憑察議核覆可也奉

旨依議行

禮科給事中臣張惟赤謹

題爲致貪之源有自釐弊之法宜嚴謹詳悉

上陳仰祈

天語加飭以釐積弊以除民害事臣草野新進三月戶曹蒙

恩拔置禮垣感激矢報惟言是視竊念吏治汚隆係乎官守之貪廉而大法小

廉身任察吏安民者首重督撫

皇上諄諄嚴飭至再至三誠探本澄源之至要也顧督撫豈盡不肖不愛功名

不愛身命妻子以捍法網且與府州縣勢位懸絕亦不便與下吏覿面索

賄府縣雖工逢迎亦不敢公行餽遺惟有掌案稿房二役大半司道府廳

積蠹平日侵糧過付撥官害民一時敗露遂鑽營竄身名曰躲雨每一項

首價値七八千金此外引見酒席之費不下千金往往三四人朋充甚而有揭營債以買充者嗟乎此輩費本既重非有倍利何樂爲此每季輒告假出院更換下首輪値一人在內數人在外在內者串通後司相公在外者招搖兜攬若包准詞狀則不由日期批發某衙門預擬批語絲毫不爽若係

欽件則詳允免駁若係行查錢糧朦朧捺閣其私通關節或由送稟給夾帶或由水桶夾帶名曰放箭凡下屬之舉動督撫之意旨線索互通以故府縣敬之若神互認師生乞恩講情無求不允甚有府縣官偶有差誤蠹輩揚言督撫卽要題參恣意恐嚇隨串通打合動稱代爲餽官必數千金甚有一時懼禍挪借庫銀應命在受者既祕密不言卽與者方幸彌縫之巧誰敢洩露於人是眞是假孰能辯之且一蠹之下又有虎翼數十人或係司

道積蠹或係地方惡棍有司若與齟齬輒授意此輩羅織列款借名條陳往督撫衙門控告各蠹在內票准票提株累多人有司吹索難堪必至求央而後已且聞每年歲終督撫衙門書辦進見臬司必後堂留茶立飲一杯各送銀二十四兩堂堂臬司尙且如此有司敢不畏之如虎乎督撫之不肖者既已受其籠絡聽其穿鼻即有賢者一人之耳目有限豈能盡察其鬼蜮且其爲役各照府分設如臣省十一郡則設十一人每一人有正有副合正副共二十二人合督撫兩衙門則正副共四十四人矣每一項首約費萬金合計其費共四十四萬則此輩之所以取償者當必稱是嗟乎一省之膏脂有限豈堪若輩之啖嚼取之民固病民取之官亦病民也所以地方有司初或潔己自愛無奈爲彼勒索驅而改節督撫代爲受玷受過而不悟也臣以爲督撫按俱係風憲衙門事同一體查憲臣魏

條陳巡方規則禁用積年胥役許吊各府書吏倘或文移舊例不諳止許
按臣自帶經承文卷書吏三名仍不許借端多帶人役奉
旨遵行在案臣請自今以後
嚴敕各省督撫痛革積役項首照巡方事例止行文各府選送書辦嚴加考取
調府分派一役辦事一任一入不許復出一出不許復入如有潛歸招搖
等弊許諸人首發審實重處則關防稍嚴人心知警且彼原未嘗有費則
自不敢厚取償於人也臣又思臬司爲風憲之官職掌
欽件刑獄重情應如何關防乃外道尙將吏書封鎖嚴毖而臬司六房書吏盡
在兩廊大小讞牘盡歸私室竟有已革之役猶潛住招搖攬事打點名曰
包管此等大弊大約江浙爲尤甚臣請
皇上幷敕該部將臬司書吏與撫按一體革換一體關防如此則蠧風稍息矣

臣知此等皆相沿積弊牢不可破但念我
皇上英明赫濯何奸不燭何弊不除督撫與書辦非親非故何苦捨身徇庇向
因不知被其蒙蔽受其污衊今既洞然明徹諒必痛心疾首奮發翦除倘
仍因循徇庇仍沿項首名去實存是眞甘爲不肖畜此鷹犬以爲漁獵之
計許臣等科道衙門不時據實指參仰候
皇上立置重典仍祈
特賜天語嚴飭以戒將來弊源庶可絕乎臣因積弊起見字稍逾格如果臣言
不謬伏乞
敕部議覆施行
順治十六年閏三月二十八日具題於四月初五日奉
旨這奏內情弊著嚴察議奏吏部知道

吏部　題爲致貪之源有自釐弊之法宜嚴謹詳悉上陳仰祈
天語加飭以釐積弊以除民害事考功司案呈禮科張　題前事奉
旨這奏內情弊著嚴察議奏吏部知道欽此該臣等議得科臣張　致貪之
源有自一疏內稱督撫掌案稿房二役大率皆司道府廳積蠹一時敗
露遂鑽營竄身名曰躲雨等語請
敕各省督撫確查本衙門果有前係司道府廳積蠹見充吏書者卽行革黜
又稱每一項首價值七八千金往往三四人朋充甚而有揭營債以買
充者此輩費本既重非有倍利何樂爲此等語查巡按不用舊吏書每
至考察處所則府縣呈送吏書書寫督撫亦宜倣此例於府縣擇取端
慤善寫之人充書吏之役不許用項首價值一買一賣令三四人朋充
則本無費而倍利之心可止自無在內在外串通相公招搖兜攬之弊

矣至私通關節名曰放箭總在督撫嚴行覺察又與府縣互認師生乞
恩講情以至串通打合動稱代餽等弊請
敕該按嚴察果有此等情弊官役一體指名參處可也又一蠹之下虎翼數
人有司若與齟齬借名控告請
敕該按密察體訪凡係督撫蠹書潛授意旨訐告有司者指名
題參從重治罪如一府設一人則一郡事務是彼專管易起兜攬之弊此
後不許立此名色亦不得一人有正有副一入不許復出一出不許復
入可也至臬司風憲衙門職掌
欽件刑名最爲重大乃六房書吏盡在兩廊大小讞牘盡歸私室作弊甚易
應如科臣所請與督撫一體關防至此後如督撫甘爲不肖畜此鷹犬
以爲漁獵之計聽科道官不時據實糾參可也奉

旨是依議行

禮科給事中臣張惟赤謹

題爲直糾道臣徇縱署官婪贓壞法請

敕部嚴加察究以儆官邪以安民命事竊惟監司爲郡縣之表率糧道尤民命之攸關所賴鋤奸祛蠹徹底澄清方得民安吏肅乃有蘇松常鎮督糧道參議今裁缺石在閭其人者縱貪庇蠹貓鼠同眠一任署縣廳官肆行穢劣豈可一日姑容民上貽害地方哉如常州府通判王天縱委署金壇縣印透發工食則剋扣多金與積蠹虞錫禎孫承緒上下分肥追比侵欺則私受賄賂令奸胥祁文孫虞錫禎等脫然免比以至庇惡蠹孫承緒兩次之訪拿置訪單贓私千金於不問其貪婪無檢情甚昭彰尤可異者私徵加派屢奉

嚴綸乃該縣惡蠹祁文孫虞錫禎等於順治十四年十五年借漕私徵每石派
銀四分名曰上司本縣公費又每石派銀三分名曰大送官派銀一分名
曰小送官又糧書每石派銀一分五釐開倉樣米每石八錢五分糧快每
里東道銀一兩二錢老人每石米二升銀二分名曰糧衙額規且該縣揚
倉米額編條銀十四年已徵過一千七百餘兩後又重復加徵大糧每畝
多徵五合雜糧本色已完復重徵折色是一徭而三徵矣至鳳淮揚及鎭
江府米折併餘剩充餉銀共三千八百四十餘兩因旱災蒙
恩蠲免該縣於十年先已徵足批簽祁文孫溢解各府流抵十一年正項訖乃
祁文孫虞錫禎等於十一年復照常另徵將全櫃拆用獨不思蠲有
明條解有批卷民有完單乎似此悖
旨侵糧蠹漕誤

國在署事王天縱狼藉性成與各蠹同心一氣固已罪在必懲但思郡縣事
關漕務必稟於糧道況其所謂上司公費及大送官名色必借私餽糧道
以爲名使在閶與貪官蠹役素絕苞苴則事前苟無餽送使費之事該縣
何敢借名私徵事後既有重徵濫派之奸在閶何無覺察開報身爲理漕
之官而聽署官與蠹吏狐鼠朋奸蠹壞漕務一至於此臣不敢以既經總
漕臣因誤漕糾參見在奉
旨議處而遂爲該道寬也伏乞
皇上敕部嚴加察處將署事通判王天縱褫革并蠹役究擬併察該道徇庇緣
由其間染指烹肥因而故縱委曲情弊務須直窮到底從重處分庶漕蠹
清而
國儲可裕貪風息而吏治加嚴矣如果臣言不謬請乞

勑部嚴察施行

順治十六年五月十三日具題於本月二十二日奉

旨這所參事情著嚴察議奏該部知道

吏部　題爲直糾道臣徇縱署官婪贓壞法等事考功司案呈禮科張

題前事奉

旨這所參事情著嚴察議奏該部知道欽此該臣等議得科臣張　疏參裁

缺丁憂糧道石在閶縱貪庇蠹一任署事聽官肆行穢劣署金壇縣事

常州府通判王天縱透發工食與積蠹虞錫禎孫承緒上下分肥追比

侵欺則令祁文孫虞錫禎脫然免比以至庇孫承緒兩次訪拏置訪單

贓私千兩於不問尤私派加徵侵糧蠹漕在王天縱與各蠹同心一氣

固罪在必懲在閶身爲理漕之官而聽署官與蠹役狐鼠朋奸蠹壞漕

務等語其石在閶王天縱相應解任查石在閶已經裁缺丁憂仍請
敕下該撫按將該縣有名蠹役逐款嚴審並嚴察石在閶與王天縱有無徇
庇受餽情弊據實具奏以憑議處可也本年六月二十五日奉
旨依議行
戶部　題爲直糾道臣徇縱署官等事雲南司案呈禮科張　題前事
奉
旨這所參事情著嚴察議奏該部知道欽此該臣等看得科臣張　疏參蘇
松常鎮糧道今裁缺石在閶縱貪庇蠹貓鼠同眠常州府通判王天縱
委署金壇縣印透發工食剋扣多金與積蠹虞錫禎孫承緒上下分肥
追比侵欺私受賄賂庇奸胥祁文孫虞錫禎等兩次訪拿置訪單贓私
千兩於不問其貪婪無檢情甚昭彰又十四年十五年借漕私徵每石

派銀四分三分大小送官設立各項名色又該縣揚倉米額編條銀十
四年已徵一千七百餘兩後又重復加徵大糧每畝多徵五合雜糧本
色已完復重徵折色又鎭江府米折餘剩充餉銀共三千八百四十餘
兩先已徵足流抵十一年正項祁文孫等於十一年復照常另徵似此
悖
旨侵糧蠧漕誤
國係署事王天縱以上司公費及大送官名色必借私饋糧道爲名在閶
何無覺察該道徇庇侵肥情弊請乞
敕部嚴查等因前來爲照糧道石在閶徇庇貪蠧婪贓通判王天縱與積蠧
分肥殊屬違法今科臣指名題參前來即當從重議處但事關錢糧重
大臣部遽難議處相應請

敕該撫按將所參糧道徇庇故縱委曲情弊通判王天縱徇蠹虞錫禎等濫
派重徵分肥拆櫃全用等事一併務要直窮到底一一嚴加確查據實
定罪題參以憑從重議處可也本年六月初十日奉
旨依議行

禮科給事中臣張惟赤謹
題爲河工之歲修宜覈興造之估計宜嚴請乞
敕部察議以稽冒濫以惜經費事竊惟
國家財用兵餉而外惟工部之動支爲最多夫經費錢糧錙銖皆小民膏血
有司催呼敲扑百姓剜肉補瘡輸之艱難用之自當矜惜古帝王不得已
而興作會計考覈不厭加詳無益之營建與非時之工役在所必省而即
屬萬不容已之舉亦必凜凜焉商節省之法杜冒破之奸伏見通惠一河

事關漕運故特設管河之官額有歲修銀兩修築隄岸務使不時相視先
事預防蓋河堤日久崩頹有一隙之不修必且浸成潰決事前補築工役
無多及既決之後騷動民夫搬運木石尋常數十工可了者每至數千萬
工尙不能築若往年荆隆口已事可爲明鑒今據倉場臣范　等報稱
薛家莊隄崩至六十餘丈臣不知平日管河官預防何在雖使河伯效靈
堵塞甚易而所費物力已不貲矣請乞
敕部嚴行總河詳察崩壞之由幷查其歲修錢糧作何著落有無侵冒併議定
則例已後沿河隄岸但有一處潰決卽將該管官究擬庶防護必嚴而歲
修額銀不至飽官吏之橐矣至工部凡有興造必差官估計日前議修馬
廠一案已經臣同官薛
題請嚴察竊恐工役甚多妄估非一卽差估之人未必盡圖染指而心思計

慮稍有不周作官匠役便得串同吏胥恣其虛冒臣前待罪戶曹監管太
平祿米二倉值估計修倉廒座見止有本部雲南司滿官及工部滿司官
到倉看驗並無漢官同行及估定竟去卽臣在事者亦不令與聞竟不知
當修是何廒座當用幾許金錢夫以一二人之耳目心思當衆胥匠之巧
詞支飾覺察難周智慮有限未免估計失實幷乞
敕部詳議已後凡有修造兼差滿漢司官公同估計庶幾人多則悉心計算參
互商量有弊必清無微不盡而滿漢交相牽制雖有不肖者亦有所瞻忌
而不敢營私其於司空經費未必無大省也臣從
國計民膏起見如有可採請乞
敕下該部議覆施行
順治十六年六月二十日具題奉

旨工部議奏
工部　題爲河工之歲修宜覈等事都水營繕二司案呈禮科張　題
前事奉
旨工部議奏欽此科臣條議河工一款臣等議得河工銀兩各有徵收額數
原爲歲修預防之用如該管各官平時預爲修築何至有沖決之患今
薛家莊河隄沖決相應
敕下總河臣嚴查踈玩各官幷詳察崩壞緣由及歲修錢糧有無侵冒據實
指名題參以後黃運兩河一帶沿河隄岸遇有潰決卽將該管各官嚴
行題參以憑從重議處其興造估計一款查得本年六月內科臣薛
爲上等馬房二十五館造作估計並京廒八十座造作具題臣部察
議覆明奉

旨欽遵在案其有各工處所止差滿官未經漢官公同估計臣部滿洲郎中
員外郎共四十八員伊等在司辦事及工所差遣不敷具題於每旗暫
取官二員工所差遣漢郎中員外郎主事止有三十員此內二十一差
更換差遣尚且不敷四司辦事止各有一員因此一應工所差出滿官
筆帖式等估計報部送司司內滿漢官員公同核算臣等親身查驗如
遇大工具題差滿漢官員公同監造此臣部曩來舊規也嗣後漢官如
有閑員公同估計造作如無漢官照舊舉行可也奉
旨依議
禮科給事中臣張惟赤謹
題爲刑獄民命攸關風聞不無寃慘請
敕部院虛公詳議定滿漢互錄口詞之規幷頒內外有司刑杖之式以杜積弊

以體

皇仁事竊惟獄者萬民之命爰書一定或生或死判於案卷數字之中刑部衙

門總持法律目今外省大案每多提來訊問合天下之是非曲直斷於滿

漢堂司諸臣必萬分愼重無絲毫枉濫然後人情畏服諸臣近在

皇上照臨之下非不兢兢奉法但持正秉公者固多而徇私曖昧者恐不免倘

有臣竊風聞貴州司韓通事被張守分以受贓枉法情節呈告堂上批江

西司審究未結其果否枉法有無受賄臣不能備知特人言藉藉當非無

故一事如此他事安知不然竊念問刑衙門依律定罪全憑兩造口供尙

書有云師聽五辭卽其所供之辭衆共聽之則因辭可以得情而斷罪不

枉刑部各司設有滿漢官原以參互推詳彼此覺察不得以一人之偏見

任情妄斷今該司審鞫之時但錄滿書口供止憑滿官執筆漢司官茫不

與知常隔數日始翻漢字有等奸猾吏胥暗通綫索將原被口供改易顛
倒雖所錄之口辭與各犯之原供全不相同漢官亦無從覺察總因漢官
不識清書質審之時既不知紙上之何語數日之後縱差謬不同而已無
從詳審矣書辦因得從中顛倒以曲爲直以是爲非雖滿官之賢者定能
持正秉公而一時意見稍失精詳恐不免爲奸胥之所蒙蔽且
朝廷設立滿漢司官原宜各盡職掌今滿官鞅掌簿書勤勞不給而漢官反得
逍遙坐視如同局外脫或偶有差誤竟得藉口不知是貽滿官以專擅之
嫌而予己推諉之巧殊非分職贊襄之義也更有慮者口供既係滿書即
漢官同審者尚不能辨各犯跧伏堦下更何由知因恐所錄非所供不難
以無罪而强坐有罪並不難以有罪而巧作無罪奸書遂得多端恐嚇詐
騙金錢縱使滿官未嘗染指而書辦已誑索不貲矣人情明則難欺暗則

易惑漢字人人能曉下筆案卷昭然雖奸猾吏胥無所施其顛倒竊據刑
部以承問之事嘗有滿洲旗下人犯口供須錄滿書不知滿人固有而漢
人尤多錄滿語既係滿書則錄漢語亦宜用漢字臣愚以爲宜令滿漢司
官公同執筆除滿人口供用滿書備錄外其漢人口供宜令漢官詳錄存
案公同擬稿如此則滿漢官互相覺察俱不敢受賄徇私而猾吏改易顛
倒之奸始可杜也從來部臣狃於成見動謂現行事例無容再議積習牢
不可破請乞
皇上嚴敕該部或另
敕別衙門會同該部虛公議覆幷將韓通事情節一一確審究擬抑臣更有請
者內外有司衙門皆有刑杖外官除撫按臬司理刑職司問刑板有三號
其頭號最重者施於人命強盜衙蠹重犯以示嚴懲至於郡縣正印佐貳

等官催糧比較及審理戶婚田土小事間施鞭撻不過古者扑作教刑之
意竊聞近日有司皆私置頭號大板名曰大毛頭一竹破兩罪無巨細莫
不用此一板肉裂數板骨露十板之下可以斃命小民無辜枉死殊傷
皇上好生之心凡此比比皆然聞在東省爲尤甚請
敕併下刑部議定通行各省以後除撫按臬司理刑仍設三號板子按情罪重
輕責治外其他牧民之官倘非人命强盜衙蠹重情不許概用大毛頭板
拷打平民違者參處臣因民命宜矜併爲
題請如有可採伏乞
皇上睿鑒並敕施行
順治十六年六月二十日具題奉
旨該部議奏

刑部　題爲刑獄民命攸關等事河南司案呈禮科張　題前事奉

旨刑部議奏欽此該臣等議得科臣張　條議疏稱貴州司韓通事見被張

守分以受賄貪贓枉法情節呈告堂上批江西司審究未結等語其韓

通事一案應聽承問江西司審結另覆外又稱審鞫之時但錄滿書口

供止憑滿官執筆漢司官茫不與聞常隔數日始翻漢字有等奸猾吏

胥暗通線索將原被口供改易顛倒雖所錄之口詞與各犯之原供全

不相同亦無從覺察等語查十五年八月内該臣部覆科臣嚴　爲請

定滿漢司官職掌一疏凡訊罪囚滿漢司官同爲鞫審因係八旗下事

體漢官不諳清語故滿官先錄口供再翻漢字與漢官酌議引律定罪

呈堂至外詳科抄事件因滿字止有看語其本内情節滿官不曉漢字

原係漢官起稿與滿官商確審情引律定擬說堂此係見行事例其吏

胥簸弄作奸借端恐嚇此在臣等嚴加防毖非先寫漢字則無弊先寫
滿字則有弊等因奉有著照舊行之
旨欽遵在案今科臣張　與嚴　條議相符毋容再議又稱內外有司衙門
皆有刑杖外官除撫按臬司理刑職司問刑板有三號其頭號最重者
施於人命强盜衙蠹重犯以示嚴懲至於郡縣正印佐貳等官催糧比
較及審理戶婚田土小事間施鞭撻不過古者扑作教刑之意等語該
臣等查得律載五刑凡情罪輕者用笞情罪重者用板原有輕重今後
問刑衙門若有□諸事輒用重板立斃人命者許各該撫按訪確指名
糾參從重究擬可也奉
旨依議
禮科給事中臣張惟赤謹

題爲海氛之蕩平在卽
廟算之本計宜詳謹陳四款以佐固圉之末議事竊惟
國家景命方新滇黔底定正屬寖昌之會而海氛橫肆乘我不備深入江干
虛聲震動人心惶駭臣獨謂海逆倚舟爲命今離海入江失其所據風汛
不定則潛遁旣難舟檣擁集則火攻甚易今桓桓
禁旅迅速徂征或誘其登陸而殲之或扼諸海口而擊之欲使隻艘不返亦無
難者縱狡焉遁脫而從此合閩浙江南三省之全力會同大兵搗其巢穴
必以剿滅爲期彼亦何能以偏僻之一隅當全盛之大勢此在
皇上神武睿謀必有經畫非
廷臣所能參贊萬一也獨是封疆騷亂之餘宜先聯不可動之人心先固不
可犯之守備敬抒末議一一爲我

皇上陳之一曰困厄之民心宜收也賊乘虛入犯沿江郡縣多被破傷雖由賊
勢披猖亦屬平時長吏撫循無術以致人心渙散不能固守夫
皇上恤民之德意無所不至而有司未必眞實奉行窮民往往失所即江浙郡
縣錢糧逋欠爲多雖民間或有未輸而大半皆屬官吏之侵漁數年以後
官則陞降更易吏則花費無存新任守令事關參罰不得不仍取於民往
往攤派重徵民力何由不困至於蠹役狼虎百方吞噬疾苦顚連控訴無
從官民相與初無恩義相維是以臨變倉皇不復相顧至於失守諸處或
賊兵躪入或逃竄一空百姓拋家失業奔走流離焚掠殺傷在所不免又
如山東河南一帶雖寇亂所不經但孔道之區兵馬過往縴夫則動點數
千捱門拿取或守候連朝或迫驅過界貧民無食累死道旁芻粟則一時
取辦不入正供供億星馳疲竭財力則有司雖無可奈何而百姓已不堪

其苦臣辦事垣中見東撫許　題爲水災異常等事一疏內稱濟甯單鄒曲阜等縣陰雨連綿山水泛漲已登之禾麥盡爲漂蕩在野之秋苗全然渰沒婦號子泣嗷嗷待斃乃其連名公呈則云不敢望蠲求賑但求本年秋分錢糧稍緩一分則民受一分之賜是明以蠲賑遷延時日徒屬虛文無救旦夕之死亡夫使百姓遭此奇荒窮餓之慘而且不敢望蠲望賑其苦更可知矣以如是困苦之民而欲供夫役芻粟之費其能堪乎請乞

皇上敕部速行各撫按細心籌畫其內地孔道之區供應疲勞作何休養災傷里分作何救濟或

王言軫恤如在春臺但得民心樂附而堅固不搖矣一曰奸宄之竊發可虞也瀕年以來近自齊豫遠至江浙盜賊竊發所在而有大則刼庫刼獄小則搶掠客商今江上震驚此輩思亂之心愈熾若內蠹不清重爲民擾地方

官亦不能專心辦賊克奏膚功夫盜之盤踞必有地窩主必有人有司苟
申嚴保甲加意澄清何難窮其蹤跡請乞
敕部通行各撫按責成郡縣長吏協同駐防將領嚴緝密拿或偵其始聚或掩
其方萌務比平時百倍嚴飭至有一等奸民專造訛言煽惑人心希圖逞
亂幷乞
嚴敕該撫按密訪嚴拿審實正法則奸宄可弭而亂萌可靖矣一曰駐防之汛
地宜嚴也海寇犯順雖在在可登而前朝設有軍衛城堡阨守要害不爲
不密防守者守於要害之地賊縱欲捨舟登陸而我兵遏其方至自不能
奮飛直上臣竊聞各處駐防鎭將每貪安逸高居腹裏郡縣圖放營債盤
剝小民其海口汛地不過命千百總瞭望撥兵不過一二十人卽如江南
之吳淞爲賊舟可泊之地而松江府遠去海口離吳淞二百餘里今鎭將

不駐吳淞而駐松江臣鄉之乍浦爲賊舟可泊之地迺海鹽縣雖臨海口舟不可泊離乍浦四十餘里今鎭將不駐乍浦而駐海鹽一時賊艘驟至止憑撥兵飛報往返數十里數百里之遙則賊已安然登岸矣臣辦事垣中見浙撫佟

題有僞將馬龍帶水艍船五隻率衆百餘泊乍浦城投誠一事幸彼係投誠之賊撥兵飛報該鎭將始往接應倘係犯順之舟幾何不乘虛直入而地方受其荼毒乎請乞

敕部通行各撫按嚴督該汛鎭將務須駐防海口不得仍留內地以致疏虞至臣鄉撫臣佟　累任浙中熟識機宜諳知地勢尤乞

敕令詳計沿海形勢要地分派各將領親往駐防倘有仍前安居腹裏者

題參重處則汛地既嚴而防守自密矣一曰督撫之人才宜重也防守機宜

進勦謀策一省須有綢繆之至計各省須有呼應之全形雖
廟堂秉其成算而臨機籌畫事在須臾不可預定全在督撫得人則機事無誤
今每一督撫缺出卽令各衙門會推夫破格用人全在
皇上之特識若
廷臣會推不過循資序列無從甄用殊材且用兵之事非比尋常儘有長於
撫馭而短於方略者必歷練行間深明韜略者始可任封疆之寄竊念舊
臣在
廷日久
皇上洞悉精詳其有久諳行陣夙具材猷堪爲督撫者
預簡數人識其姓名一遇督撫缺出擇其才地相應
欽點任用勿徒專聽會推循資序進以致用違其材則督撫得人而控制有方

矣右四款皆從固圍起見雖儒生末議未必有當但目擊江上震驚不能

緘默緣係條陳字多逾額伏乞

睿鑒施行

順治十六年七月二十九日具題八月初七日奉

旨該部議奏

戶部　題爲海氛之蕩平在卽等事貴州司案呈禮科張　題前事奉

旨該部議奏欽此除奸宄竊發駐防汛地宜嚴督撫人才宜重併山東河南

兵馬過往挨門拏取縴夫等款應聽各該部議覆外該臣等看得困陒

民心宜收一款內稱江浙錢糧逋欠爲多雖民或有未輸大半皆屬官

吏侵漁前官旣易新任以事關參罰不得不仍取於民往往攤派重徵

等因查得前任官吏侵漁後任之官不行申報復派徵於民該撫按何

不題參事關錢糧難以懸議應請
敕該撫按確查錢糧拖欠如屬民間未輸自應追比若係前任官吏侵欺接
管官當清查明白確報該撫按題參追賠如有攤派重徵使小民者聽
該按卽指名題參重處又東豫兩撫疏告水災臣部已經請
敕該撫按遴委廉能官員踏勘分別被災輕重分數具奏奉有
兪旨遵行在案俟册報到日另行議覆可也奉
旨是依議行
兵部　題爲海氛之蕩平在卽等事職方司案呈禮科張　題前事奉
旨該部議奏欽此該臣等看得科臣張　題爲海氛之蕩平等事一疏內除
困阨之民心宜收督撫之人才宜重二款應聽各部議覆外其奸宄之
竊發可虞一款據稱齊豫江浙盜賊因江上震驚思亂之心愈熾其蟠

踞必有地窩主必有人乞申嚴保甲令各撫按責成州縣協同駐防將
領嚴緝密拿等因查緝盜必嚴保甲臣部已屢經嚴行保甲併飭將領
在案今地方多事誠恐奸人乘機竊發應如科臣所請再嚴行申飭消
亂未萌如有奸民造言逞亂駐防將領不嚴加察訪聽該撫按提參從
重議處其駐防之汛地宜嚴一款據稱江南吳淞爲賊舟可泊之地而
松江府遠去海口離吳淞二百餘里今鎭將不駐吳淞而駐松江等語
查十一年四月內臣部覆王東南財賦最重一疏令提督總兵移
鎭吳淞奉有依議速行之
旨今該提鎭何以仍駐松江應請
敕下該督撫確查具奏再議又稱乍浦亦爲賊舟可泊之地海鹽縣雖臨海
口舟不可泊離乍浦四十餘里今鎭將不駐乍浦而駐海鹽賊艘驟至

飛報往返甚遙而賊已登岸等語查鎮將不許偷安內地臣部屢經題
覆行該督撫確查沿海要汛移鎮在案乍浦應否移駐將領應併請
敕下該撫酌議妥確具奏另議奉
旨是依議行
江督郎　題爲海氛之蕩平等事准兵部咨前事等因到臣據此該臣
看得科臣張　議鎮將務須駐防海口不得仍留內地以致疎虞此誠
固圉之正論也況吳淞海口首衝最爲險汛昔蘇松提督曾經奉
旨移駐爲時已久豈容仍駐松江臣自准部文即行遵奉嚴查今據該道府
咸稱前任提督張天祿後任提督馬逢知皆係奉行不悖督率將士駐
防吳淞惟因壤地褊小官兵家口衆多無房安插若欲蓋造營署公帑
匱乏故其家口不得不留松郡科臣風聞入告蓋亦有由然也今蘇松

撫臣朱　尚未到任謹會同按臣馬　合詞具題奉

旨該部知道

兵部　題爲海氛之蕩平等事該臣等案查十六年九月臣部覆科臣

張　題前事內議提督駐鎮吳淞奉

旨已久今何仍駐松江請

敕該督撫確查具奏奉

旨遵行去後今據江南總督郎　疏稱蘇松提督駐劄吳淞已久奉行不

悖惟因吳淞壤地褊小家口仍留松郡等因前來查蘇松提督官兵旣

已奉

旨駐劄吳淞家口自應一併搬移據疏稱官兵俱駐吳淞家口仍駐松江明

係代爲支飾應請

敕下該撫按確察據實具奏到日以憑另議臣等未敢擅便謹題請

旨順治十七年四月二十五日題二十六日奉

旨依議行

禮科給事中臣張惟赤謹

題爲備陳臣鄉困苦眞情亟望

皇上曲加軫恤仰祈

敕部詳議設法除害幷通行各撫按細察民艱一新

盛治事竊惟萬世不拔之業惟在於得民心民心之戴

君上但求愛養生全不致有□家亡身之患乃

國家鼎運興隆

皇上仁恩布濩愛民之心甚切而有司承宣不力積弊難除閭閻百姓有不保

身家之苦就臣鄉□間一二大害聞之最眞者詳切入
告卽此數事已足使富者立貧貧者立斃若不設法救恤必至死亡流散十室
九空謹臚爲四款一曰衙蠹呑噬之害二曰廠夫橫行之害三曰草穀採
辦之害四曰鄉兵增設之害有此種種大害傾民之家殘民之命大抵皆
由蠹役格外之誅求或方興而未艾或已革而又復雖
令甲已經嚴禁而置若罔聞雖小民痛甚剝膚而莫之憐憫
皇上作民父母民猶
皇上之子也而疾痛顚連之狀曾不聞於
殿陛之前在
皇上無由而知在小民不勝其苦使
皇上天覆地載之恩百姓曾不得仰被萬一倘臣耳目之所勿及者猶可諉諸

不知乃近在鄉里習見稔聞而不詳細敷陳不亦負
皇上設立言路通達下情之意乎臣因是例推各省無不奸之胥吏則亦無不
苦之小民伏乞
皇上特沛
恩綸曲加軫恤幷
敕部臣將臣所陳各款嚴行禁止更通飭各省撫按詳加訊察凡有民間大害
題請革除俾窮簷蔀屋人人有更生之慶則
一一訪實
皇上仁民之德不壅於下流而謂天下蒸生不歡忻鼓舞戴
皇上猶戴
天地者無是理也謹別具四本一併具

題仰祈
皇上睿鑒施行
順治十六年七月二十九日題八月初八日奉
旨該部知道
禮科給事中臣張惟赤謹
題爲謹陳衙蠹吞噬之害事從來剝削小民惡莫甚於衙蠹
皇上嚴綸申飭不啻再三禁舊役革頂首有犯贓十兩之明刑又有犯贓一兩
之
新令然立法之嚴而蒙蔽之局愈不可破究之殘民肥己盈千累百而未嘗發
覺即使發覺又有巧術多端打點彌縫終成漏網故肆意虐民曾無顧忌
且自郡縣以至督撫衙門串成一體互相救援雖有三年更替之令而移

姓改名出此入彼引接下手非其親族卽其子孫盤踞日深線索日熟內則伺本官之性情窺打點之捷徑外則聯唆訟之積棍交不肖之紳衿因而瞞官噬民無所不至近見浙撫佟　疏稱巡撫三省以來恪遵

功令但有蠹役憑民間告發然後訪拿在撫臣釐剔有方自當一淸羣蠹但恐此輩日在上官左右聲勢赫奕若督撫按三衙門各役郡縣尚且曲意將迎惟恐得罪小民安敢遽然訐告卽巡按訪實拏問旣拏之後必索款於臬司臬司轉索於刑廳刑廳無從稔知必訊之本廳書役然本廳書役必與此輩向結心腹之交因密通消息卽令本人自行造款遂將眞實惡跡一字不提反假揑無影無干之款上報塞責夫蠹役作惡必名聞通國始爲巡按之所訪拏在訪拏之時非不眞知灼見及至公堂質審卒多僞款或姓名不對或被證差訛一無指實無論問官狥庇卽有執法者欲直窮

到底而其事實屬無干無從坐罪倖免以後招搖得意自誇打點神通人
人畏服故訪拏一次愈增一次之威名矣在初訪之時非不出示令人告
發但近年巡按所訪人犯往往發下府縣監禁以致央情保放盛服逍遥
游行市上愚民見之謂彼雖屬訪拏現今安然無事又孰敢犯其凶鋒者
惟恐補狀訐告而此輩彌縫術巧日後仍在衙門則借端報復身家立破
況每見縣間各蠹訪拏問革後反買府廳項首矣府廳各蠹訪拏問革後
反買充司道撫按項首矣衙門愈大則肆惡愈深卽如前任按臣王
疏參嘉興縣知縣張厥修一案內有顧蠻牛李蠶猫二蠹說事過財已經
拏問乃厥修之案未結而二蠹已仍入衙門當權攬事又如臣同官袁
所參郡守婁縱一疏內有府蠹馮彪原係拒捕鹽梟十三年間同父馮
春宇親手打死海鹽捕快沈繼峯妻王氏具告鹽院批發總巡廳吊棺嘉

興東門外存貯候檢彪遂竄身奮充府庫吏抗不赴審至今不結至於種
種贓私前參未及十之一二然恐將來審問時或盡付子虛或不過問成
八九錢贓銀而止何則蓋
上諭有一兩籍沒流徙之新例故必不滿一兩之數也上下蒙蔽打成一片總
之此輩之身家必不至敗壞則小民之寃苦必不敢自鳴臣請
敕部嚴行各省撫按以後必須密訪嚴拏勿待告發拏到之日先責迎風然後
發下按察司監禁不許轉發府縣以致保放仍卽出示招人補狀其採訪
惡款務開列實跡若捏造塞責以致審質全虛者卽追究造款之人治以
扶同黨惡之罪蓋訪拏衙蠹必無寃濫贓款必多被害必衆一憑諸眞款
再憑諸告發從公嚴審依律治罪被拏之蠹斷不仍留地方則小民知蠹
役之可除自無所顧忌而敢於伸寃矣除撫按不時訪拏外大小各官吏

將本衙門蠹役自行覺察其府廳縣每季各造本衙門人役花名册幷並無訪過再進印信甘結移送刑官刑官不時嚴察如有犯者立刻揭送撫按坐本官以徇庇之罪倘刑官隱匿不報撫按訪實題參刑官一併治罪倘撫按隱匿不參科道官風聞一併參奏治以徇縱之罪如此積蠹可除而民得安枕矣伏候

皇上睿鑒施行

順治十六年七月二十九日題八月初八日奉

旨該部嚴察議奏

刑部　題爲謹陳衙蠹呑噬等事河南司案呈禮科張　題前事奉

旨該部嚴察議奏欽此該臣等議得各衙門蠹役盤踞作奸各撫按寄耳目於刑廳例有訪拏但假手衙役揑造無影無干之僞款塗飾開報及至

審鞫盡虛無從坐罪因而倖免嗣後鑽入別衙門恣意播虐深爲民害

應如科臣奏請

敕各該撫按以後凡各衙門收用胥役須取具該地方官印結查無過犯者

五年役滿更換不許更名接引如訪拏蠹役必責令刑廳自行廉訪務

得實款依律嚴究治罪不得採聽蠹役徇私假款以致審虛漏網果有

元惡大憝隱匿不報及開款不確別有發覺承問各官難辭徇縱之罪

許科道官據實參

奏以憑從重議處至於訪犯解到必審係眞正巨蠹方可責治以法其嘉

興知縣張厥修案內顧蠻牛李蠶猫說事過錢仍入衙門府庫吏馮彪

父子打死捕快至今未結各情弊應請

敕該撫按嚴察另奏速結可也奉

旨是依議嚴速行

禮科給事中臣張惟赤謹

題爲謹陳廠夫橫行之害事浙按牟　巡歷臣鄉出示爲嚴究窮兇大惡之廠夫等事本院微服鴐水細察民艱獨有廠夫一項萬口同聲怨嗟載道或濫派工食或酷勒對支或淩虐紳衿或把持官府或串蠹縱蠹或殺人陷人皆因黨翼繁多爪牙密佈結連衙役爲腹心拴合武劣爲指臂小民半言觸怒立刻粉碎身家官長一事阻撓隨便匿名陷害以致道路側目上下寒心父被殺而子不敢伸寃妻被佔而夫不敢控訴嗟爾士民疾首痛心已十餘年於茲矣本院爲爾密訪得爲首作惡廠夫劉敬山等十餘人已經嚴拏解究外凡我百姓負屈含寃者俱據實指名赴道府告發解院以憑執法究擬等語臣昔日鄉居備知廠夫之害今按臣訪拏萬衆

快心但恐此輩交通衙役打點術工萬一承問各官不能直窮到底日後
仍留地方挾讐報復禍反不測伏乞
敕下按臣將示内所開惡跡嚴爲追究其所串何故所縱何蠹聯結衙役是何
姓名聞已經告發有人務盡根株毋使吞舟漏網至廠夫之設獨臣鄉有
之竊見
國家設有驛站水路各驛額設夫役供應過往有勘合火牌船隻拉船來去
獨臣鄉除驛夫之外濫設此項廠夫亦名長夫額外私派各里給發工食
每圖索銀至三十六兩今雖經按臣准秀水縣申詳嚴行革除但臣聞此
輩斂金圖復蓋廠夫之設原係蠹役巧立名色科派鄉民設立以後相仍
十餘年每年安享三十六兩之工食又皆無賴棍徒倚恃蠹役爲腹心作
惡嚼民誠有如按臣示内所稱者嘉秀兩縣多至六百名私立頭首每名

值銀二百兩今一旦革除則項首盡行落空此輩公同謀議擬每名出銀五十兩賄屬撫按上房書吏希圖復設夫有錢十萬可以通神誠恐此輩衆擎易舉斂銀至二三萬兩之多以此行賄鑽營何求不得臣按嘉秀兩縣僱夫銀兩全書中額載四千五百兩零遇閏加銀三百一十兩今別設廠夫累及各里則此項銀兩縣官作何開銷請乞

敕部嚴行該撫按將此項銀兩悉歸本驛該縣按季給發不許蠹毫扣剋夫每月銀數至於三百六十餘兩聽該驛僱募應役充然有餘又何必別立廠夫派累各里糜二千餘金之膏血增五六百名之虎狼流毒百姓無有底止更祈

嚴綸申飭永不許議復庶臣鄉除一大害矣抑臣郡如此安知他郡他省無有私立別項名號作惡害民者併乞

勅部通行各撫按留心細訪有則一例革除將見歌舞更生者當不獨臣郡已
也伏候
睿鑒施行
順治十六年七月二十九日題八月初八日奉
旨該部察議具奏
兵部　題爲謹陳廠夫横行之害事車駕司案呈禮科張　題前事奉
旨該部察議具奏欽此該臣等看得驛站夫役自有額設工食銀兩私派累
民屢經
嚴察今據科臣張　疏稱浙省嘉秀二縣除驛站夫之外濫設廠夫巧立名
色科派鄉民爲害不一等語查私派廠夫作惡害民相應請
勅該撫按嚴查蠹役科派情弊併廠夫害民實跡按法從重究治凡所屬見

有廠夫盡行禁革止用額設驛夫不許復設廠夫名色以除民害併通
行各省撫按一體查禁可也奉
旨是依議嚴行
按廠夫之設其名甚新其禍甚酷竊見秀水縣前東西各造廠房名曰
東廠西廠毋論百姓以爲不便糧里以爲不便紳衿皆以爲不便即具
疏入
告得□樞部滿漢堂司洞悉情弊奉有
是依議嚴行之
旨
宸慮軫恤民瘼亦以爲不便矣乃至今猶有沾沾以爲革之非便復之爲便
者此假里民陳情之條陳所由來也九十月間人情洶懼咸以爲四分

之加派廠夫之復設駸駸有必行之勢矣乃
天心不欲覃劉一方幸得　直指楊公祖體察民隱訪確奸蠹嚴將秀水縣
兵房重處十月間隨發查究之示而四分一畝之加派稍緩臘月間復
發嚴飭革廠歸驛之示而秀水縣兩廠房始燬此議暫息殘喘遺黎其
庶有更生之望乎
直指楊公祖告示二條附刻
巡按浙江監察御史楊　爲查究事案查嘉秀里民陳情等條陳利弊
一事本院念屬公呈事關興革批行該府督同二縣傳集各里長從公
酌議務協輿情以便地方未嘗允與施行亦未見該府回報今訪聞嘉
秀二邑大張告示妄議立法給帖各項每畝年輸銀四分明屬加派何
物奸宄敢於聚衆横行其中必有積蠹巨憝合謀把持希圖罔利紳士

有持正議輒以兇狠相加是眞目無三尺者矣除經密拿嚴究外合行

申飭爲此仰官吏軍民人等知悉廠夫一項現奉

明旨究革至於一切雜役加徵屢經　當道條議盡行嚴禁敢有官役妄思

正賦之外巧立名色擅取分毫不拘何項人等赴院陳告訪查得實官

以違

旨罪參奸蠹立拏處死決不輕貸特示

順治十七年十月初十日

巡按浙江監察御史楊　爲嚴飭革廠歸驛以遵

明旨以除民害事照得嘉禾廠蠹之弊窮兇極惡前院禁飭言之已悉迨

科疏　部覆奉有

嚴綸凡所屬現在廠夫盡行禁革止用額設驛夫不許復立廠夫名色以除

民害幷通行各省一體查禁在案本院嚴飭已久不謂奉行者竟不凛
遵違蔑如故今訪得留縣錢糧尙未歸驛經承抗捺仍給廠夫加派之
害朦蔽未除敢於違
旨藐憲奸蠹若此眞所謂膽可包天者矣除一面密訪拏究外合行嚴飭爲
此示仰官吏百姓人等知悉廠夫名色奉
旨禁革凡勘合火牌應付盡歸驛中承値全書額載募夫協濟銀兩儘足支
應敢有陽奉陰違仍前派索里長及廠夫對支逼取等弊有一於此許
被害人等指名赴院首告官以違
旨參拏役則遵例究贓處以必死民生利害所關本院執持三尺以待愼勿
泛視輕以身命自投法網特示
順治十七年十一月二十九日給

禮科給事中臣張惟赤謹

題爲謹陳草穀採辦之害事順治九年間浙按杜　馬草累民等事一疏該

部議覆在各省責之布政司在外府責之各府佐奉有

俞旨欽遵在案夫所謂在省責之布政司者以省中有駐劄兵馬及大兵經過

則布政司差官採辦草料在府責之各府佐者以府中有駐劄兵馬及大

兵經過則佐貳官差人採辦草料也今浙藩胥吏不遵

明旨將在省官兵所需馬草仍令外府採辦解納州縣仍復出票差委見年每

解一批蠹役串通兵丁勒索使費至數十金一年之内每圖起解十數批

費至百餘金不止小民賣妻鬻子力不能支馬草之外又有稻穀一項夫

所謂稻穀者即馬料豆也先年浙撫秦　以浙地不產料豆請以穀代

之

題請部覆用豆一半穀一半額定官價每穀一石給銀四錢乃藩司胥吏責令外府州縣見年代辦起解交納之時將官價扣充使費不足言矣額外需索准納常例每石倍費至一兩餘不等稍不如意串通兵丁故意刁難不收責令另辦往返過期又恐以違誤軍需得罪不得已傾家蕩產塡其谿壑之欲每有一批起解其初使費未足嫌穀不佳必不肯收及掯索既飽則卽將原穀收入更無異說甚至詐索既慣每年每縣徵收數千石合浙西十餘縣計之卽有數萬石省中馬匹雖多豈青草稻草料豆之外又需此稻穀至數萬石乎則不問而知其爲侵漁明矣況馬草稻穀皆有官價彼既額外多徵以吸小民之脂膏卽亦額外多開以糜

國家之經費上蠹

國而下病民莫此爲甚臣請

敕下撫按凜遵部文凡省中官兵實在馬匹若干需草穀若干布政司委廉幹

首領官於本地照依時價採辦給發年終造册報部銷算其外府駐防官

兵實在馬匹若干令各府佐於本地照時價採辦給發年終造册申司報

部銷算若大兵經臨在省仍責布政司在府仍責各佐貳採辦給發事完

造册報部銷算更不許累及各州縣見年里長代辦交納如敢故違但有

一牌一票行下縣縣仍責見年代辦者許赴撫按衙門告理立行

題參倘撫按徇庇不參科道訪實入

告該撫按一併治罪此雖臣鄉民間大害而各省諒有同然請乞

皇上敕部通行申飭一體遵行天下幸甚臣鄉幸甚伏乞

睿鑒施行

順治十六年七月二十九日題八月初六日奉

旨該部察議具奏

戶部　題爲謹陳草穀採辦之害事山西司案呈禮科張　題前事奉

旨該部察議具奏欽此該臣等看得科臣張　疏稱浙省駐防兵馬及大兵

草料浙藩胥吏不遵

明旨將在省官兵所需馬草仍令外府採辦解納州縣官仍復出票差委見

年起解每解一批蠹役串通兵丁勒索使費又有稻穀一項先年浙撫

奏　以浙地不產料豆請以穀代之

題請部覆每穀一石額定官價給銀四錢乃藩司胥吏責令外府州縣見

年代解交納之時額外需索每石倍費至一兩不等每年每縣徵取數

千石合浙西十餘縣計之侵漁稻穀數萬石況馬草稻穀皆有官價彼

既額外多徵多開蠹國病民莫此爲甚請

敕部通行申飭等因條議前來案查先該浙江按臣杜　題爲馬草累民等
事一疏臣部議覆請
敕浙省督撫轉行布政司動支正項錢糧備查應支草料數目委官照依時
價備辦支放不許私派小民辦解奉有
俞旨欽遵轉行在案今據科臣疏稱藩司仍復責令外府辦解州縣復累小
民相應請
敕該撫按確查辦給駐防兵馬及過往大兵需用草穀果有前項情弊卽據
實指名題參不得徇庇至駐防兵馬及經臨大兵需用豆穀草束應請
敕下該撫按仍遵
前旨責成該藩司動支正項錢糧差委廉幹官於本地照依時價採辦給發
其在外府駐防兵馬草料應責令佐貳備辦俱應年終彙册奏銷如再

有累州縣里長辦解者該撫按立行題參以憑議處仍請
嚴敕各省撫按一體遵行可也奉
旨是依議嚴行
禮科給事中臣張惟赤謹
題爲謹陳鄉兵增設之害事
朝廷費餉養兵各府州縣皆有駐防將卒朝夕訓練勦禦盜賊何必更設鄉兵
明季時寇盜充斥令地方團練鄉勇市井無賴之輩投充其中聚黨旣衆
往往流爲大盜如近日臣鄉盜首錢大等皆明季鄉兵流害地方數年不
靜十五年三月浙閩督臣李　檄行各郡縣報充槍手大圖三名中圖
二名小圖一名文書一下卽有地方積棍與大盜之無可藏身者挨身求
報初則索衣甲索工食每名二十四金派令各里見年於條銀額外出銀

供給繼則揑造訛言聲稱調征閩廣逼勒買命銀數百金不止幸督臣廉知民害出示禁革乃此輩垂首喪氣不及半年衣食俱盡合謀交通蠹役希圖復設尤可異者臣郡嘉善縣雖奉督臣禁革明文置若罔聞依然設立如故計縣內設有鄉兵一百五十名每名勒要見年給衣甲銀六兩工食銀十八兩共派三千六百兩夫見年輸納條糧供應兵馬尚且髓枯力盡而又增此額外煩費至於三千六百兩之多年復一年有不傾家蕩產不止者一縣如此他縣聞風效尤無怪乎紛紛藉藉思謀復設也况各處駐防官兵皆久在行間嫺習弓馬而盜賊竊發尚不肯實心剿除此輩市井無賴之徒安望執干戈以衛鄉里且良民有田有屋株守身家斷不報充鄉兵此輩皆無家無舍浮蕩流亡之子平日多與盜賊交通今假以衣甲授以器械益得勾盜掠民橫行無忌矣况鄉兵名色督臣原未常

題請今已經禁革無容復設請乞
敕部轉行該督撫按以後責成各鎮道將標下兵丁令將領不時操練分汛之
地如有盜賊務須加意勦擒失事者治罪有功者紀錄其鄉兵名色永不
許復設至嘉善縣顯背督臣明示私行設立擾害小民幷乞
敕下撫按察明究治如此則省無名之費杜需索之奸百姓之戴
皇恩無有紀極矣伏候
睿裁施行
順治十六年七月二十九日題八月初六日奉
旨該部察議具奏
兵部　題爲謹陳鄉兵增設之害事職方司案呈禮科張　題前事奉
旨該部察議具奏欽此該臣等議得科臣張　疏稱浙省鄉兵已經督臣李

出示禁革嘉善縣依舊設立計鄉兵一百五十名每名勒索見年衣
甲銀六兩工食銀十八兩共派銀三千六百兩致各見年傾家蕩產乞
將鄉兵名色永不復設等因查鄉兵原係鄉村保甲自爲團練互相守
望何得借端科派多至三千六百兩應請
敕下該督撫按將嘉善縣派銀情由嚴察明確據實指參以憑再議奉
旨依議嚴行
禮科給事中臣張惟赤謹
題爲學巡二道懸缺甚多久不銓補伏乞
敕議變通作速遴選立催赴任以無曠官守事竊惟外吏之重自督撫藩臬之
外全賴司道各官任巡守者有封疆之責一切兵馬錢糧刑名官評皆於
此官是問任學政者有文教之責一切賓興大典科歲二試以至嚴戢士

子養育人材皆於此官是問其責既重其官自不可久缺今臣辦事垣中
查直隸江南浙江山東山西陝西湖廣等省共缺巡道有十四員福建廣
西四川湖南廣東山西山東河南浙江共缺學道九員有出缺半年者有
出缺二三月者即使目下刻期陞補尚須候
敕領憑道路跋涉約計三四月方得到任則此一二十處地方不啻十餘月無
官或舊官戀棧或署印代庖所任既非切己居官安肯盡職其貽誤地方
荒廢學校不甚大乎臣查學臣出缺惟福建最早學道陳　爲臺臣許
所參閩撫劉　一案奉
旨解任該按臣題報於二月間已經離任閏三月間奉有以後學道仍照舊吏
禮二部會同考用之
上傳延至於今又不啻七八月矣以閩地七千里之遥來歲秋闈轉盼即是今

尙未有人延挨來春方克受事匆匆五六月中巡歷闔省校閱文義雖有通敏之才亦必潦草竣事科舉既不能遍拔眞才闈中又安能盡得奇士況山東各省又在在皆然者乎相應

敕下吏禮二部將取到各官作速考選以憑

點用者也至巡道各缺部臣以無俸滿應陞之官故懸缺久待不思地方不可一日無官循資既無其人自須酌量變通查應陞司道之官惟知府有錢糧考成須三年任滿不便減俸至五部郎中原應道府兼用今於郎中內有歷俸年半以上者似可通融推補又外官同知正五品知州從五品僉事正五品品級相當故前代有以俸滿同知知州陞僉事者即

本朝順治九年間滄州知州龎宗周等南陽府同知楊春芳等十年間安州知州董克念等溫州府同知劉繼昌等俱陞僉事則俸深薦多之同知知州

陞補僉事之舊制似可復行總之設官原以辦職官久缺而欲庶職之修
必無是事假令一二年無貲俸相應之官則此十餘缺者將一二年不補
十餘缺之政事將一二年不舉乎相應
敕下該部查舊法以裨新銓俾無隋誤者也臣從地方學校起見詳悉
上聞統希
睿鑒施行
順治十六年十一月十二日題奉
旨該部議奏
吏部　題爲學巡二道懸缺甚多等事文選司案呈禮科張　題前事
奉
旨該部議奏欽此該臣議得禮科張　疏稱任巡守者有封疆之責任學政

者有文教之責今各省巡道共缺十四員學道共缺九員代庖既非切
己居官安肯盡職其貽誤地方荒廢學校不甚大乎相應
敕下吏禮二部將取到各官作速考選以憑
點用者也至巡道各缺於郎中內有歷俸年半以上便可通融推補又外官
同知正五品知州從五品僉事正五品品級相當舊制似可復行等語
查巡道各缺該臣部
題明將郎中知府減俸陞轉奉
旨依議已經遵行陞補訖無容再議其學道各缺先經臺臣張　條議臣
部題覆
敕下臣部與禮部會同議覆奉有依議之
旨欽此欽遵隨會同禮部詳議間又有臣部尙書孫　及科臣姜各條奏

到部見在會同禮部詳議具覆奉
旨下部卽行推補奉
旨依議
禮科給事中臣張惟赤謹
題爲天儲
國脈攸關倉務計宜周悉謹陳臣耳目所及法宜善後者四款仰冀
睿裁事臣初任戶曹監督祿米太平等倉務見現在規條雖經倉場巡倉諸臣
規劃但此遠道飛輓之糗糧顆粒皆小民之膏血後此官役之支放升合
皆軍
國之攸關則尙有事應修復法宜嚴禁者約有四款茲當出陳入新交關之
際所係尤重敢據管見一二爲

皇上陳之

一倉地之磚砌宜急也漕糧進倉舊例三颺三曬必曬颺乾潔入廒方無浥爛之虞則場基鋪砌誠爲要緊查明正德年間戶部題准會同工部堂上官一員將各倉曬場計量丈尺估計磚灰工料如法鋪砌以圖永久今祿米倉尙存磚地可驗其餘各倉俱沙土高低不等一遇雨水連綿場地泥濘不堪又何以責其颺曬乾潔乎臣以爲宜倣舊例酌量鋪砌幷修理囤基亦一勞永逸之計也伏候

上裁

一領糧車輛不宜進倉也

天庾關係

國賦首宜淸肅以杜奸宄近見春秋二季放八旗披甲月糧車輛擠擁男女

雜沓以致喫煙點火毫無顧忌寥寥倉役焉能禁其不進倉乎偷盜固
不可知火燭更爲可虞查十五年內祿米倉因放糧人衆混雜以致倉
中失火燒燬地字廒變色粳米九千五百五十一石零煨燼成灰米二
百三十餘石雖監督王　已經參處在案一官功名不足惜如虧
國課何覆轍在前所宜鑒戒請
敕下該部倉場臣嚴禁領糧車輛不許擅進倉門務令挨次給放如違許監督
揭報倉場臣將該管牛彔一併題參重處庶倉內清肅無意外之虞矣
伏候
上裁
一尖耗遞減之例宜照舊行也漕糧進倉雖經曬颺然入廒之後上有氣
頭下有底盤以及四壁浥爛所不能免即今倉場臣范　等題覆通

倉木字等廒氣頭蒸爛可據也故舊例三年之內尖耗遞減計米一石
月除遞減三合有零此向來成例經幾參畫而定允當不易之法前倉
臣遲　題請每月止除遞減米一合有零誠從正供起見但恐倉役輩
反得藉口蒸溼折耗無所抵補慮致賠累或收糧時勒索運軍之贈米
或放糧時低淺八旗之斛面種種弊竇由此以生臣愚以爲尖耗遞減
仍宜照舊庶可嚴禁勒耗及入多出少之弊卽倉役無所藉口而
天儲可永裕也伏候
上裁
一買頭之包攬宜禁也京通兩倉有一種棍徒探聽放糧之時有願變賣
者卽出包攬兜買名曰買頭此輩俱霸佔倉口表裏爲奸每有買通斛
夫高糧斛面幷偷盜等弊不可枚舉及收糧之時衞弁有餘米照出者

復串通倉役賤價勒買旗丁有不得不從之勢在管倉官未嘗不出示
嚴禁但此輩奸狡之徒膽大手辣愍不畏死宜
敕倉場臣嚴禁買頭不許進倉包買查出聽監督解究立送刑部從重議罪庶
奸宄肅而弊端漸息伏候
上裁
以上四款皆臣監督時目擊最真如果臣言不謬伏乞
敕部議覆嚴飭施行
順治十六年十月初十日具題本月二十六日奉
旨該部議奏
戶部　題爲天儲國脈攸關倉務計宜周悉謹陳臣耳目所及法宜善
後等事雲南司案臣禮科張　題前事奉

旨該部議奏欽此該臣等看得科臣張　條議疏稱漕米進倉例必曬颺乾

潔入廒方無浥爛之虞則各倉場基並囤基宜照舊例鋪砌修理一勞

永逸之計一款查得各倉囤基原爲曬颺堆貯而設故明季各倉曬颺

場囤二基俱用磚鋪砌以圖永久今據疏稱祿米倉尙存磚地餘倉皆

沙土高低不等應請

敕倉場臣巡倉御史應否磚鋪修理酌議妥確具題請

敕工部計量丈尺估計工料照明季例如法鋪砌自應曬颺乾潔入廒至修

理價値或動輕齎銀兩或動工部錢糧應用應聽倉場臣題定又領糧

車輛不宜進倉一款內開領糧車輛擁擠進倉男女雜沓偷盜火燭誠

爲可虞等因案查凡放米之時務要照甲喇牛彔挨次赴倉支領一牛

彔放完再放給一牛彔不許齊擁進倉擁塞倉門併點火喫煙防拏偷

盜屢經嚴飭禁止雖經嚴禁違法者亦不可定今科臣條議前來應請
敕倉場臣巡倉御史放米之時再行申飭各倉滿漢監督不時巡邏嚴查如
有故違不法車輛擁擠嚴查喫烟偷盜者係倉場巡倉御史職掌即行
拏解刑部從重治罪又尖耗遞減之例宜照舊行一款內開恐倉役反
爲藉口蒸潮折耗無所抵補慮致賠累或收糧時勒索運弁之贈米或
放糧時低淺八旗斛面等因查進倉米三年內減尖米三年外減耗米
此明季舊例也後順治五年八月內臣部議得漕糧入廒浥爛潮蒸虧
折多在第一年若三年之內止減尖米不減耗米則於法過嚴而典守
者殊覺其賠苦難堪合無以後三年之內尖耗俱准遞減等因奉
俞旨遵行已久則尖耗米併減乃
本朝定例也至於十三年十二月內該前任巡倉御史遲

題定三年止減尖米之例已經奉行在案今復據科臣疏稱三年之內止
減尖米誠恐倉役藉口虧折不無入多出少之弊等因查係倉場職掌
請
敕下倉場臣尖耗應否可減逐一確查明白議定一例具
奏以憑另議如有倉役勒索挖淺等弊聽倉場臣巡倉御史查明從重處治
又稱京通二倉買頭霸佔廒口包攬宜禁一款查放糧之時臣部亦屢
經嚴禁不許在倉買賣今科臣疏稱奸棍霸佔廒口串通倉役作奸應
請
敕下倉場臣巡倉御史嚴行察訪如有前項棍徒在於各倉霸佔廒口串通
倉役包攬糧米者卽行拏送刑部從重治罪以杜奸宄可也奉
旨依議

工部　題爲天儲國賑等事營繕司案呈禮科張　題前事奉
旨該部議奏欽此該臣等看得科臣張　疏稱倉地之磚砌宜急一款內稱
查明正德年間戶部題准會同工部堂□官一員將各倉曬場計量丈
尺估計磚灰工料如法鋪砌臣爲宜倣舊例酌量鋪砌併修理囤基等
因具題前來查明旣係戶部題准會同臣部估計今應否修砌臣部不
便遽議應俟戶部題准再會同臣部估計可也奉
旨依議
倉場　題爲天儲國賑等事准戶部咨移到臣該臣等看得各倉曬颺
場囤二基明季俱用磚鋪砌今祿米倉猶存磚地餘皆低窪沙土遇雨
泥濘不便曬颺應如科臣所議急爲鋪砌但二工並舉恐錢糧不敷合
無先將囤基速行興工鋪砌以便糧米進倉曬颺乾潔入廒臣謹會同

巡倉御史臣李　合詞具題伏乞

敕下工部計量丈尺估計工料鋪砌施行奉

旨工部知道

倉場　題爲天儲國脈等事准戶部咨該臣等看得倉地磚砌一款臣

等會同巡倉臣酌議另疏具題外至修理倉廒價値例係工部錢糧應

聽工部應用領糧車輛不宜進倉一款臣等屢經嚴禁今遵

旨再行申飭尖耗遞減宜照舊行一款該前任巡倉御史遲

題請每月止除遞減尖耗一合有零部覆奉

旨遵行今欲仍循尖耗遞減如米一百萬石每月減米一千石一年減米二

萬四千石事關錢糧重大臣等未敢輕議仍請

敕下戶部確議具題買頭包攬宜禁一款今遵

旨嚴行察訪如有棍徒串通倉役霸佔包攬拏送刑部從重治罪可也奉

旨戶部議奏

戶部　題為天儲國脈等事雲南司案呈倉場題前事奉

旨戶部議奏欽此該臣等看得先經科臣張　條議京通各倉法宜善後者

四款隨該臣部請

敕下倉場臣查議具奏去後今據倉場臣范　等覆疏稱各倉曬颺場囤二

基用磚鋪砌容會同巡倉御史酌議妥確另疏具

題外至修理倉廒價值例係工部錢糧應聽工部應用其領糧車輛屢經

嚴禁今遵

旨再行申飭如有故違擁擠喫煙偷盜等弊即行拏送刑部治罪又買頭遇

於放米之時在倉買賣當嚴行察訪如有棍徒串通倉役霸佔廒口包

覽亦送刑部從重治罪等因查以上三款既經遵
旨題明申飭毋容再議至尖耗遞減之例宜照舊行一款疏稱若循舊例尖
耗遞減通漕共米三百萬石每歲計共減米七萬餘石事關錢糧干係
重大未便輕議仍應請
敕戶部確議具題等因查此款先據科臣疏稱漕糧進倉浥爛虧折多在第
一年若三年之內止減尖米但恐倉役藉口折耗有勒索挖淺情弊故
臣部請
敕倉場臣逐一確查明白具奏去後今據稱錢糧關係重大未便輕議等因
則遞減之例難以驟更相應仍照減尖之例遵行可也奉
旨依議
工部　題爲天儲國脈等事營繕司案呈倉場題前事奉

旨工部知道欽此該臣等查得順治十六年十一月內臣部題覆科臣張

疏稱倉地磚砌宜倣舊例鋪砌并修理囤基查明季既係戶部題准會

同臣部估計今應否修砌臣部不便遽擬應俟戶部題准再會同臣部

估計等因具題奉有依議之

旨欽此咨會戶部去後今該總督倉場題覆戶部疏稱各廒颺場囤基明季

俱用磚鋪砌應如科臣所議急爲鋪砌但二工並舉恐錢糧不敷合無

先將囤基速行興工鋪砌等因具題前來合應

敕部會同臣部差官先將各倉囤基酌議鋪砌其應用錢糧照戶工二部給

發可也奉

旨依議

禮科給事中臣張惟赤謹

題爲關鹽二稅最係軍需掣肘因循必致惰誤請

敕部院嚴速飭行以無誤

國課事竊惟

國家經費殷繁計部量入而出尚多缺乏之患今取給額餉自正賦之外惟

關鹽二稅爲最重比因海逆猖狂横行江上瓜揚一帶商民逃避鹽艘焚

燒大姓富商未經復業南北一路鈔關地面商船不至稅額多虧差上諸

臣紛紛咨部軍需至重

國用未充方賴羨餘以資匱乏之倘果不敷原額司農不且有仰屋之憂乎伏

念淮揚鹽稅爲數獨多商賈爭趨則輸納自倍故恤商則商利而

國亦利剝商則商病而稅亦虧今殘壞之餘招徠鼓勸亦須大加整刷使樂

業者羣歸則急公者自奮此時料理經營誠不可一日緩者也竊見巡視

兩淮御史高　已於九月中旬奉
命解任矣都察院自有堂劄知會高　因宜閉門謝政以待新任之來但鹽政
與諸差不同一日無官則催徵之怠玩私販之夾帶保無有乘機而起者
乎若使高　猶儼然視事無論去任之官灰心苟簡且與解任之
旨不合相應
敕下都察院速議撤回催新差星速赴任料理至鹽道一官尤爲緊要乃懸缺
經年銓補無人豈盡無應陞應補之官而遷延歲月此臣之所不解也且
臣前待罪戶曹山東司見領引一事甚爲繁難紙筆脚價等費無非剝商
脂膏而繳退殘引尤屬無益今兩淮積引多至二百餘萬若再按年給發
則前引愈壅而新費日增究竟何益臣愚以爲十七年鹽引令新差減數
量帶責其嚴銷積引但期新引之原額無虧毋使舊引之壅滯日甚至於

殘引亦令該差驗明收貯造册報部查核便可省無窮之虚費是爲商人省一分實爲正課增一分所宜嚴立責成以充

國賦者也南北鈔關抽分商税客船接踵則賦額自羸鎮江爲天下咽喉一經阻塞各路俱斷部差諸臣皆以商舶不至咨請戸部代

題夫六七兩月海逆截江之日固應覲望退避此後大兵掃蕩之餘自應漸次鱗集乃聞賊艅已遁而行旅不前臣不解其故細訪之則兵馬往來不論商民船隻槪行封捉故也前時部差以賦税爲重客船躱避封拏往往羣泊關前因而得免今聞沿路拏船反勒令關差部臣先期封捉或至千百號之多尅日取辦商船投避無路棄貨中途甚至搶散無怪乎現在者呼號欲絕老幼驚惶未至者望風遠退裹足不前也夫部臣爲

朝廷榷税之臣原非督撫封船屬員

朝廷設關以招商裕
國反驅而令之轉徙是病商實以病
國矣蓋接濟兵馬自有糧船乘座驛遞供應何故責成部差累及商旅臣辦
事垣中見兵部覆臣同官誂
皇恩浩蕩無涯一疏稱商困封取民船一款部覆云該省旣已造有船隻何得
復行封捉應請
敕下該撫按將不遵禁飭仍舊封船情由明白回奏一面再行嚴飭如有故違
即行指名題參重處已奉
俞旨依議行是所當
敕部通行各省仍察議委關封捉原由永爲禁革以足稅額倘仍有故違許該
差部臣竟行據實報部以憑

題參重處抑臣更有請者工部之差以河工爲重錢糧以蕪湖爲多今南河

部臣楊西狩已於三月間解任蕪湖部臣王洵已於七月間自盡經今半

載尚未

題差雖或署篆不乏然代庖之人或係府佐或係兼攝傳舍一官終不著緊

此外尚有節愼庫琉璃廠街道廳各差亦皆報滿候代所宜

敕下部臣作速酌議變通

題補掣差督馳料理毋得僅以人少爲辭耽延歲月以誤河工以虧

國課者也臣因軍需起見緣係條陳字稍逾格如果臣言可採伏乞

敕下該部院嚴速施行

順治十六年　月　日具題十一月廿七日奉

旨該部議奏

工部 題爲關鹽二稅最係軍需等事都水虞衡二司案呈禮科張

題前事奉

旨該部議奏欽此該臣等看得科臣張 疏稱南河部臣楊西狩於三月間解任蕪湖部臣王洵已於七月間自盡經今半載尚未題差此外尚有節慎庫琉璃廠街道廳亦皆報滿候代所宜

敕下部臣作速酌議變通題補毋以人少爲辭誤工虧課等因具題前來查得南河一差先經掣題主事馮世鞏因緣事未結臣部題明今掣題主事陳天清其蕪湖一差掣題主事韓昌祉琉璃廠一差掣題主事岳峻極俱經具題奉有

兪旨毋容再議外至於節慎庫街道廳二差扣至本年十月內差滿自應掣差更替但因臣部無官可差以致久懸再查龍江中河又已及期並節

愼銜道共計四差見在更替無官先經將裁撤回差主事壽以仁王澧

題留奉

旨依議而吏部題覆未經准留今查臣部見任乏員更替應請

敕下吏臣查照臣部前題添設責令分司封捉商船臣部亦有關差嗣後不

許令分司封捉相應如科臣所議請

敕該督撫禁止可也統候

命下臣部遵奉施行奉

旨是依議行

戶部　題爲關鹽二稅等事山東貴州司案呈禮科張　題前事奉

旨該部議奏欽此該臣議得鹽務事宜有專官料理方克有濟今鹽臣高

已經奉

旨解任所有新差御史奉
命已久目下各省呼餉急如星火萬難再緩相應
敕下都察院速催新任御史起程仍將交代日期報部查核至於鹽道一官
尤爲緊要應如科臣所議請
敕吏部速行銓補又稱兩淮鹽引壅積甚多令新差減數量帶責其嚴銷積
引等語查積引原有帶銷之法以完舊逋若減新行舊則新課何憑徵
收似難允從至疏稱殘引令該差驗明收貯造册報部查核便可省無
窮之虛費等語查殘引一項舊例應照額年内全完解部且先經臣部
具題舊引不繳則新引難行新引難行則鹽課必至逋欠自今以後未
完銷引參罰各官如有續完應開復者必令註明銷完年月併所銷引
目一併報部查明題奉

俞旨欽遵在案應仍照前
旨遵行不便更張關稅一款據疏稱南北鈔關兵馬往來不論商民船隻勒
令關臣封捉至千百號之多商船投避無路棄貨中途甚至搶散未至
者望風遠退裹足不前榷稅部臣原非督撫封船屬員且接濟兵馬自
有糧船乘座驛遞供應何故責成部差累及商旅且兵部覆疏稱造有
船隻何得復行封捉該撫按將不遵情由回奏嚴飭通行各省仍察議
委關永爲禁革等語查科臣疏稱封捉商船已經兵部題覆禁革既經
兵部頒行禁革毋容再議至於所稱責成部差封捉船隻查榷關差委
部臣收稅原爲裕國通商其任止應查收往來商船稅課督撫何得擅
委關差部員捉拏商民船隻相應請
敕下各該督撫如再擅委部員拏船該關差之官據實呈報臣部以憑參處

如徇庇不舉科道衙門訪實題參一併治罪至於南河蕪湖節愼琉璃
街道等差未經題補應聽工部議覆可也奉
旨是依議行
吏部　題爲關鹽二稅最係軍需等事文選司案呈禮科張　題前事
奉
旨該部議奏欽此該臣等議得科臣張　關鹽二稅等事一疏內稱鹽道一
官尤爲緊要乃懸缺經年銓補無人豈盡無應陞應補之官等語查鹽
道一官據品級考以郎中知府運司同知三項陞補但自元年以來從
無以郎中陞運使之例而知府或有事故或俸未滿運司同知亦俱未
俸滿又無候補之官所以不便陞補俟有應陞應補之官臣部卽行補
用可也奉

旨依議

兵部　題爲關鹽二稅等事車駕司案呈工部題前事奉

旨是依議行欽此除關鹽二稅應聽該部院議覆外該臣等議得科臣張

疏稱鎭江爲天下咽喉兵馬往來不論商民船隻概行封捉等語査兵

馬往來封捉商民船隻委屬苦累應請

敕下各該督撫嚴飭所遇兵馬過往如該省原有載兵船隻不得另行封捉

如無載兵船隻或量行打造或用價僱覓勿致累民可也奉

旨依議嚴飭行

吏部　題爲關鹽二稅等事文選司案呈工部題前事奉

旨是依議行欽此該臣等議得工部覆科臣張　關鹽二稅最係軍需一疏

內稱節愼庫街道廳龍江中河共計四差見在更替無官先經臣部將

裁撤回木差主事壽以仁王灃題留奉
旨依議而吏部查照前題添設等語查部臣於十六年十月內覆工部題留
撤回司員一疏壽以仁王灃原因木石灰三差故增主事三員今三差
既經歸併則壽以仁王灃不便仍留衙門相應候缺另補奉有依議之
旨在案今該部又以更替乏員題請添設查十五年八月內爲遵
旨會議事工部疏稱應裁員外四員主事一員共五員奉有依議之
旨裁汰已久臣部不便再議添設至壽以仁王灃既經裁汰撤回應候缺出
即行補用可也奉
旨依議
禮科給事中臣張惟赤謹
題爲學道之責成甚重銓曹之取用可疑謹據事直糾仰祈

睿照事竊惟學道一官關全省文教之大一時正文體端士風杜絕夤緣收拔
寒素既所以整肅黌宮即他日士子進身登科甲而樹功名皆從此出誠
委任得人必能勵淸標以副人望若取用之日或以鑽營得之重費於前
不得不取償於後因而暗通賄賂律己不嚴畏人譏彈曲徇情面衡鑒淆
而公道喪職此之由但此官向稱美缺慕利者莫不爭趨銓曹少有徇私
胥吏因而顚倒難保無覬覦鑽營之奸伏見近日
皇上責成吏禮二部公同考取銓臣孫　以免考推陞上
請奉有諄切
明綸欲令愼選得人
德意至重也乃臣於該部新掣九省學臣之舉不能無疑焉臣聞銓曹初議內
取俸深郎中外取俸深知府掣籤推補後以明歲場期不遠學臣星馳視

事始可無誤錄科恐外任地方相去遼濶則奉
命之官竭蹶無及故堂司酌議欲取郎中六人知府則止用三人各部咨送郎
中吳六一等到司已久矣比時候掣各員郎中則吳六一等六人知府則
汪永瑞王康侯顧鏞三人人數已足乃因循不掣日日耽延直至廿一日
推陞日期將吳六一張淸議二員補授他任道府臣思從來部屬送考學
道未經考授者即遇本部各差亦皆停掣今吳六一等旣以學差咨送則
遇他任自應停推竊見本月廿一日以前累次推陞業將吳六一扣起用
下首王輔運吳來紱等挨次陞去則六一等待掣學道理應停推例可見
矣乃此番竟行別補遂至懸缺待人去此取彼不爲無意且戶工二部向
有考送學道而未經考過之郎中該部縱云送考與推陞不同恐有前任
差上考覈未完不便補用不知各部送考學道亦必考覈已畢初無未完

者方准移咨今既已咨送到司似無妨一體均掣即謂當日咨送原係候
考非爲推陞則五部郎中如戶工二部儘不少三年五年之俸者何不另
文咨取以待各部起送而漫稱內任乏員頓將外官增入遂行掣定夫免
考推陞奉
命已久乃廿一以前何緣日日延捱及吳六一二員陞去之後廿四日即行掣
補似乎昔之遲者專爲吳六一二員未曾別用則不能出缺以爲他人地
也且臣據掣定人地計之如王康侯以汀州而至浙江顧鏞以興化而至
廣東之類尚屬就近之官四月終能到錄科或可不誤至順慶府汪永瑞
距河南約五千餘里今吏部掣定請
旨臘盡始得奉
命部科發憑亦需一月蜀省寄憑例限三月是憑到之日已屬來年四月矣知

府職任錢糧交盤不無稽滯縱使憑到卽行而五千餘里之程途非三月不能到是抵任之日已在七月之杪距場期纔數日耳數日之內何以遍歷八府考試諸生有萬萬窒礙難行者部臣內六外三之原議本屬有見而自背成言殊不可解臣不知廿一以前其耽延者爲何故推陞之日不將吳六一張淸議扣起者爲何心旣已懸缺乏人不行五部另取咨送者爲何意

皇上申嚴學臣之選特令吏禮二部公同推補則必二部堂司諸臣衆議僉同而後可今聞左侍郎石　獨不晝題況學臣文教攸關所係於禮部尤重而儀制司郎中洪亦不晝題其間有無情弊臣亦不敢懸料獨是石　洪　以與議之人而不肯爲僉同之見必非無謂而然者伏乞

皇上敕令石　洪　將不肯畫題緣由一一奏明并
嚴敕銓曹堂司明白回奏倘朦朧支飾
立賜嚴懲庶鑽營之積弊可除而文治之雍熙日奏矣臣職掌所關無容緘默
倘所言不謬請乞
乾斷施行
順治十六年十二月初一日具題本月十七日奉
旨吏部明白回奏
禮科給事中臣張惟赤謹
題爲部臣之回奏欲鉗言路之口學道之補用實有可議之端謹據實補陳
請乞
睿鑒事吏部題覆微臣學道之責成等事一疏奉

旨這回奏情節著都察院察議具奏欽此微臣自應靜聽憲臣之察覆何敢再

行陳奏以瀆

宸聽但臣細閱部臣原疏有深可駭異者內云不知科臣是何意見必欲將郎

中二人陞補學道伏念臣銜門職司糾駁內而六部外而督撫司道凡一

事之失當一弊之可疑皆得風聞入

告所以爲

朝廷耳目防壅蔽而破奸私也倘有可疑之弊而不能察及知之而不敢言

即難辭溺職之咎況今陞補學道一案掣定之日聞者人人竊議以爲未

當臣禮垣也有聞不敢不奏而部臣謂臣是何意見然則臣銜門凡有糾

參皆必以意見二字强加之乎參一人即可曰意有所私惡論一事即可

曰意有所專屬如此將動輒引嫌幾無一言之可指部臣但知巧伏意見

二字以杜微臣一時之口而不知言官職掌但知

朝廷此外威勢有所難壓嫌怨有所不辭未容以部臣箝制之語阻之使緘默不言而養成壅蔽之習也況學道向屬美缺鑽營竊恐不免從來吏部專在人缺之參錯陞補之後先以速爲遲去彼取此稍轉移間卽已隱行其私而問之則又巧引舊例以相支飾臣固知先推陞而後補學道去郎中而取用道府此皆該部轉移之術而未嘗無例以自解也獨是回奏疏中有自相牴牾者陞補之法與題定之疏有前後不侔者臣聞吏部於十一月二十一日推陞之後新立規則凡陞補官員先畫知單定議之後再畫題本彼時十一月二十三日爲陞補學道一事左侍郎石　同在衙門會議爭執至晚不肯畫知次日遂不進衙門而該部乃竟行掣定夫掣補雖在廿四而會議定於廿三石　廿三日既進衙門同在會議之列何以不

肯盡知若非前此之推陞有未當卽此後之陞補學道有未妥其間必確
有所見不得以廿四日之偶病未曾入署而瞞煞廿三日之爭執不肯盡
知也況會議之事貴在僉同偶不到而本無異同不必待也若以爭執未
定之人乃聽其不盡知不盡題而不顧則該部之事又何取於滿漢三堂
之設立乎且部臣疏稱會議一事凡偶一事故未到者其現在自不得坐
待以候齊集致誤公事今旣謂石　偶病不入署洪　亦未到不應坐
待矣乃又云陞補學道奉
旨科抄到司在十一月初十日彼時覺羅　因沈　一案未敢入署奉
旨之後於二十日卽進衙門等語是又因覺羅　一人之故而坐待於十
日之後矣夫
欽限雖有定期事務當權緩急以來歲場期之近而十一月始補學道則自

當早爲議補以無誤賓興而耽延至十餘日以俟推陞之後此事不能無疑者雖部臣以覺羅　不進衙門爲解而又與不得坐待之語相背此臣所謂回奏疏中自相牴牾者也至於九省學道用內六外三之說原非無因蓋該部初時取用竟屬郎中九人後因黄象雍潘瀛選鄭適去三人曾經送考學道不便再用遂去三人夫九人而去三人豈非內六之說乎此舉

朝所共知也故推陞之單一定聞者皆爲竊議臣原未嘗遽謂外任之必鑽營部臣之必有私弊但據吏部等衙門題覆文衡之需人甚急等事一疏內稱每遇學道缺出查各部進士郎中俸滿者先儘陞補如部郎無俸滿者查參議內係進士出身有薦者挨序陞補如參議內無進士出身有薦之人查知府內係進士出身俸滿有薦者挨序陞補又云查目下學道九

缺參議無人郎中知府俱俸未滿陞補無人相應於郎中酌取一年以上
邊俸知府酌取一年以上腹裏知府酌取年半以上先論薦後論俸補足
九缺後不爲例等語於十一月初六日奉
旨依議欽遵初七日科抄到部此該部題定則例所當奉行者也夫既曰參議
無人乃忽有陝西督糧道參議羅森前此何所見而曰無後此何所爲而
忽有且取用參議之例原云查參議內進士出身有薦者挨次陞補是參
議必有薦而後陞學道明矣及查羅森履歷到任止及一月初未開有薦
并未開紀錄縱或參議有不得不用之故與羅森有可以陞補之故但既
與
題定則例相背亦應於推陞本內詳述原
題條例分晰取用原由一併

題明以憑
睿斷何以朦朧開列將新經
欽定之條例擅便更改此臣所謂與
題定之疏前後不侔者也臣職掌攸關不敢避部臣之怨鉗口不言節因齋
戒今始得補牘備陳請乞
皇上敕下都察院一併詳察施行
順治十七年正月十三日具題本月二十九日奉
旨這本內事情著都察院一併察議具奏
都察院　題爲遵
旨察議具奏事刑科抄出吏部題前事奉
旨這本內事情著都察院一併察議具奏欽此該臣等看得科臣張　之疏

參吏部也以學道之責成甚重二部會題陞補侍郎石　郎中洪
未曾畫題因而疑惑指摘但臣等逐款詢問詳察其陞補次序未有錯
誤之處而石　有病而洪　因掣籤之日吏部傳伊已散未見掣籤
不曾畫題俱無可議臣等未敢擅便爲此具本奉
旨依議
禮科給事中臣張惟赤謹
題爲錢糧之積久難淸有司之卸責太速請乞
敕部詳議以專責成以完逋負事切惟條糧事關兵餉逋欠致誤急需乃往往
催徵不前拖欠日積自應嚴立降革之條使有司畏法知儆庶幾有濟軍
儲但目今
功令非不森嚴而逋餉所在見告臣愚以爲若不設法責成積弊終難盡挽伏

讀十四年九月內

上傳諭吏部錢糧係軍國急需有司考成自不容寬但近來參處拖欠錢糧降調紛紜新舊交代反誤催徵官雖屢更拖欠如故已後因錢糧降調各官俱著帶降在任督催完日開復欽此仰見

皇上洞悉錢糧逋欠之由深知交代紛紜之病

特許帶罪督催非惟愛惜人材亦以嚴責成而清宿欠也乃該部分別分數以未完革職者仍復多有往往到任不逾數月參處遂及其身江浙等處有一歲之中縣令三易者夫在任日久則官民相習吏弊可清一手催徵事無旁諉今交代紛紜署事者以五日京兆料理既不盡心新任亦初履地方釐飭無從下手民間但多送往迎來之費吏胥得逞瞞前誑後之奸而尤足慮者有司未任之先即預擬降革之必不能免因而任情怠玩苟且

因循且名罣彈章飄然去任則已爲他人之責於已無與矣臣以爲與其實議革職而歲易數人則有司輕視其官而逋欠若爲身外之事不若帶罪督催而策其後效則□□重寄其責而催徵難諉任內之勤況錢糧分數按月定額而時候不同到任之日或青黃不接或蠶忙停徵至有初經兵火若江南各郡人民流散比戶未甯轉瞬之間已及數月且或前任以拖欠罷官接管始星馳視事逋欠在前而責成在後二三月之內稍有未完即代他人受過一官不足惜而降革太驟整頓難施日換新官倍多捍格此積欠之所以逾增也臣請

敕部再加詳議已後年終奏銷以及撥給軍餉如有掛欠應降應革者俱准帶罪督催不許解任本人任內之積逋仍責本人以追比務須如數解完毋得貽累接管如此則官不數易不致視如傳舍怠玩相仍而責任既專亦

復旁諉無門而催徵自力矣如臣言可採請乞
敕部速議施行
順治十六年十二月初一日題本月十八日奉
旨該部議奏
戶部　題爲錢糧之積欠等事江南司案呈禮科張　題前事奉
旨該部議奏欽此該臣看得科臣張　疏稱條糧事關兵餉往往催徵不前
江浙等處一歲之中縣令三易者恐有司前後接管拖欠愈多議將應
革應降者俱令戴罪督催不許解任本人任內積逋仍責本人追比完
解不致貽累接管等因條奏前來案查錢糧參罰之法先經臣部前任
尙書孫　及科臣姜　朱　等條議業經臣部將舊定考成則例斟
酌輕重應降應罰分別處分凡州縣有未完一分以至八分下者分別

降罰起送吏部調用其未完九十分者革職題定在案續於十四年十
月初一日捧接
上諭諭吏部錢糧事關軍國急需有司考成自不容寬但近來參處拖欠降
調紛紜新舊交代反誤催徵官雖屢更拖欠如故以後因錢糧降調各
官俱著帶降在任督催完日開復欽此又查順治十四年十一月內吏
部題爲遵
諭題明事會議得戶部正項本折錢糧與額編兵餉則例相同除州縣官欠
一分以至六分仍照原定則例降罰俱戴罪督催無容更議外其欠七
分者原例降職一級八分者原例降職二級俱調用今更議欠七分者
降職三級欠八分者降職四級俱戴罪督催停其陞轉完日開復九十
分者亦照原定例仍革職爲民俱經欽遵通行在案今科臣條議以後

年終奏銷以及撥給軍餉如有掛欠應降應革者俱令帶罪在任督催
不致貽累後官等語查考成則例凡降級者俱係戴罪督催停其陞轉
已有成例其所議革職者新例之中仍照原定則例革職爲民查考成
則例遵奉
上諭之後復經會議定有新例欽遵在案似應遵行前
旨可也奉
旨依議
禮科給事中臣張惟赤謹
題爲懇查斥弁留駐地方勒歸原籍以靖盜源以銷隱患事竊惟
朝廷設官分職文武一體凡外任文官或陞或斥即離任所獨武弁一途既經
廢斥往往留駐地方大爲民害蓋此輩蓄有家丁馬匹弓甲器械其平日

頤指虐民無不畏其積威故戀不能舍潛住地方或盤放營債苛索重利佔人妻女踞人房產者有之或販賣私鹽械船出入妨梗國課印捕官不敢過而問者有之或夤緣委署以復然之灰磨牙吮血之地者有之（此句疑有脫誤）或縱容家丁爲盜沿村劫掠使民臥不貼席者有之甚至東南一帶暗通湖海劇寇陰爲線索勾引入犯者有之在現任武弁尙有主將可以鉗束撫按得而糾劾彼則册籍無名官評不及自民視之儼然一官長也受其荼毒無不忍氣而吞聲在地方官視之彼一寄居浮戶也欲事糾彈亦且鞭長而不及計天下之凡爲若輩者不知凡幾一廢弁之下爲家丁爲僕從者又不知凡幾萬一日久變生因緣株蔓其害有不可勝言者臣以爲此輩出身旗下者罷官之後自應歸旗當差出身各直省者罷官之後亦應回籍歸農豈可逍遙異地以不官不民之身爲且宦且

盜之行乎伏乞
皇上敕下該部嚴行督撫鎮道著府州縣行查如有前項廢弁兵丁非係土著
者卽行驅逐出境仍具境內並無容隱異方廢弁印結存案若徇庇不舉
許各衙門不時糾參如此則隱憂銷而地方可以甯謐亦未雨綢繆之一
說也爲此具本謹題請
旨
順治十七年四月初四日題本月十五日奉
旨該部嚴察議奏
兵部　題爲懇查斥弁留駐地方等事職方司案呈禮科張　題前事
奉
旨該部嚴察議奏欽此該臣等案查十三年十一月科臣嚴　密題爲請定

武臣經制等事一疏內稱廢棄武臣不許仍於鎭守地方私置田宅蓄
養家丁製造軍器等因臣部覆議廢弁自當回籍安分不得仍在鎭守
地方私置田宅蓄丁製械致生亂萌應請
敇下各省督撫按密察該管地方凡有廢弁俱令回籍果有前項蓄丁製械
者卽行指名糾參從重治罪奉有是依議行之
旨欽遵通行在案今據科臣張　備陳廢斥弁丁爲害地方請驅逐出境歸
旗回籍以靖盜源以銷隱患等事查武弁旣經廢斥卽應解散家丁回
籍樂業何得留戀原任恣睢暴戾貽害地方應再請
敇下各該督撫按嚴行所屬各提督鎭標營府州縣衛凡有廢斥武弁不係
土著盡行驅逐歸旗回籍仍取該管官並無容留廢弁印結存照如該
地方官有隱庇不舉廢弁中有驕悍不遵者該督撫按卽指名題參從

重議處奉

旨依議嚴行

禮科給事中臣張惟赤謹

題爲軍興之供應至急督撫之責成宜專請

敕部嚴行申飭以無誤進取機宜事竊惟

王師征討事關進取所用糗糧草豆船隻器具等物皆應該地方供應苟屬

急需不容稍緩時日但備辦者郡縣有司之事而督催者總督巡撫之責

也臣聞去冬駐浙大將軍以軍需遲誤時發令箭提府縣官督催當此大

兵征進雷厲風行之時而有司玩愒耽延誠宜懲處第平時督撫諸臣何

以不預爲料理及兵馬已至地方尚且呼應不靈致煩軍前之督催一省

疆界遠者相去千里近者不下數百里直至行提郡縣有司而後竭蹶備

辦一往一返動稽時日於緊急軍需不更違誤乎況郡縣有司皆有地方
之責一時提赴軍前正官不在料理無人錢糧之徵比盜賊之隄防庫獄
之巡警誰爲掌管恐致疎虞臣請
敕下兵部遍行用兵地方各該督撫已後事涉軍需務須先期督催有司預爲
備辦如有遲誤該督撫立將怠玩之官飛章入
告從重議處其領兵大將軍所需供億止應責成督撫解送倘耽延缺少竟將
該督撫據實
題參不得竟提府州縣官反致耽誤庶責成既專卸過無所既不違誤軍興
而地方亦無疎虞之患矣如臣言可採請乞
敕部速議施行
順治十七年四月二十五日題奉

旨該部議奏

戶部　題爲軍興之供應至急督撫之責成宜專等事廣東司案呈禮

科張　題前事奉

旨該部議奏欽此該臣等查得凡大兵出征需用糧餉等項臣部准有兵部

咨會卽預行該督撫備辦並未責成府州縣官今據科臣張　疏稱聞

去冬駐浙大將軍以軍需遲誤時發令箭提取府縣官督催等因前來

查大兵旣抵地方需用糧餉等項該督撫相應照數預備以便支給何

以致領兵官提取府州縣官督催合請

敕下各督撫如有供應大兵糧餉等項俱先行督催有司預爲備辦如有遲

誤該督撫卽將遲誤各官指名

題參以憑議處至於領兵官止催督撫不得竟提府州縣官等語應請

勅下兵部嗣後如遇出兵之日卽行領兵官知照可也相應具覆奉

旨是依議行

禮科給事中臣張惟赤謹

題爲漕糧私折私派猾吏剝民肥己謹據事直糾幷陳積蠹橫行之奸請乞

勅下該撫按嚴追重懲以除奸猾以充

國課事竊惟圖治莫先於足民足民莫先於除害今天下財賦之地首重江

南漕米條銀爲應輸之供而奸胥猾吏每於其中曲生弊竇額外誅求臣

屬籍浙西與江南接壤風氣相同稔知積蠹之橫行已曾累疏入

告乃未有私折入橐剝民肥己積至十年之久十數萬之多而未經發覺如松

江華亭縣之買折一案者華亭地畝出產不同有三十六七八九保及四

十三保土產花豆不種田禾其沿海斥鹵區圖乃產稻之所有刑廳書辦

王建甫曹營祖等於順治五年串民陸仲等具呈申請將三十六七等保應納本色漕糧擅行改折每田一畝出銀三錢五錢不等名曰買折合計改折田七萬四千餘畝買折銀三萬餘兩即將此項應徵漕米澆派斥鹵區圖責其代納初心謂産米者輸米不産米者折銀彼代我糧我代彼折兩相改易似爲甚便不意自洒派之後斥鹵區圖漕糧已增乃折色銀兩仍前不減而三十六七等保除蠹等初年得過買折之銀三萬餘兩外每歲改折之銀又復萬餘金積算十年來多至十餘萬不知銷歸何所每歲改折之糧五千七百七十二石竟自澆派沿海斥鹵各圖積算十年以來共五萬七千七百二十石矣在斥鹵各圖賣兒貼婦剜肉補瘡以供額外之私派而此輩蠹役歲歲徵收買折之銀蠹吏分肥不入公家正課臣聞之不勝駭異夫漕糧何事非經

題請則本色折色豈可擅更況私行買折銀至萬餘兩之多而竟爾侵漁曾

無顧忌嚼民之蠹莫此爲甚大抵江南郡邑條糧繁重府廳州縣衙役往

往借勢剝民而松江一府爲尤甚蓋因布政司胥役與府縣衙蠹通同作

弊將

皇上頒發之由單匿而不發以致額數增減莫得而知弊遂至此總由積蠹以

惡濟奸結援植黨郡縣司道府撫按各衙門胥吏並聯腹心互相庇護卽

或奉

旨拿問必發有司審理此輩錢可通神巧能亂法承問有司掌案書吏必其腹

心往往百計彌縫輕描淡寫必至毫無贓據事未結而仍在衙門總之承

問者既已弁髦撫按而撫按因以弁髦

功令羣蠹有力

國法不靈良可痛也以是小民明知不能申理何苦爲問官掙錢相戒吞聲忍氣更聞松江府於府縣差役之內又立管班名色皆積年巨蠹送本官銀或八十兩或一百兩遂得點用府有八名縣有四名既充管班則衙門事體一手握定□府差管班張君宏淩文伯朱元卿朱明卿孫昌婁差管班小佛等結盟東岳廟則立八旗黨之名分踞衙門前則有東西店之號嚇詐小民招搖過付以致田連阡陌畫棟朱樓民間之膏血日枯此輩之富豪日甚嗟此一方民其不至於人人蕩產不止也臣請

敕部嚴行新撫按確查漕折一案作俑何人順治五年以來總計十餘萬買折之銀兩於何項開銷屬何人侵用總計五萬七千七百二十石改折之糧作何抵補何處洒派照數嚴追以充兵餉勿謂十餘年之積弊而憚釐剔之難勿謂十數萬之侵蝕而慮承追之累務須直窮到底不得瞻徇混覆

仍將府縣管班名色盡行禁革其奸差張君宏等許被害小民據實陳告
該撫按提來親審盡法嚴懲仍通飭江浙巡按御史已後拏問衙蠹並須
親鞫或發司道衙門親審不得仍批府縣有司便其打點賄脫庶蠹役漸
除而小民始有生聚之樂矣緣係糾參衙蠹字多逾格如臣言可採請乞
皇上睿鑒施行
順治十七年四月二十五日題五月初二日奉
旨這所參王建甫等漕糧私折私派及張君宏等管班等情著嚴察議奏該部
知道
戶部　題爲漕糧私折私派等事雲南司案呈禮科張　題前事奉
旨這所參王建甫等漕糧私折私派及張君宏等管班等情著嚴察議奏該
部知道欽此除拏問衙蠹並須親鞫差役之內立管班之名聽該部查

議外該臣等看得科臣張　疏稱松江府華亭縣買折一案有刑廳書
辦王建甫曹榮祖等於順治五年串民陸仲等具呈申請將三十六七
等保漕糧私行改折銀三萬餘兩將漕糧澆派斥鹵區圖積算十年來
銀至十餘萬兩糧共五千七百二十石蠹吏分肥不入正課等因查征
收漕糧題有定額今蠹役私折私派侵肥銀糧如許大干法令應請
敕下該撫按嚴查華亭縣漕折作俑何人並王建甫等如果擅行折銀派糧
串通分肥立行嚴追充餉仍作速題參從重治罪以儆奸蠹又稱布政
司胥役與府縣衙蠹通同作弊將由單匿而不發以致錢糧額數增減
莫知等因查頒發由單先該臣部具題各州縣定限十一月初一日於
公所齊集儒學衛所等官文武鄉官舉人貢監生員糧里花戶屯丁人
等公同給散若隱匿不給撫按題參官議降革經承吏書革役擬罪等

因奉有
兪旨遵行在案今匿單不發實爲蠹民大弊但科臣未經指名
題參臣部難以懸議應併請
敕撫按嚴查藩司府州縣胥役串通匿單情弊指名
題參以憑從重治罪仍嚴飭所屬遵照原題日期頒發由單務使小民通
曉以杜私派弊端可也奉
旨是依議嚴速行
吏部　題爲漕糧私折私派等事考功司案呈禮科張　題前事奉
旨這所參王建甫等漕糧私折私派及張君宏等管班等情弊著嚴察議奏
該部知道欽此該臣等查得科臣張　疏稱華亭縣買折一案有刑廳
書辦王建甫等將三十六七等保漕米擅行改折洒派斥鹵區圖代納

區圖漕糧已增而折色仍前不減積算十年多至十餘萬兩不知鎖歸
何所蓋因由單匿而不發增減情弊莫得而知等語又稱松江府縣差
役立有管班名色府有八名縣有四名如張君宏等結盟分踞衙門招
搖過付等語相應如科臣所請
勅下該撫按嚴拏王建甫等審明改折洒派逐年侵用情節並查張君宏等
結盟招搖事跡併不及覺察各官議奏以憑議覆可也奉
旨依議嚴行
刑部　題爲漕糧私折私派等事江南司案呈禮科張　題前事奉
旨這所參王建甫等漕糧私折私派及張君宏等管班等情著嚴察議奏該
部知道欽此該臣等議得除漕糧私折私派應聽戶部議覆外至疏稱
松江府縣差役之內立有管班名色如張君宏等分踞衙門嚇詐小民

應盡行禁革仍通飭江浙巡按御史已後拏問衙蠹並須親審或發司道親審不得仍批府縣等語應如科臣所請以後江南浙江等處凡有司衙蠹或被撫按訪拏或係百姓告發者均應該撫按併司道親審提究不得仍發有司審擬其府縣管班名色概嚴行禁革奉

旨依議

巡視十庫禮科給事中臣張惟赤等謹

題爲遵

旨查照會典詳列具

題伏乞

敕部酌覆以便恪守以重庫務事臣惟赤等奉差巡視十庫除請給關防設立公署酌用書皂需用紙劄等項俱經具

題外但事屬創始頭緒紛紜臣等到任後卽移會驗糧廳及尙膳內官御用等監弔取各庫錢糧出入細數册籍以便查閱乃驗糧廳回文云因漢官雖設而滿官未定難以任事各監回文則俱云原題會典並無各庫錢糧出入細數册籍等語未便輕發隨將原文繳覆夫各庫既無錢糧册籍移會則出入細數臣等何由而知又何由而巡視及細查會典內開載嘉靖八年令每年差給事中御史各一員於

內府內承運等庫幷各監局巡視監收禁革奸弊先將各衙門見在各項錢糧會同該管人役逐一查盤明白作爲舊管等語夫既奉

旨著照會典例行則各庫錢糧數目册籍似應遵照會典移送臣等查盤矣若

不請奉

明綸必致互相推諉伏祈

敕部議覆或將各庫錢糧竟責成該監查覈臣等止同覈驗其存留錢糧出入數目臣等不必與聞或仍照會典所載巡視監收禁革奸弊將各項錢糧逐一查盤明白作爲舊管等項酌妥

題覆定爲畫一之法庶便遵行至於會典所載其詳瑣款項容臣等細查續

題謹先擇其緊要應行事宜數款爲我

皇上陳之

一會典開載成化十六年奏准各處額徵絲綿折絹戶口食鹽司府掌印官務嚴加督責各該州縣官監收本處織造絹疋堪中錢鈔責令委官管押仍先於內混取絹一疋鈔五十貫錢五十文包封印記順附公差人役送部收候比驗仍作正數送納其解到錢鈔絹疋比驗以十分爲率如一分不堪者罪坐州縣三分不堪者罪坐本府五分以上不堪者

罪坐布政司各經該官吏若委官抵換者依律問罪等因應否照舊遵行以杜解役抵換之弊伏候

睿裁

一會典開載成化二十三年奏准各處解到錢鈔絹疋戶部該司揀驗堪中之數該庫不許重復看驗刁蹬留難其餘闊布皮張物料等項但係十庫錢糧俱會同科道部官辨驗果係地道眞正本色物件卽與收完出給批單通關不許推調延挨及供用庫所收糧如有多收盜賣虛出及包攬作弊者拏送法司問罪等因應否照舊遵行以免匠作勒索之弊伏候

睿裁

一會典開載嘉靖四十二年題准凡差官起解供用等庫錢糧到京卽同

歇家赴部領單上納若潛住十日不赴部者參送法司歇家問以包攬

解官治以重罪等因應否照舊遵行以杜侵匿挪移之弊伏候

睿裁

一會典開載嘉靖十年題准今後各處起解京庫物料果係本地無產者

許於批文內明開某物若干折徵價銀若干到京召商上納如有餘銀

通融幫補再有餘剩送太倉銀庫交收以備支用等因應否照舊遵行

以免本色病民之弊伏候

睿裁

以上四款皆會典開載班班可考臣等因奉有著照會典例行之

俞旨故敢具題因係條陳職掌開列會典字稍逾格仰祈

敕部議覆施行

順治十六年　月　日題　月　日奉

旨該部議奏

巡視十庫禮科給事中臣張惟赤等謹

題爲庫務有不得不新之條解役有不得不嚴之法再陳綜核要務仰候

睿裁嚴飭事臣惟巡庫之設原以稽察錢糧摘奸剔弊臣等任事伊始如衙門

關防書役等項已經具題該部覆奉

俞旨在案皂隸一役部覆聽該衙門議覆查巡視光祿衙門已經題明行文宛

大二縣查取民戶誠實者點選充用已奉

俞旨臣等相應照例取用至若會典中緊要條款亦已摘陳題請業經部覆奉

旨遵行無容再贅惟解官歇家侵攬遲誤估驗匠役勒索刁難目今不嚴爲立

法稽核無遺弊將有日滋者矣臣等自奉差之後申飭條規一應錢糧到

京先赴臣衙門掛號以查違限與否嚴禁歇家包攬告誡再三幷移會崇
文門凡外解官役進門日期及本折錢糧數目逐日庫單類報以憑查驗
總期盡洗陋習整頓維新以仰副
皇上設立巡視之意乃有江南省解官黄爾安解役張倪陸朱吴暹葉宗里李
宗義等違限半年猶可藉口寇氛至山東距京不過一二千里亦有違限
半年者如山東解本色之解官常守貴又有進京四五十日尚未掛號查
催置若罔聞如直隸之阜城曲陽等縣解本色狐皮之解役丁文煥李友
銀等是非侵欺變賣補湊維艱何以遲之又久觀望不前更有可異者江
南蘇州府於閏三月初五日批差解官胡定國批解順治十二年分本色
絹六百疋限四月廿五日赴部投納已於閏三月十七日在江甯巡撫掛
號矣乃直至五月初九日始在蘇松兵糧道掛號夫兵糧道衙門與巡撫

衙門總在府城一日可了何以相距五十餘日始行掛號又直至六月十三日始在江甯布政司掛號夫蘇州去省城不及五百里五六日可到彼時方四五月江上晏安又何以遲至八十日之後而始掛號倘非司道經承之勒揹即屬本解之侵漁變賣種種錮弊難以枚舉相應請

旨敕下該部嚴行該撫按確查違限緣由幷掛號稽遲有無情弊通報部科以憑指實題參仍督其以後起解務須嚴立限期催比家屬庶不致任意延挨蓋遲一日交納即有一日弊竇不可不亟爲嚴飭者也至未掛號之前稽遲責在解官既掛號之後躭延又恐在戶部相應請

旨敕下該部以後解官投批後即劄發驗糧廳除鋪墊銀兩爲數無多且又零星不等應竟赴內監衙門隨到隨收其餘本色錢糧驗糧廳驗中移會臣等訂日驗收通計掛號後赴庫上納總不得踰二十日如此庶可杜奸役

花銷之弊而亦可免解役守候之苦矣又如驗收各項本色勢不得不委之匠役自應以各監用料之匠估驗貯用之料則今日之所收即其後日之所用日後倘有不堪即責經驗之匠賠換庶不敢貪得使用濫收匪物今若另募外匠估驗無論多一番轉折即多一番婪索且物之高下非其責任所關誰肯細心揀別似應

敕下內官監發出內匠估驗以歸畫一者也抑臣更有請者物料之高下非有口能言此輩下役惟思利己保無有以高爲下以下爲高爲射利之媒者乎臣請著令各匠將應收物料逐一開造一册某物以某等色樣者爲上某等色樣者爲中某等色樣者爲下仍不妨每件緘著少許於臣衙門候外解到日臣等得照樣比對庶一覽即知若輩不得高下其手并將所開之册刊勒木榜懸之署中永爲遵守至若秤以平爲度兌以准爲貴固不

許短少以虧

國額亦不許多勒以病解役如此則

上用皆眞正之物而下役無揹尅之弊矣至若各省委解員役錢糧多者自應

差官若爲數不多不妨竟差解役倘批上既已註定解官不得復以解役

搪塞以開包攬代納之竇可也臣等從職掌起見誼難緘默伏乞

皇上睿鑒施行

順治十七年正月十三日題

巡視十庫禮科給事中臣張惟赤等謹

題爲續陳庫務未盡之宜收解宜更之法請乞

敕部議覆以便經久事臣等奉

命巡視十庫因事屬剏始舊典既無從稽考而夙弊又不敢因循除一應事宜

已經先後條陳外但庫務宜飭者惟是收解得宜使
上供不致遲誤民力不令重勞茲有積習相沿宜行釐正者臣等朝夕兢兢細
加詳察查得山東濟南府解官馮國楨等所解錢糧解批上定限十五年
十月二十日投部乃至十六年十二月始來掛號臣等閱之不勝駭異夫
濟南距京不過千有餘里乃竟違限一年零二月細究其故則以當日該
府所發者乃空批也發批後數月始辦錢糧交與解役則當其辦完錢糧
之日蚤已違限矣夫該府之意不過以事關考成一發批遂足了事此後
倘有遲延參罰便可卸過解役故錢糧之有無不問物料之好歹不問解
役之沉閣不問不知
上供錢糧何等重大豈得以紙上之空言遂得塞該府遲誤之責如果發批早
而發銀遲則該府難辭虛誑之罪倘屬銀批同發而解役稽遲徒以妄言

卸過該府則該府亦不應於年餘之久批迴未銷而竟置之度外也臣恐
一處如此他處效尤必且於時日稽遲
上供有誤請乞
敕部通行申飭以後凡各直省起解先驗明錢糧然後發批不得僅以空文卸
擔違者察出
題參議處至如謬委匪人以致躭延失誤除解役提究擬罪外參罰仍歸有
司是所當嚴立責成以警積玩者也臣又查得山東布政司解官金簡等
領解宣徽院十六年分芝蔴等折色銀五千九百二十九兩零因批內多
解銀三沙七塵三漠以致駁回部咨四次未收其銀堆貯客店又查得山
東萊州府解官厲美領解宣徽院黄丹光粉芝蔴本色因鋪墊銀批上多
解銀二纖七沙亦駁回部咨四次本色錢糧亦併未收堆貯店房兩月夫

錢糧積少成多分釐固須查覈但沙塵至微批上多寫實出一時之誤似無情弊今將數千銀兩存貯客店孤身解役或防護之疎虞或本役之花費皆不可保是不可不重爲慮也臣昨見湖州府解役陳士恆所解戶部合羅絲串絲等項分兩參差戶部許令本解照原額補足進庫將原批駁回改換此戶部現行事例也如此則解役既免守候而錢糧不致疎虞似爲甚便臣請

敕部轉咨各監嗣後凡外解錢糧原額既不短少而批上或有錯誤卽當照數先行驗收批上錯誤小者戶部竟行改正行文申飭大者止將批文駁回改換庶不以隻字之誤多移駁往返之勞而錢糧有到卽收亦可省意外之慮矣臣又查得河南南陽府葉縣解役王光顯領解十六年分本色芝蔴實徵幫價銀一兩五錢一分四釐五毫又新安縣解役石炳朗管解十

六年分本色布二疋零二尺鋪墊銀一錢零四釐一毫七絲腳價銀六分二釐五毫陝西鞏昌府漳縣解役李廷棟補解茜草二兩凡若此等所解錢糧甚少乃河南陝西距京二三千里解役跋涉往來在京經年守候日用盤纏何止十倍所解銀兩之數此等費用大率皆洒派里遞責令津貼所關於

上供者不過錙銖而爲病於百姓者亦已重困矣臣請

敕部通行各直省已後各縣零星錢糧爲數不多者應彙解該府令該府總解以甦民困可也凡此三者或不便於

國或不便於民雖相沿已久然窮變通久當急爲改正似不宜以向來成例而遂聽其因循也臣因

上供錢糧起見字稍逾格如果葑菲可採伏乞

睿鑒敕部施行
順治十七年三月　　日題四月初四日奉
旨該部議奏

癸卯春赤方服闋旋塵啟事仍補刑科右給事中夏五輕裝就道至季夏十二日抵闕受事乙巳王正以省官議裁計在垣一載零七月其中承乏典試山左兩月始克報竣則實在垣僅十七月耳至八月復起補刑科掌印給事中丙午孟陬廿有一日又偕滿漢大臣及同官三人往勘畿輔澇地馳驅道途風雨中更幾兩月仲秋以不稱內職外徙

旨下之日除前裁缺暨奉差外實在垣共兩載有餘彙奏議十五首續於前刻之後是爲入告二編云

張惟赤自識

入告編目錄

中編

撫臣庇棍徇縱究贓朦混可疑 附刑戶兵各部議覆

釐弊宜清弊之藪懲蠹必絕蠹之根 附刑吏二部議覆

直糾撫臣徇庇近屬日久縱容奸貪 附吏部議覆

民地之不圈累奉 上傳部議之取給不符前 旨

特參撫臣覆疏朦溷徇庇作弊問官 附吏刑二部議覆

恭請 皇上親政

刑科右給事中臣張惟赤謹
題爲特參道臣違
旨外委運弁以致縱丁誤漕請
勅該部嚴察指參以憑懲處事伏見兵部
題覆河臣朱　特參違例弁丁等事一疏内稱運官官勝律耿乃定相應革
職内耿乃定係外委無職可革等語查康熙元年二月内戶部
題覆臣同官周　敬陳漕運積弊一疏内有請
勅總漕嚴檄各糧道僉選運弁務遴部推守千不得劄委廢弁等語奉
旨是依議速行欽遵在案蓋守備千把總等官自愛功名定當急公畏法且足
彈壓旗丁至外委之員多係積年漕蠹壞事廢弁鑽謀領運則侵盜糧石
夾帶私貨種種弊端皆所不免況廢弁本無官職不異平民該幫旗丁何

所畏憚此劄委之禁誠不可不嚴也既奉
綸音自應凜遵勿失夫何江西省糧道顯然悖
旨外委耿乃定領運以致縱容運丁何滿禮等攬裝客貨恣意停泊脫幫誤漕
此而不懲將來各省效尤紛紛劄委不幾置
嚴綸於弁髦乎請乞
勅下戶部嚴察該省糧道職名併究因何悖
旨濫委有無徇情受賄等弊據實指參以憑議處庶各省凜遵前
旨而漕弊可以永杜矣如果臣言可採伏惟
皇上睿鑒勅部施行
康熙二年七月　　日具題　　日奉
旨該部察議具奏

重

戶部　題爲特參道臣等事戶科抄出刑科右張　題前事奉

旨該部察議具奏欽此該臣等查得科臣張　疏稱云云等因前來查僉選

運弁屢經臣部

題明責成糧道務要僉選部推守千等官領運不得濫委廢弁奉有

俞旨欽遵通行在案今江西糧道何得外委耿乃定干預運務即當查議但

科臣疏內未經指名

題參臣部難以遽議應請

勅總漕該撫確查耿乃定係何糧道外委有無徇情受賄等弊指名據實

題參以憑查議至疏稱運丁何滿禮等攬裝客貨恣意停泊等情先總河

朱

題參奉有著該撫提問擬罪具奏之

旨已經臣部覆明應聽刑部查議可也奉
旨依議
吏部　題爲特參道臣等事吏科抄出戶部覆總漕林　題前事奉
旨依議欽此該臣等查得戶部
題覆總漕林　疏稱江西糧道外委隨幫急需用人該廳衛批委雖無徇
情受賄等弊但選委不愼難辭其咎查隨幫自應詳愼僉選何得止據
廳衛批委前任糧道王大礽疎忽之咎難辭請
勅吏部議處前來查領運隨幫各官自應詳愼僉選糧道王大礽難辭不行
詳愼僉選濫委匪人之咎相應罰俸一年查本官已經別案降調所罰
之俸交與該部照原任追銀奉
旨依議

刑科右給事中臣張惟赤謹

題爲道府職任懸殊部曹兼陞無序宜照考核等次分别掣簽請乞

勅部議覆以辨勤惰以鼓人材事竊見

皇上特嚴考核之法分别等次凡有升轉皆以此爲序誠重之也但升轉之先後所係尤輕而職任之大小所關更重如六部郎中例陞外任或道或府止隨現出之缺一例掣簽伏念各道爲知府上司自裁併冗員之后類皆一道兼轄兩府統率下屬整飭官方視知府責任尤重今但一體兼陞曾無分别倘一等稱職者或掣得府缺而二等三等者反掣得道缺儼然蒞於其上等次顛倒不幾視考核爲虛文乎且非惟前此之勤惰不分亦恐新任之材品失當請乞將六部郎中分爲兩項遇有道缺將考核一等者陞補遇有府缺將二等以下挨次陞補庶道府之委任各稱其材而各部

重

曹亦皆勉思稱職矣如果臣言可採請乞

敕下吏部議覆施行

康熙二年七月　日具題　日奉

旨吏部議奏

吏部　題爲道府職任懸殊等事吏科抄出該刑科右張　題前事奉

旨吏部議奏欽此該臣等議得科臣張　疏稱六部郎中例陞外任或道或府一例掣簽復念各道爲知府上司視知府責任尤重今但一體兼陞曾無分別倘一等稱職者或掣得府缺而二等三等者反得道缺不幾視考核爲虛文乎乞將六部郎中分爲兩項遇有道缺將考核一等者陞補遇有府缺將二等以下挨次陞補等語查得或道或府有一項缺出者除仍照舊例將內外應陞各官推陞外若道府之缺兼出照定例

搭配相對應將考核一等者止以道缺簽補考核二等平常者止以府
缺簽補若有應補道缺而考核一等者不足應將考核二等者以道缺
一體簽補若考核二等者不足將考核平常者一體簽補若考核一等
之人多者道府員缺簽補一等之人可也理合一併題明謹

重

題請

旨奉

旨依議

刑科右給事中臣張惟赤謹

題爲錢糧之歸併已奉

綸音戸部之各項亦宜畫一請乞

勅部議覆一體總算以便察核事竊見戸部

題覆臣同官吳　錢糧宜歸畫一等事一疏將各部寺錢糧俱歸併戶部奉
旨依議欽遵在案但各省原解戶部錢糧尚有各項名色臣伏思各項錢糧除
鹽課蘆課不涉州縣有司外其他如顏料本折皆屬按畝征收多者不過
數十兩少者僅十數兩各作十分考成無乃太煩似應增入丁地錢糧數
目內通盤合算彙載賦役全書一例考成至漕白一糧總係漕糧應歸併
一項其永折輕賫截頭倉米副米銀兩淺貢月廩減存行月二糧過湖淺
船贈銀贈米板木蓆片等項名色雖多總屬漕項錢糧應歸隨漕項下總
算十分考成庶款項不紛而絲毫無漏百姓既易於輸納部臣亦易於核
算不惟省文册之繁亦可袪挪移之弊矣否則各部寺錢糧既歸戶部而
本部反有未併之條畫一之謂何臣謹因部臣歸併之議而類及之如有
可採請乞

勅下戶部詳議施行

康熙二年七月　日具題　日奉

旨戶部議奏

戶部　題爲錢糧之歸併等事戶科抄出刑科右張　題前事奉

旨戶部議奏欽此該臣等查得科臣張　條議云云等因具

題前來查科臣條議之款自應查議但各項錢糧或應入丁田內總作十分考成或應另作十分考成臣部見在會同各部詳議不便另議者也

奉

旨依議

刑科右給事中臣張惟赤謹

題爲方面之陞補例隔一推銓部之收供期未畫一謹據事駁參請乞

勅部議定
題請遵行以杜積弊事竊惟銓政雙月大選單月急選例於前一月投供點
卯若陞補方面則每月舉行故投供各官必隔一推始與掣補所以杜鑽
營規避之私也舊例急選收供在雙月十五日大選收供在單月十五日
康熙二年六月吏部
題覆臣同官于　寄憑必不可行等事一疏奉
旨大選急選投供日期若遠揀擇出缺美惡吏書易於作弊以後選官後著即
於第五日收供欽此仰見我
皇上洞悉弊原嚴加釐剔之至意大選急選之例既定即陞補方面亦宜一體
遵行宜於正月初十日推陞後十五日方可收供乃今吏部投供點卯之
示候補方面官員先期於正月初六日投供則與選後五日收供之

重

旨不符且初六投供距初十僅及三日以三日之近遂算隔一推恐美惡之缺

仍易於揀擇不能保其無弊也且大選急選舊例十五收供距選期凡四

十日

皇上慮吏書之作弊改於選後五日則相隔選期竟有五十五日之遠今方面

之補收供於初六則距次月之初十止三十餘日雖有隔一推之名而相

去不過月餘不知何故與大選急選之

旨若有異同也至於部覆人文到部候選以道路遠近不同先經咨行各撫令

其起文赴部凡道府以上赴部時取具該撫或藩司咨文印結下此各官

赴部時取具府州縣印結則自正月以後必以投供點卯之新文爲主若

仍用年遠舊文不幾又違奉

旨之新例乎臣請

勑部凡選補官員務遵選官後第五日投供之
旨不許挪移前後以滋胥役奸弊其隔三日即算一推與不俟新文而止憑舊
文者均應更正畫一庶銓政肅清而鑽營之弊可永杜矣如果臣言可採
請乞
勑部議覆施行
康熙三年二月初六日具題十二日奉
旨大選急選著即於選官後第五日收供前旨甚明今據張惟赤所奏司道等
官預於正月初六投供次月初十補授似此則司道等官吏部仍屬照舊
例行理應遵旨畫一具題這仍照舊例緣由著察明議奏
吏部　題爲方面之陞等事吏科抄出刑科右張　題前事奉
旨云云欽此該臣等議得科臣張　疏稱銓政云云等語查臣部大選急選

方面各官俱遵
旨以康熙三年正月爲始大選以單月初一日投供雙月二十五日掣簽急
選以雙月初一日投供單月二十五日掣簽方面以每月十五日投供
隔次月初十日一推再次月初十日始補俱選後五日投供係遵
旨銓補但正月急選各官因康熙二年十二月內未經投供臣部
題明康熙三年正月仍照舊行一次至選後五日自應正月初一日大選
各官投供但因年節十二月二十七日封印至正月初四日未經理事
初五日出示大選投供初六日急選方面投供其正月初十補授之方
面俱係
題明遵
旨仍照舊閱册挨選並未將正月初六投供之人選於本月初十日因

重

題定正月爲始十二月十五日未經投供以正月初六日投供有道二員
二月初十日補授二月十五日投供者至四月初十日方行擬補選隔
五十五日與大選急選之例併無更異又查疏稱部覆人文云云等語
查臣部候補各官取有原籍印文者俱照前後次序註册候補若年以
前有補授之文與點卯人到者准其前文以卯補授雖前文到而人不
到者不補若正月以後爲先次改補各起原籍官印文至者照投供先
補正月以前起補之人不用反別行起文則後到之人反得先補而先
到之人不能得補相應不便又另行原籍官起文理合察明具奏伏候
上裁奉
旨知道了以後一切選補官員著務照題定新例畫一遵行
刑科右給事中臣張惟赤謹

題爲淮郡水陸要衝盜發豈容縱隱謹就見聞所及特糾疏玩有司請乞重
勅部嚴懲以安地方事臣辦事垣中竊見總漕臣林　邳城大盜等事一疏奉
旨據奏邳州大盜入城行刦該管官殊屬疏玩著察明議處具奏盜賊嚴緝務
獲該部知道欽此因思邳城乃淮屬地方與山東接壤正係水陸要衝今
大盜敢於入城行刦徒黨必多人屯聚必有所地方文武各官平日防範
安在隨聞南來舉人姚涫敏於康熙二年十二月初十日宿清河縣王家
營地方夥賊數十人入刦甚至傷人業已呈明該府廳縣經今兩月未聞
題報豈郡縣有司隱匿不行申詳耶夫安民在弭盜弭盜責於嚴防隨發隨
緝則盜可永息以淮郡水陸之衝兼二省之界地方官養盜於平時而又
諱盜於事後無怪乎盜賊猖狂無忌甚至橫行州城之中而莫之禁若不
重加懲儆竊恐釀成嘯聚之兇夫疏防罪既莫辭容隱弊尤宜戒請

勅下該部嚴行督撫提鎭查王家營失盜一案有無呈明在案該管官因何匿
不申詳察取職名一併議處仍責令嚴緝務獲以靖盜源庶各省文武有
司知所儆懼而不敢疎忽盜賊可盡除矣如果臣言不謬伏乞
勅部議覆施行
康熙三年二月初六日具題十二日奉
旨該部議奏
兵部　題爲淮郡水陸等事兵科抄出刑科右給事中張　題前事奉
旨該部議奏欽此該臣等看得科臣張　疏稱見總督林　云云等因查邳
城大盜等事一疏臣部題覆請
勅該督查明督提鎭將職名具
題到日再議等因奉

旨遵行在案至清河縣王家營夥賊入刼傷人情由懇請
重
勅該督確查被刼人有無呈明該管官因何匿不申報確查各官職名併將
諱盜不報情由
題參到日以憑議處行刼各盜行令該管官務必緝獲可也奉
旨依議
兵部　題為淮郡水陸等事兵科抄出總漕林　題前事奉
旨該部知道欽此該臣等案查康熙三年二月臣部覆科臣張　題前事內
議清河縣王家營夥賊入刼傷人情由請
勅該督撫確查被刼人有無呈明該管官為何匿不申報將職名併諱盜
不報情由題到議處行刼各盜務必緝獲等因奉
旨遵行去後今據該督疏稱除賊犯嚴緝務獲外看得清河縣王家營有舉

人姚渲敏寓於欒漢之店內於康熙二年十二月初十日夜被賊挖笆
進店盜去衣物據失主呈內有店內前後門未動等語乃鼠竊小盜非
行刼大盜反覆嚴查無異等因查得清河縣王家營地方夥賊刼傷一
案原據科臣張　疏稱夥賊數十入刼傷人今該督疏稱鼠竊小盜非
行刼大盜查該督疏內據失主家人姚惠呈稱强賊數十餘人手執槍
棍刀械劈打李振玉刼去行李一光等語又據約老趙成呈內亦稱强
賊一夥將笆帳割開擁打客門等語地方失事該督林　並未
題報及據科疏行查又以强賊爲竊盜殊屬不合相應請
勅吏部查議至於當日疏防諱盜各官仍請
勅該督嚴查職名具
題到日再議其行刼各盜確查名數勒緝務獲可也奉

旨依議
吏部　題爲淮郡水陸等事吏科抄出兵部等　題前事奉
旨依議欽此該臣等議得兵部疏稱淮安府屬云云相應請
勅吏部查議等語查清河縣地方失事行刦傷人理應
題報緝拏今未經
題報及據科疏行查又以强盜爲竊盜難辭其咎林　應照新例降一級
照舊管事查本官□□□級應削去加一級其疎防諱盜各官職名確
查具
題到部再議可也奉
旨林起龍免削去加一級著罰俸一年餘依議本內滿字遺落一字著添補
飭行

刑科右給事中臣張惟赤謹

題爲商稅隔省殃民派賠弊由奸蠹謹據確聞糾參請乞

勅部察議釐剔以足額課以甦民命事臣向聞粤東太平廠鹽課貽累江西吉

安府小民賠納難支以致力窮家破卽欲

題請釐正猶恐事屬風聞未詳未確不敢冒昧入

告今據原任永豐縣知縣現任行人司行人鄧秉恆刊成代九邑新增鹽課公

詞內稱廬陵一縣包課銀一萬一千七百六十餘兩小民受包賠之累又

稱廣東太平廠額引不過一萬八千引今江西吉安府派一萬四千三百

引零豈吉安一府可當粤東全省乎且有奸胥貪圖南商銖錙之利終不

改正釐剔吉安一府頓加鹽課三萬四千餘兩南商獲十倍之利九縣小

民貽子孫萬年之害廣東海鹽道票令江西百姓或赴粤包賠或招商領

引明令江西小民代廣東商人包稅南雄管稅吏胥手可障天筆能蔽日等語在秉恆身親目擊刋書紀實必非虛誣思小民止應食鹽銷引計口有數若領引辦課乃商人之責今以江省之民辦粵東之課無鹽可領而有稅硬派至於三萬餘兩之多抑勒派輸江省荒瘠之區豈堪承認況向來比照淮例每丁每年只食鹽十觔零八錢今本年忽加派每丁食鹽八十二觔是又一丁而代八丁之課究恐民力重困而額課終不得完地方官目覩民艱或以事關隔省難以專決請乞

勑下戶部嚴飭該省督撫詳加察議將此項課銀仍責南商輸納夫商人領引販鹽上完課而下牟利分所應辦亦力所易辦倘私販日多官鹽壅滯以致輸納不前此但宜直究弊源甦商力而責以應輸萬難移害於隔省之民也併應申飭粵省督撫從公酌議大加整刷使

國課有所歸著不致拖欠至秉恆原詞所稱海鹽道及管鹽管稅奸胥未有的名今原書本官現在乞
勅部查明轉行該督撫察訪拏懲庶民累永甦而額課可足矣如臣言不謬請乞
勅下戶部嚴察確議施行
康熙三年　月　日具題　月　日奉
旨戶部察議具奏
戶部　題爲商稅等事戶部抄出刑科右張　題前事奉
旨戶部察議具奏欽此該臣等查得科臣張　疏稱等因查江西南贛吉三府地方係食廣東之鹽其廣省所納軍餉引課稅銀卽在廣東經制之內自應廣商辦納原無江省百姓包納鹽課之例今據科臣疏稱無鹽

可領有稅硬派等弊應請

勅下江西粵東各該督撫確查南贛吉三府曾否領粵東之引課銀是否江

省民間包納每引課餉在廣東經制該銀若干俱逐一據實明白具

題併將海鹽道及管鹽管稅各胥役的名一併查報以憑臣部另議可也

奉

旨依議

戶部　題爲商稅隔省等事查得先經科臣張　疏稱江西廬陵一縣

包課一萬一千七百餘兩吉安一府派一萬四千三百引明令江西小

民代廣東商人包稅臣部查江西南安府贛州府吉安府係食廣東之

鹽其廣省所納軍餉引課稅銀自應廣商辦納請

勅下江西粵東各該督撫確查幷將海鹽道及管鹽管稅各胥役姓名一併

查報具
題去後今據江西督撫　題覆前來查江西三府經制額引一萬八千道
原食廣東之鹽於順治十五年題定責令三府州縣按年完銷一體照
例考成在案從無派令百姓包納鹽課之例今據疏稱至順治十七年
計丁坐引派銷民無粒食之鹽有包納之課等語查其所派之引自應
廣商運鹽至南雄府責令江西州縣各官設法運銷如運鹽不足責在
廣商若督銷不力考成在江省州縣各官今派引而無鹽强令百姓包
納鹽課有違成例係何官所行前疏原令江西粤東督撫確查三府曾
否領粤東之引課銀是否江省民間包納今未同粤東督撫會查明白
遽爲具
題反稱吉安府距粤千里議令改食淮鹽又將從前三府虛課欲請豁免

俱爲不合且今該撫所造册內節年未完引數與廣東省奏銷之數反
少是何緣故仍應請
勑該督撫會同粤東督撫逐一確查兩省行鹽舊制並將私派百姓包納鹽
課官職名及管鹽管税各胥役姓名一併
題報再議可也等因康熙三年十二月初三日題初五日奉
旨依議
刑科右給事中臣張惟赤謹
題爲訪蠹之奏讞日稀贓罰之擬追益少請
勑部嚴行□飭以肅法紀事伏見往昔各省督撫按臣訪拏衙蠹追解贓贖銀
兩每歲多至數十餘萬合天下計之亦足稍裨軍儲於萬一近年以來參
報寥寥豈一時胥役盡皆湣良守法耶從來骫法害民莫如衙蠹外省大

小衙門何署非藏奸之所郡縣胥役因公科斂侵虐小民者不少他如鹽
院之承差鈔關之單書罔利剝商倍徵巧派瞞官肥己往往富甲一鄉若
不嚴加訪懲益致肆行無忌該督撫身在地方豈無覺察然蠹役憚
新律之森嚴雖已經訪拏及被告發而賄囑求情倖免贓罪即贓真罪當質審
得實亦或甘輸應追之贓賄求免罪緣此爰書匿不奏
聞贓銀竟不報解若輩被訪倖脫更復揚揚得意如出柙之虎嚼民愈甚矣以
臣所聞安徽撫院承差湯濩與其子湯翌包攬漕米多收至銀八百餘兩
種種指官打詐積贓共一千三十兩零該撫已自行究治擬戍遣徒各有
定案而未見特疏□
聞在該撫親拏本衙門之蠹役懲治業爲盡法奏讞或且旋至但舉此一案以
例其餘保無有先訪後縱而匿贓不報及事雖告發情罪已實而不爲入

告者乎臣請
勅下刑部通行申飭以後各省督撫宜加意訪拏衙蠹所有贓罪依律究擬有
案必讞毋得徇情縱釋如有蠹不拏及已拏故縱不行奏讞者許臣衙門
察訪得實指名參奏庶積蠹知懲而贓贖之追解亦足稍佐軍餉之萬一
如臣言可採請乞
勅部議覆施行
康熙三年　月　日具題　月　日奉
旨該部察議具奏
刑部　題爲訪蠹等事刑科抄出刑科右張　題前事奉
旨該部察議具奏欽此該臣等議得科臣張　疏稱云云等語除承差湯濩
湯翌已經安徽巡撫訪拏應聽該撫嚴加審擬具

題外其各省大小衙門如郡縣胥役及鹽院鈔關書吏承差倍征巧派剝
商害民者應如科臣所奏請
勅各直省督撫嚴加訪拏開列蠹款
題參治罪如該督撫有先訪後縱匿不奏
聞者應聽科道衙門指名參奏即以徇庇論可也奉
旨依議
刑科右給事中臣張惟赤謹
題爲南糧報解無批年遠積弊可駭請
勅部嚴查議處以釐拖欠之由事竊惟錢糧非完即欠民間之完欠在於已輸
未輸有司之完欠分於已解未解若有解而仍屬未完必有侵漁之弊恐
以小民經輸之數飽姦胥之橐釐核不清必至以重征仍累百姓蠹

國害民莫此爲甚臣辦事垣中伏見吏部
題覆楚撫劉　直陳南糧侵欠之由等事一疏內開武昌通城等縣節年報解未完南米及續完未獲印批者數至二三萬石之多細查年分自順治九年起至順治十七年止先後不等經今已及十餘年之久該戶部
題覆前事原疏有米石既已收明批迴有何難獲等語臣思既經報解必係各縣已將米石運赴各營該糧道驗收印換批迴不過數日可了何以逡巡延捱至十餘年尙煩催督臣不知各該縣爲姑緩參罰之計報解止爲虛名有批無糧朦朧塞責耶抑該道胥役掯勒使費陋規糧已到而不與驗收以致寄頓花銷共爲侵漁日久見不可問耶十餘年以來前任糧道歷有多員職司何事不行查核使果各縣朦朧報解該糧道卽應詳撫
題參如係吏胥掯勒批迴不免縱役徇私之罪請

勅下戶部嚴行該撫徹底淸查務將有解無批緣由明白回奏或有批無糧應

查前任經解各該縣官職名報部將虛報之罪從重處分或批糧齊到而

奸胥指勒不收應查前任經管各該糧道職名報部將縱役之罪從重處

分其報解米石必非拖欠在民要查明係何人侵漁照數追補庶不致以

重征累民而積年侵欠之案可以立楚矣如臣言不謬請乞

勅部嚴速議覆施行

康熙三年五月　日具題　日奉

旨該部察議具奏

戶部　題爲南糧報解等事戶科抄出刑科右張　題前事奉

旨該部察議具奏欽此該臣等查得科臣張　疏稱云云等語查楚撫先參

武昌等州縣節年南米批迴未獲各官臣部已經請

勅吏部議處其未獲批迴限文到三個月内催完報部康熙三年二月該撫
除將續獲批迴報部外其違限不獲批迴武昌等經徵帶征州縣各官
伏行
題參臣部亦以怠緩之咎難辭請
勅吏部查議均各在案但此米既已報完今批迴未獲或州縣畏避考成虚
報已完或胥役勒掯使費解役中途侵欺均不可定應如科臣所議請
勅該撫徹底清查
題報以憑議覆可也奉
旨依議
刑科右給事中臣張惟赤謹
題爲都城之肆刼可駭營弁之疎玩宜懲請

勑該部嚴加議處以儆將來以肅外省事竊惟盜賊竊發皆由該管官防範不
嚴今天下大定宜使民生安樂而剽掠所在見告累經奉
旨嚴懲在案至如都城之內森嚴重地營衛分防尤宜萬分毖飭而有白晝鬨
劫如饒陽縣拏獲盜犯劉三等打劫在京唐隆家一案者臣聞之不勝駭
異頃見刑部
題覆白晝鬨劫事一疏盜犯劉三丁七等七名已經正法餘有魏西樓一名
現經擬斬立決止為夥劫唐隆一家供吐情眞招詳現據輦轂之下有此
鬨劫大變該汛營弁賊來不知防禦賊去不能追拏又隱諱不報未聞蹤
緝況失事在康熙二年九月發覺在康熙三年三月延至半載有餘幸賊
夥自相首發於饒陽縣擒獲供吐方得審明正法倘非羣賊自首則竟置
若罔聞全無

題報終不緝拏矣夫
京師何地白晝何時而八騎之强賊得以直入門庭綁縛男婦罄掠金銀安
然飽颺而去莫禦莫追不報不緝疎玩至此使盜賊横行無忌將家家莫
保人人自危更恐一次如此將來接踵都城如此外省效尤誠不可不嚴
加懲處也臣請
勅下兵部將該汛營弁議以疎防諱盜之罪從重處分庶可儆外省而戒將來
使防範嚴則盜賊自息矣如臣言不謬請乞
勅部嚴察議覆施行
兵部　題爲都城之肆刼等事該臣等查得督捕覆科臣張　疏稱見
刑部覆白晝鬪刼一疏盜犯劉三丁七魏西樓等八名擬斬正法止爲
夥刼唐隆一家隱諱不報請將該汛營弁議以疎防諱盜之咎等因據

把總任守德供失主未報據失主唐隆供康熙二一年九月賊搶情由並無報知該營把總但所屬地方强賊搶去銀兩而不知覺又不行查報部難逭其咎將把總任守德并該營參遊員顯名王有功一併交與兵部議處等因查行劫唐隆家夥賊果否實止八名咨查刑部去後今准咨稱行劫唐隆家夥賊共十名內金升病故薛雙宅出首免罪劉三等八名已經正法等因前來除劫賊已經正法無容責緝外查地方失事隱諱不報專汛兼轄各官均應照新例議處但據疏內稱失事在康熙二年九月內當日被劫失主並未報知該營把總等語雖無諱盜不報情由但汛內盜劫不行確查申報難辭失查之咎專汛把總任守德應降一級查任守德任內有拏獲逃人功加三級應銷去一級免其降級兼轄參將員顯名遊擊王有功專汛把總未經報知但不行確查咎亦

難辭員顯名王有功各罰俸一年臣等未敢擅便謹題請

旨奉

旨依議

刑科給事中臣張惟赤謹

題爲撫臣庇棍徇縱究贓朦混可疑謹據招糾參幷陳倚旗詐害之困請乞

嚴綸申飭以安民生事竊惟善政莫要於恤民害民莫甚於光棍而光棍之最

奸者又莫甚於倚旗嚇詐臣昨辦事發抄見鳳撫張　爲奏奪事一疏

內開正黃旗祖拖沙喇哈番家人劉傑詐黃留授一案贓至陸百肆拾兩

不獨被害之黃留授口供昭然卽過付之朱立吾劉鏡等同詞質證乃該

撫第據劉傑堅稱止是貳百兩遂以留授等之前供爲一面之辭夫黃留

授爲原告朱立吾劉鏡等爲知證異口同供矣反以爲一面之詞豈得贓

之劉傑一人所供獨非一面之詞乎况付銀二次一在鮑湛生家一在劉
玉家有其地有其人獨不可引爲確證乎抑臣細閱全招劉傑係祖拖沙
喇哈番家人臣亦不知其爲何官何名但縱容家人詐贓於外已屬不能
覺察其夥黨未獲陸升則稱原領祖爺批船已獲方吉則稱原不在旗下
伏見煌煌
上諭內外顯要官員多置船隻貿易往來奸惡棍徒假借名色恣意横行俱應
嚴行禁止又有豪强奸棍違禁冒稱王貝勒大臣船隻横行設立牌扁等
項者從重治罪之
諭今陸升所領之批船豈非違禁又投充奉
旨久禁今陸升方吉無投充之名而有投充之實方吉雖稱不在旗下而又供
身在祖爺名下採買料豆叫身拏書到泰州州官處投叫到黃家討銀子

夫不在旗下之人何以令其採買料豆泰州投書書中所言何事該州官
何無發覺叫到黃家討銀子不云劉傑轉浼則所謂叫者或卽該拖沙喇
哈番之命亦未可知況事經究擬情罪已定應否援
赦地方官自有定例而該拖沙喇哈番公然行移手本遽請發領歸旗明係以
旗下之勢要挾地方官而黨庇下役也劉傑等之罪謂之倚旗而不謂之
假旗該撫究贓朦混顯屬徇情而因以庇棍伏念旗下將領賢能奉法禁
戢下役者固多而棍徒倚藉生事擾民者亦或有之請乞
勅部嚴行該督將此案從公細鞫確實究贓併查該拖沙喇哈番不無知情何
無覺察其行移手本是否合例懲前儆後以杜冒旗詐害之端抑臣更有
請者投充雖經久禁而買人不在此例投與買從何辯別無籍棍徒仍得
竄身旗下擾害鄉邦儘有曾爲盜賊侵欠錢糧罪犯多端而一隸旗下則

有司不敢拏問投旗之後里鄰親戚尚在不知或仍來原籍去住不常遂生窩逃之患以至倚勢橫行放債盤算株連嚇詐受害無窮內有果係旗下所買之人亦有初未投充而結聯旗棍如陸升方吉等之類被害者雖欲赴官控告但事隸旗下則必解省發公衙門審理鄉樸小民或距省窵遠畏怯不前故甯隱忍甘心聽其索詐而不敢控告臣請

勅部詳議已後外省各旗買人之例既關會本州縣有司取具印結外自不得復勒令里鄰親戚出甘結保狀以滋牽擾既買之後該有司大張告示曉諭地鄰此後若仍來原籍即係逃人立拏送官究治其覺察假冒禁戢橫行之法應通飭各旗將領不得擅便差人遠出凡有營伍人員擅離旗汛私往他處地方生事擾害者許小民赴就近衙門控告申詳督撫仍發原衙門審理依律斷遣果事關重大該督撫即行題參發公衙門審實定罪

若本主故縱失察及地方有司瞻徇黨庇者作何懲處一併定議具覆庶
刁風可息民患可除矣臣職司糾彈誼難緘默因據招駁參字多逾額仰
祈
皇上睿鑒施行爲此具本謹題請
旨
康熙四年十月初一日題本月初七日奉
旨該部詳察議奏
刑部　題爲撫臣庇棍徇縱究贓朦混可疑謹據招糾參幷陳倚旗詐
害之困請乞
嚴綸申飭以安民生事刑科抄出刑科張　題前事奉
旨該部詳察議奏該臣等議得科臣張　疏參鳳撫張　庇棍劉傑倚旗

詐害黃留授並疏內稱投充雖經久禁而外省各旗仍行買人之例并
覺察假冒禁戢橫行之法作何定議查投充買人事隸戶部營伍人員
擅離旗汛私往他處地方生事擾害事隸兵部作何禁止應交與戶兵
二部議覆外其劉傑一案臣等已經題駁請
勅江南總督提審再行確擬在案應俟該督具題之日將科臣所參情節一
並再議可也康熙四年十一月初五日題本月初七日奉
旨依議
戶部　題爲撫臣庇棍徇縱究贓朦混可疑謹據招糾參并陳倚旗詐
害之困請乞
嚴綸申飭以安民生事戶科抄出刑科外抄刑部　題前事奉
旨依議欽此該臣等查得刑部題覆科臣張　疏稱投充雖經久禁而外省

各旗仍行買人之例幷覺察假冒禁戢横行之法作何定議事隸戸部
應交與戸部議覆等因前來案查順治十年四月內臣部定議疏內嗣
後八旗貿易處買賣人口兩主本身著佐領下撥什庫中證上空檔記
著備查其直隸各省府州縣買賣人口或有嫡親鄰佑中證寫立文契
赴本管掛號印鈐爲照俱不必輸納稅銀如不上檔幷無印信文契卽
以私買私賣治罪永爲定例遵行等因題奉
兪旨通行在案又據浙督趙　亦將此案條議具
題臣部題覆嚴飭在案但恐地方官日久奉行不力亦不可定相應仍請
勅下直隸各省督撫併駐防旗下嚴行禁戢以後如有私回原籍倚勢横行
許地方里鄰出首該督撫卽行拏解可也恭候
命下臣部遵奉施行康熙四年十一月二十九日題十二月初二日奉

旨依議

兵部　題爲撫臣庇棍徇縱究贓朦混可疑謹據招糾參幷陳倚旗詐

害之困請乞

嚴綸申飭以安民生事兵科抄出刑科外抄刑部　題前事奉

旨依議欽此除投充買人應聽戶部查議外該臣等看得刑部覆刑科給事

中張　題前事內議營伍人員擅離旗汛私往他處地方生事擾害者

應交兵部議覆等因查綠旗官兵在地方生事擾害者該督等題參到

部察其所犯事情輕重臣部將該管官酌量議處具題原無定例該臣

等酌議得以後凡有營伍人員擅離營汛私往他處及回原籍地方生

事擾害者應照律治罪外其營兵或專管官以本身之事差遣或私令

貿易之處生事擾害者俱照依故縱論專汛武弁應革職提問兼轄官

不行確查應降二級照舊管事該總兵官應罰俸一年如失於覺察不知者專汛武官應降一級照舊管事兼轄官應罰俸一年總兵官應罰俸九個月至於該督提所轄地方處多俱應免議至擅離旗汛生事擾害者應議定等語案查康熙元年三月戶科給事中孔國太條奏臣部具覆議定以後八旗噶布什先巴牙喇披甲應役閑人各該左領分得撥什庫小撥什庫等不時查點凡有事故往屯裏等處去與各該章京頭目等告假各該佐領分得撥什庫小撥什庫等量地方遠近限定日期准其前去其因有事前去違限及私往屯去同匪人行走該各佐領分得撥什庫小撥什庫問明若有無故行走者拏送該部責七十鞭其佐領下噶布什先巴牙喇披甲應役閑人等因有事故不向本該佐領等分得撥什庫小撥什庫等告假私去同匪人行走者佐領分得撥什

庫小撥什庫等不遞逃牌不查報部其人公然行刦或見獲或後被人出首者聽刑部審實以賊罪發落并將其佐領分得撥什庫等職名一并開列題參移送臣部將佐領分得撥什庫小撥什庫等以約束不嚴每一佐領下有公然行刦一二人者將佐領罰土黑勒威勒分得撥什庫罰兩個土黑勒威勒小撥什庫該部責五十鞭如有三四人將佐領罰兩個土黑勒威勒分得撥什庫罰銀三十兩小撥什庫責七十鞭五六人者佐領罰俸半年分得撥什庫罰俸一年小撥什庫責八十鞭七人以及十人者佐領罰俸一年分得撥什庫革職小撥什庫鞭一百十人以上者佐領分得撥什庫小撥什庫俱從重問罪其佐領分得撥什庫出征差遣去後如有佐領下人公然行刦者佐領分得撥什庫俱應免罪其噶布什先巴牙喇及各項匠役雖佐領分得撥什庫等嚴查但

該管頭目若不嚴約恐其懈弛不行查點應將壯大並該管各項匠役
有頂帶頭目俱照分得撥什庫例分別問罪若係白人照小撥什庫問
罪凡差遣所去之人公然行刦被獲者該管頭目等照佐領分得撥什
庫等分別議罪在案在外駐防盛京甯古塔杭州江甯京口廣東西安
等處地方章京兵丁俱有分定佐領凡章京兵丁閑散人役或告假去
或私自前去之處有生事擾害者亦應照此所定八旗例分別議罪其
德州等四城旗下駐防章京照佐領議處分得撥什庫亦應照在京分
得撥什庫問罪昌平等八城並山海關等處駐防章京兵丁無分定佐
領此等人役或私去或告假去有生事擾害者將生事人犯仍解該部
衙門問罪外將固山大及住關□章京照依佐領閑散章京照分得撥
什庫問罪再查前曉諭八旗滿洲蒙古漢軍及包衣佐領之處其

皇上並各王貝勒貝子公等下包衣大管莊撥什庫莊頭及八旗滿洲蒙古
漢軍屯撥什庫等原未議有處分既俱經管屯莊人役亦應議處嗣後
若有該管人役生事或有爲盜者
皇上包衣大各王包衣大照分得撥什庫問罪貝勒貝子公等家下包衣大
管屯撥什庫屯撥什庫等俱照小撥什庫問罪俟
命下之日臣部再行刊刻曉諭八旗並包衣佐領轉行該管人役嚴行曉諭
遵行並知照刑部可也康熙四年十二月初四日題本月初六日奉
旨依議
刑科給事中臣張惟赤謹
題爲蠧弊宜清弊之藪懲蠧必絕蠧之根謹據招糾參請乞
勅部嚴察詳議以重

國課以杜侵漁事竊惟
國課之匱詘多由錢糧之逋欠而錢糧之逋欠多由蠹吏之侵吞際此公帑
告乏民力困窮有司催徵時多方敲扑始能竭膏血以供正額而奸胥需
索陋規弊端百出州縣官豈能賠應勢不得不仍派之民間不獨貧民竭
髓難支竊恐因此有虧額餉卽
國用亦爲之不足上蠹
國下病民而奸胥安享其利雖
朝廷懲治之法不爲不嚴而未有能直窮到底盡絕弊源者無怪乎蠹吏藐
視三尺而恬然不畏也臣辦事垣中伏見安撫張　奸蠹朋侵等事一
疏內開布政司蠹書吳士俊與績溪縣解役吳葵假批盜用該縣捐餉銀
一案據吳士俊供稱凡有抵兌自然要些使用吳葵將空白文書塡寫地

畝抵兌捐餉銀七百七十一兩二錢四分小的比時拏別人抵兌例與吳
葵看他就分一半使用與小的衆人抵兌開銷得些陋規是有的等語竊
思此案雖係假批抵兌以致全吞而據云凡有抵兌自然要些使用又云
拏別人抵兌例與吳葵看則眞批抵兌者亦必有使用可知又云抵兌開
銷得些陋規是有的則非關抵兌而但屬錢糧開銷者亦必有陋規可知
抵兌開銷既有陋規使用恐尋常起解收兌亦必有陋規使用可知該地
方承問各官誠能留心剔弊卽應直窮到底所謂別人者係何人所謂抵
兌例者是何府州縣之例陋規使用約費幾何因假批而究及眞批因抵
兌而究及開銷因抵兌開銷而究及起解收兌豈不一弊發覺而百弊之
藪可清徹底嚴查訪拏追擬則蠹吏無所容奸矣迺蒙溷不問因循養奸
將積弊何由振刷臣請

勅部嚴行該督責令吳士俊從實指名一一供吐一體究懲則弊藪可清矣又

恩卽此績溪之一縣金花銀兩之一批錢糧止一千八百餘兩而吞侵至

七百七十餘兩之多恐他府州縣他項各批種種奸弊似此者不少且非

獨江南一省非獨藩司一衙門凡各省司府州縣經管錢糧者誰不倚侵

盜爲肥家之計據吳士俊一案該撫所引律條侵盜錢糧二百兩以上照

盜沿邊沿海錢糧依

新例斬罪立決五十兩以上永遠充軍法未嘗不嚴也但以事在

赦前遂可邀曠蕩之

皇恩免其應得之罪臣因念積蠹侵漁取萬民之脂膏爲私家之囊橐情罪最

重處以立決之條誠爲不枉而一逢

恩赦盡從寬釋竟同優游無事之人不惟是也奸胥之蹤跡詭祕彌縫術巧不

胥有司或貪其暮夜之金藉口報納公費或利其狡詐之才假手朋比烹
侵設使以呑蝕餉課及侵盜漕白南糧之人事完罪釋而仍令其經管錢
糧機關愈熟術數愈工且手滑膽麤全無顧忌必至盈千累萬縱日後復
致敗露然仍望
赦宥之
殊恩其所以恬然不畏者實由於此蓋蠹吏以盜餉挐問必有應追之贓贓早
完則罪卽應斷遣勢不能延挨以俟
赦宥故雖家產力能完納亦必隱匿扳扯摞一身安坐囹圄之中累歲不肯完
納承問各官復以爲人在贓在又不敢重加責比延挨至數年之久忽遇
赦宥之恩不但罪名脫然終無正法之日卽贓私亦且濔請豁免是坐罪仍得
無罪嚴懲究未一懲也效而尤之長此安窮

國課幾何能堪此蠶食哉臣請
勅部詳議自今已後凡侵盜錢糧應追贓銀就現在家產嚴察立追不許借端
遲捱以至經歲不結仍嚴立限期定案後幾月不完
欽贓者除本人照贓罪輕重立時依律斷遣外卽遵
新例將家口籍沒入旗至於前此有犯曾經發覺無論已結未結雖遇
赦免罪倘復仍入各衙門謀管糧餉者許地方百姓赴官司首告本人加等問
擬有司身在地方明係知情故爲收用者一併從重議罪庶儆倖之念旣
絕積蠹之根可除矣至於該督撫所轄地方遼闊一時或未及周知情尙
可原倘經百姓告發或傍人指摘仍徇比故縱不卽嚴究飛章
題參致被科道官據實糾劾則養奸病
國之咎實不能爲該督撫寬也臣從

國課重大侵漁弊多起見條陳字多逾額如有可採伏乞
皇上睿鑒
勅部察議施行爲此具本謹題請
旨
康熙四年十二月初三日題本月初八日奉
旨這所奏的是該部嚴察議奏
刑部　題爲釐弊宜清弊之藪等事刑科抄出刑科張　題前事奉
旨這所奏的是該部嚴察議奏該臣等議得科臣張　條陳安撫張　疏稱
吳士俊等假批盜餉一案查口供凡有抵兌自然要些使用挐別人抵
兌例與吳葵看就分一半衆人抵兌開銷得些陋規有的等語應直窮
到底恐他府州縣他項各批種種奸弊似此不少當嚴查追擬弊藪可

清并侵盜錢糧之人事完罪釋遇
赦仍管錢糧及敗露拏問即力能完贓亦隱匿扳扯今應嚴立限期即時斷
遣如前經有犯遇
赦免罪復管糧餉許地方百姓首告加等問擬并督撫有司知情養奸一併
從重議處等因具　題前來查吳士俊等一案先該臣等議覆吳士俊
等事犯俱在
赦前相應免罪仍查取不行覺察布政司各官職名到日再議在案今據科
臣疏稱拏別人抵兌例與看得陋規是有的等語此事雖在
赦前其別人例帖係誰人之例陋規係何人收受應查審明白有應追之贓
銀相應仍請
勅該督審擬限五個月具題之日並不行覺察布政司一併再議至於疏稱

侵盜錢糧者嚴立限期依律斷遣及事完罪釋復入衙門謀管糧餉加等問擬等語查侵盜錢糧贓重罪至死者本犯照擬正法所侵錢糧將妻子勒限一年追完如限內不能完者妻及未分家之子幷本犯家口財產入官其流罪以下所侵錢糧限六個月追完如限內不能完者本犯並妻流徙尙陽堡未分家之子幷家口財產變價入官若此等重罪人犯遇

赦免罪止應追贓果係家產盡絕限內不能完者將本犯並妻及未分家之子入官如侵錢糧婪贓等犯遇

赦免罪後仍復入原衙門及別衙門應役者除死罪外將本犯並妻流徙甯古塔經管官知情故縱復入衙門並經傍人告發該督撫不即糾參應作何處分事屬吏部應聽吏部議覆俟

命下之日通行直隸各省遵行可也再查此案係條議衙役侵蝕錢糧罪名
定限因詳查律例逾限相應一併題明康熙五年正月二十二日題本
月二十四日奉
旨流罪以下犯人所侵錢糧限內不完者正犯及妻既流徙尚陽堡未分家
之子不便令其離父母著免入官仍一併流徙餘俱依議
吏部　題爲釐弊宜清弊之藪懲蠹必絕蠹之根謹據招糾參請乞
勅部嚴察詳議以重
國課以杜侵漁事吏科抄出刑部覆刑科張　題前事奉
旨流罪以下犯人所侵錢糧限內不完者正犯及妻既流徙尚陽堡未分家
之子不便令其離父母著免入官仍一併流徙餘俱依議欽此該臣等
查得刑部題覆科臣張　疏稱侵盜錢糧婪贓等犯遇

赦免罪後仍復入原衙門及別衙門應役者除死罪外將本犯並妻流徙甯
古塔經管官知情故縱復入衙門並經傍人告發該督撫不即糾參應
作何處分事屬吏部應聽吏部議覆等語查在外大小各衙門凡有侵
盜錢糧婪贓遇
赦免罪衙役復入衙門著役被旁人出首者將著役官知情故縱令其復入
衙門革職其此等之役該督撫不時查參若百姓告發或傍人指摘督
撫不即行題參被科道官據實糾參或別處發覺以玩誤罰俸一年康
熙五年　月　日題　月　日奉
旨督撫不指參者降一級餘依議
刑科給事中臣張惟赤謹
題爲直糾撫臣徇庇近屬日久縱容奸貪及見該督發覺

題參乃始依樣攄奏塞責請
勅部院嚴察議處以儆溺職以肅官方事伏見康熙四年十一月二十三日吏
部一本爲既停外官等事奉
旨依議直省各督撫參奏止將衰老微官塞責糾參未見糾參有大貪極惡官
員者該地方豈果無貪惡害民之官皆由各督撫徇庇不行糾參之故以
後直省各督撫如該地方有大貪極惡害民之官著指名糾參倘仍前徇
庇不糾或經科道糾參或經旁人發覺一併從重治罪著通行直省欽此
仰見我
皇上軫恤民隱痛嫉奸貪
天語諄諄至嚴至肅爲督撫者宜如何留心察訪不時糾覈以副
皇上責成整飭之至意臣因思督撫均任地方重寄耳目各有見聞果能一意

澄清自不妨各行採訪就聞見之所及彈章立上或同或異正期據實上
聞不宜摭拾瀆奏督臣所未及察者撫臣糾之撫臣所未及知者督臣補之如
此則大貪極惡之官自不能久留在任恣意害民矣近見三省督臣朱
糾參洪承軒等五員劣蹟贓款各有數百金之多縱惡殃民已非一日臣
方念該督蒞任纔及數月採訪便已得實直撫王　所司何事平日豈
無聞見何以全不糾參或謂所轄地方寥遠耳目容有未周查洪承軒等
五員其四員皆眞定一府之官該撫身駐眞定親臨之地屬員貪惡聞見
較之他人必蚤況推官與有察吏之責尤撫臣倚爲耳目者亦任其婪貪
無忌而全無發覺徇庇之咎復奚所辭臣正欲繕疏
題參隨見該撫具有廳縣貪贖等事一疏察其所糾之人所列之款與該督
原疏一字不異是明知督臣既經參奏恐有失於覺察之嫌故摭拾補參

希圖免罪使果留心吏治出於採訪之實豈五員之外更無他員各款之外更無別款乃依樣抄謄再瀆
天聽參已參之官列既開之款何裨澄斥況該督受事方新而該撫在任日久如此大貪極惡之員近在親臨駐劄之地容奸養惡已經數年倘非該督直糾恐不免終於徇庇夫督臣兼司文武而撫臣專轄文臣似此茫無知覺豈非溺職之甚若謂贓款須憑道府開報前此道府未經揭申但查各員劣蹟多有康熙三年分之事至吳琮款内又云指要兵豆加三收納自本官到任四年每年不缺可知各員縱惡殃民非自該督涖任之後而始何道府之揭報前疎而後密該撫之耳目至此而始有見聞也總之外府州縣離省窎遠督撫之聽採偶或未及正不妨互相覺察不必盡同若
王以駐劄之地容留貪惡之員至於如此之多謂非徇情私庇即百

喙無以自解臣請
皇上大奮乾斷
勅下該部院嚴察議處以爲督撫溺職徇隱之戒庶官方肅而吏治淸民生始
得稍遂矣臣從欽遵
勅旨責成督撫察吏安民起見特疏糾參字稍溢額統祈
皇上睿鑒施行爲此具本謹題請
旨
康熙五年正月十九日具題本月二十四日奉
旨該部察議具奏
吏部　題爲直糾撫臣徇庇近屬日久縱容奸貪及見該督發覺　題
參乃始依樣摭奏塞責請

勅部院嚴察議處以儆溺職以肅官方事吏科抄出刑科給事中張　題前
事奉
旨該部察議具奏欽此該臣等議得刑科給事中張　疏稱近見三省督臣
朱　糾參洪承軒等五員劣蹟贓款各有數百金之多該督蒞任纔及
數月採訪便已得實直撫王　所司何事平日豈無聞見何以全不糾
參查洪承軒等五員其四員皆眞定一府之官該撫身駐眞定親臨之
地屬官貪惡聞見較之他人必早況推官與有察吏之責尤撫臣倚爲
耳目者亦任其貪婪無忌而全無發覺徇庇之咎復奚所辭臣正欲繕
疏
題參隨見該撫具有廳縣貪黷等事察其所糾之人所列之款與該督原
疏一字不異是明知督臣既經參奏恐有失於覺察之嫌故摭拾補參

希圖免罪況該督受事方新而撫臣在任日久如此大貪極惡之員近
在親臨駐劄之地容奸養惡已經數年似此茫無知覺豈非溺職之甚
若謂贓款須憑道府開報前此道府未經揭申但查各員劣跡多有康
熙三年分之事至吳琮款內又云指要兵豆加三收納自本官到任四
年每年不缺可知各員縱惡殃民非自該督蒞任之後而始何道府之
揭報前疎而後密該撫之耳目至此而始有聞見也若王　以駐劄之
地容留貪惡之員至於如此之多謂非徇情私庇即百喙無以自解等
語查朱　到任數月將貪惡各官
題參該撫王　與洪承軒等五員內四員駐劄一府不將伊等貪惡之處
即行
題參該督參後摭拾糾參希圖免罪該督受事方新而該撫在任日久如

此大貪極惡之員近在親臨之地日久若謂貪款須憑道府開報而各
員劣跡該督疏內多有康熙三年分之事其所糾之人所列之款與該
督原疏不異恐有失於覺察之嫌故摭拾補參應將巡撫王　即行議
處但無口供相應請
勅下該撫王　明白回
奏到部之日再議可也康熙五年二月　日題本月　日奉
旨依議
吏部　題爲遵
旨明白回奏事吏科抄出直撫王　奏前事奉
旨這回奏情節著察議具奏吏部知道欽此該臣等議得先經科臣張　疏
稱督臣朱　到任數月卽將貪惡各官

題參該撫王　與洪承軒等五員内四員駐劄一府不將伊等貪惡之處
即行題參該督參後摭拾糾參希圖免罪該督受事方新而該撫在任
日久若謂貪款須憑道府開報而各員貪惡劣跡該督疏内多有康熙
三年分之事其所糾之人所列之款與該督原疏不異恐有失於覺察
之嫌故摭拾補參臣部應將巡撫王　即行議處但無口供相應請
勅該撫王　明白回
奏到部之日再議去後今據該撫王　回奏疏稱舊例貪惡官員糾參不
職必據府道開報查臣曾票行井陘天津各道取貪惡官員劣跡發有
印信訪單因日久未據開報屢行飭催在案乃於本月十二日内始據
井陘道僉事焦勒天津道楊廷錦揭報洪承軒等劣款到臣是臣之查
取蓋在督臣未任之前而該道送揭正當督臣任事查取之會夫督臣

入境例有糾參而臣身任地方有聞必
告原非爲避嫌也況該道送揭之詳是臣查取貪惡官員事爲註語至臣與
督臣疏内所開之人所列之款皆該道所送之揭安得不一字不異且
臣與督臣駐防隔五百餘里臣拜疏時督臣之疏尚未發抄臣何由而
見其疏何由依樣抄謄故爲摭拾今科臣謂大貪極惡之員近在親臨
之地茫無知覺夫臣惟有所知覺而察取糾參非於察取之後而仍付
之不知不覺又謂各員縱惡殃民非自該督蒞任之後而始多有康熙
三年分之事夫不肖行私多係暮夜攫取掩面蒙頭當時誰能見聞必
致事情敗露方得追列其贓款臣豈蚤得其贓款至今始爲發覺等語
查雖稱糾參貪酷官員必據司道揭報夫臣惟其有所知覺而察取糾
參非於察取之後而仍付之不知不覺等語乃應以知覺時即行

題參乃稱必據道府開報題參難辭其咎相應降一級調用查王　任內
有註册加三級紀錄十七次應銷去註册加一級免其降調康熙五年
四月　日題　月　日奉
旨依議
刑科給事中臣張惟赤謹
題爲民地之不圈累奉
上傳部議之取給不符前
旨事關近畿諸郡邑所係非輕請
勑部再加確議以規妥便事臣竊見戶部
題覆都統貝子溫齊等遵奉
上諭事一疏內有將通州路北正白旗得過地畝給與鑲黃旗尚餘剩壯丁一

萬四千七百名零應自路北邊滿洲地畝夾空所有民人地畝挨次丈量
圈取自遵化縣三屯營以至永平府撥給再正白旗所撤二萬一百名有
零壯丁應將永平府週圍地畝給與此不敷者將路南邊滿洲地畝夾空
所有民地灤州樂亭縣民地丈取給與等語伏念
世祖章皇帝旨已後民間地土房屋不許再行圈取又查康熙三年九月
皇上有念滿洲亦係民民亦係民若圈取地土房屋小民拋棄墳墓故土難以
度日之
諭煌煌天語自宜永遵且都統貝子溫齊等題前事奉
旨止云永平府週圍之地原非留剩於民之地理應將右翼圈地之鑲黃旗移
住原未議及通州路南路北至永平府夾空所有民地與灤州樂亭縣民
地令議丈取圈給今部議一概取給自通州迤東直至永平灤州樂亭一

帶勢必將民地盡行圈取小民從此抛棄墳墓故土難以度日何止千餘
萬生民身命所關若竟如部議施行無乃非
皇上軫恤百姓之初心乎況地盡圈去民無所依必至流亡此近畿諸州縣爲
盛京往來大道將來驛站何人供役兵馬差使經過糧草何人支應目今
陵工未完尚須搬運木石車輛人夫沿途費用何人接濟種種未便部臣曾
未計及抑永平一府當日留剩未圈之故民間豈能備知惟有認爲己業
相安耕種而歌頌
皇恩爲日久矣今一旦盡行圈取其抛棄墳墓故土情實可憫總之永不再圈
奉有累次
上諭八旗地土不堪似宜別議優恤之策臣伏讀
旨內有民人投充滿洲各有定數或村中一二人投充滿洲全村借此稱作投

充以致兩間遺脫者未可知之
諭欽此仰見我
皇上明鑒洞徹昭昭不爽因思此等借稱投充土地既已除去丁糧不當差役
即應逐一清丈給與各壯丁耕種請乞
勅部察議特遣賢能部員前往踏看照州縣近年除去丁糧册籍履畝丈量除
曾經報部晌畝定數外凡有借稱投充者皆係遺脫之地相應補給見報
地土不堪壯丁務須徹底清查毋許隱漏儻再不敷或仍議給米不致以
屢奉
上諭不圈民人地畝之後而復行圈取有違
皇上恤民之初心且使近畿各州縣往來驛站糧草供應無從措辦甚爲不便
也臣從仰遵累次

上諭體
皇上軫念百姓之心起見條請字多逾額如有可採伏祈
皇上睿鑒勑部議覆施行爲此具本謹題請
旨
康熙五年四月十四日題四月十九日奉
旨知道了
刑科給事中臣張惟赤謹
題爲特參撫臣覆疏朦溷徇庇作弊問官兼恐草率結案別有舛錯情節請
勑該部嚴察議處幷通行申飭以重刑名以肅吏治事竊惟刑名關繫民命審
鞫務期得情失出失入皆屬亂法卽宜懲處伏見現行事例承問官舛錯
計次數處分但一案之獄必經多官質審其中有錯無錯有弊無弊全恃

該督撫察覈嚴明虛公訊實果係何官舛錯卽行指名參究有無受賄徇私情弊從重治罪然後下僚畏憚刑獄始得澄清若一味朦溷全憑屬吏招詳甚有問官希脫重犯誘令證佐妄供情弊顯然乃業已明知而黨庇不參朦朧

題覆則承問官皆得藐法行私肆無顧忌一省之刑獄安得而清民寃安得而白乎臣辦事垣中竊見甘撫劉

題覆恭陳四款等事一疏內稱强盜范遼等一案原因前承問官西安府同知唐敬一意欲開豁各賊給堡長趙國寵令供三月三十日在馬塢築堡一言賊犯范遼等隨執以爲口實極力展辯等情夫使范遼等果係眞盜唐敬一欲爲開豁此屬何心況招案全憑口供聽各犯證自吐情眞用別虛實焉有以問官私意哄誘人犯教令妄供者其中必有受賄狥私委曲

情弊較之承問舛錯罪尤加重前此該撫不行詳察遽爲
題讞已屬朦混及部議駁查再行研審據全招趙國寵供稱唐同知臨審時
說你只供說三月三十日見范遼等在馬塢裏來我明日就放你回家去
小的鄉民從不曾見官知官是要開豁之意聽得官分付又說次日放小
的回家小的卽說范遼等三月三十日在馬塢裏來據此確供則唐敬一
賣獄庇盜之奸業已和盤托出自應指名糾參請
勅提問懲處而該撫疏中顯列唐敬一給供於前竟不議及參請究治於後是
庇盜者承問官而庇承問官聽其亂法者則該撫也臣誠不能爲該撫解
矣抑唐敬一給令趙國寵等妄供尚未經對質且細閱前招雖稱于遊擊
烙死三人之說毫無影響然孫四福孫復業何四女子三人安在未經問
及下落且直至末次審問范遼尚供趙國寵等受馬起鳳賄賂要害我們

死等語似未甘心認罪安知非後來承問各官因此案牽連日久若舍現
在之范遼等不卽問擬成招勢難另緝眞盜因逼令各犯招承希圖結案
乎總之唐敬一果否給令證佐妄供則該撫徇庇不參之咎溺職奚辭倘
就中別有錯謬情節後次承問官草率擬結該撫遽行
題讞尤屬朦溷舛錯亟宜懲儆請乞
勅部嚴行該督立提同知唐敬一問取口供要見因何故庇眞盜欲爲開豁必
有受賄情弊務須訊確重懲以爲骫法作奸之戒若當日初無給令證佐
妄供情節則趙國寵等口詞前後互異必有隱情亦須虛公細訊從實具
奏以憑覈擬其撫臣劉　應否處分聽該部從公察議仍乞
勅部通行各省督撫凡發審重案有兩招互異者須親提細鞫察係何官舛錯
卽指名參究無許徇庇庶吏治肅而刑獄淸矣臣從刑名重大起見駁參

字稍溢額仰祈

皇上睿鑒施行爲此具本謹題請

旨

康熙五年五月二十一日題本月二十六日奉

旨這所參事情該部察議具奏

吏部　題爲特參撫臣覆疏朦溷徇庇作弊問官兼恐草卒結案別有

舛錯情節請

勅該部嚴察議處併通行申飭以重刑名以肅吏治事吏科抄出刑科給事

中張　題前事奉

旨這所參事情該部察議具奏欽此該臣等議得刑科給事中張　疏稱臣

辦事垣中竊見甘撫劉

題覆恭陳四款等事一疏內稱强盜范遼等一案原因前承問官西安府
同知唐敬一意欲開豁各賊給堡長趙國寵令供三月三十日在馬塢
築堡一言賊犯范遼等果係眞盜唐敬一欲爲開豁此屬何心據全招
趙國寵供稱唐同知臨審時說你口供說三月三十日見范遼等在馬
塢裏來我明日就放你回家去小的鄉民從不曾見官知官是要開豁
之意聽得官分付又說次日放小的回家小的只說范遼等三月三十
日在馬塢裏來據此確供則唐敬一賣獄庇盜之奸業已和盤托出自
應指名糾參請
勅提問懲處而該撫疏中顯列唐敬一給供於前竟不議及參請究治於後
是庇盜者承問官而庇承問官聽其亂法者則該撫也總之唐敬一果
否給令證佐妄供則該撫徇庇不參之咎溺職奚辭倘就中別有錯謬

情節後次承問官草率擬結該撫遽行

題𤅊尤屬朦溷舛錯亟宜懲儆請乞

勅該部嚴行該督立提同知唐敬一問取口供因何故庇眞盜欲爲開豁必

有受賄情弊其撫臣劉　應否處分聽該部從公察議仍乞

勅部通行各省督撫凡發審重案有兩招互異者須親提細鞫察係何官舛

錯指名糾參等語查科臣張　疏參內將同知唐敬一承問强盜范遼

等一案意欲開豁各賊紿令堡長趙國寵妄供賣獄庇盜必有受賄情

弊等語臣部難以懸議相應請

勅下該督嚴查唐敬一有無受賄徇庇盜賊欲爲開豁取本官口供具

題到部之日再議科臣

題參疏內該撫劉　疏中顯列唐敬一紿供於前竟不議及參請究治於

後是庇盜者承問官而庇承問官聽其亂法者則該撫也總之唐敬一果當日紿令證佐妄供則該撫徇庇不參之咎溺職奚辭等語相應請
勅下該撫明白回
奏到日另議至科臣疏稱各省督撫凡發審重案有兩招互異者須親提細鞫察係何官舛錯指名參究等語事隸刑部應請
勅下刑部議覆可也康熙五年六月十一日題本月十三日奉
旨依議
刑部 題爲特參撫臣覆疏朦溷徇庇作弊問官兼恐草率結案別有舛錯情節請
勅該部嚴察議處併通行申飭以重刑名以肅吏治事刑科抄出吏科外抄刑科給事中張 題前事奉

旨這所參事情該部察議具奏欽此該臣等議得科臣張　疏稱甘撫劉
題覆強盜范遼等一案因前承問官西安府同知唐敬一意欲開豁各賊
給堡長趙國寵令供三月三十日在馬塢築堡范遼等果係眞盜唐敬
一欲爲開豁此屬何心其中必有受賄徇私委曲情弊據全招趙國寵
供稱唐同知臨審時給令妄供則唐敬一賣獄庇盜之奸業已和盤托
出自應指名糾參請
勅提問懲處該撫疏中題列唐敬一給供於前竟不議及參請究治於後且
細閱全招雖稱于遊擊烙死三人之說毫無影響然孫四福孫復業何
四女子未經問及下落直至末次審問范遼尙供趙國寵等受馬起鳳
賄賂要害我們死等語似未甘心認罪總之唐敬一果給令證佐妄供
該撫徇庇不參之咎溺職奚辭倘就中別有錯謬情節後次承問官草

率擬結該撫遽行
題讞尤屬朦溷舛錯亟宜懲儆請乞
勅部嚴行該督立提同知唐敬一問取口供因何故庇眞盜欲爲開豁必有
受賄情弊若當日初無紿令證佐妄供情節趙國寵等口詞前後互異
必有隱情亦須虛公細訊從實具奏以憑核擬甘撫劉　應否處分聽
該部從公察議仍乞
勅部通行各省督撫凡發審重案有兩招互異須親提細鞫察係何官舛錯
卽指名糾參無許徇庇等因具
題前來查賊犯范遼等一案已經臣部將該衙門會議請
勅該督一併再加確審妥招具
題以憑再議在案其甘撫劉　應聽吏部查議外至於疏稱凡發審重案

有兩招互異須親提細鞫察係何官舛錯卽指名參究等語嗣後直隸
各省督撫並問理刑官凡發審事件務要虛公詳審必得眞情確供如
有兩招證佐口供互異該督撫須親提細鞫察係何官舛錯卽指名參
究如督撫徇庇一併治罪俟
命下之日通行直隸各省遵行可也康熙五年六月二十日題本月二十二
日奉
旨依議
刑科給事中臣張惟赤謹
題爲恭請
皇上親政事臣叨在班行伏見
皇上躬詣

南郊
太廟
親祭行禮因得仰瞻
天表巍巍儀度智與年長
睿質聰明生知英敏伏念
世祖章皇帝於順治八年
親政年登一十四歲今至康熙六年
皇上年齒正相符合請乞
勅下禮部預擇吉期
親政決斷萬幾稔知政務卽所以廣見聞而成
令德也仰祈

皇上睿鑒施行

康熙五年七月二十七日題八月初一日奉

旨奉

太皇太后旨昨年九月輔政臣曾具奏將內務請皇帝料理續請親政因年尚幼

沖仍令輔政臣料理已經有旨張惟赤預爲陳奏殊屬不合著嚴飭行該

部知道

序

諫官之職有二曰弗徇名勿避謗諫官而徇名則恢張任誕有囂然喜事之心而國是搖矣諫官而避謗則瞻顧卻步天下事或知之而不敢言或言之而亡所裨益去此二者而後得失榮瘁利害禍福舉不足以沮吾邁往之氣夫惟不言一言而

朝廷賴焉嗚乎其難哉張君螺浮殆所謂不徇名不避謗者也嘗以直節敢言受知

世祖皇帝天下想聞其丰裁康熙丙午以

天子春秋鼎盛疏請親政不報未幾出爲湖廣副使單車出國門無慘悽之色踰年丁未

上始躬御萬幾起御史季君滄葦於田間既入見即上言曰臣竊見刑科給事

中張某立朝侃侃有古諍臣之風
陛下誠欲與太平之業不宜使其久居外藩於是下
詔徵君復入爲給事中君感激異數至於流涕然而敢言之氣不少挫議論剴
切皆鑿鑿可見之施行者昔唐宋介以言事外斥士大夫賦詩送之天下至
稱爲唐子方而不敢名及其被召還也仁宗嘉之稱其能不易所守君臣遇
合之間何其盛哉張君之聲名風概與介等也進退出處之遭亦復略同而
主上之虛懷善任求讜言如不及其超越前代也遠矣成王之告君陳曰爾有
嘉謨嘉猷則入告爾后於內吉甫之贈仲山甫曰夙夜匪懈以事一人蓋古
天子之責報於臣與夫同列之相爲勸勉也有如此余與張君幸處昌言不
諱之
朝得

聖主而事之顧余非材濫竽處非其據而張君出擁輶軒入居省闥生民治忽之原陰陽消長之故較然若數一二宜其言之多中乎而余獨拳拳於張君者知余之愚且戇而箴其缺失庶得免於覆餗之虞蓋不能無厚望焉是爲序

駢邑年家弟馮溥頓首拜撰

赤奉職無狀不足預列軒墀獻納左右以丙午九月左補荆南副使抵任數月又緣接汰冗之報解任回籍自此棲遲畎畝非特不作春明之夢卽監司一席地亦無意復還故物矣乃庚戌夏五忽荷

賜環更得珥筆

彤庭入侍

天子此眞疏逖之臣所不易遘者因於孟秋入都十月望日

陛見後仍補刑科掌印給事中雖數年以來或仕或已而計入履禁垣蓋已

五矣旣蒙

世祖章皇帝特達之知於前又沐

今皇帝破格之恩於後私心自矢卽以肝腦塗地勿足報稱涓埃不意辛亥二月初五日啓奏旣畢方出

太和殿門臺階冰結失謹步趨遂至傾跌延醫診視皆謂年力漸衰榮衛有損非旦夕藥餌可以奏功不得已乞

假還里凡在垣辦事蓋止三月有奇僅得奏議八首是爲入告三編嘗觀宋韓忠獻爲諫官所陳七十餘疏集而序之名曰諫垣存藁亦浮沉在位其所敷奏固靡有卓絕切至喟然動上心者可以比蹤忠獻然生當

盛朝何嫌何忌欲如田錫輩恐以賣直沽名悉焚其草斯亦之所不欲效焉耳

張惟赤自識

入告編目錄

下編

刑科給事中臣張惟赤謹

題爲

聖德日新臣職當盡請行

日講之典以廣

宸聽以弘法

祖事伏見

皇上自親政以來留心民隱

天亶神聰虛懷詢訪文事武備無不講求則

世祖皇帝經筵日講之典所宜及時舉行者也伏查順治十四年八月

上諭禮部經筵大典理當早舉因文華殿未建有旨暫緩今思稽古典學有關

治道難以再遲應於保和殿先行開講爾部即詳考典制擇吉具儀來奏

又順治十五年九月
上諭吏部日講官曹本榮侍朕講幄日久著有勤勞著復原降職級欽此具見
世祖皇帝於日講之典勤行無輟實爲
本朝萬世法式況今
皇上留心墳典中外具瞻
大典舉行正天下拭目之日且
朝廷設官各有職掌內院諸臣庶常則尙在教習編檢則從事纂修至於講讀
諸員原經
皇上簡擢以備
顧問今吏部見議改復品級因及侍講學士幷侍講等官亦將需次議復若使
經筵不舉凡官以侍讀侍講爲名者豈不有曠厥職將來議補亦屬虛文今

皇上宵旰勤民方親冬狩之典然春和在卽伏乞
敕部預議卽
經筵事大禮煩又兼文華殿尚未建復一時未易卽舉且宜遵照
世祖皇帝時例於保和殿詳定
日講儀制以俟歲首擇吉舉行上則
聖德益以日躋下使諸臣亦得自效臣又思
帝王之學與經生不同務在講明古來致治實用俾當日聖王垂世經遠之謨
見於書者今日一一可見之施行無取訓詁字句之淺文迂談道德之闊
論併乞
皇上申飭諸臣務各勤思職業精誠進對必如古來賢臣魏徵之十思十漸司
馬光之三劄五規剴切時務以裨

萬幾無徒以
經筵爲故事以
日講爲具文剿襲迂疎以負
皇上孜孜若渴之懷則
朝廷大典特行萬國觀瞻相慶矣臣從
聖德起見冒昧仰陳伏乞
敕部施行
康熙九年十月初十日具題二十日奉
旨已有諭旨了該部知道
刑科給事中臣張惟赤謹
題爲目前重大情勢河工計須萬全特陳工築久遠之方撫恤周詳之法以

佐
廷議以襄大工事臣向受
世祖皇帝厚恩今又蒙我
皇上異數鑒臣愚戇取臣仍補科員此實千載非常
恩遇竭臣頂踵不足報稱又何敢以瑣屑事情仰陳塞責竊惟目今最急最重
時務莫如河工以天下南北之咽喉動兩省十許萬人之工役費
國帑民膏百餘萬之金錢而又當此異常災荒之時候人情地勢動須萬全
若不務計久遠加意撫綏豈不虛糜
國家一番不貲之物力仰負
皇上再三軫恤之深仁臣昨閱邸抄見河臣已將人夫到工情形具報奉有本
內事情俱照羅多所請行所派夫役著該管官務加撫恤之

旨益見
皇上加意勞苦斯民至慇至切臣目擊情形又伏讀
明旨尙有一得愚衷或可佐河臣末議不敢不爲
皇上陳之竊惟河工有黄河裏河歸仁隄等處而保民通運要以裏河之漕隄爲主今年州縣悉成澤國運道盡作洪流皆係此隄沖坍所致向聞漕規舊制沿河額設淺夫惟令濬河使深幫隄闊厚不許隄上加高所以使漕河日深漕隄日厚河湖水發勢足承當至明季止知增隄並不濬河致令隄雖日高河身日淺易於沖潰目今工築方興所宜申明濬深幫闊之規務期久遠者此其一也臣又聞從來河工之弊口面以下多爲層級看之似深其實上寬下窄挑深一丈止可算五尺耳水發停受不多又怒濤專擊口面寬處易於坍決今番修隄勢必濬築並用務須計土開方如口面

十丈到底須七八丈爲率不得仍前虛應故事此其一也臣又聞漕隄一線每患諸水浸嚙向來興鹽等縣鹽場去處皆有港口若使一一淸理設閘以備開泄則高寶等屬水有所消漕隄可免侵潰是又在河臣親歷確勘果否便利無害以爲行止以圖經久者此其一也又聞沿河額夫每有積蠹包攬專以有事爲利不肯實心用力以圖堅固又河上柳枝不足兼用蘆葦作埽塡岸性既鬆脆豈能久長遂有此處方築彼處已漏上面加土下面流通之弊尤宜申飭管河官屬躬親督辦人夫物力務有實用不得苟且塞責此其一也至於協濟人夫每府不下四五千名皆經該管地方津貼而來聞皆按月計算每名給銀四五兩不等是每府每月實費津貼銀二萬餘兩此皆出之里戸當此各府水旱之災正項尙且議蠲額外豈堪重累前部臣主募夫之議原定每名給工食銀六分今河臣雖已改

用派夫豈有募則給工食而派遂不給工食之理但據河臣止稱續估之夫動支現銀召募至協派到工之夫止請准免本身丁糧以爲鼓勸未見議及此外給銀似非撫恤之意所宜一體議給工食應將原派地方按月津貼之銀行令停止或將應給銀兩卽發原派地方給償里戶以示撫恤此其一也又河上水決泥窪人煙斷絕將來天氣嚴寒冰凍風雪此輩夫役僵手赤足日旣服勞夜無棲庇必致牽連倒斃人命徒傷大工難竣亦宜申飭管押官吏必須實心仰體

皇上撫恤至意就近酌覓公所設法安頓俾酷寒之中尙能苟延殘喘以濟工程此其一也總之河工重大聚役多人旣不可不經圖久遠尤不可不極意拊綏於萬分難已之中愼重得一分卽收一分實用撫恤得一分卽有一分救濟臣從目前重大情形起見愚衷所及不敢不激切佈陳緣係河

工一事併牘具
題字多踰額伏乞
睿鑒施行
康熙九年十月初十日具題二十日奉
旨該部確議具奏
工部　題爲目前重大情勢河工計須萬全等事工科抄出刑科張
題前事奉
旨該部確議具奏欽此欽遵於十月二十一日抄出到部該臣等議得科臣
張　疏稱黃河裏河歸仁隄等處目今工築方興所宜申明濬深幫闊
之規務期久遠又今番修隄勢必濬築並用務須計土開方如口面十
丈到底須七八丈爲率不得仍前虛應故事又向來興鹽等縣鹽場去

處皆有港口若使一一淸理設閘以備開泄則高寶等屬水有所消漕隄可免侵潰又聞沿河額夫每有積蠹包攬專以有事爲利不肯實心用力以圖堅固又河上柳枝不足兼用蘆葦作埽塡岸豈能久長尤宜申飭管河官屬躬親督辦人夫物力務有實用不得苟且塞責又河上水決泥窪人煙斷絕將來天氣嚴寒冰凍風雪此輩夫役僵手赤足日旣服勞夜無棲庇必致連牽倒斃人命徒傷大工難竣亦宜申飭管押官吏就近酌覓公所設法安頓俾酷寒之中尙得苟延殘喘以濟工程等因以上各款應如科臣所請

敕下總河臣將疏內情由實心料理河隄務須濬深幫闊積蠹包攬務要嚴行禁止辦料務要實用供役人夫當此嚴寒務須設法安頓至興鹽等縣鹽場去處據稱皆有港口若使一一淸理設閘以備開泄則高寶等

屬水有所消等語但應否設閘開泄應令總河查明到日再議又疏稱
協濟人夫皆經該地方津貼而來當此各府水旱之災正項尚且議蠲
額外豈堪重累前部臣主募夫之議原定每名給工食銀六分今河臣
雖已改用派夫豈有募則給工食而派遂不給工食之理所宜一體議
給工食應將原派地方按月津貼之銀行令停止或將應給工食銀兩
即發原派地方給償里戶等語查兩河工程所給夫役工食先經總河
題明日給四分今協濟之夫于役遠方應照前題募夫工食之例每日
給銀六分至於津貼之費責令地方官曉諭停止可也臣等未敢擅便
謹題請
旨奉
旨依議

工部　題爲目前重大情勢河工計須萬全等事工科抄出總河羅

題前事奉

旨該部議奏欽此該臣等議得先經科臣張　條議黃運兩河工程各款臣部覆准其協濟夫役工食臣部議覆應照該九卿科道會題募夫工食之例每日給銀六分至於津貼之費責令地方官曉諭停止等因去後今據總河臣羅多疏稱河隄濬深幫闊包攬辦料鹽場港口應否設閘臣備行司道查飭勘議另疏題覆等因應俟題到之日另議外又疏稱募夫工食照例日給四分今部臣議每日給銀六分較原估多出十餘萬兩應動何項錢糧尙未議及等語查前九卿科道會議招募夫役日給六分故臣部覆科臣張　條奏協濟夫役工食亦應照會題募夫之例日給工食銀六分今該督稱原估多出十餘萬兩應動何項錢糧前

來查兩河工程原以捐助之銀支用前經議政王等會議俟捐修銀兩足用該督題明停其捐助今不敷銀兩應將直隸各省捐助之銀給散再查康熙九年各省報到秋季分捐納銀兩已及六萬有奇且兩河工程未必一時即可以報竣陸續捐納不誤支給仍俟足用之日再將捐納銀兩補還鹽課又疏稱遠調額夫工食皆係各州縣編定內有三分三釐亦有三分更有少至二分六釐此募夫日給六分則多寡懸殊應否照募夫之例找給均候部議等語查額夫原係各州縣編定無容加增工食仍照舊例給發又疏稱各屬派夫近從丁地均出勢必僱人代應安得不行津貼等語查協濟之夫每日既給工食六分又免本身丁糧一年其津貼之費仍行停止可也康熙十年正月二十四日題二十六日奉

旨依議

刑科給事中臣張惟赤謹

題爲梟殺之情罪可疑州縣之揑銷無據謹據招詳駁請

敕行查以清朦溷之習以杜擅殺之奸事伏見

功令特嚴盜案大事者立限緝獲於以課吏安民良法美意也但臣向聞有等

不肖有司希圖銷案以免處分竟有串借無主殺斃身屍指稱卽係某案

某人申報請結者因無確據未敢深信今辦事垣中見有直撫

題爲拏獲賊犯事疏報靜海縣所殺滄州案緝盜犯李二老實之案大可駭

焉據歷審供招內稱李二老實係盜案未獲之犯於康熙八年三月十一

日日酉時候至靜海縣口稱我是李二老實莊民張堯臣等共行追尾至

亂㙇窪內高起龍當先砍倒李二老實割了首級等因夫被緝盜犯逃匿

不暇豈敢白晝自稱姓名卽云帶有同夥四人上莊行刼則日西時候非
行刼之時村莊之中既無馬疋五人亦非行刼之夥且詳閲供詞始云一
人走上莊來並無同夥後云一起原是五個人始云上莊强要酒飯若不
依他便要放火不過口說之詞後云賊在村内放火燒房村人救滅始也
小韓家莊民張堯臣稟稱有賊上莊後稱在王文莊王相公家作踐放火
前後口供迥然不符獄貴初情後來供招豈無逐漸粧點之弊至所以信
其爲李二老實之處一則以高起龍有曾同賣鹽識認之語一則以其兄
李大老實有父親曾見首級之說夫起龍賣鹽識認初招並無聲說李大
老實父親曾見首級而父親已故又屬死無對證安知非起龍畏故殺之
罪而指爲盜犯卽李大老實亦幸免監累之苦而捏出父言雖云禁子在
旁聽見可證而禁子無干無係何難賄囑至云該州發保可據則該州自

銷自案何不樂從總之此一案也在州則惟圖銷案故欲實之爲李二老實在縣則欲掩盜情故欲指之爲李二老實高起龍等則恐犯殺人之條故必目之爲李二老實李大老實則欲脫拖累之苦故必證之爲李二老實而究之無一確據以爲此果李二老實也況據該州查稱李二老實係盜案牽連之犯夫牽連則非係首犯假使其人尚在亦須審訊贓證眞確而後付典刑豈有追之而竟殺殺之而復梟之理即云意在請功則殺訖已足報官何必割級從來首連於屍形容易識一經梟割則皮縮狀改全不可辨安知起龍割級非爲殺人滅跡之地且李大老實又供父親來說我如今把他媳婦賣了夫李二老實既尚有生妻明係盜犯家屬該州承緝何不拘拏根究其夫并備日後賠贓變賣乃竟置不問反拘百里分居之兄而禁之及至李二老實報殺之後其妻明係取證活口倉猝賣去希

無對質且父稱賣訖而官不拘訊又安知非通同掩護惟求滅跡之意臣
職任刑名實慮此等事情朦朧取結成借名銷案之奸長擅行梟殺之智
又見承問各官非不搜駁再三但止於案內數人反覆取錄並不根尋盜
妻盜黨提拿詳究爲此據案駁參請乞
敕部嚴行地方官務據盜屬活口究取確據情形幷逸盜四人勒令照緝盜限
例依期獲審對證明白一併具
題方准銷案庶朦溷可清擅殺可杜所關非小矣爲此具本謹題請
旨
康熙九年十月初十日具題二十日奉
旨該部察議具奏
刑部　題爲梟殺之情罪可疑州縣之揑銷無據等事刑部抄出刑科

給事中張　題前事奉

旨該部察議具奏欽此欽遵該臣等議得刑科給事中張　疏稱直隸巡撫金世德題李二老實殺死一案據招内稱李二老實至靜海縣口稱我是李二老實莊民張堯臣等追趕有高起龍當先砍倒李二老實割了首級等語夫被緝賊犯逃匿不暇豈敢白晝自稱姓名且詳閱供詞始云一人上莊並無同夥後云一起原是五人始云上莊要酒飯若不依他便要放火後云賊在村内放火燒房村人救滅其張堯臣先稱有賊上莊後稱在王文莊王相公家作踐放火前後口供迥然不符據高起龍雖供賣鹽認識李二老實初招並無聲說李大老實雖供父親曾見首級而父親已故又屬死無對證又據李大老實供父親來說我如今把他媳婦賣了明係取證活口倉猝賣去希無對質且父稱賣訖而官

不拘訊安知非通同掩護惟求滅跡之意請乞
敕部嚴行地方官務拘盜屬活口究取確據情形并逸盜四人勒令照緝盜
限例依期獲審對證明白一併具題方准銷案庶朦溷可清擅殺可杜
等因具題前來查此案已經臣部具題駁審在案今應將科臣張　所
奏情由一并請
敕該撫再行確查審明具題到日再議可也奉
旨依議
刑科給事中臣張惟赤謹
題爲
皇仁之欽恤既深例外之處分宜復請乞
特恩大沛以廣弘慈事臣備員刑垣正值

朝審後伏閱招册案獄無多蓋由
皇上好生如天今年既
頒大赦又
特遣大臣熟審減豁多人所以秋決屆期獄囚減少已幾刑措之風乃復奉
有今年秋決著停止之
旨而於各省亦皆有分別著停今年處決之
旨夫此等罪囚所犯重大在矜疑緩決之外法無可生而
皇上矜全民命必欲於死中求生暫緩其一歲之命仰見
浩蕩洪慈如此其至薄海臣民無不感而涕零但臣仰體
皇恩尚有推廣其未盡者請爲
皇上陳之查順治十四年丁酉科因順天江南考官及舉子作弊賄通關節贓

眞證確審實有據故分別正法流徙原未嘗在題目筆畫上深求也乃康
熙二年癸卯科直省考試官及舉子等或有以題目重複筆畫差訛俱蒙
提審桁楊桎梏之下再四拷訊並無別弊乃皆不依禮部所定新例處分
而法外加重或流徙或革斥今考官如楊璥王象天周燦劉良玉黃隆等
俱相繼控辯已蒙
皇上洞燭其寃悉與昭雪起復原官舉子李桐王澤長申明倫王遵度陳志周
鮑允隆等亦已控辯部議復還舉人歷奉
俞旨在案此外考官舉子或流徙關外及革職褫黜無力辯復者伏乞
皇上敕部詳察凡係科場各案除關節作弊外有止因題目字畫差訛則例本
輕而處分過重者概行改照定例發落不必待彼紛紛控辯而後議復則
恩出自上而無不均之歎矣臣又伏查順治十八年江南巡撫朱國治奏銷錢

糧一案一時文武紳衿欠糧者不拘多寡盡數降革褫斥約共一萬三千五百餘人蓋因積玩之後借此懲創一番以警將來但
國家人材摧折易而儲養難此萬餘人中或有所欠不多一時疎忽未完原非有心欺玩者或有糧書作弊已完捏開未完者或有原非本人地土被地棍冒名拖累本人並未知情者或有曾經赴本省督撫控辯因已經處分地方官憚於奏請者今一概議處似屬可憫況數年以來屢蒙
恩赦如官役侵蝕在庫錢糧盈千累百皆蒙免罪而此奏銷諸人竟成永錮向如張弘俊顧大申徐元文徐乾學葉芳藹葉芳恆宋德宜金秉樸等亦相繼控辯俱蒙
皇上洞悉寃情悉復原官矣然此外文武紳衿未蒙寬宥者尚有一萬三千餘人其中或因疎忽偶遺或因糧書捏報或因被人拖累至其所欠之數或

止數兩或止數錢甚有或止數分一時盡遭革斥又或有無力赴辯久遠
含寃不得與張弘俊諸人同仁一視伏乞
皇上特遣內大臣至該部或卽
敕該部細查當日奏銷原案其名下或爲數無多或原非本人地土或果否已
經全完酌量行查開復則
皇仁浩蕩不獨身蒙寬宥者躬被再生誓報
高厚於涓埃卽在
廷諸臣仰戴覆載莫不願竭捐糜於
聖世矣況今値冬至令節正天地陽回之時萬類更新之候此二案實天下人
心素所日夜翹首企望
皇仁之大赦者止因事涉嫌疑迹多忌諱莫敢陳請臣非不知忌諱當避嫌疑

當遠但欣逢
堯舜之主正値不諱之時且近奉有言官面奏之
上諭則正以
聖主下濟之光作臣子敢言之氣況臣素性愚戇若亦復瞻徇顧忌不言以負
皇上特達知遇之恩臣罪滋大矣臣誼之所不敢出也爲此冒昧陳
奏因條陳推廣
皇仁字多逾格貼黃難盡伏乞
俯賜全覽
敕部確議施行
康熙九年十一月十一日具題十六日奉
旨據奏欲將抗糧不納及凡係科場各案內處分之人槪與開復殊爲不合不

准行著嚴飭行該部知道

刑科給事中臣張惟赤謹

題爲捏銷之情弊無窮口供之僞造可駭請

敕部嚴行查究并定從重處分以懲異酷以全良善事竊查府縣有司報銷叛盜等案多有情節無據如滄州一件臣已據招駁參矣乃更有毫無影響僞造口供生陷良民爲叛黨如廣撫所報恭陳四款等事惠州府知府朱賚等所審黃亮日一案尤大可駭異焉查該府承緝黃若華叛黨黃登雲據於康熙八年三月二十四日稱據典史王竑緝獲解司兼據該縣知縣韓鉉取具各該地保族人及失主等人口供明確一併招報據其供招情節登雲之已獲確無可疑矣及至臬司轉發廣府防官覆審則所解者係良民黃亮日非逸犯黃登雲也至問本人在惠何以承認則曰宽遭捕衙

屈拿也再問失主在惠何以質證則曰生員實不認得問官當日沒問也徧問地保及族人在惠何以共行供證則或曰小的並沒有說不知那個寫這口供或曰並不見他供有這話不知何人替寫的口供也竊思問罪全憑口供況且各直省重大案件上報

朝廷下送法司皆必細加覆核而所據以覆核者不過止憑一紙口供此而可以代寫代造黑瞞妄砌勢將何所不至民寃命枉尚復有何可憑此等府縣各官止欲保全一己之功名不難揑造多人之供狀竟將無干平民陷之駢斬坑之籍沒既不畏煌煌之

功令復不畏赫赫之鬼神至如興甯縣捕官既搶黃亮日賣女銀十兩又陷之爲叛犯大辟臣閱招至此不覺髮竪背裂天日爲之昏慘猶幸該司撫詳愼另批別府覆審眞情始得畢露不然則口供既定如此枉陷奇□

朝廷何由而得知內部又何由而核勘但因僞造口供誣陷叛黨律例未有正
罪明文該撫止將惠府各官比引失入之律復行援
赦臣思失入係無心舛錯自應援
赦若此有心揑造羅織平人又據該府審語內明稱拘獲叛黨共期早結斯案
則意在揑銷開復已係明白承認實屬故入之重情非關失入之小誤
朝廷設官本以爲民若此府縣等官罔
上坑民大悖
皇上愛恤民命至意臣思貪酷二者皆八法最重之條今貪官旣雖遇
赦止於免罪仍行革職則酷吏遇
赦亦應止許免罪不宜仍留民上肆毒生靈伏乞
敕下刑部將此案嚴行該撫確查在惠州府審時凡被害族人保長一干口供

皆係何員假造何人替寫係何情弊務須直窮到底報部將此等職官或
照故入擬罪或另議僞造口供招草罪例從重處分雖經遇
赦免罪仍行革職併將此爲例自後如有此等揑造羅織者照例治罪通行直
省一體遵行庶良善得免奇寃而奸弊可以永杜矣臣辦事刑垣緣係民
命所關重大招揭必加詳閱所有情弊不敢不行駁參爲此具本謹題請
旨
康熙九年十一月十一日具題十六日奉
旨該部察議具奏
刑部　題爲揑銷之情弊等事刑科抄出刑科張　題前事奉
旨該部察議具奏欽此該臣等議得科臣張　疏稱云云等因前來議得已
故叛犯黃若華案內未獲叛黨黃登雲等一案先經廣東巡撫劉秉權

具題臣部議覆續獲黃登雲應俟該撫審擬具題到日另議奉
旨咨行去後今據該撫劉秉權疏稱審黃登雲名係黃亮日非是黃登雲應
與伊妻蔣氏一併省釋併參承問失入各官援
赦具題前來查興甯縣典史王竝將黃亮日爲黃登雲拿獲惠州府知府朱
賚等審時保長楊福等口供黃亮日小名係亮日大名登雲後駁廣州
府同知李成桓審時保長楊福等口供非是黃登雲名係亮日在家納
糧嫁女賣田並未逃走等語或係從前承問各官朱賚等典史王竝與
亮日有仇意欲結案以爲登雲或屬保長楊福等欲將黃登雲免罪後
審時巧稱非係登雲改供亦未可知及黃亮日口供典史拏時搶去伊
賣女銀十兩等情係何人搶奪並未審明口供相應請
勑該撫嚴審明白具題至此案已經科臣張

題參應俟該撫查題到日一併再議可也奉

旨依議

刑科給事中臣張惟赤謹

題爲律例未定全書奏讞每難畫一請乞

勅部酌定頒行以成

昭代全書以示不刊定典事竊惟刑名律法爲天下紀綱所係

朝廷萬世所遵莫大之典也故一代雖有一代之損益而一代必有一代之全

書伏見我

朝創制立法順治初年卽經部院諸臣校定大清律一書具疏進呈奉

聖旨是大清律著頒行欽此刊布中外但查歷年以來續有更定新例每稱不

必入律留此例行因而至今律自爲律例自爲例兩不相合臣見坊間刻

本止將康熙三年三月前定例奉
旨增添入律者一二十條另爲一卷附於律後既非統會貫串之文亦恐非經
呈

欽定之本且至康熙三年以後
題定新例則全缺焉尤非大全之書足爲一代定本臣又見刑部覆尙書朱
之弼條議過錢與錢一款稱近見各省官役抑勒索詐等項取財者有將
與受過付俱擬同罪者亦有照律分別擬罪者俱不畫一等因又部題侵
盜錢糧一款稱衙役侵盜倉庫錢糧或一省引衙役犯贓新例或一省引
侵盜原定律擬罪事不畫一等因據此可見律例各行官司審擬多有異
同之處亦且承問官吏不肖者因而或用律或用例得以任意重輕行私
自便是不可不集成統會一書刊布中外使折獄官司曉然共見者也臣

近見該部司官將年來

題定新例照律內六部題目分項編次刊成一册冀使成憲昭然非不苦心

校定然終屬律爲一部例又另爲一部各自分行繙對查擬仍非畫一且

又律文係奉

旨頒刻之書新例係司官校輯之書未呈

御覽勅諭刊頒終未足爲

皇府昭垂之定本請乞

皇上勅部卽將大淸律原本詳對新例續經

題定者皆照原律開載之法凡有條例各於律文本項之後一一隨類註入

務使次第井然如此則律例統貫總成一書凡聽斷官司執此一編隨事

開卷無不一覽在目不煩檢閱之勞永無異同之失矣臣又思律經歷來

所定例係一時所行例不過以補律之缺不宜太煩即如盜案處分一項

向來則例屢經更定最後諸臣條陳奉有照律緝盜之

旨欽遵在案可見律文至當雖經屢變終不可易一條如此其餘可知併乞

敕部於律例二種增改互異之處詳加酌定務期以律爲主以例佐之如有則

例太煩不妨更加酌簡以求至當使後來無可復易之處然後繕寫成書

進呈

御覽親裁定奪刊布庶成

昭代一成不變之書永作中外官司共守之典所關天下萬世之紀綱非小矣

臣職備刑垣事關職掌條陳始末字多踰格伏乞

睿鑒敕部確議施行

康熙九年十二月十九日具題二十四日奉

旨該部詳議具奏

刑科給事中臣張惟赤謹

題爲特糾卓異官員事查得山西同知周令樹前任江西贛州府推官穢跡

昭著贓私狼籍被前任巡撫林天擎特糾審實除演戲宿娼拏訪散鹽及

得張奇茂贓二百四十兩原貯在庫輕罪不坐外共計贓銀五百四十兩

照貪官例擬絞三法司核議在案倖邀

赦還職陞補同知已屬非分之

恩不意現今反列卓異竊思卓異原屬奬勵殊典只因令樹前任被參贓款俱

在江西該省並無案卷可查遂列薦剡但貪汚敗檢審擬重罪之人遽膺

卓異黜陟混淆官常削色何以彰

朝廷之勸懲哉臣職司糾彈誼難緘默見聞旣確謹據實指陳仰候

睿鑒勅下部院察議施行
康熙十年二月初五日具題初十日奉
旨該部院察議具奏
刑科給事中臣張惟赤謹
題爲
鑾衛奉
旨題補刑餘豈可容留請
敕部嚴察澄清以肅
禁近之體以重名爵之班事臣辦事垣中伏見兵部爲補官員事一疏奉
旨這員缺著於世職到日題補欽此仰見
皇上慎重鑾儀體統至意臣思在京衙門

扈從清切品高地重者文則有翰林院武卽爲
鑾儀衛皆係
朝廷清班不容濫污況我
朝文武並重在京文職濟濟如林武職
侍從止有鑾儀衛一衙門豈可不詳加甄別以示肅清而從來該衛陋規每
以掌貼吏書校尉員役挨補品官躐越誠爲至極今幸
皇上加意澄清去年
特簡掌衛之臣今又不用該部將掌房掌案陞補之議自此
禁近可以肅然但以臣所知尙有名充役蠹身受官刑事跡檔案通國共知
如整儀尉章茂春者在今日尙列清班儼叨名爵臣不能無議焉臣聞茂
春向係京城蠹棍掛名本衛校尉仍與蠹役邢其敏等串名邢尙春於宣

課司應役包攬召買侵蝕錢糧
朝廷功令一身不充二役茂春既爲校尉何得復應課司至康熙五年九月告
發事露刑部審案載有邢其敏口供我與茂春俱係一衙門之人等語乃
仍不行褫革衛役且於康熙六年六月復行補管今職以昭著之蠹役儼
爲
淸近之品官且查刑部檔案茂春歷經刑訊受夾十次擬杖八十折責三十
板刑餘之人從來不近
天子今以如此方經受刑狼籍之人甫過半年之內竟公然朝服項帶趨蹡於
皇上扈從之班褻體統而辱
朝綱莫甚於此臣查凡大小各衙門書吏必由地方官及里鄰保結並無刑喪
過犯方准收用書吏且然而況於職官乎今當

皇上簡用禁近之時正奸宄莫遁之日伏乞
敕部行查刑部原案立議斥逐并令嗣後一遵
新旨凡該衛員缺必須愼重名器嚴查汰而公遴選庶文武之名爵並重而
朝廷之體統肅然矣如果臣言不謬伏乞
乾斷施行
康熙十年二月初五日具題初十日奉
旨該部察議具奏
兵部　題爲鑾衛奉
旨題補刑餘豈可容留請
敕部嚴察澄清以肅
禁近之體以重名爵之班事兵科抄出刑科張　題前事奉

旨該部察議具奏欽此該臣等議得刑科張　疏參整儀尉章茂春向係京
城蠹棍掛名本衛校尉仍與蠹役邢其敏等串名邢尙春於宣課司應
役包攬召買侵蝕錢糧至康熙五年九月告發事露乃仍不行褫革於
康熙六年六月復行補管今職且茂春歷經刑訊受夾十次擬杖八十
折責三十板伏乞
敕部行查原案立議斥逐並令嗣後一遵
新旨凡該衛員缺必須愼重名器嚴查汰而公遴選等因臣部於二月十三
日移咨刑部查所審章茂春原案并有無褫革隨於本月二十三日據
刑部咨稱章茂春將伊春字同邢其敏串名邢尙春謊稱伊弟章二與
邢其敏串名將章茂春合依不應事律杖八十折責三十板並無褫革
字樣等語於本月二十七日臣部又移咨刑部鑾儀衛崇文門宣課司

行查去後於本月二十八日據刑部咨稱章茂春當日所犯之罪結案情由已經移咨知會鑾儀衛等語三月初五日據鑾儀衛咨稱章茂春原係壘勒根王校尉順治八年閏二月本衛揀選留用章茂春正身食糧應差順治十八年四月內因備知事體補貼案因効力年久於康熙六年六月補整儀尉咨部題授等語於三月初六日據崇文門宣課司員外郎色冷等呈稱職等歷歷研查並無章茂春之咨繼查各召買內惟有邢其敏章永祿名字復詢問衆召買人等咸稱並無章茂春等語查崇文門宣課司呈稱雖無章茂春之名其章茂春於康熙五年九月內在刑部將伊春字與邢其敏串名邢尙春謊稱伊弟章二與邢其敏串名杖八十折責三十板實係夾責受刑之人難留鑾儀衛相應將章茂春革職員缺另推其章茂春補授整儀尉咨送時不行詳查鑾儀衛

各官理應查議俱事在康熙九年五月初六日

赦前相應免議至該衙員缺必須愼重名器嚴查汰而公遴選等語於康熙

九年十二月内據科臣吴　條議臣　部會同鑾儀衛議覆以後鑾儀衛

缺出將漢世職幷掌房掌案貼房貼案酌量用在案無庸再議者也奉

旨依議

序

凡文章之大者其上詔令其次奏議蓋其有關於天下國家者重也吾友螺浮張公練習朝章周知民故而其爲人砥節首公一意獨行無所依附故自陟諫垣十有七年難進易退立朝無多日然侃侃論列其已付鍥局籤帙成書者前後共計三編余嘗取而讀之簡而暢直而婉曲而中盡而不汙近而有遠慮雖古所稱賈長沙晁家令劉中壘陸敬輿之屬又何讓焉公言論風采表表一時海內方期公大用奈何遽厭人間世而騎箕尾逝耶其最後給工垣事僅餘一載雖所建白無幾要皆切中時事今其子主政君不忍付之泯滅欲剞劂以傳請余數言弁首或言古人於疏草有毀之者如皇甫義眞有焚之者如荀文若羊叔子馬賓王有削之者如孔子夏陳長文皆不欲藏副示後炫世沽名以法古賢臣謹密之意給諫父子必欲傳之者何抑知

宋韓稚圭司馬君實蓋有言矣魏公集其爲諫官時所存諫藁七十餘章爲
三卷曰焚之無以見人主聽言之美溫公三上書不納及知邊州乃以付范
景仁曰若奏而不通又復焚草則與不言何異夫人臣欲效忠於國不在避
名二君子非耶給諫公疏具在其中多奉
俞旨即見之施行者固足以彰
宸聽昭
主德或間有未行者其憂民爲國一片血誠透於楮墨傳之後人倘能申明其
說不無小補又何必功自己出也嗟乎公頎然魁岸精神挺動音吐若宏鐘
眉壽應未有艾余備位秋卿一切正資公擘畫以匡其所不逮而天忽奪之
余悵悵乎安仰安倣耶語云存則人亡則書主政惓惓不忘手澤即末歲所
遺數篇必欲梓而傳之公可謂有子公雖亡不亡矣

蔚陽年家弟魏象樞頓首拜撰

螺浮先生入告遺編序

古之君子措之於世而爲事業見之於言而爲文章皆其卓犖俶儻之氣盤礴鬱積發於自然其相須若表裏未可析而二之也後世學無原本各挾其性之所近以名一家於是喜立功者目文辭爲土苴務立言者以功名爲糟粕兩者之不相兼也久矣若夫居朝廷之上敷奏明試立功立言相成而不背惟諫官爲然茍其氣之卓犖俶儻不隨俗波靡則讜論殊績往往以一人兼之雖其平居著述一文一辭皆可以覘忠愛之性抒伉亮之懷蓋其積中而發外有不可掩者非雕繢藻飾以爲文章者可比也往時鹽官　張螺浮先生居諫垣以直聲名天下方

皇上沖齡踐阼神聖英武鉅細畢照而輔臣久不歸政　先生抗疏論列請

天子親總萬幾意氣激切辭無撓避舉朝服其敢言忌之者擠就外列後被

特召再入掖省
眷遇頗篤請行
日講幷條奏諸大事多荷
俯行方將不次枋用而　先生遽逝時論惜之余時在長安未有知者　先生
獨相器重每過其邸舍必出所草劄疏示余間出古歌詩雜文莫不沉摯朗
切如挾風霜未嘗不歎文章事業兼擅無闕者非　先生不足當之也余叨
竊
恩寵年來始得歸田柘西　先生令嗣皜亭主事往來遊處甚契合頃出遺稿
見示束卷歸然手蹟未沒回念當年邸寓過從酒酣耳熱披吟商確宛爾如
昨而　先生之亡忽忽十載矣得不爲之深慨耶皜亭主事才氣光偉能仍
其家學將來致身廊廟立功立言以垂聲於天下者取是編而傳述之不有

餘師乎是爲序

康熙壬申春日錢塘後學高士奇拜撰

入告編目錄

遺編

工科給事中加一級臣張惟赤謹

題爲

聖意首恤窮民鉅典宜周無告謹陳推廣數條請乞

敕議通行拯卹以副

皇心以昭異數事伏惟

皇上舉行建

儲大禮爲

本朝開從來未行之典創萬世不易之模誠普天僅覯率土齊歡千載一時也

臣伏讀

恩詔覃及宇宙臣民尤爲天下海隅所快覩但以臣伏念此係

朝廷非常之鉅典必示海宇以破格之

鴻恩昔周文王發政施仁必首及天下之窮民而無告者矧我
皇上天地父母之懷軫恤斯民有加無已當此
覃恩普及之時廣賚臣工尤必遍周民隱方副我
皇上如天之心臣幸列言官恭逢
盛舉尙有愚誠之一得可以副
聖心而廣異數者請得爲
皇上列陳之竊見目今軍興旁午兵餉綢繆
皇上當此籌餉之時不廢恤民之舉於直省告災告蠲者仍照分數行蠲卽今
恩詔開列復有已經查勘蠲免賦役者有司不遵仍行濫派事發決不饒恕之
條仰見
皇上一以愛民爲心雖堯舜無以過但臣念蠲免所及止在有田輸賦之家而

租田代種之佃戶不及焉此種人戶終年作苦每歲輸租還租白粲自飽
糠粃更有每遇秋成完租不足賣男鬻女慘不堪言此正所謂無告窮民
當此
恩翔率土之時亦宜使之得霑
雨露請乞
敕部酌議通行各省凡佃戶輸還田主租米除今年完納已過其康熙十五年
量行減讓每石或減一斗或減五升在有田者應無難色而在力田者便
霑實惠目今額餉不敷
皇上雖欲推惠小民實無家給戶賚之法臣展轉思維止有此減租一術可以
遍及窮簷無遠不屆此其一臣又思天下當恤窮民首在艱苦農夫次即
刑獄罪犯今蒙

洪恩肆霈現在咸予維新尚有一等罪犯本輕充徒擺站已至配所者伏查律
例有不在赦放之文但思此等人犯其有力者多以折贖免行而遣發者
多係無力受配異鄉孤子衣食無營晝則行乞夜則露處司驛者恐其脫
逃又必加之桎梏雖不監禁無異獄囚度日如年情狀堪憫使得稍寬時
月便如解釋倒懸臣請
敕部通行直省此項罪囚已至配所者就其所定年分內量減一年應三年者
滿二年卽釋應二年半者滿一年半卽釋下各倣此減其充徒一年卽早
得超生一年矣此又其一臣又見向來流徙尙陽堡人犯原皆分隸旗下
自蒙
皇上憐憫放免爲民是已荷
聖恩矜察寬其罪網矣但自隸編氓年深月久或口食不充難以存活或年踰

耄耋侍養無人或正身已斃妻子流離其爲伶仃孤子種種顛連生則長
無衣食歿則委骨路旁可憐彌甚今遇
皇恩肆赦普天同慶獨此被流日久之人其中或有情罪可矜不得一視同仁
尤切
聖世覆盆之歎伏乞
敕部行查此項流人除情罪重大外其有罪犯本輕又係眞正窮苦年老廢疾
不能當差之人准與
赦還恩德不止再生矣此又其一臣又思自吳耿二逆搆亂以來大兵進討所
有俘獲子女除本屬賊黨家屬外其原係良民誤陷賊地因遭俘執者亦
或有之臣伏讀
恩詔領兵將帥著各嚴戢部伍勿得借端擄掠重擾良民一條仰見

皇上洞燭萬里伏乞
敕部通行諸路軍前如有不係賊黨家屬誤在賊中被俘者許其本家親戚認
贖完聚間有本係良民子女因與賊境逼近顚連失所者許令該督撫查
明設法安插此尤一時難民所當矜恤者此又其一以上四項㝢皆所謂
天下之窮民而無告者從來赦例均未曾及臣故曰
朝廷非常之
盛典必示海宇以破格之
鴻恩今日
皇上沛然行之誠爲萬世首出遠踰堯舜將見和氣歡聲遍滿宇宙
朝廷萬年有道之祥
皇太子千秋無疆之祚皆我

皇上今日啓之矣緣係推廣
恩意臚列窮民字多踰額貼黃難盡統祈
睿鑒俯賜全覽施行
康熙十四年十二月二十一日具題二十六日奉
旨知道了該部知道
工科給事中加一級臣張惟赤謹
題爲時務之責成綦重虛文之可省尙多請乞
敕部酌停煩瑣事例以裁冗雜以策專精事竊惟六官則例之設所以廣示周
詳而從前因革之宜亦必講求畫一矧今逆氛未靖之時直省諸臣籌兵
籌餉事務至煩責任至重若又拘以虛文多其瞻顧掣此必致失彼豈得
專精一意協濟時艱臣近閱邸報見鹽臣不任漕務因臺臣言停其奏銷

造册矣陝西西延鳳漢等府銀糧不涉茶馬該撫臣疏請免其循例重造入册矣似此無益虚文舊例頗多可省而以臣所見最煩瑣者莫如各省州縣在籍候選候補職官遇有丁憂事故必令地方官限期咨報如有遲報不報及不行詳查者一概議處之例近如館陶縣以候選州同病故不報議處矣山陽縣候選州同丁憂少守服制一個月零八日不行詳查縣府藩司一概議處矣鹽城縣監生少守服制一個月零四日未經查報知縣藩司分别罰俸矣如此之類屈指不勝纍計自援納例開以來歷科進士及揀選舉人而外入監出咨考職之州同州判雜職及舉貢考定之有司在籍候選者不知幾千百人一州一縣多者亦至百十餘人丁憂事故時時而有住居城郭家有長丁者遇事尚能查報其或遠居鄉僻及猝遇事故家無次丁不能申報州縣該州縣官又豈能一一差人沿鄉查訪代

之申報耶至於司府各官所屬既多所司又廣如此等事不過止據屬員所報轉申上司而已以微員守制月日不符均行議處豈不增其瞻顧反分正務之心臣又查前此地方官原無議處之例止因後來選法改用寄憑停其人員赴部恐有在籍丁憂事故之員不行報部一概入選及至選定寄憑原籍遇有丁憂事故之人再行報部另選往返貽誤以致地方懸缺因而定此處分之例使之詳查入報以免混選之失今寄憑之法既經停止候選人員皆各赴部投供聽選矣而地方官咨部處分之例仍舊遵行豈非因革之未歸畫一者乎以本屬可省之虛文具急公辦事之精力尤非所以策勵官方責成機務也臣請

皇上敕下該部查照舊例一概在籍候選候補官員如遇丁憂事故停其咨報其或起文赴部違限者止行議處本身地方官概免處分去煩瑣而專責

成其有裨官方時務非淺矣如果臣言可採伏祈

睿鑒施行

康熙十四年十二月二十一日具題二十六日奉

旨吏部議奏

工科給事中加一級臣張惟赤謹

題爲謹陳天下從來因循蒙蔽陋規請

旨嚴行申飭併議就近開報時價之法以圖節核錢糧事竊惟古今天下通弊

全在內外臣工因循舊例養成陋規至久而竟成固然牢不可破此臣下

之最負朝廷者也臣請就今日之一節言之天下食用貨物多則賤少則

貴時價消長月異而歲不同此必然之理五尺之童皆知之而河南山東

之漕糧每年每石定例折銀八錢矣江浙改折之白糧每石定例折銀一

兩五錢矣然此猶言爲
朝廷計入也乃臣查各省報銷供應軍需辦買米豆之價每石皆開八錢九錢
一兩不等矣臣聞年來大河南北豆產甚廣每石價銀不過三四錢即有
買運脚費何至加倍有餘此必從前豆貴之時各省採買報銷曾有八錢
九錢一兩之例因而據爲鐵案倣照開銷臣又見部臣每覆各省採買顏
料各色雜項之疏多稱查與先開價値過浮相應駁減據此則是內而部
臣止有一先開價値在於胸中外而各省安得不止據一已前舊例報之
紙上彼此因循養成陋規征收百姓者不問時價限定每石或八錢或一
兩五錢多收不止加倍如是則病民開銷
朝廷者不問時價槪稱每石八錢九錢一兩浮冒不止加倍如是則病
國此今日莫大陋規也部臣魏象樞亦曾條陳及此謂各省報銷米豆價値

每案稍一節省則數十萬可得臣思當此司農告匱之時內外諸臣不肯
實心詢訪地方時價上爲
朝廷節省錢糧而但因循舊例希圖蒙蔽侵欺大負
國恩莫此爲甚然欲破此陋規必使部臣確知各省時價而欲使部臣確知
時價必使外員按時據實開報但在外官員無所顧忌得以據實開報者
惟有關差爲新奉定例不受督撫管轄之員且各關皆係客商經由之地
貨物價值的確可憑如據天津臨清所報直隸山東可知矣據蕪湖龍江
所報上江一帶可知矣據淮安揚州所報江北一帶可知矣據滸墅北關
所報江南蘇杭可知矣據九江贛關太平所報江廣粵東可知矣行令各
差於每季錢糧報部之時卽將所駐之處米豆草束價值按季具揭確報
到部存案俟各省辦買造册報銷之時取各差原揭按時磨對有無浮冒

一目瞭然數千里外如在目前不必止據先開舊册比對增減其法至簡捷縱有不肖官員無所施其蒙蔽節省錢糧不少矣至如山陝一帶原無關差之處或卽令河東鹽臣逐季附報河東接連三省相去秦晉兵馬經由孔道不過三四十里開報亦可爲憑此實今日節核錢糧破除陋例之要術也臣又思如此因循陋規所在多有伏祈

皇上特賜嚴綸通行申飭如有此等從來相沿蒙蔽舊例許其卽行釐剔檢舉施行有能淸查節省錢糧滿萬以上者仍准從優議敍其或仍蹈故轍不能釐剔别經他人發覺者嚴加處分至關差司官如有通同在外各官得受賄囑不行據實開報别經旁人舉發者加等治罪庶從前内外臣工陋習可除錢糧不致漏巵兵餉自然充裕矣緣係條陳因循陋規設法淸核字多逾額統祈

睿鑒施行

康熙十五年二月　日具題　月　日奉

旨該部確議具奏

工科給事中加一級臣張惟赤謹

題爲

地宮工程最重新甎造運宜嚴請乞

敕部再行申飭并議速運之方以防侵蠹以襄大工事伏惟

仁孝皇后陵寢已經選擇吉壤先行修造

地宮工程至爲重大臣昨辦事垣中接捧工部請

旨事一本奉有

綸音地宮關係重大定議應用何項甎及堅固與否係工部專職乃並不議請

旨定奪大負職掌著吏部察議具奏這事情著再議具奏欽此又接工部

再議請

旨事一本奉

旨依議速行欽此仰見

皇上慎重大工至意今該部已經差官前往臨清督造城甎矣但從來各處相

沿陋規每遇一項工□卽有地方一種無籍棍徒借名窰戶當官承認包

攬私自俵散分肥彼此授受冒破侵欺奸弊百出從前城殿諸工此弊多

不能禁今臨清甎窰停止已久匠夫俱已星散窰座亦經坍塌該州又係

水陸衝衢多有地方光棍盤踞出沒保無借名承認指稱舊日窰戶兜攬

募匠及至金錢入手展轉扣尅侵吞以致工料不得精堅貽誤大工不小

況今正在錢糧不敷之時若有此輩從中開一分之侵冒卽於大工有一

分之疎率且於錢糧多一分之耗匱請
敕該部嚴飭該撫及前往司官召募夫匠務皆著落地方保甲公同保給殷實忠誠原係眞正窰戶並非包攬積棍方准承攬又必責令先呈樣甎看驗果否精堅然後估定價值給銀燒造燒成之日仍行逐一勘驗是否照樣精堅方准收納如此周詳謹飭侵蠹庶可潛消至於運載北來之法雖經部議專派船隻運送但另派船隻終恐耽延兼虞煩費臣思臨淸係南北必由水道來往船隻甚多又有專差官員在彼駐劄收稅合無卽行該關部員令於南北船隻內不論官民商貨各載過關之時於應納稅銀內量行酌免若干每船令其載運若干甎塊挂號承領前至天津或張家灣交納銷號此等船隻皆係隨到隨開燒出新甎卽可隨燒隨帶旣係順帶之船非關拘派又屬儹先之載不致耽延事理似爲至便仍須酌驗船隻稍

大或千石或五百石以上可以承載者方准運載大者帶多小者帶少協
同差去司官酌量給發無得混行給帶致有失誤更不得借名縱役拘拏
小船勒詐財物至水口收甎之處亦必差委司官一員專駐或天津或張
灣起運近便之地搭廠陸續查收起發剝運前至工所庶運到之甎不致
露淋損壞又查天津一帶俱有專爲糧船剝淺一項官剝船剝糧之暇亦
可備剝甎之用臣又見近日工部管鳥槍怠玩一案因思稽督固貴嚴密
委任尤在得人再乞
敕部選擇滿漢才能司官數員或任收甎或任督工督工之員尤必愼擇二三
員精勤練達之才使之前往協理監工務令時親督理不得擅離工所如
有嬾惰草率不職之員嚴加處分仍治堂上官以保舉不愼之罪似此造
運有法責成有人匠工不致侵欺運送不致遲誤

大工堅固可期而
仁孝皇后神靈永奠矣臣職司工垣在工言工莫有重於此者字多逾額貼黃
難盡伏祈
睿鑒俯賜全覽施行
康熙十五年　月　日具題　月　日奉
旨該部速議具奏
工科給事中加一級臣張惟赤謹
題爲詞林選授最重館閣造就宜精請
敕定選後課校之法以育人材以重淸要事竊惟
國家設立翰苑原以教育窮經稽古之儒故稱爲翰墨之林實係文章之府
旣備一時之

顧問又儲異日之
經筵誠清華重選也我
皇上崇尚文教講求經術舉行
經筵起居諸典章於詞林諸臣
宸眷有加且當此軍興旁午之日
皇上益加意右文丙辰會試復邀
異數得以廣額一時多士濟濟師師第今選授庶常之典已經舉行其入選之
士育之館閣以儲異日大用者平時陶甄樂育之方所宜加意精嚴以副
皇上尊經重文之聖心臣伏查順治十二年四月二十五日
世祖章皇帝上諭內三院考選庶吉士原係儲養眞才以備任用必須懋勉學問
時加策勵乃能練習典古博通文章無負朕親行簡拔之意除照舊教習

館試院試外今後滿漢庶吉士讀書一甲翰林每二月朕必面試一次以
辨勤惰高下每歲六試永著爲令爾等即行傳知欽此仰見鄭重詞臣原
係
本朝盛典今當選定教習之時若不加意薰陶將來豈能稱職臣請
皇上敕下該部院諸臣確議目今
欽點庶常已定之後將所選諸員詳定教習考試之法如性理大全五經通鑑
綱目會典諸書以及漢唐宋詩賦古文之類於習授淸書之暇另立課程
俾之閱習然後或一月或兩月該衙門先加考試問以經義典故試以詩
賦古文校其優劣記其等第至或半年或一年之後再行題請
皇上聖學廣淵親加
御試品題以爲激勸庶學業精勤人心淬勵上不負

皇上育養人材之盛心下不媿衙門翰苑詞林之名目仰裨
聖化誠非淺鮮矣如果臣言可採伏乞
睿鑒施行
康熙十五年五月　日具題　月　日奉
旨知道了該衙門知道

先都諫公順治甲午舉人乙未進士授戶曹擢禮科給事中改刑科出爲
荆南副使未幾歸田築園烏夜村將終老焉庚戌得
旨仍補刑垣尋遷工科其間條奏數十上嘗一日而上五疏皆關國計民
瘼風節侃侃直聲震朝野如停圈給革廠夫嚴定律例密訪衙蠧以及海
防河工關鹽商稅無不建白先後梓成入告編三集惜歲久板多剝蝕嘉
慶戊寅冬補刊全頁敬跋數行於後

元孫男逢泰敬跋

裔孫元濟元杰繼城同校

海鹽張惟赤撰

退思軒詩集

裔孫元濟謹署

宣統三年六月
上海商務印書
館用活字排印

詩以多爲貴有杜少陵數千篇以少爲貴有劉眘虛十四首蓋存乎其所至雖愛憎之口終莫能去彼舍此張子君常吳之利俊與余同出　庚生師門余因得交焉庚寅歲來遊橋門隨試爲文操觚家皆退三舍避余得君常文兼得君常詩留連往復深嘆宋延淸沈雲卿不是過也每與細論輒剪燭夜分殊有綵毫散色濁酒含情之概頃復著旅吟蓋再至都所作止近體十六首古詩二首而已吉光一片政以少爲貴余尤愛而讀之凡人窮愁半出羈旅篇章未竟怨誹紛呶旅之於人甚矣君常綺思藻采賦出天成名噪長安鉅卿名公無不欲把臂交歡恨相見晚行將黼黻皇猷爲章雲漢而獨矜自振岸泊然雋永穆然涓潔豈非別有寄託者耶詩人所貴興會旅羈所貴靜遠讀其詩可以觀其人矣陽城門祉弟喬映伍拜題

螺浮先生以晨光詩屬楚了莽子敍了莽子喟然曰有是哉不意復見唐音之作也夫詩之有近體也始於唐唐以後無唐音無唐音而益學唐音學者愈似似者愈僞爲宋爲元爲明唐音終不可見而詩亡矣宋亡於理元亡於詞明亡於標榜先生獨能挽風頹波蕩之勢爲日霽天青之詠可敬也不獨可傳也夫唐之音清而厚俊而渾其入人也深無削弱之色無叱咤之響公詩有一語不清且厚乎有一篇不俊且渾乎大廣者鐘呂也幽細者笙瑟也自然者天籟也有恬怡而無躁戾適己性而移人情用儲王之骨行錢劉之調者也夫予也楚傖也何足以知詩也白香山時令老嫗作解將無是與予因樂唐音之復作故不辭蕪陋而爲之言湘潭王岱撰

退思軒詩集

海鹽張惟赤　螺浮

古體詩

唐鏡花

倬彼渺雲漢百卉生芃芃晴雲映遠綠薰風來自東懷彼葵傾日何爲向日叢
嗟此唐鏡花背陽獨自豐豈惟葵與唐人品亦相同君子心旣正皎皎日當空
小人懷幽曖徑寸終曚曚君子性好陽羣陰錮其忠一年未三秀霜露遒其莑
小人性好陰曜靈發其衷因以背陽立藏其姦於躬鶌鳩鳴荆棘鸞鳳止梧桐
艸木各有嗜物理可相通

苦雨行

涼風吹北林積雨散炎燠黑雲走羣羊噫嗚隱萬木巢燕溼不飛空烟迷曙煜

一望咸巨浸誰與辯平陸蕭齋靜不喧灝氣結幽獨非關阮籍窮不爲楊朱哭
眷戀北堂春懼我筋力促雖懷拯物情無乃章句束匡坐息塵坌奇思天外逐
哲乂感天和時暘轉地軸懶向蠹魚中老死終誦讀

欲游南華以微疾不果悵然有作

精舍藏名山松陰鬱嵐翠西流溪水深靈源一派異智藥溯其源辨之得眞味
知後百餘年演化來此地果有南能師應期如夙契慧性徹人天明鏡無纖翳
片語析羣疑宛似拈花意大衆悉皈依欲廣慈航濟袈裟被四隅道力誠無際
時代閱遞遷不免多興廢賢藩更鼎新粲然益宏備佛寶永流傳檀施因相繼
余頗躭禪悅奈被世網繫往往着塵念遂致生嗔恚望望南華峰積想一登憩
膜拜叩六宗稍稍滌凡累苦因疾所牽遙跂無能至乃知入精藍因緣亦非細
支枕漫長吟聊以寓吾志

天柱灘

明發天柱灘風日正晴好驚濤湍且深奔騰恣傾倒亂山若蹲虎突兀踞中道余舟幸安流方感彼蒼昊次者銜尾來觸石聲如擣石筍出艙中水勢驟瀰淼輕裝付洪波出沒若探討僉曰榜人賢蠲蒸緣不早余謂正直神豈特尙祈禱君不見小蓼灘赫奕殿庭窮麗藻一朝遘祝融瓦礫無靑草應知有數存神豈不自保

田家行

落星依遠樹斜月平林夕鼙鼓聲不休羽書傳關驛嗟此蒼黎子逢辰胡不適歲杪苦無收追呼不相恤虎胥乘飛舸獰色虬如戟懷中一方箚箚上數行迹爲因使君怒帶星詣爾宅阿婦拜虎胥桑牙今尙赤小姑具黃粱千錢輕一擲阿婦正踟躕大聲如霹靂罄橐復乞隣胥意尙不懌憲檄急軍儲飛騎日相迫

新絲未成筐百兩難易石繅絁盡公治無論溝中瘠天意不可回旱魃相繼厄
輓輸難重違長吏畏奓謫痛茲踐更者空號無所益飛雲乏羣羊千里一如炙
河形成龜手于何能襏禳使君聊籲禱天心若爲易離畢未滂沱蝥賊又雲積
迎巫相錯趾酒醴酬膏澤旋去復旋來歧路相易辟秋野明秋風白潦水盡蝗
嘖嘖一望田疇山上石老農泣露啼荒陌我有離魂招不得長叫一聲天盡碧

蓮葉塢感舊

閒門秋草無顏色但見綠蘋流水急兩岸芙蓉覆露垂荷珠日日傾圓滴試憶
去年今日時綠房掩映何參差翠蓋乘風飄荇溼一樽曾醉習家池池前煙柳
鬱菁葱香荷帶雨嬌殘紅似遺霓裳歌宛轉赤城灼灼將毋同吁嗟歲月屢迴
薄意氣雄豪非復昨亭內頻經柳絮飛窗前但見花鬚落是知人去物亦非四
壁荒涼行跡稀月照莓苔蛩欲泣空悲草露溼羅衣日日捲簾樹猶綠疇昔交

游竟疎索祇知安國不復燃誰識高秋雲霧廓風吹宿草雁哀頻款若鶯啼向水潺一曲漁歌起離思孤亭獨對月黃昏黃昏窅寂悲何極迴思往事一嘆息水流一去不復迴滿目荻花聲瑟瑟荻花瑟瑟淚交睫蓼莪腸斷園空涉縱有餘香起敗荷春歸忍見田田葉

輓高尙侯兄

四山無雲羣鶩電萬里長空如匹練我生傷哉胡不辰斜倚芸窗食破硯春來秋去三十年馬樞庭前巢白燕廣寒冷豔沁人心梧桐疎雨秋聲顫吁嗟吾友尙侯子憶昔湖中初識面澄懷爽霽絕倫夷君有長才不貧賤風流倜儻世所推競慕東山執葵扇六橋桃李望中煙小艇相泊時相戀一別於今半星紀積思盈盈魂欲斷今年把晤武水東聯燈抵足書千卷感君雅意重留連特勑中廚進異饌須臾分手竟南歸文通空賦金閨彥側來訃信愴我懷鱗傷羽折徒

心戰松門草舍石茖新宿昔琴罇成世變非君永訣故人情白玉樓成待君傳
秋來絲柳拂行堤折盡長條爲君餞

補祝冒辟疆四十初度

廣陵之濤三月來奔江注海如煙雷橫波浩淼與天積霞蒸絳雪赤城隈予與
辟疆各一天予知辟疆二十年太冲動墨如橫錦搖筆散珠似茂先白虹紫電
金閨客高誼雲天動九陌擢秀淸流競所推軒軒飈舉振千尺昔年仁聲徧畿
饉厚德鴻辭誰不信私幸祖生先著鞭拜官爭識臯繇俊利用爲儀邦國光君
獨採蘭娛高堂鳩杖時扶雙鬢綠德門雍樂擬元方是時漁陽動鼙鼓捲地黃
塵逼江滸片帆東下指秦谿慰我調饑訂蘭譜揭竿是處起黃池與君數徙無
甯居界涇橋畔中秋夜馬鞍山外霖雨時吾母若母無異視君擁椿萱余敢二
披衣夜半勤禱祈重趼艱難曾不寐君因驚怖事藥丸余亦歸家犯劇寒未幾

霍然共起色劍池分首波漫漫自茲別後遙相憶邗水秦山渺無極憶君每接瑤華篇北望往往廢寢食君今四十際華辰穠李夭桃灼灼春金帶圍花方玉蕊芙蓉高閣草如茵昔聞徐績絕婚仕君今具慶兒毓始更聞崔慎祈緇郎君有雙珠竹箭修花蕚樓前玉樹連樸巢爛彩舞仙仙高堂介壽同耳順粱鴻齊案復齊年天倫樂事君所擅敝屣功名何足羨著書充棟百城尊興來爲拂琉璃硯君不見春陵元結棄官時又不見吳猛當年遇神師兩人自昔屈强仕休糧辟穀採松芝燕山遊子風塵逐此夜挑燈照禪屋情到蕪詞不可删一回起舞一回祝

范撫軍駐節荒園留詩見贈奉酬一首

枳籬茅舍依山屋長松謖謖眞蕭瑟自分仲蔚足蓬蒿豈謂龐公移家室飛書忽趣向長安逐逐京塵誤一官遠志出山成小草滿堦春色空闌珊遙聞彩仗

行田至爲留十日躭幽致公餘屐齒徧蒼苔荒臺瘦石咸評次卽借山花作主人賦詩對酒不辭頻好鳥啼聲相作和藻采風流難比倫我公自是文章伯詞壇疇敢均茵席弱冠巍科接鳳池蓮燈蹔撤明光值　帝思鎖鑰重東南半壁還煩隻手擔百城彈壓霜威肅萬姓謳吟惠澤覃爲衽爲席中無已淸操只飲明湖水時丁旱澇正殷憂不以蘧廬置顚毀任劇投艱弗勝勞拂衣旋欲歸東皐百計攀留堅未許羣情涌沸如奔濤叩闕陳書惟恐後欲籲天心求借寇天心愛公兼愛民得民知莫踰公右特奉層霄詔墨淄强起視事酬　君恩重整綱維飭僚友再看民氣迴春暄公誠濟世經綸手一邱一壑夫何有長歌盥讀幾回環奚于物外怡情久雖公眞性屬煙霞寰宇懸眸意正賒願公霖雨蒼生徧扁舟纔汎五湖家

附小札一通

小築甫成卜當有名世大人臨之而老祖臺果以行田至止迄今草木欣欣
猶有榮色但時赤尙鹿鹿長安未遑陪侍戟衞抱耿無似乃辱長篇見投盥
讀迴環風骨蒼然建安以前不可多得何論大歷耶謹鐫帙成書以爲曠代
之寶耑馳三十册奉呈台覽附酬鄙言一章非錚錚之音敢與黃鐘競響蓋
欲綴名其後以垂不朽遂自忘其蕪陋耳惟賜以繩斮爲懇秋氣漸佳擬欲
乘月泛舸一奉顏論恐棘試伊邇閽禁益嚴遂爾中止盆池草木偶從虎阜
得之雖稍稍有致自是山房中物然老祖臺跡繫軒冕而心樂煙霞固知有
同賞也外具佛手百枚統貢高齋佐延淸玩不敢更飭筐篚有拂淸風伏祈
鑒茹曷任主臣

重九前二日邀朱雋白王漢三查韜荒愼五典及同行諸子話别劇飲夜

分而散

客懷搖落秋正暮欲別禽聲啼滿樹相逢梓誼共流連游子天涯珍良晤人生難得交情篤離駒欲發歌聲續淸尊十日未爲歡素髮靑絲映紅燭觴政由來今多佚酒邊司令嚴逾律深夜不辭巨觥頻四座寂然罔敢軼更籌已促興未艾喔喔雞聲唱天外半規殘月下西窗別緒縈懷無可奈

今體詩

寓百法寺適毘陵楊昂儔以詩見投次韻酬之

積雨鳥聲咽孤情愁索居僧寮仍舊侶隣圃長新蔬靜守三庚月奇探二酉書山風落空翠漏滴夜如如

訪昭子沈大不遇

結蘭初俎豆廿載惜分飛老大悲予及疏狂問爾違行藏衡雁寄歲月隙駒微古寺無人應蒼苔照落暉

舟次酬李經元同年幷和來韻

鼓枻秋原上哀鴻遍兩河有情憐歲月無計傲煙蘿青玉吟誰和白雲望轉多孤舟迎浪急忽傍李膺過

南還留別燕臺諸子

苑外鐘初動霜高旅雁飛行藏豪素託歲月野煙微不共芙蓉笑還將薜荔歸尊前重離別翦燭話依依

贈贛令常薇垣

洛下推才士分符自玉京百灘爭一水一嶺背孤城煙井飛鴻集春疇買犢耕況能敦教化常袞最知名

途經鳳臺入謁

孝陵恭紀三十二韻

冀野通靑甸橋山邑紫陵星辰天極拱川嶽地靈憑慘澹風雲會光華歷數膺
戎衣纔壹著寶鼎已長凝二后心誠慰三王治可登經綸天造啓禮樂帝猷升
允執中誠建無爲化自宏心通神不測文在聖多能育物如傷切知人則哲稱
命官勤告誡繼亂用哀矜舞羽苗民格歸琛海若澄建櫜麟閣繪開館鳳池陞
反側推心腹賡歌起股肱受言常止輦旣聖復從繩玉食曾何與宵衣若不勝
汪汪流湛露翼翼踐春冰鳴鳥靑霄下飛龍白日乘正宜調玉燭莫效禱金縢
顧命戣劉執傳心几席凭謳歌歸啓敬遏密慟堯崩磐石長占洛佳城早驗滕
衣冠藏壑閟弓劍壒雲昇鳧海千尋匯龍文五采騰泉臺如碧落貝闕峙觚稜
瀣氣歸雲輅星光耿漆燈朝宗東際海象魏北蟠恆避隱三辰合苞符萬葉徵
濫竽慚諫議握節忝凝丞行稼湘川繞瞻天掖省曾攀髯長黯黯栗股自兢兢
無路封章達分行拜舞仍頌言窮捧土濺淚欲如澠

白下别許洽湄

六朝遺草未曾删爲客風塵短鬢斑喜接龍門歌豔雪憐餘蒿徑對春山征帆煙樹丹陽度别酒襟期白下還惆悵浮蹤又東去暮雲回首隔江關

題元冶行樂卷

靚面多於展卷時廿年風雨獨離披讀書不爲求榮事沽酒何妨賣畫資傲骨瘦如山葉落霽懷澄與海雲吹識君圖像思君意澹到無言人未知

宿紫陽山房和吾同呂韻

浪説蓬瀛别有天卻於城市結林泉修篁翠靄疎還密怪石嵯峨斷復連洞接煙霞窺日月身臨樓閣藐神仙卜居久欲從漁父不信桃源在目前

題露筋祠

埜棠無主怨年芳遺廟江干點夕陽粉黛懸知飛蛺蝶貞魂甯復繡鴛鴦映階

星火吹長夜過客春風製短章百世會教思景豔化身應比白蓮香

寒食下邳卽事

梨花飛雪李成蹊隔院春鶯滿樹啼履進石公隄尙在扉傳人面句誰題平蕪莎淺畊新犢野店煙微聽午雞聞說家山都入夢夕陽又過圯橋西

齊河道中

萬山環試蔚藍天無數輕霞散曉煙黃鳥頻啼春晝永碧桃閒放綠谿妍邨姝喚客嘗薺飯稺子迎衣採莢錢眺望阮途應破泪蒯緱零落敝裘邊

送杜九皐先歸雲間

長河碧柳晤垂絲愁見天邊塞雁差杜若春殘梁苑寂秦箏吹杳漢宮悲卻慚仲蔚思三徑代擬微之咏十離惆悵明朝雙別泪斷腸聲裏數歸期

仲夏胡敬懋家繡虎招同鄧叔奇葉枽九楊自西王爾瞻杜九皐譚舟石

胡晉公金魚池小集

梁園疎柳傍孤汀勝友搴芳叶聚星拄頰西山歌白苎銜盃紫氣按青萍風前玉樹琅玕映洛下金樽琥珀靈良會未須聞擊筑翠微亭北水泠泠

出都別諸同人

猶有高荊舊酒壚相逢若箇問菰蘆道場索米居難易臺畔銷金事有無懷刺禰衡空自累上書韓愈總成迂蕭蕭碣石經旬暗爲聽驚鴻又戒途

再別何濮源方樓岡兩宮坊

一騎春殘出鳳城長河積雨暗歸旌非關鱸膾思秋急喜有龍門得御榮方朔求官原諷世無鹽衒嫁枉輸名虞卿歲月猶堪待臥看台躔作醴羹

天津道中風浪甚峻志警

百道銀河接御隄長天浩淼海門西孤城雁斷黃雲合萬竈蛙沉白晝迷潞水

波迴睥睨下征帆影出柘桑齊驚看鱗次牙旌集爲奠南荒治水犀時經略水師尚駐河干

靜海縣夜泊

明月艤舟古驛西荒原初漲浸蒿藜千家埜哭砧聲斷萬頃洪濤夕照迷雁叫蒼汀驚玉露夢回欹枕到金閨憑欄極目情何限傍岸孤猿向曉啼

過德州哭盧德水房師

空江碧逝浸蒿萊重到西州落日催霜下衛河雲氣亂風高無棣角聲哀鱣堂自別楊公後鵩鳥驚傳賈傅回已矣程門無復侍可堪隻影獨徘徊

望挂劍臺

零落荒原挂劍臺千年詞客此徘徊青楓墜葉驚寒近白露啼螿向曉哀出匣寶光憐碧血斷絃流水黯蒼苔攀蘿欲上徐君墓殘月湍聲急棹催

雨中麥糊店

濁河初斷泊孤篷遶岸蘆洲一望中雞犬不殊鄉語絕麥糊供饌酒旗空荒籬點點殘宵柝微雨深深暗草蟲最是客途秋易老黃雲何處覔飛鴻

中秋夜石平師招同胡憲副惠先輩劇飲

踏雪孤鴻未有涯飛來淸鏡滿靑華吹簫何處逢嬴女御李還能上漢槎玉樹歌殘砧杵亂金莖露冷鴈行斜他年俛仰成今古月滿前邨已萬家

滄州道中寄懷同社諸友二首

刀環此去問何如千折河流路更紆隴信梅殘看葉落并州夢到正霜初王陽迴馭經卭坂卜夏離羣已索居兄弟故園應北望江雲何事阻魚書

漳河霜下晝蕭森此日粱鴻祇獨吟遊子自憐秋色好故人相共白雲心慚無姓氏三台動敢向生涯五嶽尋搖落正思王粲賦燕臺漫說有黃金

翁楓隱内翰招同朱若一趙人玉兩社翁枉過喜賦

薊北霜高旅舍凄相憐有客過招提兎園何處供梁賦燕市猶承戀范綈同調郢歌推白雪先驅文校映青藜卽今便是延津合一路鶯聲到曉啼

方樓崗太史招飲夜歸微雪

鳳城東壁擬山陰已覺蕭條歲暮侵敝擁貂裘寒士色吹回黍谷故人心慚無梁苑才堪賦喜有龍門到便深醉後卻催歸騎晚望中碣石已森森

呈司農白漪若師

繇來鄴下羡仙才况忝程門立雪回五馬舊分秦海蔭三臺新掌度支財開簾山色知青署翹首星光映上台搖落鯫生慚獻賦涸鱗還仗一聲雷

出張掖門送沈昭子歸覲二首

長河柳色半含煙惜别匆匆匹馬前離思未經芳艸外鄉心已到白雲邊誰云

紫氣雙龍合知是青霄一鶚先花候添春春晝永頌聲猶作版輿懸

憶昔同行竟早歸尸饔我愧誤庭幃祗憐鳥道三千遠應計龍鍾七十稀驛路鶯花春色麗燕臺風月故人違搖搖兩地羈愁思爭羨攜竿坐釣磯

禊集宿魏侍御前輩齋夜雨

晴光初霽柳依依祓水搴芳願未違客似山陰能作達詩成天籟盡忘機喜逢夜雨青樽合況是嚴霜白簡飛回首永和當日事可堪清影待人歸

家慈初度宋玉叔民部以詩見贈賦謝

北地才名動戶曹瑤章千里到蓬蒿錦堂花暖迎新旭畫閣春深煥彩毫夢到萊衣情自遠詞成白雪調原高也知黍谷能回律矯首雲天起鳳毛

天安門待漏

鳳城佳氣鬱嵯峨曉禁疏鐘隔絳河萬馬雕鞍迎旭日千門碧瓦散晴珂倦遊

敢怨靑裘敝起艸眞慚白雪歌宵旰未忘朝野事肯令華髮坐蹉跎

同門李望石特簡庶常喜贈

仙株得共倚雲栽丹藥爭看和露開詞賦一堂推董薛崔嵬三殿引鄒枚珠宮鈴索傳新草金檢香沉識麗才卻望紫微通日觀海山靈氣護蓬萊

七夕立秋

光岳樓前暑氣收斷雲疎雨送扁舟關河暝色催砧近海岱煙嵐入樹浮天上雙星方渡漢人間兩鬢又驚秋明朝玉笛聲凄切風起黃榆白鴈愁

重九後一日徐長善招飲菊下觀劇阻雨留宿

重追落帽醉風前解語名花亦莞然疎雨一簾紅燭映清歌滿院綠樽傳到來徐穉翻留榻豈謂張衡亦賦元自笑閒情陶處士相將鯨飲吸長川

暮春雨中郭使君枉過留飲螺山望海卽事

郊坰彩隊溼輕塵蒿徑承暉野雉馴折節中丞能枉駕疏狂小阮更無倫喜聞布穀千山雨笑指洪濤萬頃銀莫訝干旄惱蘿薜自公行後總含春

輓毛是中社翁

春光零落亂春禽腸斷南天淚滿襟是否脩文成白玉卻緣方外誤黃金三都未展淩雲手一劍空傳報國心杜宇頻催風雨急九招欲賦不成音

贈盧心遠

昔年珥筆賦長楊時論同推舊武陽玉節更臨滄海日銀珂猶遶御爐香捲簾宦跡看吳岫緩帶鄉心入楚湘黃閣絲綸懷侍從璽書早晚出明光

春望

春城柳色幾家連廚舍多時似禁煙處處綠蕪生夜雨郁郁白水落平田花稀野圃東風外人遠江天去鴈邊盡日百花洲上路往來唯有一漁船

癸卯秋闈承乏山左典試撤棘後□□祖龍□先生□□周彝□先生暨羅輝山方伯錢樸菴□□金佺廬觀察招遊歷下諸勝賦詩三章勒石誌盛

趵突泉

朱樓碧樹傍鼉宮池映煙霞淸若空王屋遠尋千里脈鉅河不讓獨流雄飄飄飛雪翻雲際隱隱輕雷出地中翠蓋追陪成勝賞可無高詠擅齊風

白雪樓

濟南才子馬班文正使中原屬使君避世湖山千里合著書雅鄭百家分欲尋舊宅餘青草更起高樓倚白雲日暮池泉如數玉金聲擲地幾回聞

華不注

華山對峙鵲山幽躡屐登臨此勝遊絕頂層霄窺日月千年陳迹問春秋羣峯

翠靄連東嶽大海煙雲隱沃洲高會自慚無彩筆少陵詩句至今留

撤棘夜與同事諸公宴集

清霜華月幸同看高館張燈夜色殘筵畔罇罍浮琥珀座中人物盡琅玕千秋玉筍推吾道異地金蘭保歲寒獨有傳經人病渴相將攜手慰加餐時劉君公蕃偶抱微恙

赴鹿鳴宴後再柬同事諸公二首

觀樂齊風大國餘西崑積玉辨璠璵隋珠莫惜投人暗龍劍應慚望氣疎綵筆並推文苑重華纓乍集翠簾虛治平奏最掄才彥見說吳公亦不如

列棘重垣敞畫堂鳴琚載筆聚鵷行聲詩細辨齊風古治行同推漢代良清濟洑流開縹碧岱山層嶂接青蒼秋風不淺林皋興欲采蘼蕪及早芳

康熙丙午春奉使陪蘇大司農郝總憲艾少司農暨同垣諸君省稼畿甸

馬上偶成三首

掖門詔下促飛旌騎省同陪使相行少府持籌先則壤內臺經野藉阿衡雲穿薊北山迎面路繞漁陽柳向城强半春光隨馬首羞將唯諾負生平

春深隴首草芊綿柳色垂垂拂暮煙民隱繪圖誰入告　君恩布詔已爭傳聞雞慘澹驚殘月驅馬辛勤倍少年瘠土備知軍伍困且安耕鑿戴堯天

幾年瑣闥點簪纓攬轡東風無限情客裏渾忘寒食過山行惟見柳條榮負芻夜月千村起逐兎荒原萬馬鳴寄語羣公謀國者三農生計在春耕

春暮行次灤河同郝艾兩先生暨粘周兩掌垣過司寇石仲生先生横山別業

春遲斂閣快清涼勝賞追陪引興長棊墅林開棲鳥動釣磯花和膾魚香飛觴瀲灩隨流水繫馬徘徊送夕陽回首緇塵雙鬢改東風吹夢到滄浪

秋杪自端州歸里中丞金公設餞閱江樓即席賦贈二首

高閣嵯峨俯碧波雕甍畫檻繞巖阿長筵甫設仙雲繞小隊兼隨彩仗過桂蠹椰漿供佐酒鵝笙象管晉離歌奈非國士酬知己江上空慚好景多

憑虛極目靜烽烟正是羊公在鎮年三塔並懸高嶺外七星斜照北牕前風來翠幕歌喉急水映紅茵樽俎妍珍重投車千古誼不堪歸思白雲邊

夜夢沛如招飲唯芋葉脫粟食之頗甘醒後口占

故人招我共加餐芋葉甘猶鼎味看喜似具蔬留郭泰笑非彈鋏學馮驩良朋不爲他山隔淸夢甯因世路難却怪柝聲催漏盡醒來朝露已盈闌

新秋萬安夜泊枕上聞灘聲有感

逆挽扁舟路九迴魚梁城北水瀠洄千盤度嶺金風壯萬壑奔濤玉壁開近夜蛟螭疑競起尋聲雷雨若飛來無由一作并州夢幾處孤砧向晚催

贈曾日永 曾萬安之百家村人余鄉彭觀民先生明末官嶺南道聞改革自經于贛州之章貢臺身傍只一役爲之殯斂遂居于萬安臨殁託曾負送先生骸骨歸海鹽

輕舟破浪泊荒郵俠氣猶騰處士門抗節千秋存白骨閒關萬里返淸魂武原碧草還如舊巢谷南風未足論應是當年廝養化乃能不負信陵恩

攸鎮晚泊見新月有感

夾岸青山列翠微舟人指點說漁磯野花浥露迎秋放水鳥銜魚避客飛新月再逢五嶺近故園漸遠尺書稀滄江轉覺紅塵少莫向西風悵落暉

望飛來寺以水迅舟行如駛不果遊

千尋紺宇半山斜四望靈虛翠壁遮寶篆氤氳迷石磴珠幢縹渺映河沙飛從空際疑成蜃來自何年擬泛槎勝蹟登臨原不易故教流水促征艖

佛山鎮晚泊遇進貢使者入都

輕舟已達五羊城山盡南天海不驚半郭夕陽迷古戍隔溪榕樹亂秋聲路通王會諸蠻雜地接珠幢萬派明一自扶桑開禹甸年年飛輓達神京

至禎州過西湖遊葉氏園林二首

西湖原不讓西泠賴有名賢點綴靈疊得小山雲宿岫穿成碧沼鶴梳翎風開竹戶煙霞滿花壓闌干笑語馨聞說主人能愛客可容頻過子雲亭

水繞孤汀別有村林間薄靄動黄昏雲留仙岫常疑雨颿過豐湖不繫園只許琴樽開韻社未容車馬破苔痕月明翠蓋天同碧漁火千燈靜夜喧留雲過颿園中亭名

重九後七日王雷吳三總戎招遊七星巖巖下倒垂七乳因名七星巖有石竅徑寸吹之聲如觱栗名石海螺又有石方圓二尺許扣之宛如鼓聲

獵獵旌旗夾道行將軍載酒出江城洞垂七乳星含潤客遇三秋月正明風入海螺空谷應僧敲石鼓野猿驚層巒尙有琳宮勝寶鼎嶙峋色更瑩

度嶺宿大庾時保昌令新例凡自粤而北者必向逆旅徵絹二疋逆旅轉索于客及余只索一縑許代輸一疋未解其故令姓胡名灌荆州監利人余向承乏荆南或亦念并州之誼與不然何逆旅之賢也因爲詩以紀之

嶺南晴日萬峯青嶺北嚴霜始乍經豈有猪肝累安邑故將鵝絹督居停由來茂宰三章重敢惜奚囊一縷輕荏苒流光緣底事半年孤櫂傍長汀

仲冬行次南康湖中望廬嶽口占

不到匡廬已七年重瞻山色尚依然高城背嶺寒煙外獨樹吟風野戍前漁蹩浪花千艇亂雲迷翠篠五峯連何時了却塵緣事穩坐深巒放小禪

題友人畫扇

曉雲藏岫霽草閣入秋深荒徑邈人跡浩然成古今

再答文蘭

殘日西樓映綠蕉畫眉吹蹩柳條條楚江秋色淸如許珍重相思渴未消

海鹽張晧撰

賦閒樓詩集

裔孫元濟謹署

宣統三年六月
上海商務印書
館用活字排印

庚子春江浙知交數人聚於京邸一時風流相尚鄴臺振聲梁園作賦竊謂過之數子之中多後先取科第去唯金子宣仲遽赴玉樓王子澗孫猶困縫掖壬子秋張子皜亭始得遇而復兩蹶春闈以皜亭之鬱文啓秀俾得橫經珥筆入金閨之籍登文石之陛亦不自後於朝士矣顧天不老其才則其文不足以傳世今雖泥蟠藪澤而其合風雲躆昊蒼也萬里一瞬矣皜亭固逸才而復得給諫公家學淵源其所居又多花木亭臺之勝蔭長林坐石磯春蘿秋桂皆足以發明耳目濬溢思智制藝之外作爲詩歌振音結體如高霞孤映明月獨舉又如輕風之獵蕙艸被秦蘅徘徊乎桂椒而翱翔乎激水也丙辰春得盡讀其所爲清辭幽韻泠泠盈耳足兼鮑謝之長夫詩者發乎性情古人之詩其傳者大都皆離愁旅思懷人贈別之篇皜亭敦友誼宜其偏弦孤唱皆離衆而絶致也今張子歸矣予亦將扁舟南下登君池上樓寄矚青松洗耳碧水山風溪月當

與子披襟而賦之琴水弟蔣伊拜題

賦閒樓詩集

海鹽張　晧　皜亭

古體詩

月夜

近水易成陰高樓夜生霧連宵苦寒晦喜見飛星渡明月燭暗峯遠晴輝近樹歸人挾岸火交光夾來去停檐聊置想適觀欣所遇懷玆永夜情忘此歲華暮

春夕過白石橋望西山未至

春容倏已晚山深百靈集佳情懷所歡策衛出都邑蒲綠淺未馥麥秀涼已襲近郵燈火初農人田畔立歸騎滅煙中雞犬識家入野曠靄自深潭定星全溼紅藥識前園青林暗芳隰月出林巒淸微風吹習習何處一聲鐘幽谷蘭堪挹

初開北垣植理竹石

仲夏物氣盛曉色如鴻濛啓牖闢清景竹鬱青無窮竹青石愈秀淙注空玲瓏晴峯雲物幻隔村燈火通石間列嘉樹綠映南山松坐覽天宇曠忘此位置工烟深聞棹歌堂軒疑舟中泛舟夜寂寂一訪丹崖翁

山齋寓言

朝日照牀席花氣侵衣裳美人疑獨臥凝睇盼流光清音交茂樹山影徐徐涼層窗綠淺映滿逕紅飛揚和風吹不息落葉吟青黃

過涿州北河

白雲漾晴川南北晝夜渡馬首瞻欲回展轉春明路遙見涿鹿花宛似長楊樹借問久游者孰是宜人處此中無限情日暮且休去

送張開之歸杭州

園賞畢朝夕理楫遵川路遡洄淪漪間却過雲生處居者猶佇立舟子時一顧

情摯息餘論相看見心素月出輕霞明照君波上步西溪煙靄深遙羨此中住

觀海

天池有積水潮汐無時休秋盡雲物曠登高瞰羣流略此耳目近坐令溟渤收其中役雷電日月空悠悠吞吐元氣內旋繞非一洲九土固島峙蛟龍亦蜒游黿鼉競窟穴蚌蛤依沙邱珍錯美百貨珠玉被九州乃知天地大容此萬物求仰視縹緲氣璀璨成珠樓波瀾不知夏風生自然秋寂寂列仙館無人居清幽我心欲飛揚惜哉同浮漚雲峯固亦妙變幻終蜉蝣堅持此一念積刼輕陽侯何以慰衆庶大地爲虛舟

山居即目

雨葦細無聲煙樹杳不竟葉疏林麓深潭空層巒映淪漪各自圓蛩蟬聲相競憑軒候求仲古道饒至性芳樽何必滿琴言足韶令

秋池

停潦寒不流蘋香芬條達愛此通夕坐燭深晝見跋林影絡危石茶烟網戶闥月出風苹開潛鱗夜聲撥殊聽聚清音積水通疎豁疏鑿異自然遐舉憶懷葛

田間吟三首

朝雨促禽飛園客起行田濛濛晨光裏勞勞思所先秋寒未成衣荷鋤情不遷仰視雲中鳥飛鳴如墜淵鼓翼勢方遠延頸一回旋豈無山中樹止此亦有年至人善營巢末俗乃雲連幸有蔽牀屋重茅墻及肩稻熟輸稅罷盡日東窗眠卽此願安居子孫欣復然

各自事常務日來相見稀南岡循林歸微雨未溼衣我友簑笠下理耡親所宜變金土疆美莠盡苗不知顧羨習者神敢謂勞力非膏澤昨夜降雲水澄清泥移此灌注功修治嘉菽肥穎栗給海內飽我無寒饑少年頗逸晏艱難昧所依

慚愧壠畝叟沮溺安可希
星見雞初鳴農婦理蠶屋札札機杼聲風竹相斷續經緯無間絲堅白潔如玉
盛之筐筐間公私各爲束日暮田叟歸歡然話心曲烹葵擊新鮮兒女共饘粥
各陳所業竟嘉言相勉勗工拙勿相耀長短稱所服俯仰天地心誰能美風俗

登池上樓效康樂體

晚冬息羣慮登臨選幽勝遐睇即遠照俯察遲近暝須臾欣月至幽情乃綿亙
氷藻共清影烏鵲迭棲定夜雲亦爭往去就俄徑庭澄懷謝公句泠泠發幽磬

仲夏希文招同人宴集煙雨樓用昌黎南溪始泛三首韻索和

習尙江河流滔滔不知返貴鶩賤家鷄以其從來遠欲爲起衰功艱於丸逆坂
賴有諸碩彥頹風力爲挽若起溝中瘠餉以胡麻飯朗日輝中天螢光自應偃
伊予混俗埃拙鈍聞道晚附驥愜素心終慚郇駑蹇

昔者東坡叟曾泛訪衲舟堂以三過名乘誌揚其休何如文酒會吟嘯溢樓頭
羣彥集遠方永夕爲淹留君子篤氣類歡洽各有由胡以喻同心蘭芷芳前疇
得朋洵可樂足慰離索憂仰睇高鳥翔俯矚潛鱗悠會心寄篇什珠玉紛相投
臨風一把誦爽氣襲涼秋
寥寥管鮑情歷歷班尹跡矢懷鮮恪誠投贈俱虛擲千里相結言不渝等金石
古誼久淪胥羣賢共推激豈同齷齪徒耳語頻刺刺勿委所失寸勿矜已得失
黽勉從令名獨立千尋壁逐逐軟紅塵徒爲聲利役

昭慶寺衣上人歲暮試茶歌

歲行暮矣思紛紛茗戰相邀顧渚春欲知泉葉交無味須管喉脣並有人松齋
晝靜無塵到蟹眼微開石鼎竈烏玉光浮活火烹綠雲蟻繞鳴蟬噪衣公孤峻
尤灑脫試茶能使泉聲活翠甌天供紫茸香俗客遥聞未得嘗驚雷一夜芽旗

出相期鯨吸同盧七杯尾品分謝客鹽盤中果摘探懷橘未觀久老晁黃死密雲寂寞名流水此味由來貴林谷龍團莫使民生促君謨俗吏非高士辛勤枉自留茶錄酌君香莽白沙泉頓使舌間生妙蓮舌中香氣鼻中味月滿清溪影在船

法花山濟公禪院

山行酌泉入深谷但過人家皆有竹曉鶯寂寂鳴禽稀日色千家散茅屋老農結友餉青莎稚子臨流飲黃犢谷前草長綠裙腰谷中花煖當山腹尋幽轉見雲無方平下羣峯透練光人聲欲上鶴飛去忽接香林開士牀我前致敬未敢問肌骨沁冷交冰霜此道由來絕蹊町吾師慈默能孤迴法侶紛紜滿世間誅茅自愛居峯頂從無一法與傳衣誰能絕叫傾神鼎汝我長松共寂寥滴瀝流泉聞欬謦茗罷沉吟獨自還柴門莫上待重攀精神若照夜深處細看雙松夢

裏山

題友人所藏黃谷畫龍圖

劉君示我清溪絹上有黃谷所畫之蒼龍此公死去久寂寞獨留烟霧飛長空攫拏鱗鬣勢不已颯颯暑月生秋風筆墨不受古人縛精神乃與造化通大旱歲當遣一出霖雨膏澤蘇羣蒙主人眞賞能致此風雲常向安公里皎皎杲日升牆東應抱龍編臥經史

贈山中隱士

谿邊老人雲爲友不記其年隱且久入山唯恐山不深解我饑寒氣如酒談碁欲坐江陵橘櫂舟且泛華峯藕與君晤賞須臾間或恐下山成白首向夕蒼然空翠來奔趨巖岫歸其母靑靑孤柏忘塵機昔日墮簪今十圍世人眼麤不可見但道山中無是非

早渡書所見

朝霞射水光欲然和雲出霧鎔青天紅日半規未越地忽忽爽氣淩朝煙何處晨棲有嬌鳥宮商叶調非管絃從來和衆多名賢不得其形但音傳安得踏峯千仞巔飽臥聽之神便便

今體詩

湖上觀夜渡

湖亭閒晚景水路入寒煙峯色靜中憶漁情浦外傳月停棲鹿徑霞映壓舟天景物交成趣棲遲慰小年

南屏晚回北寺

陟嶺朝初霽臨湖夕獨還淪漪奔日碎清淺放舟閒雷塔歸羣阜煙城帶遠山歸途寄餘興竹徑轉清灣

返照

青林收夕照餘映出山家水地裁新錦湖天暢晚霞鴉翎紛日小波影疊雲斜得意由閒日神功繪物華

玉田道中

縣小城無市日高猶掩關沙禽翔潞水霜果落盤山平野空常在蕭晨意自閒行行紛去就前路識溪灣

橋上偶成

人向前湖去舟因隔水分山濃疑集霰日澹未成曛浮鴨恬依侶哀鴻急就羣移將千步嘯淸切九天聞

秋日侍家大人招同姜湘潭冒穀粱徐左臣諸子遊西山卽景集字

香山寺

穿林尋野寺落日到荒邱對景渾忘倦裁詩應散愁花香深院曲嶼色晚煙浮莫阻登臨興連朝許共遊

功德林

谷口探幽日高堂興自深招攜忘野墅坐臥向禪林橫笛峯前落疏鐘月下沉輕衫籠夜色莫遣晚風侵

山行

隔澗開花徑迴峯轉竹谿煙光人外秀樓閣望中低採藥逢仙犬臨流映錦雞武陵秦日月會向此山題

聞琴橋

海水何年積風湍永夜吟傳聞伯牙氏於此悟琴心響遏天機盡空滋物化深蓬萊終不見寂寂谷中音

秋夜

夜深星欲稀露下一螢飛秋意有如此鄉心無所依只今付蕭艾還復計紱章靜念安居者疎鐘未掩扉

客臥

客臥宜秋月蕭然一枕涼琴書淸夜潤艸木靜時香氣潔兼金固心依刻玉長蒹葭滿江滸采采莫相忘

盤山石窟中禪師

西峯絕壁下日與白雲親石窟人間宅天光物外身誦經憐虎睡傳戒止龍瞋自綴隨年鉢花開不計春

宿安肅縣

信宿人初倦徘徊永夜情愁心先客住明月共家生馬浴羣依岸禽歸獨向城

咏懷芳草色相接傍天京

清明後二日同王澗孫蔣莘田章素文金方籌李屺瞻諸同人飲金魚池

即席限韻

憑高聊寓目春靄漸蒼茫未識桃源路先傳竹葉觴雲山青更遠煙柳嫩初長
疑是南樓日花飛片片香

春游送金方宙還上谷

步屧野雲斜行行向酒家滿園春入柳環沼綠生葭蕭索懷羈旅參差嘆落花
莫言歸去晚明日即天涯

曉發采石

溪流今古月月照古今人獨以幽棲意能閑物外身鳥情歡向曉艸色淺當春
何日高峯上憑虛一問津

詠月

明月在中天寥寥最可憐光涵千澗水寒徹萬家煙野戍荒臺上空山古殿前
徘徊留不住故故向人圓

贈別同年成容若

杏苑無雙士蓬山復幾人應圖騏足展苞彩鳳毛新扈　聖登黃道承休宴
紫宸南雲瞻斗柄北極指鉤陳家世金張貴文章屈宋倫奉車推博陸開閣
待平津藝苑看前席儒冠辱後塵空羣伯樂顧佐命子房眞憶昔依劉幕欣當
御李辰鱣堂承受授虎觀拜經綸豐沛從龍久煙霞鬱豹頻筆花騰五色風草
假三春藹吉欽人瑞思皇利國賓彤庭金錯落象闕玉嶙峋每挹芝蘭秀甯堪
蒲柳鄰悠悠慚附驥坎坎歎懸鶉黍谷誰迴暖雕章喜侍晨臚傳　天語下
宮錦綴華茵

湖上過大悲庵讚妙上人淨業

放舟當渡口循岸過招提樹暗林逋宅沙清惠遠谿嶙峋石礪齒清淺水平臍
曲徑藏篬竹迴廊飲澗蜺山情遙轉澹湖影靜如攜此地初聞雁何峯忽唱雞
松關禪夜永蓮社漏聲低四字歸依後千巖盡向西

歲暮田家

改歲無農事閒情對穡人覩茲霜雪少轉愛稻粱新室靜秋餘景場開日淨塵
稅完催吏去年至小兒親熱酒家邀客喧儺社賽神日時存楚記田畯賴堯仁
啼鳥依寒水升魚負暗春車牽牛惜子柄轉斗橫寅朱帖紛猶未青山翠欲勻
因知巢許外別有葛懷民

春宿法華山館

月花同暢夜樵隱各依峯道廣人難似眞孤類自從遠風過偃竹宿雨滴寒松

坐久香移案魂淸夢向鐘煙林宵易響空翠夕殊容境僻村能樸山深地未農愁心歸北極妙旨悟南宗惆悵西溪路霜梅幾萬重

宏業寺卽事二首

空庭夕坐晚煙欹無那西風拂面吹暗續浮雲通野夢閒隨疎磬寄幽思鄉關迢遞三千里客舍徘徊十二時爲戀浮名虛歲月且從殘簡慰淒其

苔階雨過草欣欣鳥語泉聲耳畔聞繞屋長松風細入當門古塔影斜分幾年結藏收龍笈何日傾壺對馬軍多病欲歸歸未得駕湖慚愧北山文

客冬招同翁康飴楊再思兩同年泛舟湖上

驥譜庸材附爨桐無心倚玉喜磨礱相逢吳地傾程酒却憶燕山歎楚弓三斗淺斟堪醉白六幺旋轉看除紅牽船自笑思尤拙吹徹齊竽瑟未工

秋興

極目飛雲萬里來美人迢遞碧天隈白蘋已就三江老黃菊應遲九月開梧影橫空秋寂寞砧聲敲夢夜徘徊他鄉漫道能堪此正是高風畫角哀

舟次聊城喜王濶孫書至

西風蕭瑟過聊城乍喜新聞谷裏音鴻雁遠悲千里別黃花近負九秋心雲山愈遠憑誰思意氣由來許自箴此日念君殊不淺青箱何地寄棲尋

九日靜海道中

峭帆直下木門城五十工詩遽擅名兩度重陽逢客裏幾回明月起鄉情每懷叢菊辭彭澤時憶蓴鱸羨季鷹今夕夢魂何處斷孤舟渡口已三更

高唐道中曉行懷古 州有鳴石山扣之聲甚清越又有鳴犢河郎夫子臨流而歎處

高原立馬路依稀嶺樹江雲日影微萬里煙霞迷曉騎千林楓葉映征衣徘徊鳴石餘清響彷彿臨河歎落暉飄泊行蹤何處是可無高隱遡遺徽

初秋遊山左寓還初上人禪室即事漫成

疎鐘隱隱月三更曲徑悠然天地清客久始知秋夜永禪深方識世緣輕窗前鳴雁參差影門外流泉滴瀝聲半榻松陰遮靜室旅懷難忘故園情

霜落楓林葉罨泥秋風瑟瑟露淒淒芙蓉江上行舟渡楊柳枝頭宿鳥啼把酒暫邀明月共論詩思與古人齊百年大業緣儒術莫向煙蘿老釣溪

過信陵祠

六國蕭索如深冬公子深情誓不共有客目懾檻下虎知君身豈池中龍英雄已死尚漢祀謀計不用悲秦封我過彝門弔虛左但聞風遠吹霜鐘

遊濟甯古南池有感兼懷長安諸同人

秋江一色映疎林寂寂孤帆曉露侵石壁依稀留彩筆蒼苔彷彿見高吟登臨無限滄桑歎憑眺還多風雨心我倦欲歸愁日暮迢遥何處遡徽音

廣陵夜泊

一帆風雨泊揚州芳艸萋萋接玉溝人在煙波聽度曲鳥隨檣影數歸舟江濤秋湧枚乘發鶯燕春深杜牧愁誰慰旅情消寂寞月明燈火十三樓

留別同門徐善長

征人此日倚金韉迴望春明五色邊杏苑喜君題姓字梅花知我伴雲煙旗亭曉傍靑山醉畫閣宵看碧月懸行賦長楊誇翰墨相期還贈繞朝鞭

贈儀部顏修來

幾載分攜惜路岐翻令相見重相思龍江節擁天邊去鳳閣星看仗外移彩筆久傳三禮賦壯懷虛擬四愁詩過從不少論心日欲向高齋一問奇

送杜肇余宗伯致仕歸里

尺五名高莫與京容臺曳履俯蓬瀛盛時禮樂推公望歸計雲山少宦情解組

新恩瞻　北闕含香舊事説西清何須思頴增惆悵秋水重尋鷗鷺盟

乞身强健感　君恩小隱猶傳甪里村不盡山光兼水色相看花徑接蓬門

風清別墅停吟屐月滿平泉戀酒樽擬謝微名容我老閒隨杖履坐春溫

中翰楊維揚見過因贈

日落空山鳥自啼閉門芳艸正萋萋一簾花氣書籤潤滿院鐘聲塔影低徑僻

故應無俗韻君來始覺慰幽棲風流德祖誰能並目送鳴珂過虎谿

贈中翰曹升六

春明門外悵離居獨有同心跡未疎鄴下才名誰可並天邊宦業近何如龍樓

夜值看隨仗鳳閣春陰照讀書玉蕊銀花斑管筆羨君佳句逼黃初

初秋送友人南歸卽席口占

送客淒其出薊都驪歌高唱聽啼烏明朝驛路人千里此夕燈前酒再沽芳草

聯吟情獨眷旅懷分袂興何孤風塵燕市難回首日落煙霞近有無

平原道中

行行且止夕陽西遙望平原古堞齊驅犢兒童來遠岫征驂客子渡前溪沙鷗出沒煙初斂歸雁翱翔影欲低稷下雄談今在否淒涼河水盪沉犀

舟中懷徐方虎顧樸園兩庶常

驚鴻聲入碧雲端欲訊離愁思渺漫落照天高秋色淨懷人楓老劍光寒山川迢遞悲潦倒風雨閒關愧羽翰聞說蓬山添二妙停橈千里爲加餐

同王阮亭先生登金山即次原韻二首

乾坤是處一帆收極目滄江萬里流三楚風塵新甲帳六朝煙雨舊沙邱山留玉帶閒雲護地接金陵碧樹悠莫謂乘槎歸路晚同來名勝賦登樓

嵯峨絕嶂俯清波攜手河山喜共過層塔倒垂連海若寺峯斜立映江波偶來

僧舍看殘碣愁對營門聽晚歌更上高樓天尺五客途擊楫意如何

賀鄭巨展入省

夾漈才名動　帝京鳳池鳧藻映霞城班聯近接周三事經術相傳漢五更殿外花光方動雀苑中柳色待遷鶯江干極望多新意佇聽停雲第一聲

過元墓訪殘梅

迷離山色漸蒼蒼乘興攜笻過草堂梅興已闌何遜賦鐘聲初徹贊公房爲邀客侶開松徑偶落天花着竹牀尋徧欲歸還復坐依稀香氣繞荷裳

寄懷徐方虎同年

春風寂寞住江邊有客承恩冠集賢顧我上書眞儱矣覩君中論忽欣然琴書香艸憐今夕樽酒梅花憶去年雪後雙燈修史罷玉臺先寫頌椒篇

方壺樓

風咽霜潮響急灘危樓清迥晝生寒四時翠黛呈山色萬里澄波對海瀾心悅

煙霞宜霧隱身非舟楫且泥蟠憑欄北望虛無盡憶得絲桐不忍彈

贈隱者

草堂風雨傍湖皋白板雙扉滿徑蒿門外磬聲空自急室中定力獨能高浮生

已悟南華夢眞隱無煩東海逃縱使絕交書未就更於何處浥醨醪

同項東井觀潮卽次原韻

西風蕭瑟暮秋天極目洪濤思悃然鷗未忘機空狎水蜃能結氣總成煙澄懷

自與雲霞瀉放眼終無島嶼連咫尺蓬萊渾欲到何時採藥訪神仙

和端木拙宜園原唱韻

最羡堂成面碧池曲闌干外樹參差一庭密葉天疑窄百歲盤根石漸欹雨霽

波光浮綺棟風來鳥毳落高枝牆西亦有蓬蒿徑可惜今非是昔時

幾曲迴廊别有天橫牀萬卷絶塵緣披帷每映松間月染翰常分竹裏泉應笑
子眞耕谷口還輕元亮臥籬邊江南妙譽君馳早何事幽棲慕晚研
月滿前峯水滿汀疎簾捲處暮嵐靑雲亭客去仍懸榻菊徑人來祇換經谷鳥
爭飛翻落葉池魚忽躍動浮萍須知名勝終難賦且向詩翁索酒瓶
高閣登臨望不窮濤聲雲氣隔城通奇峯獨立當窗翠落照遥穿擁樹紅入眼
每多花掩映開簾先見月朦朧晚來何處添詩興古寺疏鐘散碧空
小築層軒俯碧波傍簷古樹掛藤蘿林梢斷續蟬聲噪水面翩躚燕影過晝永
綠筠谿畔繞晚涼紫蘚席邊多依稀恰是瀟湘景爲問瀟湘近若何

葉巳畦先生過訪留題索和因次韻酬答幷柬端木希文

蒼松坐對起龍鱗臭味無分主與賓沈約淸羸腰似昔陳王白玉思何新誰稱
才子能超世孰是神僊肯出塵蘭譜搜尋成往跡醉醒應憶舊花津

三年睽隔似沉鱗猶憶相逢鴻雁賓顧我迂疎甘自棄多君學識與時新安宜握手悲陳迹蒿徑攜笻擬後塵世事紛紜徒咄咄且須把酒對流津（家大人奉召入都蒙先生追送於安宜舟次情話慇懃忽忽十六年矣）

相思尺素寄雙鱗此日雲亭有主賓高枕濤聲清夜落疎簾山色晚晴新迴廊小院皆殊俗白日青松總絕塵良會殷勤通世誼輕帆從此自知津

碧海波平出細鱗小籃買得供嘉賓樽前相對人如舊囊裏攜來句更新却羨琴書堪笑傲已無心事向風塵聞君三徑多松菊短棹何時一問津

送沈唯老之安縣任

莫言蜀道遠無儔此地攜琴最勝遊花繞文君沽酒市山藏太白讀書樓離鴻唱晝催行舫警鶴鳴期到益州錦水箋成多五色頻貽芳信慰吟眸

方壺樓觀雨

奇觀一片海門東心目無依水拍空雲氣亂飛天影外春光不辨雨聲中暫爲塞兌昏昏耳獨受閒窗習習風流出小池添瀑力碧溪汩汩瀉殘紅

漢苑歌

白石粼粼草色齊褰裳獨涉怯如泥金丸落處無人到但見啼烏下苑西

西泠山行

鶯花三月古西溪境外桃英送馬蹄客路殊憐鴻雁少青山無復子規啼

春溪曉泊

花飛何徑進胡麻莎樹青葱隔岸沙一片月明臨渡口煙深不辨幾人家

宮詞

殿中團扇警蛾眉殿外秋風激楚詞但願君心似初月恩光常向欲增時

獨寤園口號

楓老青林落葉遲西園邀客引瑤巵晚風過竹芙蓉動正是霜花欲下時

先曾大父都諫公先大父主政公兩世詩稿向鏤版行世悉爲前賢所評賞者歲久磨滅間有散佚今夏公餘無事約略編次因命從子鶴徵從孫賜釆分校付梓庶先人之遺稿不致泯沒云爾嘉慶四年夏五月柯謹識於武林學舍

宣統三年五月　裔孫元濟元杰謹校

海鹽張芳湄撰

質谷詩選

喬孫元濟謹署

宣統三年六月
上海商務印書
館用活字排印

篔谷詩選

海鹽張芳湄　葭士

送石門吳總憲喬梓旋里二十四韻

熙時隆柱石盛世洽明良駿業傳輝炳鴻裁擅矞皇彤庭先唱第玉署早流芳洊歷登華要羣欽翊廟廊銓衡澄吏治領袖飭臺綱曳組鳴蒼珮彈文啟皂囊百寮風自肅亞相道彌揚得士南宮盛迴天北極匡　九重深眷注二十閱星霜忽有抽簪志言將駕輦杭江空飛桂櫂秋淨轉蓮塘　當宁溫留　旨盈朝餞舉觴增榮滿道路餘戀及班行巾屨人方侍箕裘嗣更昌鳳毛千仞振鸞閣九霄翔膝下懽斑綵階前煥錦堂陔華心孔切恩遇慶彌長盛事聞珂里清襟對水鄉蘭交叨宿締榆社幸分光藹藹顏常接肫肫誨自詳賓筵曾醉酒客座詎移牀折柳情何限攀鱗意不忘東山甯穩臥薄海正殷望會見持鈞軸爲霖

徧彼蒼

送蘭谿令施予憲之任

南行初凍驛邊梅屈指之官暖律回長奉板輿依柳去便攜桃葉渡江來馬頭

黃鳥鳴花埠船尾春潮捲雪堆父老扶笻相望久莫經釣瀨暫徘徊

伊人里第泖湖間文酒招尋數往還騏驥爾應推遠到簿書吾亦遲通班先愁

襪線將難理未乞銅章尚是閒相送莫言凫渺渺桐山西下即家山

賀同寅程竹溪養飢民議敘

聖朝宏至治萬物登春熙和風扇化日婦子相娛嬉奈何青齊土偶焉遭阻飢

野田無稗莠荒煙不舉炊鳩形兼鵠面圖繪眞堪悲拯溺同在宥國帑頻相支

君甫官郎署慷慨赴東陲左餐與右粥待哺均無遺色起溝中瘠輿頌滿口碑

再請捐家羨潤澤遍枯肌念此嗷嗷衆播種須及時閭井應當返遠道誰扶持

君復連巨舫佽助并家貲田廬幸無恙桑麻仍不移杏花菖葉候良耜終耘耔
藉手告成勞膏澤沛嘉師拮据襄王事遑曰恤我私長儒發倉粟前史多美詞
今君出己蓄其賢實過之　帝心深慰悅荷寵褒綸綍會看膺不次簡拔越曹
司余忝同官末夙契由心儀汪汪欽雅度眉宇接紫芝巴吟滋自媿揚搉追風
詩編摩存史氏永永垂來茲

送平湖令董戶部筆帖式陞

幾載含香晝省同僊舄新指柘湖東千家水市三江近百尺珠樓九派通判牘
喜曾嫺國計問農想見坐春風循良飛譽憑鄉語好報瑤華到朔鴻

壽牟東山尊堂七秩

季子才華煥彩霞雷陳契分舊通家數留范式供雞黍曾傳宣文隔帳紗日暖
靈芝長北草堂籠秋色茂萱花捧觴遙獻南山頌密邇符封水一涯

詠飛花八絶

解笑風前春未遲忽驚搖蕩謝芳枝竭來觸目無聊賴正是紅樓倦倚時

誰放輕紅出短牆高高下下趁風狂枉教蜂蝶無歸處鎮日林端餞別忙

雨夕煙朝竟未休遊絲野馬共沉浮託身解道仙源好憑仗東風可自由

飲愛花茵事豈稀穿籬渡水思依依漫空渾似離家客同向東風各自飛

老去多情舞幾回驚鴻飛不著莓苔漫言風韻飄零盡豔色曾傾下蔡來

看來有影卻無聲樓角牆隈何限情遙憶故園三徑裏遶枝啼殺是黃鶯

水流雲散本天然去不期歸亦可憐望裏么紅尚搖曳一林新綠已生妍

飄然天女駕雲軿多病維摩漸近禪悟得芳菲眞幻影肯愁萬點過簾前

再詠飛花四首

等閒飄蕩惱天工和雨和煙戀舊叢自是託根無定所畫樓何處倚東風

惜花御史解相催曾伴游絲颺幾回十二雕欄遮不住殷勤嬌鳥會啣來
昨宵微雨一天涼亂點紅英過粉牆腸斷江南春色好夢隨風去到金昌吳門有金昌寺
色香平占此時身難懺多生宿業因一片傷春杜陵老更無人問浣溪津
送高明令陳立亭之任二首
海濱民物藉仔肩前路關山竹馬駢才子去爲淸白令故交長憶孝廉船田眠
黃犢千村稔署指枯魚一影懸卻喜舉頭明月夜郎官星近紫薇躔
丁亥暮春同寅胡洛思寓齋賞梅二律
老幹疎花翦刻奇移栽燕市得春遲耐寒穩傍溪邊石作意先開南向枝萼綠
輕揚憐翠羽玉眞飄舉羨冰肌一杯慶爾成連理不結孤山處士知
多謝東君著意培憑他消卻坐中醅日斜弄影沾春幕風細攜香入酒杯幽夢

無緣人寂寞鄉心易動客徘徊從今撩却看花癖隔院如蜂冉冉來

丁亥六月六日壽十二老太太七袠

花迎菡萏映霞光介壽同稱阿母觴絲管華筵銀燭豔園亭樂事板輿將謖芝

却傍蓬瀛探茂竹欣逢日月長堂上屏開增燦爛岡陵句好祝無疆

輓慈谿周景高年兄尊堂節烈 丁亥初秋

海水有時竭山石有時糜乾坤垂正氣貞恆無替移猗嗟延陵母柔淑含令姿

一朝更事變剛腸迺能持披猖恣小醜戈鋋介馬馳登陣誰堅守彈丸卒以隳

紛紛泣士女翦艾等茅茨中閨義不辱偷生奚以爲矢心如白水殉身赴滄池

致命誠遂志趨死甘如飴皭然冰玉質豈曰點塵緇悠悠丈夫輩倖免際艱危

烈哉偉巾幗洵足媿鬚眉守禮不避火春秋美伯姬茲乃蹈淸漣完潔無瑕疵

以今視古昔抗節並稱奇吾友深哀慕長廢蓼莪詩音徽雖已邈旌揚猶可追

作歌告史氏青編載有詞裙弁昭懿則永永詔來茲

壽如皐冒青若七袠 丁亥立冬寄范同寅

如皐壇坫壓詞場淵源家學富青箱珠槃玉敦走四方名園水繪繪滄浪雕欄曲檻遶畫廊勝流名士日徜徉銀箏檀板雜笙簧清謳麗曲譜宮商賓朋一詠間一觴春花秋月樂事長陵遷谷變不可常倏焉壁立徒空囊意氣倜儻彌慨慷伊昔伯仲相頡頏二陸蜚聲噪洛陽只今耆宿獨昂藏朱顏華髮秀且蒼玉鳩不用精力强更羨先生至行彰孝烏銜土紛來翔門稱通德堪旌揚箕裘克紹後必昌家庭懽慶樂未央酌以大斗祈壽康籌添海屋難測量蘭交三世誼敢忘殷勤祝嘏願陳章

錫山秦母胡太孺人節壽排律十韻 子源寬成進士次源功在庠

北闕升華日西池介壽辰心還貞玉石節自茂松筠愛哺饒恩育和丸見苦辛

兩難方競爽一樹獨先春　御宴紅綾盛宮袍綵服新光添銀燭爛觴獻紫霞

頻雲外鸞初集庭前樂並陳六珈輝翟茀五色煥龍綸彤管揚芬懿清臺表淑

眞躋堂同祝嘏萱永八千椿

戊子春賀莫羽君

垂柳漸春深夭桃正及今畫眉宜有意却扇豈無人鶴舞成雙影鸞歌欲並行

來朝明鏡裏非復是塵襟

壽勞僉憲七袠和介壽圖原韻

龍門珠樹列行行揆攬初開九醖觴雲滿琳琅圍帳幄霜清鵷鷺肅官常綸扉

佇卜功臣籍柏府新添國史光鄉思未應酬倚毗語溪煙柳正輕狂

無題詩

腰轉輕楊目轉波情成膠漆愛成河閒居每笑淵明賦十願由來豈是多

妝臺理髻曉雲橫拂黛眉峯遠更清鏡裏忽驚誰屬豔形容巧似妬心生
啟釦香生麝氣幽解帷聲響碧珊鈎應知此際乘槎客萬里情帆未易收

題友人小照

點染春陽鶴問湖溪山佳處任跏趺清襟披拂烏皮几一卷攜來鵲尾鑪
放眼天空筆吐珠豪思非復舊葫蘆遠村桃杏絲絲柳合媚才人入畫圖

題熊博安小照

孤桐三尺許妙理具腹絲幽人足懷抱往往取撫之況當明月夜坐此山水陂
有童供香茗正爾揮絃時一彈塵機息再鼓心神怡泠泠七絃徧萬籟靜噓吹
松鶴聲相和石泉響更宜獨怪宮商叶倏忽更別離似言人間世不復有子期
逝將歸龍門兼採芝山芝聽茲中悒悒無能置一辭願進紫霞酒壽以三雅巵
巴音眞下里聊爾爲歌驪

送友之任

追隨蘭譜已多年目送飛鳬到海壖茉莉花明香雨潤茘枝果熟錦雲姸東方

自悵饑難飽勾漏人傳令是仙且喜之官終故里鴛湖滿泛月明船

甲午七夕

涼月纖纖風正淸雙星幾度續前盟金梭罷織機中字玉漏頻催夢裏聲藉地

亂蛩通夕語失巢飛鵲繞枝驚明朝又是經年别一派銀河萬里情

辛丑冬送署事周主簿之任貴州按照

製錦才堪借槐廳葉正黄一官稱小試百日報循良案牘風流在謳思道路長

驪駒先後唱此去必騰驤

乙巳元日

元日今閒適晨興得自由冠巾隨體便出入任遲留雪片庭花燦鑪香寶靄浮

悠然遠塵擾可信昨非不

宣統三年六月　裔孫元濟元杰同校

海鹽張宗松撰

捫腹齋詩鈔

裔孫元濟謹署

宣統三年六月
上海商務印書
館用活字排印

鄴下名流雅擅西園翰墨吳中才子爭誇南國文章賦就枏榴蜚英聲于子布吟成芍藥標麗製于王筠漱六籍之芬芳言鋪錦字萃百家之藻繢句吐瑤華吾友張子楚良家傳畫省系衍黃門科第蟬聯不事綺紈之陋習人文鵲起祗餘墳典之素懷卓爾英多爛朱霞於天半依然年少羡玉樹于庭前熏芸葉之名香紅蟫抉異裝琅函之寶軸白日揆奇加以不輟三餘彌勤五夜然膏研露苦縈心于制藝之精飆發泉流喜掉臂于行文之樂匣藏利器銳可截兕剸犀席有儒珍光乃山輝川媚無何暗中誰索倘貍隋國之珠獻後猶悲未售卞生之玉於是臨風對月不無侘傺之聲詠柳吟花儘有低徊之什游神一及即妙風騷縱筆所如皆歸妍雅肖神體物刻畫彌工感事懷人流連盡致謝朝華而啓夕秀清俊兼庾鮑之長擬大厤而仿元和規格在錢劉以上胸羅錦繡組織絕訝天成腕走蛟螭飛舞忽驚神動出淮南之鴻寶璀璨生光披長吉之錦囊

離奇炫彩詞場壓倒揮江管而埽千軍藝苑流傳灑蜀箋而飛五色茲者輕裝初束將指京國以北遊祕笈遙攜卻望長安而西笑空羣有選金已築于燕臺脫穎無前紙先貴于洛下僕也壯不如人老而荒學頻嗟彈鋏倦司馬于遊梁早賦歸田羨士衡之入雒虞卿之窮愁益甚奚暇操觚楊子之寂寞偏多猶思綴筆一編相示百琲如投履跡每款柴荆麈談必親文史人嗤才盡枉葉尹之好龍自歎技窮類羊公之舞鶴索片言于傖父滋愧蕪疏答和曲于狂夫貽譏放浪槐黃欲吐卜君獻賦西京柳綠堪攀知我銷魂南浦

康熙五十六年歲在强圉作噩如月下澣同里徐景穆惺菴氏拜題于涉園之濠濮館

浙多詩人鮮有不達者獨青在張先生老困場屋迄不得一第而其詩特工余來教沐陽適海昌查研北先生主講席與先生同里居曾爲余言之余心儀其人猶未睹其詩也比以試事往來淮陰淮陰丞寄湖張君愛吟詩與余相傾倒者久奉其尊人遺集屬余爲之序則青在先生捫腹吟草也余讀之卒業爲喟然曰詩豈易言工哉譬諸玉焉琢而爲珪爲璋爲拱璧其工也則其玉也若碔砆而雕鐫之謂之玉也可乎故夫詩不眞不可以言工先生之詩根本性情有風人之遺韻溫潤而栗可以比美於玉焉觀其於國朝獨瓣香阮亭竹垞初白三先生至以我師名其圖故詩之格律氣韻在三家之閒研北爲初白先生從子知先生最深今讀先生之詩益信其言之不誣也自先生沒後寄湖昆仲蒐輯是稾於散佚之餘將付諸梓以名於世余曰是可以傳矣又奚論夫達與不達哉

乾隆四十四年歲次己亥天中節澄江朱黼撰於淮陰寓舍之安素堂

詩以道性情而所遇之窮達不與焉士君子得志於時簪筆從容卷阿矢音和其聲以鳴盛可爲榮已若夫研經味道高蹈邛園攬時物以抒懷長謠短拍流播人閒讀之者慕其人而惜其遇而詩之工拙初不係乎此也余於淮陰識海鹽張子雲溪意度閒雅藹然可親暇日輒手一編隱几垂簾凝香靜對余時時過訪知爲尊公靑在先生所著詩手自删訂者四百餘篇顏之曰捫腹吟受而讀之根柢深厚不名一家而各造其極述志秋懷乃漢魏之遺響詠丁香梅花諸作沈鬱頓挫蕭疏名雋自寫其中之所得而有合乎詩人之旨先生兼工舉業屢不得志於有司著書自娛閒涉吟詠今其詩具在無孤憤激楚之音而溫厚和平溯源騷雅令子雲溪耳擩目染遠有承傳宜與余相賞於風塵外耳東坡之詩曰先生食飽無一事散步逍遙自捫腹放翁則曰解衣捫腹西窗下賴有新詩破日長先生以捫腹名其詩殆有慕於眉山劍南之爲人而自道其性

情之合與是爲敘與安後學李時沛頓首拜

捫腹齋詩鈔總目

捫腹齋詩鈔卷一

海鹽張宗松　青在

古今體詩一百首

述志

膏雨萌春卉嚴霜殺秋草菀枯隨所遭造物本無巧人生貴利達致身苦不早騰上或墜下驟榮必先槁一朝據要津道路皆言好事權苟不屬功名迹如埽富貴非我有得失安足道讀書更折節此意蓄懷抱文采自炫羞珪璋以爲寶試看蕣華榮何如松柏老

杏花用昌黎韻

春雲曳宕飄晴空杏花得氣嬌欲紅溟濛乍溼青旗雨綽約能禁擷鴿風去秋積葉尙滿地園官嬾與眠蠶同年時並發皆天意消息欲探人無功蓬萊仙馭

不可到悦入曲江名園中生香活色恣貪賞嫣然對立依芳叢朝來凝視露猶泫薄醉却如經霜楓好花替代那易得紛紅駭綠方無窮黄鸝百舌聲未歇已有紫燕飛西東對花不飲真鈍漢慳錢毋學多牛翁

春晴

驀見游絲嫋韶光正弄晴落花飛片片鳴鳥語嚶嚶黛影青山拭波紋綠水生籃輿從此命取次出郊行

梅雨

最苦黄梅候紛紛雨日零鳥飛應自疾花落幾曾停首夏氣猶冷連陰晝亦暝獨憐新解籜竹色滿窗青

午日有懷四十韻

天氣黄梅雨園亭綠水漪槐雲初冪歷榴火正紛披紈扇迎涼早蕉衫稱體宜

待鋪新蕎簟仍下敞書帷寒煖年時別陰晴旦晚移香風尋菡萏花事賸酴醾
五日今朝過千門待午炊此時騰物價何事較銖錙朱果包青箬黃魚瀝翠瓷
冰團誰射粉蜜糉儼堆飴俗例難删卻儒風易守持咄嗟看婦辦拏攫任兒嬉
未肯加餐飯何妨偶作詩酒應澆塊壘茶試展槍旗斗室經年漏繩牀半壁欹
最多蛛網屋卻少燕巢楣鼠迹留齋笏蝸涎上履綦眼昏須刮翳脾溼怕成痿
物毒防蠭蠆神姦禦魍魎種葵惟取蜀灼艾定推蘄漸喜桐陰帀渾忘杏實垂
懷人當永晝隔浦最相思罷食頻投箸攻書漫引錐行行如有失杳杳竟何之
爲有銷魂處都緣識面時追歡聊復爾邂逅亦云奇暫遣同行坐旋教賦別離
不成幾畫虎一去等游騏歌調從無比儀容宛在斯幾回抛未得欲撇轉相隨
譬若蛾投燭猶如蜜滿脾書空吁可怪面壁想成癡忍下鍼心棘難求續命絲
靈符思役豆微兆試鑽龜舟去迎桃葉人來問柳枝從前原鶻突向後勿狐疑

野鳥穿林慣鬧花入手遲來期須緩款到處或羈縻莫使風流減俄驚節序推
心情渾似醉强可進蒲巵

蛛網

微生何事害無窮機巧還應矰繳同密網布成偏露隙細紋織就獨横空花間
罥物搜羅盡屋角抽絲補綴工漫說經綸饒滿腹掃除快得眼前通

螢火

披風抹雨焰猶新映目輝輝撲面親十斛收來還滿苑一囊懷得不窺鄰暗中
錯認投珠客夜半遥疑秉燭人最是靈光含獨照幾曾膏火自煎身

夜坐納涼

夕陽扵西沒散見兩三星逡巡晚食畢烏几聊一凭絡緯鳴斷續聲希殊自矜
流螢乍開闔欲度止還騰是時月漸高境寂冥無形微風颯然至草樹氣淸澄

炎威方扇虐此景何可恆有懷不得吐兀坐少賓朋

夏日同人集鄰寺觀荷

寺古蓮花淨銜杯暑亦宜坐當明月上行有晚風隨相對各眞率爲歡應及時愛茲香氣好歸去可遲遲

題秋江獨釣圖

蘆花深處隱扁舟欲釣鱸魚未上鉤我怕江頭風浪惡秋來只坐白蘋洲

池亭玩月

林梢月上已初更獨倚亭闌愛晚晴人影兩形都是幻水天雙鏡一般明風敲檐鐸玲瓏響獺趁溪魚潑剌聲卻怪睡童呼不起自煨落葉煮茶鐺

重陽前一日同人過春林菴訪浮山上人即事二首

九日倏已到東籬菊未斑因之攜蠟屐相約叩禪關楓葉飄紅影蘆花占碧灣

山僧如有待客至不空還

借爾蒲團坐容予衲襶來錫仍飛海上名昨到天台上人遊天台詩絕佳相見一何晚論詩未易才梅花今有主手自闢蒿萊

南村晚步

行過板橋邊風翻穲稏田雞豚營伏臘簫鼓競豐年村女釵簪菊山翁杖掛錢

鄉園眞樂事多在晚秋天

九日涉園登高

隨衆來園圃登高縱目寬日斜雲影淡風緊竹聲寒對菊可無酒逢場且作歡茱萸頭徧插兄弟笑相看

題陳怡山夫子孤山梅鶴圖

梅花太瘦鶴骨癯兩者合與幽人俱誰似先生愛瀟洒乘興寫作孤山圖著花

數本花如雪仙禽兩兩鳴且餔苔痕點綴生新綠溪流一曲何縈紆性僻圖書
擁萬卷花間雜置弦與壺自是孤山眞面目周生筆妙能描摹惜余頗作高隱
想三年足不踏西湖一片青山買未得孤山空悵結吾廬輸與先生早入畫裏
裳欲就欣爲徒未識梅妻鶴子外可許門人侍立無

雪花

六出霙霙殿衆葩擬來梅瓣不爭差蔕根無主因風散開落隨時作態斜光賽
隋宮千樹綵色魁潘令一城花素娥何事多裁翦吐盡奇芬莫厭奢

雪珠

疑是天河也產珠故教和雨委泥塗檐邊跳躍眞還假掌上盤旋有若無莫認
堅牢施寶髻休誇圓潤貯冰壺眼看瓦礫同消盡十斛猶難換五銖

雪朝和朱貞安韻

乍起推窗看因風遂入檐驚投元圃玉忽唱水晶鹽絮影先春舞梅妝破臘纖遙知東閣客吟興十分添

酬徐廣文臣颺先生卽次原韻

乞火曾聞叩夕扉老傳著作計非違精言爻象推王弼細疏蟲魚數陸璣苜蓿盤空官自冷煙霞跡遁與還飛玉臺新詠誰能續架筆珊瑚見亦稀

原作　徐景穆　惺菴

長年卧病掩雙扉咫尺心期與願違忽枉軒車傾悃愫卻驚咳唾盡珠璣形癯黃面羞吾老路奮青雲佇爾飛更有一編高格調由來春雪和應稀

和臣颺先生除夕用孟襄陽除字韻

叢殘滿架書荒廢舊園廬草色青衫在年華綠鬢疏臘醪千日釀爆竹一聲除今夕知何夕浮雲起太虛

梅花六首同墨麟作

消息東風倚畫闌憑誰翦刻玉琅玕臨流忽漾橫波影冒雨微皴積蘚瘢獨抱妍姿能守素半含嫵萼耐銷寒風亭月觀沈薶後久矣頭銜不署官

屋角清妍一樹明巡檐索笑若爲情品香澹到無尋處弄影工於自寫生偶誤春風輕點額儻留青子赧和羹離騷極意憐芳草國色翻嫌未目成

幾折笆籬勝曲屏一枝露影自娉婷冷雲破凍魂先返淡月籠煙夢忽醒翠羽啁啾聊慰寂孤松偃仰與忘形短笻側帽溪山路應有高人憩小亭

瘦影竛竮臥淺沙枝分南北並杈枒瓊葩點綴空山雪鐵榦橫撑枯木查野寺獨尋僧有約荒村孤立酒難賒鈿車寶馬三春路肯作逢迎陌上花

山園水繞自成村夢入西溪欲斷魂月落昏黃垂紙帳春寒料峭閉柴門偶然逆鼻香微觸依舊橫窗瘦有痕肯讓逋仙成獨賞年年管領酹清尊

雪後春前見一枝水邊竹外影參差畫須瘦硬通神筆詩在蒼茫獨立時短旆

招搖茅店冷蹇驢蹩躠板橋危歲寒自有明年約莫怨誰家羌笛吹

綠萼梅限韻

閒披鶴氅擬仙襦鴨色溪頭見幾株夜月香浮青案玉曉霜影動碧簾珠胭脂

未必輕調慣眉黛偏因淡埽殊莫道嶺頭花似雪一枝竹外獨相須

再疊前韻

別有清香散短襦碧雲冉冉護根株玉瓶貯合供青帝紙帳垂應夢綠珠翠羽

雙棲痕獨認蒼苔幾點色無殊直當比作仙娥喚顛倒芳名正不須

入都述懷三十韻

京國繁華地冠裳意氣豪黃金酬縞紵寶馬飾鞭櫜憶昔庭闈侍常懷部署勞

退朝勤課讀出戶戒游敖甲申冬家君除戶部乙酉三月余入都侍奉時年十六矣立志羞紈袴褆躬佩

錯刀詩書耽麯櫱嗜好別腥臊短翼思憑驥長竿夢釣鼇簪裾曾接席藝苑與抽毫陳編修舅舉文會余與查可亭莊肇升與焉標格郎官賞李比部嶧山王農部勇循兩先生深荷器重文章太史褎孫莪山王眉生兩先生索觀時藝極蒙獎許吹嘘煩拂拭摩厲賴甄陶遂赴成均試旋隨鄉貢曹星臺瞻法像棘院聽鳴鼛選舉場原廣持衡鑒特操網羅難徧及沙礫未全淘玉尺量才貴丹梯拾級高斵輪輸老手奪錦讓時髦自歎雲泥隔偏同海月撈數奇應有命額溢竟難叨余戊子順天試報罷主司批卷面云額溢暫屈迨別燕臺第言浮潞水舠渡淮傳惡耗擊檝泝狂濤入室懸旌旐登堂奠酒醪麻衣驚被體血淚痛號咷己丑九月

家君乙假省親隨行南歸抵揚州聞先王父訃兼程抵家余爲伯父後持承重服服闋憂徐釋賓興擯復遭移家因析爨丙申十月移居研園銳志更焚膏見獵心仍喜迴翔首獨搔重拈時務策復理舊征袍路近長安熟行偕老輩翺時與餘村叔同行靑雲干欲上白戰苦相鏖幸有居停主謂外舅性夫先生無煩旅食忉綠波春水闊明發到江皋

舟發鴛湖墨麟追送杉靑閘口賦詩贈行卽用原韻酬別

落帆亭畔路忽到送行舟重把一樽酒還爲半日留檣烏牽遠夢岸草接離愁

早負空羣目遲君賦壯遊

舟曉

碧雲淰淰碧波寬昨夜孤舟泊處寒日出半篙初下水鷺鷥飛上蓼花灘

舟次平望食銀魚

畫眉橋外鶯脰湖春波溜急如江濤中有白魚漾寸寸隨波趄趄常周遭罟師

矢魚不撒網沿洄駕以一葉舠輕紗掤罾水面罩有如蚌蛤沙中撈得魚多寡

傾笭箵閒或脫漏非逋逃竹籃抛與攤錢買較量詎屑爭銖毫晶鹽微糝醥輕

漉未許糟壓兼油熬調羹徑煩饔子手斫鱠不費船娘刀香杭催煮桃花米雪

麵漫蒸榆錢餻行庖乾鱐滋味薄摩挲飽腹亦足豪我聞江鄉多水族鱘鰉帶

甲勝車螯斑魚之肝黄魚膘饕餮稍稍嫌脂膏此物瑣細何所貴所貴潔白無
腥臊江湖白小最有名惟此紅目品尤高鯊鱨魴鯉總麤俗魛鱭芒多我勿褒

姑蘇雜詠十首

姑蘇臺上草離離姑蘇臺下冢纍纍見說扁舟人載去夫差何處葬西施
離宮蕭瑟罷宸遊霸業銷沈土一邱惟有閶廬城上月夜深猶照百花洲
鳥盡弓藏事不殊種蠡相較得如無越王禽自南陽宰不獨靈胥賜屬鏤
費他越客網千絲腸斷吳宮罷舞時一自黄池爭長後五湖風月屬鴟夷
江南二月柳含煙是處看春春可憐走狗塘前人罷獵錦帆涇畔客停船
山色年年憶黛螺傾城名士悅如何玉梟不及娥眉葬詩到眞孃墓上多
舊家池館盡荒涼草沒朱門大道旁莫問辟疆園故址更無人過北山堂
夢繞江南思不窮春來旅泊倚孤篷臯橋沽酒楓橋宿失聽寒山寺裏鐘

梅花鄧尉客爭題見說朝天萬笏齊玉樹銀房相向好買山何必洞庭西

故宮留得館娃名響屧廊空碧蘚生不奈更將蠟屐去傷心半似石頭城

渡江望金山

佛刹崚嶒峙僧廬向背蹲峭風低度燕濁浪怒翻豚帆影分吳楚鐘聲定曉昏

妙高臺上石何日得重捫

宿高郵

高岸出城頭煙波水上浮月明淮浦樹人坐木蘭舟得伴還傾酒吟詩且禁愁

鄉音何處達今夜宿高郵

韓侯釣臺

出胯未爲辱噲等爲伍心不足封侯奚足貴相君之面不如背千古流傳兩釣

臺令人企慕令人哀帝腹能容故人脚鷹揚翻爲雉姁縛客星長留將星落眞

王不若狂奴樂

漂母冢

一飯哀王孫千金報老姆兩墓東西鄰獨留一抔土君不見五陵北原經野火寶衣化作蝴蝶舞後來疑冢七十二更笑老瞞用心苦

渡黃河

誰向崑崙溯黃河是濁流黿鼉時出沒璧馬信沈浮轉粟功原大盤渦勢可憂靈槎如許借博望我家侯

騎驢謠

王家營旅店覓騾車不可得主人謂余策蹇便爰雇驢七頭余與餘村叔各乘其一餘以載僕從行李捉鞭據鞍相視而笑不自知其行色之陋也張子爲作騎驢謠

騾就道車轉轂騾蹶踶車脫輻前車之覆後車續莫謂騾行穩且速僕夫笑謂余君意勿躊躇騾車不可得不如身騎驢驢行能百里駕馭在人耳回頭語僕夫爾驢卽我驢我勿施鞭箠爾勿減豆芻驢兮驢兮勿窘步送我直到長安鋪

驢背吟三首

破硯隨身帶胯方無多襆被與書囊早知身作騎驢客青笠紅衫也束裝余曾繪青笠紅衫小影

控縱無能按轡疏有時徒步勝安車分明舉舉江南子應笑張喬獨跨驢

跛驢三尺背肥軀調笑唐人句酷摹幸是大家清瘦可不然愁殺鄭昌圖

渡沂水

春水盈百谷汎濫湮沙洲況聞地勢窪更接陪尾流土人紛聚候喧比鵝鴨儔行李爭舁奪索錢倍例酬短驢禿木鞍伸縮不自由中流一轉側轠脫挽不收

迎風鷁退飛逆水魚逗遛搖漾隄上柳簸蕩江中舟僕夫皆失色相顧彷徨愁岌岌勢已殆倖免沈溺憂陸行値水厄脫險荷神庥既濟相慰勞小駐坐灘頭

嶅陽

遠望一峯青卽之乃可醜余方瞻泰岱無心視培塿

泰安州謁嶽廟

紺宇琳宮鎭一州金泥玉檢自千秋山門苔蘚皴松柏殿壁殷紅繪冕旒春盡雞豚猶賽社日斜弦管乍停謳是日廟中演劇丈人峯好身難到暫遣觀瞻破旅愁

青陀寺遇雨

炊煙初起日未西急雨撒面風淒淒短驢蹩躠頳垣棲行不得也泥滑滑鷓鴣唬過竹雞唬

涿州

繁劇終因近帝都依然轂擊與肩摩今朝凹字城中過懷古如披督亢圖

呈外舅給諫楊性夫先生

曾煩雙鯉寄輕郵京洛重來自昔遊路近雲霄思企脚情深桑梓話從頭退朝
乍喜摳衣接下榻能容坦腹留慚愧風塵皺滿面累公拂拭到三秋

呈楊致軒先生

才華原出格中允繼聲名談笑無前輩吹噓到後生黃金揮手盡白髮滿頭嬰
玉局中心凸彈棋最不平

病中與其旋允彝夜話次章兼呈外舅

一病蹣跚步履欹長途風雨致離披諸君夜半攤書讀是我呻吟支枕時
爬搔那得腹中寬辜負珍羞日飣盤叱咤庖人公誤矣每因侍食勉加餐余因病減餐公謂庖人不治屢飭之故云

同其旋赴雍試口占

石鼓摩挲記宿緣風飄大樹嘒鳴蟬興酣落筆何神速爾日風流正少年

校士而今法未寬墨池那得興瀾翻當初洒落渾如夢始信憐才破格難戊子雍試

余最後到少司成梅麓先生破格收錄設案石鼓旁大樹下振筆疾書交卷時日未晡今則魚貫而入列坐堂號如直省歲科試矣

中秋後一日楊致軒先生招同查可亭俞位南吳孫符集寓齋歡飲竟日

秋日倏過半秋花爛已絢先生羣雅宗交徧金閨彥聯翩集簪裾往往開清讌亦復念桑梓辛苦畢文戰思爲文字飲招呼到親串查君倘才氣目光閃流電俞子工文章經術深研鍊吳生更跌宕機鋒迅流轉而我廁其閒悃愊敢自炫脫略寬禮數談笑雜諧謔藹然坐春風往復情眷眷作使平頭兒左右色無倦素瓷傾宿醞兼珍出精膳蟹胥及杏酪方法調以薦飣盤雜果鉢一一恣飽嚥口令雅而癖骰翻新且變余雖酒戶窄薄醉頭脚旋卽此稱快意主賓俱歡忭

席罷各辭行舉頭明月見側聽街卒鈴漏鼓已傳箭

南歸呈別給諫外舅二首

少年志不小率意弄柔翰掉臂入名場其氣頗輕悍一蹶未驚摧屢躓乃深惋邇來遊京師幸得親几案偶試制舉業謬賞文采煥謂當躡天衢驥子血已汗豈知疹疾纏矮屋痛難扞瑕語失檢點疾書脫手腕俛得復俛失放斥等風漢棄置復何言心曲繁以亂非如失木猿哀鳴無處竄有若懷林鳥鈴索不可絆賤子功名念慚顏殊覺腆丈人兒女情愁眉亦未展日夕相勸慰行期戒勿偏顧惟樗櫟材學術本褊淺冒昧走京師舍車而策蹇衝霧涇征鞍冒雨陟雲巘油衣非瓦爲驢背疾風卷沴氣入肌膚鱗皴結痂癬痛癢日爬搔眠食多未善賴公時拂拭情詞加策勉遂令勤苦志百慮皆除揃秋風既失意情懷復何遣告歸從此辭室家累難剸再拜不能言泣別淚雙泫

除夕

紙窗竹屋半塵蕪不覺歸來歲已徂因病卽令人潦倒爲窮一向鬼揶揄藥籠故物從頭檢粉壁新詩信手塗較勝他鄉身作客團圞今夕共圍鑪

元旦

梅花含笑水含波萬物回春候轉和分酒略嘗人竟醉應門虛設客無多憂愁素積成疴易歲月新添奈老何從此揣摩惟簡練肯將壯志自消磨

感舊二首

孫允升先生余童子師也居通園鎮以諸生久困場屋生平酷好爲詩前過滋蘭館袖出自訂詩稿四册置案頭且云我詩無所長但無一字不眞耳子爲我點定之余再三辭不獲命先生别去因取而卒讀之其詩質樸不加彫琢蓋遠宗擊壤而近學陶菴眞之一字固先生得失自

知也閒有近於打油釘鉸之習爲删存各半閱月餘先生復來見之不以爲忤徑持去未幾而先生已作芙蓉城主其後人習於農事詩稿不復可問矣顧以先生虛懷下詢而余小子茫然無知輒敢妄爲品定迄今思之猶怦怦不自安也感而賦此以志吾過

在昔親書幌猶餘破硯塵千篇皆卽景一字不欺人胸次天然豁枝頭自在春由來論著作難得是清眞

存沒無窮感心知痛悔兼虛懷非詭託直道未鳴謙縱少雌黃意竟無淘汰嫌遺編如可問何日得重拈

攬翠閣讌賞玉蘭諸公各以詩來　家君命和作得三首

結構重安眼界新（時玉立臺方落成）青山遙對玉嶙峋花時大小隨年別（俗稱花開有大小年之別）

樹色蘢蔥入望勻信後江梅能避雪開先木筆替迎春婆娑重是先人植蒼蘚

鱗鱗古黛皴

枝枝蓮漏掛晴空猶是人天色相中聽唱新詞歌玉蘂追陪嘉客坐芳叢百年古樹瓊瑤貴二月春風翦刻工隔水小桃開未得肯容造次鬬輕紅

談笑從容禮數寬風流二老獨神完（謂晚研先生暨外祖宋齋先生）紅牙按拍尊常滿彩筆題楹墨未乾高出平臺呈皓色遠從曠野博奇觀祈天暫緩輕埃雨留待來朝盡客歡

次舅氏陳存齋先生同諸公讌賞玉蘭花下長歌原韻

珊珊珠履羣仙姿皎皎玉樹紛瓊枝花前置酒觥籌飛天工預乞舒晴暉八窗洞啓碧琉璃盡除縟節芟繁儀今年花好殊昔時交榦簇蘂撐庭墀登臨高閣恣延賞人情款洽勝乖離澂懷相對塵埃辟素質未經風雨虧直疑奎壁占星聚頓令蓬壁生光輝追陪肯拚藍尾醉護持聊倩朱闌圍團圞花影兼人影一

輪皓月爭瑩荑嗟余生涯本瓠落揶揄每遭山鬼嗤敢云蒼蠅玷白璧自慚瓦礫混珠璣謝舅何甥稱莫逆惟公芥蔕無纖遺圭璋久樹鄉閭望清介不獨官僚師卽今花好人擡舉琳瑯觸目驚新詩來年花發重折柬勿辭酩酊載月歸

楊致軒先生過涉園見余壁上玉蘭諸詠枉詩投贈次韻奉酬

得道原知隔世塵敢言才調逐年新瑤華暫許輝蓬室瓊樹終教對玉人意在吹噓忘索垢情深奬借荷投珍眼前臭味如君少風雅何時得再親

原作　　楊守知 致軒

愛此名花迥出塵謝庭佳詠闢清新根株自昔依瓊島風格于今映璧人開到子孫由世澤數來瑜珥是家珍一杯相對慚形穢倚樹蒹葭許暫親

過徐昭也園亭遇雨晚歸

昨宵風雨後肺腑得疏瀹晨興理遊屐出門意踴躍言尋北郭友徐生最脫略

我亦忘形交解衣恣槃礴地畝不數弓天然具邱壑花竹秀而野所欠惟略彴納涼容小憩盡使軒窗拓臨淵欣泳游未知魚之樂風水忽相遭雷雨隨復作客主兩無言空庭轉清廓高柳復鳴蟬浮雲散碧落日歸歸已得夕陽射林薄

晚過池上觀荷

小雨初收暑未除輕紈浴罷倦攤書荷香吹得愁人出竹院尋僧任所如

陰陰夏木繞園廬雉堞殘紅日影晡著我科頭箕踞坐何人爲寫納涼圖

長笛高樓送遠音結鄰此處好行吟鷺翹鷗浴鴛鴦睡只欠提壺一水禽

小橋横跨碧溪頭乘輿來爲薄暮遊便使紅衣都落盡碧梧高柳也宜秋

七夕即事四首

長竿豎犢鼻意未能免俗俗固不可醫徒爲傖父續嗟余儉腹人曝書慕前躅愁病時交加嗜學恨不篤寸陰良可惜庶幾用自勖

拙者固勞勞巧者殊岌岌論拙無如我補苴常不及然而不諱拙倔强思自立

柳州乞巧文無如文字習天孫縱有知巧亦不勝給

瓜果設紅筵笑語喧鄰宅而我獨居人寂寥還似客欲採紫薇花遠條不可摘

輕紈初出浴微涼生枕席未免妒雙星合歡永今夕

金風發爽籟玉露試涓滴彎環樓頭月雲煙輕冪歷鄰僧能好事倚樓弄長笛

笛聲何清楚得此慰岑寂憑闌矚飛螢開閤生微焱

退思軒前丁香一株自京師移植花時特茂入秋頓萎賦此志悼

易地弗爲良轉瞬榮枯別草木本無情人心徒鬱結阿翁官京師雅抱愛花癖

不惜擔頭買左右紛臚列芍藥春盡繁杜若秋深坼別有異品花奇豔呈目睫

殊名不勝記一一矜標格自從解組歸陳根委庭隙妙手屬丹青圖繪隨行笈

時屬馮西圃繪燕臺名卉册蔣進士靜山題識獨有丁香花手種不忍釋徘徊短牆側徑用長鑱掘裹

以泥數斗灌以泉一鉢承以老瓦盆繚以破竹箴言登潞河船千里勞遠挈賴有長須奴愛護心頗協公然報平安如賀遠歸客移植庭西偏位置殊妥帖不疏長養功其高踰九尺今春花更繁見者坐相悅旁有蜀海棠比較意不屑競誇水晶鹽卻勝燕支雪玉骨自珊珊所忌在太潔春風何處歸爛漫已陳迹荏苒夏及秋相對忽狼藉憔悴奈爾何婆娑生意絕心知救不甦猶復覬萌蘖物理固渺茫誰能相剖抉若論燥溼違灌溉多中節若論戕賊頻斧斤未施設中毒誠可傷驗之無蛓螫積蠹信可虞視之無蟲齧非如木槿榮開落在朝夕非如蒲柳衰先零自惋惜固非等社櫟壽難臻耄耋胡爲非閏年翻類黃楊厄乃知發洩多遂使菁華竭未免寵愛過轉令彫喪迫極盛自當衰精神漸枯瘠既衰不復生根株已決裂木以不才老美者皆夭閼不如付達觀過眼風花瞥

致軒先生云元白長於鋪敘此亦未肯多讓後幅眼前道理信手拈出

悼庭前梅樹

庭梅一樹花攢簇玉靨檀心香馥郁肥環瘦燕不足誇絕世佳人在空谷主人對爾獨解頤著意護惜花開時蟲螘鑽穴防積蠹不辭親手剪枯枝豈料生意垂垂絕木葉黃落朽可折返魂無復覓奇香造物摧頹何太烈昔日園丁萎蔓草花開爛漫三春好今年自謂栽培篤入夏根株盡枯槁榮枯無定轉眼過樹猶如此人奈何孤幹直如焦桐色橫枝供作爨薪多其餘有花不足賞月落參橫空想像春水綠波春草碧年年對此成悵怏

硯園雜詩

園池方半畝略可容輕舠歲久多淤積汚泥那可撈枯槔藉戽水畚鍤隨時操竹根既培壅宿穢亦如淘種荷意未決轉計種魚苗荇藻紛唼食潑剌聲偶遭駢頭或銜尾時復與目交春水忽漏澤鄰壑潛逋逃急與施藩衛補救徒爲勞

不如排蔆芡猶復勝蒲茭

庭前一樹梅花色競言少惜爲藤所侮蟠結相糾繞思欲抉其根斬除視惡草雜拉奏刀聲快哉跡如掃藤纏樹未枯藤去樹隨槁此理未即明反覆意乃了滋蔓自養姦積蠹害非小嫉惡自如仇去惡苦不早

次怡山夫子閒居寫懷原韻二首

落葉蛛絲半積檐雀羅門外鳥窺簾刼來算到棋終局韻險吟成筆退尖俗念可能如菊淡交情未許比餳甜買書莫怪人稱僻賸有囊錢儘數添

寄人籬落傍人檐何似蓬門去織簾不合時宜放眼白略翻新樣畫眉尖年華可惜忙中過世味都從苦後甜思上元龍樓百尺乾坤高視怕愁添

秋日雜興用前韻

瑟瑟商飆動畫檐軒窗拓處欠湘簾池當硯北拖藍影山隔城南疊翠尖綠暗

果垂江橘㶶黄昏香引木樨甜東籬花事今年盛醵飲朋徒逸興添

過拙宜園懷晚研先生

可惜好林巒徒供合醵歡名園誰作主過客自憑闌身在奚辭老家貧爲罷官

還從游歷暇消息問長安

一逕踏莓苔猶逢佳處開不應營舫室徑自改池臺瘞鶴聲長寂眠鷗意似猜

草元亭畔路問字有誰來

報國非無意文章自可傳憐才多扼腕薄譴勝輸邊版築工難估姻親訟結連

門前歌舞地猶記祝鼇年

最好登臨處晴雲閣上頭花開移別院人去閉空樓插架書誰問題箋壁尚留

刀環應可望日暮迴含愁

海上竹枝詞四首

白洋河口近塘壕白塔山前白浪高河水那如海水闊土塘不比石塘牢

阿儂家住落塘灣日日潮來看遠山嫁與弄潮兒也得早潮時去暮潮還

雲容漠漠雨濛濛海上陰晴氣不同八月潮頭奔白馬三春雨脚趁東風

竹簰使櫓不使槳捕魚施網不施鉤網得巨鱗無處賣開船連夜到蘇州

觀潮歌

巫子山連白塔山海門只在縣東闕鮑郎浦接藍田浦海上遊人如織組年年八月潮水平月十八日天氣晴聯翩集羣屐迨遝馳愚傖閨中女伴競相邀半倚香車半畫橈輿卒催停霍相廟篙師爭渡鮑家橋突然呼擁相遮蔽旌蓋飄揚盛輿衛醴酒陳牲拜者誰丞尉恭陪縣官祭縣官來狐奔豨突矙驚開縣官去蝟集蜂屯蟻復聚聚散紛紛步屧忙濤聲拍拍撼銀塘看潮爭唱迎潮曲閱武還過演武場亦有鄉村農囊蠶投海中云主紅蠶滿箔利譬操豚蹏祝年豐

年豐年歉習俗移招搖此日傾城市兒童竹馬龜旗旛畫鼓鼕鼕撾不止鼓聲疾復徐水面漾凫車船頭插錦標船尾羅酒肴鸞簫象板聲清澈急管繁弦多應節逡巡潮落霽景澄等待黃昏看月升城門不閉葳蕤鑰酒舫催懸落索鐙鐙紅酒綠空回首好事而今嗟罕有當年富室競豪奢揮霍黃金不論斗繁華銷歇水東流寂寞笙歌幾度秋卽今父老追遊處詎浪猶傳十筆勾康熙初邑中富室醵金錢於海上作勝舉聲伎極一時之盛里人善謔者作十筆勾相嘲諺所稱俚鄙文也

捫腹齋詩鈔卷一終

捫腹齋詩鈔卷二

海鹽張宗松　青在

古今體詩一百三十四首

永安湖紀遊二十四韻

時維十月序屬小春北地迎霜寒林初醉東籬積雨舊菊全荒欲抒邱壑之懷思療煙霞之疾良辰難再同調有三路入紫雲信宿李翁山舍舟停祿里過訪殷氏池亭挾賓主以遨遊行歌互答望湖山而登眺步屧相從則見巖曲丹楓山坳翠柏繪出半屏煙景灘頭紅蓼波面白蘋繡成雙鏡蔆花縱乏樓臺之富麗已誇山水之精靈爲賦長篇永留勝境從此言旋館舍紅塵有夢繞青山屏跡邱園白日相思在綠水矣

偶放南湖櫂天涯訪釣徒煙波空外繞邱壑此中俱野市人方集農場稻已鋪

雪花蘆兩岸霜葉桕千株矮屋黃堆菊深溪綠委蒲峯迴迷斷嶺路轉問前途賴有潛夫隱休言闊論迂楓楠看色豔樵牧遇形臞池館延新客盤飧費舊廚沼魚當檻得鄰酒隔牆沽邂逅情相洽追陪興莫拘青山千疊秀白塔一峯孤迤邐橫長堰空明蕩小桴有田皆灌溉無產不膏腴意自支頤會狂因拍手呼嘯歌眞得地罨畫宛成圖半幅瀟湘景雙潭鸚鵡湖縱經支遁買未辱柳州愚寂寞橫舟渡蕭條賣酒罏六橋誰點染三徑好縈紆曠覽神逾適幽探志自娛同遊纔頃刻惜別又須臾卜築喧堪避移居約尙逋山靈收拾去得句付奚奴

永安湖俗名賽西湖在海鹽澉浦鎮湖面闊大衆山環繞頗有山林之趣

挽孫屺瞻丈

城南比屋日周旋存沒相關一愴然兩姓婚姻成惠好一家骨肉共纏緜小時至性猶思母舊事留心獨記年似向倪迂傳潔癖未隨白傅爲春牽明窗拭几

支頤坐靜室挑鐙洗足眠青白眼能分色相雌黄口未露更遷過從獨我無纖
芥矜躁因君自濯湔世有斯人存古道門無雜客少塵緣三秋瘧鬼偏爲厲一
病精神頓減前檢點平生原少過摩挲舊物去如捐充閭室有添丁兆十月中得一孫
易簀兄還痛弟先令弟於前月卒扼腕親朋多太息銜恩童僕盡悲悁早知歷刦終成
佛豈意超凡便作仙喪事無憂中饋主遺書能讀後人賢索居那免離羣痛餘
慶還憑厚德傳丹旐偶瞻心鬱結寢門重過涕流漣老成彫謝傷何極聊仗椒
漿弔九原

外舅給諫以葬親乞假歸里出辭墅關迎謁感賦二首

想見悲歡集翁今已白頭辭榮歸故里抱病出神州報國心原在思親淚欲流
經營安窀穸從不問菟裘
賴有賢開府殷勤若弟昆馳驅煩驛使供帳到閶門荷彼情誠厚顧予語復溫

山妻歸問悉相對淚潺湲蘇撫吳公託契最深聞公長途抱病預遣人馳候關外舟泊閶門復親詣行舟修候二次

哭外舅給諫性夫先生

昔陪杖履住長安親炙元知德量寬職近綸扉身自貴澤周桑梓力常殫牀幃視疾憐同氣旅櫬歸喪痛急難今日謝家羣從在麻衣如雪淚闌干公族兄美含孝廉從弟二師太守俱以就選入都先後病卒公爲之治斂具歸其櫬

絳闕初辭返薛蘿九原不作恨如何青衫落魄年方定白日招魂夢未訛失意自憐知己少傷心偏爲受恩多京華回首驚彈指拜向靈幃涕泗沱

哭兒燿

我年二十七得子未云遲兒生甫一歲適我遊京師叮嚀謂汝母兒好須護持失意我旋歸牽衣入問時公然能識面爺歸報孃知相依方六載行坐常追隨今年當就塾擇傅自有期天乎何太虐遽奪我嬌兒兒生具天性泣別儼告辭

慘狀不可言心痛骨透錐死者淚盈眶生者淚交頤
黃門汝外祖抱病出神京我從二月杪往迎閶廬城汝母急歸省挈汝亦宵征
黃門病且卒因循阻歸程奈何勿遣還痘疫方災嬰庸醫固可恨用藥多變更
喪女復喪子親戚難爲情勿謂生死別父子隔幽冥門前一葉舟爲汝招旛旌
魂兮歸去來兒當隨我行母歸自倉卒回頭聞哭聲

內子歸自海昌傷燿兒作

相對妝臺淚共揮入門無復見牽衣如今可記春三月杜宇聲聲勸汝歸
墮地聞聲側聽呱六年庭樹遶童烏白頭供養偏無分賸粒重銜哺二雛
棄歠眞覺味初嘗兒女情深欲斷腸酷似香山白居士金鑾亡後阿崔亡余去歲喪女

夜宿湖樓

眞覺似登仙湖樓望渺然水光吞夕照山色罨蒼煙何處張鐙閣誰家載酒船

若逢明月夜曳屧段橋邊

錢塘懷古五十四首

南渡倉皇避伏戎孤行冒雨路難通荒祠上馬渾身汗許策中興應顯功

妙舞淸歌快樂場故宮何處要思量東風曾許鶯花願留與南朝次第償

水晶簾外寶釵翻元夕張鐙士女繁謝府亭臺稱別墅豪華還勝玉津園

盡道平章風月多賞心樂事頓消磨湖煙湖水堪傷處楊柳小腰奈爾何

望湖樓外碧泓渟隱秀園中樹色靑果是皃車輕利好奪標多在玉蓮亭

登壇說法集緇流紳士爭從慧遠遊可惜白蓮曾結社後來變作教場頭

灌竹澆蘭不厭貧棄官歸隱老湖濱水仙祠畔壺瓶塔合與花翁墓作鄰

放生池有石碑傳遺愛終歸白樂天未必魚兒能盡活一湖水可救荒年

葛仙嶺下有仙蹤貯藥投丹甘井中卻笑人嫌無臭味一枚獨啖壽漁翁

招賢仙卉發奇芳錫與嘉名號紫陽莫惜甘棠無一樹山花開爲使君香

南齊遺蹟講筵空賸有鯈魚碧沼中無復超公來說法昂頭擺尾不成龍

行春橋近馬家衕古墓常聞有黑蠶不是狗兒扒鐵券橋名誰解喚橫衝

陶龕容色儼生時舍利繞身髮覆眉可是此身無著處禪師一箇竟荼毗

慣向巖阿倚石眠不容城市溷林泉藤花葛粉炊香飯頭白山僧足不前

夾道濃陰綴薜蘿竹溪蘆港板橋過當年留下西溪地卻被梅花占得多

日月巖頭翠蘚薶香林洞裏桂叢開一雙蛺蝶穿花慣未必隨人自去來

翻經臺側結靈桃移植何愁石面牢只有跳珠亭下水明璣飛濺不容撈

消釋煩襟未有方枕流曲水小亭荒窗風檐雨清閒睡避暑偏宜七葉堂

到處茶坊插酒標餘杭仙姥更誰招武林舊事依稀記夾字橋訛學士橋

山到南屏勢不同層巒聳翠石玲瓏就中峻壁淩空峙卷石翻鐫慧日峯
古木森然翠可攀孤峯秀拔玉岑山定香橋畔蟬聲歇儘有泉生浴鵠灣
惠因澗底獨蟠蛟鐵鑄窗櫺作網罩賴有蘇公疏郤貢不容進塔恣紛譊
絕愛金婆妙種傳青梅紅實最新鮮參寥佳惠眞難得郤道楊梅不直錢
旭日蒸霞千樹桃南山一簇樹陰高小桃源裏人家住試問山人可姓包
雙峯錐立聳雲鬟擾擾帆檣煙霧間可惜名藍稱勝地至今未到五雲山
捍江塘上禱江神備物香山獨致禋更有治平賢太守弄潮文戒弄潮人
潮入海門兩派洄浮山不比定山隈定山能使濤聲咽浮山最怕浪頭回
鄰媪壺漿伏道迎錦袍玉帶最稱榮憐渠負販爲天子還向婆留喚小名
山巒形似不爭差巾幘還將紗帽誇只有石屏峯不改笑他獅子變蝦蟆
樂人三五逐春場不似當年幹辦忙到處船頭荒鼓板賺人那得尾聲長

甘園四望水雲遮小小蓬萊致足誇聽說虛亭無正面湖光背處盡栽花

玉牌詩句未摧殘一把游絲搭玉闌幸是紅兜僧未拾卻教詞客爲心酸

同心綰結葬湖濱兩朵芙蓉出水新爲讀馮家腸斷句始知橋下有情人

冰茹雪食窮詩客管領南湖風月來不是深謀預相府那知將種負奇才

露荷心性柳花蹤婉碧輕紅愛惜同江漲橋邊新樂府更無人唱玉瓏璁

蓀碧山房位置殊臨池浴硯仿歐虞舊時春滿西湖水還有桃花扇在無

傳聞圓復擅詩名舟泛錢塘夜色明何似樓家詩更好雪花秋月帶潮生

聖水相傳味渫清虎跑龍井最馳名泉聲自爲人聲沸不是咆哮作虎聲

活活流泉幾道分丁丁樵斧響時聞碧螺峰接風篁嶺爭看玲瓏一片雲

郭璞當年眼界開山圍水遶脈縈洄翠華幾度城南駐真覺龍飛鳳舞來

千仞翱翔髻綰秋飛來天目鳳凰留憑誰移得雙峯去玉女巖前對洗頭

萬松嶺上忩遙看樓觀層層接八蟠野服芒鞋隨處好仙山何必定驂鸞

拔地撑雲數丈巉天峯孤嘯署亭銜放光石近通明洞一竅中秋出月巖

錦袍玉帶作官家保障東南易世誇不道山靈爭擁戴兩行拱立石排衙

洞口淸風夏日寒洞中石子點如丹分明蘇白留題後恩德沾人水不乾

寶稷山前佛足泉山頭寶石墜星圓置身直是廣寒府安得軒窗置此巔

嶺號棲霞勢不鰥兩峯夾峙劍門關傳訛爲有將軍廟履泰須知不是山

紫雲洞口最陰淸烏石還因墨色名不用辟除煩埽帚傳聞金鼓一時鳴

泉名細雨果然眞湧激常從波面皴似爲山靈愁雜沓斜風疏點散遊人

斷尾螺生葛井中仙家普福自無窮山根自有靈芝草何用臙脂鬭麯紅

彷彿仙娥兩翠鬟山連寶月並彎環須知淡埽蛾眉好八眼井前看淺山

宮闕金銀望不同石林蘿磴動秋風五臺七寶層巒上箇是吳山第一峯

斜引香溝入郭遥寶光一道燭中宵問渠湧得金多少可彀西湖幾日銷
安樂橋邊安樂峯白沙環繞水淙淙黄金綠玉篔簹谷定有仙人化赤龍

贈王叟補雲

叟松陵人工繪山水晚年精神矍鑠好學仙術今夏重過涉園屬作園亭小景筆墨遠遜曩時戲作長歌惱之

我昔得見王郎畫應是范寬馬遠之輩流我今得見王叟面直與倪迂黄癡相匹儔當時踏破鐵門限高騰聲價傾王侯大小屏障從潑墨金繪絡繹無停酬我家涉園圖高二尺徑三丈其中水石林塘幽云是盛年之所作筆力蒼勁秀且遒即今展卷嗟神妙誰其嗤者同矇瞽流傳三十載題詠到神州聞君已登泰山籙豈意復作東南遊腰輕脚健顔色好園亭信宿重句留或呶或嘯或追逐動而彌壽如獼猴是時正當六月暑竹梧交戛蟬啁啾鵜溪十幅堆案頭按

圖一一煩爬搜經營意匠獨自由能事不復憑僉謀牛毛鼠尾皴染細朱闌碧檻界畫稠或作飛白竹鉤勒或作嵌空山崒嵂或作垂枝花朵綴或作纖草苗條抽或於樹頭棲老鶴或於沙次翹閒鷗辟若陶匏出一手昔何渾樸今雕鎪畫圖貴意不貴似刻畫無乃山林愁君不見韓幹之馬戴嵩牛一技亦足名千秋荆關遺跡傳絶品百金購比琳琅球豈有從前盛名下臨老反爲丹青羞今之畫者不如昔相去奚啻三十籌勸君且閣筆煙波任浮休答言筆墨遊戲耳拙遲工速毋輕尤右軍蘭亭稱醉本後來重寫能如不我今辟穀已十年餐松茹柏勝麥麰雲中仙人一招手便騎白鶴驂青虯此時欲乞寸縑尺幅何從求

涉園雜詠十四首

攬翠閣

雲影蕩晴空桐陰澹碧落日夕望煙鬟綠油窗盡拓

杏臺

雙杏臺上下枝頭發紅萼不遇宋尙書春意還寂寞

流觴曲水

修禊當春暮風流繼永和落花隨處有只少一羣鵝

篔谷

何年種鼠姑爛漫篔簹谷幸此靑琅玕無人來問竹

綠淨

淨色未可唾綠陰一何密石筍四五株森然如卓筆

柳幔

垂柳絲絲直鶯聲聽不齊東風眠起後綠過板橋西

樸巢

古樸已忘年結巢不知夏把卷坐綠陰何須北窗下

荷香津

貼水田田葉花開菡萏香夕陽紅影亂消受晚風涼

濠濮館

樂事羨濠梁孰識南華旨試聽潑剌聲時復爲傾耳

松坪

朝看山上松暮看松閒月月出鳴皐禽松聲聽未歇

翠照峯

空翠不可名巖高映叢木時有看潮人回頭遠注目

待月廊

碧天淡如水松杉月未上獨自倚闌干有時發淸唱

可漱亭

垂釣石自佳非欲礪其齒石罅溜龍泉淙淙鳴不已

寒香逕

翠羽枝頭宿霜葩雪後開暗香尋未得石徑滑莓苔

池亭夜坐

樹影迷離竹影疏水光月色兩相於空亭人靜夜將半潑剌一聲獺趁魚

七夕詒穀堂席上賦贈馬素邨先生

脈脈雙星最可憐得逢前輩話纏緜秋風未減蓴鱸興綺席先開瓜果筵座有

應劉慚接席交同孔爾肯忘年瑤華何物堪持報勸倒蘇家藥玉船

攬潮峯登高即事二首

登臨隨客件步屧指林巒徑僻苔長繡臺荒磴曲盤翠螺山擁髻雪練海奔瀾

極目秋光遠楓柟色未丹
九日開尊飲西風落帽還扶笻添足健插菊滿頭斑客到期先約年高興莫攀
謂外祖宋齋先生
柴門一相送歸路叩禪關

秋柳二首

曾記依依送馬嘶涼風瞬拂晚條低淡黃顔色無多葉轉似生初綠未齊
愁絶長隄更短隄灞陵回首夕陽西疏枝憔悴猶飄颺幾箇寒鴉在上嘜

菊花四首

問訊東籬菊秋來色自佳孤高甘隱節冷澹發陳荄秀可餐于目香能沁入懷
瓦盆親種得次第好安排
正色原無匹花時獨愛黃扶頭經宿雨灑背有新霜隱隱寄籬落疏疏明夕陽
自從陶令種那肯少陵忘

按譜非承謬稱名或踵訛落英偏耐久絕品不求多白屋情皆向淸樽對若何

微聞聲剝啄冒雨客來過

西風吹落葉秋老菊花天幽徑餘寒蝭深林斷暮蟬芳心徒自委晚節定誰憐

信有餐英者頹齡制偶然

送沈方枚先生令分宜

經濟才如卓魯良葉凫此去更仙鄉江頭水色年年秀洞口桃花樹樹香草沒

孤墳尋鑿齒山連別院對鈐岡安仁驛路勞相待他日追從許擔囊秀江在府城北桃源洞習鑿齒墓鈐岡書院皆邑中名跡

洛溪歸舟

西風作意送歸航昨夜人家瓦上霜別浦帆飛天遠碧半山葉落樹多黃幾閒

茅屋連郈市兩岸蘆花帶夕陽最是客身眠未得漁歌唱罷聽鳴榔

送王補雲歸松陵

飄然歸興逐菰蘆一葉扁舟半幅蒲此去便隨雲際鶴重來還狎水中鳧襄陽耆舊應彫落笠澤叢書尚有無早被人呼黃潑墨莫教名讓禹鴻臚

送張五御天入都八首

碧落閒停擘絮雲一聲鴻雁悵離羣渡江試看中秋月果否揚州占二分
計脫征衣正九秋黃花黃葉半林邱錦囊蠟屐君須辦好去西山作勝遊
一樽花下款行旌我亦曾經策馬行試與從頭誇熟路雞聲茅店一程程
揖別公卿幾載餘閉門誰與慰岑居儻逢燕市悲歌客道我心情總不如
秋風獵獵馬踬高執策長驅興自豪拋卻鱸魚遮莫恨到時猶記啖葡萄
米價長安休問他家鄉未卜歲如何落帆亭畔抽帆去任爾江山放眼過
脫略交情漸漸真年時花月共逡巡祇憐同調無多在刷羽沖霄又一人

離合萍蹤未可商得官有日且還鄉天邊縱少南飛雁驛路梅花早寄將

同人集沈懷玉先生嘯廬再送張五御天

吳兒解纜拔柳椿津頭伐鼓聲逄逄此時留君不可住急須共倒酒一缸瘦腰主人出精饌登盤那羨腥羊羫座中查陳最年少謂查安侯陳聲先詼語排訐相舂撞我言四座且勿譁鐙花剝落挑銀釭男兒富貴須及早幾人白首張牙幢來朝別我閉關去輕帆一葉浮艂艭虎邱亭子千人石紛若士賈爭粱杠行蹤到此莫淹滯乘風直渡淮河江江豚出沒江濤吼驚魂喘定心還愯煙雲變滅千萬狀推篷拓盡紅油窗金山紺碧儼圖畫塔鈴天際紛琤瑽席上話金焦之勝維揚風景亦不惡過此便覺人語哤短衣結束好身手騎驢穩勝竹兜扛白楊垂條棗垂實秋山積翠連崆峴計程一月路三千歷齊魯境到燕邦此日金臺空寂寂當年易水仍淙淙相知相見應恨晚如君才調眞無雙攙身直上黃金闕驤首皇

路判耕稯惜不從君遠遊去離心黯黯隨奔瀧

雨嵒弟偕同年三人入都應試賦詩送行兼以自感

交河所拔士朗如列眉目循例貢成均弟亦繼華躅髯徐獨老成儀表雅勝俗
峨峨冠弁聳同輩心折服瘦沈最能文下筆誇神速陳子富才猷世故更練熟
偕行得三人居然峙鼎足而子與其閒氣味相聯屬談笑挹波瀾磨礱受鋒鏃
行行共晨夕何異親骨肉此行眞快樂得與名流逐集益望虛懷久要互當勖
茍能附驥尾家聲可繼續
我昔試京兆循循守規矩初試卽見躓再躓殊煩苦冒昧告言旋智拙謀桑土
譬彼樗櫟材難副工師估一辱斧斤施根株立見腐用是輒疏嬾矻矻終無補
子今賦壯遊行色何飛舞功名爭尺寸無復效莽鹵所貴摩厲須巧取何足數
我欲攜手行惜無餘勇賈截長可補短佇子繩祖武

過餘郁叔齋適陳少京踵至同遊海上作

出門常怪身碌碌閉門又苦抱羈獨信步招尋吾家叔好友跫然來不速襟懷相對淡如菊論才傾倒江河瀆我有浣花箋十幅願借新詩盥手錄珠藏玉韞不輕鬻未許今朝鹵莽讀先教滌去塵百斛海闊天空盪心目（時方索少京詩稿許以他日見示故云）步屧追隨洵所欲數武不嫌路往復聞琴橋畔草可掬捍海塘前沙亂撲東風作吼變溫燠白浪黏天高矗矗人家結網懸茅屋出則聯簰居聚族潮衝汐撞覘盈縮日與波臣相踢蹴駭絕漁師身手熟瑣碎魚蝦撈入簏壓擔爭從闤闠逐得錢聊復供酒肉眼前逝景不遑矚散髮逍遙頭盡禿暮色蒼然上林木歸去何須更秉燭我交陳生殊不俗吟興因之多撥觸卽今邂逅聯芳躅半日清遊詎非福詩成一笑供捧腹期君更作海上曲

舟次當湖過訪沈東表綠崖兄弟留飲紅豆閣中綠崖出示東湖百詠題

贈二首

多謝清樽爲我開一編到手喜銜杯新詞合付雙鬟唱曾否旗亭畫壁來

東湖湖水好風波得比鴛湖有櫂歌謂朱竹垞太史鴛鴦湖櫂歌紅豆小窗清晝永瘦腰應爲苦吟多

詒穀堂席上晤馬素邨先生前承和七夕詩投贈即用原韻志謝兼送西行

溫文厚貌惜誰憐坐對眞如挾纊緜煙靄墨池供染翰時先生爲余作擘窠大字書勢極飛舞風生談麈欲驚筵蠻箋乍擘投新句綺席相逢記隔年指日雲中分手去渡頭一訪孝廉船

無題同墨麟作

來何草草去悤悤依約年光類轉蓬桃結三千餘歲實花飛二十四番風月應

有恨常名姊天亦多情合喚公羨殺呢喃梁上燕可堪嘹唳聽征鴻

想像衣裳記好容清宵無寐恨銅龍典衣薄醉春寒淺翦燭深談夜露濃江冷

一帆移別浦月斜半被聽殘鐘不應重話當時夢已隔雲山十二峯

風波不動兩情降結綰同心髻綰雙正好年時花入手已涼天氣月當窗詩從

謝女誇題絮賦擅潘郎雅號江容易種成連理樹夜闌相對酹深缸

一聲腸斷聽鳴騅心似懸旌淚似絲獺髓補痕輕玉屑梅花點額勝燕支髻與

墮馬偏宜側裙號留仙可要持何事便隨春色去金衣飛上最南枝

揭看鬢鬟散煙霏昨夜身從閬苑歸曾記蟠桃會上去休言巫峽雨中飛眉橫

翠黛愁痕淺頰暈紅潮酒力微楚國細腰飛燕瘦豐肌不道有楊妃

殘紅滿逕落花餘靈鵲枝頭信漸疏買笑錢曾飛玉蝭消愁酒不換金魚詩人

白社狂名在妓女青樓薄命如莫憚重門敲屈戌綠楊隄畔舊停車

擬將心事問黃姑兩美須知作合娛走馬章臺春並轡彈棋玉局夜圍鑪纏頭

蜀國千箱錦藉地新羅五色毹舊事閒談霍小玉十郎薄倖信非夫

曾歌子夜舞前溪影色朦朧月半珪南國佳人原住北東飛鴟鳥可回西三生

石上分明笑竟夕牀前宛轉嘑鼓角聲聲鈴鐸語驚心又聽短牆雞

變枳休言橘過淮天荒地老勿疑懷並頭花朶交頭鳥亞字闌干卍字齋十斛

珠量三斛滿六枚珥遜一枚佳相將守定雙飛願爲整同心七寶釵

湔裙不向水邊來私語心嫌小婢猜出浴房櫳金餅賺定情書札錦鱗開雕闌

月上釵留印繡障鑪寒箸撥灰待得郎歸成酩酊還該百罰玉交杯

賸粉殘脂拂拭頻合歡枕畔最宜人偶因插鬢尋花鈿卻誤呼鬟理繡裀菡萏

秋來香寂寂鯉魚風起水鱗鱗作羹好倩廚娘手愛食江鳌西子脣

蒲塘水熳映波紋卯酒晨酣夕尙醺妾命未妨如落葉郎情何可似秋雲桃花

灼灼開人面蛺蝶雙雙舞畫裙莫遣涼飆紈扇恨白頭吟句不堪聞
踏雪驚鴻印爪痕舊遊彷彿夢還存姮娥竊藥能奔月兒女忘憂解種萱紅豆
相思拈記曲青絲寄恨剪成髩西鄰莫道無名士一遇傾城一斷魂
綠徧蘼蕪春又殘韶光眞向指頭彈花飛洞口桃千片水到門前鴨一灘金勒
馬嘶紅叱撥玉缸酒瀉碧琅玕流鶯語燕知多少珍重東風倚畫闌
翠韉雲低十八鬟紅靴印綠滿春山曾煩京兆添眉嫵不礙淵明爲賦閒燭影
醉消王氏臘楊枝唱斷白家蠻從郎十索裁佳句寄與當時約指環
弄玉吹簫便作仙謫來塵世歲三千花明柳暗傷春月露白風淒悵別年奩匣
鏡開秋水色鴨鑪香篆博山煙驂鸞駕鶴尋常事相約秦樓碧落天
花南水北竹脩脩跪地垂楊綠覆橋小婢紅牙能按拍侍兒碧玉更吹簫夢回
枕上聞春雨酒醒鐙前聽晚潮但是有鄉堪不老坐愁端莫負良宵

曾拔金釵月下敲重來門戶絡蠨蛸定知鴆鳥能通妁莫道鶗弦信續膠桃葉
渡頭曾擊檝烏衣巷口獨尋巢牧之若解傷春晚綠葉成陰未許嘲
步虛聞說奏仙璈偷得霓裳曲調高溪上胡麻流作飯山中松柏釀成醪芳菲
瓊島花千樹淸淺銀河水半篙不道庾郎憔悴甚年年春草妒靑袍
莫道雙星悵隔河人閒那得斷悲歌書從遠道長相憶事到傷心喚奈何躑躅
花紅開漸了鴛鴦頭白想成訛羅幃可鑒明明月鏡匣塵昏永不磨
門臨白水小姑家路隔橋梁一徑斜早辨入山行采藥須知貫月有浮查靑鸞
信可充凫使粉蜨居然號鳳車辛苦東方三度竊一株偷種碧桃花
黃金爲屋玉爲堂如許娉婷合嫁郎錦襪隔簾遙認影羅襦滅燭暗聞香須防
入室蛾眉妒不問當窗柳絮狂一味情懷濃勝酒玉人雙手酌仙漿
卸妝時節最傾城著意相看眼獨明慧業定知非福相頭銜合署可憐生空梁

故壘忙新燕密樹繁花戀曉鶯閒理繡綳添線否隔窗試聽翦刀聲
惜花早起病竛竮簾外風微撼鐸鈴釵上雀分鸞尾翠髻邊螺作佛頭青身輕
夜入羅浮夢命薄朝翻貝葉經若問檀郎心性好金錢一卜最爲靈
鞦韆落索轉朱繩鬭草鵶鬟喚不譍碧玉闌干十二曲紅樓匼帀幾千層匣留
金粉工泥蜨尺界烏絲細寫蠅稱得腰肢寬窄様春衫新製鶴紋綾

捫腹齋詩鈔卷二終

捫腹齋詩鈔卷三

海鹽張宗松　青在

古今體詩一百十四首

讀史十五首

七雄紛戰鬭秦關險足恃逡巡六國師遁逃莫能止丈夫志俶儻一怒奮臂起
談笑卻虎狼揮霍如羊豕排難策奇功帝秦抱深恥不受千金賞甘蹈東海死
末俗邈清風高臺動遐企卓哉魯仲連布衣天下士
戰國多奇才被褐而懷寶燕昭本好士招致更有道築宮自隗始此意更傾倒
驊騮馳騁來駏復恃縞至今黃金臺名不薙荒草側望燕關雲懷古令人老
平原佳公子挾妾登高樓突來民閒躄願得笑者頭一笑姑置之賓客半亡留
竟斬美人謝名遂傾諸侯吾意此躄者奇語詫千秋將毋挾奇策視彼屠沽流

惜哉無所效不及夸門侯
侯生夸門監信陵所得士執轡禮甚恭賓客滿坐竢晝策盜兵符使客椎晉鄙
遂解邯鄲圍一雪平原恥復有毛與辥傾心魏公子勸歸逐秦軍威名振方始
讒言卒見疑飲酒近美婦英雄以毀廢末路皆如此
荊軻劍術疏舞陽眞豎子環柱擊不中空勞持利匕燕丹信寡謀田光未云智
惜哉樊將軍函首入秦市相送白衣冠悲歌羽聲起壯士去不還賓客先料死
徒聞日貫虹蕭蕭寒易水
五色芒碭雲三月咸陽炬劉項眞天人范張各謀主逐鹿勢自均一龍鬭一虎
去矣韓王孫登壇食茅土反閒計得行復與增齟齬人心皆歸漢天意不佑楚
遂令鴻溝割終迫烏江艪議論千秋下吾不直漢祖當時對項王分羹語莽鹵
果爾烹若翁一杯忍啜俎

淮陰出胯下俛首氣自壯後與絳灌列居常心鞅鞅英雄出處閒志意未可量
躡足禍始基功大不勝謗明明蒯生言封侯止面相猶豫卒見禽反爲兒女誑
至今哀王孫風雲釣臺上
子房奇偉士狀貌非魁梧因納圯下履遂得黃石書書中有兵法其說本陰符
語人都不省乃與隆準俱運籌策幃幄決勝良不虛封留志已足報韓事何如
願從赤松遊不作韓彭菹
酇侯刀筆吏力不勝荷戟專屬任關中軍漕資擘畫萬世功莫加安用曹參百
所賴鄂君言其功得愈白猶嫌論功時不及收圖籍
曲逆本家貧饒用藉婦資自負宰肉均天下亦如之所用多陰謀六出計云奇
安劉誅諸呂脫禍終榮施觀其論相術理足非強辭慚愧絳侯勃汗背謝不知
田竇皆貴戚嬰蚡食重祿一朝勢利移賓主多轉屬獨有灌將軍求田罵籍福

使酒丞相嗔强項不肯服盛衰理循環禍福機倚伏蜚語魏其誅潁濁灌氏族
負貴武安侯亦登泰山籙
李廣稱數奇善射本天賦生擒射雕者匈奴心膽破奪馬望南馳追騎不能捕
雖經數困辱士卒多樂附呵止灞陵尉醉語乃觸忤豈知今將軍忠勇不如故
終懷對簿羞早悔殺降誤封侯何足道惜哉時不遇
隴西喪家聲陵遲稍足恥陵也出居延轉戰眹一死辱身未報漢夷滅及妻子
同時有蘇卿牧羝同臥起禿節效忠貞皓首歸鄉里嗷嗷南鳴雁獵獵北風駛
河梁一分手淚落不能止
長卿既病免倦游歸梁園謬重臨邛令因之交王孫兩美自相合殷勤通文君
家徒四壁立無以給朝昏妙出當鑪計親著犢鼻褌王孫聞之恥絕跡爲杜門
一朝中郎將擁傳騎如雲縣令負弩驅勢絀太守尊乃復喟然嘆財與男均分

王孫尙如此勿笑女亡奔

漢興承秦弊蓋藏多虛空承平歷文景府庫財始充誰與啓邊釁窮兵漢武中

興馬日以興樓觀日以崇官職多耗費財力復告窮輸邊膺上賞榷利筦大農

是時吏道雜匹夫取三公布被曷足多矯飾欺愚蒙桑孔且勿論莫學公孫宏

春日述懷二首

春色已飄零春霜感再經頭堪一夜白眼得幾人青刀劍傷如舊情懷醉復醒

東鄰早嫁女相對故娉婷

寸寸强弓挽偏來射角棚鵬程空有願駑足苦無能誚乃迂疏致悲因老大增

解嘲非曼倩揮手謝賓朋

翠深處早起

鐙盡香銷夢未成起來曙色透窗明曉鶯穿樹忽雙箇清磬隔溪時一聲委砌

爛紅花半謝撲簾新翠雨初晴曲闌干外尋芳草昨夜誰知又發生

和查他山先生喜得曾孫原韻

麥秋作湯餅曾記格齋言天與宜男兆人稱積善門端相誇及祖抱弄勝如孫試聽嘑聲好應消舊淚痕先生集有哭子詩

桐木標韓氏蘭芽茁謝庭分甘貽竹實娛老益椿齡舉俗貧呼癸生兒貴識丁他年重接武敬業有傳經

患鼠次青邱集中乞貓詩韻

性如妖狐疑黠比狡兎獪拱立似有禮形狀吁可怪腸三易難淨技五窮必敗行行且止止睢睢復噲噲渡江百成羣鬭穴兩爭隘能學數錢工肯持食肉戒吾家室西隅米屋如破廨與爾約三章許割鴻溝界如何飽囷粟老饕未稱快嚙我牆頭書餓喙等餐餲狼籍堆故紙零星雜破塊矢遺一觸穢經時卽腐壞

豈中有蠹魚足供饞涎噯可惜縹囊物竟隨犢鼻曬當年善捕貓司職不待誡
漸如老臧獲驅策力已憊公然白晝出我豈眞聾聵欲投當忌器稍縱卽脫械
宵行更勿論滅燭空吹鞴往往擾睡眠起坐發長噫因思平生交常爲鼠輩賣
去此猶爲易磔之薙草薊開門揖盜入周防不宜懈魑魅鎭相逢終南吾當拜

題閔旭晨先生趺坐圖

酡顏卯酒日三升醉裏逃禪卻未曾五百瞿曇齊合掌輸他一箇在家僧
法喜慈悲總屬親不須更現宰官身披圖一笑蒲團穩只少焚香埽地人

題許杏園先生行樂圖

烈日當天火雲焙槐柳鳴蟬暑未退長安䟢轂夾道馳撲面黃塵汗浹背豈知
得地占淸陰輸與林泉高士輩披圖頓覺心神開宛爾羲皇相晤對梧桐碧綠
菡萏紅高下亭亭堪作配樹底香來水面風夏日乘涼此稱最人生俯仰適意

耳何用乘車更張蓋樱鞋蒲扇任婆娑絶勝巍峨束冠帶我昔繪圖倚長松亦作科頭箕踞態看人白眼太分明觸忤無端指摘萃何似圖中位置好直與胸期寫豪快浮雲仰視矗奇峯磐石安身比泰岱所慮君非山澤癯鵠峙鸞停發雄概雖然戢翼暫棲遲終當振翮靑冥外一朝制作攄淸時好景空留圖畫在勸君行樂及良辰長日如年卻可愛茶磨山前有故廬池沼灣環林木蔓閒居應續據梧鈔祖述黃門垂紀載嗟余本是畏熱人薄俗趨炎吁可怪擬就桐陰片席隨呼童煎茗銷宿憊

秋懷二首

秋巒非一狀黛色遠含煙白蘋與紅蓼各自媚淸漣平生愛邱壑時于夢寐牽曩遊惜已逝勝賞渺無緣思登莫釐峯言泛洞庭船遐瞻路旣迥獨往行復邅不如狎鷗鷺且向灘頭眠

商飆颯然至庭院生微凉蟾光流夕照四壁唬寒蛩起視天宇闊鴻鵠去翱翔
惜無淩風翮一奮共飛揚婆娑桂之樹盼睞水中央水邊木芙蓉厥名爲拒霜
采采不盈匊白露沾我裳美人天一方欲寄遠莫將

七夕濠濮館作

暑退凉生蓼渚秋金風玉露火西流疏螢幾點撲池面新月一彎在樹頭何處
聲傳修笛譜去年人上採蓮舟癡兒浪説塡河事烏鵲南飛可自由

慰朱純章悼亡兼送之春林禪舍習靜

經年蘊照蓬門掩感逝傷心柿葉翻蕭瑟秋風牀簟冷朦朧月色鏡塵昏寬衫
似衲憑誰補短髮如僧未忍髡此去萍蹤知定否粥魚茶板更銷魂

九日同人招往秦駐山登高不赴作詩奉寄兼示姚靜遠平于岡

我聞昔日秦皇南幸張旗旄欲觀日出肯被波臣撓神鞭鞭石石出血驅丁役

甲奔鯨鼇橋梁成毀遠莫攷滄桑變滅隨風濤傳聞徒存繫纜石斷礎那從波中撈茲山遂以秦駐名頹然破廟蹲蓬蒿不知靈封自何代屈伏甘逐山神曹居民久忘嬴氏虐歲時亦復陳牲醪似云酬功荷保障坐享血食非貪饕山根犖确行徑坦豈惟健者能周遭青鞵布韤徑可造沿洄不用浮輕舠非比白塔一峯橫海面徒供樵夫牧豎騰嶤嶅憶昨登臨乘款段未諳控縱收韁牢春風駘蕩馬蹏疾漫山開徧紅夭桃庵中老僧出款洽蓋頭只有三間茅自言新葺雨前摘清泠味別勝瓊膏白雲滿盌供客瀹頓令煩襟開鬱陶日射迴瀾澹將夕拂衣遽起辭林皋續遊未果騎短策折簡忽報長須操城南諸子興獨豪要我九日同登高裹足既辜招邀意奔波似嫌跋涉勞人生趨舍自有別流行坎止信莫逃昨日之日醉酕醄右手拍浮左持螯狂歌頓足翔且翱來朝儻許重相約準擬痛飲直到月落雞三號勿令紫雲山人笑我腰脚嬾自矜穿林入洞

趫捷如猨猱

重陽後五日隨　家君陪嘯廬先生入城過朱氏花圃

重陽節過收風霾秋花爛漫牽人懷竭來城市三條街轉入僻巷敲荊柴主人揖客登軒齋看花性急趨庭階繁葩娛萼迸發皆纖條一一抽葶釵就中秋莎翦刻佳綽約眞如娉婷娃其他紅白各自儕亦有零落萎陳荄最後仄徑平不欹竹扉一扇呀然闓瓦盆櫛比東籬排云避俗客深藏薶細種辨識雙眼揩知有名品題籤牌黃花正色不可偕矜莊肯與羣豔俳辟若端人樹模楷曲終雅奏洗淫哇心知愛惜人情諧欲折未折空延捱相期後會幸勿乖花前杖履隨當偕

題周兼南唐小周后圖四首

幸得君王恣意看香階微步髮垂肩保儀玉貌流珠慧輸爾承恩最少年

別後瑤光付玉環誄詞酸楚自稱鰥豈知剗襪提鞋句早唱新聲菩薩蠻
花明月暗是良媒誰遣深宮侍疾來驚問可憐人返臥心知未解避嫌猜
北征他日計悤悤無復珠翹鬟朶工一自宮門隨例入爲渠宛轉避房櫳

孫凝霞索賦庭前雞冠

獨裁好種滿柴關占盡秋光未可攀鶴頂千年紅燦爛鳳毛五色錦斕斑低昂不厭周遭賞好醜曾經次第删相對風前羣鬭彩一時把酒醉忘還

九言題雨嵒青山紅樹圖

江南勝地何處堪躋攀洞庭七十有二堆煙鬟一年最好橘綠橙黃色況當十月霜醉楓楠斑松陵水遠鴨觜船可到莫釐峯高鳩頭杖能扳停車晚坐經過好事客而我屐齒偪塞緣猶慳何人爲爾商略及此景畫圖入手令我開心顏丹黃染出杈枒樹頭樹嵐翠潑來濃淡山外山樹根老石解衣槃礴山脚流

泉濯足淸灣環豈無新蒻載將郫筒去應有好句投入奚囊還安得更置種瓜田十畞指點林巒僻處安柴闢樓𨏼桐帽不妨添寫我與子跌蕩靑山紅樹閒

題含广小照

時光未老三春後天氣淸寒四月初踠地綠楊晴冉冉翻階紅藥雨疏疏傾城顏色歸名士閉戶風流在讀書若論少年行樂處算來此外更無餘

自題我師圖

新城王尙書漁洋秀水朱檢討竹垞海昌查編修初白三先生爲海內詩宗皆余所景仰而未及親炙者爰屬鄭子秋圃作我師圖幷題一詩以誌私淑之意云

海內文章伯稱詩鼎峙雄千秋尊杜甫一瓣敬南豐自分才懸絕奚論派異同平生傾倒意只看畫圖中

丙戌春　家君在京師屬馮子西圃作飛花箋面一時題詠推徐孝廉惺庵爲最余時未能詩也補作四首

纔從牆外逐輕埃轉向簾閒撲面來肯爲飄零嫌薄相也曾經過好樓臺

蘼蕪綠徧歇芳菲憑仗東風氣力微比似京華人聚散暫時作隊又分飛

非關采摘競辭林無限天涯去住心到得賣花聲斷後一天風絮好難尋

輪蹄往復幾曾停碾作輕塵夢未醒好是江南歸宿處不依草際卽黏萍

初夏

孤注茶蘼了將離芍藥翻藤身穿壞石蘚色上頹垣喚雨鳩何拙銜泥燕太煩競言新綠好時復一窺園

池亭看雨

頓覺池光亂虛亭風颯然竹欹搖尾翠荷動濺珠圓度樹蟬聲曳翻波鷺足拳

黑雲吹未散已逗蔚藍天

雨後翠深處納涼

驕陽無避法駛雨出奇功夕梵昏鐘後松聲竹影中輕絺初罷浴散髮偶梳風

試拂蘄州簟今宵滑不同

清綺齋落成漫賦四首

算是辛勤斷手年傾囊曾費築堂錢竹頭木屑都屏去重結香鑪茗盌緣

粉艧雕鎪一例除堂顏楹帖且紆除兒曹若要門閎大瓦屋三間可讀書

兩扇新安亞字闌無多花草只盆蘭特留隙地西牆角要插薔薇種牡丹

登山乏謝靈運屐看花無黃四娘家好景眼前惟讀畫王郎山水惲郎花

禽言十章

雨淫淫泥滑滑頭戴笠脚不韈出門一步愁滑澾

河水大雨水足脫卻布袴大家來布穀

大婦飼蠶房小婦行采桑辛苦力作繰取蠶絲一百箔麥飯熟可代粟快活復

快活家家麥飯熟

空手入廚下婦姑聲嘸嘸婦炊不得熟那得婆餅焦

姑惡姑惡姑雖惡婦道薄惡婦之口動云姑惡孝婦之心但求姑樂

行不得也哥哥虎有倀兮雉有囮白日變化兮彪異多行不得也哥哥

羣飛刺天兮獨鎩其羽退行一步兮不如歸去

提壺盧朝復暮無錢莫問黃公壚有酒須澆劉伶墓

家常飯好喫本分官難作莫往莫來得過且過

百舌詞

一鳥百舌一舌百鳥如簧之口讒人則巧讒言孔多過耳飄風不如社酒能治

我聾

啄木詞

南山有鳥集于灌木朝朝暮暮剝剝啄啄匪鳥之故木心有蠹青青者柯鳥飛不顧

五雜組

五雜組長袖舞往復還多錢賈不獲已少年悔

五雜組刺繡文往復還倚市門不獲已腹常捫

五雜組千金裘往復還萬里侯不獲已登高邱

五雜組書滿架往復還俗士駕不獲已使酒罵

五雜組花開陌往復還駒過隙不獲已頭先白

盆蘭無花感賦

比似人家佳子弟蘭芽新茁數堪誇駢枝儷萼摧傷後一箭應無得氣花

覓末麗不可得

一枕窩雲香乍來此花原趁晚妝開（玉田詞末麗擁釵梁窩雲一枕香）似憐今歲無人戴不要詩翁費手栽

陳鳴盛表弟南歸枉過賦贈二首

自別陳琳久魁梧見亦稀一官移別駕閒道暫言歸忽枉軒車過兼煩騎從揮辛勤使事畢復此駐斜暉

平生數舊雨離索十年餘獨爾飛揚甚聲名動　直廬因之展驥足豈復困鹽車早晚刀州夢行看建隼旟

苦熱行

羲和緩鞚火輪熱勢若燎原難撲滅闌楯炙手戒勿摩冰簟生熇羞欲撤遶牀

蹩躠氣不蘇據案默坐復狂呼縱有靈犀那辟暑水晶宮闕人閒無人閒亦有納涼處暢好園亭蔭高樹夕陽樓閣抹殘紅聒耳又嫌蜩螗絮蜩螗沸罷夕陽過欲眠不眠奈宵何檐鐸無聲風露寂炎氛倒捲烘銀河銀河不動天如塑繁星密綴棋枰布鐙檠熒熒殘焰明簾旌脈脈流螢度君不見農人沒髁膚被創又不見擔夫爭道汗如漿人生苦樂當自知北窗之樂古人乃欲比羲皇不如且向藤牀臥寒燠循環理則那片雲滃起雨翻盆遽失沈痾愁悶破

久旱乏天泉

煮茗須天泉僮約信非謬秋霖白露時夏雨黃梅候傾盆墮瓦溝刳竹承檐霤甕受既取盈奚待昏戶叩猶嫌屋角塵糞矢遺鳥鷇清者供瓢飲濁者充盥漱我有積水法其法不輕授拂拭雙板扉鋪陳當中廇接羅及瓷盌臚列視賈售微雨颸輕絲滴滴懸空溜雖鮮亦足珍欲滿勿期驟義取少積多功以緩能奏

傾倒貯缾盎如貧兒暴富錫名曰盌泉品無出其右封題謹蓋藏密室遠廚庖
偶試顧渚茶勝食雲夢柚燎原金氣爍適逢旱魃寇公然不設備因循恃苫陋
此泉遂告竭缾罄恥遭仆客來粲然笑水厄幸免遘仰面視晴昊安得霹靂酎
無由解吻燥轆轤汲井甃

七月十九日海災紀事

歲逢執徐建申月是日晝昏黑霧饒盲風怪雨夜大作濤聲沸與風聲鏖海若
東來尾閭洩嚙隄潰岸崩塘坳須臾屋作飛蓬捲破窗穿壁無堅墝居民狂叫
復狂走狐奔豨突山獾跑爺孃妻子忽相失陰陰鬼哭求其曹翻身失足黿鼉
窟勢疾箭猛離弓弰北邙纍纍成空冢誰與骨肉憑棺拋原田盡屬魚鼈占水
族或聽罟師撈轆轤罷汲井泉溢倉囷米爛餔醨糟其他湮沒更勿論雞塒豕
栅牛羊牢朝來出郭訪村落但聞四遠嘖腥臊一時眼底成鰥⿰歹免閒餘破屋同

甀陶詢之父老目未見白頭驚戰心煩忉或云海昌兩倉人盡死僵屍橫積如山高或云七日之後水復至倖無生理終難逃或謀諸卜或請禱紛紛百喙徒喧呶我思海濱十萬戶重如泰山輕鴻毛以人爲戲天不爾劫火詎同崑岡遭或者陰陽兩相賊頻年旱魃成枯焦盈虛消息宜有此況乃薄俗今逾澆他邦洵美非吾土我愁守此三重茅設如天遣葬魚腹數盡敢與波臣撓安得三千犀弩迴白馬一時射卻錢塘潮

八月十八日海上卽事

偶然隨俗放扁舟汗漫思爲竟日遊八月觀潮紛屐舄一軍演武耀兜鍪（是日官軍演武教場）風鏖白馬聲如吼浪挾青山勢欲浮保障東南功不細射潮千古說婆留

敢憑忠信涉波濤僥倖生如脫網逃小劫滄桑關氣數中流砥柱仗賢豪當時轉粟千鈞重此日封泥一簣勞得慶安瀾非易事持符里正索錢刀

絕調鍾牙世莫傳峽雲谷鳥恨纏綿人琴去後空山寂臺榭荒餘亂草眠畫舫青油隨曲岸梨園紅袖憶當年見第一卷觀潮歌註酒徒散盡笙歌歇一度追遊一惘然

莊肇升表兄卜居禾中賦寄八首

檣烏歷歷指杉青鬬鴨銜波近接舲轉過落帆亭畔路載將家具入秋涇

高閣疏槐寂寞秋憑誰妙詠繼清謳卜居儻爲南湖好第一先題煙雨樓禾中高明府大立居清露閣閣外植雙槐其題畫詩有算來還是南湖好莫笑儂家煙雨樓之句爲時傳誦

雲木深藏舊鐵舟蠡湖一曲漾清流就中更有眞如塔占住秋容放鶴洲

綠淨湖光水拍天中流一葉使君船只愁湖上雙飛鳥未學鴛鴦貼水眠

鵁湖東去鶴湖過南蕩菱如北蕩多比似吳儂聲調好採蓮歌罷採菱歌

斜陽一抹淡柴關釣艇當門繫淺灣月落聞鐘十三寺夢回錯莫記寒山譚吉璁給事鴛湖櫂歌郭外城中十三寺一時落月盡鐘聲

霜滿禾田穲稏香此閒風物勝金閶屠墳秋鳥陶莊雀多分輸君一一嘗

舊雨無多今雨來風淸月白綺筵開挐舟萬一乘高興肯比山陰櫂卽回

海上歌

海中蓬萊三神山方壺員嶠非人寰金銀宮闕望可見天風引之船輒還秦時空齎童男女樓船入海不知處宮車一夜泣沙邱太息龍髯未輕舉漢廷方士日紛紛天子尤神李少君安期食棗如瓜大自言目見非耳聞少君化去一何速少翁帛書藏牛腹文成旣封旋伏誅五利將軍亦就戮無端寶鼎汾陰來蜚廉桂觀長安開甘泉復作延壽館候神更起通天臺臺成莫致蓬瀛客汗漫東巡竟何益使卿持節空張皇所見惟云巨人跡噫吁嘻神仙之術誠渺茫方士立說多荒唐封禪作時日不足漢武乃爲秦王續

含广弟留禾中未歸詩以訊之

阿連才調自翩翩況復秋涇地主賢對客屢傾缸面酒看花不費杖頭錢月波
樓上横吹笛放鶴洲前索釣船知爾追陪多樂事相羊未肯遽言旋

中秋風雨懷涉園諸弟

驚心節序逢遲暮歲月催人類轉蓬天黑亂雲秋閣雨樓高獨樹暝搖風一輪
華彩沈銀漢半夜清砧冷桂叢寂寞南園應似此尙憐尊酒或能同

詠庭卉九首

月季

一月復一月深紅閒淺紅自開還自落經雨又經風

珍珠蘭

蘭與梅相匹佳名各肖形縱然盈十斛無處買娉婷

茉莉

浴罷理輕紈採摘當日暮美人頭上開香奪薔薇露

雞冠花

絳幘時時岸渾如泣露雞五更天欲曙不作短牆啼

鳳仙

碧葉翦乍齊蓓蕾自含動綠幺矜倒掛五色桐花鳳

秋海棠

昨夜經微雨凝愁對碧紗祇因思婦化喚作斷腸花

女蘿

柔絲綴繁英不盡嫋娜勢安得附靑松牽蘿羃檐際

西番蓮

造物逞狡獪奇花此其選絕勝午時蓮心作法輪轉

僧鞋菊

籬外波斯菊差堪與作朋佛頭青一色不借打包僧

擬遊天台詩四首

福地三茅信宿留華陽八洞夢遨遊天台四萬八千丈采藥今番到上頭

結束芒鞵布服粗攔腰寶劍背壺盧辟邪更有囊中術不藉巾箱五嶽圖

手斸靈根貯藥籠異花開徧紫蘿叢壽藤削作隨身杖七尺過頭勝短童

一道飛泉瀑布長巉巖獨立倚斜陽白雲不礙封青嶂應有仙人度石梁

小遊仙詩三首

蓬萊縹渺水雲閒控鶴驂鸞自往還新署玉皇香案吏朝元今日列仙班

夜降羊權萼綠華麻姑也到蔡經家一枝贈與金條脫背癢何妨倩爪爬

白鹿馴時喚卽來青羊歲久石成堆山中自有胡麻飯劉阮如何去不回

同董籲尊雨嵒樹東過怡園觀書畫二首

耳食終輸意揣摩雲煙過眼未模糊銘心絕品無多子一幅華亭沒骨圖

眞贋還須爾自猜昭陵玉匣也曾開雖非醉本蘭亭蹟莫是當年賺辨才時海昌裝潢匠姚某出右軍墨蹟手卷見售

南曲晚眺

海山遠矗翠煙微日日門前看落暉隔水一牛橫笛去盤雲雙鴿帶鈴歸場空碌碡平疇闊徑繞藤蘿古木圍儻遂他年棲隱計橛頭船繫釣魚磯

客過

雖有剝啄聲喜無車馬喧客來且掩卷客去自關門

題禮耕調馬圖身坐石上數姬環列馬側

駿馬天生定不羈金鞍玉勒任驅馳驊騮肯爲嬋娟伏調習須知勝健兒

題晉樵看舞圖 一麗人舞雙劍

藉地氍毹襪不埃驚鴻脫兔兩相猜自然八法臻神妙慣見公孫舞劍來 晉樵工書法

不寐

日短秋將老夜深月轉明孤鴻天外影落葉樹間聲病眼青鐙豁憂心白髮生不眠如守歲數盡短長更

病中寄唁沈莘野表叔喪子四首

茂陵臥病感蹉跎見說延陵抱痛多正是重陽時節近滿城風雨更如何

麻衣如雪淚如縻垂老雙親未殯時欲採黃花配淸供秋風又折一璚枝

甘旨承歡卻忘貧灌畦家法有經綸如何爛漫花開日不見媥孄戲綵人

碧雲無際夜涼輕鐙火春熒夢未成唯有鬢絲禪榻畔天風吹送塔鈴聲

終

捫腹齋詩鈔卷四

海鹽張宗松　青在

古今體詩九十八首

遣悶五首

信耳不信目耳食眞可哀夏蟲不知冰焉能免疑猜少見多所怪斯語豈謬哉忽言馬腫背乃是橐駝來

牽絲提木偶捉刀憑駔儈兩端持模棱一味習機械杯水覆堂坳勢欲等決澮勿言蠭螫微其毒乃如蠆

河水有時清泉水有時渾投鼠不忌器鋤蘭非當門孤貉豈云美聊取禦冬溫百口競吹毛能保無瘢痕

蠹蝕梁自仆觸石卵自破在後沙礫汰在前糠秕簸可憐籠中翼羽毛多折挫

與其烏處筊何如牛旋磨
目迷失姸媸意嫉無美惡疾行多窘步寡信由輕諾反覆自可知方枘而圓鑿
可惜九州鐵鑄此一箇錯

聞漢垂姪歸信遲之不至兼寄大兄

粵嶠辭親日傳聞大火流早梅逢驛寄雙鯉撇波浮行李關津滯壺觴地主留
日歸人未至涼月已當頭
鴒原時一念久失對牀眠瘴雨羊城路秋風蜑戶船天邊榆歷歷雲外鴈翩翩
珍重馳驅意題詩寄木棉

懷漢垂姪

歸心憐汝急遠道別親難木落山容瘦天高鴈影寒輕裝過庾嶺擊檝渡江湍
已近鄉關路鐙花夜夜看

驚聞俞少宰舅八月二十四日入獄

假息還同遊釜魚黃楊逢閏厄偏如才聞胏石陳寃牘（聞江右刁藩司入覲時曾爲公辨誣）復報中山有謗書（近復爲江撫所劾）待罪蘇公終入獄引年沛郡未懸車員推韋狀且休問聖代于今法網疏

衣裳顛倒失風裁白日踉蹌赴夏臺伏闕身爲引罪地回天力仗出羣才赤心自許孤忠在老眼頻驚噩夢開失勢魏其賓客去故人獨有灌夫來

歎息忘筌爲得魚敢言補救策何如星占未訝中台坼木稼還防太史書想見震雷驚喪七曾聞覆轍戒輕車推枰莫把殘棋看局敗分明一著疏

榷利誰煩額減裁空傳餘潤到輿臺臣心似水幸清望子姓如雲絀幹才牢卒提鈴宵作伴圜扉禁鑰晝難開西州未是存亡感早使羊曇慟哭來

外舅給諫性夫先生沒後十六年矣撫今追昔愴然有感爰賦四首

松楸墓樹漸成圍想到存亡淚暗揮死後蒼生悲絕望生前遠志寄當歸告身
終看頭銜在　聖世誰言諫草稀算是抽帆能到岸桑榆晚計未全非
童稚親情夙昔歡每逢餘怒必衝冠豈知痛癢關心腹底用爬搔索垢瘢一蹶
竟遭謠諑妒九原欲借齒牙難含沙下石紛何限得似平生老諫官
豈比尋常論報施後先推輓力維持得除帶水拕泥累正是乘風破浪時心自
分明難口說事多隱祕少人知當初若遇傾危者或恐魚龍變化遲
閒談舊事忍軒渠片語傳訛信有諸失意幾曾忘芥蔕此身原不借吹噓傷心
瓜葛摧偏甚轉眼門庭冷復如兒女無端爭賈豎到頭恩怨總成虛

聞少宰舅出獄之信喜賦四首用前韻

水清方可別鯈魚脫擊身輕快莫如已識臣心無弊竇競傳　天語定爰書
旨下有俞兆岳似無情弊語　篝鐙獨坐維摩室閉戶常懸薄笨車但願老僧常託鉢善緣重

結未曾疏（公前赴江撫任時臨別謂余云余年過七十此行如老僧託鉢未知再得幾年善緣也）

承　恩寬詔日邊裁且免身寒繫北臺晚達公原成大器居高天亦忌完才靑雲事業中閒阻白晝風霾次第開骨肉抱頭驚老瘦尙憐辛苦獄中來

溉釜仍爲縱壑魚尺蹏消息問何如江淹已脫纍囚難賈誼無煩痛哭書船到急流宜勇退轍迷中道要迴車此身隱繫蒼生望未著東山計未疏

官罷無嫌俸已裁平泉原不廢亭臺衣冠自古稱華選仕宦于今有別才松節淩寒推後勁梅花經雪耐遲開升沈儻向君平問記否當年苜蓿來

煨芋十六韻

靑門瓜落圃錦里芋收田雀毒名同爾鴟蹲狀果然毛臍疑麝脫禿頂詫嬰圓碨磊嘲楓癭魁渠傲蕨拳爛煨焦似鐵裸剝白如氈黏比香粳軟甘同玉箸鮮雞頭應退後蔆角恥居先肉食人多鄙園蔬我自憐河豚愁潔癖海鰒讓豪筵

肥膩羞羊胛腥臊厭堯肩傾筐勞遠饋是物最難捐且學嬾殘法無須左相錢方傳蒲蒻裹火用豆萁然勝食金齏鱠如參玉版禪堆盤頤自朵投箸腹還便堪笑盧懷慎葫蘆賺客涎

聞漢垂姪婦歸途凶問作詩志感兼示漢垂

查查鵲聲乾嘍嘍鴉聲惡朝來傳凶問相顧多驚愕婦賢我素知閫政師儉約遠行非得已恐負翁媼託既出不自由往往稱疾作旋歸幸有期庶幾病可卻跋涉既艱難形影轉索莫藥餌口不沾沈緜那得霍傳聞疾革時舟近桐廬郭幹辦乏下走行李復垂橐火急渡錢塘晝夜不停泊盡典嫁時衣始得具棺槨嗟哉婦最賢胡爲命偏薄死者魂可招生者淚還落

從弟丹園歸自粵東至豫章病卒以詩哭之

水則歸其壑土則反其宅遊子去不還斯人眞可惜空思對牀眠挑鐙話夙昔

落葉滿庭除渺然無行跡弟也兄事我相與最莫逆脫略世不知此心自貞白
一朝捨我去隨兄之東粤我欲阻其行呑吐口如噎兄去弟當隨豈比奪有力
但云兄性緩臨事少勇決子如親手足左右相提挈任勞復任怨匡救意自切
避嫌兼避謗彌縫未可缺頗聞入粤後佽助賴將伯善處骨肉閒彼此無閒隙
乃知樸直人模棱勝詭譎無詐自無虞予言徒饒舌方期賦遄歸把臂近眉睫
信宿過鄱江俄云已疾革吾聞陽氣衰其病爲熱厥外强而中乾膏盡火自滅
嶺南本瘴鄉飲食宜有節膏粱伐性斧況復耽麯糵徒聞軀殼偉難追腸胃孽
所以臨卒時猶思苦茗啜當年西山翁臨別聲嗚咽未幾賦招魂揮手成永訣
豈料子復然怪事書咄咄堂前白髮親慟哭幾欲絶幃中衰絰妻朝暮聲啾唧
有兒粗識丁性不嗜書籍有女年及笄身未嫺紡織縱有篋中衣不如粟與帛
縱有囊中硯不療飢與渴茫茫身後事披絮行荆棘落落平時交秦越視肥瘠

一棺寄僧舍風雨淒殘魄何時營窀穸淺土得歸穴我歌聲自苦聲苦心鬱結千林楓葉紅化作嘑鵑血

題莊爽軒表兄閩遊詩草四首

不戀朝衫戀布袍竟從宦海脫波濤癖耽著作馴龍性清繼家聲有鳳毛同學多登三殿貴少微共指一星高邦人莫詫如椽筆曾上　鑾坡給兔毫

板輿迎養鬢添絲瀟洒依然玉樹姿僚佐殷勤常載酒諸生典謁爲求詩一帆劍浦浮官舫五月楓亭擘荔支此福君應消受得人閒祿食笑肥癡

閩中十子風流歇羸得詩名屬寓公介壽滿堂紅錦障留題到處碧紗籠近來花樣新翻舊畢竟蛾眉老愈工記取長安文酒會當年原是出羣雄

循良報最令君賢子舍承歡荷俸錢鴻博虛煩　聖主詔逍遙愛讀養生篇出因老母身還健歸及中秋月正圓九曲武夷勞夢想幾時同泛建溪船

再題閩遊草後二絕句

伐毛洗髓工夫到百鍊純鋼九轉丹要識香山詩妙處非關老嫗點頭難

案牘紛陳眼不花吟肩高聳手頻叉君家雛鳳分明會此事應教老鳳誇

偶作四首

翻卻琵琶手未難檀槽一撥便登壇廣陵絕調誰彈得莫笑劉家黑牡丹

王謝當時最有名烏衣馬糞舊家聲流傳裙屐諸年少別自風流未樸誠

耳食紛紛未足嗤饋羊書乃答蹲鴟少陵幾爲頭銜誤絕倒曾稱杜十姨

神仙只說好樓居未必樓居便可如多少癡人希脈望不如辟蠹且繙書

紅蕉和鴛湖吳理存原韻

佳人空谷此應誇俗稱美人蕉臉襯殘霞映碧紗小立蜻蜓偏活相飛來蝙蝠似添花酉陽雜俎南中紅蕉花開有紅蝙蝠集花中嵇含狀語誰能續沈約彈文爾未加最是曉妝標致

處露珠涼綴更天斜

戊午正月葬　先大夫於橫山伯兄歸自京師奔馳墓所余抱病先還未及晤言感而賦此

兄歸旋省墓我病猝迴船淚眼青山隔傷心白晝眠已辜負土意復失對牀緣離別無窮感神魂益愴然

爲楊甥雲耕題華陰行旅圖

客路曾瞻西嶽巔蓮華朶朶界青天分明繪出漁洋句太華居然落眼前

箭括車箱路可從倦遊自笑出門慵輸他壯膽書驢券蹴蹋函關百二重

五更茅店一聲雞驚動千輪與萬蹏應念慈親勞遠望夢魂常繞華陰西

不學從軍製短衣寸心終是戀春暉雲山明滅西風急一隊霜鴻送汝歸

傳笏索賦紅蘭并以蒿廬曙東佩兼唱和新詞見示余年來不耐作詞重

達其意賦詩四首

翠幹抽雙箭丹葩吐一叢最憐新綠後偏愛夕陽中襯臉霞相似搔頭玉不同

還因紉作佩笑比下裳紅

竟體肌紅潤休誇一綫奇（閩蘭品最上者名一綫紅）蠟珠誰點綴鐙焰忽參差得氣開丹竈

靈根伴紫芝管夫人畫得多恐買燕支

燕尾春仍在嫣然對碧窗薄施脂已足彼美豔無雙貯以黃磁斗（王摩詰貯蘭必用黃磁斗）

抽來白玉缸未應思婦化紅淚灑珠江

雙丫名漫詫（粵中出丫蘭一莖兩花朱文盎詩珠江碧漫詫雙丫）看碧卻成朱斗帳光能射仙裙色較朠

漫山羞躑躅插鬢比茱萸愛護煩心力嬋娟寵蘂珠

哭許蒿廬兄四首

記得開椷慰悼亡偶然脚疾定無妨俄驚客過傳凶問未及身歸到草堂垂死

交情猶耿耿他生會合倘茫茫眼枯已覺如智井併作酸辛涕滿眶前得蒿廬書慰余悼亡併云右股忽生一毒未及躬唁余深感其意即手書謝復越旬餘猝聞捐館之信痛何可言

一門羣季向從遊餘韻依然几席留小憩園亭仍眷戀偶承謦欬亦風流執經復冀親書幌持版偏催赴玉樓枉說空羣能選駿驊騮逝矣更難求蒿廬下榻涉園最久與余交且深近雖館於他姓每春秋必過訪余方期以明年冬延至家塾而天遽奪之聞其臨沒時呼童具紙筆未及作家書而逝

綺障東山學語癡劫灰銷盡棄如遺倚聲稍變希同調削稾初成待質疑炊臼豈知符惡夢覆瓶那復寫烏絲而今白石魂何在難到鈞天進些詞余少日塡詞率多俚豔語及聞蒿廬緒論稍知決擇乃變格爲之夏閏刪訂稾本未及繕寫就正而蒿廬竟成永訣

著述前賢竢後賢玉溪詩注有新編才華切實由根柢校勘精嚴積歲年絕調千秋推獺祭窮搜四庫賴薪傳篋中遺稾知盈寸歎息無人續鄭箋蒿廬以義山詩注多有未當緣精爲校勘凡所徵引必根據新舊唐書而旁及於他說眞玉溪之功臣也惜無有力者刊以傳世珍藏遺稾願後人之留意焉

題佩兼采菊圖二首

林塘新位置淨埽絕塵埃室有琴書伴門無車馬來籬邊花正好釭面酒初開動我清秋興明年共早栽

黄花憐晚節霜裏綴繁英樹色階前冷山光屋角明客來曾冒雨采摘正當晴插菊年時慣披圖覺有情余向作插菊圖

食鰣魚

蘆芽短抽若迸筍楊花輕滾如飛緜鰣魚脫網霜鱗白長條柳貫紅頳邊昔我遊燕出京口絕品得嘗江魚鮮鱨鯊魴鯉不復數石花差足隨跟肩前在京師食石花魚味最佳海中俊味那易得思之口角流饞涎自從官廚有厲禁有大尹飭漁戶得魚即獻不得私售於人頻年不復登賓筵朝來食指忽然動得魚非鮪亦非鱣罟師款門高索價急買肯惜囊中錢當時問盧最好事謂雲尉主人食經妙義都新箋謂當不用和鱗煮

方訣未授廚娘傳我懲拘牽守成法但去乙丁除腥羶晶鹽菂醬微糝漉蜀薑吳豉輕撇漩翠瓷盤飣供客啗味美不減如從前饞杈輭齒聲戛擊七抄匙舀爭居先左殽右胾棄不顧似與粱肉從無緣須臾飽送如填壑意未屬饜心悁悁儻逢亥日重買得一尾不足當羅駢

贈沈蒼玉二首

久仰靈光在先生號退翁談經過夜半吟句滿江東酒熟春波綠花開菡萏紅居停原不俗相對挹清風

梓里尊耆舊詞壇重老成才憐玉樹折聲喜鳳雛清先生叔子負異才惜早夭其伯季才華並美古有賢良目今聞薦舉名先生近舉賢良隱俟聞未得早晚賁干旌

重見四首

南金東箭一齊收重見徵車徧九州片牘薦賢多爲國幾人能學呂婆樓

當年一顧盡名駒相馬于今伯樂無魚目明珠容易混未應鐵網漏珊瑚
雕蟲薄技借吹噓妙訣惟傳獺祭魚終是文章名色好勝他牛馬被襟裾
熱官終歲無還往莫作尋常灰冷看畢竟飛昇丹未足敢因捷徑問終南

送余瑩珊先生致仕歸清溪二首

鵠立羣瞻月旦評鱣堂問字集諸生休嫌苜蓿官常冷卻比松筠節更清此日
投簪仍遠志少年奪幟有文名及門化雨沾何限惆悵河干送別情
飄然一葉渡江船繞屋清溪負郭田豈是風塵逃鞅掌非關服食嗜神仙老來
校士身原健春盡還家興偶牽最好文孫親課誦閒居端不廢陶甄

題大兄照科頭坐石上

風雨驚心十八灘安身磐石最爲難門前舊種垂楊樹池畔新添鬬鴨闌白眼
看他常落寞孤松與爾獨盤桓自從彭澤歸來後手版何曾謁達官

壽駱南宮先生二首

夫子山陰彥文章老斲輪圖書擁講席名教賴斯人校士身原重憐才意轉親鱣堂初約法學海指迷津

暫假烹鮮手來爲儒者宗抗顏存古道直筆仰詞鋒矯矯雲中鶴峩峩嶺上松南山爭獻頌瑞氣滿秦峯

含广弟新築度香池館落成招同人暨諸兄弟飲池上即席次韻

端居苦岑寂載籍徒紛陳吟情誰撥觸賴有同懷人仲氏落新搆速客咸彬彬羣季復來集楚楚肅衣巾彷彿桃李園樂事敘天倫況兹風日美懽悟那可頻坐對淸池水田田蓮葉新流連娛永晝無復選花辰燕私各言好意愜情自眞衆賓恣高論予亦展微嚬

築室儼畫舫門徑窈而曲小閣躡層梯開窗恣遐矚魚鳥自來親竹樹森以綠

此地足幽棲逍遙隨所欲因之發高唱頓忘炎暑溽觸景更宣懷去豔先屏俗所苦老眼昏殘年戀炳燭餘霞散夕暉流光粲晨旭三復瑤華篇痛飲泛醽醁蕪詞慚後勁率意步前躅同人唱和余詩最後成

山妻亡後已屆撤座之期感傷有作

感逝俄驚歲月忙那堪時序復重陽靈幃風雨聽蕭颯遺挂音容覩渺茫魂魄尚依歌哭地松楸難卜水雲鄉營齋營奠知何補比較潘荀意更傷

郡廨梅花詩限韻二首爲郭太守作

郡樓臥治白雲橫僚佐分香綠醑傾肯爲孤芳嫌太潔使君心跡本雙清

風亭月觀一枝橫東閣名因水部傾等樣官梅都得地楊州佳麗秀州清

長歌爲意林題弱女慰情圖

生男勿喜女勿悲卻作門楣自古語女生設帨異懸弧側聽秦謠哺用脯彤管

流傳翰墨香貽笑延平悍如虎但當愛憎別賢愚墮地云何神色沮弱女慰情良勝無我看君獨眉宇舞當時諼草佩蘭房何意嬋娟下月府最小相依阿母旁長成色笑隨翁姥掤管能鉤蛺蝶圖拈鍼學繡鴛鴦譜有時侍食勸加餐豈傚扶牀徒索乳有時繞膝解承歡不比兒曹相爾汝君之愛女甚於男薛鳳苟龍奚足數掌上擎來一顆珠懷中保護千金女提攜顧盼俱有情含意未伸如欲吐頰上添毫信有之須是傳神在阿堵畫師落筆難爲工極力追摹十得五圖成向我索題詩太息蒿廬委黃土我詩質直非貢諛痛癢相關出肺腑獨女原知卻盜難倒箱奚慮賠錢苦臨門牽犬且勿言選壻文章兼門戶玉照堂前花正繁綵絲縮作延年縷神工儻賜玉麒麟喜得生男感受祜

客有言詩者因舉近習道之

詩本道性情所忌在剽竊規模失其眞形肖神自別笑彼嗷名者哆口攀前哲

居然高位置貶損意不屑覬登李杜壇思入韓孟室邊幅侈曼延波瀾肆詭譎無理思妙巧說來都成拙豈知古今人才地相懸絕蚍蜉不自量撼樹徒杌隉何如降心求循循守軌轍脩短量我綆淺深視穿穴頓漸不可強專攻乃妙訣浸淫卷軸閒性靈自抽抉

盆榴無花感賦十二韻

種自新羅得名從海外標重臺安石貴一捻寶珠嬌安石榴以黃色爲貴海榴一名寶珠嬌色取純黃少枝看濃綠饒荆公石榴詩萬綠叢中紅一點丹砂顏獨駐紅焰雨難消自昔多吟詠于今嘆寂寥瓦盆曾手植牆角任風搖試覓催花法傳聞用酒澆俗傳以燒酒灌榴則開花茂盛試之不驗當春來較晚入夏信偏遙孔紹安詩只爲來時晚開花不及春似避紅裙妒還嫌翠鬢燒杜牧詩一朶佳人玉釵上祇疑燒卻碧雲鬟未華難效實有葉但抽條豈是凌霜質猶煩拭目翹炎州種名凌霜榴劉后村詩炎州氣序異十月榴始華芳心終日斂采摘竟無聊

移居感事四首

老大經營結構遲白頭應笑阿翁癡比鄰鵝鴨休相惱繞屋桑麻且自支寓目略如村舍景傾囊難辦草堂貲擬作東隅草堂未果未妨山鬼揶揄我莫例高明室暗窺

往事關心白晝眠風聲鶴唳又經年縮牆尚恐侵鄰地截樹猶償賣葉錢豈遇蚿夔甘退避祇因桑梓費周旋草元寂寞空遺恨漫把侯芭富浪傳皮日休詩擬就太元今寂寞可憐遺恨在侯芭宇文虛中詩先生寂寞草元文只要侯芭作富鄰

周北張南界限清東塗西抹太無名調停力主排浮議唾罵時聞嫉惡聲性本迂疏經閱歷老猶倔强自平生子虛烏有兼亡是攘利徒勞鷸蚌爭

偶緣水竹緝蒿廬家具無多半是書謝客門闌春寂寂落花時節雨疏疏捕風捉影渾閒事白日青天爲埽除一笑穿墉眞鼠輩移居前三日被竊蠅營狗苟復何如

爲亦然上人題怡雲山樵圖

我友西泠吳仲子手擕一幅怡雲圖云是山樵之所作結茅乃在洞庭墟洞庭山好水亦好水月之名顏其居自從問禪相還往一龕恢恢彌勒俱金齏對啜瓔珞粥玉版同參香積廚瀾翻豈無廣長舌光明應有摩尼珠機鋒敏捷叩卽應妙語灌頂如醍醐鍼芥相投水乳洽但有脗合無齟齬書評瘦取杜陵貴畫品淡仿雲林迂尤工吟詠更篤嗜三唐兩宋能兼模源流派別瞭如掌采擇醞釀惟所需洪纖取材銖兩稱輕熟脫手彈丸如琪花瑤草貯瓶盎珊瑚木難堆盤盂龍象蹴踏聽驅使雲霞變滅隨卷舒自然軒豁得呈露時出光怪驚菰蘆卽如此圖稱寫意其神則淸貌則腴身著寬衫靸方履丰采奕奕生眉須望之何異神仙裾卽之不類山澤臞蒼茫獨立興不孤脩篁戛天聲蕭疏緇流面目有如此風塵物色超寰區而我逃禪久莫逆敢惜齒牙矜吹噓吳君語罷重展閱令我傾倒復嗟吁曾聞聖宋有高僧九僧之詩名並驅就中惠崇聲獨著流

傳好句同璠璵其餘名字幾湮沒寶通以下誰能呼邇來禪林多結習談空說
法徒睢盱縱有文字等糟粕建幢擊鼓一何愚如師風雅今少匹得非當年僧
蜜殊安得與師結跏趺扁舟直泝洞庭湖嶺上白雲何處無相與方外爲懽娛
試作長歌徇夙諾惜無盤空硬句上追歐與蘇

哭大兄八首

叩戶如排闥披幃亟下牀未聞稱疾作驟聽說身亡恍惚翻疑夢呼號欲斷腸
向來論服食還道伯兄强

收得桑榆景心知嶺嶠危早衰憂齒落緩步喜肩隨忽馭飆輪逝驚同病鐸吹
寢門來夜半頓足恨難追

中年多契闊暮景得團圞遽奪天何酷彌留肉未寒倉皇同視斂妥帖爲停棺
一慟聲嗚咽歸途淚不乾

出處分窮達遷流感歲華兒時騎竹馬老去話桑麻載酒瓶連倒催花鼓獨撾追憶數年前愛日堂賞牡丹花事白頭兄弟好轉眼更誰誇

觀樂堂中見叮嚀慎起居欲非窮口腹疾乃劇河魚防噎餐難廢傷心語不虛自今投箸起當食定欷歔十六日集觀樂堂遂成永訣

俗累兄原少胸懷我不堪常將牢落意共展畫圖看余向有捫腹圖兄近畫小景科頭松下余題句云各抱平生無限意科頭捫腹畫圖中顧影憐孤露招魂痛急難隔朝通問訊猶是報平安

脫屣辭榮後傷心悼逝年悲歡情乍轉呼吸命難延幸築藏身壙須留繞墓田九原靈爽在所賴子孫賢

除是家庭樂懽場必掉頭登仙應有路入地可藴愁逝矣冰消暑悲哉木落秋寄聲勞役者身外復何求

庭前紅桃花落即萎感悼

非爲塵多舉扇遮生憎小鳥樹頭譁妍華落盡芳非歇過眼翻成頃刻花花時以扇縛長竿置樹顛勉耘笑謂余曰兄以此作護花鈴邪

未必神工便奪胎花應羞向白頭開眼前荆樹彫傷後對爾何曾一笑來

漫言棄舊更迎新栽種還須隔一春縱使花開能似舊可憐不是舊時身

題許西郊小照

臨晨結袇車載脂青芻秣馬驕欲嘶奚奴隨身攜酒榼路傍桃柳正參差繁華爭說長安道那似郊原春色好登車攬轡恣逍遥終日忘機對芳草

題朱濟之此君行樂圖

此中行樂俗緣降錢惟善詩未識何時行樂地三生先使俗緣降金篆香清對玉缸聲戛笙竽風滿谷影搖鸞鳳月當窗一門棣蕚才相壓君與令兄俱擅異才有二難之目百斛龍文筆獨扛見說年時佳實有雛生丹穴定存雙

存樸六十壽言

骨脈皮毛次第尋昔賢論壽獨精深語載魏環極先生集中一腔熱血拚孤注七尺身軀寶萬金莊士養生原有主左家嬌女最關心老兄別贈延年術不用交梨火棗吟

戲題芭堂瓜圃圖兼以自感

小圃經營近市廛畫圖點染早流傳已栽紅樹遮牆角只少青山插屋邊茗盌香鑪新位置竹籬茅舍舊因緣東陵五色瓜原美抵得他家負郭田

骨不封侯氣未華漫言遺恨在侯芭隱居可似青門外自愛何如谷口家老眼含愁惟看竹枯腸消渴只傾茶牆東一稜桑麻地也擬明年學種瓜

瓜圃歌

種魚魚千頭終日釣魚不上鉤種竹竹千竿每日須報竹平安不如種瓜青門

外瓜生子母相鉤帶品類雖不齊甘苦自領會待得斑爛瓜熟時采摘休嫌入口遲種瓜名自東陵始盡說東陵瓜最美東陵瓜美但傳名無復而今有邵平男兒不具封侯相只合瓜田老此生

李慕陶先生六袠壽讌詩

元精維嶽毓賢豪累葉簪纓仗節旄山色四明矜竦秀才鋒八面擅揮毫孫枝盡作金閨彥祖德爭傳甲第高鹽筴持籌書上考銀塘甃石著勤勞身辭組綬騰鵬翼坐擁皋比有鳳毛北海尊罍多蘊藉東皋嘯詠任遊遨板輿迎養神偏旺綵服承歡衆所褒桂苑香飄裁錦段瑤臺讌集奏雲璈團圞正值中秋節泚筆重看八月濤定有歲星來祝嘏三千年實供蟠桃

詠鴿鈴

東南鵓鴿家家養翮挾風鈴振碧霄兩部池塘蛙鼓鬧何如傾耳聽雲韶

東風吹動雨如絲惱殺兒童擷鴿時爭似江南好風景鸞箋傳寫鴿鈴詩

鷓鴣白燕詩人例詠物當時號擅場從此鴿鈴名可喚憑誰詩話續漁洋

月旦雌黃未敢居一編誰共賞瓊琚草元亭畔人如在應道盤雲句弗如余昔年作南村晚眺詩有隔水一牛橫笛去盤雲雙鴿帶鈴歸之句海昌楊致軒先生極賞之併語余鴿鈴詩不多見惟宋人間有用之者子詩警鍊新鮮實獲我心余深以爲愧惜先生已作芙蓉城主脫令得見是編其擊賞更當何如

陳烈婦行

白塔山何高滄海水何渾卓哉狂瀾砥閒氣鍾閨門錢氏有女淑許作陳家婦

夫死隻不雙巹牢合未久長跪告姑嫜婦當與偕亡抱持相痛哭闔室多傍徨

阿翁向婦語輕重宜度量守節信無乖殺身誠過當若論植綱常何必定死喪

阿母向婦語結髮情自篤兔絲失所依螟蛉亦可續兒死當置嗣婦死誰鞠育

阿婦在家時自幼識禮儀側聞翁母辭神色彌慘悽含意語未伸此情復告誰

回身向房櫳飲泣淚如絲三生自有約一死姑緩之晨昏循定省當食奉槃匜暫紓堂上悲防閑亦少衰荏苒四五月默默自沈思姑嫜雖見憐食息強自支所欠惟一死義不容濡遲磐石堅且厚寸心無轉移其月月在閏其日日初七阿翁朝出門阿母夙抱疾先時具湯沐臨晨輟飲食縞衣親結束鬢笄屏簪飾闔戶寂無聲端坐縊寢室小婢驚白母倉皇未得實長須走報翁奔救已無術三日含斂成膚潔貌如生生作比肩侶死爲同穴人生死不相離含笑赴玉京桃李花自榮松柏心自貞東門遊冶女赧面得毋頳用樹閨中表海上流芳名

烈婦行後

芝草本無根根深自蟠結醴泉本無源源澄自清洌鹽邑陳錢推世族積德傳經早著目一朝夫死婦欲亡眷屬驚惶同食宿人生所貴明一心畢命何嘗論遲速兩家視斂不勝哀親知唁奠紛紛來薰風動靈障烈日正當午炎熇烘炙

坐甑釜三日蓋棺身不腐精爽常留白骨寒貞魂不訴黃泉苦空中呵護疑有神閨壼流傳云目睹乃知緩死非偷生倉卒忍傷骨肉情誓不獨生終效死死非徒博千秋名由來伉儷悲永訣夫婦之倫多欠缺事勢倥傯憤激成往往捐軀由迫脅豈如此婦志不移就義從容徇大節太息復太息嘖嘖復嘖嘖當年兩姓締昏姻兒女絲繩夙世因玉樹彫傷良可惜松柏貞心迴不倫滿堂稱弔復稱賀節孝無虧有幾人我爲作歌廉得實采摭須憑紀述眞海若回環永不泐大書深刻垂貞珉

捫腹齋詩鈔卷四終

向見先生所刊臨川詩箋注暨弟含广先生刊帶經堂詩話皆精覈端好心知
必深於詩者及晤令子寄湖先生得讀先生遺稾思清格正波瀾老成始知眞
深於詩而刊臨川詩所以善也特未見含广先生詩爲憾耳
乾隆癸巳初冬山陽吳玉搢山夫氏跋

海鹽張宗松撰

捫腹齋詩餘

裔孫元濟謹署

宣統三年六月
上海商務印書
館用活字排印

捫腹齋詩餘題辭

邁陂塘

山陽葦閒居士邊壽民

正重陰釀成春雪老梅枝上香逗衍波誰把新詞遞伴我藥鑪茶臼坡詠驟似顆顆明珠瀉向晶盤走花邊酒後好付與紅兒紅牙輕按婉轉譜紅豆　眞不朽直逼梅溪石帚何知秦七黃九瓣香我亦師南渡愛把春冰雕鏤曾何有應自笑效顰越顯東家醜薔薇浣手待重整銅缸細巡銀字永夜消蓮漏

沁園春

澄江畫亭朱　黼

記十年前打槳初來淮陰故城正庭哦高樹見張公子家藏遺草有　古先生黃鶴能搥青雲不上只賸奚囊好句盛曾欣賞愧佛頭妄著弁語麤成　誰知更以詞鳴便石帚梅溪莫與京看清新眉嫵自然大雅玲瓏骨節煞甚多情逋峭難爲風流可愛不獨詩壇作主盟鈔傳徧信意花一集繼曝書亭（先生詞一名意花集）

木蘭花慢　　桃源坐香詞人薛　愼

慨元音不作正古調引神馳卻誰遞牙籤意花新唱慰我吟思殘年好懷付與按紅牙猶恨覓來遲過眼豔生銀字尋行香挹烏絲　低徊羽換更宮移心醉愧偏滋甚廿載名揚秋蛩絮語輕付歌兒予曾刊秋詞卷九　茲編許誰嗣響羨南宗香瓣舊歸依博得箇中佳境天空雲鶴孤飛

桃源　薛　懷

讀罷鐙窗酒一巵拈來瓣瓣耐尋思江南柳岸三分月誰唱屯田絕妙詞名擅詞場白石翁選聲鍊句總天工吳儂也學邯鄲步莎徑微吟愧候蟲

淮陰　吳　進

眼昏頻向日披詠小窗中婉轉思能細清新調自工徑花涼雨散庭月暮煙空好付紅兒唱低徊按羽宮

怪教紙貴洛陽城婉約清空字字精拈得南宗香一瓣如君何愧玉田生

嚼徵含商闋闋新樽前按拍倩何人他時宮掖呼才子紅杏尙書有後身

五州山人莪齋閱 亠

捫腹齋詩餘目錄

卷一

卷二

捫腹齋詩餘卷一

海鹽張宗松　青在

如夢令

綠淨軒偶題

茶竈飄煙幾縷花徑落紅如雨翠羽宿枝頭欲捲珠簾還住飛去飛去只在綠陰深處

點絳脣

翠深處酴醾花落盡

杏子微黃熏風綠漲池光煖賣花聲斷細雨鳴鳩喚　卯飲初酣人與花都倦

曲闌畔爛紅堆滿春去憑誰管

前調

過吳門

拂面長條金閶門外垂楊樹杏花春雨人到江南路　紅板橋邊忽聽如簧語
商量去亂鶯嚦處生怕句留住

柳梢青

遊虎邱

幾曲高樓闌干凭徧欲去還留短簿祠荒生公石冷一片閒愁　千人坐上聞
謳乘薄暮山門外遊油壁歸遲畫船去遠兩處凝眸

百字令

揚州懷古

玉簫聲斷問竹西歌吹已成陳迹九曲迷樓何處所只聽暮鴉調舌鏡裏君王
河邊士女舊事淒涼絕雷塘風雨至今還自嗚咽　遙想當日隋隄垂楊繫纜

有舳艫相接片片錦帆吹裂後螢火高低明滅血汚遊魂沙薶枯冢迆邐都消歇傷心無限二分猶賸明月

秦樓月

過蘆溝橋三墜驢自嘲

春光老倦程已入蘆溝道蘆溝道輭塵撲面峭風欺帽　繡鞍金勒知多少蹇驢蹩躠偏相惱偏相惱東塗西抹幾番攲倒

滿江紅

楊致軒先生索賦缾中芍藥

婪尾春光探芳信豐臺如舊選縹瓷數枝斜插清泉滿受去尹來邢相替代肥環瘦燕誰先後問揚州金帶玉盤盂今都有　開未落如堆繡香未減時投臭愛絳苞齊坼色烘晴晝貧女貪看傾國貌使君擡舉移春手聽來朝燕市賣花

聲聲還又

齊天樂

題致軒先生詠物詩

錦綳翻繡鴛鴦譜金鍼有誰偷度翦綠裁紅梳花櫛葉不是尋常家數吟邊得趣似巧奪天孫別抽機杼試比嬋娟謝家才調未應許　無論花香鳥語草蟲籬落畔飛上詩句信手拈來添毫欲活寫盡聲容如訴何人領取算只有嵇含狀工摹撫繪出豳風良工心最苦

一翦梅

致軒先生出示花陰乳犬圖圖高五尺徑三尺海棠二一株交柯跗萼高低相亞下臥一小犬毛色如生眞銘心絕品也絹本無款識先生定爲徐崇嗣作

絕品流傳沒骨花花影瓏璁樹影婆娑金鈴小犬臥青莎睡色朦朧毛色鬖髿
幾費先生玉畫叉注目爭看極口矜誇精心鑑別定無差不是崔黄的是徐
家

減蘭

致軒先生巾箱中藏有宋刻絲畫册十二頁修三寸徑二寸仙山樓閣
花竹翎毛草蟲各技傳神纖毫畢具亦奇品也

纖毫入妙組織天孫應奪巧冰室鮫綃潑墨泥金那許描　重巾什襲無復神
鍼能繡出高價難求流落宣和譜未收

燕山亭

致軒先生每讌客必多購果品爲侑酒物邀余先品嘗其味信口賦此

折簡呼賓深淺縹瓷纍几安排早果品飣盤配入珍羞不數撲竿紅棗細馬馱

來便喚把�筐傾倒誰料忞饞吻流涎酒徒未到　還詫黑色葡萄記名擅喇嘛流傳絕少頻婆脯肥橄欖漿酸法製糖霜精妙坐客來朝偏輸與阿儂嘗飽諧笑願日日開筵恁好

祝英臺近

將出都門留別致軒先生

曳裾羞長揖傲滅剌往還少玉塵清譚款洽意都到生來骨相癡愚餘丹分踢也肯把葫蘆傾倒　攬懷抱自憐鎩羽低飛且作返林鳥悵別紅塵翻似戀瓊島何時撒手相隨焚香埽地更拾取仙階瑤草

驀山溪

留別俞位南

楚囚相對淚落渾如雨鄉信杳無憑但極目帝城雲樹鞭絲前後轣轆指征車

書驢券出長安魂斷西風路　君原留我我去君還住揮手未怱怱已耐過黃

花節序驚鴻分隊各自悵離羣數歸期說同歸未與同歸去

減蘭

出都日餘邨叔送至彰儀門外時將之山右口占志別

同來京闕共命猶如蛩與蟨毦毦心情我已驅車出鳳城　平原絲繡別後征

途隨馬首待說歸期蓮幕栖遲未可知

醉落魄

旅夜

霜華滿地鄉關迢遞程千里和衣搿向繩牀倚酒冷鐙殘那有心情醉　半窗

月色門深閉梆聲未斷雞聲起五更到也人無寐夢繞雲山更洒征鴻淚

柳含煙

宿遷道上見柳

茅店路板橋邨猶是江南樹色淡煙疏雨月黃昏最銷魂　記得別離時節曾向離亭攀折人今憔悴柳靑靑更傷心

酹江月

南歸渡江風日晴美因念唐人得第渡江詩有江神也世情風色爲予好句鄙陋可哂賦此解嘲

霽空雲淨看翻豚息影輕浪吹鱗幾幅遠帆如不動樓船過處逡巡鐵甕城高金山寺近塔影對嶙峋妙高臺下濁流聊浣征塵　除是童僕隨身短衣茸帽旣氉更誰親詎料今朝風色好世情那比江神莫是波濤全憑忠信安穩渡關津蕪城回首夜來月色如銀

長亭怨慢

到家

怪刮面西風如割落魄還家慘于離別小艇縈迴灣頭何處尋幽折庾郎歸也防道路爭傳說未肯便歸來更等到黃昏人歇　嗚咽病餘腰瘦損猶把帶圍寬結門庭冷落漫問取別來消息恨銀鐙照影分明但仰面屋梁愁絶縱兒女多情翻怕褰衣時節

祝英臺近

惜池邊枯柳

騁纖腰呈舞態舊植板橋處和雨和煙飄盡短長縷回思寒食春前未曾瘦損還比似風流張緒　漫凝佇誰知搖落江潭寂寞竟如許那更銷魂補種也虛語且教留取陳根桓溫賦在猶想見當年枯樹

疏影

城南書屋庭梅一本花作檀香色種罕得惜爲藤所縛因手除之樹亦隨萎悵而賦此

天寒欲雪正橫枝吐蘂豐肌殊絕帶白侵紅宜瘦偏肥低喚玉奴休折蠭黃蜨粉誰勻注且莫向淡妝人說似曾煩妙手檀郎偷染額鴉顏色　堪惜苔痕媆碧敧斜籬落處纏住荊棘亟與屏除試覓餘香迆邐芳姿銷歇冰魂莫被西風引又恰是綠陰時節悵夢回消息無憑空對一庭明月

暗香

永年位南安侯過訪並招凝霞鄰寺看荷遂於池上小飲醉後趺坐石橋劇談而散以詞寫之

檐階未埽記綠陰晝靜蟬聲微噪乍展桃笙一片清香遞鄰沼獨往心情未果正人似秋鴻飛到便商略竹外提壺斜日駐林杪　橋小銷夏好看幾隊紅妝

綠鬢圍繞信眉一笑猛拍闌干喚鷗鳥鏡裏嬋娟欲舞又月色城頭低照趁此際轟飲也黃昏尚早

眼兒媚

遊永安湖

天生好景畫應難如鏡更如鬟一幅瀟湘四圍煙樹三面雲山　沙邊撲鹿閒鷗鷺飛去復飛還傳語西湖六橋借得到處凭闌

采桑子

舟泊鴛湖

東湖好也南湖好樹色靑靑草色靑靑雨雨煙煙色更靑　鴛鴦鸂鶒偏生恨買幅鴉靑畫幅丹靑只少螺峯幾點靑

東風第一枝

至海昌與位南其旋羲民徧訪城中牡丹惜無殊品惟一獨本者絕佳

喜賦此解

鹿韭齊抽鼠姑早坼東風蕩漾新㷗漫誇國色朝酣比似紅雲晝炫雕闌翠幕也幾處安排庭院記烏衣巷口歸來王謝舊家尋徧　試挤飲主人紅面且博取羣公消遣乞晴已自殘天俊遊更須約伴無多評泊只獨本花王應罕待來朝重整心情別訪東鄰嬌豔

沁園春

沛恩查丈自粵西歸里集詒穀堂賦呈

久別殊方綠鬢依然何須話愁笑休官彭澤能拋五斗歸來陶令正值三秋黃雀披緜玉鱸斫鱠酒熟還須缸面篘相羊好較脚韡手版自在風流　宦囊長物難留便翠羽明珠都未收但砂斑銅鼓傳諸葛壘漿乾梛子肖越王頭餤勝

蠻釵珍逾番錦席上傳觀未肯休瘴鄉苦把雞桐蛇柳一筆銷鉤

醉花陰

鴛湖即事

翩翩二美分肥瘦妙舞仙帬緺比似打秋千脫兔驚鴻未泊金釵溜　鷫鸘裘

貰春波酒月色明如畫催喚渡頭船傳語靑禽人約黃昏候

前調

輕攏慢撚調箏手揎起雙羅袖試與賭藏鉤假說傳杯暗裏拋紅豆　更衣恰

在屏風後席上抽身走密意遞溫存小拍香肩一捻難消受

更漏子

春遊

畫橋邊綺陌畔幾隊香車塵遠水曲處樹梢頭一聲黃栗留　迴闌亞斷垣怕

零落舊家亭榭花寂寞柳參差春殘知不知

虞美人

送春

鶯聲嚦盡鵑聲老出浴眠蠶早殷勤叉手語韶光便再消停幾日也何妨　商量無計留春在且築糟邱待春光端的苦難留拚自今朝沈醉免生愁

前調

落紅成陣花如埽花事看看了奔波卻笑世人忙不道者番風信也踉蹌　留春不住無聊賴輕薄儂休怪春歸一去不回頭則索安心等待去迎秋

金縷曲

顧念劬招飲湖上同位南出錢塘門泛舟孤山麯院達花港泊柳岸三人對飲位南爲鼓琴一曲薄暮而返

未用雕鞍鞚正湖光十分瀲灔翠嵐環擁平底畫船波面滑柔櫓一枝緩送問何處清香飄動已是芙蕖悲搖落看蘋花倚得秋風寵遊眺暇但吟諷　閒談正喜交親共且莫似騰舡飛爵鄰船聲鬨流水高山無限意都向指頭控縱愛只愛焦琴橫弄不比尋常箏琶調怕閒鷗驚醒煙波夢歸去也暮煙重

霜天曉月

詒穀堂席上贈別歌者朱郎

再三憐汝容易人歸去那得烏氈兜好怕屋外打頭雨　惜別無多語心知留不住比似柳花蹤跡知別後向何處

徵招

舟次吳門適問盧先生同位南從鄧尉看梅返極言山林之勝約余重遊因事不果悵而賦此

江南鄧尉羅浮亞山人種梅無數時節過燒鐙正冰姿初吐尋春偏後到又誰料籃輿早赴蕩目瓊林隨身畫榼誇張殊遇　光福路無多能消受溪山勝遊幾度明日放扁舟笑先生心許剡中清興盡奈惱亂從旁推阻只微語料峭春寒怕釀成風雨

憶江南

留題硯園

城南屋春日閉房櫳士女燒香塡曲巷兒童擲鷂候東風牆外鬧轟轟

前調

城南屋夏日坐如年梅子黄時添竹粉槐雲綠過糝楡錢晚樹聽鳴蟬

前調

城南屋秋日愛晴明茶火未銷煨落葉爪霜微冷破新橙淡月照靑鐙

前調

城南屋冬日戀溫暾積雪斷橋常謝客擁鑪密室早關門寂寞過黄昏

前調

城南屋童穉慣遊嬉三窟未爲狡兎有一枝曾與夜烏栖去住幾多時

前調

城南屋何處最關情得樹堂開攜酒榼接梁殿近聽鐘聲月夕與花晨

前調

城南屋往事獨欷歔連累梅花偏受劫欠栽楊柳未償逋竹徑久荒蕪

前調

城南屋此別最魂銷楓葉霜前猶戀樹柳緜春盡欲辭條暮雨更瀟瀟

祝英臺近

移居

燕辭巢鶯出谷欲去轉留戀斜日西風點點雪花亂自憐一葉浮萍幾番漂泊仍黏住雙虹橋畔　舊庭館試看屋宇三層聊可寄幽眷家具無多散佚整書卷阿誰問取儂家靑靑鴨脚記相對廟門差遠

三姝媚

月季

紅苞齊坼了正靑林成陰苔階花少賸粉殘脂駐韶華芳景不隨春老姊妹牆邊曾記得鄰娃嬌小蠭蝭無情催嫁東風漂零如埽　經雨經霜都到更烈日微烘冷蟾低照梅菊同看笑荼蘼孤注一時開了點綴籬根慣觸撥詩人懷抱錫與朱書朋字頭銜最好

清平樂

過嘯廬訪小紅

花憐解語柳更銷魂樹嫩萼柔條新著雨好倩東風管住　柳嬌花姹青春狂蠢稚蝭來尋莫把春光輕洩黃鸝調舌難禁

長相思

寄小紅

杏花紅海棠紅無力薔薇深淺紅野桃尋小紅　夭桃紅緋桃紅試與紅兒賦比紅輸他一點紅

紅娘子

嘯廬席上贈小紅

聲比流鶯吐貌被桃花妒無限風情些兒憨態回眸一顧爲兒家幾度欲銷魂算今番初度　幾摺湘裙素半捻紅幫露羅襪輕盈緗鉤初試錦鞵誰賦笑掌

中拓起把儂看怕淩波仙去

小重山

賦別

蠟炬將殘酒未空自憐無好計淚痕濃眼波斜溜臉波紅相思意偏在不言中

此別恨重重幾番辜密約恁時逢靈犀只許夢魂通天邊月相送鷓湖東

明月引

前題

菊花滿載送歸航是花香是衣香岸上徘徊幾度欲褰裳纔又解開風又駛指

帆影漸迷離枉斷腸　斷腸斷腸人各方要商量沒商量去也去也去不到十

里横塘獨自歸來轉側向匡牀思與明年爲後會拚寫就蠟丸書遠寄將

埽花遊

重過硯園有感

舊時門巷記竹樹蕭疏徑荒庭悄幾回昏曉怕淒風苦雨斷垣傾倒新署園官補葺經營俱了寸心攬看殘柳池塘飛絮猶嫋　天際雲縹渺聽潑刺魚聲碎萍浮沼雪泥印爪認分明前度飛鴻曾到燕子重來梁上巢痕已埽亂塵少比年時畫檐還好

祝英臺近

送沈方枚師宰分宜時與陳少京偕行

漢宜春古屬邑銅篆綰仙吏洞入桃源驛路秀江水最憐翠拔鈐岡疏簾清簟鎮相對綠陰廳事　隱侯似試看腰帶風流陳琳辟書記幾日蒲帆滕閣漫留滯況逢明歲賓興豫章春樹定願作公門桃李

踏莎行

海上觀潮

羅帕鈿車銀塘沙路衣香偏惹遊人住聞琴橋畔草萋迷遺簪墜珥無尋處

漠漠雲山迢迢浦嶼夕陽已帶潮回去相將待看月華生畫橈斜繫垂楊樹

蝶戀花

自題四時行樂圖

舞罷秋千停鬬草輕煖輕寒花徑人來早踠地垂楊煙外嫋黃鶯幾箇啼春曉

隔巷賣花聲未了試問階前紅藥翻多少贏得滿身香霧繞等閒蠹蝶休相

惱

前調

稱體輕衫裁白紵萬簟冰簾不受人閒暑況是結廬清樾處梧桐斗大多如許

赤脚科頭天付與半榻高眠便是羲皇侶薄暮微涼風滿戶夢回正打芭蕉

雨

前調

滌淨波光宜遠眺桃葉桃根爲鼓秋江櫂一抹紅霞生夕照篙聲莫使眠鷗覺

江上芙蓉開窈窕拗得雙頭花與人爭笑不信海棠詩絕妙輕將花貌羞人

貌

前調

怪底夜寒聲折竹卷起重簾大小山頹玉報道天花紛滿目呼童好向紅鑪簇

且喜柴門無剝啄煮酒烹茶此外非吾欲驢背尋詩吟未足窗前試譜梅花

曲

點絳脣

癸卯闈卷爲房考呈薦主司初甚擊賞繼以首作趨時見斥感賦

深淺眉峯畫時商略心偏苦揚蛾與妒只要檀郎顧　幾度端相怪道濃如許
憑誰訴入時媚嫵翻被青螺誤

生查子

寄內

輭語費商量惱殺梁閒燕等到杜鵑嗁嗁罷聲還倦　難道不思歸夢也何曾
見已報石榴開莫爲蘐花戀

前調

戲題雨巖吹簫低唱圖

儂吹碧玉簫執板歡相向宛轉聽歌聲新月彎環上　小婢捉鐙來教說停低
唱生怕夜深涼勸入流蘇帳

憶舊遊

鴛湖感舊

記翠樓款飲酒浣輕衫小住微酡輭語休歸去漫飄然遠引何處笙歌箇儂別來相憶郎意肯蹉跎算錦帕偷藏玉纖親把未怕風波　無何解春纜聽音信全乖青鳥傳訛繡被孤眠夜嘆鄂君此際惆悵難過載得一船幽恨辜負月明多更說甚銷魂當初調笑春夢婆

天仙子

禾中書所見

離合神光驚掣電仙娥驀地塵寰見分明瑤闕降霓裳身乍閃門隨掩玉面一雙剛照面

如夢令

前題

不是侯門深院不比翠樓嬌豔目斷縞衣人知是誰家幽眷人面人面萬一今朝重見

水調歌頭

登煙雨樓

菱芡十分足闌楯四圍周長隄古刹何處槐柳綠陰稠幾對鴛鴦灘臥幾點閒鷗沙攏幽景快凝眸晴日看還好別選甚春秋　落霞飛暮雲亂遠帆收魚歌樵唱和答蘆荻滿汀洲最好南湖風月莫笑高樓煙雨儂自愛句留青笠綠蓑在早晚具扁舟

浣溪沙

西湖

柳浪風隨麯院風蓼花紅襯藕花紅畫船撐到綠陰中　九里夢尋松柏路六

橋深入綺羅叢鉤簾人倚小樓東

憶舊遊

過偎林橋戲意林

記當壚一見幾縷柔魂極目嬋娟認得丹鞵彎縱徐娘漸老風韻依然比他乞漿崔護人面鎮相憐算客裏銷愁閒時買笑都在橋邊　纏緜殢人處是蔆鏡添妝蘭茗烹泉彷彿傳眉語指碧紗窗外樹影淸圓贈與琅璫何意渡口鎖郎船且漫說當初河閒姹女工數錢

酷相思

西湖遇雨

煙罨青山雲幕樹更幾陣雌霓雨算縱有亭臺誰作主裏湖也船難住外湖也船難住　已近錢塘門外路急喚籃輿渡便留楊禪窗心未許雨急也人歸去

雨止也人歸去

臨江仙

月夜歸舟

孤櫂衝波自慣短篷聽雨曾經荒郵茅屋夜篝鐙小橋流水急疏柳受風輕

薄醉幾番蜨夢醒來撲面秋蟲起聽漁唱恰三更櫓聲隨岸轉月色透窗明

鷓鴣天

無題

酒入香顋襯臉紅玉釵斜插髻鬅鬆高樓不比深深院人隔珠簾只一重 思

昨夢認前蹤今朝重過小橋東春風猶在垂楊岸尋徧桃花沒處逢

捫腹齋詩餘卷一終

捫腹齋詩餘卷二

海鹽張宗松　青在

滿江紅

題陳怡山師同顧樵民張洪疇邏邨歸舟聯句

仙侶同舟正一瞬倂浦半程助觴詠黃花滿載逸趣橫生三板野航人恰受一篙秋水漲初平笑剡中歸興太闌珊安道行　撚鬚客搔首吟連珠格扣舷成愛虎頭癡絕玉潤冰淸（樵民善丹青洪疇係怡山師之壻）各自取材銖兩稱同時脫手彈丸輕問先生何意撇城南鷗鷺盟

金縷曲

自題捫腹圖

休問窮通計記當初五陵裘馬遨遊燕市燕頷封侯無骨相白面書生而已敢

哆口輕談經濟幸免將軍嘲腹負比纖兒略識之無字未便有詩書氣　浮萍蹤跡流光駛笑年來隨身竿木逢場作戲雅俗襟懷冰炭判振觸有如芒刺肯碌碌追隨餘子明慧紅顏能覷破把胸中磊塊都澆洗解人語差强意

疏影

賦竹影用玉田梅影韻

低檐漏月正檀欒弄影相對幽絕只兩三竿搖暝搖晴那怕西風敲折疏疏落落牆陰下且莫待黄昏時節慣攤書綠字攲斜雲過小窗明滅　空際纖塵不挂幾番拂拭處依然清潔寒雀飛來欲踢難栖轉向花枝嘁徹輕鸞鏡裏誰描得訝壁上瑱玕如活又幾時添許微痕薄暈更留殘雪

點絳脣

過當湖訪沈表兄東表綠崖

八詠樓頭今朝二仲重攜手閣名紅豆人是南疑後　籍甚東陽才子聲還又甥如舅苦吟依舊怪得腰支瘦東表昆仲爲陸堂先生外甥贈詩有可憐似舅有賢甥句

清平樂

東表留飲紅豆閣中呼歌者朱郎張郎度曲侑酒席半張郎以病辭去

酒籌茗盌小閣開清燕不道何戡重會面猶把舊時題扇　朱郎乍囀歌喉張郎漸鎖眉頭唱到嫋晴絲半病容一剎難留

一枝花

題綠崖東湖百詠

塔影中流漾翠館紅亭相嚮笙歌雖寂寞幸無恙好箇東湖比似南湖樣漁浦通菱港小艇沿洄菰蒲瑟瑟齊響　才子胸懷曠滌暑披風何暢新詩懷袖出共吟賞鵝管調笙合付雙鬟唱畫壁旗亭上問誰與爭衡近日柘西無兩

摸魚兒

晚登弄珠樓

趁斜暉登樓遠眺片時春色垂暮潯陽九派依稀似泖塔還低層數指睾堵似一顆驪珠鎮壓羣龍舞凭闌四顧算儂若移居煙波穩足只在柘湖住　檐牙外可惜石坊遮護玲瓏四面窗戶騷人未減清遊興畫舫中流容與弦索度定有箇雙鬟按拍修簫譜亂鴉飛處更暝色長隄昏鐘古寺漁火星星布

行香子

過蒼亭東湖別業

紅藥春翻翠竹秋斑愛清流碧水灣環門臨紺塔亭護靑樾試歷層臺登略彴繞迴闌　偶到忘還欲住非難最相宜短帽靑衫無多屋宇只欠雲山但聽漁歌狎沙鳥望風帆

高陽臺

海昌鄭煥周擅丹青過留涉園自言曩客燕都曾爲狹邪之遊篋中所攜畫册其貌皆山右曲中所見者賦此調之

一色搓酥三停積粉雀陳畫法兼工貌出施嬙畫中人倚房櫳羊車忽到平原路過倡樓姊妹相逢笑情種覷偏龐兒寫盡眉峯　牀頭見說黃金盡更豪門貴戚招致西東絡繹金繒幾曾嘆息囊空玉鞭重墮長安道報檀郎依舊儀容繫青驄紅袖褰簾鉤入闌中

解珮令

重陽後一日自題插菊圖

酒徒三五翩翩裘馬十年來半取封侯印落拓青衫最怕是黃楊逢閏報重陽一番風信　蓋頭篛笠隨身蠟屐笑妝成泉明差近冒雨東籬且拗取秋英簪

鬢料宮花帽檐無分

婆羅門令

栖心寺訪紅椒上人不値

師去日一竿春水儂到日也一竿春水相見無緣何況是茶瓜味留客處只說禪房閉　山門外空徙倚料閒雲出岫歸還未庭前看取桫欏樹深護惜置闌楯周蔽縱沙彌在問訊誰寄去也扁舟莫繫偶到栖心寺未遂栖遲意

金縷曲

涉園席上聽曹某彈琵琶

曲譜開元杳抱琵琶幾番推卻定場人到慢撚輕攏低徊處比似康崐崘好正滿座衣冠圍繞恩怨兒曹相爾汝聽尊前彈出涼州調賀老後擅場少　邊笳塞雁聲相攪更那堪繁弦雜拉蘆搉葦倒曲罷沈吟西風冷月落空庭人悄倘

嫋嫋餘音未了見說弓刀環幕府撥檀槽慣博通侯笑教坊手應輸妙（曹某彈唱爲制府李宮保所賞余曾贈以絕句一曲琵琶恣意聽傳宣每到第三廳檀槽博得通侯笑莫是前身柳敬亭）

八聲甘州

挽致軒先生

記紅綾餅餤少年時玉帶紫貂裘況翩翩才調旗亭畫壁花市鳴騶何意升沈蹶起官老白江州回首豪華盡雲水飄流　可惜巧偷豪奪任縹緗畫帙零落難收問花陰乳犬絕品已無留悵秋來月明淮浦倩誰招魂上木蘭舟更傳語人間天上何處薶愁

西江月

過蓮社庵訪老僧僧有神力得少林傳壯年曾於海上搏虎

薝蔔林中晏坐木樨香裏參禪寒齏淡飯過流年老矣瞿曇黃面　鳩杖一條

隨手鶉衣百衲披肩兼槍帶棍少林拳談虎奚防色變

邁陂塘

慰俞華若

把平生交親數盡升沈已自無數春雷一夜曾驚蟄畢竟兄强如予長安路不信道公車還比槐黃苦唾壺漫拊縱富貴何時王孫老矣痛哭也無補　窮通處得失循環誰悟前程漆暗難睹花封錦誥尋常事樂到天倫方許君且去向白髮而翁戲著斑衣舞浮名休誤便唱到邯鄲夫榮妻貴春夢一場度

水龍吟

俞華若癸丑下第南歸將省其尊人於海塘公署過余淸綺齋駭其神色慘嘿亟叩其故吞吐嗚咽似不欲生者再三慰解垂淚而别未幾而華亭之訃至矣痛哭稍定賦此招魂閲者以爲鬚眉酷肖呼之欲出也

當年縛虎吞牛火龍頭角嶒嶸起淩雲結構樓成五鳳才華匪易富貴何難有
文章在終當高第算宮花插帽銅章綰綬猶未盡平生意　跋涉公車屢躓到
江南還如匏繫黃昏淒楚青鐙細雨孤吟山鬼二豎膏肓一腔塊壘蓋棺身瘞
記臨歧執手滂沱相對不勝驚異

滿江紅

挽孫凝霞以履畝得疾而亡

擲地金聲每賞激令吾傾倒最苦是形銷骨化風除雹埽履畝多收十斛穀垂
堂不惜千金寶問牀頭一束有遺經塵封了　白木几懸丹旐素車客陳淸醥
歎兄先弟後都隨親老蘂榜題名徒夢想玉樓持版偏催召縱他年及第賜孤
魂身枯槁

青玉案

中秋風雨

清遊目斷南園路那得趁飛鴻去漫把新聲弦管度熒熒鐙火愔愔庭戶都是愁生處　年華迆邐嗟垂暮著意重翻舊吟句欲倩銀蟾天未許晚風搖樹亂雲堆絮簾外黃昏雨

金人捧露盤

即景

岸蘆殘汀蓼盡渚蘋空作弄出青女神通遮寒護冷旋垂犀押鎮簾櫳遠山翠鎖看眉峯要畫難工　心情換傷黃菊顏色改染丹楓闌干外飄盡梧桐池塘冷落更無人去采芙蓉耳邊消息雁聲起忽地西風

青杏兒

戲仿趙閑閑作

風雨替花羞花已換風雨應休勸君莫向花前惱去年花落今年花放等是閒愁　花事隔春秋揀花枝稱意還留而今花好隨他罷風來一陣雨來一陣著甚來由

調笑令

本意

春去春去欲倩游絲綰住踢殘陌上青莎看盡庭前落花花落花落不管愁人寂寞

前調

良夜良夜獨自閒凭闌榭夜深人靜花陰依舊窗前月明明月明月天上幾番圓缺

沁園春

有感

六尺昂藏是可憐蟲是太瘦生算刻舟求劍癡心似我沿門拓盞狂態如卿避債臺荒點金術少三板船飛一櫂輕漂流苦任屠酤爾汝落魄神京　傳來惡耗堪驚問流落天涯孰使令歎白頭烏鳥臨終鳴咽野心狼子反噬猘猙恩怨空留是非誰管死後生前總未明招魂處付長歌當哭有恨無情

好事近

重題插菊圖

風雨滿城飛又是重陽近了聽説初番霜信問黄花消耗　樕頭船小趁楓灣漫把一竿釣料理靑鞵布韈早東籬尋到

前調

獨步信相羊不用尋花伴侶篛笠有時肩挂怕西風吹去　好花斜插兩三枝

行到釣磯處牛背一聲橫笛被牧童留住

前調

散髮戀斜暉人在未荒陶徑醉後不須扶得笑滿身花影　開屏結塔迓鄰翁舊句更誰省莫問菊屏菊塔且拗來簪鬢他山先生詠菊詞結塔開屏爭戀斜暉鄰翁舊來好事記帽底滿頭曾插歸註范景仁有菊塔菊屏二詩

前調

只問有花開無酒也拚還往脚下一雙蠟屐勝芒鞵幾兩　斜風細雨不須愁筋力幸無恙且待平頭六十更拕條鳩杖

前調

搔首聳吟肩花向鬢邊搖曳不是微風輕颭作去聲推敲形勢　偶然得句旋相忘忘也不須記無過眼前秋色爲秋華寫意

前調

曲徑繞疏籬試覓舊家亭館可惜種花人老已銷亡一半　插花勝似插茱萸
人與好花伴只願此花長好更此身長健

前調

不是笑桃時莫認乞漿崔護到處茶棚新設但匏樽借取　料無裙屐肯追隨
拍手喚鷗鷺過了黃花節序只關門閉住

慶春澤

觀當湖陸氏大紅牡丹

碎擘猩羢勻黏鳳蠟千層瓣疊花房客裏相逢居然閬苑風光沈香亭北銷沈
後記流傳國豔姚黃又爭如一朶紅雲不數霓裳　洛陽名種誇張地似玉樓
人醉金屋嬌藏試傍雕闌擕來滿袖天香西施入市輸錢看便尋春逐隊何妨

幸今朝未理歸舟得睹紅妝宋人詠牡丹詞天香魏紫國豔姚黃霓裳亳州名種

采桑子

愛日堂賞牡丹同蒿廬春卿傳笏昆季羣從少長咸集談讌極懽爲賦

此闋

天倫樂事交親共花影闌邊月影窗前酒綠鐙紅色更鮮　齊心同向東風祝俊秀連翩觴詠連緜子子孫孫看百年

點絳脣

天竺燒香詞

鬧壞西湖畫船雜拉開無數篙師呼渡天竺茅家埠　玉帶橋邊別取金沙路歸來過籃輿小住蕭九孃家去

前調

玉泉觀魚今改清冷寺

雨過天青者般顏色都留目翠鱗六六搖尾春波綠　香飯青精抛食闌干曲

愁眉蹙枯魚對哭曾飽山僧腹

前調

同閨眷遊湖心亭

喜殺裙釵西湖面色天然少幾年重到不見青山老　笑道今朝破了些須鈔

泥孩好摩羅睺小買與兒童嬲

前調

遊淨慈寺

路入南屏淨慈極目山門煥打鐘聲緩募化僧持券　方丈禪堂步屧隨廊轉

酬香愿金身數徧五百阿羅漢

爾時更賦前調三首嘲大佛頭詞云丈六金身裝來未稱頭顱大蠨蛸滿戶四壁天風破　莫是西來占住西湖路沙彌忤先生罪過合掌須彌座蕭家飯鋪有垂髫二女子迎接內眷款待甚妥詞云帶笑相迎內家爭說雙娃好身材恁俏酷似孃兒貌　臨別殷勤說與孃行道三春鬧淸明過了明歲來須早過蓮池庵輿丁敂門聲急庵主恚甚予爲解之得釋詞云淸淨蓮池日長何事關門早輿丁無竅剝啄聲如爆　傳語僧尼觸忤知多少如來教慈悲心要第一除煩惱以近俳體削之客有見之而覼然者曰昔柳耆卿名擅一時然如願孋孋蘭心蕙性句至今傳之數詞語雖游戲猶未墮入惡道獨不可存之以博世人一噱乎重辜其意附錄於此

風入松

小雨乍晴同閨人泛舟湖中

亭臺指與眼波窺行坐比肩隨浮嵐積翠渾難畫對青山莫埽蛾眉錦浪桃花
紅簇煙隄楊柳絲垂　淡妝商略最相宜小雨乍逢曦東君著意憐鶯燕倩風
光晴煗扶持莫便晝橈歸去重來知在何時

擣練子

四時閨詞集調名

春光好柳初新傳言玉女摘紅英一枝花一枝春　紅窗睡戀香衾愁春未醒
踏莎行尋芳草憶王孫

前調

夏初臨瑞雲濃倚闌調笑擊梧桐雙頭蓮滿江紅　瓜茉莉玉瓏璁疏簾淡月
一絲風澡蘭香鬢雲鬆

前調

一葉落撼庭秋聲聲新雁過妝樓卷珠簾金鳳鉤　撥棹子泛蘭舟清波簇水調歌頭惜秋華帚花遊

前調

瑣窗寒十二時小樓連院雪花飛早梅芳玉交枝　紅羅襖金縷衣雙雙捉拍醜奴兒輥繡毬踏歌辭

點絳脣

集調名

並蔕芙蓉折紅英惜雙雙令轆轤金井步月梧桐影　庭院深深薄命紗窗恨隔簾聽訴衷情近琴調相思引

金縷曲

慰詠川悼殤幷邀蒿廬先生同作

得氣蘭偏頹似無端驚秋一葉井梧飄墜莫便神傷悲夭折抖擻心情扶起更此後眠餐留意供養他年頭未白看童烏繞樹猶堪喜銜殘粒莫拋棄　淒涼舊事心何已憶當時金鑾亡後阿崔新逝曾賦桀歔腸斷句恨與樂天相似但老淚欲彈還止眼底兒郎都愛好算人生脩短終如寄肺腑語爾須記余昔年悼燿兒句酷似香山老居士金鑾亡後阿崔亡

前調

舓犢心原頹更相看黏餘蠟鳳淚珠傾墜投劑刀圭疑輕試那得扁盧重起問頓足椎胸何意懊恨從前眞箇錯又何如破涕爲歡喜甑已破也須棄　牽衣繞鄰思難已到而今聲銷影滅飆流雲逝福分癡騃能消受莫問生兒誰似便黃鶴高飛終止竹馬鳩車嬉戲外儘庭花砌草情堪寄須排遣旋忘記

同作　許昂霄蒿廬

不爲悲秋領歎童烏苗而不秀元經將墜湯餅筵前人共指頭玉磽磽隆起
道正合唐兒歌意轉眼便將詩義授試召令解摘而翁喜又誰料翦焉棄
愛河苦海何窮已只除非滄海塵揚黃河西逝待訪維摩尋寶筏貝葉新書
分似更底用招魂歸止喚醒三生殘夢斷算後因前債同萍寄親受得釋迦
記

前調

莫怪添顦顇最堪憐龍眠驚覺一珠先墜那得忘情同太上觸緒萬端紛起
賴驥子可人之意（驥子老杜次子宗武小名也）覓句攤書他日事看身長手戰關悲喜梨
與栗早知棄　儵魚果否憂能已（出山海經）但流霞淺斟頻酌憂當徐逝何況問
年年未老四十商瞿差似若布卦定應偕止竇桂田荊餘慶在有琴書弓劍
都堪寄留識兆異時記

茅山逢故人

自題青笠紅衫小照

身外浮名相逐世上貪心難足白首求仙富兒求達貴人求福　只消青笠紅衫住箇冷雲溪屋卻老無方點金無術封侯無骨

沈醉東風

題楊傳笏倚蓤圖

池塘北涉園路畔板橋西烏夜邨前科頭漫浪遊白髮淸閒占選溪山勝處盤旋鳩杖隨身不挂錢能幾箇酒徒相伴

前調

論身世眞如泡影算榮華到底浮雲招尋鷗鷺盟銷繳功名分盼斜陽將近黃昏策杖歸來早閉門眠一寤繩牀最穩

千秋歲

悼亡

衷腸寸攪宿疾終難療刀圭誤全無效返魂香未覓續命絲還少眞哭殺傷心
白髮王孫老　破鏡誰先料炊臼偏符兆看遺挂音容渺秋風塵簟冷夜月嗁
蛄弔只落得斑然貍首人瞻眺

前調

比肩人老愛子心憐少昏與贅遺媒告乘鸞應恨晚合巹還須早等不到鬧妝
花燭雙雙笑　點綴釵鈿巧摺疊衣裳好人亡後都拋了金珠盤拓出羅綺箱
傾倒纔一霎雲煙過眼罡風埽

前調

清明日悼亡

春光苦惱風雨難銷緻棠梨樹花開了紙錢灰未冷法鼓聲還鬧偏又是今年寒食清明早　曾作雙飛鳥曾佩宜男草三生夢今生杳驂鸞人已去痛哭靈幃繞恨兩處黃泉碧落難尋到

齊天樂

詠李次梅溪賦橙原韻同含广詠川作

房陵佳種銷沈後徐園數株纔見檇李已不可得其次即徐園李此則核小而實未大殆徐園種之次者雪穀宵明劉屏山詩雪穀萬株李楊誠齋詩遠白宵明雪色奇葦綃晝縞元微之李花詩葦綃開萬朵葉暗青房春晚李嶠詩葉暗青房晚簾櫳近遠幸防護周遭雀嚦蟲怨半夏熏風甘漿入口便清健　人閒煩暑最酷冰盤無鶴頂唯此消遺額暈微黃肌含淺碧更帶猩紅幾點涎流舌輭看帀樹勻圓傾筐零散自愧分甘水荷包未滿方干詩卻用水荷包綠李

同作　宗栩含广

漢宮青綺誰分種離離疏影頻見弱縷中懸豊肌小摘色暈遙天霞晚風流夢遠柰佳味閒情玉華幽怨爭似仙山餐來上藥鎮長健　甘瓜沈共冰水幾番清齒煩暑喝曾遣淺碧含漿輕紅膩粉只少纖纖一點兜羅手輭化千億香林恁時消散且喜花晨看葦綃意滿

同作　宗橚 詠川

西園漸聽梅霖歇枝頭碧實初見紫粉頻吹青房乍摘最好晶盤薦晚風飄香遠伴郇味黃瓜閉門休怨試和淸醪炎天飲罷幾人健　鵝池閒弄醉墨問來禽配否尺素曾遺井側誰尋道傍易摘留得瑤光數點冰泉洗輭悵路隔華池元雲都散甚日南皮高會榼攜滿說林立夏日取李汁和酒飲之名駐色酒抱朴子蔡誕入山還語人云崑崙山有玉李光明洞徹而堅以玉井水洗之即輭而可食玉襄內傳五雲丹山上有元雲李食之可得仙

點絳脣

寄萍鄉令陸履莊

妙手烹鮮書生白面誰能料口碑載道上吏書勳考　更鼓分明也屬臨民要好官少豫章人到只說萍鄉好范延賞自豫章入都張詠問曰沿途曾見好官否曰萍鄉令張希賢者昨入境野無惰農肆無游食橋梁修驛傳治夜宿邸次更鼓分明乃知其爲好官也

黃金縷

題王明府愛菊圖

手握希夷光采炫啜茗攤書占取東籬畔疏雨幾番經薄澣秋風已把黃花染樂事賞心隨景換排日傳杯漸近登高宴逆鼻淡香醒酒面新霜壓背開還徧

浪淘沙

題觀潮圖

溟渤激洪流波捲陽侯千尋白練勢難收飛雨驚霆形不盡鯤化鼇游　八月看潮頭來往沙洲潮生潮落幾時休唯有蘆花楓葉好霜氣横秋

滿江紅

題吳孫符幽篁獨坐圖

深谷篔簹天付與幽人占住肯換取東華香輭滿韡塵土抱郄無如磐石穩閉門還避高軒過問何人敢目少年狂科頭坐　斜點筆片梧墮更仰面飛鴻度笑天寒倚翠心情偏妥管領凊風明月好安排珍簟胡牀可儻椶鞵桐帽訪君來能容我

捫腹齋詩餘卷二終

附識

先曾祖自訂捫腹齋詩鈔四卷詩餘一卷未付梓遽捐館舍後雲溪叔祖攜之淮陰任所甫議發刊而叔祖旋卒越數載益齋竺巖從叔暨蓮坡從弟分任校讐將付剞劂又因纂修家乘未遑蕆事家俊不克仰承先志矧敢以遺編庋置因命從姪應泰暨兒澍謹爲校錄剋日開雕庶先人之手澤藉以不墜云爾

道光二十三年癸卯孟春月曾孫男家俊謹識

宣統三年六月　裔孫元濟元杰謹校

海鹽張宗橚撰

藕村詞存

族孫元濟謹署

重

宣統三年六月
上海商務印書
館用活字排印

先外祖張公諱宗橚字詠川號思巖太學生爲海鹽望族少習帖括屢躓場屋性恬雅不求聞達家有涉園林亭之勝甲於浙右時偕戚友觴詠其間與人恂恂動止有禮終身不道人過鄉人咸愛敬之中年後舅氏皆夭逝鬱鬱不適遂絶意進取惟以詩詞自遣嘗語　外祖母楊孺人曰人生貴適志窮通夭壽是有命焉若毋以子嗣爲戚戚也乾隆乙未光宗時四歲家兄來宗七歲追隨問字未嘗一日相離每顧　先慈指余兄弟曰余無子外孫卽己孫也他日能成名余二老亦例得邀　封典宜善教之卽於是年秋捐館　先慈嘗以此語勗余兄弟謹志之不敢忘光宗幸獲微名涖官西蜀迢迢八千里未得歲時展拜壚墓追維前訓深用黯然嘉慶十四年光宗於郫縣任內恭逢　皇上五旬慶典曾將本身及妻室應得　封典呈請貤　贈稍伸夙志而教養之恩未足仰酬萬一因念　外祖生平著述甚富而舅氏三人俱早世嗣孫嘉穀亦亡曾孫

錫光錫咸尚未成立　先君在日欲梓遺稿未果設不亟謀剞劂恐歲漸久遺
逸益多余慫益重索求遺稿詩文均散失無存僅得藕邨詞一帙亦多殘缺受
而讀之詞旨清麗無纖佻靡曼之習得力於南宋諸家於　本朝竹垞羨門樊
榭諸先輩無多讓焉爰加校錄付梓以竟先志云
嘉慶二十二年歲次丁丑六月外孫陸光宗謹識

藕村詞存題辭

金縷曲

錢塘馬若虛子恆

子野風流繼，羨先生、江鄉老去，獨饒眞味。富貴功名草頭露，悟徹人生如寄。但領略、涉園佳趣。月夕花晨吟讌罷，更新詞、紅豆尊前記。呼白石，與同醉。　最憐宅相諸孫稚。許貞幹、才超幼節，品高公紀。頭角崢嶸符相賞，華表紫泥分祭。只此舉、已承先志。剩墨數篇流海內，覺行間、都帶煙霞氣。九霄外，鶴淸唳。

邁陂塘

無錫侯士驤春塘

最蕭閒、書倉酒庫，林亭日事幽討。一生不識風塵路，開卷湖山環遶。吟未了。看竹偃荷喧，飛到雙鷗鳥。淸尊漫倒。又硯北移琴，花南按拍，和醉續殘稾。　當年恨，幾度槐黃踏早。靑衫依舊人老。璽書今向邱園賁，不負平生懷抱。宅相好。記蠟鳳庭前，俊眼誇年少。遺編讐校。羨番錦抄成，谷音刊後，千載有同調。

柳梢青

嘉善曹應穀也農

三影詞宗久欽陸杲絶似袁公柳折靑靑箋裁素素曲記紅紅　涉園安樂窩中憶少日痕留雪鴻前輩風流舊家文獻曾拜南豐

踏莎行

桐鄉沈鴻逵鑑齋

白石風流碧山珠玉花間花外翻新曲按牙吟到海天秋一聲鐵笛寒山綠放達靑蓮隱淪金粟荒江一臥雲藏屋分明囊錦護煙霞同留十頃高人竹

古山表甥書來校刊　思巖舅氏藕村詞稿感昔紓懷因成長句

陳遂雲樵

蜀江紅鯉傳書至一卷新詞遠緘寄密字珍珠多古香猶記涉園舊時事涉園亭榭我曾遊少日常盟北渚鷗曲曲煙波通鏡檻層層花木掩書樓樓中萬卷伊誰守文采風流說吾舅點筆爭籠逸少鵝飛觴爲鼓相如缶時有閒情賦短

篇金荃譜就獨揮絃衰草微雲秦學士曉風殘月柳屯田卌年零落悲羣仲石火電光同一夢玉軸牙籤付刼灰鴻文覆瓿知何用幸賴平原宅相賢苦心搜剔到殘編酬恩已乞 絲綸賚壽世還徵翰墨緣我愧粗官已衰醜垂老猶憐乏升斗湖水湖煙滿洞庭故鄉萬里徒回首把卷燈前不厭頻朗吟幾度重沾巾誰憐此日西州慟頭白當年賭墅人

古山内兄以所校 尊外祖張思巖先生藕村詞稿寄示展讀數過謹題四截句以誌仰慕之忱

王崇本初菴

少日才名比謫仙蕭閒池館最清妍花間低按紅兒拍贏得新聲繼玉田

俊眼常誇宅相奇機雲總角仗提攜今看 鳳詔鐫華表鄉曲人人羨 紫泥

涉園煙月迴生愁華屋山邱感舊遊一事重泉知慰藉卌年心血有人收

尊前展卷細披吟花月湖山供養深我亦梁園舊詞客塵勞無計得抽簪

藕村詞存目録

藕村詞存

海鹽張宗橚　詠川

江南好

茸城道中

江南好垂柳滿沙堤風送早潮雙槳急雨催殘日片帆低芳樹曉鶯啼

前調

江南好歌棹荻蘆間薄霧輕煙迷渡口落英芳草滿溪灣何必武陵源

前調

江南好小艇泊孤村半夜鐘聲來野寺一灘月影過柴門攲枕酒微醺

臨江仙

紅藥開時花漸了千山又聽鵑啼聊斟濁酒譜新詞句從愁裏得春向醉中歸

須信繁華難久駐雲時回首都非憑闌永日送斜暉熏風吹碧草微雨潤黃梅

減蘭

松韻齋夜坐

花飛日暮樹底陰陰橫薄霧月上黃昏對影揮梧酒半醺　銀燈重翦睡思偏清詩思亂知共誰譚自檢陳編走白蟫

點絳脣

春暮書感

一望園林濃陰漸滿鶯聲老落紅誰掃曲徑溪流遶　急雨斜風都送春歸了傷懷抱五陵年少空想春光好

眼兒媚

庚戌初夏同舍厂兄往雲間就醫計程三百餘里或侵曉候潮或傍晚繫纜垂楊芳草小市孤村無不歷歷入目清景怡人頗足慰遣因借東坡詩作起句塡此數解

安心是藥更無方聯袂上輕航一灣流水數聲柔櫓漸遠吾鄉　婁江東去推篷望歷歷數村莊垂楊影裏疎簾開處掩映新妝

前調

安心是藥更無方陌上有新秧欲晴還雨乍寒仍暖已近端陽　紅葵綠艾紛無數輕棹過横塘沙鷗戲水江豚吹浪煙靄茫茫

前調

安心是藥更無方繫纜對斜陽一鉤新月一行宿鷺一片波光　初晴最愛沙痕軟閒立晚風凉柳橋沽酒漁燈乞火容我倘佯

浣溪沙

庚戌除夕獨宿愛日堂

漏斷銅壺疊鼓寒孤燈明滅不成眠披衣起坐淚潸然　四野悲風鳴樹底五更殘雪落檐前傷心怕說是新年

滿庭芳

聽濤閣對雨感懷

燕子低飛魚兒競出滿林煙霧濛濛漫登小閣時序苦匆匆莫問夭紅豔紫花徑裏一片苔封憑闌久猿驚鶴怨淒咽向霜空　情懷當此際愁腸縈損淚眼朦朧任春歸花落莫怨東風但怕黃昏時候蕭蕭雨響滴梧桐傷心也亭臺依舊無處覓音容

一翦梅用獨木體

一寸柔腸萬斛愁天遣多愁那得無愁江天風月總生愁不是春愁不爲窮愁底事言愁始欲愁點點清愁片片閒愁憑將斑管一驅愁未解消愁轉更添愁

減蘭

一簾春雨暗裏催將春色去到處暝迷惟見銜泥燕子飛　鈿車閒却誰向西陵尋舊約甚日新晴今夜燈花細細生

前調

花開花落一片閒愁無處著寫入新詞絕勝銜杯酩酊時　賦情須雅掃盡浮華眞醞藉却怪周秦羅帶香囊惱夢魂

瑣窗寒

珍珠梅亦名摋碎梅花清明後籬間盛開香色殊勝爲賦此解

紫陌風輕紅闌雨過梅英飛盡香魂已化別報一番春信問何人妬殺冰容輕綃揉碎遙難認縱疏籬堪寄暗香微度繁枝猶嫩　幽恨憑誰問似鮫人易泣淚珠都隕解珮攜來夢遶湘臯無準想驚鴻舞罷妝殘樓東一斛愁瘦損傍柳陰貪睡懨懨許梨花相近

綺羅香

杏花

弱柳絲垂夭桃瓣落春色江南將半霧雨霏霏染就胭脂深淺畫樓外雙燕新來粉牆頭一枝初見最銷魂深巷經過賣花聲裏繡簾捲　長安歸路應記爭羨瓊林賦罷馬頭爛漫遙指前村處處酒家堪戀撲羅衣陌上紛披插香雲鬟邊斜顫問何人吹笛天明坐中疏影滿

臨江仙

綠暗紅稀小窗寂寂微雨初過月痕映射一壺獨酌陶然竟醉以小詞寫之

林際楡錢漸密堤邊柳線初分昏雅歸晚奈離羣斷雲含雨零亂入孤村　掃徑紅留花影臨溪綠帶苔痕朦朧新月又黃昏小窗無伴殘燭對清尊

蝶戀花

秋雨

一片冥濛天似醉作去聲冷催寒淅淅添秋意落葉滿階飛不起數聲又到芭蕉裏　午夢醒來聽漸細欲揭珠簾衣袂涼於水莫問黃華開也未戴花人已先憔悴

前調

陣陣涼風催急雨此夜梧桐落翠知無數竹逕流螢時一度雲迷窗戶煙迷樹

寂寂空廊誰共語又聽征鴻嘹唳橫江去忽憶當年何水部滴殘檐溜吟聲苦

臺城路

鶴

胎禽本是蓬萊種迎風愛修素羽別院天高空山露冷引頸數聲淸苦月明滿樹慣獨步閒階欲行還住暫侶雞羣飄然會向白雲去　蘭巖偶影曾記問江湖萬里棲宿何處吳苑香殘秦宮簫歇舊事淒涼無數柱頭留語悵丁令歸來人民非故却笑羊公客來誇善舞

踏莎行

和許蒿廬師韻

繁杏愁煙小桃怯雨枝頭零亂紛無數欲將心事付東風無端却被東風誤

蝶戀餘香鶗啼綠樹殷勤難倩春光住憑闌觸目總關情萋萋芳草天涯路

前調

燕語猶新鶯歌未歇匆匆又過清明節欲知方寸幾多愁芭蕉不展丁香結

澹澹清輝溶溶夜月隔牆絃索聽來咽新篁脫粉柳飄綿那堪春意多空闊

前調

綺陌塵輕銀塘波暎踏靑處處遊人遍不須扶醉自忘歸而今總覺芳情減

問柳無心尋花頓孄寂寥常與琴書伴雨絲風片奈愁何豔陽搖落如秋苑

前調

金篆初消珠簾低護新詞吟罷渾無據回頭莫問十年前紛紛眼底憑誰訴

漏點頻催簫聲暗度夜深煙靄浮窗戶一場愁夢酒醒時等閒又是三春暮

原作

海甯許昂霄蒿廬

陣陣寒煙絲絲小雨花香零亂今如許暗思何似未開時此情脈脈憑誰訴
綺陌鶯啼雕梁燕語殷勤好把青枝護獨憐堤畔有垂楊春歸猶逞纖腰

舞

寶馬紛馳香風飄瞥游人競說清明節綠楊影裏颺青帘深盃瀲灩甯辭罰
夜氣如煙花光映雪共君翦燭休言別三分春色二分過一分那忍輕拋

撇

柳眼將穿蕉心不展一般都抱東風怨歸來牕下對修篁森森自覺淸陰滿
一卷楞嚴一爐香篆與君細話浮生遍新愁莫遣到鷗邊天涯舊恨知何

限

石上題名花間著句尋思都是勾留處青山一夜有啼鵑數聲已勸人歸去
剔盡銀缸歌殘金縷十年舊事渾無據鬢絲禪榻減風流但教彈指成千

古

玉壺冰

贈許思儒

青衫曾與春風約盼爾鞭先著休嫌花樣逐時新巧把鴛鴦繡出自驚人　看花走馬平生願未信而今嬾勸君努力莫沈吟笑我頹唐不似少年心

生查子　仿辛稼軒體

去年霜葉飛深閣重簾護金鴨裊香煙石鼎翻茶乳　今年霜葉飛一片愁千縷無語對銀缸欲續招魂賦

滿江紅

剗地西風早吹得一天愁到憑闌望煙迷殘柳雲連衰草繡幕文簾思往事唫牋賦筆都閒了但蕭然丈室對維摩從吾好　涼雨過溪流遶碧苔滿人蹤少

算此時此景幽懷誰攬鶴唳一聲林外出茶煙幾縷牀頭裊又何須檀板共金尊尋春鬧

十六字令

秋夜呈含广兄

愁微雨疏簾不上鉤黃昏也依舊怕登樓

南浦月

夜夢家西山先生

一點殘燈夢魂暗逐征鴻遠者番相見且喜翁長健　拍手掀髯同步蒼苔遍秋聲戰屋梁月滿驚起宵方半

卜算子

秋窗岑寂愁緒紛然弱弟冬郎以紙索書率塡此解

簾外起秋風樹底飄秋雨小院無人著意寒四壁秋蟲語　舊恨已難消新恨
憑誰訴那得吟悰似昔時寫入鸞牋句

邁陂塘

含厂兄三十初度蒿廬師有詩余述此調不作獻壽體也

記當初黏珠綴鳳韶華彈指如許文園無奈常耽病何况大招新賦愁未去見
說道詩人落拓天教與茶煙幾縷問綵筆鸞牋也須料理更覓酒家處　平生
事肯信儒冠多悞小窗盡日凝竚梅花雪後枝微吐畫出歲寒佳句尋伴侶尙
贏得對牀夜夜同聽雨斑衣戲舞娛白髮萱堂稱觴一笑且莫被情苦

念奴嬌

探梅呈蒿廬師

凍雲凝曉怎天工未放小窗新霽屐齒衝寒衣袂薄不道爲花早起竹外煙深

水邊沙冷枝上幺禽睡園林如畫珮環月下歸未　誰解喚醒閒愁煙鬟霧鬟妝點溪山媚舊日西湖留戀處青笠紅衫猶記待到明朝吟韉共整籬落吹香細先生歸後看花應少清致

疏影

黃梅花

天寒暮碧怪園林半樹蜂房堪摘縹緲仙裳薰盡龍涎不怕臘殘岑寂玉奴有姊風姿異先占立牆陰窗隙甚麴塵未舞柔條已見早鶯雙翼　遙想深宮睡起折來試插鬟淺映雅額金屋妝成冰肌玉骨長是盈盈無力錦書封了還重啟任蠟淚盤中狼藉便有時快瀉鵝黃且喜一般香色

踏莎行

僕年未三十已見二毛率賦此詞可勝浩歎

陣陣秋風凄凄秋雨幾番暗把流年度愁多怕向鏡中看等閒憔悴驚如許
紅袖休招玉纖莫妒而今不被多情誤鬢絲禪榻減風流料應難入簪花侶

菩薩蠻

小春

疎籬一帶炊煙靜紗窗日照玲瓏影恠道曉寒輕開簾聽鳥聲　陽和能幾許
轉眼韶華暮修竹晚蕭蕭可憐翠袖飄

琴調相思引

水僊用禁體

秀葉青青態最妍金寒玉冷有誰憐一枝清影先寄石闌邊　花信幾番吹未
醒孤芳獨逞早梅天水昏沙暝應伴白鷗眠

前調

的的芳心吐小蓮一叢蕹葉色芊芊畫盆移却留向紙窗看　簾外冰澌初卸冷樹頭月影暗垂煙恐花睡去仙夢落三山

前調

幾曲迴廊護碧簾暗香吹動露湛湛爲花早起摘得冷春纖　繡入羅裙添錦翼插來雲鬢妒瑤簪嫌花太濇紅袖倚微酣

殢人嬌

楊妃山茶

獺髓輕調丹砂初轉算風信梅花較晚一番夢覺柔肌倘㬉想卯酒餘酲粉勻香汗　帶雪偏嬌臨風斜顫燒銀燭夜深試看嫣然一笑佳名已換待譜入茶經小窗頻點

生查子

天竹子

凍雀遶枝頭誤認飄金穗拾取夜深看滿眼相思泪　冉冉碧雲收銀燭珠簾裏把酒祝姮娥莫妒團圞意

行香子

黃梅花

斜倚茅堂開遍茅堂背庭陰初試宮黃檀心先孕磬口含芳與梅同候菊同色桂同香　樹杪飛霜樹底飛觴問誰教漏泄春光月微煙澹疎影迴廊想金爲屋椒爲壁象爲牀

高陽臺

歲云暮矣蒿廬師將歸花溪酒間餞別謹呈此詞

一片同雲數聲疊鼓韶華轉眼催殘飲罷離觴翦燈料是明年園林頻問梅花

發甚花開又整歸船最翛然水繞孤村雪霽羣山　歸兮正值春醪熟想掀髯一笑兒女尊前茅店溪橋而今須避霜寒也知多少關心事但臨風唯望加餐盼相逢過了元宵重話團圞

浣溪沙

送曹子彥方歸里

爆竹聲聲餞歲華十年回首事都賒漫天風雪噪寒鴉　不恨片帆飛別浦最憐歸去獨無家憶君夜夜卜燈花

踏莎行

清明漸近庭卉一一試花各填一解

玉蘭

玉豔亭亭蘭香浥浥瓏璁幾樹花成簇前身啇略是肥環羽衣初試霓裳曲

未怕臨風最宜映燭後庭一樣新妝束黃昏捲起水晶簾羨他粉蝶雙雙宿

前調

絳桃

杏已飄香柳纔釀絮牆頭又報春如許穠芳畢竟爲誰開夕陽影裏紅無數

前度劉郎舊年崔護武陵一棹今何處不須惆悵五更風任他亂落隨波去

前調

丁香

淡若籠煙光疑積雪開時長近清明節枝柔蕊小最憐渠玉人耳畔看無別

夢趁梨雲愁同蕉葉阿誰與解梢頭結搓香滴粉憶當年玲瓏欲唱聲先咽

前調

海棠

片片烘霞枝枝濕露夭桃顏色梅丰度嫣然最愛曉來看夜深銀燭休教去
翠袖誰憐朱脣無語佳人空谷今如許石家金屋未安排通明乞借春陰護

前調

垂絲海棠

紫蒂垂垂紅絲裊裊錦機似借天孫巧依稀宿酒未全醒匆匆撩鬢當春曉
燕子頻銜蜂兒慣抱一般也惜芳菲好可能繫住豔陽時醉吟拚向花間老

蘇幕遮

夜坐聞蛙聲戲塡此解

掃殘虹收宿雨靑草池邊一片寒煙貯忽漫蛙聲如疊鼓底事關卿𤸃被多言誤
剔銀燈傾綠醑聽到更深轉覺添凄楚惱亂閒眠猶不住洒菊書符我亦難容汝

步蟾宫

小窗睡起聞新蟬第一聲感而賦此

一簾紅日重門閉早午睡朦朧喚起乍來耳畔送新聲正雨過垂楊影裏　唫風力薄愁無計似花底鶯歌初試鳴蛙鬧罷蟪蛄啼算此輩那能比爾

菩薩蠻

梅雨間作愁思黯然率塡小令四章邀芷齋弟同作

濃陰漠漠迷庭樹連宵聽遍池塘雨佳節過端陽可憐淸晝長　園林扶醉處綠滿苔無數賸有石榴花擕尊對晚霞

南歌子

樹底鶯吭老窗前蝶翅稀愁雲黯黯雨霏霏只有穿簾乳燕故飛飛　薄醉酬佳節閒愁寄小詞兩情一味似兒時貪看金丸梅子滿林垂

眼兒媚

雨餘贏得晚風涼山外已斜陽半溪新溜一林新竹幾稜新秧　蕭然四壁琴書靜金鴨夜添香閑擕茗椀輕搖葵扇斜倚藤牀

踏莎行

剔盡銀釭歌殘金縷尋思往事渾無據同君曾記對牀眠終宵數盡階前雨　閃閃螢鐙盈盈蛙鼓等閒又把流年度不如相約譜新聲丁甯莫唱當時句余曾賦雨霖鈴一闋

湘月

待月

溪山向暝漸煙凝樹杪餘霞輕散小立空亭風露下已覺夜涼初遍掃石人歸採蓮歌歇只有沙鷗伴劃然長嘯倚闌閒弄紈扇　堪歎碧海青天素蛾如有

恨雲鬟羞見十二玉樓誰寄語漫把珠簾高捲晶宇無聲銀河瀉影一片幽情
遠冰輪催駕舉杯今夕須滿

驀山溪

小罨畫谿

懸崖蘸碧寂寞茅檐暮高樹帶深煙漸依約涼蟾新吐芹香藻滿淸溜滴林塘
風細細柳垂垂夜靜魚吹絮　煙蓑雨笠久矣心相與釣餌自忘機算白首也
如鷗鷺淸泉細酌誰喚起閒愁蘋花裏綠波中倦網輕輕舉

臺城路

螢

露華初化牆隅草熒熒亂翻金井映水斜飛穿簾暗度數點流輝耿耿隨風不
定訝隔樹花生醉魂驚醒最憶西湖幾番照我泛煙艇　蘭閨夜涼偶過晚妝

繾理罷繡檻慵凭羅扇輕招紗籠細拾玉骨冰肌相映何人記省悵夢斷隋宮也無片影謾向書窗伴人更漏永

疏影

紅葉

楓林染處見晚妝乍了多情青女轉綠移黃似媚秋風點點臙脂濃注曉來慣誤尋花蝶笑栩栩漫尋枯樹向夜深飄落吳江別報一番紅雨　回首深宮渺渺御溝尚在否誰寫幽素遠上寒山石徑停車贏得樊川詩句還愁醉眼模糊甚錯認作斷霞無數但只願盡化丹砂好把酡顏留住

高陽臺

落葉二首

帶雨敲窗隨風舞樹颯然愁滿中庭記得新涼井梧先報秋聲斜陽尚映珠簾

額甚淒淒聽盡寒更啟柴荊遙望孤村已見疎燈　洞庭波闊無人到想長堤漸沒深谷初平付與山僧供他幾夜茶鐺繞枝烏鵲頻驚影怪園林一片空明倩丹青添箇寒雅寫入湘屏

前調

花外歌殘山中句絕何人解賦霜林撲面紛紛斷腸小立牆陰鍾情怕拾相思字盼三生緣斷瑤琴漸更深堆滿空階歇了蛩吟　春來猶記紗窗下正簾鉤寂寂雲影沉沉轉眼丹黃誰知又到而今輸他花瓣黏苔徑尙幾番載酒重尋最難禁南北東西都是傷心

同作　楊源雲耕

老樹翻紅疎林捲翠幾番搖落難禁策策悽悽悠揚似和清砧飄蓬蹤跡紛無定怪酸風吹動離心度牆陰覆徧蒼苔舞徧江潯　欹斜莫辨三三徑任

零煙漠漠斷雨涔涔檢點茶鐺呼童去掃遙岑攜笻獨立柴門下俯長堤流水愔愔漫沈吟錦瑟華年夢裏重尋

前調

薄襯霜橋平鋪雪寺有時淺漲漁汀望裏枯枝戀巢烏鵲先驚月明高館鴻飛候尙蕭蕭急灑窗櫺一聲聲兀坐黃昏聽到殘更　穠陰回首偏增感記桃腮暈碧柳眼舒青匹馬關山夕陽愁見空亭淒涼半作黏泥絮伴寒蛩草際幽鳴悟無形夢化蘧蘧都付莊生

金縷曲

戊午歲暮蒿廬師見示疊舊韻金縷曲二解命余賡和因塡此闋祇自寫其悲思非敢呈於長者之前爲獻歲計也

風雪飛庭樹餞年華聲聲爆竹霎時催暮草草匆匆成底事依舊頭顱如故但

怪得鬢絲無數人到中年歡意減未中年沒箇爲歡處珊枕上泪痕聚　百端交集眞難訴最堪憐轉喉觸諱奇書都誤見說春來花信好却恐仙源迷路歎一錯六州難鑄不見羣兒誇拾芥笑守株空待終無兎吟未了猛回顧

原作　許昂霄

又是愁來路看寒宵殘缸似豆黯然無語屈指花晨連月夕消得醉吟幾度已早被啼鵑催去象管鸞牋鸚鵡盞猛回頭總是傷心處眞箇錯再休誤江郎才盡何人數況心如黏泥柳絮肯隨風舞斷梗飄萍成底事暗悔當初情緒待招取眠鷗爲侶只恐煙波風更險問白鷗也道今非故腸百結向誰吐

夢斷華胥路正三更紙窗風咽宛如私語起坐挑燈思往事減盡劉郎丰度問甚日送將窮去人道澆愁須縱酒奈酒酣沒箇悲歌處誰肯恕醉人誤

天寒翠袖知無數任紅樓曲眉鬭畫纖腰逞舞見說銷魂橋畔柳不似依依張緒休錯認燕鶯儔侶蕭譜重翻花樣改更中書老矣將軍故緘予口莫輕吐

賀新郎

賦贈芷齋弟花燭之喜

咫尺藍橋路正良宵翠尊雙飲燈花如語爐炭漸消窗送曙早已妝成徐步又何事頻頻迴顧兩點春山猶未畫倩生香彩筆輕描取含笑問入時否　香匳樂事知無數譜新聲玉纖細掐玉簫微度爆竹驚寒儺鼓鬧可記兒童情緒算未抵瓊鉤響處玳瑁筵開留客醉盼明年預頌螽斯句娛白髮壽觴舉

燭影搖紅

爲楊君蘿村詠紅蘭花

炎海霞烘，夢回空谷妝初換。莫嫌紅粉損高標，恰稱雕闌畔。暗憶湘江路遠，染鮫綃、啼痕一片。者回相見，幽恨依然，餘酣滿眼。　燕尾輕分，幾番飛下尋香伴。托根綺石是丹砂，不信仙緣淺。此際光風漸轉，問騷人、行吟已倦。好攜畫燭，更撫瑤琴，夜窗彈遍。宋向伯恭蘭花詞：不將紅粉汚高標。海錄碎事：紅蘭俗呼燕尾香。

同作　許昂霄

空谷佳人，妝成也愛胭脂點。靈均漫擬結同心，未識春風面。楚水湘雲夢斷，印枕痕、餘霞滿眼。似聞長嘯，已發嬌嗔，應羞自獻。　入室香清，座中唯有飛瓊伴。幾番紉佩在榴裙，一色渾難辨。記爇蘭膏笑看，訝靑子、俄飄紅片。所思何處，留得朱顏，依依澤畔。

和作　張載華

絳雪丹成，蘭翹別後重相見。幽芳可是怕無媒，故把胭脂染。春色撩人一點又何須新滋九畹鶴頭微側燕尾輕分迷離難辨　夢結同心起來日影紅窗暖阿誰沉水網珊瑚記取瀟湘畔賸欲留香再煉訝燭花風前爛漫且斟浮蟻細讀離騷餘酣暈面楚辭蘭膏明燭王逸注云以蘭香煉膏也

孤鸞

和外兄查安侯悼亡兼以代輓

霜風淒緊悵琴斷冰絃塵昏菱鏡爾日潘郎漸覺絲生雙鬢黃昏又吹暗雨畫簾垂一燈孤映試聽階前點滴和淚流難盡　記年時檢得釵頭茗更手瀹清泉預防酒醒曙色侵虛幌早新妝初整雲鬟時玉臺寂寂滿屏風悼亡篇詠此恨憑何消遣向維摩徐證

金縷曲

余年三十有九忽喪長兒悲悼之餘殊難自遣家寒坪兄賦此二闋見

慰蒿廬師亦有和章依韻奉畣

未老心先悴恨無端鷹風吹動燕雛驚墜宛轉呻吟曾幾日誰料魂呼不起問奪去匆匆何意四十明年誇暮景算衷腸好處分悲喜都前愛一朝棄　百端交集胡能已最堪憐飄零壯志隙駒嗟逝事到傷心難自遣痛比西河差似臏有淚千行誰止枉讀南華齊物論感瓊瑤兩地更番寄吾過矣猛然記

前調

骨瘦容顏悴枉蹁躚經年書史邈如雨墜一盞靑燈勤課讀曙色穿窗喚起有誰識阿翁深意也道生兒休舐犢到而今空憶懸弧喜望易斷愛難棄　挽鬚問事分明已尙依依夢魂頻繞夜臺催逝惡業皆由吾累汝露電光銷相似捹便作忘情須止名姓粗知看幼子理殘編聊望他年寄憐渠小未能記

原作　張宗松寒坪

得氣蘭偏悴似無端驚秋一葉井梧飄墜莫便神傷悲夭折抖擻心情扶起更此後眠餐留意供養他年頭未白看童烏繞樹猶堪喜銜殘粒莫抛棄淒涼舊事心何已憶當時金鑾亡後阿崔新逝曾賦窣歔腸斷句恨與樂天相似但老淚欲彈還止眼底兒郎都愛好算人生修短終如寄肺腑語爾須記余昔年悼燿兒句酷似香山老居士金鑾亡後阿崔亡

前調

舐犢心原悴更相看黏餘蠟鳳淚珠傾墜投劑刀圭疑輕試那得扁盧重起問頓足椎胸何意懊恨從前眞箇錯又何如破涕爲歡喜甑已破也須棄牽衣繞膝思難已到而今聲銷影滅飈流雲逝福分癡騃能消受莫問生兒誰似便黃鵠高飛終止竹馬鳩車嬉戲外儘庭花砌草情堪寄須排遣旋忘記

瑤臺聚八仙

題馮曠庭先生看奕圖

巖氣延秋風乍起罳罳響振蒼蚪偶開三徑幽興只共羊求幾處涼蟬聽漸咽小庭一夜葉偏稠動紋楸子聲磔磔鎮日凝眸　心空澹然袖手任雲翻雨覆局罷難留畫棟珠簾游踪過眼都休先生昔年曾作豫章之遊而今蕭閒自樂更相狎仙禽便是儔松陰轉笑枯枰寂寞此意悠悠

玉簟秋

題荷淨納涼圖

一片頗黎落檻前風過花翻露滴珠圓水亭消受嫩涼天已帶輕紈更啜清泉深宵解事有雙鬟好似錢錢可似田田圖中列二侍女數枝折向膽瓶看禮罷金仙喜動眉端

滿院春

聞鶯

寂寂簾櫳冪曉煙山禽海燕太無端且攜斗酒小亭前花映柳遮歌宛轉雨香雲暖語纏綿自憐畢竟勝人憐

點絳脣

鳳仙

鳳去臺空仙魂別化熏風候疎花如繡籬落蛩吟驟　曉起香閨摘到還簪否春纖瘦金盆染就銀甲紅微透

鷓鴣天

游絲

踠地無聲細欲浮非煙非霧倩誰收巧纏燕足扶難起閑逐蛛絲結未休　情

縷縷影悠悠有時引夢出紅樓可能挽住韶華否明鏡朱顏正自愁

廣寒秋

玉簪花

露華洗罷月痕琢就光映雲鬟瑤髻折來纖手對菱花也不數金釵十二　銀屏乍掩殘妝半卸借取搔頭頻試紅羅燈暗夢悠揚恁忘卻枕邊斜墜

思佳客

白蝴蝶

不御鉛華太瘦生練裙化就最輕盈倦棲瓊樹原無影愛撲楊花似有情　垂珠箔剔明檠者番夢去更分明莫教舞入棃園裏纖手頻將素扇迎

琴調相思引

畫閣新晴春意濃流鶯啼到綠陰中日長風靜花影隔簾紅　倚檻有情調翡

翠熏香無力繡芙蓉閒尋好夢獨自掩房櫳

步虚聲

深院晚綠樹映紗窗閒步蒼苔看月上落花和露膩鞵幫含笑剔銀缸

小重山

翠幙低垂雲母屏綺窗風月好嫩涼生鸞牋象管譜新聲香肩並忍負夜停燈

金鴨篆煙清憐他羅袖薄不勝情欲將纖手按銀箏雙蛾斂漏斷已三更

臨江仙

西湖泛舟

南北兩峯初過雨沿堤芳草如茵綠楊一帶鎖朱門飛花冉冉遥映倚樓人

枝上杜鵑啼不住霎時又送斜曛第三橋畔最消魂停橈淺酌歸去尚逡巡

試香羅

綠樹含風起翠烟晚妝未整髻鬟偏夜凉攜手畫簾前　紅濕金蓮花有露光
搖銀燭月當筵從今不必羨驂鸞

減蘭

偶至寄林芷齋弟方點勘前漢書賦此寄意

疎簾清晝羨爾丹鉛長在手濁酒須傾劉項興亡恨未平　六朝五季割據羣
雄誰得比芒碭雲霾更有何人痛哭來

西地錦

梅雨連宵庭際紅榴吐花偶賦此解

數到楝花春去正廉纖梅雨濃陰滿院猩紅一點又疎疎微露　顛倒青苔誰
護記昌黎題句須知此地斷無車馬莫惜吟懷苦

如夢令

雨中寄楊巢雲

夜雨茅檐如注門外水添無數記得去年時把酒送君南浦無語無語遥聽一枝柔櫓

點絳脣

菖蒲

艾葉萱芽一般相並雕闌畔靈苗如劍最愛風中颭　九節芳根刻作葫蘆看輕輕浣綵絲繫腕暗祝人長健

風入松

題楊蘿村攜杖尋秋圖

一泓秋水漾晴沙茅舍傍溪斜杖藜目送飛鴻去任西風摧換年華紅葉輕霜初醉碧山落日餘霞　尋春銷夏興都賒物外更清嘉披圖笑問眉端喜算閒

中庭事堪誇遮莫重陽過也先生愛覓黃花

前調

南村室邇歎人遐門徑靜無譁短笻可許儂偕否指青帘隔岸誰家拚却醉扶雙袖那知路轉三叉　星星燈火影何遮略見樹槎枒小橋連夜新添漲望平疇却少桑麻應是雲間夢好依然泖上生涯

邁陂塘

祝家含广兄五十初度

漸陽和吹回黍谷良辰恰值初度百年風月纔過半只許閒鷗爲伍揮玉麈認綠鬢依然不負田園趣從今細數盼雪霽池塘春生臺樹都是醉吟處　情懷好開卷樓頭容與近築對山開卷樓圖書上下千古捲簾指點春山色早又苔枝香吐花底步但笑御潘輿已足娛垂暮歲闌相語願滿酌霞觴壽筵長侍十載更重

賦

天香

詠桂

別浦雲歸中庭露冷又看秋色如許瓊葉千層珠英萬點那管蕙羞蘭妬相思何處空悵望碧天欲暮月鎖重門夜靜飛英滿簾香聚　當年酒狂起舞盼蟾宮一枝攀取彈指故人高第與誰同步荏苒年華暗度歎衣惹新香不堪賦謾向燕山還吟舊句

前調

韻沁香奩光搖金屋迤邐曉妝人起濕翠黏鬟遙山映額十二畫欄閒倚秋霖乍霽最好是飄來雲際涼影樓臺浮動黃昏多少情味　漫整犀帷鴛被拂新馨兔華如水滿眼瓊思瑤想碧紗簾裏斜剔銀燈蕊細問玉杵糖霜搗還未好

伴霞觴頻斟綠蟻

同作

海昌 許用良 選堂

雲護瓊枝風飄玉穗乍聞知在何處鷲嶺氤氳燕山馥郁蘭麝料應輸與中秋近也問染得金波幾度時向月窗消受無聲滿庭清露　團圞開遍如許綴宮黃不隨靑女衣惹新香吹入畫闌偏古寄語遊仙伴侶可容我相攜廣寒去攀折他年一枝領取

前調

幽谷秋蒸疎簾暮捲暗鎖一庭香霧碎滴星珠抛殘金粟萬斛梢頭難貯幾番涼吹任狼藉縕黂誰主知是霓裳舞罷飛瓊也休相妬　尊前且傾綠醑月朦朧微雲來去見說王孫寥落與誰共語莫問瑤宮玉宇待招隱還吟小山賦猶記淸暉芬芳滿樹

齊天樂

詠李用史梅溪賦橙原韻

西園漸聽梅霖歇枝頭碧實初見紫粉頻吹青房乍摘最好晶盤薦晚風飄香遠伴村味黃瓜閉門休怨試和清醪炎天飲罷幾人健　鵝池閒弄醉墨問來禽配否尺素曾遣井側誰尋道傍易摘留得瑤光數點冰泉洗軟悵路隔華池元雲都散甚日南皮高會榼攜滿說林立夏日取李汁和酒飲之名駐色酒抱朴子蔡誕入山還語人云崑崙山有玉李光明洞徹而堅以玉井水洗之即軟而可食玉襄內傳五雲丹山上有元雲李食之可得仙

同作　張宗栴 汝棟

漢宮青綺誰分種離離影疎頻見弱縷中懸豐肌小摘色暈遙天霞晚風流夢遠奈佳味閑情玉華幽怨爭似仙山湌來上藥鎭長健　甘瓜沉共冰水幾番清齒煩暑喝曾遣淺碧含漿輕紅膩粉只少纖纖一點兜羅手軟化千

憶香林恁時消散且喜花晨看葦綃意滿元微之李花詩葦綃開萬朶

同作　張宗松楚良

房陵佳種銷沉後徐園數株纔見檇李已不可得見其次即徐園李此則核小而實未大殆徐園種之次者雪穀宵明劉屏山詩雪穀萬株李楊誠齋詩遠白宵明雪色奇葦綃晝縞葉暗青房春晚李嶠詩葉暗青房晚簾櫳近遠幸防護週遭雀啼蟲怨乍夏熏風甘漿入口便清健　人間煩暑最酷冰盤無鶴頂唯此消遣額暈微黃肌含淺碧更帶猩紅幾點涎流舌軟看匝樹勻圓傾筐零散自媿分甘水荷包未滿方干詩却用水荷包綠李

高陽臺

竹夫人

巧織湘筠恩分夏簟宵征不抱衾裯玉體親承任他肥瘦堪儔情知莫礙鴛鴦會怕有人誤認溫柔數更籌月轉琅玕影動羅幬　玲瓏胸次銷魂甚算冰山

可倚月陣都休漫學橫陳嬌癡小婢曆羞空城夢斷疎何處尙依然林下風流

攖離愁紈扇涼颸一樣驚秋

綺羅香

題芷齋弟采菊小照

露洗空林霜飄曲砌閒伴黃花爲主刈草分栽好把槿籬遮護喜漸近江雁來

時更莫詠滿城風雨向枝頭小摘寒香餐英賦罷獨延佇　園亭曾記同步幾

費開屏結塔那回情緒指庚申辛酉年事對畫沉吟顧影漫嗟遲暮指屋角好片青山

是歲歲登高何處但笑我鬢已蕭疎折來堪插否

減蘭

戲題采菊圖

冷楓倦舞籬落吹香秋已暮開遍新晴不費褰裳冒雨尋　選枝合態影度吟

邊淸韻在獨立蒼苔可有騷人送酒來

前調

數椽茅屋瀟灑琴書眞不俗緣鬢朱顏相對黃花忒也閒　披圖暗哂老圃生涯非爾分倚杖柴門讓我東籬作主人

天香

詠淡巴姑和楊甥曼圃

翦罷金絲搓成翠縷羅囊窄窄堪寄破悶須拈驅寒慣吸味與麴生差似相逢舊雨乍握手荷筩頻遞惆悵吟悰未就擕來枕函斜倚　西窗夜凉雨霽試緼賚便添幽思記否停轎乞火水村山寺幾隊宮鞾細馬訝霧繞雲鬟裊裊難起別貯洋磁更憐擁鼻

原作　楊源

瀛島傳來閩山分翠江鄉近日多有綠葉初勻金絲細切味比檳榔差厚玉纖拈得待吸取清芬盈口縷縷巫雲輕颺餘痕隔簾微透　筠筒一枝在手悶無聊儘消閒晝留客茶鐺未熟探囊先授最憶宵寒時候頻喚剔春燈小紅豆幾度氤氳如中卯酒

邁陂塘

送家曉堂兄赴昌化學博任

記當初馬蹄蹀躞才名播滿燕市三十年纔把青袍換領略閒官情味帆挂未望千頃澄波掩映松煙翠汲泉樹底伴苜蓿堆盤皐比擁座差勝折腰吏　分襟處怎奈登高近矣茱萸偏惱人意鱣堂縱有青山好莫忘白頭諸弟堪戀是指月榭風亭不少聯吟地尺書頻寄問甚日歸來荊花無恙花外杖交倚

桂枝香

練峯姪爲予課讀諸子約半載矣入秋將赴省試因塡此解送之祗寫
其屬望之殷初不計詞之工拙也
涼飈吹到算半載芸簾相依昏曉漫把離尊極目槐花黃了官橋野渡維行處
盼柳汁染衣多少蠶聲午夜安排筆底繭絲縈繞　念我已頻傷毷氉問蛾眉
深淺不堪重掃翹首靑雲賴爾竹林名小休嗟暮景儒冠誤但飛騰幾曾衰老
須知萊綵斑斕更奪錦袍歸好

靑玉案

題畏之姪品硯圖

紫雲一角天南遠記割取幽崖畔圭璧方圓堆滿案戲嘲龍尾還憐鴝眼鎭日
摩挲遍　牙籤錦軸盈千卷也要研朱事修纂盼望他年人共羡玉纖親捧煙
華染翰不是君苗伴

金縷曲

同學許香峯將解館歸率用舊韻誌別

飛雪溪橋路正霜禽偷眼梅花留君且駐童稚情親誰得似交誼依然如故但怪我鬢絲無數一盞青燈回昔夢記聯牀十載同聽雨雲易散萍還聚　年來已覺傷離緒尙幾番柴門握手月華新吐轉眼西風驚落葉掩袂此懷難訴又何况啼雅催去小立空階當遠送料從今兩地相思苦尋後約肯來否

壺中天

用宋黃玉林韻題竹林小照

篔簹幽谷望檀欒一片翠陰庭宇帖石疏泉聊自悅不用玲瓏窗戶尋壑經邱哦詩拂袖放眼都成趣園蔬堪摘客來茶罷催煮　猶記三徑初開騰觚飛爵爛醉琅玕塢閑把生綃揮瀋墨使我徘徊翔舞最好新秋臨風邀月長作烟霞

主蕭然高致底須淇澳深處

蝶戀花

題周白巖拈花索句圖

遲日烘晴花弄影空谷吹香又報芳蘭信纖手摘來羞插鬢含情爲乞毫尖潤

島瘦郊寒都莫問試數才華小杜差相近年少風流吟不盡烏絲寫罷圍紅

粉

解珮令

題陳君勉齋藝蘭圖

田家荆好韓家桐好總不如謝庭蘭好乍轉風光帶清露幾叢開了坐苔茵幽

香頻繞　蘭山路杳蘭溪波渺問蘭亭恁時攜早並蔕連枝可比得雙丁兩到

報春暉主人未老

廣寒秋

題蘭榭東谷兩弟對牀風雨圖

池塘夢罷沉沉此夜那得連牀同賦知他姜被有奇溫更幾度聽風聽雨　車驅燕市帆飛越嶠（指丙子後十年事）怎及故園長聚庭蕉砌竹儘堪圖休忘了翦燈絮語

掃地游

題茂度從孫滇南行旅圖

刀環唱罷正匹馬驚嘶點蒼山翠倦遊萬里聽霽猿狖鳥夕烽又起曉角遙吹試數關津第幾瘴煙地只憑仗塞鴻尺書頻寄　翦燭心暗喜喜踏遍蠻邦也成歸計薄裝卸矣算不負阿翁倚閭深意夢斷滇雲寫幅畫圖猶記殘宵裏酌椒花故園風味

終

涉園題詠

海鹽張鶴徵輯

族孫元濟謹署

重

宣統三年六月上海商務印書館用活字排印

涉園記

吳江　葉燮　星期

涉園者海鹽張都諫螺浮先生所作也康熙辛未冬都諫令嗣皜亭邀余館於園旬月悉得其園之概因爲誌其廣狹高下尋丈凡峯巖谿壑與木石屋室悉得其狀而知其名遂以次而著之各以其序亦異於遊覽者以寓諸目者爲文也

出邑南郭門由石堤南行三里許至涉園門門東向顏曰涉園入門西北行石徑闊三尺兩旁皆高厓緣厓箐篠密布高六七八尺不等叢篠中高梧老梅夾路倚厓如垣如屏厓外繚以石牆行二十五步許得門門隙牆中廣四尺名棲賢擬廬山谷名義游廬山者自棲賢爲入山第一步也進棲賢門有兩路大路自門往西折北又折西折北三共得三十六七步至來青門棲賢至此兩厓益險伏怪石箐間高低百數不可狀路逐坂上下坂下澄潭漣漪杜芷靃靡高木

蔭不見天名桐陰蒿徑來青門作圓照進照三四步又一門門題靑蓮句月下飛金鏡雲生結海樓復西南行三折又折西徑如來靑坂益高樹叢益密益幽步五十餘始出谷臨希白池頳雲巖石壁下

希白池慕樂天池上遊故名池居園中央東西四百餘步南北不及三百步周約千步納五龍澗南澗西澗之水而出水於石梁澗池正南翠照三峯迤西則翠照坡與南澗坡東西對犬牙相峙處則南澗口也西北則西澗口稍迤北轉東爲石梁澗澗口在焉翠照三峯正中趾爲洄洑瀨稍東爲蒼龍壑壑下卽五龍澗口絕澗而北爲頳雲巖一帶怪石爲壁波潰焉逸過蒿徑口卽入園至濠濮館之初徑濠濮館踞池之北面南臨池此池周遭之大路

濠濮館三楹廣三十四尺方二十六尺居然濠濮額爲合肥龔先生作堂背書香山九老會詩都諫公意將投老焉階前地約三十尺怪石拏攫作坡入池蓋

池之東迤南盡南及西而稍北池面八方以北一爲館其餘七皆峯壑巖頂坡坪橋瀨谿澗木之干霄拔立俯地紛披無不萃濠濮館前蓋園以此爲正衙無一不在几案也由蒿徑口出臨池東北涯循頹雲巖東壁行約十餘步至五龍澗口北岸岸口石竦立池沿叢木羅生其上循澗東北岸行約十五步上杏花臺杏數十本四覆臺畔又東二十步餘對澗北岸可漱亭在焉由杏花臺下坡石棧二十餘級至五龍峽峽爲四山交會處陂陀龍攫螭舞蓄水停泓涓涓流入澗石碁布水中褰裳涉復緣石磴曲折二十餘級上坡東北屆梅海坪坪中間爲石臺傍設石十許可坐臥横尖石長丈許如匡盧簝頭箭峯因名簝頭箭石梅海跨五龍峽南北界縱横千尺餘疎枝老幹爲百者二亦名香海坪東接桂林老桂百枝敷榮密布如幕列石布坐傍一石蹲踞嵌空空深五尺許如虎豹窟桂林東盡處一石高八尺餘徑五尺餘屹然立石背卽石牆界蒿徑者也

鑿牆爲小門出門右爲叢桂小山橋橋南北二道北道由橋東北行右皆高岡迤邐竹千餘竿左則桂梅桐共百數右岡下有溪微流自竹間委迤出三十步過叢桂橋下橫經桂林梅海中盤旋入五龍峽出澗行三十餘步復隙牆爲門門外傍一石高丈餘徑十之七叢牙豎羽岑嵂聳立循石西行十步許至栖賢門内會蒿徑卽至濠濮館徑分處也小山橋南道由橋南西行二十五步至偏宜偏室范撫軍覲公筆有跋室北向方廣一丈二尺室東南隅有牖出牖循西廊至樸巢巢南向三大楹東西三十八尺南北二十六尺後有軒鸞翥峯窺軒而立高十六尺連峯兩翼稍下展障軒後石竹葛藟叢糾上下巢東室爲半眺閣室左爲望海樓樓高俯園内外東南西皆牕無不窺額方壺几案亦范撫軍筆也巢前有榆七株高可十丈蔭五六畝虬枝霜幹橫列巢前虧蔽陰森樹下散置黃石百許磴折漸高自望海樓趾上岡坌起連屬盤磴連棧如羣馬奔槽

六十餘步盡岡西高四十餘尺名風篁頂爲岡之西峯而實爲攬潮之東峯也岡上下綠竹萬竿如千疊雲濤蔭滴瀝石磴苔蘚羃歷痕沒不可辨由樸巢西趾緣岡上至岡腰又折而上三折四十步許至笠雪巖巖爲岡西北分支高亞風篁頂頂平方二十餘尺周以朱欄兩層有橫石丈餘補朱欄南面鬬玲瓏而平可施坐巖北臨梅海西俯五龍西南與風篁頂對峙蒼松上出岡頂翠竹緣岡上下作東南障四望如在千谿幽谷中下笠雪巖西行十五六步下坡橫石如眠牛爲喘月峯稍西北爲踽步峯又西折南兩步爲舞袖峯皆以形似也踽步峯正當可漱亭南檐際亭壁爲臥龍巖雙石如龍夭矯而臥亭枕五龍峽南岸腰西對南西兩澗峯峽口灌木蓊鬱清籟戛戛南澗峯高松如蓋數十屏障於前幽祕如在世外此園東界北南之境也

由可漱亭循五龍峽南厓而西石皆壁立高二十丈不等步二十許經蒼龍壑

石壁作環抱峽稍寬松密布壁上下壑西又十數步爲翠照三峯中一峯高三十五尺許左右兩峯稍亞峯勢削成石理旋紋洄潏奇駭不可名峯趾逼希白池爲洄洑瀨瀨東即五龍峽口也翠照北面正當濠濮館南面希白池界其中爲園之南北分處由翠照西十五六步漸高又下入初峆谷谷廣三尺餘深二十五尺峆內作蜿蜒狀捫壁出谷循級登西南行忽折而上登朝宗坪坪以園之北東西諸山水屋室木石皆向如朝宗故得名頂平闊約可盤馬其下即峆中空坪背枕一線天峯峯爲峆中南壁由峆罅一線透而出也從坪東下七八步入中峆谷行十餘步出谷拾級升南折西上六步許至四照頂登頂北覩翠照三峯如人露肩以上翠髻螺鬟羅列於前頂方廣三十餘尺雜花四周如闌由頂西南下坡盤磴窈窕一步一折夾路高杉如植戟路隘僅尺行三十許步轉北復西至南澗橋橋石板三折過橋循南澗峯麓澗西岸南行三四十步至

坐雲口此南澗西支源盡處故以坐雲名也過口往南而東經天放閣背二十餘步過雙鯨橋橋南北跨傍雙石如鯨過橋北循南澗東厓十五步復東而北三十步爲南澗東支源盡處蓋南澗又上承東西二小澗也南澗兩厓皆黃石坡高者爲石壁倣黃子久畫坡上竹隨石坂高下爲疏密前行者四折而登後行者有時反見其面此眞鳥道矣盤磴行二十餘級爲黃石海到中峯腰又攀陟而南驟高十許步復向北過小澗永思亭在焉爲都諫公妥靈處故名亭方廣十五尺許亭下澗卽名永思至東谿以入南澗過亭東北行十五步登落落坪坪四面皆長松海風自東來時作怒號微風則作竽筑無時息取孫興公賦蔭落落之長松句也坪設石桌周圍環石坐可爲觴月地南卽攬潮峯羣峯之首峯也峯拔坪起二十餘尺不可登從峯背東西迂回行三十餘步西上五折至攬潮頂爲絕頂處頂爲攬潮峯之肩東望大海卽在峯趾繞頂古梅松柏數

十樹聳出翠篠參差被頂畔東攬笠雪西俯雙澗峯北睇濠濮映掩叢篁古木中層次遠近一一可數復循頂漸下南三十餘步至雙柏坡坡廣容五六十人坡上高松數百中二柏挺然高出松頂五六尺坡東不五六步至得松亭方廣十五尺許兩松偃蹇亭前後檐亭北二十步許花神閣方廣如亭復從亭西下坡西南拾級行至松澗橋澗長僅二十尺許水入南澗之東溪過橋有聽松閣閣前山皆黄石壘高十許尺竹千餘竿南爲退思軒三楹東西三十尺南北二十四尺後復有軒前軒庭海棠六七株扶疎搖曳皆百餘年物有石高丈許闊如之色溫然名補袞石推退思義也由軒廊往西得綠淨閣閣横闊縱短退之詩綠淨不可唾子瞻詩朝雨洗綠淨兩取義也閣前有峯三柱北上天放閣閣方廣十尺餘推窗盡攬北界諸勝復自退思軒東廊出臥雪門門外爲臥雪坡往西南十餘尺過梧石瀨至蓮葉池池周遭皆廊池水至坐雲口入南澗以入

希白池傍池東涯南行十六步至乘槎橋橋三折而東至攬翠閣閣左對鷗亭皆南向臨池橋西攬翠坡坡曲有石名流波其文理詭譎復作臃腫支離狀又如松化石羣石中質之最異者高廣皆五尺餘南入蓮葉塢室亦名篔谷室南北三十尺東西二十尺窗四面外繚以周廊南北東皆池西南一帶植牡丹二十餘本界以奇石高低斷續與簾幙掩映丹檽翠楹互相虧蔽爲園中繁華處自攬潮中峯至此皆園之南界南澗及峯之南西境也

出篔谷復歷臥雪坡往西過小瀨又西二十步下北循流觴溪溪僅如帶傍溪而北四十步許至萬杉口杉色青翠皆高四五十尺林立無算又北歷坐雲口五十步上南澗峯南麓十三四步下麓北行又二十步許上西澗峯麓東北行二十步繞麓東面行又西北環峯趾二十餘步至西澗橋橋跨南北石坂長十四尺西澗水從西壁灌莽箐篠中流出過橋下入希白池橋北傍西有室一楹

題蓮動竹喧水回雲度八字於壁自室往東皆長廊臨池二十步爲虛亭亭東西三十尺南北一十二尺亭東南西三面入池踞水中央南對天放綠淨諸閣稍東則翠照三峯翠照坡斗入於池爲圓嶼南西兩澗峯坡與翠照坡相錯環峙於前又東則五龍澗口迤北頹雲巖一帶壁立如城西則北西二澗交流匯合北則石梁澗一道回抱於後四山競奇顧覽不暇亭楝間書東坡水清花動月曬魚簑百年底事不飲如何十六字從亭東北長廊行五折四十餘步至濠濮館館西北一門門西有亭曰在河之干北臨官河河北有放菴與亭相對爲精藍以棲高緇河亭南臨北澗口天雨則合東西南諸溪澗池水從石梁下琤淙流出北澗以入官河澗兩岸花藥密莳石苔厚寸許斑駁如爛錦亭西斑竹千餘竿亭南古木桐梅斜横直聳不計由亭西南曲廊宛轉十五六步至翠深處屋東西二楹設蒲團清磬爲休憩燕息地翠深處西南有半閣二楹稍下又

得閣一楹俱繞以桂短牆外皆梅花一望無涯此園西界西澗及峯䢖北澗之境也

濠濮館東北隅有書室二楹又往東迤北爲柳亭東西二十尺南北一十尺北臨官河柳植官河北岸一帶二十餘丈又東迎笑居卽來青門蒿徑口客來則於此迎也左有靑未了五楹如長廊每楹十尺亦臨官河截靑未了南壁亦爲長廊廣如南楹沿廊外植梅竹桐及枇杷櫻桃楊梅李諸果木廊南一帶卽蒿徑廊盡一便門出園此園之東南界濠濮館之南東偏也

涉園賦

平湖　孫眉　嘯夫

若夫崔巍疊嶂始皇駐蹕之區迤邐叢臺伯牙聽琴之所裴公以綠野爲堂摩詰以輞川作墅既連陌以望鄽亦前郊而後市嗤梓澤之非華陋研山之未巨遡夫都諫先生之經始也補袞功多言辭鳳闕批鱗志在夢切螭坳乃事期乎鐘鼎亦興託乎菰菱謝東山絲竹在坐韋安石杖履居郊於焉翦叢棘開盤磴環海若以庀材面橫山而結勝般倕施斤斧之神倪黃點烟霞之徑行則抱夫先憂居暫懷於獨醒名曰涉園志可知已洎乎主政公之善述也續飛翬之閣閣增灌莽之蒼蒼險峻則千尋鳥道迂迴則百折羊腸坡以平而爽塏路屢轉而遮藏爾其曲竇幽深修廊重沓凌雲以文杏爲梁布地以青瑤作甃大之錯落千門小者經營十笏葛廬之煥館涼臺李訓之飛甍複壁簾則蔽日却寒額則奔雪墮石若乃鐵爐泥料吐霧獻花仿彿王官之谷依稀李愿之家香爐之

四山懸瀑赤城之千丈飛霞捫彼幽峆想燭龍熠燿之可鑒陟茲絕巘見素車帷蓋之靡涯石則泗濱浮磬邗上排牙麾七寶之鞭始於秦政鍊九天之綵肇自皇媧人異熊渠固無勞於射虎地殊蛉邑甯有徵於化猳常山應丈而爲相穀城受書以解緺水則甘醴興神瀵潏泛青鷁兮淪漣浮大瓠兮浩漾地分高下擬三峽之奔騰壑有會歸像五龍之旋繞搖明鏡於林端偃蒼龍於木杪若乃浮李沉瓜烏稗白蓓偃以大夫之松屈以交離之叟果則有杏有桃材則爲榆爲柳服帝休而不怒采冥靈而得壽連理與交讓成行無患與長春作偶一寸二寸足滿簷何之車三竿兩竿不盡渭川之畝占春則梅先傲霜則菊後居空谷而爲主入綠池而結友祥生翠蕤瑞起叢蓍共命同心望陂塘而啁唼嗽金吐綬得洞壑而差池近水則機忘鶂鴨遶梁則巢窺鷾鴯軒禽銜字雪客傳辭繳不加而無懼矢不射而何危別有化麂仙翁賦芧狙公莎眠錦帶鈴製烏

龍騰攫於葡萄館外啼嘯於酸棗臺中然則日當上巳流右軍之觴序及三庚避劉松之暑篇成宋玉風飄木葉之時賦出謝莊雪誤川原之處雨未滴而鸖鳴日方中而葵舉恍逢仙客接靈宿於烟槎差類碧城踏閬風之島嶼山既盡而叢翠重開水欲窮而挼藍復起雖使博如爾雅未譜異卉之名閱盡山經孰定羣巒之比眞可謂極海上之奇觀盡寰中之勝景矣且夫人生行樂所貴及時從古地靈尤資人傑假令殷勤石丈小異元章嘯咏此君略殊子敬雖復袞延繡陌綿亘交衢連闤有樊重之雄緣墀擬王根之盛未足迓其數臨曾何關其一瞬茲則石苔刷碧花氣迎芬檢點濠梁偏愛在山之水提攜笻竹不矜出岫之雲蓋其才過金鑑達類步兵粉署星郎久馳聲於博物金門鵷侶長流矚於研京而猶植江東之早韭佩湘南之杜蘅餵鶴飼魚不嫌費日編籬藝圃自愛呼伻綠皴如花坐陳乎商鼎紅斑作暈案設乎姬珩點染則徐熙曹霸篆艸

則梁鵲張英高閣颺風書搖甲乙之軸叢篁出響子落冷暖之枰於是向慶烟
水之儔鄒枚文華之彥或裹糧而賦同心或策驢而謀覿面開罇疊接歡晏攬
雪袖之頻迴聽珠喉之屢轉林花豔豔名士揮毫池水沉沉平頭滌研笑蝸陣
之紛爭指蜃樓之忽現仙都可闢訝一時造物之無權盛事堪歌啓千載風人
於不倦

涉園圖記

宛平　王熙　子雍

檇李螺浮張君始遊成均以文字受知于先文貞後成進士官給諫慷慨敦氣節與余友張穠侯善穠侯南遊舍於其家數年歸而爲余言給諫之所謂涉園者臺沼林木極爲幽勝余聞而樂之已而嗣君皜亭至京師出此圖相示觀其位置紆折坡陀高下澗沚瀠洄草樹蓊翳喬松怪石嘉蔬珍藥莫不備具又讀葉已畦記則次第井然凝神睇思已不啻身歷其境矣穠侯言給諫搆此園經營有年後居京邸時時念之不置乃請假歸日從賓客游息其中傳之皜亭則堂宇益修飭果樹益滋殖顧亦以繫官于朝乃繪爲此圖置之笥篋中時一展對夫人苟心力之所聚精神之所注未有釋然於懷者況斯園實東南之勝爲給諫與皜亭所朝斯而夕斯者乎京師苦無佳樹泉石尤極難致余室之西有地數十弓疊石引水規涉園之曠淼遠不相及然每自直廬返舍輒休憩焉一

邱一壑欣然自得獨怪皜亭之有此而不能日涉也雖然天地逆旅煙雲幻景目之所成心之所寄安往不可騁懷又何必身履其境乃可暢心而得意乎則余之日涉于西園與皜亭之日涉于此圖其趣一也圖留案間凡十許日爲書此以歸之

桐城　張　英　敦復

自昔言園林之勝不能兼者六事務宏敞者少幽邃人力勝者罕蒼古具邱壑者艱眺望欲兼此數者則又有三一水泉一石一林木而臺樹堂室不與焉洪波清流容與浩渺澄潭曲沼縈迴映帶最爲增勝然城郭之間非可力致波非有源易涸易淤則水泉難奇峯崒嵂怪石硌砑龍蟠虎攫鸞翔鶴翥空庭曲徑林下水邊最爲宜稱然千里求之不易百夫運致爲勞則石難喬柯古木臃腫輪囷幹挺十尋陰籠數畝園林得此如端人正士垂紳正笏於巖廊之上又如

古君子仙人相與晤言寢處可瞻仰而不可褻翫風雨寒暑皆作異態洵園林之寶也然非養之百年貽之奕世則不可猝得東坡有倉皇求買萬金無之歎則林木爲尤難能兼此三者然後六事不謀而集吾僅見之涉園圖耳希白池渟泓涵蓄其源來自山巖間琮琤曲折爲灘爲渚爲橋爲磵穿林度壑隨處可賞則水泉勝也翠照流波諸峯備極奇詭高者觸雲低者臨水蒼蘚繡澁紫苔斑斕則石勝也松杉栝柏皆可合圍海棠可蔭廣庭老梅脩桐隨地皆有美箭十畝古桂百叢翠色干雲蒼煙蔽日則林木勝也然後爲深堂邃閣曲磴長廊以襟帶乎其間又且地臨渤海望接滄溟登臺遙矚紫瀾萬狀沐日浴月番檣海舶出沒於几席之間島嶼沙灣隱現于簾櫺之際此又涉園之所獨而非他園之所能兼有者也噫亦奇矣都諫螺浮公與余同官于朝予兄事之而與會高卓乃爾茲園皆其手自部署皜亭繼葺而新之益增嘉勝皜亭官于朝不能

朝夕居此園而繪圖置諸左右不忘先德也不忘山林也不忘故鄉也噫皜亭遠矣予有田一區茅屋數間在龍眠山中薄有溪光山色手種松桂皆不及拱把而猶念念不能釋矧皜亭之於涉園哉其繪藻爲圖形諸吟咏以紓欲見之忱固其宜也康熙丁丑歲十月望桐山學圃英頓首爲之記

太倉王掞藻儒

世之論遊者謂逸于心目勞于攀陟崇山峻嶺幽巖邃壑近或數百里遠數千里非裹糧蠟屐不可以至若夫不出戶庭坐得勝概有佚之趣而無其勞惟園爲宜然度地鳩工徵材輦石動費年月其成之既難又或身爲王臣東西南北勢不能挾之以趨則勞與佚無當均也惟有佳山水而標以園林有園林而揭以圖畫收雲煙于尺素聚江山于寸眸斯稱善遊矣吾于涉園圖見之涉園爲張都諫螺浮先生所構而爲之圖者則令嗣大行君皜亭也園有泉有池有樹

有石有軒楹之疏豁臺榭之高敞密館曲房之窈窕冬燠夏涼春辰秋夕無不宜者固宜皜亭之卷卷于斯也然我知皜亭之意又不僅此螺浮先生慷慨負直節爲時麟鳳顧不克竟其用獨經綸泉石嘯傲煙水日與海內勝流讌遊觴咏其中其生平結轖磊磵之情於是焉寄夫孝子之於親也思其居處思其笑語思其所嗜思其所樂皜亭披圖而先人之所締搆所游處顯然寓于目而觸于其心有愴然愾然而不能自已者徒較量于勞逸間以善遊目皜亭猶淺之乎測皜亭也予家婁城郊之外有園一區先文肅所經始而先太常拓而成之者也近稍葺其頽廢脩其籬援而繫官于朝僅時時寄諸夢想閒觀於此圖能無慨然感興矣乎康熙歲己卯蜡月廿二日婁水王掞恭題

長洲　韓　菼　元少

記涉園者詳矣余何記記主人天地間皆有形之區也而無形者君之故達者

入焉無往而非客也春非我春秋非我秋矣亦無往而非主也春爲我春秋爲我秋矣以余觀園林所在皆是誰中作主人涉園之始也自都諫螺浮先生先生侃侃負直聲克稱其官退而卜築于斯以終老蓋可以歸矣可以歸者主人也長公皜亭以名進士官大行聞譽日起未竟之緒其在斯乎可以出矣可以出者主人也而皜亭鄉關之思不暫忘尤不忍先搆之遺於目爲圖以朝夕焉夫譽嘉樹而賦角弓朋友且然況其子乎於此益可以覘主人然余謂主人之佳固不僅此其胸中之位置皆邱壑也無邊而不自得皆濠濮古質道貌皆松心竹筠也吞吐萬象牢籠百態則風月之神襟煙雲花鳥之至致而僻書異聞金石文字蒐羅富有尤不啻鼎卣彝舟之在列而雲雷山罍鈿窠之斑駁也所習古貞臣傑士之顯晦語默爲之嘯歌而寤歎亦如素心三益相與賞奇而析疑也以是而披圖當亦自命主人不負矣余嘗慨淵明三徑以阿舒輩一傳而

遂無聞而宗敬微欲遊名山乃寫祖少文所作尙子平圖于壁則今涉園之主人其疊無弦之琴動衆山之逸響乎余老矣不辨有菟裘或堪作客耳而主人大佳客亦不易褰裳從之其許我乎長洲年弟韓菼記

華亭　王鴻緒　季友

園亭之勝著美前錄鉅公名賢耽玩沉溺要其大凡厥有四者古巢居穴處曰巖棲棟宇居山曰山居在林野曰邱園在郊郭曰城傍謝康樂山居之賦分擘犁然螺浮先生涉園去鹽邑南郭門一里而近長君余同年皜亭居之所謂城傍者也池館亭榭之美見於已畦葉子記中具得梗概已石崇之金谷太綺繡溫公之獨樂太樸素蘭成之小園太陿狹裴相之午橋太浩衍酌是而得其宜殆他人南北而已居中央者歟試披圖而覆核之鈿走螺排則嵩山之舊隱也瑤翻碧瀲則絳守之園池也華堂別業秀木淸泉則薛大夫之上亭也石潭竹

岸松齋藥畹則韋尚書之東山也凝睇之頃已爲神怡心醉況日涉成趣朝斯夕斯開閣室以遠臨闢高軒而傍覩乎皜亭官京師出圖與記以示余余郊居數畝僅所謂簷妨帽戶礙眉者顧時時憶之非久將投老於是閱張子之園亭不覺曠然於蓬瀛崑閬間矣

桐鄉 馮浩 孟亭

國初海鹽張螺浮先生諫垣名臣也歸田後葺治涉園於近郭峯嶺泉壑臺榭亭館高低向背離合盤紆審勢相宜各成面目林樾陰森卉草蓊鬱禽翔魚泳化機暢洽登臨舒眺近則四境羣山霏嵐擁黛村落原隰錯繡鋪芬遠而溟海浸天萬里無際洲嶼點點隱現於晴光晃蕩霧氣昏濛濛中洵乎擅秀挈奇迴非園林恆趣也黄門子皜亭官行人仿王摩詰輞川圖屬王補雲繪成長卷吳江葉星期詳爲之記細大不遺曲折畢露俾觀者案跡遵途不煩跬步恍身入

而徧窮其勝　中朝名公卿競爲欣賞製文賦詩洋溢翰墨之林世衍支繁圖歸一室不敢輕心褻玩黄門曾孫東谷學博於壯歲時倩查日華别摹縮本自以小楷備錄諸公之作總萬餘言筆筆端謹仁孝之思藹然寓兹園到今百數十年景物更蒼古舊所締造渾合天成眞不減輞川之美輞川有郭忠恕先摹本視摩詰自寫差無辯處補雲日華雖遠不如唐宋神品事則相類且近時亦推好手東谷年漸老與余有姻串近復與次兒同爲杭州學官屬題斯卷固吾郡藝苑一大佳蹟可傳世者後之人其永有徵焉

海鹽　陸以謙　太沖

涉園者明孝廉張大白先生讀書處也　國朝給諫螺浮公拓爲園迄今四五世園之一樹一石無毁損者芷齋東谷兩先生爲給諫曾孫年來葺治舊園又增飾亭館數處謙嘗遊是園仰瞻古杉挺立奇石磊砢如見給諫公正色立朝

蹇蹇諤諤氣象一日東谷出是圖索題披圖數過作而歎曰是何給諫之樹德懋而流澤長也古之名園莫如洛陽李文叔記之特詳歷敍盛衰末言公卿大夫方進於朝以一己之私自爲而忘天下之治忽欲退享此樂得乎唐李衛公平泉莊自作記云鬻平泉者非吾子孫以一石一樹與人者非佳子弟轉瞬五季奇花異草珍松怪石卽爲洛陽有力者取去醒酒石平泉一石耳德裕孫延古求復之不可得竊謂衛公當唐之季相業可觀但前小用於節使後分心於報怨論者惜之給諫公遭逢 聖朝開國之初昌言不諱千載一時所著入告編上關天下國家之故下究桑梓利害之端 親政一疏建白尤偉有過於丹扆六箴者則與文叔所譏私一己而忘天下者迥殊宜其百數十年園樹如故與 國咸休永世無窮可爲張氏卜而給諫公襟期曠達不聞以木石細故誡子孫竊又笑衛公之陋也謙故表而出之爲張氏慶且爲仕宦者鑒焉

涉園雜詠

辛亥春行田海鹽駐寓張螺浮給諫涉園

瀋陽　范承謨　覲公

精衞啣石東南決女媧煉石西北缺神聖千古無完工高人心與造化同海鹽南郭鮮原上萬畝桑麻平似掌其間十畝有犖松怪石轟騰夔罔兩借問此中居者誰張公昔歲長安歸補天隻手用不盡聊於邱壑開崔嵬平地千峯水百曲隨意植梅與蒔竹松雲梅雪竹煙間又綴紅桃環柳綠亭樹離奇皆自然小橋仄徑偏宜偏諸峯四面各相看曲室幽窗時見焉中有一峯特高聳東望海濤如雪擁天水平吞日夜愁星辰匝踏參差動我自生平最好奇一聞名勝便居之未問主人先看竹不嫌汙壁狂題詩二月春風花正好行車東出嘉禾道百萬蒼生爲去年桑田變海無青草天氣雖春民物秋長民物者能無憂何當大補東南缺須知精衞難爲謀主人又復出山去定寫流民進　朝亡猿鶴今

遺三徑空却使忙人等閒住張公張公天下豪不隱山林隱市朝補袞望君留
北闕挂冠吾欲返東皋

按曾王父都諫公於康熙庚戌蒙　賜環仍補刑垣撫軍寓涉園時都諫公
已在京是以詩中云云乾隆丙申曾孫柯謹識

和范都憲題張都諫涉園詩

海鹽　彭孫貽　茗齋

天吳襄陵思一決帝遣夸娥補其缺黃門故有浴日功忠誠愚與愚公同　先
皇所鑒遺　今上言路重還公職掌國恩既深臥不能羨殺東都車幾兩山中
命駕人復誰先憂後樂堪與歸中丞車騎照邱壑巖扉爲啓青崴嵬望衡猶憶
湘九曲誰遣諫官分虎竹　上念直臣召以環歸裝擕得沅湘綠花笑客來紅
欲然穿林烏帽爲之偏松聲但聞不見樹滅沒雲林山忽焉林開雲斂衆峯聳
倒影池塘巒四擁東溟浴日自有人胸襟五岳皆浮動巢許夔龍兩不奇驚猨

怨鶴烏知之如蒼生何須一出此地休吟招隱詩山公到山山亦好石隱移文何足道微公作楫民其魚淚涇蠲租叩閽草三月春陰喜麥秋今年幸不煩公憂評花品石野夫事爲霖豈與林泉謀林泉戀余未忍去寄語中丞謝　當宁勞乎公等倚安危容我閒人此中住張公乞歸與自豪瘦馬憐公重入朝空留題字耀巖穴身在魏闕心林皋

涉園圖畫彝鐏歌　彭孫貽

張螺浮都諫范銀爲鐏仿商彝夔龍饕餮外合古制中倩名手摹涉園小景林巒池沼亭榭樓閣縈迴曲折纖悉畢具傍署字如半黍刻畫分明勒范觀公中丞長歌數百言於杯底甚有陰符麻姑筆意飛觴浮白恍入壺中座客驚歎其工舉爵無算靡不沾醉屬貽爲之辭同遊者查玉海都諫及竹聲龍孫石閣諸公劉子敷文舍弟羨門及貽也爲賦涉

園圖彝罇歌

黃門叢桂一千樹身入香中不知處大山小山黃雪流解帶盤桓悵忘去諸公盡是夔龍姿勇退急流公殆庶竹牀茶竈儼僧寮小景林巒工位署種秫新成酒不賒博進分籌飲堪醵竹罣瓠樽雅合宜巨觥中座傳商彝鬼工笵金割廉俸雲雷饕餮形模奇何人妙筆收毫末萬壑千峯移渺忽涉園累黍徑分明亭榭參差入毫髮范公題壁百千言小楷烏絲辨林樾醩醪縹緲淸可空倒影樓臺麯鏡中流涎狂客鯨吸海耆饕邱壑流心胸勝情尙可呑八九魁壘澆濯肝玲瓏平生五岳起方寸從此空洞靑濛濛憶昔封章干日月逐臣弔屈楚水東旋乾轉坤霹靂震　后實明聖臣何功白獸樽前上萬壽執法司糾酹盆恭何如散髮滄海曲方壺日高方丈紅笑殺蘭亭誇曲水驚見觴流銀甕裏縮身似跳壺公壺崇山茂林眞在此儆婆角巾客已頹主人觴政猶頻催眼花直欲眠

水底我醉欲眠歸去來

夏日張黃門園亭陪上官僉事讌飲

海鹽 彭孫遹 羨門

黃門高甲第綠野擅林泉結搆饒天巧郊原得地偏緣崖鳴暗澗架嶺掛修椽秀石含雲潤文榱擢露鮮虹霓垂下飲燕雀遡孤騫柳媚懷靈殿篁深想渭川碧梧仙掖樹叢桂小山篇爽籟吟涼木薰風振早蟬松筠深窈窕巾几淨嬋娟峭閣延幽矚清暉被遠阡四維低鳥道一線起人煙溪靜波如掌沙晴鷺似拳不須窮遠目已是挾飛仙海色虛無裏山光縹緲前霞明秦帝嶺帆隱越人船春氣凝蛟蜃秋輪湧朓弦乾坤青未了日月璧相連邑里形交錯江湖思渺然比因休沐暇快覩泰階平跡向東山寄心猶魏闕懸朱明逢勝景清讌秩初筵細雨涼初襲華燈照欲燃嘉賓星使貴地主夕郎賢晝戟森雕戶霓旌燦彩旃憂時談慷慨卜夜坐留連仙醑金莖瀣侯鯖雪色鯿蔗漿留舊賜梅鼎待新煎

家果張梨熟盤珍夏橘圓徵歌珠纍纍按舞鼓淵淵聲有停雲奏杯因激水傳披襟通款洽薄質荷陶甄迂拙情能恕繁苛禮盡捐西園陪羽蓋北海御高軿詩酒追文舉才華乏仲宣觥籌交宴笑樽俎奉周旋良會知難屢蒼生念已牽明農須有日此地足忘年不厭頻還往時來枕石眠

花朝張皜亭同年邀遊涉園即景　徐倬

第五橋邊過三山望不遐名園依海市勝地奪仙家門外牆懸茘池邊石帶霞朱樓朝引鶴綺戶夜棲鴉詰曲求羊徑聯綿子母瓜竹深知鳳宿松老盡龍拏諫草猶存閣傳書幾載車（念螺浮年伯也）殊方貢異鳥隨處覓丹砂客附青油幕身騎白鼻騧金蘭遺二老星漢剩孤槎古道交原好姻連誼更加邀來吟杜若許共啖胡麻待月留芳樹張燈設絳紗籃輿沿路爪絮帽傍簷斜望望桃源洞（洞未得至）依依蕚綠華故人逢舊雨（是日天微雨）春樹發寒花（梅花正開）衣帶淸香染鬢眉逸興賒

壺觴遠自致絲竹靜無譁座上俱英妙階前有茁芽（三令嗣器宇不凡）高談君有舌張口我無牙紅袖加餐飯緇衣對品茶（謂恬庵也）熊魚兼有得蝦菜足生涯世事看碁局浮生聚沫沙還思成後會聳耳聽箏琶

張皜亭招集涉園　嘉興李良年武曾

孝廉松下藏書地給事花時選勝場自是禾中好山水半臨天際遠蒼茫疏籬罨畫非恆逕靜綠陰斜每過牆地主只今仍好事能令步屧愛登堂

六月林亭好避炎叩門纔過雨纖纖蓮東珠濺時翻鶴研北風生盡捲簾正有故人燈影共（謂中峽）何當良夜酒籌拈郎官雅意投車轄坐看淸輝到畫簷

涉園即景　王良穀

城南留名園一徑入深柳中有閉關人工詩亦能酒揭來公事餘納交得未有出郊涉遠步相顧頻握手問園經營初云自高曾久歷今三百年泉石垂不朽

樹密禽烏閒藤古龍蛇走綠野隨雲烟輞川圖在否勝地卜箕裘唯世德是取獨鶴解此意斂羽一點首主人惟讀書塵事不掛口胸中羅古今萬卷探二酉人情久客中謬廁予隣叟道上逢麯車並載不加肘新吟聯篇來技癢忘老醜山林癖尙存胡然戀五斗

同人雅集涉園　王夢弼

從來勝地許幽探劇喜名園近郭南遠客襟期忘寂寞小春風味正清酣弟兄朋友情無兩花月文章快有三聯袂天涯饒逸興唐人歌詠晉人譚

得句開尊集客時頻勞折簡不知辭盍簪有象占星聚投轄多情愛日遲野雁出池炊落葉肥螯入座染流脂翛然飲罷偏成醉深竹攜琴獨鶴隨

一莊四面翠環溪宛轉平橋路不迷樹色列屏巖岫遠潮聲接枕海雲低寒花滿徑三秋老晚稻登場萬寶齊歲稔人和新釀好可容日日踏長堤

張朱梅

城南有里舊鳴珂，郊外芳園涉趣多。徑曲莫窮林窈窱，庭陰端爲樹婆娑。大家
布置成章法，名士標題耐詠歌。今歲秋田收稻早，先儲鶴俸後釃醝。
栽培加意琅玕質，難得同苞勝七賢。觀海不須踰戶外，移山何術恰門前。近今
境地誰能爾，歷久林巒最自然。謾笑客饕因酒熟，名園有主合流連。

九日涉園登高　　海甯　陳訏　言揚

萸節郊園好，登高策杖先。望洋山髻湧，坐石語蟬聯。髮短冠慵整，人遙眼欲穿。語及愛日
勝遊更歡聚，醉舞屢僊僊。
老誰託末契，親串得相尋。背郭名園古，崇岡望遠臨。海天同汗漫，陵谷悟高深。
歸路嗟塵網，茲遊愜素心。

晚秋張比部舅招飲涉園二首　　馬維翰　墨麟

木葉秋深烏夜村城南風景愛張園捲簾雲氣收秦駐抱閣潮聲落海門魚躍
鏡中欣出網鶴飛天外薄乘軒退思前席持螯處眞比泉明松菊存
十載東華鬢欲蒼蓴鱸歸計思何長緣知棘月需平允不令松風失主張靑簡
賸談天下事白雲都在水中央他年我亦忘名氏濠濮居然滯此鄉

涉園各景題詠

松江朱鎮靜廬

曉風吹南枝瘦影堆香雪鶴氅幾人來吟魂正清絕笠雪巖

極目看松杪潮痕一綫來滃然雲起處蜃氣接樓臺松坪

觴流曲水邊羣賢邈難卽何必非蘭亭無爲感今昔流觴

綠樹蔭空碧涼生翡翠叢此間無熱客晞髮櫛清風樸巢

石竇鳴哀湍燈影搖寒綠幽人夜未眠暗雨戛窗竹吾槎

卷幔水風多碧筒愜幽賞一陣藕花香溪頭盪雙槳花津

直擬銀河瀉飛懸老樹尖巖風激寒瀑吹裂水晶簾杏臺

溪頭楊柳風湖上鷺鷥浴一曲滄浪歌釣罷晚山綠可漱

疎磬出深林萬慮窅然滅獨許清淨身一吐廣長舌翠深處

上苑借春時剛心獨如鐵所以富貴姿猶堪伴淸節 賓谷

玉樹照吟軒月冷銀光瀉只應如玉人嘯詠坐其下 攬翠閣

蒼鱗舞翠濤飛雲灑寒雨洗耳枕雲根天風奏韶濩 半閣

鈎簾望明月竹露侵衣裳鶴閒時啄影踏破滿階霜 虛亭

潑剌戲春潮喁噞唼花浪非魚亦知魚此樂不可狀 濠濮

開軒傍柳堤春風繞綠畦吳歈面面起吹落畫窗西 柳幔

濃綠罨青林金衣弄好音本來塵聽少原不爲砭針 綠淨

失名

修竹參雲表偏依富貴花應如巖穴士身入五侯家 賓谷

曲磴通高館珠簾映玉蘭遙思明月下認作嶺梅看 攬翠閣

何處春深好黃鸝柳外聽只愁春老去莫放酒杯停 綠淨

宛是蘭亭也觴流曲澗中羣賢如可作絃管醉春風　流觴

啼老聽鶯樹垂垂影一邱醉眠聲入夢四野鬬歌喉　柳幔

林樾散清陰炎威頓如掃碁罷北窗間臥看雙飛瀑　樸巢

雪藕消煩暑風荷繞畫廊一雙鸂鶒下也愛並頭香　花津

夜色何蒼茫凭闌並肩立私語囑嫦娥莫漫照衣褶　虛亭

響答松濤北登高望獨迷却從山隙處帆影見天低　松坪

瀨上亭如笠倚竿釣晚風魚廉不受餌遊去畫橋東　可漱

半偈心持久花深隱上方莫愁無路入清磬一聲長　翠深處

閣合天風迴松連萬壑聞眞同宏景癖白石欲眠雲　半閣

翠積紅深處飛泉一道斜海風吹欲斷思遣白雲遮　杏臺

永夜雨絲絲幽人靜獨知莫將清夢擾斷續不成詩　吾槎

萬木園淸沼濃陰覆釣磯縠紋綠皺處得雨一時飛 濠濮

陡絕寒香逕相攜蠟屐過不知驢背上詩思較誰多 笠雪巖

莊 歆 爽軒

遠山絡繹翠重重送入名園小閣中閣外瓊花開爛漫碧琉璃映玉玲瓏 攬翠玉蘭

涉園風景難誇說二月春光眞勝絕瀑流掩映杏花紅如飛千丈臙脂雪 杏臺

風定疎篁千个綠雨餘曲水幾灣藍隨時好作流觴會何必春光三月三 流觴亭

縠雨催開富貴花篔簹谷裏蔚生霞舊家庭院知多少看到子孫惟此家 羅隱牡丹詩看到子孫能幾家 篔谷

雲濃月暗夜淒迷一帶垂楊遶岸低十五女兒撐艇子歌聲唱過板橋西 柳幔

不分朝涼與暮涼金塘陣陣暗流香誰人會此空明意端是吾家玉潤郎 謂含广館蜐花津

百尺高梧半畝陰庭除彳亍步仙禽閒揮羽扇披襟坐縱有炎威不得侵 樸巢

朱闌曲檻枕清流綠漲波光等鴨頭我樂如魚人不識柳陰底下蕩輕舟 濠濮

潮來直同奔馬驟潮去有如積雪消看過潮來并潮落一聲長嘯風蕭蕭 攬潮頂

長空如洗淡無涯亭敞牆低月上階長倚欄杆看菊影秋容分外夜來佳 虛亭

渭水桐江兩釣翁兩翁心事不相同如何可漱亭中老手執綸竿萬慮空 可漱

一峯矗立傍平臺千樹梅花帶雪開踏雪看梅兩不厭王猷風範孟詩才 笠雪

馬維翰

玉樹後庭花森森發攬翠安得按紅牙句留此沉醉 攬翠閣

飛泉山溜急掩冉杏臺紅長年春二月消息雨聲中 杏臺

上巳修蘭禊猶傳晉永和羣賢觴莫綏流處落英多 流觴亭

春風木芍藥雜蒔篔簹谷何如絕代人日莫倚修竹 篔谷

綠楊宛屏障，鎮日雨蕭蕭。何處吳歌起，長條更短條。柳幔

蘭渚芙蓉發，魚遊蓮葉東。風香看不定，搖蕩綠波紅。荷香津

結巢古樸陰，六月清無暑。何用慕泉明，自是羲皇侶。樸巢

古樹園清沼，輕舟蕩白蘋。游鱗千百箇，端可配吳蒓。濠濮館

登高望遠海，青松夾坪立。天風瀉濤聲，疑濺衣裾溼。松坪

入夜山風緊，不知海月高。虛亭影清絕，微度鬢騷騷。待月廊

落日淨波光，翼水一亭起。何事洗胃腸，且復垂綸耳。可漱亭

同雲何莽莽，積素影横斜。翠羽畏沾溼，多應息樹椏。寒香徑

攬翠閣　楊瑄

畫裏溪山擁辟疆，玉蘭花發在春陽。名因楚畹堆晴雪，種異藍田擅國香。素蕚交攢姿蘊藉，高柯離立骨昂藏。定應壓倒千紅紫，獨占清芬謝傅堂。

松坪　　周鼎

余生東海濱海水少狎翫赤足踏沙渚水淺不至骭忽報潮汛來勢若澒洞翻河漢又如萬馬爭蹴踏雪山冰巘無涯岸疾去不回頭回頭輒暈眩就高得護塘塹憩適所愿喘息稍定脚力倦盪胸決眥快未見水形遠望高近處却平緩叶不周風從東南來懷襄浩浩憂倒灌陰晴明晦倏變態神山飄緲明滅髣髴樓觀現陽精陰火互張翕龍吟鼉嘯愁日旰紅霞升扶桑一縷忽迷漫須臾視六合浩蕩不可辨天風喧豗若雷電萬里千里纔一瞬巨舟萬斛一葉耳落飄點點遙可認東海將揚塵神仙荒誕不足信海水不揚波屬夷貢訣成欺謾上古問洪荒厥初孰疏鑿斷鰲立極萬萬古百川東注何日返叶疑義誰與析壯觀實見慣自從墮落謫城市廿年東望空繾綣今朝對此圖二溟在几案何年一杖立踏松坪巔木華小賦獨能譔

柳幔　　朱霞

不似朱門綠墅莊熟梅時節正田忙滿城弦索翻新譜何似村歌一曲長
舴艋輕划荇葉肥拖煙帶水幾聲希綠簑青笠隨身物細雨斜風總不歸
雲垂欲雨猶未雨車響將停卻未停一派歡歌連十里高樓幾處午眠醒
柳幔迷離煙火遲何如摩詰望東菑應將絶妙吳儂曲補入黃鸝白鷺詩

曲徑流觴　　金山楊錫履　葆素

一徑紆回巖壑清晚春天氣午風晴披圖應接眞無暇髣髴山陰道上行
煙嵐百折水沿洄水際長林林際臺解識蘭亭千古勝何年移入涉園來
一曲清渠酒一觴觴流到處唱詶忙寄情自在形骸外不羡黃金白玉堂
人物依稀晉永和翛然忘世亦忘吾輞川别業平泉墅贏得風流似此無

樸巢　　金山楊錫恆　涵貞

三伏苦炎熱避暑思長林忽披樸巢圖頓覺秋氣深繞階千琨玕一院梧桐陰柯交葉更接翠色何蕭森蹁躚兩白鶴臨風戛清音主人此靜坐遐寄千載心涼颸來林端快然一披襟胸懷若冰雪炎暑何由侵笑彼褦襶子趨走峨冠簪

花津　松江莫繩宗

一曲清渠半畝塘荷風拂拂午窗涼盡除暑氣留香氣最愛花光接水光翠蓋蘸煙籠荇藻紅衣滴露隱鴛鴦自來河朔多同調此處應飛十日觴

涉園圖詩

濟南　王士禎　貽上

好事張公子名園顧辟疆竹林通鶴柴瀑水激魚梁海近帆檣集雲深洞壑藏
塵纓如可濯圖畫卽滄浪
檻曲交珠箔廊迴映綺疏小山皆婉孌叢桂亦扶疏綠樹聞歌鳥紅泉出腠魚
黃門休沐日曾此賦閒居

合肥　李天馥　湘北

張翰當年賦早休蓴鱸心老故園秋親栽菱葉青千頃舊種梧桐碧一樓邱壑
清襟傳竹素湖山粉本記風流少文燕寢焚香日冰署眞堪作臥遊
卜築幽居近越偏海東看月上遙天卻因丹谷新圖畫尋見黃門舊石泉披竹
正同張象圃添波如泛米家船人生盡有江湖思堂構輸君得象賢

題涉園圖用淵明園日涉以成趣句爲韻得詩六首　德清 徐倬 方虎

東海神仙窟蓬壺聚一園鑿池通碧漢疊石象西崑猿鶴迷出入日月相吐呑舉手招黃鵠御氣乘游鵾苟無浩蕩懷丹梯不敢捫

磴曲瀉紅泉林茂藏白日叢桂自成山老梅比若櫛雲隨鳥宿簷鹿啣花入室眞堪攜玉壺還好開書帙幽興正何窮心遊寥天一

憶昔磨鏡來名園暫一涉曾弔黃門公因至園影落鏡中天走趁花前蜨主人旋出迎登樓踵相躡玉斝進醽醁銀絲鱠海鰈何日得重遊淸風引步屧

有客問經營惟我知所以昔日黃門公高懷鶡冠子三徑布松筠九畹種蘭芷身依日月傍夢落滄浪水試探積書巖猶疑藏諫紙

小園輕作賦吾笑庾蘭成平泉雖有記又愧無丹靑何如此圖內著意寫蓬瀛咫尺千萬里十二樓五城隱隱瓊霄上吹落步虛聲

維我金蘭友同矢煙巒趣緋笏歷幾朝雲霄輕一羽草木卷中藏蟲魚花底註
聽樂枕流泉留賓藉芳樹鄭重語孫曾淸芬在瑤圃

德淸 胡會恩 孟綸

給事名園天下聞風臺月榭隔塵氛館名濠濮臨秋水谷似匡廬抱白雲鹿柴
題詩明月迴鷗波泛罣落花分胸中邱壑知無限點綴山林定不羣

海山飄忽日華東盡入林亭一望中石磴盤紆皆鳥道煙嵐呑吐接鮫宮迴看
遠浦帆檣集坐嘯神山洞壑空從此坳堂成往迹憑高放眼極鴻濛

昔侍山翁把酒時每耽泉石話鄉思十年霜雪黃門老三徑松筠白髮悲輞水
漫傳摩詰畫山陰猶想謝公棋披圖彷彿儀型在勝概應敎百世垂

吾友才名著象賢交情金石久彌堅摩挲手澤丹青裏滌蕩心期水竹邊左掖
家風簪笏在垞南舊雨姓名傳他時檥棹城南曲散髮聯吟樂事偏

錢塘汪霦東川

十年霜雪老黃門家住南塘別有邨松菊未荒泉石好陶公徑與謝公墩

晨光初出尙冥濛浴日擎天一疏中直得山川供笑傲曾從　丹陛建殊功

百尺樓臺上翠微四時花月對巖扉洗將酒具魚常醉慣聽歌聲鳥不飛

俯視人間盡盆盎何曾天下有池亭記登傑閣臨滄海萬里三山一抹靑

不獨花時桃李濃蕭疏梅竹耐秋冬卽今勝賞難忘處一枕風來五月松

雙槳淩波汗漫遊曾陪杖履侍林邱披圖俯仰成陳迹公旣乘雲我白頭

自古名園不久春繁華轉眼半成塵鶴雛老盡花無恙笑殺平泉少後人

同官好在張公子步屧經過酒細傾每向夜深談舊事一邱一壑最關情

月榭雲窗俯碧泉藥爐茶竈尙依然山林不是無經濟手澤追思二十年

由來褊性狎樵漁咫尺東湖有敝廬歸去好捻書籍賣移家常住水雲居

金山楊瑄玉符

清河閥閱世所無百年堂構垂令模更開別業選名勝海山盤礴眞奧區吾友孫君嘯夫爲作賦讀之滿紙煙雲舒往來魂夢二十載粗記崖略還模糊今朝眼明見粉本如凌溟渤窺蓬壺長隄蜿蜒穿窈窱碧梧翠樾交扶疏陂陀徑轉露峭蒨帶以曲澗相縈紆其中是爲濠濮館方塘十畝涵淸虛衆流交匯五龍峽洄湍洑瀨波跳珠風篁笠雪轟星漢攬潮峯頂天吳趨松濤竹韻互答響戛瑟環珮鳴笙竽桂林梅海衆香國一花未落羣花敷仙巖縹緲望不到展卷便覺神與俱咫尺之間耳目換縱欲摹寫窮箋疏嘗聞黃門手闢此位置泉石芟蒿蕪補天浴日事未了亟思投老歸江湖長公雄駿能繼志恢張基緒勤菑畬風流宏長傾宇內氣概直可籠萬夫門前車馬無俗客座中談笑延鴻儒春秋佳候盛讌會分題刻燭爲懽娛文孫名成宦亦達熱官不愛愛吾廬屛除塵鞅

課經史鯉庭趨對皆鳳雛古來善作貴善守平泉金谷徒區區願令觀者勿褻
視君家世德徵此圖

溧陽　史夔　胄司

西莊給事賦閒居淡沲風潭百頃餘盛事衣冠眞足羨儘多幽興搆園廬
海上雲濤百變生潮頭日夕與園平出門便是三山路時有羣仙抗手迎
諫草猶存手澤新蘭成顧託倍傷神平泉花木還無恙肯構端須賴後人
瓠繫應知日涉難攜將絹素寫煙巒臥遊每憶經營苦莫作湖山粉本看

華亭　王九齡　子武

無數亭臺一徑通連天煙水色空濛蓬山展卷猶神往況是家居在此中
清河別業四方聞舊種松篁尚拂雲奇石世人誰不愛平泉常保總輸君
自笑江邨有數椽偶時也向夢中牽誰教彭澤惟三逕松菊荒來已十年

長洲　孫岳頒　樹峯

黃門何事感行休佳日難忘春與秋枕石待雲宜藉草憑闌觀海愛登樓千章木繞迴環嶺一鑑池通宛轉流坐臥此中多歲月不須秉燭夜深遊

展卷如親勝地偏少寛鄉思五雲天眼中有景皆成畫耳畔無聲不是泉興到長吟飛綵筆客來列坐汎觥船宦成他日疎林下踵事應知有後賢

右和合肥公韻二首

見說園亭勝奇觀近海疆雲霞生鳥道潮汐激魚梁鶴子高松立鶯雛密樹藏晚來聞款乃有此是滄浪

臺池高且下艸樹密還疎餉客浮三雅招僧供百蔬推窗驚宿鳥垂釣引潛魚記取園中景他年訪隱居

右和阮亭先生韻二首

黃元治 巢谷

京塵滾滾日曛曛安得林亭恣幽訪張君忽展涉園圖勝景令余心颯爽當年都諫此投簪長松脩竹梧桐陰曲澗橫塘匯泉脈層亭疊閣懸雲岑此間蹊徑百千折倏然坎窞倏嵽嵲分明對面步可踰牆界東西忽兩截高低八面相周迴總歸濠濮館中來希白池通五龍峽小山桂接杏花臺迢遞樓頭望海岸方壺員嶠宛當案憑高更指帆檣飛攬潮峯在青天半笠雪巖轉雙鯨橋石坪石坡環峯腰流觴溪入最深處奇花異草靈藥苗幽秀重重青未了風篁煙樹時啼鳥對對鳧鷗亂碧流翛翛鸞鶴巢林杪更是魚龍吟嘯時月翻風蕩荷花枝主人置酒集詞客長廊掃壁爭題詩展卷余今臥遊矣含豪更問張公子何時招我醉林皋爲君染黑方池水君笑不言心已傳君留廊廟我遊滇一里程途一丈絹萬丈繪滿滇山川歸來與君較長短奇勝引君看不斷余今便泛鴛鴦

湖艭棹先過濠濮館時將有滇南之行取道檇李故及之

常州 莊歆 爽軒

梧垣本是金閨傑脫身愛作蕭閒客城南二里築名園築就名園顏曰涉義取淵明成趣言良辰勝景娛朝夕翩翩公子皜亭翁更饒布置承先業攬翠樓前玉蕊繁嵐光遙映花光白細流沿石走灣環流出杯觴浮琥珀杏林烘日殢嬌酣瀑流濺處紅裙溼篔簹深谷綠漪漪中有花王呈國色高幄濃張柳繞堤吳歈一曲輕舟捷炎歊走入樸巢中梧蔭遮天不見日細細風來菡萏香香不獨花兼是葉葉間隊隊戲游魚奚限東西共南北長綫懸薌執一竿金鱗釣得脩盈尺秋來碧落淨無雲好步虛亭待明月漸行漸迴上松坪曉可觀潮晚觀汐到得梅花破臘開繞屋千株渾似雪四時佳興樂無窮取之不盡看難竭主人終日敞華筵管絃絲竹聲清切筵前珠履客三千孟嘗名號人誇說皜翁時有小孟嘗之

稱辟疆金谷化成塵午橋綠野風流歇茲園賴有後人賢迄今四世勤修葺誼叨孔李得傳聞親結朱陳知更悉十年薄宦走天涯比歸又爲兒曹出浩蕩山川放眼看到處題詩留墨蹟偏教此景落君家欲往從之輿輭脫移居今已傍鴛湖百里無多帶水隔披圖先爲寄長歌準擬秋涼縱游屐可命園丁預掃除無事僮賓招簡折

上虞　錢　霍

今日涉園我未見却於圖上觀之遍長楊叢桂鬱千章木芍藥亭開四面夭喬亂石不知名梅花如雪桃如霞直上雲霄望海樓樓外洪波湛湛流東洋島嶼多如豆半是仙眞跨鶴遊此園誰所作張氏西京父子侯此圖誰所作亦是今時一虎頭霍與金子同觀此渺若身在蓬瀛洲主人曰未也畫裏看山假不如造林下明當把臂入園中同上層樓望碧空廣文先生雖病脚與霍聞之同不

却

朱炎 笠亭

日涉師陶令圖成學輞川開緘原習徑別我每經年海上風光蚤春來花木然好山同一笑世澤此綿綿張黃門靖之先生一笑山在城中已易數姓

給諫聲名在棲賢剩舊廬殿中能執法池北愛藏書希白尋幽處來靑排闥餘勝情猶昔日吟賞集簪裾

憶放城南騎移情馬路旁高低團野色峭蒨雜雲光長板平坡綠雙扉啓曙涼最憐蒿徑曲碕礒帶叢篁

坐向池邊看山蹊眼底分三峯時落翠一石忽頽雲斜日通蘿徑飛花上縠紋居然對濠濮秋水契前聞

桂影連梅海差差綠影齊高岡行迤邐叢竹又低迷何處無岐路隨人信杖藜

興來任南北奇石每當蹊
愛石余多癖來過可漱亭峭峯淩突兀深洞破巃玲遠碧浮空合輕雲觸岫停
移牀宜近此吟對翠螺屏
落落松坪上濤聲接海潮登峯高欲攬極目意還銷徐福去何在成連不可招
乘槎有遐想回見水東橋（乘槎橋在蓮塢）
深入蓮花塢長廊隔綺窗才名懷第五紅影記分雙（張五含广住近蓮花塢雙影記分紅杜公瞻詠蓮花句）
出水如前度讀書冷舊釭斯人今不見愁聽水淙淙
還喜門材盛園亭樂事齊聯牀聽竹雨一艇釣煙溪曲訂紅牙板郵傳烏夜啼
非徒戀邱壑吟賞稱幽棲（此咏羣從近事）
長愛園中景難湔衣上塵歸來吟獨旦枯坐到殘春對畫還愁別何時可問津
他年能閉戶南曲是芳隣

陸以誠 和仲

世德園林永，清風繪畫傳。東瀛塘遠亘，南曲郭遙連。隱隱通城市，迢迢度陌阡。農壇春奏鼓，馬路客揚鞭。樹杪青山出，隄傍綠蔭聯。過橋還繞徑，臨澗好停船。聚族藏書室，環郵種稻田。後人能繼繼，先澤想綿綿。憶昔遷斯土，於今寄故廛。舊家承宋相（宋張九成後），吉夢啟名賢（鐵菴先生誕時父夢張九齡入室）。著述宗秦漢，文章重許燕。雄才劉越石，壯志馬文淵（先生稱述云爾）。計上公車十，來遊弟子千。清音流閣外（著有清音閣課藝），秋樹倚根前。學術深彌晦，才名久欲宣。黃門因奮翼，紫禁執隨肩。聖主求言詔，良臣入告編。引裾徒懇懇，折檻太悁悁。魚水昭同德，冰霜凜十年。但知能執法，誰敢復乘權。冀北巡初返，荊南使復還。廟廊何蹇諤，桑梓又安全。捍海功崇祀，疏河俸創捐。營房貲獨任，梅里役頻蠲。爲善公餘暇，開園日涉便。人工煩指畫，天巧合陶甄。東晉啼烏杳，南垣壘石堅。亭亭分向背，曲曲任盤旋入室談風月臨觴奏管弦本廣韻山林經濟在勳業鼎鐘鐫眞率懷司馬黃門有眞率會約耆英繼樂天屏刻香山九老詩移情棲洞壑適性賴詩篇創業非私己承家不負先亭臺兼葺治果木倍新鮮花襯板輿麗鶯歌綵舞姸白雲高入漢丹筆大於椽進諫參謀密司刑奉職乾林巒時想像車馬日喧闐身繫紅塵裏心馳綠水邊幽懷空寄託妙手好尋沿歸未同彭澤圖還擬輞川池塘收几案筍篋貯雲煙勝蹟邀清賞名流擘綵牋丹靑增絢爛題詠喜聯翩旆自燕臺返車從海國懸四方賓客集頻歲宴遊駢儼若登蓬閬悠然侶偓佺泉林仍茂美孫子更綿延戶戶耽詩禮人人解誦絃名園今古變美景歲時遷任爾多垂戒惟茲永不騫童年曾樂此佳日必遊焉愛客逢賢主尋幽結勝緣紛紛來錦舫緩緩駐雲軿曲折筇難到登臨屐欲穿雙扉開匼匝一徑入菘芊崖隙途成仄門間照作圓小池希白傳佳句榜靑蓮澗合流爭聚溪回水忽濺高低圍竹篠朝夕對潺

湲翠照庭前列蒼龍壑底眠峯巒皆會極濠濮正居然亭忽臨流枕裳因涉水褰盤渦生細浪乳竇滴微涓臺杏迎風豔坪梅帶月娟林間香馥郁樹下石攣拳臥坐同拈韻芬芳或拾荃橋迎山合小路轉室宜偏曾迓行春仗於茲駐錦韉吟詩留素壁寫景發靈詮（謂范中丞）却愛巢臨樸何須蕙作櫋登樓瞻海島憑几揖神仙磴曲岡如棧坡平艸似氈風篁聲戛擊笠雪影翩躚杉古多排聳藤高每曲卷唅從初地轉祠記永思虔四照森羅布雙鯨跨蜿蜒坪猶登落落溪自聽潺潺雲海千層立風帆一葉扁如淩銀漢上快坐翠微巔下嶺危梯接循隄弱蔓纒閣前團綠影隝外疊靑錢勤著窗垂幕躭吟口墮涎（蓮葉塢前含广先生讀書處今鷗舫吟詠于此）逶迤澄水曲宛轉渡河堧亭喜來時雨菴宜放倦禪長廊遲去客細柳隔鳴蟬自向京華别都爲世網牽故園勞夢想旅館苦煩煎安得圖披閱須將眼洗湔去年歸恨晚入徑喜尤顚培樹添稠密疏池復漪漣今春梅吐萼邀我讌

加籩席侍鬅頭僕肴烹縮項鯿人琴俱已往謂詠川芷齋蘭榭諸先生風景倍堪憐好事惟東谷分圖境獨專傳神疑北苑縮本意精研展卷誠觀止題詩共勉旃騰驤追驥足屈伏謝蝸跧遺澤恢先業餘慶協瑞躔光輝延草木勿替勝平泉

先五世祖大白先生讀書處樹木蓊鬱有山林景象相傳烏夜邨故址馮具區董香光嘗過從焉　高祖都諫公歸田後復疏泉疊石拓其基顏曰涉園迄今百餘年來雖時加繕葺殊失舊觀賴有繪圖得　國朝名流題詠爲士林傳誦因念勝地不常昔人致慨鶴徵輩敢不墜緒是凜今夏無事謹取題詠三復編次偕從子賜珍校錄付梓竊比玉山佳話恍見　先公與諸前輩把詩行酒其流風餘韻猶足令人低徊不置云

嘉慶十一年丙寅夏日南曲後人鶴徵謹跋

宣統三年六月　裔孫元濟元杰同校

余幼時在粵東聞　先大夫言吾家世業耕讀自有明中葉族漸大而以能文章掇科第者首稱　符九公然絕意仕進潛心義理經濟之學門弟子極盛咸稱曰大白先生嘗築屋城南讀書其中今所謂涉園是也入　國朝　螺浮公官京師直言敢諫有奏議入告編行於世汝年既長宜取而習之又言　螺浮公不樂仕宦引疾歸田即城南書屋拓而充之顔曰涉園既以體若考作室之心且以示後人繼述之義歷　皜亭公暨　簣谷公皆秉承先志未躋通顯遽辭簪紱先後歸隱增葺故園林泉臺榭極一時之勝歗歌之暇率族中子弟讀書其中蓋猶是　符九公之志也又言吾涉園藏書極富積百數十年未稍散失嘉道之際江浙名流如吳兔牀鮑淥飲陳簡莊黃蕘圃輩猶嘗至吾家借書校讐　靑在公博通羣籍性耽吟詠尤喜刻書羣季俊秀咸有著述剞劂流布爲世引重自更洪楊之亂名園廢圮圖籍亦散佚罄盡而先世所刻書更無片

板存焉矣言次若不勝欷歔也者余心感動至今不能忘年十四侍吾 母歸
居於鄉春秋暇日嘗偕羣從昆季出城訪涉園廢址至則林木參天頹垣欲墮
塗徑沒蓬蒿中小池湮塞旁峙壞屋數椽族人貧苦者居焉躑躅牆畔偶於苔
蘚中見石刻范忠貞詩摩挲讀之徘徊不忍去既覓得涉園題詠吾 母督令
摹寫乃與伯君從兄合成之其他所刻書則渺不可得閱數年又假得入告編
開卷莊誦乃知吾 螺浮公立朝大節有非常人所能及者 聖祖踐阼方在
冲齡權奸柄政盈廷結舌而 螺浮公乃有恭請親政一疏 本朝入關之始
滿漢不無歧視雷霆萬鈞孰敢抗違而 螺浮公乃有刑部審鞫錄供不宜但
憑滿官執筆及人民投充滿洲餘地撥給壯丁不許復圈民地之奏吾於是益
曉然於致君澤民之道而懔然於吾 父詔以誦習之意釋褐而後世方多難
先帝勵精圖治而魁柄已移當國之臣不學無術至以漢肥滿瘠之旨標示

一世追懷祖德愈益慨憤　先帝詔言時事不自揣量封章數上忤觸當道放歸田里亦欲閉門屏迹息影故廬依　祖宗之邱壟跡童時之游釣而田園已蕪歸耕無術來居海上囂塵湫隘中恃筆研以自給緬想昔時林泉臺榭之勝杳不可卽時一還里往來於荒煙蔓草之間俯仰陳迹而已海上爲商市淵藪故家遺物羣萃此邦因稍稍獲睹先世遺藁搜求數年卷帙略備而涉園所藏刻書亦有歸於故主者余既不德不克善承堂構而先人手澤所寄猶不爲葆存之謀高曾矩矱將自我而墜失豈不重滋罪戾乎吾　父之歿踰三十年而耳提面命如在昨日茲刻既成吾潸然淚下不能自已矣宣統三年歲次辛亥

六月裔孫元濟謹跋

海鹽張氏涉園叢刻全編

下

張元濟 輯

張元濟圖書館 張元濟研究會 編

上海古籍出版社

目録

下册

海鹽張氏涉園叢刻續編

海鹽張氏涉園叢刻續編

海鹽張氏涉園叢刻續編總目

再初編總目有詞林紀事業經影印單行尚有帶經堂詩話初白庵詩評兩種容待續印謹此附告

寄吾廬初稿選鈔

海鹽張伯魁撰
族孫元濟謹署

海鹽張氏託上海商務
印書館用活字排印於
民國十七年四月出版

序

余序友溪詩謂詩緣情而作惟情至者可以論詩夫情本乎性羈旅無友惆悵自憐情難堪矣顧其人必能篤於本根之地歷饑寒危苦悲憂勞悴卒無以汩没其至性而後發抒成一家言乃彬彬乎爲風雅宗春溪久客都下予丁未北游始識面庚戌秋客有持其二十初度詩來者語出性靈不假修飾心韙之今歲春夏來數過予論詩遇日暮或風雨輒對牀臥久乃悉其身世之故知其克自振拔不同流俗幼失學既長稍讀書識大意間爲歌謠能作驚人語悔其少作大半拉雜摧燒存者僅三百餘首自以遠離鄉井不克孝養厥父母屺岵瞻望之思一篇之中三致意焉因爲予述往事曰僕苦饑驅欲謀升斗之祿爲甘旨之奉故銳意進取非我友顧君如圃諄諄以道義相切劘不免隨俗轉移雖然僕處此幾殆矣初入燕困於逆旅疾甚主人索值不得棄之與死人伍遇救

獲免夜宿邸舍巖牆下大風雨夢中聞疾呼亟趨出垣崩其高殆數仞僕詩未工窮已久矣天或者哀其窮而運轉之敢不自愛耶夫人生苟有嵚奇歷落之氣飛揚沈鬱之才其福命固與庸庸者異然一切窮通得喪死生哀樂之境蒼蒼者默爲位置獨此中有眞性情可以對父母昆弟妻子朋友而皎然不欺肫然相浹則其長言詠歎眞有動於不自知而發於不及覺者矣春溪雖遭困厄其詩岸然自異不爲頹唐抑塞之音良由氣骨堅定不受摧折亦其履困而亨不終窮之驗也挈妻子寄食廡下有伯鸞德曜之風繪賃春圖以自況供事史館年滿當補官外郡積金付兩弟買薄田二十畝以供堂上饘粥曰此良朋投贈非若異時朘民脂膏重遺吾親憂聞故舊及同里者有緩急毅然以身任是予所謂篤於根本以至性發爲至情而不汨沒於習俗者耶予既得其爲人因樂序其詩他年歸告友溪知予與春溪匪直區區翰墨之緣採春華而忘秋實

也抑聞之溫柔敦厚詩教也使春溪斂其豪邁進於和平非友朋之責乎不知

其人視其友予益懷如圃不置矣同里陳石麟序

序

夫涉樂必笑言哀已歎杼柚本於性情也彈徵苦發叩宮甘生感觸由於境遇也境之眞者語必工情之至者傳自遠是以上追風雅必云溫厚和平遠溯離騷亦曰芬芳悱惻嗣後辭人才子意製各殊漢樂唐謠體裁互異皆濬發靈府宰制淸衷非雕畫夫奇辭恃汎剽於單慧斯言不易作者皆然春溪先生思業高奇天懷夐朗楊綰早歲能辨四聲王筠弱齡即工五字游善釆中原之菽嗜學夔午夜之薪呂向溺苦就藥市以觀書魏舒居貧爲里人而管碓寂寥半畝誰過蓼藿之居落索一餐自給杝櫨之食既迺厭桑樞之寂處挾油素而薄遊藏名白社之中寄蹟靈臺之下亭伯測交於車騎倒屣迎門元叔長揖於司徒降階分坐斯時也人思薦禰衆共推袁方期訪古西都杜篤獻重知之賦策名東觀黃香讀未見之書無如旅食大難文戰再北始則傭書以供色養繼則求

祿以代耕耘甓薛燈之椐數參吏部捧毛義之檄來作參軍屈黃綬之卑官鬱青霞之奇志秦關阻塞隴坂嶇嶔悵囊篋之蕭條客裝霜儉望音書之闊絕子舍雲孤固已動莊舄之吟下唐衢之泣矣況復纏素韠之哀痛靈根之隕鑿楹無日空留晏子之書負土何年得傍許孜之墓時驚心於搤臂莫慰望於倚閭兼之夢炊臼而失淑儷風吹竈而災主婦憶廡下賃春之日悼田間投畚之人萬感交并一身孤寄潦倒侯門書記爭留阮瑀徘徊幸舍資裝誰助雲卿能不臥龍具而銜悲撫蟬編而流慟乎是以劉楨文筆人怪經奇庾信平生自知蕭瑟羌無故實直舉胸情譬之泗石不雕終非俗品吳桐經爨始有異聲縱連犿以何傷每蕭騷而善感正不屑闡龍華羽操嘽緩之音萍布葩流斸綺靡之習也已僕與春溪甫連潘夏之輿卽結尹班之契言投水石音合塤篪客舍聯牀夜窗翦燭願逐雲龍而上下何圖燕雁之差池去矣嵇生黯然江子愧乏之指囷

之贈慰爾羈孤豈無斷帶之言開君結轖鳳應燿羽何妨六月培風豹已成章
倘待三年隱霧靑琴莫碎世間自有知音神劍雖埋識者猶能望氣君方茂齒
我未頹齡悵祀軷於此時卜班荆於他日非關同病和伍員河上之歌欲慰相
思尋元結篋中之序乾隆乙卯閏二月梁溪楊芳燦拜序

序

古之論人行爲重文次之詩固文之一事也然自來忠臣孝子於其君父有不能自已之情或羈愁窮迫路遠莫致中宵引領起立眷戀徘徊悄焉疚心其鬱積不可磨滅之氣率於是焉發之後之讀者謂詩以人傳也可謂人以詩傳也亦無不可吾友春溪篤於行亦工於詩年甫弱冠懷抱利器困不得志家貧日飯粗豆勿給奮然而出將謀升斗祿博堂上歡且得徧游高山大川名都廣邑恢廓見聞發抒其胸中瑰琦成一家言入長安困益甚吾師香亭先生一見以國士目之遂致館焉春溪亦感知遇乃論交杵臼之間駸駸乎日勵淸修以古人自待每於良宵燭跋隨吾師及同寓諸君子唱和不下千百餘首偶然有觸伸紙疾書子建七步殆不足難也嘗語人曰聊以寫懷耳予既不以科名顯寧復計工拙耶嚴冬大風雪葛衣一領吟哦弗絕對客詠談聲愈壯氣愈豪賢士

大夫以是器之庚戌春光華以膺選來都訂交伊始沽酒擁爐閒卽口占十絕語多箴勉讀之泣數行下蓋春溪屺岵之思溢於楮墨而光華亦以節母倚門而望徒懷毛義捧檄之心用是戚戚也春溪之工於詩而詩之善感於人者如此因索舊作擬窺全豹則已散佚矣今春因執友陸君開榮之囑僅書記憶者三百餘首語余不可作詩觀也挑燈讀數過粹然經義藹然仁孝其大旨尙眞切不假修飾嗟乎士君子立身行道豈惟以文詞稱當稱其行也如春溪之文斯足以著其行矣書曰學古入官予更有以觀春溪他日之政與門愚弟盧光華拜序

余五歲就家塾年十一讀竟魯論尙書毛詩家貧爲新橋徐氏北關李氏西關朱氏及平湖之西關靑蓮寺傭工即不能學問惟性喜讀綱鑑漢書更愛前賢名句稍暇手錄之歲庚子大饑隻身走京師負笈從香亭師東夫師習舉業未售旋入史館傭書暇則偶成韻語筆之以自怡悅迄今三十年每隨地隨時而名之誌之得古今體詩二千餘首今修徽邑志捐刊書院門人請付剞劂余曰少壯不學老大徒傷弇陋之詞不足公諸同好辭至再而請益堅不忍重違其意爰寄關中楊蓉裳山陰陳寶摩兩先生選定九百五十三首付之代鈔

寄吾廬初稿選鈔目錄

河湟六十四首

卷四

鳳山三百一十五首

寄吾廬初稿選鈔卷一 市樓武林廡下起自戊子至壬子止

海鹽張伯魁　春溪
楊蓉裳先生
陳寶摩先生　同選

春日同人登西山

一放登臨眼詩懷更覺豪煙銷春水闊雲淨峽山高況有朋簪樂渾忘杖履勞

翛然吟不厭芳草徧江皋

西麓探梅

東風扶我踏春晴一徑幽香著袂輕籬脚曲隨山脚轉梅枝低傍竹枝橫嫩寒

釀雪欺橋窄晚景梳煙抹水清欲問江南消息遠數聲鐵笛動離情

梅花

幾番花信到寒庭香遞疏簾酒未醒記得騎驘橫短笛踏殘晴雪在西泠

訪友不值

獨步趁殘陽暮影延平野煙光籠遠嵐迤邐西山下馥馥暗香來高情何瀟灑
攜笻探前村茅齋更幽雅南枝壓疏籬幽禽鳴檐瓦荒徑悄無人風前走鐵馬
主人果誰許泉石塵中寡不遇獨徘徊我心渺難寫耿耿出林莽香氣尚盈把

憶梅

滿林香雪影毿毿籠月低枝映碧潭忽動相思催短夢東風昨夜到江南

訪友志感

雪圃曰幽絕

今朝喜識韓猶作夢中看香氣迎桑戶清風繞藥欄爲憐山色好漫道客愁寬
卻似剡溪訪何時結古歡

感懷

肉食徒慚六尺身經營事事不如人酒酣易解千年恨詩好何妨一世貧病久

儘能知藥性囊空不敢問錢神平生愚鈍忘嫌忌歡笑悲歌但率眞

梅花次臥雲上人韻

雖侵霜雪總無虞歲暮孤標更覺殊古徑月明窺色相寒山泉落現淸癯三千花界開瓊海十萬株橫入畫圖惟有騷人今古意少年吟到白頭顱

梅影

莫論庭中與徑中淡交明月素心同橫斜窗几疏如畫寂寞簾櫳淡欲空收去石苔無剩跡移來紙帳有淸風更闌點染寒溪上一片煙嵐坐釣翁

讀明史靖難紀

火龍翻地燕飛高王氣金陵滿眼蒿違命不忠還不孝神姦非莽亦非操難因已作何由靖篡以身成詎可逃二百卅年俄頃耳浮雲一片補離騷

受籙膺圖妄自爲戎衣底定竟如斯玉階寃血噴新鬼金闕龍孫別故基瓜蔓

蓉裳曰傑句必傳
寶摩曰義正辭嚴格亦蒼勁

抄餘全節士教坊汚盡藎臣兒不知殺運開難止矯首蒼穹欲問之

垂衣致治日方中突騎俄驚戰血紅犯闕事同劉七國輔孤心豈魯元公龍魚

弭海嗟何及玉石崑岡劫又終扶翼綱常全正氣大庭痛哭盡孤忠

鐵榜煌煌訓不磨貂璫旋寵鎮山河玉門關外烽煙少楡木川中厲鬼多因亂

撫民成粉飾論功許嫡計蹉跎到頭心法傳來謬骨煽銅缸爾奈何

寄懷沈秀才桐

渺渺姚江江上城城邊景物最關情禹陵風雨人千里越國雲山夢五更遠思

不堪悲獨客久要那得遂平生何時同釣秦溪上早賦歸與撥棹行

次韻答同人

終日離羣閉小齋故人迢遞不勝懷梨花零落風前雪柳絮霏微水上霾新恨

已隨簷雨積客愁難倩酒杯排未知此際西軒裏可念飄零滯海涯

山居雜詠

朝市多榮辱林泉可養眞遠山濃似黛細草輭於茵水落當軒靜花繁試雨新
幾回呼野老結伴踏殘春

地僻花應瘦雲開山更明燕忙曾墮壘蝶懶欲棲楹任性詩多放安身夢亦清
閒來培藥圃妄願學長生

解得山居樂春深獨掩關臥同狂客醉懶學老僧閒坦腹雙松下舒懷五柳間
翳陰日將暮卻羨鳥知還

同人登微山快哉亭

縱目窮天宇清光撲面來窗虛孤塔現雲淨六峯開晉剎頹風雨唐碑沒草萊
同人極風雅相與樂悠哉

雞冠次韻

蓉裳曰雄健慷慨可弔憤王

岌岌秋墀裏臨風鬭舞偏無聲啼月落有影立窗前宿露丹翹冷棲霜絳幘妍等閒芳徑外相對好談禪

讀項羽本紀

刀俎何輕釋此君劍揮玉斗感紛紜誰教娥雉銜羅去漫信鴻溝畫地分蓋世英雄悲失策渡江子弟誤從軍至今澤畔迷行處憤氣時時吐怪雲

海南八景

瑞祥曉鐘

景陽傳闃寂法界卻長鳴搖曳和殘漏噌吰發衆聲聽來晨夢斷響到暮雲平遙憶寒山寺悠悠客邸情

唐灣漁市

潮退魚登市唐灣艤釣舟腥風吹十里纖柳貫千頭漁網山中畫蓑翁海上鷗

馮生如寄食長鋏不須謳

苦竹巖林

落落巖林下琅玕映海邊孤根託泉石高致拂雲天惹雨煙梢綠侵霞粉籜鮮
笑他桃李樹穠豔祇春前

梁莊古冶

遙望梁家口纍纍壯士塋石麟埋野徑衰草沒荒城粉堞鴉爭集疏林月自明
英雄雖不見劍氣落長庚

雅山仙洞

空牓仙蹤在騎驢去不回洞雲封鶴徑巖草沒丹臺曲澗迂回落奇花次第開
未知兜率土何日始歸來

陳岫龍湫

龍湫當赤峽岫幌隔塵氛古墓偎芳草潛鱗託片雲霞烘成錦浪風捲得圓紋何必江天闊爲霖妙不羣

孟姜擣石

一片回塘石霜操萬古存蒼苔依翠岫夜雨鎖芳魂不礙波濤蝕常留砧杵痕荒涼難歷記燐火耿黃昏

平沙演武

愛此平原土芒鞋不滑苔旋風金鏃利逐日鐵衣開詎洗雄兵陣應推上將才太平多勝事琥珀遞傳杯

雨後晚眺

雨霽風光好凝眸杳靄中暮煙迷遠樹漁火映疏篷度嶺雲猶溼穿林月尚籠庾樓當此夕千古賞心同

池上納涼

移林避暑近池塘高臥蕭然俗慮忘愛酒豈能忘酩酊傲貧從未識炎涼竹簾夢醒精神爽蓮沼風來枕簟香此際悠悠誰得似北窗高臥傲羲皇

贈陳東寧

措大眞堪笑錢神信有靈喜君能遠俗對我卻忘形座上顔如玉天涯眼獨青最憐詩酒外相舍便零丁

小重九次韻

客裏登臨興更豪山光飛翠上征袍潮生海面平添闊雲淨螺峯倍覺高愛菊底須重插帽分吟聊爾續題糕酒闌日暮忘歸去坐看松風捲碧濤

冬夜登山

登臨天薄暮山水淨無塵響聽風馳瀑寒知露著身鐘鳴崖寺月犬吠隔溪人

蓉裳曰中唐佳句

寶摩曰遠景入畫

何處笳聲起悠悠欲愴神

春日同人遊山

愁襟漠漠酒偏醒強自攜朋郭外行探柳鶯啼春日暖尋花蝶趁午風輕山迴

鳥道纔知險水到龍潭分外清何處最堪動歸思夕陽隄畔子規聲

舟抵秦溪寄懷同人

聞說故鄉近推篷眺遠空風寒殘雪裏犬吠月明中村落猶如舊桑麻似不同

恐勤良友望先爲寄詩筒

郊行卽事

酒醒愁復至攜屐且尋春蝶翅逢花健鶯聲入柳新海空颿是鳥山遠樹疑人

遙望秦溪上桃源欲問津

寒食夜秦溪舟中寄懷同社

落花流出半江紅歸去扁舟月滿空兩塔崚嶒春樹裏一舟欸乃暮煙中紙灰處處飛寒食血淚家家泣晚風遥念故人翹首望此時惆悵可相同

訪友留飲

已作經年別相逢倍覺親庭開修竹徑檻倚緑楊津嗒爾思家客頽然病酒身對君忘世慮披豁見天眞

夜飲讀臥雲遺詩次韻

把酒嗟離索遺詩惜懶殘平生無限淚今夜幾回看蓮社從伊沒松龕竟日寒最憐天際望明月又團團

送人回吳中

風聲蕭索雨聲酸一曲驪歌淚不乾小別倘令詩思減此行况說會期難楓林隄畔斜陽晚苜蓿江邊雁陣寒背向天涯回首望知君情重耐盤桓

久雨仿白香山體

何處難忘酒窮檐久雨時故人違咫尺春色半披離屋漏頻移席花傾未補籬

此時無一盞何以慰淒其

暮春疊前韻

何處難忘酒傷心春暮時鶯花俱冷落煙雨正迷離礎潤苔盈砌園荒筍出籬

此時無一盞何以度淒其

秋日城南次韻

莫教孤負此春光且向城隅醉夕陽新雨一林秋色老落霞無數遠山蒼飄零

我自憐王粲潦倒人都笑阮郎長嘯幾聲歸興起爨煙深處月昏黃

晚登煙雨樓

湖光如畫此樓間盡日登臨欲忘還隄柳陰疏微見月夕陽煙淡遠無山塵中

逐逐悲人拙檻外年年聽水潺獨有晚鷗沙際立優游贏得片時閒

吟罷新詞便舉卮登樓豪興憶當時平湖月皎聽漁唱花塢香清解客思飄泊

誰憐南海士羈棲空戀上林枝遊人到此看題詠淒絕風前晚眺詩少時登樓題壁有如此人生亦贅疣一聲長嘯海天秋樓頭明月應相笑依舊青鞋到此遊句蓋試後作也

謁岳忠武墓武林

戎馬橫馳汴洛塵復仇報國見奇人南來偏業猶存趙北伐全軍已覆秦三字獄成摧上將兩宮音斷泣孤臣墓旁宰木知君意忠節雖明志未伸

血戰功多貝錦傷風波辣手太匆忙精忠心未忘沙漠英勇魂猶懾虎狼塚傍棲霞仍故土麟埋衰草又斜陽廟謨無復中興志鳥尚高騫弓早藏

悲鐵人

洚洞平成禹蹟高貢金九牧輸將勞紅爐沸地九鼎出魑魅魍魎像莫逃今茲

肖形者誰氏北朝奸諜咸陽子奚䶊狍鴞皆其徒忍使忠良寃抑死滔天罪孽逃天誅囚首曲跪偕妖狐普天同仇憤未洩頑石搏擊無頑膚縛虎縱虎計深密恨不生前拔其舌窮奇骨朽蕩飛塵祇見神奸不見鐵我來弔古動悲心爲爾長吟感慨深傷哉穢迹汚信史更摹醜類辱烏金鐵兮鐵兮誠累汝惡聲彼自蒙千古幾時穢濁得澄清仍散寰區鑄犂斧

自靈隱至天竺道上偶成

路轉峯廻境愈清松風謖謖袷衣輕深山莫道逢迎少一路泉聲伴我行點點靑螺疊疊雲尋春何必是桃源郭熙平遠圖難到苦竹深林又一邨

錢塘懷古

和靖高風不可攀西湖孤嶼掩松關山中白雪梅同潔亭外閒雲鶴共還封禪無書干黼座暗香有句壽名山路旁勞攘紅塵客慚愧淸流照汗顏

欽仰高賢白與蘇一探陳跡問西湖兩朝人物同詩伯千古風流繼大夫好句
傳吟因勝地甘棠遺愛在名區六朝煙柳今無恙許與人遊山水娛

玩愒偏安寓醉歌銷金窩裏興如何冰天竟忍忘嚴父宮使休輕乞九哥玉斧
劃疆駢榻去金鐃療目食言多到頭此事關天命妖夢還都機已吪

玩手煙雲起壯圖賊臣忮忍大忠鉏犂庭空誓黄龍飲裂帛誰明涅背書蘄國
騎驢言悔逝書生扣馬計寧疏祇令一片棲霞月照見中原恨有餘

土木師殲風鶴寒無君杌梍有君安北門鎖不操良弼南内鑾寧返賀蘭口佞
如簧文過易功成不賞保身難黨謀迎駕何勳業蔽日浮雲太息看

放鶴亭

孤亭獨立孤山隈古梅花少多莓苔空山寂寞已如此處士高風安在哉梅開
梅落春如線亭外年年飛乳燕吟魂風月或歸來騎鶴遨游人不見

寶摩曰清曠

謁于忠肅祠

欲紓國難矯盈廷臣志靡它豈二心黼座不扶新日月宮庭應續宋徽欽德柔

荒服功何烈誣立襄藩寃最深一笑奪門成底事千秋金石表丹忱

寶摩曰比例切當

恭仁病革青宮廢南内潛龍合禮迎復辟天教還故物殺公此舉究無名青蠅

讒巧推完璧碧血淋漓灑帝京往事追論三太息功名從古屬書生

寶摩曰杰句快論

冷泉亭

寒碧空明占一方涼颸微動灑衣裳涓涓石罅流冰雪不與塵凡洗俗腸

臨流每欲濯吾纓澹蕩鬚眉較鏡明珍重清流莫輕出出山泉濁在山清

冰心上人留酌

禪門淡泊此祇林振起宗風意自深閒適且交方外友疏狂曾識客中心杯傾

竹葉愁方解雪勒梅花冷不禁候過陽和應漸轉底須翹首問晴陰

微雪至湖上

觱發風吹老樹枝稜稜湖面見冰澌寒威乍減純緜力雪意將催白戰詩疏影暗香和靖墓亂鴉古木水仙祠一瓢獨繫長隄畔放浪高吟任所之

吳山懷古

極目滄江湧汐波淒涼趙宋舊山河梵王忍逐降軍隊義士誰揮返日戈古殿秋風嘶石馬平臺荊棘臥銅駝湖山不管時興廢無限煙雲拂翠螺

蓉裳曰音調高亮精神團結必傳之作

宋朝宮闕久荒涼形勝空教指鳳凰南渡偏安符噩夢北來奸諜說咸陽六陵風雨冬青合一艇浮沈颶母狂緬憶黃袍推戴日天於孤寡管興亡

蓉裳曰七字有萬鈞力

西湖竹枝詞

西湖佳麗擅名都前聞白傅後大蘇峯巒四圍湖水闊除卻杭州天下無

妾家世世住西泠當門垂柳萬絲深路入斷橋猶有路湖心無渡是儂心

臯聞曰世無楊廉夫誰與賞此

寶摩曰詞意俱工音節入妙

郎愁須上南高峯儂愁還上北高峯若使峯頭兩化石朝朝暮暮卻相逢

燕子梨花春乍老重門夜雨掩深閨多情惟有相思樹引得鴛鴦一樹棲

柳枝詞

蓉裳曰竹枝柳枝節奏俱妙子夜讀曲之遺

鶯舌初調綠翦齊白隄才過又蘇隄兩隄草結王孫怨客子行吟馬欲嘶

如煙亂颺晝陰陰湖水漣漪碧藻深寓目漫興懷古意灞橋隋苑久銷沈

淡淡鵝黃柳萬絲含煙拖雨一枝枝盈盈十五嬌兒女强飾春風學畫眉

寶摩曰妍妙

汴水湖邊咽石流玉門關外幾經秋繞隄無限垂垂柳不繫人心只繫舟

宗陽宮懷古

北望中原逝水東菟裘娛老此圖終戰和枉自陳三策豐沛焉能播大風輦道

久荒秋草綠故宮無跡夕陽紅傷心惟有黃冠侶夜夜淸壇禮碧空

食新筍作

平地春雷萬象酣龍孫勢欲與霄參蕭齋有衲供淸味玉版堪師對細談漫道簞瓢嫌淡泊同將麥飯薦肥甘老饕下箸還須惜不見琅玕掃蔚藍

寶摩曰絕妙吳歈

欸乃歌

六橋煙月水茫茫桂櫂蘭橈鎮日忙總在銷金窩子裏載花載月載笙簧

早盪波心暮泊城年來活計樂浮生閒閒莫忘天隨子長在江湖晝裏行

莕裳曰新穎

山房即事

雲懶棲松徑僧閒鎖竹扉屋虛容月入籬破倩花圍鴉雀喧朝夢牛羊下夕暉平生惟薄醉世事且忘機

嬉春詞次韻

和靖先生不再來嶼中空自剩殘梅一巵澆向疏林裏分付南枝莫浪開

春光行處儘堪娛莫被鶯花笑客迂遊到興濃頻喚酒杖頭那管有錢無

踏徧西湖未忍違蘇公隄畔尙依依幾回衣絓薔薇刺想是花神不放歸

吳主戀將西子色大夫空抱此花丹紅顏誤盡人多少醉把桃花仔細看

隄邊抛髻墜金釵莫辨吳姬與越娃吾輩自尋谿徑走留將平地讓弓鞋

遊樂還須趁及時忍教歲月暗中移幾回醉向花前舞不管旁人笑我癡

蓉裳曰絕妙好詞

山中即事

山居朝夕有餘煙摩詰年來住輞川不向夢中求富貴卻從詩裏學神仙林深

野鳥和人懶日暖村童傍屋眠春到柴門常晝掩梅花香鎖白雲邊

荷花用范石湖韻

芙蕖含露吐芬芳楚女低徊對曉妝尙憶承恩傾太液爲憐解語在昭陽娉婷

日映紅衣舞綽約風回綠鬢香淨植偏教君子愛曲欄倚徧欲延涼

蓉裳曰石湖誠齋之間

入都　廡下

南鴻暫拂九衢塵紫陌花街處處春不似秦溪歌欸乃桃花人面越羅新

不信長安不易居星霜到此卻相如囊空未灑窮途淚恃有平原乞米書

冬寒書懷次金棕亭先生兆燕見贈韻

西風瑟瑟透頹垣捫手低頭強耐煩作客有誰憐凍餒無家何處問田園案頭祇賴琴書伴門外空聞鳥雀喧整理鶉衣聊禦冷莫將貧字對人言

寶摩曰三四清遠

雪後有懷

濺裳會散酒顏紅信步溪頭眺碧空寒月獨明殘雪裏遠山都入暮雲中毿毿柳色妝春意寂寂梅香趁晚風遙憶故人清賞處此時豪興想應同

不寐

鄉思難成夢蕭蕭風滿樓笳聲淒午夜燈影冷殘秋酒醒衾逾薄詩窮客更愁此時南去雁消息大江頭

蓉裳曰沈鬱似杜

蓉裳曰遺山妙句

送别黄仲則先生景仁之山右

聚首無多日何堪遽别離爲嫌分袂早翻恨識君遲客舍歌三疊河橋酒一卮西風今夜宿魂夢定追隨

春日漫興

興致超然俗慮蠲凭欄極目豔陽天詩寒自信貧非病愁劇方知日是年春暖奇花排砌下客來幽鳥報窗前空齋寂寞渾無事静掩雙扉學坐禪

除夕同人夜話

吟侶欣相聚挑燈共遣愁有詩今夜快無酒隔年憂爆竹除殘臘辛盤薦粉牛不須話名利心已等閒鷗

病中

半爲耽吟半爲愁可憐鎮日卧牀頭無錢莫問三年艾避俗難尋百尺樓腰帶

寶摩曰感物起興詩格甚老

減時詩亦瘦病魔來便酒如讐蕭齋習靜惟常掩枕上蓬壺已熟遊

即事志感

舊雨今何在秋雲已滿郊花殘蜂斂翅樹禿鳥移巢人事類如此吾生那用嘲羡他梅與竹眞是耐寒交

題江陰周孝子傳

每過彭修里油然起孝思流風今未沫令德古相師夢協胎成教弧懸孕過期曾參懷益母束晳補亡詩爲待牽車養常憂負米遲瞻雲情倍切齧手痛先知橘向賓筵袖魚從澤國移萊衣看起舞潘賦悵違離蕭昉隨親日維揚責負時窮途艱半菽繞樹歎無枝金豈揮鋤拾冰如入夏澌病思周炳肉學慕仲堪醫衣帶宵寧解巾幧漧不疲問藤傳酒德泣血籲天詞香自黃衣散英疑紫石披由來神可格始信理無欺孔識皋魚哭王增里社悲開塋烏集壞宰木手成胝

業守銜泥燕心同向日葵圖形常切切誓墓獨偲偲造次行於是平生半在斯割分周戚黨倡和叶壎篪義發千秋感恩從一本推根深瞻葉茂實至劵名隨人望崇南國天書下玉墀門閭懸綽楔俎豆煥叢祠閥本高王謝庭還集鳳芝孫枝方挺秀驥足已先馳食報誠何忝光前未有涯古人良可繼拜手頌芳規

暮春對雪次周晴川融韻

三月桃花雪因遲柳色金江湖舟一葉載酒且開襟

送范支山夫子來宗歸省卽次賜詩韻

燭花耀芸編蟾光漏檐隙夜靜披宋史文正仰遺跡先生繩祖武家聲自夙昔世澤緜千秋淵源通一脈盛時崇史館馬金渠是石纂修需鉅手推公任斯役編年追麟經紀傳考孔壁小子幸御李在公侍一宅春風送行旌翹首飛鴻翮

送東夫夫子立梧就尊聞書院講席

蓉裳曰南宋人小詩饒有雋致

寶摩曰君以此詩受知於香亭夫子可爲異時佳話

正當殘臘候師意決將行負笈難如願迷津忍割情塞垣寒月落客舍曉星明立雪追函丈春風座上生

上巳雨

蘭亭今日惜韶光檢點春華暗自傷萬里鶯花三月恨幾宵風雨一溪香榆錢難買人間醉柳綫惟穿客緒長片片落紅流不住可憐蜂蝶爲誰忙

訪畢補垣 敦

怪來詩思淡濃間白眼從今青到山剝啄一聲人不見綠陰如畫掩松關

吳香亭夫子 玉綸 命詠黃梅 限香字

不遇嚴寒不放香平生知己是冰霜自憐受姓同山谷寧肯飛花媚壽陽十月橙紋酣帶白一籬菊水凍拖黃年年開向金臺裏磬口端宜壓衆芳

自題賃春圖

蓉裳曰容堂余好友也讀此不勝歎逝之感

夙暮梁伯鸞風節高千古居平不受憐畢力自勤苦寧業杇者勞羞與噲等伍賃舂足自食低徊寄人廡從來名未成盤餐慣貧寠奚事泣窮途正藉試艱鉅我其勵媿修黽勉踵前武不然役於人徒賃亦何補

雪後同顧如圃文曜吳端卿鼎枚夜飲

何計度寒宵擎巵話寂寥異鄉欣有侶今夕慰無聊月冷窗圍雪風吟竹度簫此時不一醉磊塊恐難消

贈顧容堂壬霖

客中無計度殘春聊自擕筇市上行活筆向傳吳道子容堂工畫絳幃今識顧先生縱橫詩酒應難匹牢落風塵共此情愧我疏狂思薦禰逢人祇解說君名

同家孟詞騰蛟夜話

客裏歸來晚西軒暫寫憂爲然今夜火細訴異鄉愁詩酒情多懶雲山淚不收

萍蹤渾莫定何日放眉頭

哭仲則先生

訃到渾疑夢驚看始信然雞豚曾有約爾我詎無緣月冷猿啼夜霜寒雁唳天從今風雨夕一榻爲誰懸

芍藥次香亭夫子韻

擊鼓西園舞袖斜柔條眞擬赤城霞芳心未染胭脂色媚態還疑富貴家春色將闌情已淡韶光到處思無涯零紅冷翠元暉詠結束東風讓此花

賀如圃舉孝廉兼以調之

宜人風雅久追尋卅載功名銳意深把酒常懷天下事高吟如見古人心朔風易破寒窗紙好夢初醒叢桂林直到鵬程九萬里始知讀易勝鳴琴己酉闈墨大半用易

題朱春山瑞椿小湖西春泛圖

寶摩曰五字卓犖

一望煙雲裏油然起孝思長松風歷亂短褐草參差春泛非行樂仔肩重在斯永安千古意（小西湖本名永安湖）卜兆此相宜

篷窗推起處翠色喜相親樵徑詩人料孤舟孝子心一篙漵水綠萬壘木山森回抱牛眠地葱葱佳氣臨

次如圃見贈韻

十年匏繫有同情午日風淸載酒傾匹馬萬山鞭日暮一身千里逐塵輕（吾漁璜罷官走山左眷屬留京如圃力。營歸計雖秋闈伊邇勞瘁不辭）豈因禿樹移新壘肯戀高枝背舊盟自古至人皆有報知君不負讀書檠

同里楊桐巢（鳳英）到京接家書喜甚知其亦爲饑驅而出彷彿予之昔日彈指十年得歸何日愴然感賦

同里飄零客饑驅向北征十年辛苦地負卻故園情

淚與天仙湓（邑西有天仙石湖拜別家嚴於此）盈盈未可量只嫌湖上水不共灑他鄉

鴛水深千尺桃花悵別時（庚子三月離家）高堂添白髮遊子苦相思

瀛洲端在望足跡徧天涯富貴心如水輕帆挂日斜

七夕雨

望斷刀環信屢訛今宵停織理雲和人間願祝螽斯羽莫似庭前雀可羅

秋夜

更靜蕭蕭風雨稠閉門遙憶故園秋庭前短竹知修未窗外新蕉無恙不隱几欲求鄉夢入裁詩擬向故人投幾回惆悵渾難寐聽徹蛩聲一夜愁

贈顧如圃

風塵爾我共驅馳才調如君獨出奇海內爭傳白雪句江東共唱落梅詩狂將白眼看人醉貧守青氊任數奇卻愧年來成落魄詞壇可許並追隨

顧如圃惠蘇詩誌謝

久貯眉山集分貽繡水家感君多慷慨使我識英華楮墨香成霧文章燦若霞敢將新得句聊以報投瓜

八月十六夜望月

已過中秋月擎杯望眼淸雖輸昨夜滿卻勝别宵明歷歷天榆靜沈沈河漢横高堂千里外夜話到深更

秋日感懷

此心本易爲愁牽但到秋來倍黯然半榻琴書窮邸伴一簾風雨病中天未知萍梗何年定難信匏瓜畢世懸賴有一樽聊自遣居貧何必受人憐

次潘德園先生寄懷韻

入牖新涼雨漸收無聊盡日倚危樓千家明月江城暮十里西風畫角秋鄉國

故人頻入夢武林勝地記同遊年來自覺牢騷甚詩滿奚囊字字愁

江樹霏微夕照收雲山突兀此登樓淒風冷月他鄉夢白雁黃花故國秋客子
風塵多鬱悒同儕衡泌最優遊罏頭漫說清醪美縱醉難銷萬斛愁

懷友

不棹鴛湖十二秋樓頭煙雨記同遊青山如踐當年約重向田園去飯牛

書招季弟叔巍

春風嫋嫋柳絲長遙憶連枝寄數行旅雁穿雲天似水計程今夜渡滄浪

十年共被守家園懶著征衫耐短垣曾記髫齡同戲綵分梨讓棗悅椿萱

送陸桂舟開榮南還

聞君脂轄賦歸哉十里長亭往復回灞岸自今攀柳去江東何日寄梅來才憐
風月詩千首心醉河橋酒一杯他日江湖逢舊侶筆牀茶竈許追陪

喜季弟到京

手書奉到頓忘憂拜誦歡欣不自由屈指別來嗟旅雁未能歸去作閒鷗容顏我恐非前比步履親還似舊不千里加餐勞悵望布帆無恙約來秋

十年相隔情何已遠道緇塵撲素襟昨夜悵回春草夢今朝喜入故園吟雲山阻我三千里菽水同君一片心米貴自來居不易從師負笈况難尋

夜闌共話一燈前往事重提更可憐十載讀書仍故步半生投筆未忘筌荒唐舊夢眞同鹿余生時先大父命名應魁應夢兆也後改今名瑣碎文章不值錢揮卻牛衣多少淚依然廡下住年年

天涯聚首總歡場况是壎篪話故鄉定省不如仲弟孝晨昏有忝伯兄行娛親漫說毛生貴負米惟思季路良勉守家風嚴訓在敢將疏懈負高堂

送如圃南還

蓉裳曰似東坡

蕭然襆被遠遊身十載春明共苦辛草長鶯飛宜逕去石泉槐火又重新從來知己難爲別此後相思定有因最是江鄉秋色裏鱸魚好寄未歸人

夜接雲溪兄誠書作答

絃歌聞說晝愔愔報國無忘循吏心懋績三年成美錦薰風一曲奏瑤琴池堂昨夜生春草夜雨連牀襆舊衾最是教人眠不得月明淮上悵分襟

贈東塢姪嘉瑆

古來鍾毓須修德兄德能生白骨春若舟兄有埋瘞善舉小報芝蘭初馥郁佇看玉樹又輪囷千尋喬木蔭祥宅萬疊秦山覆吉麟料得他年臚唱裏鴛行還是亢宗人

莫要循籬賦采英扁舟歸棹憶春明我慚柳絮無佳句君擬梅花寄遠情五十常懷學易語三餘須對讀書檠淸時未許商招隱莫笑年來作郡生

端峯兄謌被詔入翰林南還留別次韻

皇恩施格外白髮傲霜妍人健身同鶴秋高月滿筵杜家詩易學姜被夢難傳
菊水人皆壽逍遥不計年
放眼青山外乾坤春到妍鄉雲生遠夢羌笛起離筵一道鸞書奉雙魚雁足傳
百弓謀下潠歌詠樂餘年

八月念八夜雨病感

臥病秋宵更漏急四圍書繞苦吟身西風情動青衫客南國心懸白髮親十二
年來頻入夢三千里外久安貧棲遲我愧遊京洛深賴壎篪共負薪
服藥非關醫吏俗秋風和雨逼銀釭半生飄泊原無定一局輸贏未肯降桂月
將殘蓂莢二菊辰共擘蟹螯雙是日內子生辰空階葉落人初寂綺閣書聲徹夜窗

登樓晚眺

最是憑欄望難消旅夜情關心銀漢迴到眼暮雲平

寄懷如圃桂舟

客邸蕭條歎索居故園迢遞竟何如眉由風月添新皺夢入池塘返舊廬郢句吟殘春滿座市遊歸去果盈車春明有約重相聚料得新題太史書

可憐無限異鄉情獨坐悠悠對短檠江北蹉跎閒歲月海南零落舊詩盟窗中颯颯風偏冷樹底蕭蕭月正明強欲遣愁愁不去數聲寒柝報疏更

次家蓉舫玉城見贈韻

野人性愛五湖東獨伴煙霞捲釣筒誰謂山居無樂事夏雲秋雨夕陽紅

伯鸞被放竟如何君亦遭時客裏過三載荊南詩似杜青衫端的淚痕多

琴劍飄零儔侶稀出塵高致豈因依我行不管時人目獨感離鄉膝下違

半生邱壑羡同心一日交情千古深記得引藤書屋裏連牀細數舊知音

秋柳次韻

蓉裳曰風流旖旎不減漁洋

寶摩曰韻

秋來原隰草除芟賸有疏枝傲不凡斜帶荒煙封古殿低懸落日送歸颿章臺
人憶風流謚彭澤官加水部銜郤恐少年容易老江干抛淚溼青衫

漠漠湖陰雨乍收板橋疏影映寒流一鉤新月隋隄晚幾樹寒煙漢苑秋繫向
灞橋遊子恨吹來羌笛美人愁靈和殿裏傷遲暮折得離枝怨女牛

斷樹枯絲擘奈何天孫愁絕棄鶯梭秋風蕭瑟催刀尺舊院荒涼薄綺羅白鷺
分明沙觜立烏鴉無數樹頭過朝來少婦傷心甚莫向窗前寫翠娥

蔽葉寒蟬咽露吟聲聲如訴怨秋陰淒涼斜挂邊城月寂寞低縈客子心斷岸
落潮歸宿鳥孤舟罷釣繫疏林何當砧杵催愁起迢遞鄉園夢已沈

送崔閬峯鶴年返南徐

連牀風雨故園秋客裏分襟一夜愁珍重一聲人去矣計程十八到徐州

離亭杯酒共徘徊默默相攜黯不開此去淮南無久滯杏花春雨望君來

次閬峯留別韻

橐筆歸來晚聯吟到曙分友朋情最洽兄弟好爲羣酒酌河橋滿歌囗旅店聞百年身是客客思似春雲

病起

意興未全舒蕭齋睡起初病消囊底藥塵積案頭書對酒心猶怯鈔詩手尙疏自憐新愈後行動且徐徐

芍藥次春山韻

深紅淺紫鬭芳菲婪尾春光到竹扉開徑欣從高士契問名悵與故交違圖來妙手神誰似贈自風人事已非若向城南探花去鼠姑開後客依依

春柳

漠漠春生望眼中金芽次第鬱青葱翠迷隋苑拖煙縷碧蘸漳河拂浪空乳燕

嬌鶯啼不盡蛾眉新月妒無窮紛披一帶湖塘晚寶馬香車到處通

青帝揚波徧曲江柔條依舊發枯椿平沙送綠歸煙浦遲日分陰過石矼滴露

盡成遊子淚飛花徧點美人窗傷春漫道嬌無力鬬舞蠻腰未肯降

澹蕩風生曉正寒輕煙帶影滿江干柴桑宅畔偏宜隱清灞橋邊也屬官傍水

有情牽畫舫臨歧無計綰征鞍天涯到處多青眼誰復悲歌行路難

不須好景問天涯野浦漁村處處佳萬縷夕陽勞策蹇一溪風雨費芒鞋笙歌

梁苑三千樹寂寞槐陰十二街羨煞陌頭雙紫燕爭隨飛絮入空齋

裊裊柔枝颺水濱梳風櫛雨淨埃塵江南江北無窮碧三起三眠不耐春黃鳥

棲餘歌舞地青驄牽住別離人數行遙指秦山麓高踏邱園好結鄰

歌舞章臺事已非依依誰復惜春暉紅亭賦客情何限青草王孫淚滿衣絲似

有愁眠更起絮因無力住還飛生涯輸與滄波叟釣罷淸陰載月歸

戊申人日同朱雋山顧如圃沈培園家孟詞恂菴夜集得六絶句

人分閩浙締交時逸興遄飛引玉巵永夕盤桓今舊雨夢回春草碧于池

劇愛西湖朱舍人詼諧談笑露天眞早删禮法同稽阮臏有交情與古倫

吾家伯仲最風流聯袂同登百尺樓汀水澂湖舊詩卷孟詞癸卯發解恂庵同科好攜新句赴瀛洲

華陽家世本狂生行處鋤經帶月耕蘭石雙峯縈客思一竿紅日半窗明

座中沈約瘦因奚蘭臭松蘿舊結締今日傳杯忘爾我居然人數竹溪齊

十年踪跡溷風塵莫以微名負此身寒盡更無梅與共草堂今日正題人

仲冬與盧霽江光華夜飲

曾泛秦溪兩槳船綠波水漾曉風前飄零試數無多日一別鴛湖十二年

六十還鄉雲水居半間茅屋半牀書不妨預訂山林約邱壑隨身有太初

辛亥元旦

昨夜桃符舊，今朝柳色新。知交曾記未（丁未與如圃訂交），恩遇溯維辛（辛丑始謁香亭師）。湖海悲遊子，門閭倚老親。憑誰書甲子，明日亥年春（初二日立春）。

勉陟崎嶇路，兢兢保厥身。歲華新故易，矩步後先因。冰雪心同潔，風塵面易瞋。棲遲干祿養，鮑叔獨知貧。

人日餞裴山太史（楷）招飲

劇飲宵分趁令辰，坐中獨愧倦遊人。有緣梓里憐同調，無分花磚步後塵。歌囀春筵情最洽，座傳鄉語耳先親。醇醪心醉更三鼓，不藉辛盤百味陳。

雲泥新分感交遊，咫尺何須伐木求。南斗六星輝秀水，東風一葉駕瀛洲。才高不願誇儕輩，計拙甯慚喚馬牛。果使忘機投縞紵，明朝傳座典鷫裘。

歲暮述懷次曹於石（士祿）韻

細誦新詩僞體除長年疏鑿五車書幾人會得安貧樂佛海儒源不二渠
爆竹聯街接巷來客中難得是眉開江梅漫笑予歸暮檢點辛盤覆酒杯
瓊樓玉宇謫詩仙尺五蓬瀛路幾千忽憶畫中人是景錦袍也惹御爐煙
最愛春風入座中天空海闊小三公驊騮步緩緣情淡聲價羣推玉局翁
競貼桃符歲又除草堂曾記戲瓊琚他鄉深愧娛親意兒子持鞭學駕車
寄去淮流鱗六六重披燕草徑三三北堂萲夢餘香在苧看芝蘭歲育男
獨抱深情與物遷光風霽月藹春前年來書劍飄零慣可有看囊杜甫錢
半生古意懷佳侶五十知非笑達官煙雨樓頭縈客夢宣南坊邸薦春盤
春來仍是歲寒身兒女青紅眼底新祗有庭前松柏樹朝朝相對却如鄰
窮源須藉酒盈缾議論無妨有逕庭爲語妻孥漫相勸醉鄉記是太元經
知君心是玉壺淸修到梅花定幾生鐵骨幻成冰雪句偶敷穠豔亦多情

讀書低首傍晴檐不管厨中乏米鹽一笑腐儒甘淡泊調羹滋味任酸甜

遥望雲中五色霞羲和馭日走神車窮檐僻壤俱流照試看春城處處花

身世紛紛一局棋眼前勝負漫相持仙機一著誰能會鬬巧何如守拙奇

劍白心清燈炧紅難袪今夜旅人窮四休先願圖親飽也擬酬知國士風

迢遞南雲阻北山十年擾擾涉塵寰何時博得萊衣笑布襪青鞋山水間

呈祁鶴皋先生韻士

自咤風塵留傲骨幾經剛克未沈潛長安有米貲春杵矮屋無燈傍月簾人到

艱難詩亦苦士逢憂患志彌嚴半生未繹懷刑訓疏懈由來咎每添

東風忽解冰霜凍庶類馮生感不禁鴻雁鳴惟歸塞日蛟龍吟有作霖心山高

嶺峻誰藏霧腹餒宵寒欲典衾消息乍回春意滿蟄鱗重起海河深

元宵

最好長安元夕夜康衢處處有笙歌雪融春水花光豔月射星橋瑞靄多霽色早開仙苑裏祥雲初現玉山阿望風可惜還家遠客思怦怦奈若何

周晴川招同王理堂小飲兼以話別

五載相隨弟與兄寸心竹柏締寒盟春明劇飲開家釀館閣吟詩重友生捧檄舊承華髮母投懷新育錦綳嬰萊衣食報貞無忝好繼辛勤負米情好友忘年對酒觥坐無倫次笑談生一天風雪清樽倒幾度謳歌別緒縈摩詰畫來輞水闊成連船去海潮平天涯莫謂無知己滿眼青山綠水迎

次楊愚菴兆棨過訪原韻

昨遇佳公子心傾一夕中起遲因夜讀訪早見名通餘技工文翰空裝挂寶弓愚庵工詩善射君平不必問行止兩相同

蓉舫乘月見訪

道非顏子不簞瓢陋巷相從破寂寥且博笑談銷夜月漫隨兒女度春宵排開
文陣千軍掃壓倒名流五岳搖早識封侯原有骨非關投筆得金貂

次晴川韻

錦華筵散夕陽低握手斯須月又西他日天涯縈別緒此行驢背覓新題十年
風雪心奔鹿一路關山夢醒雞戴笠乘車寧待祝忍教蹤跡隔雲泥

寶摩曰傑句

偕王理堂李蓮峯楊愚菴邱古塘家蓉舫集愚菴寓與理堂分賦

勝遊不數竹林狂湖海名流集一堂好佐清談恣博雅座中琢句屬張王
小圃叢枝蕊漸舒將離折贈憶香梳萬花總有春風面看到揚州恐不如
記得長編校壘兵商量邃密共推評而今獨步天街上雪柏霜松萬古清見宋李文簡公集中
話別頻叨詩酒筵看君眞擬小神仙家山無恙青青在陟彼依然似往年

寶摩曰情至語

未開芍藥和何兵部鈞韻

淨几明窗供一枝移情全在未開時風流水部才名舊贏得春闈七字詩

春風綽約掩柔枝半吐檀心相謔時說到將離魂已斷一年曾得幾相思

霓裳舞處影千枝金縷纔抽好護持莫向漢宮爭豔色趙家姊妹妬嬌姿

好句如花綴豔枝芳心微露蕊珠時吳儂愛赴花前約幾擅豐臺十里詩

雨後聽琴志感

雨過風來細涼生音入微名山快安枕宦海靜忘機湘簟裁冰冷桐花夾絮飛

鍾期本古調識者一何稀

下第述懷

梗泛萍飄十二年饑寒何必受人憐早知文缺朱衣點敢怨心磨鐵硯穿千里

相思人對月一聲遠逝雁飛天笑干五斗場中米踏徧春明路未旋

輓殷師母車孺人

鍾郝流風自古難悼亡絳帳百憂攢三鱣佇報關西兆一雁還憐塞北寒 夫子時掌敎尊聞書院 破鏡愁從閨裏照斷弦苦向客中彈藁砧長矢雙山恨菽水曾承二老歡 夫子七次禮闈掌敎覺羅學先後十餘年仰事俯育得翁姑心 今日抱孫懷燕翼當年教子和熊丸隔紗雅擬師型重舉案多憑婦道安錦袋有期泉下慰菱花無影夢初殘遺徽好並春風播留作人間女史看

翁覃溪夫子 方綱 命賦楊花 限飛字

放眼空中訝雪飛紛紛恐上舊征衣人間任幻升沈影春色何關去住機風起硯池纔渡水日斜庭院正開扉漫天休笑輕狂甚霖雨沾時糝白肥

覃溪師曰好句欲仙

全憑潔白鬬芳菲肯與沾泥絮共譏便歎離塵身似寄非關溷跡性相違飄茵何處花爭笑撲面誰家燕並飛願得東風吹不盡薄寒倘許試綿衣

覃溪師曰可傷

寶摩曰傳神寫照

贈江寧別駕陳涵清遂

征衣未浣九衢塵又聽歌聲別調新綠酒相攜桃葉渡青山夢繞秣陵春花辭古驛鶯聲老草疊紋茵馬足馴最羨南行風色好片帆遙指大江濱

贈陳雪圃石英

頻年作吏鳳城棲何幸傳心破積迷人似松陰能滌暑坐來蒼翠遠峯低

與寶摩昆季夜話

不辭千里向邦畿難得君家棣萼輝月滿長安諸弟隔（謂筠亭松溪兩弟）雲生鄉國故人歸（謂如圃桂舟蓉舫）紅箋千佛名經早白髮慈親望信稀多少天涯爲子者錦衣不及荷蓑衣

送李蓮峯旋里

永門山色何葱翠秀毓斯人歎數奇五百年來知己淚偏教重灑別離時

敢怪君腰瘦可憐哀哀爲誦蓼莪篇十年欲博親顔喜翻使堂前食粥饘
挾策干人事未然金消裘敝悔當年歸經蕭寺留題處不羨紗籠潤色妍
故人别去竟何如讀禮齋居更讀書他日相思尋舊約青山影裏報雙魚

伏雨生涼次朱晴崖昌旭韻

伏雨迎涼候新醅助興豪相知去冷落揮涕獨憑高
秋來涼動竹陣雨助詩豪窗破書聲遠驚飛一雁高

七夕登陶然亭

陶然亭上興偏豪極目天邊首屢搔遠水奔騰飛雪浪西風蕭瑟鼓松濤斜陽
短笛牽牛影新月雙鉤織女縧細訴離情剛六六宵來無那淚滔滔

新秋雨和雪圃韻

陣雨西山挹爽來全袪溽暑淨池臺行人江上蓴羹美落葉亭邊雁影回漏轉

微涼長笛起橋連漲水野船開秋蛩最是牽愁物客夢生憎著意催

聞蟬次劉澄齋夫子錫五韻

澄齋師曰超脫

半生辛苦碧梧前楚客寒驚一葉先吟到秋懷更蕭瑟蛻從土壤且延緜柳槐
院靜催殘夢風雨空山咽暮煙棲偏低枝鳴不得兒童戲掇又經年

玉樹金門羨及時機心容易上琴絲天寒日落音誰託葉老林疏韻共知不食
枯禪初入定居高仙客本無危螳螂黃雀皆靈物何苦紛紛伺碧枝

寶摩曰議論警闢

轉輪車擬九迴腸素鬢紅顏易感傷客裏何人資羽翼林邊儘自耐炎涼靈虛
只合承朝露聲勢寧堪假夕陽徙倚長松愁入耳潔身好向靜中商

雪圃曰超脫

蟲鳥風雷一例鳴順時而動漫心驚詩傳白傅愁先起露下中郎賦早成不信
卑微依茂蔭每緣轉化惜勞生眼前咫尺仙凡界願續高軒樹樹聲

懷蓉舫

雪圃曰高響 蓉裳曰佳句似韓君平

碧浦朱欄小畫舟片帆遙指渡瓜洲一村砧杵星河曙兩岸樓臺草樹秋白髮喜歸遠遊子清樽同瀉異鄉愁茫茫極目蒹葭外江水何曾向北流、

九日與雪圃夜話

雪圃曰三四自然

久罷登高會長安不是家空階坐明月白露下黃花人對秋容淡詩憐暮景斜絕勝孤館夜風雨滿天涯

贈內

如圃曰翻用雅切

不羨豪華羅綺身每於淡泊見天眞他年歸自衡門下始信齊姜也樂貧

貧家井臼乃躬親廡下終朝共苦辛跳脫解來贈良友鬢眉自愧不如人如圃春闈下第脫鐲贈行

征衫落拓走燕臺廢學還將舊卷開曾記老親催夜讀穿窗明月絮衣裁幼時自外塾歸兩親促夜讀母裁衣相伴

翦尺依然伴苦吟提攜子女最關心感卿七件無閒費省卻秋來賣賦金

種菊

獨臥東窗下爛醉重陽雨雨深菊亦醉我歌花始舞訪菊來逸友共結世外侶寒香淡而冽秋色新彌古鉛華一洗脫居然隱者伍可惜無多地未盡囊中譜夙昔慕高潔位置滿廊廡願客皆俊逸願花繞蓬戶牡丹非不好一語成茶苦菊非鳴其異風霜全力拒十年一瞬息就花懷故土登高落帽日菊向頭邊取朅來墮塵網案牘日傍午種此聊自勵黽勉繩芳矩不辭灌溉勤坐待晚香吐

偕寶摩雪圃餞葦如之官江西

七月望相逢君家賢仲容霜腴禪院菊風送寺樓鐘酒怪今宵淡詩從此後慵聯牀清漏急獨聽怕秋蛩

明日別揚州西江感宦遊此鄉民健訟長吏治宜周惠澤龍溪雨清風鶴嶺秋

莫嫌棲枳棘梅福是仙流

書懷兼憶蓉舫

東市城邊客舍淸使君留客月初生六七白鷺一行立南北晴峰雙削成世俗豈知羊叔子詞人能愛謝宣城買山結伴他年事投筆今朝勞我情

雨巖曰三四靑邱好句

別雪圃次韻

平生苦厭别不若始無情友道窮方見詩名老易輕寒沙迷舊路落木滿高城莫以悲歌送難爲日暮行

蓉裳曰余始識春溪時卽愛誦此二句

暮歸志感

物候蕭森十月交羈禽遙憶故林巢平蕪日落翻蒼隼幽壑霜淸偃老蛟菊隱自含盈袖馥竹寒悔放出牆梢何如西子湖邊過好泛輕橈載酒肴

雪圃曰沈著

屈指蓬廬冷淡交東西湖外各分巢飛行嶺脊風摶鶚淬厲詞鋒劍截蛟海液

通宵浮竹葉巒光霏雨滴松梢他時攜手田園裏桑椹紅鹽啜野肴

憶家

飄零燕市動離歌白髮心傷遠別何客夢每嗟同氣少老懷差喜故人過如圃旋里

時至余家柴門秋盡園留菊海國天寒夜不波畢竟遠遊成底事十年塵網遠煙蘿

得如圃書

南歸君暫擬飛鴻懷抱如親尺素中遠客孤蹤甘守拙故人生計每安窮看花京國三春暮負米田園幾歲空望到白雲煙水淼薊門木葉下西風

寶摩乘月過訪

剝啄人來屐齒忙寒城暮色起蒼蒼白雲出岫憶空谷明月印川留碧光葉落長安故人少謂如圃眼看南國去舟長今宵重與傾肝膈機事機心喜漸忘

遠道

遠道逢秋暮寒更到枕遲貧無留客釀情有訂交詩塞雁深深度霜花側側垂
相期樹名節莫負盛明時

送楊中翰 揆 西征

白駒忽西去流光不可駐淸酒旣云設佳肴亦云具驪曲未及畢征馬已在路
遠望山川阻肅肅鴻鵠羽願言君子德贈以珊瑚樹雲間有歸翼庶以惠尺素
紫電時一閃將軍起武庫吾生空投筆愧乏千載遇北風萬里來因之歎歲暮

蓉裳曰音節古健頗似樂府
寶摩曰收有勁氣

贈家皐聞孝廉 惠言

皎皎一佳人宛在水中央淸水爲心肝芙蓉爲衣裳不學時世女工巧作容妝
十年誦女史立志慕貞良秋風日夕起階下歇衆芳獨處謝良媒兢業履冰霜
維以修令德一承君子光

清幽古雅惟皐聞不愧此詩

送友南還

海門東望望秦山搖落心情十月間白塔雲深孤寺出青楓葉冷一舟還艱難萬事思親老歧路何人得性閒我亦長安居不易欲干升斗慰慈顏

喜盧霽江家孟詞同至

閩山詞客舊情移三絕風流到一時白髮家貧衰俗笑朱絃歲暮故人悲誰家雪後新開畫昨夜城南共賦詩莫遣才名虛滿世從來天忌爾應知

同人至普濟堂送陳秋槎熙藩之官黔中

是我來時路分襟酒易醒倘羈遊客騎遙指接官庭各有飛騰意全忘顦顇形此時倚門望辛苦自傳經接家嚴書自課三弟

歸寓

遺悶惟多酌西風吹便醒癡兒勤問字遊子憶趨庭白日催殘歲朱顏改舊形何如茅屋裏隨分讀遺經

喜家書至

年豐仰帝德秈米杜陵來海邑殷勤望柴門應接開大江風不逆健馬力能迴一飽謀差遂開緘更酒杯

寶摩曰雄健喜字寫得出

自題友說

四海論交意茫茫溯孔融最憐顏面合不必姓名通此事關吾道何人有古風從來知己淚半灑別離中

寶摩曰亦沈鬱亦超脫

歲闌

雲物淒淒向歲闌故園書報竹平安漁樵何處生涯好燈火依然客裏看晴雪照窗耽夜靜天兵鼓角出關寒（時大兵赴西藏）太平鼓打新年近夢逐兒童繞膝歡

蓉裳曰沈摯竟似杜陵

憶弟

海上不可望蕭條是弟居有文懷錦繡無食取鹽魚隔浦出村樹遶籬知野蔬

天

殘年對妻子相與話田廬

乳女

乳女不成語跳戲母膝傍忽然啼復笑走抱隙日光

嘉平望日次蓉舫韻

詞人來自古徐州長笛吹殘黃鶴樓風雪久辭家萬里田園空買橘千頭開尊劇飲朱公叔擁鼻耽吟張四愁北海祇今延上客梅花香裏數更籌

賞雪次朱澹園勳韻

寒空灑遍玉爲城映到書窗分外明幾處臥深高士宅長安蹴散馬蹄聲蘆花滿渚江天杳爆竹驚心歲序更極目雲山四千里白頭燈下說歸程

分梅字韻

襄陽手拗一枝梅天上人驅玉戲來酒盡銀壺竹葉好雪團金闕鏡光開薝林

如圃曰甫山予同年友讀此如聞山陽篴聲

寶摩曰苦語以勁筆達之

笑會拈花妙謝苑爭憐詠絮才最是夜深明月皎庭前瓊樹共徘徊

哭卜甫山仲生沒於曲阜

生別已慘悽死別痛入骨生別憶中秋忽忽如有失死別人言訛是否冬之月甫山抱奇才己酉賢書列聲名冀北馳敦厚志惟壹庚戌來京師兩度易裘葛傾蓋識素心相期勵淸節今秋偶抱痾醫藥資乏絕力疾走山東司文佐綵筆堅冰凝其鬚馳馬凍其膝久困十丈塵更冒六出雪淒其曲阜里文星竟殞歿亦有父與母夢裏聞泣血亦有妻與子音斷迴車轍知君目不瞑病劇何人訣文章成薄命艱難喪英傑爲善古有報斯人凶短折重展留別書招魂更哀咽

感懷

自笑飛騰又後期長安風雪久棲遲交深感遇延陵老路遠空懷平子詩靑鬢易愁三月暮白頭遙盼五更時夢回苦憶田園樂雞肋何緣未忍離

支離情緒幾迴腸萬感頻揮淚兩行南北弟兄誰樹立升沈魚鳥識炎涼芒鞋徧踏宜空谷春草多愁是異鄉獨憶臨歧留別語故園三徑莫教荒

馮生彈鋏意何求我亦途窮世網留欲盪風雲覘變化怪來詩句總羈愁自從鴛水拋煙月一任燕山喚馬牛至竟浮名多幻妄十年悔下讀書樓

世間榮辱與誰爭過眼空花悟此生驅使牢愁寧藉酒支持中饋不須卿妻孥憔悴清貧樂道路艱難旅客情每話親年歸思切白雲回首敢遲行

送竈神

長年廡下餅盆祭祝氏威加有主司庚戌八月十三夜有池魚之警至廡下而熄弱子叫喧從汝跨健妻禱福恕其私然燈頻照耗依舊寡過最難神自知假使平生饒媚骨欺天試問可能欺

自題賃春圖

寶摩曰鬱勃崙崒不可無一亦不可有二

人生得志則爲霖雨爲舟楫爲酒醴爲鹽梅不得志則爲牛爲馬爲雞犬殁則爲飈風之塵埃抑豈獨此哉蓋將食壤飲泉逐逐於蚯蚓之間與彼齊國之仲子相往來而况於猶能力作勤苦百折而不回古之君子不有伯鸞其人至今稱道之弗衰廡之居舂之賃非伯通孰爲伯鸞又何論乎碌碌如予之本無伯鸞之賢才昔者吳下廡今日黃金臺伯鸞誠可爲亦庶幾有知我者千古一日千里一室神交默晤舉相忘於遠邇久近富貴貧賤之形骸

壬子元旦

棲棲北遊子改歲憶南中最羨田園樂難忘祿養豐飛騰原福命去住任窮通弟妹斑衣舞天涯願與同

故園

故園三千七百里長江大河橫其間江湖夜夜夢飛渡長風吹墮燕山寒記踏

寶摩曰沈鬱頓挫

來時芳草路柳陰寂寂春無煙年年此路送客去何人送我歸南天枯魚空向河伯泣江水不管歸無田少壯幾時久作客苦憶白髮春風前吾生不肖隨泡影欲報劬勞勉慎旃

春日偕莊大久陳寶摩雪圃家皐聞訪王悔生留飲

空谷宜興伐木歌春來步屧輿如何古垣臺榭遊人盡青草池塘倦鳥過久客莫嗟同調少未官還剩好朋多玉壺朱檻終今日不醉詩魔醉酒魔

春日懷歸

辭親求祿養不如安農畝親年近花甲相隔日已久遄歸慰親心待看明歲首牀頭熟春酒上堂壽父母兄弟及少妹文章自相友兒女復成列詩書誦滿口時遇諸父老相勞情孔厚不言官長事田廬慎相守豐年足衣食租稅輸莫後力田盡孝悌弗效牛馬走

朱春山宿引藤書屋用前韻贈之兼憶如圃

曾記談詩夜相思別後深窗明知月上影瘦怕燈臨綠酒迷春夢紅塵隔素心典型猶有在大雅豁胸襟

又對他鄉客依然戀越禽貧居窺秘笈家學富詞林風節惟君勵艱難獨我深相期同捧檄祿養慰親心

贈如皐石越三參軍鯉兼呈其尊甫

憶昔趨庭論友道多聞直諒許折衷風雪都門歌伐木訂交大半患難中識君年當十三四出言已具成人風馴馴氣象一儒者萬石家法滋益恭溫潤久已羨良玉漂泊彌自驚飛蓬竭來屢遭觸藩厄賞音君獨援焦桐窮途奚事哭阮籍鳳毛只合詩超宗從此登堂通款曲稔君庭訓識君翁翁惟貌古心亦古纖塵不入冰雪胸黃金臺下一拂拭凡馬價與驊騮同卻恐小草易摧折寒窗勵

蓉裳曰樸老雅健胎息杜陵

寶摩曰逼杜

節懷寒松獻歲發春節物換良辰折柬薦春菘如淮之酒舉必醽綠樽漸泛春燈紅九衢歌發月皎皎千門花放煙濛濛前輩風流興不淺天涯遊子愁何窮盛筵忽憶菽水樂交誼惟思令德終厚意寧能久不報問心耿耿當返躬

中年

陋巷存吾道中年識世情短檠宜夜讀細雨憶春耕交際殊多事文章不藉名向來行止誤一一問君平

都城遠眺

山川何陡絕帝德本天高積氣扶雙闕斜陽散六曹古今原地險銷歇半人豪日出長安道經營各自勞

題稼經先生杏花深處課兒書圖

三月江頭杏雨肥數枝隱隱撲書幃纔披斷簡香先入應是長安馬迯歸隔浦

漁翁齊側耳遙村童子指雙扉聲傳絃誦林俱韻影覆簾櫳燕正飛折柳尋芳疑上苑提戈取印悅春暉只今綵筆分葩豔想見詞園繞膝依題柱有才人未老（公曾任守戎）裁箋欲寄願常違（庚戌秋初始交蓉舫）天涯知己聯吟得眼底多情會面稀（蓉舫昆季俱未識面）四海交遊餘白髮一家文物兆朱衣他年花下陪談笑弇陋深慚大雅譏

寄如圃

長安藉藉說如圃幾度書來倍我思綵服承歡依令節錦綳索笑卜佳兒溪山昨夜應開畫風雪東城共賦詩悔煞才名虛日下窮途此意獨君知

元宵

人生最好逢佳節十二元宵悲遠客梅花依舊含草堂江上何人夜吹笛笛聲吹送春風來人與梅花限南北晚來無事過城東銀河倒瀉月初白長安少年

行樂多纏頭不惜風流劇簫管沈沈燈下沸歌韻淫淫花底拍歡場自鬧客自孤鄉夢難成情惻惻堂前白髮晨昏隔何日還家永今夕故人慰我强歡笑孟公昆季忘形迹相從論道復論詩一崇根本浮華革文章氣節男兒事春華秋實兼相得乘興篝燈分韻吟倦來襆被連牀息安得山中忘歲華蕭然共臥蓬蒿宅

題香圃詩草應端卿屬

寒梅有素性不效桃李顏仰跂喬松枝化爲弱蔓纏婉娩閨中秀明珠毓崑山十五歸延陵夙昔禮數敦入室侍櫛沐上堂愼笑言府中無大小交口頌淑媛延陵風雅藪餘韻相如傳丹青潤彤管辭賦輝烏欄綠窗文藻麗小印鈐紅鮮榮華隨風飄皎月豈常圓早知冰雪質欲盡消寒天見本傳梨雲夢已空佛燈猶夜燃坐令玉局翁太息小乘禪玉樹一枝秀臨風何翩翩手寫香圃草口誦心

含酸清才期早達努力惜盛年春色到杏林永憶梅花寒

哭端卿壬子正月二十六日

延陵玉樹折呼天黃卷靑燈二十年豈謂夢中人偶爾忍教老眼淚潸然一生孝友應留後數卷詩文孰細編最是病危三握手幾番語咽故交緣端卿易簀時執余手連喚如圖春溪語咽而絕追憶書窗期久要三人賡唱共朝朝俄驚一鶴冲霄漢不管雙鷗伴寂寥慰問我依何地好屬裁書寄倍魂銷屬寄如圖信云十二年交從此永訣短檠剔盡愁腸結摯語分明記昨宵

少小衡人爾許明那知天醉喪奇英剩將筆硯分難弟可有精靈起病兄令兄念峯舍人久患瘋疾座裏春風成宿草眼中淸淚落新正九京齎恨渾難解生前常欲歸葬母氏顧孺人並刊香圃詩草物理天心恐未平

秋水神同徹底清梨花佳句識先成端卿有引人清夢到梅花之句經春復感連枝誼至性重傷分手情端卿性友愛有哭妹詩甚痛白髮親悲題字夢朱顏婦痛讀書聲未酬母志歸何處泉下相逢淚雨傾

端卿得遺腹女賦十絕以報泉壤二十九日

九日中寒病不瘳黃昏添我杞人憂感恩別有關心淚燈下看君翁白頭

趨庭少小識君賢瓜果曾傾文篋錢今夜九原回首處誦詩應廢蓼莪篇

三日黃粱夢不回慰親擎得掌珠來魂歸忍聽呱呱泣伯道無兒最可哀

冷風戰齒玉樓高淚迸沾衣乳女號從此天涯思范叔更於何處覓綈袍

廿載儒冠絕點塵文場一戰早驚人墨悲楊泣莊周夢志負長楊竟未伸

居貧不易得知音晨夕相依結素心海上聞琴懷故里無端涕淚感人琴

一燈相對夜沈沈春色偏分鶺鴒襟淒絕引藤書屋裏更何人坐到更深

廡下論交韻事稠購書許我典羊裘從今子夜人初靜怕檢殘編觸旅愁
小楷烏絲蠆尾書春來懷抱幾時攄臨江剩有登高賦拋卻書樓萬卷餘
子期已喪莫揮絃筆硯依然倍可憐似續他年終有計頻揮雙淚慰重泉

端卿淑配黃孺人繼歿賦此輓之二月初三日

人間難覓返魂香池館金閨夜月涼偕老百年同一夢丁香院冷斷人腸端卿居丁香院
杏林冰雪了前緣顧孺人有杏林冰雪句成讖今端卿夫婦亦歿是時暫下雲峯兩謫仙只有劬勞恩未報鴛鴦塚上話親年

端卿遺腹女殤初九日

斯女何太苦墮地已無父無父幼弗知無母孰乳哺三朝浴方罷哀哀重縗舉
豈無錦繃兒如珠懷中取父母恩罔極乃獨遺斯女呱呱失所天惟命賤如土

寶摩曰律切

沈痛句日間一生已畢汝

題王悔生詩集二十韻

湖海鬚眉古風雲腕底生細參江左逸突過濟南名六代餘波麗三唐老氣橫河流九曲壯海納百川盈詩筆江山助萍蹤歲月更淒涼石城感慷慨少年行偏倚危欄尋往夢白雲明月大江秋石城感句落日五陵秋草淺臂弓如月射生來少年行句懷古悲南渡北伐旌旗俱隱恨南來君相果何心錢塘懷古句辭家屢北征楚蘭芳自佩春草句徒成誰結同心契毋忘皓首盟昔游如短夢遠客憶離聲地積沈雄韻人添故舊情相逢忘爾我促坐倒絣罍孤館圖書富他山攻錯精論交知己少把卷旅愁并索米艱危歷思家寤寐縈我行難覓騎君健好登瀛鵬翮淩霄漢雞聲隔晦明青緗傳作述絳帳願逢迎自笑斑窺豹重歌谷出鶯十年霜雪裏相對短長檠

寶摩昆季解贈詩以報之

寶摩曰老幹

故里鍾期在同方兩弟兄靑雲雖得路白髮最關情管鮑分金誼煙霞異日盟集裘良不易已見兩囊傾
親老思官養家貧賦遠遊雲山迷萬疊晨夕阻三秋敢負揚名志全憑借箸謀遄歸情更切中夜淚交流

可歎

可歎今春事連朝雨打花生成勞造化容易減繁華冷落心猶在侵凌勢太加東風亦無賴恐負主人家

飛花

開遲開早付天工墮溷飄茵盡落紅就裏分明恩怨在東君豈是兩般風

書淮陰侯傳後

天將降大任先使歷艱辛淮陰辱胯下漂母哀其貧終握天下權卓哉漢家勳

寶摩曰五六瀟灑

開基始歷下傳檄定三秦登壇偶然耳徒以項王存國士不倍義劉季豈知人可憐蕭相詐遂成鐘室寃學道去矜伐史遷有良言英雄處危疑豈易保厥身長淮水嗚咽千載哀王孫

喜楊愚菴到京

別時花柳滿長安九十韶光又共看記把一杯親自送留題絕句笑無難還家芳草眼中長憶爾白雲江上寒多少蘭言傾聚後經年懷抱若爲寬

檢廢書得端卿送閬峰南還詩感賦

夙昔登雲志存亡歧路悲夜臺應有夢燕市漫吟詩久客知音少清狂識者誰傷心繙舊句不見爾丰儀

春夜鄉思

家鄉雲水闊清夜每茫然客坐春陰下心依芳草邊虹橋散明月槐市覆輕煙

萬戶鐘鳴後歸來人盡眠

遊天台山宿山下邨舍

未到天台路暝投臨溪屋村翁禮貌古見客下黃犢土房新泥澡顧客歌宿宿入室嫗怒嗔頗訝客不速客知連年豐田家乏脫粟官稅敢後時轉子期已促借錢每月抽還曰打轉子翁言典鐵鋤亦足充客腹近前敬謝客勿嫌愚婦瀆感翁意良厚倉猝供麥粥飢者易爲食饜飫及我僕我聞北門貧交謫聲相續男女各言傷採風省方俗就枕不能寐荒雞啼喔喔揮手謝老翁春風滿寒谷

放鷹恭步香亭夫子韻

英氣豪無敵西南萬嶺懸側身看落日乘勢下秋天不見翻回處遙憐搏擊前冲霄亦我志吟望意蕭然

聞舅氏訃

外家人亦有舅氏道偏窮歷落風塵裏從容禮法中乾坤一身杳衣食暮年空遊子渭陽淚霑書憶海東

立秋登高

獨上瑤臺頂川原落日平風來千里外秋到萬峯清天大容羣物山高著此身慈雲南海上引領倍關情

哀乳燕

憐君歲歲離故鄉到處成家常自忙雕梁畫棟不肯住朽麥腐豆聊充腸春來秋去今幾載亦如遠客辛苦嘗農人今歲苦旱荒已拚伏臘無糟糠一雨三日黍及種田夫饁婦眉俱揚可憐覔食雙飛燕穿簾繞宇空翱翔巢中待哺聲何急雨際呼庚意倍傷燕乎燕乎我語汝顧雛何必心遑遑罄我瓶罍分汝食天晴從此多餱糧即看海上歸來日長共相依舊草堂

寶摩曰哀音促節不堪卒讀

寶摩曰神來可慨

將出都門呈香亭夫子兼别同人

授餐多感古延陵憐取隨人側翅鷹爲客慚非天下士愛才親見大中丞登樓庾亮留餘興泛海成連愧未能漫撥冰絃縈别思風流耿耿有傳燈

良朋落落似晨星我獨天涯溯越舲空谷最憐歌伐木垂楊何事化浮萍藏身人海交情在捲地秋風客夢醒他日江南懷舊雨滿村黃葉叩柴扃

滾滾紅塵拂不開聊攜書劍出金臺感深鴻爪人千里忍聽驪歌酒一杯碧樹有情秋未老青山依舊我重來到家博得高堂笑莫爲牛衣首重回

車推蓬轉兩無因遊子俄看捧檄新雙鬢易侵緣客久一身難得在官貧幸沾微祿營甘旨漫詡浮名話苦辛敢負故人珍重意十年暫拂素衣塵

分發甘肅志喜兼以自勵

關河秋色老風雪旅人行邊馬頻回首寒雞定一鳴朝廷無棄物書劍足平生

木落海天遠蒼茫立暮城

請假省親

今日霑微祿端居憶故人聞琴清月夜破浪渡江辰一水高堂近千山絕域鄰此身欣有託萬里敢言辛

採薪謠

貧家女兒兩腳赤上山採薪多白石白石傷腳腳見血木根入地鐮子折脚傷見血不足苦但恐鐮折主人怒日暮負薪一束歸三合粟飯不療饑但見主人怒出門潛啼悲男子怒一時女子怒多端男子猶可女子難

蓉裳曰古直悲涼

將赴甘肅同人以詩文見贈詩以謝之

空山采蘭草將以遺遠途遠途何所之迺在隴西隅西隅非故鄉京洛我久居京洛多貴遊衣冠富且都日出相經過車馬溢通衢夫何二三子流落寄江湖

如圃曰古意盎然

參商各一天相去萬里餘離鳥各自號浮雲爲躊躇相會復幾時相從亦須臾

徒旅苦遠涉山路何崎嶇因風託好辭贈我以明珠但應崇信義吾道在詩書

與寶摩雪圃話別

一笛西風夜月寒江東秋盡出長安蒼葭孤櫂將愁去衰柳斜陽欲別難彭蠡

雁歸憐倦羽函關雞唱促征鞍交情文格皆從淡詩卷孤燈歲又闌

登山臨水極蕭條回首燕臺客路遙八月秋風嘶牧馬九門寒日下霜雕相思

京國留鴻爪此去長城望斗杓一事差安遊子意高堂尙未鬢毛凋

再次寶摩送行韻

君登蓬萊山我出黃沙灣別路三秋思孤舟六口還文章窮鬼笑樽酒故人閒

何以慰行役深慚遊子顔

青袍何惻惻直走到郵西霜月依沙宿邊雲壓塞栖宦遊探積石歸夢繞河隄

寶摩曰清壯

一笛關山隔春鶯何處啼

雙節 家八愚囑

自古人生重節義不問巾幗與鬚眉扶輿正氣鍾閨閣一門雙節寧非奇吾家兩伯競稱爽文采風流衆所推內助雙雙俱淑愼一門雍睦常怡怡忽然玉樹接踵摧妯娌相繼哭壞篪妯也慟甚淚眼枯絕粒求死摧心脾不爲烈婦爲孝婦敬承姑命非游移娌也泣謂長姒云我幸有子姆無兒從來死易撫孤難一易各爲之嗟哉我子卽姆子抱兒託母良可悲淚盡繼血竟長逝慘兮貞魂地下隨生者猶是死者心敢負諄諄付託時上事下撫俱莫諉上則盡孝下盡慈丸熊畫荻如己出能食能教母兼師待長階前玉樹枝二十年來心力疲苦節不克享上壽中道棄姑無還期臨訣謝姑復語媳繼志代職更望誰媳旣唯唯乃受含聞者莫不涕漣洏嗚呼節孝本性生天眞豈用假意爲生死同求

完大節聖達賢守惟所宜男兒根本有玷缺不如閨閤能無虧山高水長共不
朽千秋雙節垂坤儀

送培園赴江西

三年鴻爪共京華一曲驪歌唱落霞莫怪臨歧猶久佇須臾分手即天涯
水碧山青路幾千洪都秋水共長天別離本是銷魂事知己如君倍黯然
南去柴扉閉不開幾時話舊更銜盃衡陽彭蠡多秋雁尺素毋忘遠寄來
題橋有志竟何成爾我勞勞已半生安得故鄉營十畝青山影裏耦而耕

蓉裳曰唐音

寄吾廬初稿選鈔卷二 歸省金涼起自壬子至乙卯止

楊蓉裳先生
陳寶摩先生　同選

海鹽張伯魁　春溪

出京

幾年彈鋏走塵沙看徧長安過眼花一笑歸來秋未老半通聊綰愧清華

夢裏曾吟感遇詩江雲渭樹兩相思揮鞭贏得臨歧淚灑向窮途只自知

宿遷次晴川韻

遠志當歸不敢忘用元唱意岢峿曉色望蒼蒼孤雲雁度丹楓月四野雞聲白葦霜

常愧中年奔水陸不禁秋氣灑衣裳輭塵回憶東華路書局論交歲月長

山陽次雲溪韻

天涯兄弟聚久客話傷心夕飯憐蔬設冬衣問雪侵江山一官薄風雨故交深

廿載羈微祿淮南酒獨斟

宿揚州有感

不須歌水調回首每淒然作客人依廡思鄉夢繞船鳥飛平遠水天盡有無煙

今夜揚州宿娟娟月可憐

渡江

長風萬里浪無邊兒女團圞信宿緣但見帆前生日月始知天下有神仙珊瑚

釣渚多紅葉橘柚人家盡綠煙一度大江歸興好詩囊滿貯遠遊篇

蓉裳曰渡江時確有此想

舟中懷人

秋風擁浪響高灘天際孤帆薄暮看幾樹亂紅搖日落兩山積鐵逼人寒江間

寂寞傷時晚海內交遊感歲闌獨倚帆檣吟九辯女蘿微月照危冠

京江曉發

眷裳曰老當沈摯

淸曉微霜度板橋京江吹角路蕭蕭竹空遠旭方舒緩樹過高風始寂寥中野
菊花看已發內山楓葉恐先凋逢人屢問鴛湖水煙雨樓頭路轉遙

壬子冬還家

漫天風雪夜弟妹一燈前衣食憂寒歲功名感壯年時艱空測海志決早歸田
生事各努力吾家耕讀傳

祭祖墳

童稚讀遺文知公午夜勤一衿難獻納當路莫知聞釣艇春方水書堂夜自雲
誰能繩祖武涕泣廿年墳

哭周夫子之簡

竟至遭貧累瞻帷涕淚新屋仍前別處江不度歸人芳草湖邊月孤魂夢裏身
衣冠空寂寞何處問迷津

寶摩曰山居妙境

歸自鴛湖適如圍北上舟中送別

不見三年久歸颿八月湖水寒回雁驚夜靜嘯瞇題北地君將去西行我益孤

人生多別恨惆悵對平蕪

涉園謁諸祖螺浮公遺像

諸祖今瞻仰茲園舊涉成水搖丹榭影風逗翠杉聲諫草生前業懷歸老去情

出山有如此端不負平生

訪東塢姪

爲訪山中客山明出遠林向前溪路轉回首嶺雲深雞黍多眞意圖書見古心

匆匆無那別數里尚沈吟

雨夜懷人

南畝春多雨懷人夜半時海聲燈下恐天氣客中知日到長安遠風生水國遲

相思夢粱月燕羽共差池

同家八愚桓登烏鎮青寺塔

關河故人在歲暮此同遊白塔千年寺青山萬里樓寒林煙半鎖孤港水分流

落日歸長慶微風不滿舟

次桂舟留別韻

地主情難盡歸家薄宦非湖樓動杯酌月夜叩柴扉春到煙光活天長鳥力微

青雲相勸勉莫使寸心違

蓉裳曰妙句眞景

倚徧西欄曲深更人事稀山池魚寂寞林雨雀因依入海非無磬朝天尚有衣

白頭相視笑歲暮意多違

桐鄉學呈殷東夫夫子

到門多竹木登閣復山皋永日花飛遠新晴燕拂高長貧非宦拙小坐學禪逃

數許問奇字聯翩引後曹

登泰山

到處山兼月行行不厭看海空光遠大天豁路平安水靜蛟潛穩風高虎嘯寒

今來瞻北極想像五雲端

孫西平永祺招飲分韻

署中湖影闊暝色與山齊列宿皆環北羣峯盡向西使君如鶴住官燭到烏啼

淸冷梅花底寧辭醉欲迷

雪圃曰佳句

贈顧友溪

日暮過君宅歸時被酒呼門多巢鶴徑家近悟禪衢耆舊今誰在風流老不孤

蕭蕭風雨夜能念故人無

陳子實招飲兼憶寶摩昆季

風雨連牀約蓬廬近可呼衷情談客邸夢寐繞皇衢酒後詩難敵樓中燭不孤浙東名下士能復似渠無

戲題拜石姪趺坐圖

浮華過眼等雲煙枯坐蒲團學問禪入世不求千石米前身定少一囊錢豈無肝膽輸知己那有情懷學少年暮鼓晨鐘君未慣何如同泛五湖船

烈婦歌烈婦汪氏張九華苞侯妾

冀州存不朽昨夜哭夫聲今朝哭聲絕匹婦已捐生一解

今日既卒哭魂魄下從夫地中千載人祇得三月孤二解

妾在一身輕妾去三綱重三綱一身持太山小於塚三解

冀之水不絕冀之山不磨此是汪氏葬行者聽我歌四解

別拜石姪

久客情懷已少歡那堪遠宦更含酸養親何術從君學脫穎無才只自歎此去天高蟾影淡再來詩帶雁聲寒離腸棖觸愁如結何日同持一釣竿

送顧如圃北上歌時同至嘉興分手

昨日到家初見君與君同遊百可園今日驪歌別故人今夜篷窗話酒泉君騎馬我乘舟君向長安我蘭州去路君登聚燕臺明日我在煙雨樓人生離別無老壯祇憑南北遙相望遙相望海水空綠多波浪

寄和內子送別韻

朔風飛雨夜聲酸拍馬頻歌行路難兩地一身貧父母春塘白水病鴛鸞湖中共雁明年至嶺外聞雞數郡寒到處相思同入夢高堂藉爾易爲安

橙黃橘綠泛深杯又唱驪歌感去來乳燕無情翻哺子文禽有侶豈求媒流光綠鬢傷春夢歸計青山舞老萊惆悵樓頭一彈指楓林葉落雁初回

曉出郭門

東城鳴柝際南客出關初淸曉霜煙重高秋草木疏天空神獨往野闊意方舒去矣從吾好愁哉任所如

天寧寺

寺以前朝大名仍十郡聞海風松檜折鬼火棟梁焚悽愴金銀氣驚奔虎豹羣行人一回首秋色淡斜曛

歲暮懷人 金涼

湖海襟期人海藏西山曉色鬱蒼蒼笛中吹出梅花落幾度春風欲斷腸 陳寶摩

燕山曾共笑談餘八律分題餞歲除壯志難消聊對奕一天風雪二更初 陳雪圃

短棹輕波泛渺茫洪都秋水共天長望君早定收帆日好看庭前丹桂黃 沈培園

春風落魄幾能禁千里加餐一寸心莫信玉關征路遠雙魚頻報當規箴 顧如圃

挑燈夜讀響琅琅隔我書齋只一牆風雨有時同默坐寂寥從不借鄰光吳桐君

秀水由拳各有師或宗老杜或王維同聲綵筆人爭羨無限風華幼女辭錢裴山王秋塍

狂來書法超顛聖醉裏哦詩傲謫仙倜儻平生差自負他年好結竹林賢惲簡堂

揮麈論詩聽雨聲參來妙諦破堅城瓣香好爲南豐祝愧我追隨若木英王悔生

米貴長安不易居下帷勤著古人書江南十步皆芳草秋水蒹葭最憶渠家阜聞

酒闌燈灺賦吹篪獨活將離讖語奇一段閒愁消未得白雲芳草自相思家蓉舫

索居同此歲寒心戍角吹殘又暮礁西入潼關詩境好揚鞭十里短長吟陸杉石

分題君獨仗詩豪七步吟成十倍曹坐久雞窗風雨夜淸談纔罷又揮毫顧容堂

東風乍起卷簾遲水部風流繫我思記得呼童汲春水別離時節賦將離何鐵巖

苦學初唐明月篇風塵牢落亦堪憐回頭忽憶江南路梗泛萍浮二十年葛菱溪

勞薪萬里跨征鞍絕塞春回夢尙寒久與周旋寧作我思君豪飲到更闌畢補垣

琴書羅列小樓中焙茗新烹社火紅憶昨還家忙臘後何年重唱試燈風崔閬峯

夜雨連牀幾許時浮雲西北兩參差閩山若許蘭山並定續當年詠史詩盧壽江

一笑君乘薄笨車望風曾寄數行書別時語我還山樂隔岸飛雲到草廬李蓮峯

望斷昆明信屢乖天涯惜別不勝懷性情醇樸天眞露小住清言亦復佳楊愚菴

昨到鴛湖君北上君今別去又還鄉誰能縮地移南北渭樹江雲卻兩忘陸桂舟

越鳥依人常北向朔鴻笑我又西征就中多少臨歧淚半爲鄉情半別情顧友溪

午夜燈前有所思爲誰腰瘦帶頻移河橋握手渾如昨目送征鴻悵別離李秋水

鳴沙繞郭柳毿毿渠水漣漪皺淺藍明府齋頭簾半捲錯疑風景似江南邱春岫

清談茗椀戰雲腴誰道西崑格調殊欲配杜陵先得路龍門何處探驪珠楊蓉裳

長鎗大戟奇才見下筆橫生思不羣得失寸心還自定攻愁破壘掃千軍縱荔帷

訟庭花草韻悠悠窗外溪山筆底收多少才人混梅福退公獨坐冷如秋鄧雲巖

詩文遠道寄來評卻怪江淹賦恨聲永夜青藜經一卷柳湖好箕鄭康成周嶓東
回首風流雲散盡繩牀枯坐可憐宵夢梅花發孤山畔猶向西湖問斷橋陸清可

訪家雨巖夜話

丰姿濯濯映當時何遜梅花謝朓詩烏几獨留高士傳白雲常抱故人思夢生
池草新移種香裊爐煙細颺絲微服到門君莫笑每吟好句暮歸遲

呈胡息齋先生紀謨

遊鞭到處每探奇獨立蒼茫有所思卌載舊高才子譽千秋眞與古人期朔雲
隴月文章態白鶴朱霞晉魏姿爲語長生能吏隱廟廊邱壑總相宜

蘇武山暮行書懷

絕峽無人境深秋獨往時悄然馬上客細誦郡中詩落日忘行役丁年惜別離
遙憐淸讌閣吟罷有誰知

過祁連山

祁連回首更天涯萬水千山多路歧正憶使君懷遠道燈前獨作送人詩

題息齋先生夢遊華嶽記

夢嶽眞同上九霄使君神與入參寥仙人小記華峯異仕宦初探星宿遥郡事

三時稀署牒秋詞八律拂霜杓殷勤寄語西風裏叢桂休煩吏隱招

靈武古槐

老槐突兀靑團團磥砢千尋撐雲端淸霜溜溼蘚皮滑明月遠照枯槎寒鐵幹

彎環有神鬼虬枝翔舞驚鴻鸞秋涼漏永衙齋靜詩人健筆摧層巒時蓉裳牧是邑我

來摩娑心亦肅予奉檄經此留玩經日龍蛇挐攫勢屈蟠狂飇陡起響蕭槭夢入三峽飛

流湍黃昏星影不到地雲氣下上垂漫漫相邀徂徠孤松新甫柏與爾朝夕相

對耐盤桓

聞雁

哀怨聲聲度野塘定知風緊不同行夢闌酒醒人何在月淡雲低路正長紅粉經年藏錦字白頭中夜轉愁腸一時盡灑遙天淚望斷他鄉憶故鄉

寶摩曰似義山學杜之作

重九時奉檄河干

今年重九罷登臺潦倒寧辭濁酒杯地勢應臨西域轉客懷聊向暮山開熊饑樹木秋蟠住鯨健溟濤夜趁迴奇境欲輸才力短黃河源本自天來

寶摩曰沈雄老健

河上登高次蓉裳先生芳燦韻

河上登臨好問津諸公詩思迥超塵每經九日傳佳句卻數晨星似故人碧水青山迷五柳黃花白酒憶前身淵明老去無知己風雨空城有宿因

垂頭菊

柴桑佳種本風流傲骨支撐九月秋想到歸來彭澤令折腰未必更低頭

偕二弟夜話

長路悠悠路幾千可能歸種浙西田天涯已過重陽節燭下同傷少小年故國雲山飛鳥外異鄉風雨草堂前與君難滌煩愁緒頭白鴛湖手一編

十月十四日接家書

首夏山妻逝遙傷伉儷賢不歸空有夢那得再生緣閨閣傳三藝音書斷九泉開函無吉語涕淚逼今年

讀周鑑湖養拙山房詩

隴上題襟日天涯載酒時秋風懷古曲春雨落花詩涕淚傷開府猖狂笑牧之應憐張仲蔚寂寞捲書帷

次周蟠東為漢寄懷韻

愁緒千絲萬縷縈年來何事又孤征西流弱水無舟渡南向哀鴻有淚聲白髮

燈前悲午夜綠窗人靜夢三更感君投我瓊瑤句古埭秋風離別情

有感

嘹唳南飛雁依枝何處尋憑欄招璧月歸棹夢羅衾憔悴塵封鏡艱難雪滿簪

金錢空問卜絕調廣陵琴

次李秋水韻

西州涼月夜生寒綠酒紅燈憶昔歡孺仲成名寧有助不堪徐淑戢桐棺

隔歲春明相約歸故園鶯燕惜分飛鹿車有恨誰同挽哭望天涯形影違

秋草次韻

賦恨江郎寄所思平原試望渺何之直從露漸霜晞後小識天荒地老時九畹

餘香猶繾綣六朝留影最迷離踏青舊徑憑回首好處相尋總不宜

薜荔衣裳帶女蘿有人託體竟山阿遙憐舊雨蘇前夢易逐行雲下逝波送我

遠郊今若此別君南浦更如何寒蛩啼盡春陽隔欲剗愁根一倍多

百歲榮枯類轉蓬青門遊冶太匆匆將離已作花時讖獨活難求藥品功祇有

青燐飛夜月更無紅雨泣春風物猶如此人何似蕭瑟予懷約略同

楓枝憔悴柳條稀和雨和煙景物非既腐猶能成羽化有心可許報春暉植根

城上風偏早得句池邊夢易違點水浮萍同此盡不如作絮自摶飛

長至夜遙祭內子

舊恨難消上戍樓新愁莫謾按涼州機聲燈影悲今昔青鬢華年感去留蹤跡

已隨花共落性情未許水同流青山舊約人何處悔讀風詩賦好逑

稚女嬌兒且莫論姑嫜重累薦蘋蘩乍抛鸞鏡空妝閣已絕魚鱗到玉門紅葉

舊題期白首青袍新淚拭黃昏卿衣典盡無炊日嫁卻黔婁骨未溫

楓林葉落正紛紛佳節哀音不可聞記得故園初別我那堪宿草弔新墳路遙

天際函關月魂斷人間巫峽雲兀坐小齋蕭瑟甚相思重檢舊迴文

了卻塵緣悟此生兩兒頭角尚峥嶸提戈取印原非願折柳探花望有成此日思親應入夢他年祭母試嘗羹書聲莫以悲聲減雛鳳淸於老鳳聲用句

内子姓姜氏廣陵籍生於固陵長於春明性柔順敦孝友雅善翰墨不輕示人且曰妾女流奚用文爲不過藉以陶樂性情耳癸卯歸予凡十歷寒暑中間歸甯三載相從廡下者七年生兩子長六歲次二歲兩女長十歲次五歲得年三十有一八月二十八日辰時生六月初十日戌時歿

結褵自癸卯凡十更暄寒廡下貯孟光予非粱伯鸞至性敦孝悌尤結文史歡有客歌速速拔釵具盤餐愧不治家事弱質誠所難棲棲北遊子冉冉不能還售君嫁時產遺君了髻鬟茫茫百憂集辛苦凋朱顏巳午歲多歉翁姑力益殫家書到之日卽寄奩中鏹感君萬里心予懷暫能寬庚戌吾友歸自脫雙腕鐶

昨歲四月杪又復占夢蘭徒以予捧檄抱病渡江干支頤體益弱歧路乏藥丸
甯信膏肓疾終焉戢桐棺追憶正月間猶勉合團圞家貧難久居趣裝淚暗潸
再拜聽父命未許即投閒一官甚卑微迢迢指蘭山樓頭手縫衾垂柳當窗攀
長跪別父母鉛水滴騾鞍薄宦怨羈旅西風來雁翰猶疑錦字書吉語問平安
孰知吹簫侶分手超塵寰機中罷織素飛上銀河灣別百三十日因病竟摧殘
堪悲小兒女長幼並闌干君死我遠遊衣誰念重單欲寫悼亡作有淚如淸瀾
朱絃一以絕瑤琴不復彈

十六夜感賦

可憐皐廡締同心曾把牛衣當錦衾偕老百年成小劫梅花嶺下月西沈壬子歸省

以京江築壩不果旋里有儂已無家如燕子梅花嶺下月三更句

秋水揚帆一葉輕天寒不到廣陵城已容廟見酬初志更有難離父女情

思親病劇藥無靈底事魂歸喚不醒料得夜臺風露裏鄰鄰北向走雲軿

飄零燕市受恩初玉潤冰淸愧不如憐爾歸來纔幾日臼炊屢讖竟妨魚

雞鳴風雨送征驂繞膝牽衣漏轉三二十四橋煙水闊傷心明月望江南

弟兄聯騎別高堂四月輪君舉壽觴辜負家園春半畝關心最是菜花黃

遙憶高年老淚流痛君寢疾正兒遊舌耕舊業無擔石萬感交併易白頭

不是君如桓孟賢早歸娛老計蹄筌書生道勝微官好泉竹聲中擁一編送行有十載還家七十日書生差勝作微官句

無炊知爾不啼饑甘旨頻虧百計非勸我堂前休破涕篋中搜索嫁時衣

病中送我強支持珍重臨歧淚兩頤一語令人腸欲斷蘆花絮早衣嬌兒

杵臼同親減治容等閒連理一枝凶九原君母如相問只說郎君獨自舂

繪圖此意感山公賃舂圖兒女論姻桑梓中識得梨雲原是夢向平宿願故匆匆

桂花香滿月華辰蓮沼風清結淨因萬疊青山未借隱夕陽愧殺隴頭人
遠奠遙將一陌焚素帷嗚咽死生分淩虛欲駕歸鴻翼夢逐秦溪一片雲
憮憮扶病瘦如梅尺素行行手自裁林下風期今已矣閨中誰復寄書來
風月誰家雙竹扉窺簾鶯燕惜分飛衡門歸息當年約椎髻荊釵事已非
孤客年來已渺歡塵心枯寂道心寬人間亦有生離苦何況長眠宿草寒
難憑桑落遺離愁遺挂猶存故國樓慧性未亡魂未去幽情莫再賦悲秋
空庭月冷獨徘徊矯首遙聽杜宇哀願化花間雙蛺蝶飛飛還向夢中來
草枯蓬斷聽悲笳一枕南柯卅載賒何事同歸不同返去年今日正離家

癸丑除夕澄齋同學夜飲

守歲飛觴夜悠然起旅情鄉音思故里燈火坐金城爆竹催殘臘屠蘇憶半生
增年頻看鏡空使壯心驚

淒涼抛翠鈿潘鬢悵華年負米慚爲子無妻願學仙朱顔誰最好藍尾孰居先
歸夢眞難作燈闌竟不眠

鑑湖

黃葉村邊間赤梨秋風吹水碧離離停橈試問蓬萊宅疑有山陰洗硯池

自遣

兒女情難遣存亡不用疑有生皆物化此事任天爲官出如竿木君歸豈拙醫
惟將分手語補入悼亡詩

偕姜綸臺有望司馬夜話

詩文指點玉鉤斜別後雲峯望眼遮明月湟中遙憶我寒梅江上故人家林宗
墮甑因難識王粲依人大可嗟孤客此時吟伐木寂寥詩就向誰誇

滯館

蓉裳曰驚人奇句不減才江

燈前如萬里故國使人迷積氣星浮上中原地極西瘴煙悲戍角春水聽鳴雞

風景殊方宿閑愁夜夜題

秋日

自作秋風客經年家信稀孤雲有野色獨向遠山歸

甲寅除夕傷内

遠道空將一陌焚六齡母女死生分亡室六歲失恃每逢除夕君曾哭今夜何人更哭君

乙卯元旦

鄉音思武水風物憶燕臺自愧趨庭隔誰看衣錦來未能招野客何日餉山杯

南曲名園在梅花壓雪開

述哀

憶昨出門來雙親淚如絲語我直西去艱難路多歧折腰事上官努力毋自欺
當官凛出位慎勿履危機君子羞徑竇冰霜宜操持子裾不忍牽相見當有期
豈知千里外父病藥無醫竟痛終天恨痛極不成悲傷心呼吾父吾父少佳兒
卑官羈微祿遠道嗟長辭淒涼念吾母燈火坐空帷孫兒與孫女繞膝蹙愁眉
欲歸歸未能嗚咽撫良規

春夜次家雨巖明府韻

良宵曾未寐逸興正遄飛韻險詩逾健更深月轉輝當窗梅影瘦繞砌藥苗肥
又見春光好孤兒尚未歸

次楊鑑亭炤韻

萍水逢名士艱難雪窖來聖明終不棄時議亦憐才日近春風滿恩深逐客回
人生多倚伏相遇且銜杯

秋海棠次息齋先生韻

高寒樓宇遍秋容賸碧零紅淡更濃小立西風仙子倦晚妝南國美人慵尋來好夢雲兼雨魘起愁眉黛亦峯莫向春來金屋貯淚痕凝碧記相逢

望夫山下響清砧獨坐斜陽轉夕陰惆悵爲渠增別淚淒涼念爾擁孤衾已迷落日啼鵑血爲寄征衣動客心雙桂森森依舊在當年燈火課更深

心如木石記吳兒身在柴門想逸姿句好偏逢揮淚日花開正遇斷腸時非關春睡抛金粉不耐秋零卸玉脂轉綠迴黃休更說待邀清賞莫嫌遲

當牖分明隔絳綃蘼蕪重采怨迢迢低翻綠葉窺雙鳳遠引紅絲度二喬自悔情多留唾點深憐命薄有根苗青天碧海難相見渭樹江雲感寂寥

前題次雨巖韻

碧雞曾記好華年人世風鐙易愴然小閣鈴聲愁夜雨大隄楓葉泣朝煙故枝

憶昔稱連理居里由來號比肩見說園亭秋漸老井梧杞菊共堪憐
盈盈金谷最風流花雨尋思費探搜匹翠廣裁香閣袖小紅閒挂畫簾鉤情牽
縷縷形神幻吟到團團海月浮還似無憀拋組釧夜長宮漏動離愁
懶倦情懷息草萊紅顏最惜委塵埃睇兮宜笑當窗立秋以爲期入夢來山下
蘼蕪同爾別奩前金粉爲誰開淒涼回首人何處空向西風淚滿腮
仙卉叢生金鳳凰涼颸采采過鄰牆孰令染指充奩戲倘許紉蘭弁國香爲悅
已容花有信不因人熱草迎涼名葩合傍吾家住三影才爭八斗量

前題次蓉裳先生韻

秋日花銜春日容淚痕還比粉痕濃滿懷多恨愁難減擁髻無心睡正慵子夜
歌聲同悵望丁香結伴合歡蹤轉憐高燭燒何事月照瑤池不易逢
空階夜冷露沈沈斷續紅絲映夕陰舊夢曲闌干外雨新愁黃葉路中砧窺回

南海顏如玉開向西風粉亦金那得接巢同燕子樓中霜月伴更深
杜老無題久費思桃花斑竹搆淸辭似嫌瓶史呼卑女故遣簪花代侍兒墜馬
妝成金閃閃雛鴉鬢帶綠絲絲置身不在春風裏愛汝無香別有姿
錯疑人面暈紅潮賸粉零脂染絳綃黛影橫愁魂欲斷眉峯隱恨筆難描含情
乍啟旋渦靨無語頻迴宛轉腰未共幽蘭偕隱去願移萱草對終朝

傷往

家書一何杳白雲一何多塵路去匆匆川流返迴波年年枝上花日落隱山阿
伊昔親在時杖履氣冲和有客到柴門論古相切磋揮毫常不倦授經遑問他
遊子干薄祿蹤跡渺山河定省久有缺十載還嘉禾花甲已逾半每驚歲月過
一自牽衣別精力漸銷磨奄忽逝如斯忍廢詩蓼莪當年釣遊處白石胃秋蘿
望雲起孺慕涕泣傷如何

我昔勝衣日膝下不暫離家業傳耕讀詩書雜療饑一朝志四方千里赴王畿天涯長作客歲月轉羈縻揭來西秦日恨抱終天悲睠彼孤黃鵠此日何葳蕤啾啾茅檐下燕雀爭來窺雕蟲技何補慷慨淚雙垂中夜起長歎返躬還自思風光豈不美祿養弗可追霜露當茲夕愴惻賦哀詞海波逝不返悲傷竟何爲朝夕向蒼蒼強健祝萱慈

得培園書

異鄉音信總漫漫經歲秦關客夢單每向東風懷舊侶空依西鄙望長安故人羈旅思元直遠道關山痛伯鸞回首雲中遙寄語青燈白髮感春寒

蓉裳先生賻贈志感

熱客多將冷眼看幾人千里惜孤寒殊方知己今誰是倦羽依人亦大難負郭無田行索米倚閭有母望加餐得歸也是傷心地燈火當年課夜闌

垂絲海棠次龔謙仲式穀韻

昨夜東風次第吹捲簾愁見粉盈枝繡鴛枕上針初歇金縷歌中髻乍垂巧笑侍兒終隔幔低飛燕子故穿絲騷人合借徐熙筆好譜芳名未嫁時

凝妝無力任風吹旖旎韶光上小枝一曲闌干魂欲斷滿庭花影淚初垂更燒殘炧葳蕤夢欲吐柔情宛轉絲試向瑤臺重問訊迎眸西府信偏遲

重過車道嶺感賦

層巒方幾疊此地當蘭州策馬疑無路衝寒欲易裘重來雙鬢改贏得一身愁

林鳥猶相識憐予噪不休

過隴西與縱二茘帷司爝夜話

牛刀聊小試潘縣早生春此地人言苦如君我賀貧望雲飛北固愛日戀西秦

宦轍深逾淡交情久更眞

三年談治理坦蕩近人情爲政當行簡臨民勿好名虛舟飄莫飽古井水宜平

眞味誰參得挑燈酒共傾

書窗晚坐

西窗飛爽氣披拂暢煙蘿雨洗青山近雲開綠樹多孤吟來月影並坐恰琴歌

夜靜人初散殘星點絳河

秋日懷舊

園亭花落客依依秋雪寒雲繞樹飛開鏡俄驚華鬢改憑欄只悵故人違情同

洮水東流去身似賓鴻北向歸地僻臨潭風景好恨無佳句寄巖扉

端陽日博箱岳刺史金岱招飲較射

書窗曾記紅榴豔又見繁花開過牆較射誰能爭角黍遣愁聊以醉蒲觴天涯

到處皆良友客邸依然是故鄉佳節倚閭情更切白雲南望淚沾裳

勒制軍遊五泉依方伯汪稼門先生志伊韻

人間天上望中分碧澗魚噴細浪紋雅集嚴公權酒陣清談謝傅冠詩軍瀑飛絕壑聲疑雨閣駕迴峯勢接雲疑是少微東壁聚衆星躔迭到斜曛

桑畦麥隴徑微分何處苔深屐齒紋鴉噪空山驚過吏人歸野渡話從軍林煙競起將生暝嵐氣初生易上雲顧我無緣休仰羨一瓢顏巷樂朝曛

記夢疊前韻

堪憐萬里死生分一枕斑斕盡淚紋聽雨傷情身作客消愁無計酒爲軍曾經滄海難觀水何處高山好望雲隴上飄流兩兄弟得歸農圃愛餘曛

憶舊疊前韻

慣看揚州月二分平山堂下水生紋於今又作關中客誰道能從塞外軍百里分符皆舊雨十年同輩盡靑雲山靈笑我眞無用書劍飄零伴夕曛

幽居

岷俗宜初夏嚶嚶黃鳥聞密林晴欲雨幽壑靄生雲愛說桑麻事閒來灌溉勤桃花曾不種清絕迴塵氛

次庶風先生韻

一葉輕颿疾似梭天涯書劍興如何遨遊邊塞年頻改惆悵春襟句自多相對無猜君慷慨等閒那信我蹉跎望雲空有晨昏志長抱遺經歲月過

枕上偶成

高梧過雨早涼生落葉西風小閣清流火拂檐方七月鳴雞侵枕又三更風傳戍柝淒時斷秋壯岷濤怒有聲獨起攬衣頻徙倚百年此地幾論兵

同人遊岷山五臺次韻

駕言出城郭結伴上驊騮故交欣屢集風景值中秋相彼嚶嚶鳥求友聲悠悠

蓉裳曰眞摯蒼涼五言高格

選勝來名蹟於焉獲所求披榛陟險徑古木蔽層邱仰視隔雲霧漱石枕寒流嵐氣迷遠近白雲遮道留同輩一何捷飛躍直探幽路更偪而仄兩手摳輕裘淩虛心不競養氣夙所修慚予多局縮回顧屬無愁登頓不得上阻險欲歸休迤邐下山麓山神無見羞生本吳越地澤國多憑舟揚颿如駛疾身輕一葉流易安而陟危彳亍不自由行當歸海上宿諾踐盟鷗西山落日斜心如宿鳥投松間有明月蒼蒼煙露浮

次庶風先生贈行韻

嶺梅開欲遍稅駕辭岷陽就中最難別耆舊有同鄉同鄉者爲誰同父志同方贈我四十韻勗我效才良載拜讀公辭意古老而蒼反覆律入細直欲邁三唐伊昔太史公足跡遍八荒東遊探禹穴南浮抵衡湘名山與大川一一助文章公年甫弱冠抱負志四力吐氣齊雲夢落筆寒星芒慚予誠薄劣感激意慨慷

悠悠思往事撫景暗悲傷風光一瞬息榮華如泛航病鶴遠天迴哀鴻身帶霜
弟兄兼作僕征途隨雁行皎皎橫山雪盈盈秀水長雲物仍如昔風雨更淒涼
紆道親仁里遊子擬登堂續貂僅以半夜氣滿曲廊

次雨巖韻

夏日疑秋日官齋好讀書氣蒸山不見波漲雨何如臨水思鄉里升雲望起居
瓊瑤稠疊至深感未忘予
更燒殘燭夜如何重讀新詩悵隔河古埭草青吟駐馬渚亭花亦待君多

海蒼涯先生五泉餞行卽席留別

親炙三年久提撕處處皆霜花依硯席詩草滿官齋分俸情何重臨歧淚欲揩
愼言參妙諦盈尺許登階
題柱心期在傳經子弟佳塞雲飛遠夢燈火耿幽齋忠慤推前輩鬢眉見古懷

依光香一瓣歲暮別天涯
泉響看同落喧奔自五源亂波吹雪色餘力洗雲根骨肉存亡涕師生寂寞尊
微吟搔短髮同坐到黃昏
祇有相思筆能無惜別詩孤雲欲生處倚杖獨看時鵑翅沾愁冷龍身晦恐知
海門東不遠尺素望相貽

留別澄齋

蕭齋襆被感長貧手抱殘編幾愴神北海卽今能愛士安排廣廈庇才人
日夕繙書歎寡聞窗前又見落斜曛平生未解逢迎巧只合窮年理典墳
五常舊說白眉良風骨珊珊壓衆芳秋葉聲聞書味足桂枝記取袖盈香
問字端宜載麯車蠻牋手擘意何如臨歧卻有關情語莫負青春在讀書
瘦影亭亭夜未眠短檠對爾閱三年舌耕舊業尋常事卻喜風塵得此賢

眘裳曰直是漢魏氣息

無限關情且謾論誰將多病惜文園此行非羨蓴鱸美不覺征衫滿淚痕

擬古別詩

我馬已在庭我僕已在門主人執兩手請客聽我言遠行豈不懷悵然我心煩

我有綺疏閣我有白玉樽速令僕繫馬來日淸且暄

遊子未授衣山川積霜露念子衣裳單何以載中路中堂飭中婦裁縫作新袴

吳人棄千金物微安足慕男兒重意氣匪直以親故

西有焉支嶺山川阻且長輪蹄滿邊城林藪多虎狼虎狼遊食人東人十九亡

西有蕭關嶺險阻逾羊腸客子出門去孟冬北風涼涼風吹桂樹桂樹自馨香

征途勿輕陟愼哉保安康烏雀各相命威鳳獨翺翔仲尼豈不聖歲暮而遑遑

傅說隱版築呂尙釣滄浪君看大海中神龍固自藏隱顯會有期登車獨傍徨

君是靑雲器早上白玉堂文昌落殿陛翰墨珍琳琅翩翩五色鳥燦燦垂文章

寶摩曰高華

顧盼自愛惜和鳴聲鏘鏘長安少年子挾彈衢路傍棄彈坐歎息恐使羽毛傷

蓉裳先生屬次九日五泉登高韻

如雲賓從陟高峯石徑縱橫碧蘚封依檻遠銜平野樹卷簾時度隔溪鐘黃河北去秋聲壯銀漢西流露氣濃獨我窮途揮淚日龍山高士夢中逢

次郭雪莊楷韻

天涯落拓有相如何處風塵抱犢車秋盡西涼名士宅雁來南國故人書載逵雨雪吟難穩隨處煙波夢易虛兩地征衫誰早脫碧天回睇子雲居近主靈武講席

留別蓉裳先生四十韻

有美玉堂彥文雅絕流輩亭亭仙鶴姿獨立頗自愛百鳥不敢羣思入雲霄內貯之黃金籠飾華性不耐放之江海上葭菼洲渚礙雲濤盪空壁曦陽破幽昧偃蹇靈武城晨朝吸沆瀣有客從西來笑傲生狂態洮水揚素波蘭山沈素黛

燈光散華堂月影空夕曖歌舞雲霧裏枕藉蛟螭背引觴適性靈落筆遑氣概
片語競俊爽累牘薄雕繢日動赤霜袍風吹蒼玉珮巨象纓鋩鍔崇駝函鼎鼐
精思破微妙洪圖浸汪濊溫李握機要韓蘇森仗隊禹鼎彰文理神姦愁靉靆
萬象苦顯抉造化蓄陰晦下士方失笑上智徒流慨風雅竟微茫江漢空靄霨
詎將孤鳳叫獨停衆犬吠俊物歸寥廓風流空人代大匠知遺獨拙工慚非對
直以聲氣合敢論才力逮賀蘭一奇峯飛落樽中碎霜光炯鬚髮灝氣注肝肺
衆星動光芒太淸絕滓穢扶桑莽空闊鼇背今安在嗟彼仙佛侶飛昇已千歲
身隨碧雲滅名與蒼龍配吾徒羞欲死微塵棲大塊邱壑竟湮沒賢達同慷慨
亮無淩風翼安得承令誨抗手歸故林故林遠秦塞單騎暮還鑣忍聽驪歌再
達士忘貧賤君子審進退何當陽羨田共把巖中耒

臘月二十日同余心一常靜齋承澄齋觀冰橋時余將歸海鹽詩以誌別

臨深舉目慎縱橫身到危途自不驚繞郭洪河蟠地迴漫山積雪與天平有懷
逆旅悲今古無定浮雲感利名羡爾邱園高蹈者一天風雪臥柴荆
不見黄流按轡行鄙夫到此也懷清河邊寒日分離影天際哀鴻斷續聲每念
垂堂君子戒嘗聞叱馭古人情窮源使者停槎問何處蕭蕭班馬鳴

歲暮行

官齋如傳舍蘭州纔幾日復此臘月行大漠寒懍慄山川飛黄塵凍雲沒馬膝
清晨發山頭風來過箭疾掩面伏馬背貂冠屢見失僕夫臥道周舌強聲不出
下馬匍匐行崎嶇憂擢跰回頭宿處遠遥望前嶺崒十里始逢店投身僵無力
索火炙四體移時解縮瑟主嫗頗驚怪背人語啾唧今家翟家坡凍斃人六七
生世七十年最是今冬栗我聞主嫗言中心多愧慄衣食不遑處昏嫁苦未畢
中年抱寒暑傷心事難述閲歷猶未深苦寒豈盡悉夜聞寒乞聲惻然心内怵

赤足踏層冰殘羹遭嚴叱露宿惟依簷陰寒那曝日同在覆載中造物何不恤

而我復何如頓覺奇溫溢

夜過六盤山

一山最高處崦戸綴村容夜雪吹陰磴寒煙障疊峯虎嗥跑白板熊鬬斷青松

生理堪愁汝高寒屢失農

寶摩曰冬山如畫

暮投

暮雪飄蕭際人行與鳥歸寒溪多曲折古木且憑依村戸秋租盡盤餐夜味稀

主人頗好客扶杖送柴扉

過邠原別周二嶓東

一宿邠原上寥寥度歲華雲沙深落雁風雪委寒花懷抱知何極功名轉歎賒

往來南北客俱是未還家

連得平羅家春帆昞書誌感

稠疊封書至行行離別音向前歸路遠回首故交深黽勉多眞意殷勤見古心連枝情更重騤背感成吟

呈龔海峯夫人景瀚用別蓉裳韻

羽翔必有羣鱗遊必有隊要知詩書味當以道義配宦跡各異方星霜倏易歲幽風秋戍削溟氣連鬖髿有客到階下問字升堂內眼光射晶瑩眉稜露魂磊迺焉相視笑悅然如夢對試先飲之酒款洽開其佫叢玉森巧鏤萬鋩烱新淬言皆自米顚筆移華岳態徐玩乃定魄劇調不停喙未可窮伎倆且欲流肝肺文正舊績傳大王叢祠賽風俗淳而樸治理灌而漑然後導之善其勢沛無礙神鼇立贔屭大瀛來汪濊焜煌幷火齊淸泠夾風佩鯨龍鬭角距銀甲紛雪碎帝女濯雲錦天章絢藻繢對敵擬壘摩接刃甘舍退斂筆讓獨步爲政傾前輩

選纘如隔粤淵冥已游岱濫竽縱吾慚運斤惟公在推轂軼商周掉鞅辨邶衛
亂雅惡井蛙見怪從邑吠努力以征邁秉志毋懺悔邊徼會難常征衫分可耐
氣候交雪霜山川積陰晦心期譬圭璧瑩徹無瑕纇

硤石驛

硤石千家驛肴函一道通秋山餘苜蓿曠野易沙風使者驅馳穩年來戰伐空
徐丞勤馬政何謂老多聾

暮投孤雲寺

獨行數里遠日暮興悠哉古道白騾倦深山黄鳥哀寺應林盡出僧與水聲來
欲向西庵宿窗臨紫翠開

王秋塍復署聞金粽亭先生下世有感

全椒山側隱侯居與爾臨風共愴如惜別動愁千里外相逢話舊十年餘倦歸

司馬遊難問老去元龍氣不除江左詩人今宿草新音變徵寄雙魚

秋塍署贈武虛谷先生 億

亳西明府工吟詩自公退食常搆思恰值余從隴頭來高談白日相追隨但恨詩豪酒不敵徘徊清景發嗟咨是日風霜吹洛水忽報門有武進士進士手攜雙玉壺紅露酒塞黃菊蘂又有烹雞兼秋茆肥美流脂勝膏雉傾壺裂雞何辭勸自酌不使奚童倈袖中復出考金石琳瑯散落光吐赤憶昨青門夜促膝北斗闌干官樓白感君意氣重留戀且與歡娛永今夕永今夕亳西之會難再得

悼葛菱溪 應元

平生久要約何處弔空山慷慨知天性清明憶舊顏文章歸地下風雨別人間春草離離綠臨風涕淚潸

除夕行

去年守歲蕭關外今年守歲碭山上人生擾擾百年内南北東西無定向兄弟空齋對一燈白雲四野圍青嶂風俗家家製玉粱歲時分曹多謔浪一官三載守寂寞浙右河山隔惆悵鶴髮萱闈甲漸週有兒今日晨昏曠兩弟三妹四子女落落鄉園各相望悲莫悲兮父不見不覺呑聲聲塞吭傷心鸞拆又年餘悄然百念倍悽愴明朝對鏡還看劍一生過半空俛仰文章事業歎蹉跎鬢髮齒牙憶少壯浮生碌碌馬牛走歲暮馳心神不王京洛天寒斷書札江湖冰凍閣船舫青山碧寺瀟灑地水深何日理我榜同舟知己二三人鼓枻春流恣跌宕南北山頭多墓田雙魚寄弟須先訪不然山中空碌碌新年何以我懷暢夜深倚壁夢還家起坐聞雞三四唱

新春四日曉渡淮上

猶餘殘夢趁宵征萬里西來兩月程霜曉大星三五在風高亂杵一雙鳴舟輕

南客愁初渡地近東吳畏早行沈醉衝寒容易醒異鄉回首不勝情

徐州待渡訪崔八閬峯聞已移家蕭縣閬峯尙留都門

驟背春寒暖不加渡頭津鼓聽頻撾歸尋水竹須連屋約買山田好種花米價定知艱客況柴門何處問君家移居一事眞輸與河上晴明看晚霞

元宵日聞外舅下世哭成四律卒於乾隆六十年正月十九日戌時年六十二

靈旛一點淚沾巾追憶當年笑語親溷跡宣南如昨日傷心巷北又三春遺書細讀東風緊老淚輕拋夜雨勻杯酒承歡無地見只憑山水憶前塵

素車跋涉三千里牢落天涯六十年語到生離聲泣涕痛餘死別病纏緜一燈寂寂寒侵骨雙鬢絲絲瘦聳肩今夜九泉多骨肉團圞應念我孤眠

曾向東風哭細君又傳凶耗不堪聞魂歸故國三更月影伴蓬山一片雲日落荒祠空灑淚風吹旅櫬未成墳黃金散盡無餘恨惆悵當時客袂分

開卷重翻舊悼亡拈毫欲賦九迴腸針頭線尾憐還可女哭兒啼意獨傷不向花間尋蛺蝶好從夢裏問鴛鴦此生休爲浮名誤長願晨昏奉北堂

登金山頂書示同人

千峯層疊勢飛騰秀削中天翠黛凝鸛鶴高寒盤絕壁䏲䮀趫捷落枯藤巖潭散坐同來客楓桰遙呼獨返僧日暮未愁歸徑黑上方樓閣盡懸燈

又次同人韻

淸吏吟詩處丹崖擁翠杉頻登看月寺時駐過江帆雲霧魚應異風沙鳥不凡官醪頻告罄休惜典朝衫

登北固山遇王夢樓先生即次原韻

擁縣千峯集臨江萬木疏蛟龍吹几杖麏鹿繞階除信宿逢先達歌詩實起予危樓飄素髮古寺竝藍輿戰伐雄多蹟登臨輿有餘曠懷增感慨落日照村墟

讀壁間詩感賦

名山歸騎渡秦溪碧海迢迢路欲迷獨倚紅闌忽悽愴故人何日此留題

寄吾盧初稿選鈔卷三（南還隴蜀河湟起自丙辰至辛酉止）

海鹽張伯魁春溪
楊蓉裳先生
陳寶摩先生同選

到家

吾母抱吾泣語咽聲不出傷心三載中欲記難捉筆記得家書到更名牛信疑（三弟更名紹渠）牛眠須早計鯉對憶當時把袂聲同哭牽裾老更悲終身抱此恨忍痛謁先祠

三載秦中客還家涕淚頻依然候門子不見下機人悲絕牛衣暖愁聞海市新啼鵑枝上滿飛絮月中身

呈朱南琛先生（鍾赤）

百年耆舊尚存誰魯殿靈光獨在茲早薦賢書偕上計晚傳家學課諸兒滄桑

易幻浮生夢骨肉關心下士悲交誼親情多寂寞那堪重論斷腸時

哭次女夢月 生八年矣去年十一月初五日亥時殤

萬里苦未歸窮愁正兀兀膝下四子女其一名夢月雖然未成人骨肉俱痛惜汝母昔得汝精神幾困竭汝姊哭來告吾信亦復疑已殤三月憶汝來吾家正值重陽期汝面如滿月汝膚若凝脂衆言好頭角惜未是男兒汝長能言語慧能解色絲我愛同掌珠坐臥必攜提癸丑我西行汝淚汪汪垂吾云汝勿哭汝母解汝頤牽衣拭汝淚汝心更加悲寧知此分手遂爲永別離汝饑誰汝食汝祖解含飴汝寒誰汝衣汝母手爲纚汝尙欲見吾夢到月圓時擬爲哭汝文語咽不能詞

蓉裳曰眞摯沈痛不忍卒讀

東董五易樵 喆熊

久涉風塵廢下帷名心未死訪何遲驚人句好吾何有倦客神傷爾定知扇底

蓉裳曰押韻無一不穩是老斵輪手也

軟紅塵起候甌邊深翠茗香時才人淪落誰同調老屋三椽約闢詩

仲春偕黃授姪兩湖泛棹用遊五泉韻

淡蕩春光又十分葫蘆山下水生紋地同北海思文舉景擬蘭亭訪右軍柔櫓無聲搖落日晨星屈指愴停雲同舟小阮情偏好沽得春醪對夕曛

贈易樵疊前韻

均叔負奇才倜儻邁流輩余也貧而狂一見辱君愛如膠投漆中如乳融水內如蘭香味同如松歲寒耐心跡共雙淸皎皎雲無礙憶與如圃交論詩窺三昧暇日讀君詞淸逾飲沆瀣發興學塗鴉酒酣逞醉態譬彼俗畫師僅能調粉黛竭來欣過從抵掌窮夕曖部曲亂縱橫旗鼓紛面背感君不我棄標舉多勝概規以古章法小技薄雕繢贈以金石言竟堪書紳佩鹹酸出鹽梅相佐調鼎鼐甘露潤枯草沾濡湛汪濊人非鹿豕羣恐類魚分隊此後秦關間愁雲看靉靆

楊柳憶星霜蓂莢紀朔晦相思夢寐尋薄宦別離慨結習幸毋忘茲事當不廢
僕本久旱苗壅渠少灌溉西方有美人謂楊蓉裳闢山隔霆霹麟鳳乘風雲鷄犬絕
嗚吠豈獨一軍張直足追前代欲求大匠攻塹作小巫對燈火誦方餘丹鉛匡
不逮彷彿沙中金收拾玻璃碎蟪蛄閱春秋蜩螗凄肝肺淘汰見中和爬梳薙
蕪穢何處示迷途李杜文章在眞賞超驪黃令名保年歲相期崇道義要與古
哲配濯足眙小詩揮毫藏大塊纖纖月影新琅琅誦至再一斛薄珍珠千古重
清誨書知十載深才愧三舍退他時如圃歸好約老耕耒

清明

清明時節雨霏霏水漲平橋爾許低惆悵落紅春滿地燕忙何處覓香泥
清明時節雨霏霏中有人家上冢歸滿眼繁華兒女淚東風吹得欲沾衣

得陳寶摩沈培園書

別來又見歲華新一住山中意倍親明月詩成鴻雁夜故人書到薜蘿春劉楨

客問漳濱少原憲家居魯國貧千里知音能有幾朱弦不恨聽無人

簡如圃

北渚龍門色蒼蒼遠憶君曾餘三歲夢不隔二陵雲水漲花當發艇回鶴可聞

古書添幾卷努力課心勤

次李香巖感懷韻

不願因人熱天涯老據鞍易傷非命薄欲泣見才難生事秦遊淡關心楚夢寒

吾儕期晚節淪落未須歎

意花軒同李香巖蕭績堂家益齋竺嵒四秀才話舊有感

去歲返轡華陰道蓮峯秀削雪飛早百二雄封指顧間蠶叢屈曲烟霞繞今年

又傍秦山麓故園人向紅塵老斜風細雨夜聯牀一燈相對攄懷抱男兒墮地

志四方久居鬱鬱徒煩惱我欲與子御長風縱橫直上三神島仰窺日月光俯視塵氛掃遠壽方朔桃更覔安期棗頻年僕僕胡爲乎海茫茫兮天浩浩不然隱居亦足樂軒有名花徑有草日讀家藏萬卷書百城坐擁恣幽討關山匹馬笑余癡安得在家貧亦好

再次家益齋韻

客中牢落馬蹄忙海角論交滿一堂草綠故園思渺渺月斜幽谷影蒼蒼三秋障塞心含痛一夕樽罍醉欲狂興到且開池上閣接羅拚倒少年場

亡室忌日

離亭僂指只三年聚散無端生死牽送我登樓縫裋褐感卿抱病寄純綿殘春細雨丁香夢孤館寒燈子夜鵑幾度思量成懊恨誰教輕易別林泉

回首茫茫事可哀一天風雨向泉臺內子卒時值大風雨追思皐廡傷心地曾臥牛衣對

泣來春草有根依舊發秋鴻無侶悵空回幽冥底事無消息兒女相攜奠一杯

秦湖留別

笑問浮名爲底忙眼看歲月去堂堂東歸夢繞秦溪遠西望雲開華岳蒼欲語至情惟骨肉不逢知己敢疎狂今宵準擬懽東壁詩酒淋漓翰墨場

李作梅昆季招飲

流火循簷七月催淸尊端爲故人開幾年朋舊看零落十月霜風慣去來隱不違親完素志情移避地亦奇才此行不是長安市莫向浮雲直北猜

丙辰秋將赴甘省留別同人

未許投閑老硯田百城坐擁送流年舊遊細數如談夢結習難除欲問禪詞客到門輕剝啄故人掃徑重延緣亂鴉古木城南路指點吾廬一黯然

驚心又復跨征鞍秋雨秋風欲別難碧海帆檣天外見靑嵐車馬日中看笛橫

寶摩曰委折盡致

西塞頻回首鴈過南樓罷倚闌最憶扁舟泛春水伯歌季舞共追懽

布帆約我早離家幾見家園聚落花故里重經聊自喜名山虛願定誰誇行廚索酒催春到別館繙書坐日斜落拓一官仍是客閉門何以遂懸車

鄉國論交久更親挑燈攜手話經旬浮雲往事悲遊子折柳長隄戀遠人顧盼未消湖海氣馳驅每惜歲華春河流不斷魚書杳情到無言最苦辛

憶昔涼州夜月沉小窗欹枕學長吟未雕泗石誰題品入爨吳桐記賞音肝膽欲披秦隴上夢魂猶溯越江潯此行一事堪相慰人到天涯有素心

匆匆簿領走金城碧樹銜風向日鳴關外長榆秋影淡馬頭芳草客思清遠依絕塞原安命每痛生離悔有情倘許烟霞容我輩好將詩卷共心傾

留別諸弟

西風落日送行舟母在何堪賦遠遊入望雲山添別淚多情兄弟動離愁倚閭

抑鬱親心切回首家園客夢留我已風塵誰是伴孤帆去去思悠悠

答任秋湄 宗延

十載相親未是親相知最少故鄉人若論詞賦皆愴賤只有桑麻可不貧負氣欲消燕市雪懷才應現宰官身如君風格超流輩俗吏奚能步後塵

陳寶摩昆季南還時予將赴西夏有感

君賦同歸我獨遊蹇驢破帽向秦州征雲慘淡迷函谷涼雨蕭疎黯旅愁存歿百年孤枕夢舟車萬里一天秋枌榆歷歷鄉關影何處烟波繫釣舟

哭秋泉三弟

正月返家園慈母身先出領我到門闌帕頭未梳櫛後有同懷弟掩面淚汨汨所言不忍聞聲小語轉密東鄰服賈兒歸兮歡繞膝西舍力田夫天性知懷橘予亦爲人子三年牽微秩全家藉弟安門戶久支持心勞兼力作膏肓疾不知

蓉裳曰沈痛

我歸謀窀穸窮途歎愆期竟無兄弟樂重添遊子悲胡爲君病臟碌碌誰能醫
肥瘦不能稔寒暑不能私方君疾轉劇我病武林時遄歸與君訣握手頻噓欷
詢以身後語君惟以母屬全受竟全歸臨危啟手足憶昔予出遊終天恨無祿
先子見背時送死惟君獨哀哀陟岵思此罪竟難贖今君年正壯摧殘胡太促
恐益老母傷不敢公然哭唯餘丹青筆使我心斷續嗚呼原上鴒竟作分飛鵠

不寐聞風聲再哭

奉母言猶在君今去不回九原無信到三徑有魂來執手如相見愁眉尙未開
空林風落葉雁語動悲哀
嘆我常爲客今年得暫歸秋蟲窮夜響霜葉隔窗飛短夢愁成句寒燈焰有輝
天公何太苦遊子獨征衣

送陳寶摩赴江山

南國騷人臨水悲西秦病客過江遲繫舡藤壁傳佳句駐馬楓林問去時釣叟留期灘上飯草堂終日雨中詩小樓別後多秋色極目烟波有所思

謁陸宣公祠

唐室何陵夷父子輪廢奴建中尙可爲端賚內相扶諫草幾萬言經濟見大儒涇原召亂兵朱泚眞匹夫間架稅果罷萬乘豈馳驅興元一詔頒將士感且愉天子翠華返宦寺干征誅公本王者佐其奈羣小訣致君爲堯舜大夏隸版圖備邊籌六失忠州貶何辜悠悠千載下過此猶欷歔鴛水春波綠叢祠煥西隅我來薦蘋藻暮色鎖南湖欲覓金華碑寂寞臥煙蕪

六妹于歸

臥病樓頭歲月消藥鑪賴汝伴終朝俄來髻影愁分袂爲聽書聲感此宵（時值秋泉病卒）舊事最傷貧且賤連枝易散葉辭條那堪骨肉情深處死別生離兩寂寥

寶摩曰刻
意摹杜觀
之目眩神
駴

述遊紀事

少小事遠遊鞍馬以歲月金臺望東南飄渺如仙窟非無舟航具心早向北闕十載得一官僕僕判秦越嘉禾落帆亭至今水幽咽題名宣公祠浮舟梯航出三踰泰岱北渺渺至萊蔚日月新羅鐘風雲大師碣年代漭回互賢豪盡磨滅錯落十八省履歷三之一門戶太凋零茲事嗟未卒相離失骨肉撫跡空泣血三年沙漠西奔走憂家室板輿迎老母守廬志已決行輜映丹榴官舍隱綠橘南方水土惡窮海煙瘴熱微涼熏草木爽氣披巾襪京都三千里秦關六十日濩落竟何爲遐想神佛佛先子哀淪逝幼弟又革疾余年未四十對此心戰慄齋沐卜行期月亥日在戌親友聞我行執手相問曰西戎年大饑勸子不可發虎狼野縱橫盜賊晝刼奪饑寒困老大念子太倉猝翻然忽大笑東海漭空闊雞鳴出東門微雨道不滑山川一遼廓霜露積皓潔巉巉萬丈峯仰侵衆星列

丹壁倚青昊懷古腸中折岷州賢刺史色喜慰饑渴故人見我泣人情信固結峨峨金童山劁劇半金鐵龍虎空伯氣烏烏依邱垤窈窕五台山江山極清洌斷壁落金翠洮流環玉玦主人頗款曲久客稍安歇迤邐至金城阻隘氣盤鬱忽覺在天半一嶺高崒峞危途縈百折徒御不敢叱人云欲斷髮使我魂恍惚肅肅一萬峯雲間互出沒燦若白芙蓉露華濯玉質平生嚮慕心即此已超忽天映丹青樹日動金銀刹奔流百川水觸石聲霆寧僧云丁酉秋白雨晝欲歘厓洞未暇遜波濤中坼裂此云憑妖孽石根出五尺蝦蟆白龍潭瀑布碎玉屑石上有大字字畫何佶倔疇昔米襄陽自是神仙骨草書動一國果然出神逸又有張三丰高節邈難匹石室附層厓城郭猶彷彿攀躋望高臺石縫中斷截矗矗四十丈熊枝三百屈性命判須臾已發辿顧恤東南渺無際但覺秋天豁此境稱奇絕華岳向朝謁尊巖衆星列森羅五百佛靈芝擢三秀神蒲抽九節

皓鶴毛羽潔素虬距角脫戍削狻猊蹲颯爽鷹鷙抉高者欲決背下者不離膝
尖碎無定形離朱難具述物衆隨所變造化不可詰滄溟夔水犀萬族苦疏洩
至奇未可窮但恐目力竭遮日白馬北三馬特雄傑石棧鉤側柏川路委枯栟
傴側去衣冠匍匐攬藤葛上出無餘土半壁俯巢鶻天風吹洩雲巖壑競洞澈
嵐光靑不動了了見明月游氛不拒目山川細可察窅然先天下曠然懷聖哲
肩輿上雲門脅息屢顚蹶貧賤勞人力豈云仁者術佛頂信絕險斷徑積亂樾
崩落十二瀑所餘第七八榆店久知名目擊何蕭瑟龍象悲焚燒棟宇立突兀
世人何爲者毛髮森猶活又經靈武城秋雪寒風溧肅宗昔踐位倉卒保唐室
宮殿今蕪沒沙水舊淸謐幸遇同事者文雅心所悅淸藻明人眼有如金篦刮
壯哉黃流來劃若長河割霹靂摧林邱空曲殷轇輵石滑側受趾勇夫不敢突
巨鑁持深戒自古滿者溢愚者昧盈虛奈何干誅罰渡頭日色微久坐神怵怵

游魚不見人靈石徒硉矹乃知神物在靜俟未敢媟晨起賀蘭山霜鍔倚天拔
惆悵暮歸來名山從此別策馬出高城溟漲忽洞瀄期懷不隔物曠趣生勃勃
穩藉鬼王園表裏雄包括山光與河形團圞無虧缺沙明映平野邑屋頗稠密
地勢高且迥而無城市聒瞑泛三百里荇栄手可掇幾十幾峯巒參差青牙笏
高下翔羣鳥隨意作點綴江南內外湖與此孰優劣仙人杳難招丹書苔不抹
予也來何晚留連未忍訣寄此復何許首路強改轍鳴沙馬蹄陷松翠龍涎拂
巨鯨吹白波擊石聲汨汨行役不計程餐宿非期必楊君文章伯驚倒相提挈
問余從何來歷數久惻怛呼童促酒席倩奚翦燭跋急索袖中作疾讀稱奇崛
君昔在京都如以膠投漆磊落騁氣槪君詩作六七秀句散都邑哲匠皆卷舌
相知羣仙侶氣象騁黼黻語及存亡際忼慨氣欲窒豪士不可作知音今已歿
誰云求祿養屢致晨昏闕家貧學未成母在身危惙何能學古人負米淸標揭

惟君賞音人庶欲慰孤子雲端下徐楊井中投陳轄閉戶無主客十日忘盥櫛
跌宕晝夜窮爛縵唱酬迭我遲愧腐毫君速可擊鉢各成數十首金石合鐘律
意氣貴相合何論巧與拙畫堂引紅粧米舫帶金鱖持酒勸客嘗釀法佐蒼朮
芳香開我懷氣酣忘窮達西遊嘉峪關硯中晴峯浴笙歌太平時清奮行雲遏
浮生百年内哀樂何洄洑洮水揚素波秋風吹淅淅人生惜別離況乃聞蟋蟀
灑涕登長坂朔雪飄短褐鴛湖水沈綠關峪路𨓨𨓦雲杉憶曾倚水荇餘舊擷
昔遊已陳迹過鳥入一瞥去去日已遠于役何時訖十載請歸耕水居傍魚鼈
朝折南園葵夕煑北山蕨閉門絕人客焚香散書籍古人甫知非斂華而就實
胡爲歧路者羸馬走蹴躃仲尼不煖席墨子不黔突歎彼楚之人抱珍遭三刖
明珠忌暗投蛾眉終見嫉萬事固如此達者寧刺刺山林有沮溺廊廟有稷契
出處雖異途其志則乃壹靡靡入原野夾路多楓栝時節忽復易斗柄正北斡

終朝未出谷歲暮啼鵂鶹悠悠還故國復鼓江湖枻秋城杳風煙十口寄蓬蓽依依歸故根長歌不欲闋

留別三妹

兒女煢煢賴撫摩客居五載事蹉跎詩因愁重吟難穩話到情深絮不多日月慣隨遊子去音書勤向玉門過阿兄早歲傷貧賤骨肉分離可奈何

再別諸弟妹

哀樂中年涕淚潸殷勤弟妹勸開顏傷心予季先秋逝極目家園入夢還堂上衰年添白髮途中遊子負青山征衣薄澣塵多少輸與閑閑十畝間

寄江山惲子居 敬

海內奇男子由來血性成風塵雙眼白意氣一官輕往識交能淡今聞吏亦清江山望不極有客繫詩情

悠然

悠然獨上武原城春日愁隨細草生燕麥多風黃蝶舞漁歌欲雨白鷗鳴孤舟一病官如謫萬事何時水共平極目煙波五千里美人消息隔西京謂蓉裳雨巖

春日雨行

春雨何關越客心扁舟澤畔動悲吟山遮鄉國初迷影雲滿江湖便作霖入夜自斟燈下酒此行誰贈橐中金穿墉未解征途苦辜負綈袍別意深

舟中夢秋泉有感

可憐困極竟成塵夢裏還來問後身一事知君抛不得堂前垂白倚閭人衡門甘老運偏屯可贖何妨人百身風雨對牀纔幾日痛君今夜又沾巾

王家營

匹馬秦關淚暗彈片驅早又度江干天涯名勝歸行篋卷內詩人幾釣竿最愛

寶摩曰三四清峭

庭前花覆屋肯忘園外竹平闌自知骨相原安命不敢悲歌行路難

次秋塍送別韻

兩度過從豈偶然每嗤生計逐絲鞭言歸故國剛三月惜別高齋又一年不泣途窮因舊雨獨憐詩就脫新箋臨歧別有傷心淚名姓仍經廡下傳

登北固樓

樓上龍門直北看樓前江水拍朱欄靑蕪漠漠鋪煙細白鳥依依度鏡寒四月孤舟來峽石二陵斜日在林端登臨自覺長安遠懷抱聊從此地寬

寄蓉舫

雲樹蒼蒼鴻雁回隔年懷抱幾時開二陵寒日客初返三峽孤舟君不來春水方生前夜雨游魚多上半江雷故人如有山陰興知我明朝過釣臺

風颿

蓉裳曰古意

高齋見湖水漠漠與飆來日日行舟者風波不肯回

題仁騶姪孫蓴鄉暫憩圖

海門山色耐人看偶念家居有祖單買棹檣陰隨岸直思歸斗柄插江寒漁樵夜夜猶爭渡租稅年年盡入官父子遠遊萬里外含飴反哺應心酸

再至蘭州奉調軍營隴蜀

帝京西至雁飛飛塞外春來馬亦肥萬里非關秦採藥孤槎不問漢支機雄心擊楫黃流壯青眼憑欄小草微風土總殊天益近酬恩容易著征衣時在軍需局方伯書留未赴

自笑昂藏七尺軀恨無清福住西湖六龍南去山浮動三寇初生事有無謂徐王冉三逆角妓紅妝圍橘柚鮫人碧水採珊瑚春衣未就催征速竊比乘槎漢大夫

任帿尉有感

岷山風物舊關情此日重來百感生隔葉黃鸝還識我當年聽過讀書聲

馬廠東雨巖兼寄蓉裳

天涯何處見交情旅邸關心有弟兄細雨懷人花解語小窗敲句月初明案無留牘才原大室有儲糧吏便淸不信衙官多屈宋靑雲僚采盡先聲

次庶風先生感懷元韻

冰霜短褐走天涯腹有詩書氣自華用句風到西陲休問俗人離南國故思家愁聽疏雨庭前竹喜卜秋燈夜半花隔歲相逢如有約笑談風露月初斜

題家春帆三磨圖

掩戶披圖一惘然隴頭有客歎華年眉間休隱三分恨花底偷閒鎭日眠多難尙留諸弟在一貧寧受故交憐君歸動我蓴鱸念落日荒城悵遠天

雄心聊向鏡中窺不使纖毫障以私鬢影橫陳雲影似煤痕輕染墨痕差散金

結客家何在磨杵成針事可期攬取溪山收篋底不勞鄭婢解風詩

前程後路總漫漫兄弟分襟怯影單裘馬祇今年少樂綈袍誰念故人寒倦遊心跡憑君訴多累生涯且自寬一語贈君君莫忘煩君鯉素報平安

較射行爲季葵齋先生榮賦

刺史飲酒讀書處繩牀匡坐默不語傾心倒屣迓王郎爲鐵齋論文未竟復講武手挽六鈞氣百倍一矢射的神鬼怖更驚腕底生長風落筆光芒披霞霧豪華任俠等輕塵飄蓬我愧拈毫素遠志鯤鵬願與違劇憐鸞鳳徒卑棲買山莫買岷山麓結鄰最好糟邱池蓴鱸江上總悲秋壯志今成薄宦遊憶昔當年重騎射棲皮前席手亦柔諸公挽袖試鳴鏑妙技穿楊輒貫侯張弓挾矢各紛紛畫胎彈雀天盡頭今夕何夕爲君舞君何不醉醉且休杯中能使人年少拇陣頻張且勸酬掃徑晴開月一彎壺弓插羽弛急弦淒其乍聞風淅瀝禁柝聲聲斷

復連意中莫便輕決拾偶爾彎弓七札穿

賣花聲

誰折繁枝照玉缸驀傳芳信渡春江擔頭千朶夜經雨門外一聲人倚窗昨夜纔停催社鼓幾番輕惹隔籬厖洛陽三月花如錦買盡筠籠並蔕雙喚回殘夢著輕衫觸起柔情一縷緘有客玉樓春欲醉誰家金鏡曉開函恰宜帶雨來深巷可是移梅自遠巖試譜新詞歌未竟懸鈴風靜燕呢喃

春陰

曉溼簾櫳觸手揩輕陰掩抑殢人懷斜風乍斂寒餘袖小雨猶含潤上街柳澁花慵三里許雲容山意一時皆等閒擱住春多少薄醉殘吟悶未排鏡匣經旬掩未揩紅窗黯淡惱吟懷纔過夢雨夜飄瓦已有賣花人上街韶景侵尋三月暮閒愁棖觸一春皆低迷芳草王孫路暗數青山柳外排

八月朔檄調帶撤拉回兵赴蜀

纔向籬邊借一枝花開準擬共裁詩書傳旁午徵兵急劍豈藏鋒出匣遲蜀道好看飛鳥盡越江深恐老親知愁心不爲征衣薄何日春風次第吹

九月廿一日行抵四川東鄉縣大成寨

惜別情懷不自持偶逢佳客慰相思賦家舊識參軍句詩品爭傳記室詞燭盡畫闌人坐久霜凋青嶂雁過遲短衣匹馬崎嶇路每憶飛書草檄時

途中接家信

烽火連山赤家書到眼青亂雲人面溼戰血馬蹄腥慈母征衣到良朋別酒醒時已受傷旋甘何時耕與鑿百室共安寧

王鐵齋友湘遊蓮池

蒼山白水心所尙釣遊曾記西湖賞嬌花斜出酒家樓穠柳深藏遊客舫雙隄

蘇白恣徘徊十里湖山足清曠班馬蕭蕭何處來回首江南增悵望那知上谷
得殊觀城凹別具峯巒狀高高下下列亭臺鏤月裁雲煩巧匠鑿池疏水接泉
源樹木迎風相背向從今不用買山資卜居好借蓮池傍蓮池二頃藕如船翠
袖紅裳爭拂颺濃陰但道午風涼清秋那覓炎威王頓使身遊蓬島間五湖煙
月還須讓興酣喜作下里歌歌成如醉春山釀幽懷獨抱與誰酬山鳥林禽自
和唱歸來一讀山谷詩東山有客翻新樣獻賦金門已十年錐處於囊弓在韔
杜老丹心總未灰廉頗意氣何其壯兀立當看砥柱雄挽回那許頹波漲功成
歸去有匡廬臥遊雲壑貧無恙石徑松濤琴是侶雲衣翠壁蘿爲帳可否靑鞋
許我從蓮華峯下多佳況

食果

桃花初放別家時桃熟他鄉費所思今歲慈闈周甲子憐予無路上瑤池

饑寒易負賢人米貧賤難求君子羹誰記小人猶有母嘗新時到倍關情

勒侯宜宮保各獲賊首喜而誌之

一紙軍書萬里通百年勳業屬元戎帳前謀士俱超乘海內頑民盡竭忠報國舊傳黃閣老封侯今見黑頭公巴江回首嘉陵遠猶聽鐃歌鼓吹中

途中長至有感

母在還應重此身青山歸計太因循客中私服萊衣舞一線初添花甲春懷歸情緒正茫茫羽檄飛來壘數行見說軍中徵餉急將離花發幾迴腸客衾轉輾不能溫死別生離攪夢魂七載相思憔悴甚枕邊重覓舊啼痕含情脈脈下簾鉤刻漏聲聲點旅愁今夜短檠思往事滿天風雨過蘭州耽耽街鼓夢因依甫結同心願又違多少情絲牽不住伯勞南去燕西飛

寓成縣荷花池上偶成

蓉裳曰高唱似太白

寶摩曰五字生辣

簾開瞥見水雲多動我離情奈爾何斜日紅妝疑出浴涼宵翠袖不聞歌朱衣空著風前立團扇輕搖亭外過欲向此中銷壘塊談棋心事付煙波

寄呈蔣穎芳先生

竟夜孤輪月危樓萬里人遠含無限意分照未歸身儉歲閭閻困名臣政化新他時容附驥賡唱也應頻

送王鐵齋用前韻

此去臨潭地依依向故人深憐樓上夜相顧病中身夜氣蛟涎凍天霜隼翮新羈懷亂無緒歎息首回頻

贈安定陳敬齋先生觀理

少日君名太華峯豈知垂老此相逢同遭聖代悲顔駟不借旁人識士龍歸徑名山深落葉忽聞微雨近疏鐘而今風度眞堪愛刻燭論詩數許從

寶摩曰逼杜

宜總統調赴白崖山軍營

草色碧連天愁心鳥道邊風雲屯萬馬鼙鼓歷三年壯士非無淚書生敢自憐征鞍猶獨跨惆悵柳含煙

勦四川白崖山林王二賊受傷回甘又奉廣省堂先生調赴秦徽軍營勦張李二賊

欲整歸鞭又駕裝頻年隴蜀馬蹄忙艱難報國心原赤慷慨從軍鬢已蒼劍閣春雲飛露布巴江夜雨洗欃槍出生入死吾何懼繞指柔同百鍊剛

己未除夕 河湟

椒盤慰客陸離陳橙橘分貽雜五辛記得西湖風味好八仙還勝洞庭春 武林有酒名曰八仙

四鄰爆竹徹宵分笳鼓聲中散曉雲夢裏青山憐未到邊城燈火曙鐘聞

從小霞夫子征西番至宗喀寺

薄宦風塵慣據鞍典型在望喜追歡使君志節臨邊壯小草心情向日丹共慶冠裳尊獬豸早將詞賦重金鑾非才百里猶淹滯感遇而今鋏莫彈

正月無花費夢思身同野卉有誰知防邊軍駐黃流凍絕塞春回白草遲阮籍清狂無限淚杜陵流寓幾行詩東風日夕吹愁去應向西湖折柳枝

寶摩曰音節清壯

答韋友山先生佩金兼以送行

莫歎棲遲久相逢各異鄉遠行非道屈遷謫幸身強公餞紅綾日人誇綠鬢郎十年銓象郡百里重苗疆花種安仁縣琴開宓子堂循聲傳郡國偉績在金湯捧檄三軍喜持籌萬斛量風波翻宦海笳鼓送輕裝路入伊涼遠情留地主長金城欣款洽玉麈識汪洋絕域逢迎地層軒翰墨場蒼茫蛟鰐舞飛動鳳鸞翔韓孟輸恢詭王楊折老蒼每篇窮造化一字辨毫芒玉盌隨銀燭朱樓應翠裳

寶摩曰通體整贍

哀絃搖錦瑟細縷劈河魴簾箔三洲落蘭襟九畹香神遊鶩地軸夜色動文昌雲渚沈寒菊霜匡委衆芳今辰雖異地指日溯歸航行樂方濡首將離欲斷腸天時歸索莫世事付炎涼爲有先生逸能容小子狂客蹤艱一逕殘夢逗三商驛使傳芳簡郵筒拜錦章高懷薄雲漢奇句挾冰霜良會成飄忽長歌自激昂好音逢羽檄歸計滯河湟惆悵朱欄曲流連碧玉觴鷗情閒浩渺南向問行藏

除夕次小霞夫子韻

客中餞歲列嘉珍翦韭傳柑萃五辛珥筆未能銘柏葉爲公早迓十分春

邊城景物寂無聞小隊旌旗駐一軍願祝使君無疾病受降先破海西雲

寶摩曰一幅軍中行樂圖

鄂虛谷先生賜書賦謝

畧分書垂訓焚香誦再三和風春可挹醇酒味同甘癥結隨時砭微言至道參執鞭欣有託目想到騑驂

寶摩曰五六眞景

出塞雲瞻五尋春笛弄三寒凝花未發泉凍水難甘牧地牛羊茁夷音鳥雀參安邊資偉略何日卸戎驂

水木清華園

我公愛才兼愛物春華秋實詩情增薇垣退食忞嘯詠花軒設讌招賓朋風流回首星霜隔韻事追思異今昔名花卻發長卿枝新陰誰繼騷人席雅愛公餘結古懽搴簾一笑憑雕闌春色亦關風雅數劇憐水住山不單無事從容坐書屋舊紙新書幽興足綠雲漫天繞佛塔清飈匝地纒花木庾園謝墅何須誇見山亭上嘉樹遮郎官方伯閒情好酒闌燈炧重咨嗟青雲梯在天涯路株株應作甘棠樹誰云薄植亦文章分披也作詩人具十年小子滯金城折腰羞向長庚門何日招邀重到此論詩說劍許縱橫擬圖休繪左思句俯仰獨得蘭亭意名公小住豈偶然芳卉于人頗解事吹噓寒谷回春風收卻珊瑚鐵網中安得

寶摩曰整暇

寶摩曰善寫邊城風景

身輕如燕子隨公來往任西東

惠總統師旋金城賦呈

輕裘緩帶劍橫腰血戰歸來汗馬驕飛食漫誇班定遠勒功今見霍嫖姚營深細柳雲旗靜風過長榆畫角飄坐鎮西秦閒甲士邊城月上笛聲遥

次縱荔帷司燽韻

望盡雲山入暮愁天涯何處復登樓一聲鼓角邊城月萬里雲煙絕塞秋謾詡壯懷繻可棄須知吾輩筆難投學書學劍騎難學慚愧辭親作宦遊

平涼送景福泉謙南還

如何故人別分手每當秋燈下憐予拙天空任爾遊微霜侵客路涼月度西樓歷落風塵裏相看半白頭

答顧友溪書

冷署哦松官可憐傷心妻病已經年買薪隨絕太倉米雇馬本無光祿錢我實爲貧思作吏君今不仕愛乘船別來未必忘知己老去麤疎懶擘牋

記夢

夜雨聲聲古道邊亭亭瘦影或疑仙自甘淡泊仍裙布小立窗前檢舊編

盈盈一水去幽燕兩月篷窗學悟禪記得度江猶索句病魔難遣自生憐

歸予十載少歡娛往事心傷寄我廬殘夢難尋春已去離情負却賃春圖

次平涼任西坪先生韻

實摩日情景兼到

無端捧檄問山程辜負黃花九月盟人與征鴻分去住詩從絕塞得縱橫貔貅隊裏三更入鵷鷺中間一字行兩地各憐風景異獨無異處是秋聲

重九奉委查平涼災民至雷家山寄趙小淵明府

山中策蹇過重九細雨斜風滑路難爲問災黎成室罄最憐麤糲未盤餐家無

長物緣貧仕宦有清名答上官寄語使君勤撫字此邦民已困饑寒

寄袁遂生

自笑年來慣據鞍風塵如此宦途難雪中竟少袁安臥天下誰憐范叔寒我愛煙霞生遠夢人緣風月易尋歡須知歲儉民多病鵠面鳩形不忍看

和西坪先生雨中賞菊韻

紛紅駭綠故遲遲黃葉秋枝護短籬獨立不妨存傲骨後時誰共引清卮曾經老圃休嫌淡除却仙人未見思會得忘言相契意頓教冒雨賦新詩

夜讀感賦

憶昔髫齡上學時把書不厭百回讀謬云如鶴立雞羣他年會看冲霄翥那知三十六年來貧賤驅爲馬牛逐素心幸有耽書樂坐井觀天聊自足人生何必爭榮祿歲月渾如車轉轂襟懷自欲超凡俗卜廬須得數竿竹輕風夜月舞便

娟淡日晴烟鎖幽綠展卷終宵碧案頭詩書味勝千鍾粟只今羈旅平番城對竹看書志彌篤平生愚鹵意慨慷每閱興亡氣先歎傷心最是建寧中宦豎權熾賢士辱大獄不興羅俊彥中原怎羅黃巾毒可憐漢祚遂淩夷令挾曹瞞恣燕啄先主南陽起卧龍笑談指顧收西蜀紫髯碧眼據江東天塹長江駭瞻矚遂令鼎足裂三分郊壘年年遍骸髑嗚呼此政誰致之主怠臣荒民命蹙君不見九土由來古戰場桑田成海陵成谷我生幸值堯舜世順雨調風貧亦福與來浮白便長吟有竹何愁食無肉

哭繼室施孺人

孺人海昌庠彥庶風先生第五女性嚴明敦孝友工針黹尤喜讀律幼隨先生遊幕秦西丁巳秋先生與孺人之母夫人相繼下世弟幼且病孺人亦病力疾經營喪事送柩南旋戚鄙賢之戊午四月三日歸余年

二十一歲不十日余奉調軍營未委代印一切皆其經理非僅主中饋

也生於戊戌正月二十六日子時卒於辛酉九月二十六日戌時得年

二十有四歲庚申九月十六日生一子不育

曾記牛衣哭孟光予慚風義會稽梁薄情強制中年淚勉續鸞膠慰北堂

宣南坊邸咽糟糠三載因緣痛十霜生不忘君君應鑒喜君兒女各端方

別來無復見驚鴻錦瑟傷心自海東形影未留情尚在淡雲微月兩朦朧

甘苦同嘗悲夢醒孤燈廡下影亭亭七年忘寐魚同志人海無端又一萍

戊午清和月似弓歸來環佩又春風幽情欲定傷前劫聽賣花聲到巷東

于歸五日太匆匆火急軍書促郎戎試問封侯成底事新婚淚漬枕痕紅

署得頭銜合號蠻參軍敢愛此身閒誰知一別幾難見尺素傳來病已孱

隻身匹馬逐南征貧宦徜齋累不輕差喜生還剛八月寒衣典盡剩釵荆

永日清談一月餘相思雖慰畫眉虛無端再作秦州役兩字平安少報書

傷心墜馬未言瘳傳說軍中尙强留累爾單車迎驛路腰肢瘦損兩眉愁

參苓市價沸騰時憐我囊空苦口辭他日俸錢能十萬營齋營奠已嫌遲

漸枯心力患才多井臼親操三載過歸計未成緣宦拙累君客死奈愁何

樂饑先擬到衡門也願牛衣犢鼻褌俯仰家中多少事枕邊常漬淚雙痕

自出奩資畜小姬他年好替入廚司婢童小過宜寬宥切莫頻頻夏楚施

已到瀕危口強開叮嚀記取兩三回北堂有母身當重莫再從征恃壯才

欲奉姑章返里門諸姑兒女共溫存而今已矣歸何得剩有三更夢裏魂

不惟詩卷作生涯繡罷楞嚴繡法華結得善緣偏早世何時見爾散天花

鹿車共挽竟無期獨立庭前憶故枝羨煞文禽雙比翼白頭相守不相離

朂我居官一字清顯揚端在好聲名終身佩此同箴訓不獨尋常兒女情

辛苦春蠶絲盡時尙推母愛及連枝囑余珍重池塘夢姜被同溫仲氏篪

圖成小影悟靑蓮碧樹茸茸欲化煙眼界淸涼留別識自憐恨未見姑憐

無多光景易蹉跎秋雨秋風喚奈何色相優曇方一現病中翻惱菊花多

聞君病劇我心酸星夙言旋道路難行到崎嶇鷩泛駕至今魂夢未全安

廿四年來一夢中蓋棺何事太匆匆前生知是神仙謫此去何歸信莫通

新城驛館

十年僕僕老風塵強說功名可悅親月鏡照殘仍故我磨牛陳迹笑勞人膝前

久缺晨昏養廡下難忘新舊因一事思量愁更結北堂聞信定傷神

見夢

死別眞成別憐君苦憶君夢來魂暫聚月轉影初分欲忍他鄉淚難忘故國羣

將離多少語嗚咽不堪聞

長至奠內子殯宮

冥冥莫莫竟何之空向西風奠一卮未了百年情繾綣豈期中道影參差生持門戶眞難再沒作菩提未可知寄語茗爐與經卷如前位置不曾移

瀕危向我索黃柑宛轉柔腸漏轉三苦挹風霜來絕徼獨留哀怨到江南高樓夜永燈初暗孤館寒深睡不酣何處凄絃彈錦瑟月明遙聽我何堪

輓家皋聞

芙蓉古洞薜蘿人靑瑣衣冠半後塵魚鳥何知新侍從雲霄遂隔舊君臣未看愛子成人日先作明時入地身都下親朋望南哭水雲秋色滿江濱

哭香亭夫子

固陵亭榭主人非城郭春寒半夕暉報國文章今寂寞盈門弟子共欷歔猶疑書屋圍棋夜不信張莊素旐歸萬里西遊關塞客十年函丈淚霑衣

壬戌落燈夜坐對兩亡室遺照悽然有感

食貧耐苦感卿卿一樣溫恭一樣情獨坐深宵誰作伴短檠相對又殘更

重泉何處路漫漫妝匣雖存總怕看却爲傷心留不得拚將遺物施旃檀

漫將離恨譜成歌蛺蝶春衫試越羅今日開箱重檢得淚痕還比粉痕多

偶對枯枰感客懷百年多是刼前灰此情若使能銷盡分付庭花莫再開

過犖昌內子舊居有感

求漿記得到君家畫檻雙扉綠柳遮語燕雛尋前日壘傷心猶見小桃花

脈脈無言似醉鄉追思往事九迴腸愁心不解丁香結獨倚欄干泣夕陽

寄顧友溪

坐中公倘在豈不樂從遊吾道東南去秋高江漢流酒深非故國燈盡在高樓

我獨秦州寄春乘上峽舟

朱春山辭縣就教

憐君不得意宦拙欲歸耕賢達眞高尙文章足世榮儒風傳故里家學課諸生

苜蓿還堪戀蓴鱸味最清

病中

寶摩曰清幽之至

野老時相過籬前逕始回讀書松子落多病菊花開巢許非高士夔龍接儁才

腐儒無一事耕鑿十年來

春日寄縱荔帷

寶摩曰沉鬱頓挫

水木春流動城雲曉淡紅遷延向南國寂寞對東風急鼓中原盜何村社日翁

嗚鳩他自得回首苦吟中

寄顧友溪

寶摩曰格調高亮

龍門西北大江迴水落孤舟秋不來大地風煙歸草閣十年魚鳥共琴臺天涯

明月故人見客裏梅花前夜開豥廓此時悲歲暮幾時鄉國對銜盃

重九

秋來悵望一溪雲暇日還溫舊典墳何處西風吹滿室未開黄菊足三分金風露冷爲裳早玉女霜高細杵聞母在此身須自惜莫教容易去從軍

寄吾廬初稿選鈔卷四 鳳山起自壬戌至止

楊蓉裳先生　陳寶摩先生　同選

海鹽張伯魁　春溪

鐘樓山 在城内以鐘樓名近因戒嚴封之予蒞任開鳴以覘太平景象

山以鐘名樓有勢一聲響到幾峰尖千家曉起連雞唱萬井煙生有鵲占秉燭放衙防積案戴星趨事莫垂簾乍經兵燹民多累撫字何曾盡養恬

化埡子龍洞山

飛泉百尺初成瀑峭壁懸崖馬不行夜半無風松自吼溪邊漱石水常鳴却疑疊障雲迷洞爲愛層巒雨洗兵我欲掃苔聊小憩自慚骨俗未神清

贈丁竹岑少府

妖氛漸退不聞笳少府吟詩筆夢花吏隱風流誰得似文章兄弟我難加最憐

白首猶爲客重向青山未有涯他日相將湖上去一篙鑑水吠鄰猧

癸亥上巳雨中

衙齋靜無事獨坐又良辰今年三月雨雨我一枝春空谷幽香吐似蘭交擇人紅杏滿庭豔綠雲淨階塵小酌攜酒榼微酣棄幓巾昨秋年穀豐農收畝盈囷心無榮物慕一淡養長貧幾人澗槃隱閉戶不聞輪言笑侍一室定省有昏晨長兒能習誦幼女學負薪何時理歸篋努力奉慈親

竹岑招賞牡丹蕙蘭時擢亳州參軍詩以送行

天涯芳草惜春殘紅袖誰家倚赤欄社雨林鶯愁浩渺鈴聲鞭影最辛酸峽中流水聞琴遠鏡裏新霜上鬢寒竹岑年六十不羡南園春富貴兩人心跡比芳蘭

嵇容圃司馬承裕於玉門構如如軒次韻

仙吏撚髭醉落霞飛瓊原不住繁華如如如得春無影欲度春光到杏花

流水無心入御溝名花何事作萍浮青青最是軒前草一路多情倘款留

容圃余患難友也逃及往事談虎色變近以居憂例應回籍守制大憲保

留重其才也而容圃日以佞佛飲酒爲事賦此調之

江州自是佳公子跌宕公卿著名氏佞佛猶航般若湯功名富貴皆無累所事

彌勒眞吾徒米汁惟甘一事無天宮兜率乏沽肆時向人間傾一壺買絲繡出

當前境豬肉莫供五肉淨六凡四聖皆空花濁醪爲賢淸者聖南方魔子未傳

衣黃梅直指是耶非何如醇酎有玅理沈酣千日眞知機宰官維那原不二詩

癖酒狂作佛事却從醉裏覓禪心亦是拈花摘章句醉中無佛亦無禪只有江

州坐不眠爾時不醉聲聞酒成佛應居大士前

九日登高步一齋先生韻

落葉西風郭外臺茱萸遍插共銜杯空庭老樹霜前得滿徑秋花雨未摧懷古

情深流遠韻撫時筆曲寄新垓欲攄積愫成佳句不羨淵明歸去來先生有六句老牧身猶健七載么魔氣已摧之句想見胸次

次汪芷衷留別韻

水榭梅枝逗早春隨身琴鶴未爲貧雲山過眼皆陳夢風雪連宵是夙因行見瓊花香滿室酌來惠酒醉鄉人五湖煙水遙相待早趁歸帆絕點塵

三月十九日遣柳侍南還侍奉太夫人順送施氏靈柩並帶姜氏家老僕骸骨以歸觸緒牽愁得七絕句

羈人不寐怯宵長夜盡荒雞報異鄉辛苦廿年遊子事管家橋上有慈航余家管家橋之南橋上有大士閣

紆紫腰金一例刪酌泉我欲洗塵顏同儕不信清如水五馱行裝兩馱閒

曾記臨風叩別時馬行緩轡故遲遲遙知今夜高堂上檢點春衣費遠思

于歸三日定南寧齋志斯人赴杳冥不見香車來陌上萬條繩索木皮釘戊午夏繼室施孺人歸余甫三日詢南中家事卽具還家奉母之志嗣牽率未果庚申秋舉一子不育成孱勞之疾每曰生還志也苟不活愼毋車載以歸亂我骸骨斯言如昨思之不禁潸然

客中常說續新絃爲隔庭萱百慮牽記得辭婚書十幅有無消息到重泉

軍中訛信疾於雷感爾同聲哭倍哀今竟故園隨侍去歸埋爾骨我歸來金二維揚人外舅姜氏之老僕也丙辰余服闋來蘭惟金僕一人隨余攝岷尉未久奉調軍營金年老不能從寄施外舅家時孺人聘而未娶忽傳軍中訛言孺人大慟呼金僕謂之曰信果確我無別嫁理爾卽赴大營探信以報我金僕日夕望南以哭未數日余受傷歸見其形容憔悴已病矣余安慰之嗣遣歸卒於途寄埋咸陽如斯僕者求之於今之千萬臧獲中不可得一是不忍棄今專檢骨至徽邑附施孺人之柩以歸傷哉今日之同歸已兆于丁巳年之寄寓也耶惟道阻去人皆不知其家不能直歸維揚帶至海鹽暫厝俟余今冬旋里再歸埋故土云爾

汝願南旋侍北萱晨昏須代我篪壎田桑夜火勤宜愼雞犬歸栖早閉門柳枝鳴沙人本施孺人之婢孺人病劇勸留之協司中饋操作頗勤今情願歸奉北堂以繼主母未竟之志故勉之以行

寄示雙姑小鸞阿南

喜汝今年二十春傷哉汝母可憐人畢生皋廡同貧賤紙閣蘆簾日日親姜孺人癸卯歸余正余飄泊無定之時艱苦共之壬子秋得官歸省情願留家侍奉翁姑不期年而卒今日之營奠營齋泉下有知當鑒余之悲也

汝貌傳來玉不如汝心應得比筠虛于歸莫忘親親訓吾鄉稱祖母曰親親望汝賢名到

舊廬

無母堪悲爾弟兄十年吾母太勞生昨從南至人探得白髮新添又幾莖

讀書須作杜門人莫逐兒童笑語親十日暴之寒一日要於此處立心身

父執應尊子敬師豈專章句下書帷學關性命非求貴事事遵循兩不疑

午日南望

此日南中打麥天北堂無事聽鳴蟬半杯綠酒香初泛一樹紅榴火欲然布種田疇秧鼓動辟邪門巷艾人懸晝長間與孫兒戲日祝平安望早遷

苦雨

衕齋半月雨不使我心閒白雲何處來失卻門前山轉一

山雨入我室山田可無尤稽首師雨者切勿傷我秋轉二

秋雨幾時歇秋花苦力微悠悠青苔痕漸上薜蘿衣轉三

衣被冷如侵竹窗殘夢去欲求林鳥鳴卽可望天曙轉四

李撰齋重至三岔賦此誌别

談到忘形氣倍豪離亭寒色促同袍白雲馬首河流合黄菊樽前客思勞參井

星文鈐右轄太原公子壓西曹經明早見摩厓手他日恆山勒綵毫

十月廿五日先嚴十週年忌日秦州道中哭記

墓田禾黍枕南鄉流水灣灣繞石塘杜宇歸心山月小楊花故國海天長精靈

欲見如生面涕淚空沾遺舊裳拜起仰之轉嗚咽十年魂夢盡悲傷

六月奉檄階岷度白水江忽遇大風泊岸時天已昏黑賦以誌險

于役江頭六月中木舟三泊鄧橋東瀛洲仙子如相遇蓮葉滄溟一路通

長風萬里一江船經過名山也宿緣使者茲行何所得文章滿載遠遊篇

過華州

華峯人說盡蓮花南極皆臨石上斜天外山飛天竺國道間水出道詵家丹梯

百丈無歸鳥銅篴何人隔綵霞十載巖邊今再過風塵南北使人嗟

甲子初夏與筠亭仲弟晤於都門

三徑荒蕪久中年兄弟稀丙辰歲季弟亡一樽聊共飲萬事向人非犀瓠靑梅晚蠶天

綠筍肥君官先定省相送復依依

夢中別長女

惆悵忽言別相看各斷腸淒其悲汝母誰爲我縫裳明日人千里臨風泣數行

殷勤寄眠食賴爾慰高堂

管家橋

愁人不寐怯宵長夜盡荒雞報早涼欲識天涯羈思苦管家橋上月如霜

重九同粱思菴蔣虛齋杜小洲王治葊登高

霽日秋光好河池景物宜小瓜猶引蔓亂菊故盈枝事簡公堂靜山空暮色遲非才寄百里撫字尙多虧

結伴登高望今朝繫我思倚門無限恨歸計又難期皂服欹烏帽濤聲上酒巵茱萸空在把采得好遺誰

獨坐

獨坐悲秋老添衣禦晚涼寒蛛纅密網游蝠翦空堂詩句愁中少名山夢裏長黃花原有約應不負清霜

寄寶摩雪圃並示鸞南兩兒

十年酒戒遵嚴訓深坐篝燈映薄帷肯復低眉工學佞痛餘尊足轉憐夔登山到處堪行樂煑石無方祇茹芝歸去未能增悵望一篇誓墓愧羲之

隱几蕭條寄唱于焉知歲序改桃符今朝請益爲馮婦他日荒唐謝息夫殘夜提壺無不可小山招隱盍歸乎要知世事皆姑妄志怪何須鬼董狐

身似林宗寄大槐雨絲融雪帶春回沈酣蹤跡同伶籍捷徑文章鬭朔枚羣蟻在柯希夢蝶五龍欲息未成雷梅花新醞知應熟春酒同傾三百杯

碧海銷鋒罷戍申時防兵初撤白雲南望定昏晨芋魁卒歲香炊玉星斗中宵燭爛銀願續遺編尊漢吏誰尋治譜愛斯民春風有意催寒盡一路平安面紫宸

乙丑元旦

山頭宿霧曉濛濛朝罷殘燈帶早紅心事暗銷雙燭裏身名敢詡百年中圖南

有志親口健直北陳情帝聽聰手澣銅盆洗鸜眼閒書小句待春風

柳絮

非花還似落花飛飄泊天涯竟不歸遠道綿綿愁蕩子游絲翦翦上春衣離亭藉草重裀輭小雨沾泥積翠微輕薄才人爭比擬謝娘風調見應稀

自京旋甘見秋燕有作

萬樹西飆冷雙棲越鳥知故林縈別恨新社悵前期梁月山中夢閨人去後思隴頭歸客早遙憶桂花枝

秋日雨中移竹後圃

數个扶亭砌居卑自出羣非關移遇雨但願遠囂氛卓立眞吾友孤標重此君悠然成獨嘯清節欲干雲

七月二十七日繼娶郭氏

三探丹巢覓鳳雛憐他嬌小我狂驫顏如燕玉先秋逝音自吳中此地無紅豆詞偏傷舊譜綠窗人謾按新圖閒來細語鶯簧脆別有關情到念珠姜施兩孺人俱奉佛早天故及之

赴武都出倉泉方友槎聯聚款留時予陳請終養

頻年僕僕歲將闌定省羞虧隻影寒脫粟故人輕一飯苦瓜共客已空盤虆荷不愧爲奇服解籜何妨學製冠短笠長鑱行看戴鄉園負米好承歡

耻學神仙問蠹魚任教食盡一牀書錢刀有客貧無恙織素新人故不如並海雲山歸杖笠行吟花月避巾車蹲鴟種得盈三斛爲謝飛鮮大澤漁

題王耐園賜簡先生較獵圖

管葛山中人單騎就花影蒼蒼古綠苔衣桁駕紅杏春風吹好懷戴笠心恬靜嗟哉盜世名烏識桑榆景危坐憑軾者相遇應深省款段一彎弓英雋神姿烱

蓉裳曰四首情眞語摯氣足神完集中高唱

回首花馬池終纓不願請常作五侯賓喻松對孤冷翠羽引雕鳴飛矢懾虎猛較獵豈平原名士慣借境不矜武庫才經史消晝永以茲怡遠情潔焉抱高秉

丙寅元旦

南望秦溪水一灣空憐明鏡老朱顏小人有母非靑鬢少婦將雛媚綠鬢滾滾年華虛改歲勞勞人事未還山池塘昨夜生春草粵嶺東歸萬里間時值仲弟奉檄來署

送王一齋先生入都

先生風雅迥難攀花底鳴琴萬仞山赤子在懷爭訟少墨池常對吏人閒七年保障弭羣盜五邑文章變庶頑薦牘久陳今入覲豸冠新到侍中班

花朝仲弟差旋粵東順道歸省余亦有志未遂黯然有感兼以送別

西鄙花朝又送君幾年嶺外悵離羣寒暄少小情如舊兄弟中年意倍殷春到五羊生瘴癘潮驅萬鱷起風雲胥江城上頻回首南北山川自此分

蠻烟瘴雨感分離池草欣然慰夢思憐爾風塵同馬走省親鄉國學兒嬉燕山此別逢何速駕水歸來見勿疑若問淒淒遊子意篋中一卷望雲詩

度到南枝歲又華殊方春色滿天涯蛋人不火魚爲飯黎女含珠吐似花椰酒正香猶作客荔枝雖熟莫忘家機中錦字無人寄弟新悼亡休逐東風羨鬢鴉

朱厓儋耳接炎洲萬里南荒薄宦遊海外烽煙傳露布時李崇玉就縛王師初平海寇天中節序憶歸舟弟抵粤約在端陽後寶刀俠烈平生志斗酒關河此夕酬夜色漸深紅燭裏千言一語囑身脩

白水江

淸曉臨江斗柄寒布帆東北溯長干撑篙每避狼牙石過峽初逢鷰尾灘嫋嫋高蘿垂翠壁蕭蕭急鳥掠霜湍舟前日出龍門頂路險思親欲棄官

寄蘇眉亭琳比部

沓裳曰古調今人不彈久矣諷誦三過如遇成連於海上時

又曰曹劉遺響

又曰似元亮

長年宰窮谷出門何所之念我同心友落落在京師掩戶長薜蘿樵歌隱茅茨

翩翩晉陽子車馬遠來馳清言款道機雅契徵新詩素琴揮石上流水爲君遲

白駒難永縶雞黍慚莫治城市不可從悵望山澤期

仲春發華滋陽厓秀卉木物情各慕類吾人滯幽獨歸翼暮赴林白雲時出谷

杖策登東皐城郡勞騁目不見意中人悵然返茅屋桂樹三四枝偃蹇待秋馥

徘徊君不來牀書還復讀

四月下浣寶摩遠贈見懷之作次韻答之

四月人從鄉國回尺書傳自越王臺巢營菊磵淵源在詩繼蘭亭少長陪遠道

空懷梁上燕相思又落笛中梅季鷹不爲鱸魚鱠也愛名山入夢來

鑑湖秀色似西湖定寫山陰道上圖草長鶯飛十年別風瀟雨晦二陵孤曾經

寇亂邊聲苦近喜時清戰壘無卻笑折腰陶靖節故園三徑可荒蕪

寄陳書常

青門柳枝短欲折贈行人寂寞憐孤住蒼茫恨始親雪雲浮華岳秋水落寒津何日臨卭客懷書復入秦

東海月歌

君不見東海之水連蓬瀛夜夜明月流光晶海寒風高陰力旺圓靈盪漾滿太清吾生自詡奇男子妻兒滿眼如脫屣獨騎健馬出青門踏盡塵寰幾萬里高歌傲兀九龍傍醉筆淋漓萬瀑裏興劇直欲窮十洲一路逶迤到趙州趙州太守笑相迎橫笛同登太白樓是時三五月如鏡碧天寥泬纖雲收劍舞玲瓏素魄盪杯心瀲灩金波流露筋祠前千樹柏梨雲亭上蒼玉壁海光月色相映散歡呼直到扶桑赤知君浪迹無著處明日飄然別我去回雁天長指秦嶺孤帆日落揚子渚客路漫漫連西極日亦隨人照行旅太守今年辭京國相攜令子

于淮役五斗微官眞誤人絲絲白髮難爲客望君不見空佇立落月半逗欄干隙

春裳曰二律氣味逼近少陵

六月大雨勢如瀑注

無端六月雨萬鼙動柴門摧石三更激奔江一夜渾農家連野嘯風雀滿籬喧黃潦終朝盡由來不見痕

經營今日雨連夜遠江雷積勢歸滄海餘聲洗刧灰龍魚行不盡開辟漭仍回晴後宜高處茅亭豁數杯

秦安道中懷二陶居士時予告養未准

憶乍期遄返衝泥策蹇行雨喧空澗沒日出衆山明小鳥依沙集靑雲望呂城高堂重回首遊子若爲情

冢落天涯外西州強賦詩浮雲飛不定流水去何之高枕支炎景淸談適旅思

故園有兒女屈指數歸期

不寐

秋眠原不著攲枕數雞鳴殘月懸雙杵晨霜濕五更道心人外冷塵事夜來清
喧寂俱無涉簷風鐵馬聲

息形忘夢覺尸寢亦冥心已達浮生理何如歸去尋月痕暝宿鳥露滴警風林
布被山寒入因知夕霰侵

培園來自九月將畢向平之願因兵叛路梗款留同歸賦此誌喜

招之頻不至不速忽焉來未忍還鄉去偏能爲我回棋聲醒客夢菊影冷殘杯
已畢向平願南中書至長女已於四月九日遣嫁驪駒莫漫催

同日接家雨巖太守載之明府書知蘇眉亭歿於京邸詩以哭之

北望春明暗少微西州客宦淚霑衣慚違孺子生芻奠欲挂延陵寶劍歸黃葉

蓉裳曰眉亭余在京師時執友也其人質直好義徑徑有古人風節不意其不壽也四律能寫眉亭性情又觸我黃爐之感

山中今歲暮青楓江上故人稀長安季子成名日話到貧交憶布衣

茫茫吾道已堪悲蘇子天眞不見之宇宙百年難得士湖山十郡更無詩姓名剩有時人識懷抱何由薄俗知遺草篋中誰檢得淒涼爲問李邕兒（眉亭子新爲予甥）

閒檢行中舊寄詞挑燈重讀更淒其瑤琴一曲憑誰聽春草三年使我悲寂寞難尋千古調蕭條欲問八哀詩頻年于役精神減原憲清貧病不醫

聞道功名似夢遊音容難覓竟松楸綵雲獨護烏臺地明月初登白玉樓萬里江湖傷舊友幾絃山水哭新秋遙知婦子同歸棹海上煙波滿目愁

秋七月五日叛匪滋事大兵雲集會剿小春初乞命歸誠詩以紀之

降兵本羣盜復叛祇亡身躍馬輕天命安邊仰聖人元戎齊奮武三捷小陽春新澤干戈地同爲盛世民

贈白馬關分州徐十樵文賁

西川名士建安才郭版同登愧大槐山後荒園飛鳥絶關前何日寄書來文章
廓落新知少宦海浮沈老眼開交到忘形投縞紵贐金遠餽見疎財書來屬餽培園贐金

河州鎮凱旋紀事

供支凱兵過分外例須磨落日軍中樂輕風馬上歌聖朝無盜賊戎鎮有山河
從此干戈戢書生興亦多予三次從軍十有餘年

十月杪望仲弟家書兼憶如圃

小陽春冷晝關扉齷齪郎官對翠微明月東臨思愛弟白雲南望戀慈闈果能
舟檝還家早何以吾書度嶺稀更有長安驄馬客余遣人省母適如圃謁選入都頗深懷念不知可
念薜蘿衣

南中信至再哭蘇眉亭

海内亡吾友茫茫問碧穹最憐小兒女誰爲恤孤窮江漢多秋水琴書帶早鴻

相知成永別寂寞向西風

仲冬懷友

十郡名山五日看浙東秋盡向長安相思幾處蘆花渚獨下千層竹節灘估客

樵人同水宿靑楓白露滿江寒良朋別後添搖落詩卷孤燈歲又闌

憶往

山川去去極岧嶤皂蓋天涯路轉遙十月朔風嘶磧馬邊城荒日下雲雕快登

明月函關嶺喜度恩光玉帶橋禁闥歸來三考滿經霜直恐鬢毛凋

徐十樵寄奏凱四韻時値制軍入都詩以答之

凱歌重聽喜開顏小吏愉情十月間白蟒寺前梟獍散靑楓江上節麾還艱難

萬事思歧路辛苦諸公列禁班獲覩太平增氣象欲辭斗祿向秦山予家秦山

重陽送海寧朱晉羊崑山杜小洲旋里

江上秋風日日涼蒹葭暮色賦蒼蒼白雲待我在空谷明月與君歸遠方天末
山頭故人望永安湖上去舟長此行博得慈顏笑扣枻歌中好泛觴

寧陝綏靖望臺灣捷音恭紀一律

雲物淒淒又歲闌凱歌此唱彼應安漁樵數戶生涯薄燈火他鄉客裏看茅屋
殘星垂海溼水軍鼓角渡江寒澄清共慶微臣志迅掃煙塵眼界寬

寄懷梁思荈

騎馬君歸夜氣清無才吾欲罷官行青山長與故人遠白髮多於春草生寒雀
獨翻池上樹戍樓高壓雨中城可憐兵燹新澌動刻燭圍棋別後情

山夕

孤煙發茅屋山犬吠蕭蕭遠見楓林下暮歸鄰舍樵

小梧曰自然處絕似香山

思家與培園夜話

蘭州未歸客送客入秦州漠漠魚龍夜深深草木秋文章窮此路妻子望歸舟同是男兒淚如何不欲流

思家

亂峯當落日行路復深秋林密如無野江煙不見舟悠悠傍水國漠漠向秦州今夜琴臺畔青燈共白頭

贈陳二庭植因培二尹

一官秋水近三宿故人同山味龍門果舡詩甓寺楓吾鄉上鹽船百里信樵風君返蘭州望河池萬木中

和梅郇小阮見贈韻

催科容易撫爲難五載斯民愧未安南畝有秋多種植東瞑何日見迴瀾吟詩箋後葩常在五色文成劍莫彈望爾青衫烏帽客簪花上苑繼詞官

時春閣落成

白雲南望是家鄉水樹梅花繞北堂自出山來聊爾爾每登高處向蒼蒼數聲笛韻嵐光紫百尺松濤日影黃好雨一犂青一抹及時播種到春秧

仙人關

徽州古治（今縣治）洞重門天險中分勢益尊永日江聲馳鐵馬連雲樹影小花村空留平地仙人跡剩有淸風漱石根祗爲叛兵嚴設備多挑民壯水西屯（時寧陝兵叛）

寶摩寄小信天巢新詩感賦

懷歸心到浙江船遠得君詩詩可憐遊子飄零西海上故人凄愴大江邊文章不足驚諸老生死於今見百年（謂哭子實皐文詩甚痛）靑眼幾時還作笑風波往事爲相傳（余連次劉賊危而獲安）

山谷東坡詩酒盟就中可念四愁生秋江白露杳相望旅食青袍空復情海外
徒傳舟未返人間實有路難行若爲抛卻烏紗去同泛滄洲萬事輕

小梧曰眞摯語未經人道

丁卯春日招書院諸生小集

倒影樓臺入硯池五風十雨柳垂垂憐才欲吐孤寒氣知己當求未遇時淡處
交如花意永坐來興共水光隨暮雲入望人千里多少離情賦好詩

登秦州南山寺步同人韻

不意招提境相鄰天水清空庭傳故國散磬入春城雲石頻扶馬風林近失鶯
秦州高處望氣勢更崢嶸

次沈心和先生本立懷歸韻

紀羣交締兩心投吏隱秦關卅載留賀監湖邊懷野鶴錢塘江上任閒鷗青袍
皂帽風塵久白髮朱顏學養優七十思歸老梅福神仙也起故園愁

蓉裳曰似少陵

晤楊燕庭明府翼武小飲

春日空山伐木歌晚來林徑獨穿蘿綠陰樓閣遊人盡青草池塘倦鳥過隨與每憐幽處近在官還得好朋多玉壺朱檻終今日班鬢同君不醉何

白水江春望

垂楊垂柳覆樓臺春物茫茫眼一開永日江聲飛鳥下晴天花氣遠蜂來留連只愛風光好遲早仍悲節序催伊昔家家青酒幔而今寂寞未銜盃

四月聞鶯有感

四月青青樹初聞一二鶯晚來頗寂歷深處忽分明見盡新年物悠然故里情教人獨難聽連夜子規聲

時春閣賦答寶摩

性耽山水愛卑棲早附靑雲不敢低有母家居堂以北小人宰此陜之西情多

分贈山陰竹歲稔都資雨後泥欲向杜陵尋逸老吟詩須近浣紗溪

南兒呈七律二首時余遣人南省依韻諭之並示鸞兒

三歲能知血性眞生時汝母有前因出京水路三千里看月他鄉二百巡升斗禄干嗟計左弟兄情重莫言貧粤秦鹽水皆遊子我獨當歸侍老親

堂上初安計未成依依離緒坐三更涼天白露催刀尺滿室秋風少弟兄江水久傳應共食薄田初就欲歸耕望雲不作悲秋句爲念封人遺母羹

寄柳枝

舊衣誰道不如新五載樓頭鑒苦辛持戶勞君勤菽水高堂七十又逢春薄宦眞如沸水聲相思紅豆弟和兄靑山有約同偕隱滿院風生兩袖淸

立秋夜熱甚攄懷

水閣冰牀何處尋延涼科坐滌煩襟白雲南望思年老碧案西窗話夜深壯歲

每懷博物志微官也有濟時心陳情未許投閒散聽到秋蟲月滿林

為張生漢卿題其尊甫言一明經遺照

張生脫穎才白水營甲第挑燈娓娓言伊昔乃翁志早歲薦明經暮學非遯世高義重鄉人藥籠采薪桂何殊貧與賤大小各分濟余行役來此款門成結契室中亦何潔古書映明砌楚楚序不愆秩秩正則麗曲几與欹屏牆角夙已瘞天晴無片雲室淸無點塵匪惟潔其室兼得潔其身更進潔其身外染不得侵心恬如止水樹靜不風林我非能潔人喜為潔者吟玉樹競俊爽明珠總見欽罔俢陳列富曷為吾家箴

自警

宰官默坐成癡鈍戚戚終朝失性眞龜背刮毛堪一笑雞鳴而起幾何人青雲志博囊中物白髮莖添夢裏身回首黃沙窺色相可能阿堵換長春

秋夜夢見香亭夫子感賦

拜別先生十六霜人天幻境判存亡毀儒汲黯難醫戇説鬼東坡善學狂每感師恩同父母許名國士最慚惶文章壽世徵今古賸有彭宣弔夕陽

夢見先嚴暨秋泉亡弟感賦

重向邊陲十四期傷心我父最仁慈恍傳治命言猶在似謂遺經志未基痛徹十年原隰句愁添千載蓼莪詩蝸牛角上空留戀五斗慚干奉母儀

偶吟呈一齋先生

握篆年來未遂初幾番奉檄感吹噓幸逢靑眼開樽酒喜對黃花讀素書報國從公事鞍馬懷歸有母倚門閭同儕濟濟皆登薦我獨無功百不如

病中夜坐

風雨蕭蕭夜漏遲側聞蟲語益凄其愁腸如結全消酒白髮初添似布棋短燭

迎寒秋已半卑宮無事句多奇個中情味親嘗遍不買田園累好兒

病中下鄉勘驗兩案有感

人都事紛擾我獨病悄悄何異山寺僧日被雲山繞山風每來侵山月常相照一朝功行滿超凡入玄妙有時虎伏檻犬亦吠而鬧智哉訥不言耿耿聽分曉卽覘彈丸内哀彼兩老少一盡於輕生一絶於凶暴俯下則爲高無識又無彀苟能早鑒之或可大夢覺無端嗜羊汁厚味疾太飽煩悶六七日饜飫差自笑

江洛壩

六年坐守舊虞關似識兒童解笑顏人未歸看海上日天教歷遍隴頭山楊花著處身如寄桑葉何時手自攀一事最難慰老母此間民願我遲還

重九家雲舫天爵都閫約登玉泉以雨阻不果卽集庭窺遠岫之齋詩以紀之

無端風雨阻登高句詠城南始憶陶塞上凝寒生朔氣筵前衒色假風騷俠流舞劍悲歌壯少婦當鑪錦瑟操邊靜不須資武庫將軍把酒亦戎韜銜杯高唱我非狂爲插茱萸憶故鄉有弟孔懷官爵好思親轉覺歲年長歸如旅雁秋風捷聲送寒砧夜雨涼結得同心三五輩每逢佳節便稱觴

和芷衷九日夢中登高韻

夢裏高吟畏獨清隗囂城上旅愁生朱弦顧曲人將去翠袖填詞伎已行風雨寸心聊自賞江湖尺素最難傾故交雅有龍山興遙指亭皐木葉橫

雨中懷陳三雪圃

城日融融夕冥冥苦雨何浮雲兼白岳度鳥落青坡倚馬遠難速騎騾久不過故人門巷好長水夜應多

夜登鐵嶺用前韻

萬里孤輪月迢迢絶頂多散開千嶂雨遠浸大江波野客何能宿林僧不見過
故園兄弟隔秋思滿山阿

錢裴山太常遠寄溪山清遠畫箑詩以誌感

折腰吏住小溪西朝趁南風度小溪繫石柴船空到客無煙蘿屋舊亡妻滄江
一路尋何處嵐雨千峯望盡迷且詠蒹葭歸櫂去爲君磯上掃苔題

沈大培園病甚詩以慰之

貧賤甘吾道清狂讓古人乘桴滄海客卜地火田春禮樂夔龍在山林沮溺親
百年俱到半人事付天眞

登鳳凰山

新溪寺前路回首望雲山峻石千峯頂飛泉萬木間平生難到此遲暮薄遊還
爲問重來日兒童識舊顏

小鸞入閩後望家書不至

森森萬木帶黄昏月下藍輿湖上村直向孤山東北望依稀雪色是龍門

思歸

眼前誰是箇中人陋巷簞瓢也顯親世上功名何日足水中荇藻幾時新留連美酒三更月傾倒佳兒六尺身每日清晨香一炷高堂長健祝明神

偶吟

半生落拓畏人嫌不敢因時便附炎讀畫哦詩搔短鬢歸田飲酒捋長髯天山小隱仍孤客越鳥高騫傍素蟾抛卻西湖似西子悭他東里覓無鹽

十畝閒閒任卷舒半間茅屋半牀書高堂大廈非眞宅淨几明窗好寄居負笈從師問奇字荷蓑泛棹釣嘉魚當年德曜原同調他日何人挽鹿車

擬作歸與老使君幅巾微誦北山文依村畦畝多紅稻臨水茅茨盡白雲石上

游魚終日見樹間啼鳥午時聞百年霜鬢長安道騎馬衝泥知幾羣

秋風九月天微雪已作蕭條歲暮心大木風高生遠籟朱弦彈再少遺音迂疎自分來窮谷勞苦奚辭滌素襟昂首何人賡絕唱四山猿嘯似淸吟

冬日偕呂大幼心棨徐三月樵瑤秦四節齋瑗遊秦州南山寺卽次幼心韻

爲尋老樹手分箋同上南山古寺前方寸難平臨此境亂峯巉絕遠無邊欲求毛女能輕舉同八戲余能上樹杪信有猿公解倒懸不必靈湫窺色相管教良玉種藍田

次顧友溪見懷韻

立身天半出雲霄剩有鬚眉伴寂寥充國金城功已邈留侯黃石事非遙若論書劍堪長賤見說耕桑便可饒我欲採芝歸壽母廿年薄宦愧同僚

寄懷陳寶摩卽次其題拙稿韻

孟公吏隱建安才人老秋風畫角哀雲物週遭馳北闕海山環列拱南陔雀羅門冷新知少橘柚天寒舊雨來落日故鄉潮正上無邊水繞越王臺

無端蠻語號參軍記得橫戈小隊分逐虎義兒齊奮武如龍謀士總能文朔風加冷氈廬雪戰血難埋劍閣雲此日啼猿猶有淚驚心往事夢中聞

冬至接家書

平安兩字到間關薄宦天涯尚未還此際柴門風雪夜一燈如豆話慈顔

記得尋梅泛棹時春陰何處雨絲絲小橋香徑重回首常向東風手一枝

浙潮不似廣陵潮小飲分明上畫橈多病女郎身自惜歸心已在管家橋長女病瘧

邊霜是處走飛沙楓葉紅於二月花一騎歸來人未老每從西塞望京華

戊辰元日

迢遞門閭祝寢興粵秦兄弟湛恩承祥雲靄靄浮朱牖瑞雪霏霏濺綵繩似水

宦情縈午夢歸心兒戲到春燈鄉園菽水能同饌差勝分符要路登

過隴西次野店壁韻

道傍車鐸自丁當歸夢頻驚騾背忙草舍投鞭聊小憩臥遊殊覺勝還鄉

題袁明府淑配瑤華仙館詩稿

繡閣宜風雅吳江弔淑媛新詩綜六代藻思富千言春入簪花筆家封黃葉村

傷心清淚滴遺憾北堂萱

夫壻封侯日蘭山痛別離江楓迷舊雨煙草亂相思夢裏登高處更闌臥病時

音容雖隔世流響頌椒詞

謁吳忠烈祠

英雄躍馬保蜀地千古森森如柏翠至今父老尚能言往來猶問仙關備鐵嶺

突兀立我前一峯直欲當人墜靑嶂四圍啼熊兕烏雲出沒隱魑魅木石倒拔

十樵曰數語可作詩史讀

山影樓如生諤諤宣撫使隴干豪士氣如虹西塞高風爵王位一朝復秦十七州孫吳兵法非凡異江臨白水誓黃龍昔移固鎮河池治百戰百勝敗烏珠班師恨共金牌字紹興十一年九月金牌召武穆王班師十一月手詔武安王班師相隔僅月餘惜公年僅四十餘擎天樹倒勢將洎有弟公忠詔代之西南闢地金人悖年經七百作明神武順武安錫顯謚正大之氣滿乾坤好與斯民主血食六年前至謁公祠頽垣將傾季歷四稽首瓣香燼復燃願公保障爲民庇興亡轉矚痛孤兒柴趙兩家齊下淚

仙人關戰捷

霸圖形勝管興亡夾馬營中弔宋王吳氏功多繼兄弟金人北去失忠良出關轉餉秦山遠陷敵通津蜀水長北狩不還南渡業陳橋兵變幾經霜

送家祥七弟從廉訪幕沈少雲先生習業

時艱須努力無負少年身絳帳端防懶蘭山喜卜鄰案頭窮白日客裏惜青春

此去衡泥屐何時便掃塵
我亦飄零慣交多君子憐獨留貧尚在雜處智宜圓春旱心添悶山寒夜未眠
拈髭尋好句商略到啼鵑

喜雨

春令愆時雨皐壤遍枯焦苦瓠簷端挂桔槔亦既凋守土虔齋肅所重在良苗
晨晛雲氣上向夕卜山椒風聲既苦潦雨澤忽連宵慰我有秋望可免一邑枵
不言曝畎畝但道天未遙夜深林籟靜桃柳不鳴條翳翳望流景鳴鵲先期撩
披襟漫昂首捲簾看飛鴉天神豈有擇農桑悅難描溝洫頃刻溢衆誠方寸昭
餘澤及崇蘭膏土潤且饒歡歌仰青昊大地如灌澆

十樵曰雨後之景虛摹出來喜字頰上添毫

哭麗江夫子次何晉蓀韻

記得南安拜別時三清閣上共傾卮蘭泉西領長親領弧影南懸未解頤行止

十樵曰一起情深淚下

青雲憐晚達坐談白日痛初移門生鹿洞知多少誰許扶風近我師
我師兵法最神奇早破花門四海知一代斗杓隴右指千秋藻鑑粵西移還山
未遂心疑壯退食全忘家久離好繼伏波銅柱績平生勳業太阿持
太阿鋒銳耐尋思兩岸猿聲當唱驪北去朝天瞻北極南歸炎徼治南維柏臺
笏拄峯千立象郡山橫歲一持畢竟殊方多瘴癘西州城外哭何之
西州青眼識爲誰立雪同人淚幾垂春水遠浮行素旐山花交拂送遙姬心喪
念切三年共目極魂歸萬里遲音斷潞河惆悵甚鹿車有恨竟如斯

寄懷程生顯德

秋闈甲子冠同羣辛苦栽培弟子員七年蒞河池即建鳳山書院延培園沈山長課之程生顯德每課冠多士甲子獲隽考本朝徽邑科目只張學士一人感遇淚先揮一斗憐才心已醉三分登科上水船偏穩捷足
春蠶縷要夢十載烽煙朝夕盡故園歸去好論文

十樵曰至性諄囑直可作座右箴銘

三月念三日得家虞封書知筠亭補陽山尉詩以勖之

同宗惠雙鯉其來自都城紈素披一幅碧天繫余情蠻煙瘴雨外官小習逢迎倔強性本善潔白湛中誠三年分手去瑣碎語班荊連枝本同氣東西易合并邊荒慎起居清吉慰乃兄風塵雖小吏努力一命榮無才慎而勤亦可崇令名深山流泉水不平即能鳴能鳴音自遠衾影顧須防山隰有草木河海有滄浪友直諒多聞師恭儉溫良桃李豔幾日松柏歷冰霜表表古之人諤諤植綱常卑棲毋工媚獨處謝炎涼立地一不適兢業心與商姸媸各分別外圓而內方一失足可泣執手氣不揚修道務以仁處事在安詳安詳有常經福命任塞通背義取利祿不如歸釣篷涉世公無讓庭訓奉寸衷由求既異撰稷契終相逢操刀欲製錦親民省吾躬一官六千里妻子衣食豐守廬念老母書來勖竭忠困窮遍周恤蹤跡類飄蓬清夜思嗚咽何日樂融融平安新竹報粵海東復東

蒼宴曰想見心地高曠官聲廉潔

贈朱友兼以自慰

蘭州吏隱客頻過半榻琴書小室羅莫以眼中同氣少不妨關外故人多煙霞驛路新黃柳風雨官橋漲白波咫尺江村迷熟徑搏沙未散漫狂歌

半肩行李一車輕到處依人便合并墮地貧應知夙願參天山有望鄉情酒樽擬酌煙波裏墨筆舒懷蘭蕙生故態未除留本色莫捐舊學棄孤檠

檐前風定燕泥香何日艤舟棹白洋花美幽人春已半鳥鳴文石竹將長年來鬚鬢蒼添白卷裏湖山色漸黃不是懷歸心獨切古稀慈母在高堂

青雲有路送窮遲氣仰高旻不肯卑何事輕書乞米帖當官休措買山貲低頭也學蠻腰舞控轡曾經虎尾危今日俸錢堪祿養欲求桃實上瑤池

朱雋山歸葬武林詩以哭之

吾友道旁墳尋常過後聞死生眞異路咫尺不知君挂劍空寒木招魂隔暮雲

零丁舊稚子山下尚留云

送顧溪雲王幾挈眷南還

平生故人别何處不宜憐水國今他郡春風更暮年長安當落日弱子付歸船欲識臨江意孤飄去去前

送湯明府達請假南還

銷魂愁緒黯然離對酒莫歌雲水思五斗折腰心淡如十年學不負初志孤鴻杳杳向南征華髮飄飄花間騎宦情濃到不能回先生歸與有深意江鄉此際恰新春清談揮麈露眞僞雄心萬里乘長風遠道誰憐出塵致我亦圖南欲泛橈影如塞雁身如寄授衣歲歲起秋風七十慈親尚工織河梁拜别請歸期出處分明喻大義母健如常兒勿懷甘貧惟願兒廉吏回矚千山夕照餘何時天眷縱歸轡故人行行重相逢衡門之下共寤寐

十樵曰一氣奔放不可端倪通體亦筆如屈鐵
蓉裳曰天嬌離奇竟是杜陵得意之作集

寄懷仲弟

四月長安北新晴萬里賒搭舟登石嶺覓膾入漁家落日田橫島青天博望槎
非無友生在仲弟獨天涯

卽事

撲作爭如數尺藤訟庭春事日相仍籬疏細雨移花補徑仄蒼苔疊石承越嶺
攜鱸藍浦客敲門送茶白雲僧寂寥誰識中年興屋上青山每獨登

題景六福泉聽松圖奚鐵生筆

長松老鐵之前身鏽黑苔青張怒鱗崔嵬枝幹撚作筆高眼肯貌尋常人神遊
空山偶行跡柯靜無聲聽亦得心源直溯嶺頭瀧古交默訂松石根瀧奔石走
流雲氣層嶂中開湧涼翠翻瀾欲卷丹青空太陰不愁雷雨至灑面微霜受有
情苦心香葉憐同味學步遲隨杖策來挹山早契神明意翻思織末騰長風淡

中七古此爲第一

壘上與洪濛通聽松底事聦松下畫山何必皆山中杜陵當年歎絕筆交錯迴枝鐵可屈拍案大呼作者出終始邀君鑄鐵骨

擬春闈同人報捷之喜

京都浪跡年十三西州捧檄歲十七心苦迴流泉水知黃河源探萬里溢尋春翻笑春夢婆官小眞如侍巾櫛足音空谷偏熱腸新人織素故難匹俠性肯留千黃金淡語不多味不蜜宧海單車辭故林折腰何以不爲逸風塵添我滿頭絲落花小院纔幾日同列靑雲早致身書來遠道皆遷秩北望紅綾宴曲江扁舟一棹如飛疾招隱靑山紀左思草堂舊有杜公筆

朱小梧明府寄示王笠舟少府牡丹歌此花自唐人始賦之多以富麗爲工歌行創格也獨歌無次韻之例爰愛其詞依韻擬之

美人延佇兮情深白雲遠攬兮故林惜髫年之蹉跎兮羨高舉之飛禽絢芳春

兮畫綵中心悅兮萱在喜韶華之未闌兮伊衆綠之蓓蕾墮幽蘭兮谷空處患難兮寸衷果名花如名士兮企予踟躅其有懟而不喻兮子之燕居味詩書兮浸淫溯伊人於天末兮結素心調高山與流水兮音如訴意氣橫海兮不言遲暮三雲貴種兮酣醉成堆憐豐姿之綽約兮徘徊念富貴之不可及兮叢臺

五日次十樵韻

波濤涉忠信士女弔江干艾葉懸門窄葵心向日寬符靈驅魅易劍草辟邪難此日纍車歇何年繭虎看

偕沈培園遊山搜古

三日遊何薄歸來興未賒雨添太白水文家池俗傳神移太白池於此情戀老黃花搜古多君雅臨流卜我家幾時還舊圃一樣擅清華

火鑽道中

蓉裳曰不必似少陵而自然奇崛

滿空猿鶴笑勞人江上浮鷗未易馴水驛濛濛花氣永山程疊疊鳥聲親最憐瘠苦連三郡著意經營又七春往日兵戈今已息扶犂僕僕勸斯民

木皮嶺

木皮高插天栗亭卽首路孤臣去悠悠欲泣鄉園樹攀援手不牢飛下尻已蹉牽藤上危梯橫杉阻仄過雲生雙足下風疾三關影驚聞虎豹聲險絕逾秦嶺莫傷行路難但覺催人老何處訪故交相逢在積草

白水峽

杜老詩魂冷未銷何年白水路迢迢夕陽不管行人苦蜀道如登天上遙

踏遍青泥嶺外程宋至和中開白水路遂廢青泥驛枝枝葉葉送秋聲訛傳舊有長豐縣半在江邊半在城舊有縣曰長舉後人訛爲長豐

大河店同培園夜話

眷裳曰勵志如此令人肅然起敬

習勞鍊骨力憂患始長生毋貪世上樂須顧身後名韜晦期有用才智無過情萬卷如一擲嗜好必搖精金鐘撞寸莛玉盌盛朱櫻素位竭心血午夜破堅城去陳出新意欲與前賢爭古人懼後上指揮腕下聽春花虛無益秋實報功成知非年已近相期炳燭行

謁杜少陵祠

栗亭祠下一溪橫心不忘君死亦生伊昔麻鞋見天子而今麥飯薦名卿青泥嶺外崎嶇路白水江邊風雨聲低首瓣香頳宇拜草堂蕉葉滿詩情

鐵山懷古

青泥嶺獨起百戰存堅陣英雄處危機殫心志以支水連百八渡伏設諸江湄敵餒擊兜鍪沙遁金人騎門下多宿將許國壯塤篪智擔宋興亡比忠武者誰知名亂山列點點青自隨陡坡無專形崒兀當如斯萬壑半陰晴咫尺變自持

豺虎正當道林密多路歧轉運寒花萎給向秋菽飴江邊白水漲欲涉耐尋思
野僧醒塵夢何處弔古祠山川險全阸南渡倚安危當年善後圖區畫靡不宜
形勝障楚蜀纖悉勤拾遺我亦禦強賊來守古河池澤民斯未信樂歲庶無饑
夙欽二王勳恢復任肩仔隱恨詔書馳五帥盡班師

義學落成示肄業生

少小事遠遊屢遷境多隔句讀不數年奔馳長安陌稍長身益窘負笈從師席
燭壁借鄰光擁書期首白緒業祖父基百里筮通籍憐彼貧家兒好學苦無力
捐資營三舍延師勤啟迪各就里遠近分課東南北（時設三義學一在北城吳王廟一在城南普福寺一在城東三官廟皆以寺廟之隙地建立）下帷書在牀鑒影維典則居諸各自惜多畜胸中墨

鳳山書院落成有作

鳳山廢址漸消磨六十年來跡已訛最愛斯民皆質樸敢言造士被絃歌絳紗

蓉裳曰眞樸沈摯少陵嫡派

春暖噓枯草敬業懸仍鼓太和咫尺蓬瀛仙路近諸生濟濟盡登科

再請終養留培園明春同歸

三十年前事靑衫記共遊馳驅雙黑鬢辛苦一蒼頭幼弟忘情去歸人血性留

重陽佳節近攜手好登樓

親老思春暮懷歸不餞春手牽衣上線穿透宦遊身舊雨緣行子新霜鬢老人

心香遙一炷定省敢言貧

秋夜與培園偶吟

粗豪年少慣風塵信有天眞對古人憶昔斷機遵母訓何年定省卜昏晨

池塘昨夜草生春並沐高臺雨露新盡己能寬倚閭望愼毋積貨願淸貧

景仰前賢善政聲讀書餘力乃躬耕農桑課罷探奇蹟遺愛甘棠樹下行謂徐起霖杜蔭李兆錦牛運震趙同翮諸前輩

七年百里領專城蔀屋茀檐勸力耕政拙自慚無補救中宵耿耿一燈明

謁曹忠節公友聞墓

栗亭山色鳳鳴岡南宋季年作表式道本師儒卒爲將一戰再戰賊皆北允文允武業非常力竭捐軀祇爲國電光石火一寓形鴻毛泰山衡自則太上立德兼立功後世稱述眞奇特白水江頭隱伏騎雞冠隘裏失佐翼大厦將傾一木支丈夫畢命銜鬚黑但看墓上多榛棘憤氣猶能呼殺賊

金蓮洞按此地乃張三丰歸隱處至今未出

洞名何事喚金蓮爲有金仙洞中坐山頭不見採蓮人淸氣滿空石上臥春蘭秋菊依石側西塞民萌待膏澤不醒蓬壺醒世人如畫溪山畫難得山行點點似螺浮桃熟垂垂正好秋堪笑握齪死無數未許探奇此地遊羽化超凡餐石髓頹然傾倒呼不起昔曾別君杭一葦何日從君挈龍尾自來仙佛心原赤桃

源不遠春波碧桂樹橫山吸露華後來定有人飛鳥

中秋得吳王玠墓碑紀之以詩

獨立高原上巋然見一碑陰風號鬼卒暮雨隱神旗遲我西來日憐公北伐時歷朝頒爵賞枉自數功奇六百年前墓艱難百戰身弟兄□舊澤南北倚孤臣哀角秋聲亂奇兵地勢屯宣揚慚德薄五字欲通神

華蓮洞靈湫

玆山形勝控西邦蜀陝分襟地勢降頂上蓮開如半璧依稀月色到寒窗山名月樑一泓清澈靜無囂忽起奔雷水上潮洞口華蓮疑合脈龍門此去路非遥

記夢

薄宦天涯久不歸思親夢裏尙依依冬餘愛日連芳草春到開花滿竹扉上考

允宜書報最卑棲轉喜祿干微出山早訂還山日好去堂前舞綵衣

遊北禪寺追和壁間李東岡詩石元韻

栗亭舊縣北山高下難扃印惠崇封號塔風語丁零幻闃清淨理悟寂超玄冥孤雲棲樹杪野鹿性通靈登壇法花雨盡洗戰血腥座上鼠翻卷磬引虎聞經得路後先覺飛錫激爲霆微鐘稀人跡甘露生遠汀衫笠尋舍利松柏照簾青回首西峯萃天香結念惺

贈培園

幼同筆硯長同經隴水燕山長短亭一夜夢回煙水闊秋風吹出半塘萍

朝陽山即兌山

餘情滋流覽一官寄行役五峯名五鳳朝陽借爲客豔豔衆芳騰溶溶溪水碧萬類齊向榮吾道生意積林際塔光輝田間日將夕人云蜀道難樹杪月已赤

歸詠拾遺詩忠節心如石誰曰遺世好敢謂接賢迹

羅漢洞

蓉裳曰奇崛

石虛空四大五百列一寺西方有世尊奇觀分序次鑿山伊誰力吳氏善功德況乃集萬靈造化焉能祕此洞萬古傳一輿不復棄天地鬱精華神光現舍利飛騰耀日綵能免下阿鼻遺像表冠裳輪迴塑大帥（謂吳氏弟兄）雲霞上九霄金身忞坐睡指點世人迷超凡法不二

寄陳寶摩昆季

蓉裳曰跌宕自喜使君故是不凡

逢迎不慣居官拙廿載邊郵宦迹分奔走馬牛休笑我聰明冰雪最多君一犁煙水扶春雨半壁江天接暮雲多少離情對秋色任他紅紫各紛紜

宿水泉壩

蓉裳曰超妙

一宿茆檐下歸心入夢賒白雲連夜月紅葉滿山花古寺炊煙麓荒灘積水涯

蓉裳曰竟是少陵紀行之作漁洋無此奇崛也

知非年已迫往事最堪嗟

滴水崖

懸流不沾壁疾急每如驚氣以虛中火聲應落後成森沈吹渾沌回薄失浮生

高鳥雲霄外移時倚杖情

擢縣五年始補又七年實授卓薦

四十飛騰第一程頭銜始博宰官名自憐不識金銀氣卻喜相依水石清徽邑多佳山水涉世艱辛今白首出山霖雨望蒼生盤根試豈尋常事爲有春風紫誥榮

登青泥嶺

路出青泥嶺見石不見土危塗上巉巖曲折不可數前峯高百丈空外皀相拄

風雨不到根汲引哀萬古手足得分寸骨肉忘辛苦力盡未暇喘目眩不敢俯

陰洞星象寒陽崖日月聚孤身一氣旁官小七品鹵金鐵纔可辨春秋焉能睹

乾坤大如此歎昔行杜甫如何孔夫子登高小廣魯石狀森相向距角欲沓怒中有神仙跡騰上分金縷絕頂多悲風飄颻黃鵠羽不忍舍此去何當出寰宇

大小山

蓉裳曰少陵遊道林等作有此奇秀　十樵曰寄託自遠

崎嶇入秦州名山分小大所嗟在西鄙不居五嶽最終年僕僕騎蹇驢涼秋九月神爽籟北風黯黮蕭慎來不見東海青無外黃鵠之飛不敢高空翠明滅星斗會不可久留至高處青磴日落徑幽昧此地登臨日幾人古往今來空雲靄使我咨嗟撫遺蹟悲風瑟瑟生松檜

山石關隘

蓉裳曰夔州後老杜有此風格

洗削無餘滓蒼茫閱劫灰搖空無定日觸石有奔雷開闢如相待崎嶇此獨來艱難猶萬折應到海東隈

黃沙廢驛

藍輿深度萬峯雲人響川聲不可分千載黃沙歸碧海只今鴉噪嶺頭聞

鳳山

父子谷何處神仙杳莫攀閒雲封古堞老柏護空山祠宇今如在興亡舊有關衰唐憐弱主魄奪叛臣姦

拒寇雄關

登陴嚴夕警鼙鼓隔江聽軍立煙中白松高空外青弓開驚落雁風急恐燒星陳列雄關外艱難百戰經

蓉裳曰四十字有萬鈞力

普福寺

捨馬杖策尋勝地秋風颯颯古柏翠老僧避去丐者來過客無問普福寺普賢突兀儼如生簷前泥落當人墜寺門日暮啼熊兕殿中寂寂羅漢睡予心惻惻慨捐修鳩工庀材月歷二復度寺中之前隅創蓋義學間列四延師啟迪諸童

蒙十年應博青衿萃古人文藻隨流水身名磨滅誰可憐今人名欲古人上後
來咨嗟心惘然談玄何必青銅鎖浮海徒聞白石船青鶴銜書不復迴四圍秀
黛何崔巍莫教頭白落花前藤蘿古徑月歸來

馬上看楓葉

疑是蓬萊頂村村太古風地分金鐵界天映畫圖中老眼誰禁纈花顏欲借紅

前途時駐馬景物似江東

北主山

霜落山頭度曉鐘懸崖峭壁盡蒼松入雲遙指青雲路日出東溟萬丈峯

峽門觀音窟

觀音古窟石崢嶸陰洞森沈瀉碧泓最憶名山冬愛日又看邊塞夏收秔瞰時
怕觸蛟龍氣靜處如聞鐘鼓聲一片楊枝頻滴水年年甘雨助三耕

題姜孺人影

宿昔衡門約存亡此路疑夜臺應有夢皋廡痛吟詩官小常彎膝家貧未展眉

縱令蓮作性妙論少人知

題施孺人影

四野丹楓樹憐卿綠鬢終魂傷江苑碧眼纈旭爭紅仙夢緣眞幻才人命必窮

不堪聞落葉一榻靜焦桐

答友溪

以我勞勞役多君念宦遊清風前輩袖黃菊晚香秋何日貧交合因風好句留

故人東海上幾度問漁舟

同人公餞家甜南南還

棲烏人散後夜月照江蘺惜別秋風客懷歸弱柳枝鑑湖迴棹遠長水去帆遲

蓉裳曰的是詩家老境

嶺上梅多少催寒物候知

寄寶摩

匹馬西來華嶽陰千峯落日淨霜林文章君欲追班馬山水吾方學尙禽湖有永安流水迴峽疑神女暮雲深春來準擬迴輕棹鐵嶺長垂一百尋

寄小鸞阿南壽男及沈蘇二壻

白水江邊官舍清案無留牘月初生青燈詩集吾朋舊寒夜書聲爾弟兄心跡不汙文始貴身名無累質方瑩少年努力當勤學莫負窮荒祿代耕

喜任用之來館

葭菼連天鴻雁呼高秋同上小城隅海門點點七星石松際涓涓八月湖悵我重陽擕濁酒喜君匹馬到平蕪佳辰耐此風光好折得黃花慰輿孤

許甥廷墀惠書見懷

今朝好淸景昨夜月星繁日落巫山黑風連漢水昏人生有離合驟雨忽飛翻
燈下思歸客西南地勢坤

徽縣十二景

嘉陵春漲

三月桃花水川江洶湧時巖潭一洗削洞壑漭推移造化應遺恨經營益設奇
驚濤馳萬狀慘淡欲何爲

昧谷朝霞

日出朝陽頂滄洲溯更遙嵐光近昧谷蓬島遠扶搖客路寒山繞離情濁酒澆
此間幽意足壯志漫題橋

仙關雪霽

雪霽非顏霽晴峯是黛峯松深駐去鶴關峻灑飛龍健骨何如此仙風將往從

一官能解意到處有奇逢

文池秋色

灩瀲千頃碧山光一色浮閒花城外路殘月笛中秋露冷飛黃葉風微下白鷗

紅菱無採女疑此卽靈湫

川岸柳鶯

附郭好風景春鋤雨一犂川分上中下水派北東西隔岸鶯聲老穿花蝶舞低

垂楊與垂柳相對綠初齊

鳳堂煙雨

郭西傳鳳谷淡月散虛庭雨起山河影雲蒸草木形桑麻四鄰火槐柳數羣螢

卻想桃源路家家嵐氣青

銀春夕照

水氣融茲峽天光一色銀千峯秋日影萬古雪霜身亂石和煙立寒風借月鄰

溪山深處坐豺虎亦調馴

峽口噴珠

不是龍淵瀑楊枝滴滴中徐行無曲折獨立仰虛空俊鶻雲身小潛蛟用力同

稽遲一疏快白髮灑天風

龍洞飛英

龍洞飛流下垂虹夕照生山鳴喧暗谷雨散喜春晴百里驚雷震終宵瀉月明

無因尋陸羽孤負品泉情

鐵山樵唱

危然一峰立暝色赴山阿民物瘡痍釋乾坤悔吝磨太平人引領方幅士盈科

樵採雲中路風高賡唱和

荷池挹露

挹露宜初夏嚶嚶黄鳥聞青林如欲皺綠水不勝紋柳蕊新含雨蓬心未闢雲桃花曾不種非是絶人羣

時春觀禾

避暑時春閣驚秋積雨中身高隨地見樹斷與江通雞犬深無野衣冠散愛風聖朝耕稼重樂歲我民同

秋夜雜感和梅村韻

獨坐孤燈又四更更聲斷續雁聲淸石光玲瓏各自照峯影徘徊隨類成故人白首重相見穉子靑衿幾倍情恨不令渠同述作何人江上擅詩名

落葉空山人到稀有時鐘磬度微微蒼熊過壁時聞跡靑鶴巢雲不見飛羣動渾應方著睡卑棲始覺頓忘機此身已入塵寰境祿養徒縈未許歸

蓉裳曰蒼秀之氣撲人眉宇

簪筆青春侍墨池鳴珂驚動兩嬌兒雲龍爭繞枌榆里彩鳳雙飛松桂枝林下彈冠慚白首花間退食想清時滄洲爲報雲霄客泛月南湖有釣絲

努力螢窗雪案深上林春許隴頭吟最憐□□□□卻愛秋高聽暮礁善領和平溫厚旨休工落寞苦愁音仙山風便終當合我亦嚴寒險澀侵

賀生登舉獲雋副車

月到中秋一樣清寒窗辛苦讀書聲文章小售休尤命國士相期望晚成席帽離身非落第青門挾策不沽名埋頭從此求精進會見乘風破浪行

答徐十樵

蜀郡來名士蘭山訪使君無錢有湖水舉室臥秋雲酒滿杯中酌詩多別後聞縱忘垂老景奈此白紛紛

閱盡炎涼態長途路更遙寒光水色映樹影夕陽搖拙宦慚廉吏奇遊快十樵

蓉裳曰氣味似杜不

由摹倣而得

淸詞和俗調風竹自瀟瀟

官豈多錢俸城如小聚村蒲鞭知政拙松署藉書尊秋雪熊枝落詩燈蟹穴昏

殘年撫心跡廓落可堪論

夜月詩難就涼風酒易醒求魚臨野水騎馬到閒庭火色顔同老金聲響共聆

休忘衰白鬢獨草太玄經

以我窮官署留君度歲華雲沙飛白雁風雪老黃花楚調當盃發吳鈎對燭斜

浮沈秦隴地俱是未還家

欲歸歸不得送我有新詩此局逢場戲何人把柄持吾方觀海遠君或渡江遲

悵望南陔路懷歸志不移

聞寶摩次子中副車兩兒均未入闈

始自山中識今登蓬島遊神仙雖不見極浦使人愁窈窕白雲遠蒼茫青眼浮

中年深詆犢自笑作羣牛

贈普三雨亭寶

讀書不得意小試隴頭吟雅意登山屐淸言豁素襟程如鶯出谷花向鶴鳴陰

何必尋三徑同堅金石心

捧檄仙關路崎嶇馬力疲深林開豹霧綏轡返羊歧路仄難乘騎松寒易舊枝

傳家存世澤只許故人知

次雨亭韻

操刀慚愧又三年官吏民屯結善緣上考空書難報最懷歸何日到堂前

芳草春深暝色遲范公使節撫邊時問民疾苦雖勞勩寫得溪山馬上詩

贈雷二陶用前韻

何人長劍倚終年陳榻同除新舊緣燕坐忘言相對久四山擁翠送庭前

徇官屈宋歎棲遲投筆封侯會有時萬里西行關塞遠輪臺夜月寄新詩

送雷二陶出關

天涯風節好昆朋宦海何人舊識荆一字多君能樂道十年憐我别來情晨昏有志山難買辛苦爲官水樣淸幾日分襟愁萬斛滿窗明月雁西行

寄楊蓉裳

山城日出散輕霞子穆書傳未到家靑瑣故人天上迴白雲歸路海邊斜春明别後無佳句秦地何時近早花栽徧門牆桃李樹武林一棹又西華到處靑山有蕨薇弟兄南北久忘饑雲飛華嶽蓮心苦水到錢江鱖腹肥棠棣有花茅氏宅壽萱多慶老萊衣何時陽羨娱雞黍白首論心願莫違

喜雨

人蒸三伏後日落萬峯西急雨驚初過遙空覺漸低移時蟬不定滿谷鳥爭啼

慰我三農望相憐聽夜溪

仇池

仇池水涸翠莎荒秋雨泠泠古戰場落日驚飈投穴急臨江老木走根長蕭梁事業氐羌衆齊魏興亡隴蜀王太息英雄今已矣古來篡弑總無常

讀蓉裳先生年譜感賦

炎天一騎到五載故人書蜀口留期早城中得地初鳥還羣綠蔭蟬起晚涼徐長夏高軒裏如逢慰索居

悲喜前年事憐君運蠍宮身忘前太守人識老詩翁歷落風塵裏艱難道路中子規聲不斷夜雨滿江風

浦口歸時路帆過忽杳然山多易失處水急不回船錯莫情何極差池書未傳遠人猶自信孤坐萬峯煙

明月黄驪客微風北渚秋菰蒲當宿處楊柳覆輕舟更作西湖泛重來古寺遊
浮家暮年計長與友生謀

中伏夜夢與蓉裳先生登華嶽絕頂

華嶽峯高伊洛前雲間雙鳥下翩翩中臺不散千秋雪絕頂應開十丈蓮常怪
名山無虎豹只疑深處有神仙故人攜手登銅瑣欲問眞源若箇邊

如圃之官內江繞道河池話舊有感

文彩當時少似君英年纔過漢終軍下帷志欲登三島刻燭花凝認五雲窮海
久拚投寂寞贈言遠寄見慇懃古藤書屋三更月話到師門手忍分
春明一望欲霑巾惆悵先生作古人南郭繫驢如昨日中州乘鶴已三春固陵
遠入秋風冷華嶽高添暮雪新氣槪文章何處見謾憑山水憶前塵
君夢仙霞二月寒十年應悔別長安滿溪桃李家園好到處交遊舊雨歡葉落

無風知樹苦水長入海問源難泥途歷徧千金價靑眼還從落拓看
長路迢迢馬欲顚漫從滄海見桑田相思已過端陽節隴蜀同傷半百年酷日
肩輿馳鳥道薰風橫篴起龍眠書生許國心原赤采得民艱一例蠲

寄顧五春帆 文曦

淵源家學溯華陽隔歲應占丹桂香肯讓東坡一頭地科名步武繼前光
獨抱遺經萬卷雄頻年踪跡類飄蓬資州客去秦州遠惆悵嘉陵江外楓
淸名此去佐難兄經義還須百練成十幅蒲帆君記取聯牀夜雨滿詩情
宦情淡裏得春先瘠苦憂危二十年辱不低頭書上考甘貧何用買山錢

寄懷陳沁齋先生 寅

十年離別我心勞慣送南鴻渺海濤老去宦情萬瀑上馱回詩興一騾高燈前
邂逅顏應辨酒後歌呼意定豪令子遠迎九塞外浣花溪上樂陶陶

寄鳳縣安先生 清翹

知君名下士說項憶吾師官拙原非病才高貴自知近居安氏里能讀杜家詩

咫尺緣偏澀從容會有期

哭四兒 八月廿八日殤

嬰兒疾可憐不能詢寒熱痢患尤可哀一月幾千泄愧我醫罔知致兒元氣絶

或我咎難逭天奪我心血春花幾度開秋風吹夭折不然墮地時英聲四鄰徹

何物寧馨兒他日人中傑今果歲兩周一書音卷舌彬彬席上珍皎皎山頭雪

雛鳳庭前秀舉止應高潔溺愛不自知薄命成永訣中夜起長歎獨坐心悲切

悲切意何爲恨我心難鐵修德勉勵之重來我心悅

四兒痢疾後誤信人言服荳蔻麵氣散而絶

誤將荳蔻服嬰孩兩度秋風事可哀知爾何年重北面憐予遠别賦南陔白頭

勳業都緣命靑史文章未易才天網竟難寬一線追思往日欲心灰

登靑泥嶺望華嶽

靑泥高處望直北是長安萬古霜雪色千峯秋日寒每聞天上有不意嶺頭看山水緣偏結歸途夜已闌

得二弟書

孔懷吾二弟離母亦天涯官小陽山尉詩多椰酒家文章窮鬼笑租稅稔年奢隴首雲飛遠風迴聚落花

答寶摩先生

藤蔓楓根晴釣臺禹陵秋色古城隈潮平白鷺分明立野闊靑山宛轉來風雪柴門猶北望飄零薄宦誦南陔遙知別後相思句唱到重陽菊盡開

感懷

酒薄須多酌西風吹更醒亂鴉來郡市落葉滿官庭荒政方搔首秋懷易損形何如在家日萱茂祝遐齡

答蓉裳先生

韓孟何恢詭相思愼起居襟靈含灝氣風雨惠箴書眼盡搏桑際文嘘老蠹餘良因神跌宕頓覺氣冲虛遠道能飛鶴新銜得佩魚眉稜隱峯骨奇峻較何如

九日憶阜文眉亭感寄寶摩昆季

城南城北盡秋風九日登高誰與同惆悵菊花隨處見故人今在九原中

夢遊五嶽

黄粱炊未熟一枕五嶽嶺亂石相因依罡風吹虛冷苒苒身轉高悠悠心獨靜寤寐謁名山即此實延頸用壯凌絕頂騁眺忽異境雲間萬千峯青天行石影雲霞互吞吐林壑餘姿永濯濯碧芙蓉朝霞涵玉井明堂列萬國峩峩珪璋秉

羣仙集蓬萊蒼佩曜倒景如覿意中人淸灑發深省肅肅不敢慢重爲冠巾整

途中偶吟

江上黃家峽秋聲不可聞雄心坐成老駿骨亦超羣絃瑟操孤鶴河梁入暮雲
況當倚閭望霜鬢對紛紛

縣齋夜月懷雪圃海上

幾見秦溪月先瞻秦嶺高深雲來不礙每夜望何勞爽氣生樓角淸輝憶海濤
亦知翻宿羽漸白鬢邊毛

書家信尾

母老辭官養兒貧感宦遊江山渺何極晨夕勵姱修總負揚名志常懷報國謀
思歸情更急婉轉遞書郵

懷培園

我郡天垂海君廬地入江貧窮已半百翰墨畏無雙暮鳥投寒木晨星點石矼鹿車中道棄有子課書窗

簡友溪先生

三折從君學海山秋夜中一樓人影對萬木雨聲同翰墨空前輩鬚眉有古風還憐會心處翹首爲逋翁

懷如圃

西塞孤登九日臺燈前重把十年杯北山舊憶交遊盛東海何時懷抱開秦嶺日斜人獨去越江秋盡雁先迴寄君百里司民牧好聽循聲蜀口來

時春閣晚眺

直上高樓正夕陽闌干一望暮山蒼尖峯欲墮青天影哀壑能迴赤日光遂有羣僊朝北斗更聞諸佛集西方秦王若識蓬萊近徐市何勞入海長

次家雪巖仲英韻

風雪蕭蕭校百篇寒窗賸有敝裘全詞章遊戲瀾翻舌福命艱危蠹蝕編我與周旋情易久人能笑罵俗難蠲一官雞肋歸何日伏櫪於今十八年

寄家柳溪先生宗軾

我欲南行見使君西湖煙柳醉紅裙錢江日日多高浪蓮唱菱歌隔暮雲

約友至山寺不晤詩以嘲之

懷抱深秋阻初期到寺開故人虛造次歸馬想徘徊實有僧遲報非關夜猒來何時成一笑山裏聽雞回

寄同里諸子

春水歸舟三塔西故人東海遠相攜綠楊城郭千家影靑草樓臺兩岸迷塞雁南還江上宿子規休近夜船啼塵勞歲月堂堂去辜負鄉園雨一犂

雙舸相逢燕子前亦知萍水有因緣涼風江漢今如此去意鳬鷗共杳然明月

聞詩孤子渚深更移枕孝廉船滄浪傲兀新秋興無限高歌欲扣舷

二陵木葉向江飛北渚離人帶夕暉同上夜船尋寺宿獨隨秋水下樓歸垂楊

解纜分初近去鳥連帆望轉迷君等滄波亦此意山中應念薜蘿衣

蘋花蘋葉露爲秋才子年年水上遊馬召盤渦搖甓寺龍門空翠接杭州雙題

絕岸千年塔獨返長風百里舟行見飛來峯下路何時同泛到滄洲

遊黃氏別墅

叔度今知面園亭舊識名水搖丹壁影風進翠杉聲室小能隨意沙圓恰趁情

幽棲有如此深覺主人清

華陰道上

蹇驢一騎過長安到灞橋邊古寺殘每夜雷霆川噴薄四時冰雪石陰寒鶴棲

翠柏妨疏冷熊睡蒼松賴屈盤聞說虛空垂鐵鎖華山頂上幾人看

眞空洞

羣峯不肯下卓立勢堪吁仰面天應小低身地欲無獸禽愁附著草木強榮枯浮世自相逐誰能哀鄙夫

步屧隨僧指冷風鐵佛威峯巒逼霄漢巖洞落光輝萬象森如動孤雲耿自依祇因最深處識者古來稀

再次同遊韻

白塔岧嶤一百層丹楓樹裏綠潭澄亂藤苦竹無行徑落日獨歸何寺僧

木皮嶺弔杜少陵

鐵鏁緣虛壁空中身自輕渾忘垂老力猶作少時情履險非知命臨危或近名深憐千載下豈敢負平生

香山坐化僧

宇宙浸晨霧濛濛大地香客迷元化內僧睡太淸傍仰石星辰競鳴泉雷雨妨
攀榛叫奇絕卻笑我顛狂

秦安九龍山觀瀑歌

九龍瀑布天下壯白波散落靑虛上側受寒日孤光碎深盪絕壑殊響會急勢
一落無所歸不假兩壁當空外慣捷援受豈終極風雷萬古虛無積祇應上與
星漢通不然中浸東海空或言此乃九龍之所爲咫尺變化不可知我聞龍性
好幽潛山根黲黲雲霧隨縱然用壯劈石摧林邱收神養晦會有時當晝無雲
常雷雨龍失權兮龍應苦龍兮龍兮須上訴愼莫驚遁萬丈之水府

巾子山松蘿庵

高秋雪下水精峯今夜應寒萬瀑龍澗道冰澌人不到老僧長對碧芙蓉

夜宿山寺

霜露泠泠仙漏殘禪房寂歷思無端高秋石氣寺常冷永夜水聲龍未安老僧擊磬耿無寐客子開門時獨看何日弟兄同色養膝前團聚勝爲官

磨崖碑題名石歌

君不見黄龍潭上崖石壯今人名在古人上列書從者年月日字畫雄大森相向石上鐵冶爭奔走萬丈丹梯霄漢傍大椎丁丁響空峽鑿破石面石應泣深入一寸塡朱丹赤暈流照爭煒爗競相誇炫不相下後來咨嗟何由及又不見古人名字字體微摩挲礧砢看依希憶昔漢代建寧朝當時人物今古稀中郎此筆垂竹帛歷代文章競金石字畫雖微眞貴哉肯許剝落生莓苔身與名滅奈石何嗚呼今人眞可哀

香爐山

秦女吹簫去靑鸞信有無祇應雲霧裏遺却北山爐

玉堂山

月出東南大小峯山僧無事對丹楓夜深獨起焚香坐聽徹三泉寺裏鐘

華嶽雪歌

使君贈我明月曲我亦爲君歌雪嶽雪嶽幾千幾百峯有如玉井金芙蓉華陰老僧說此山山脚插入伊洛間蓮開峯頂經險絕鐵索石棧中斷折百年老樹強且大上挂自死之白鶻其上晴峯猶秀發下有東海萬里水天風吹落波浪起陰洞窱窌相蔽虧五月六月冰雪壯長安幾十幾郡之山川經絡靡靡相鉤連或言直走國東門我亦聞之心茫然昨登天山雪滿峯俯視濛濛空雲煙滄海遠通七寶白落照半含幾郡赤南望雪嶽塞北斗峯巒森立如劍戟自謂天下無壯觀對此直欲生羽翰騎馬直向華州來華州使君東閣開見我急索壯

遊詩滿堂飄踏生風雷覽畢還我色惆悵請與子遊雪嶽上九月北風吹洛水
山木夜折鮫螭死西望千山雪崢嶸蒼藤日落啼靑兕欲往從之何由得不如
棄置還京國嗚呼雪嶽之雪終可滅君當往遊能相憶能相憶爲我刻名晴峯
萬丈之石壁

寶鳳山

晚照登臨際孤城眺望前平郊接滄海長薄帶晴川秋盡天虛曠山高地靜便
回看來處路萬疊祇蒼然

地壩山

捨輿扶策入山中絕壁丹楓路轉通靑鶴不歸流水在白雲深閉洞門空古松
液化千年鹿靈藥根如五歲童獨有老僧鳴夕磬窗前猶對蕙蘭峯

冬懷

嶺桂皆銷落森寒氣候冬籬鳴知掠虎湫縮想潛龍人事方寥廓天涯偶過從

淡交情不厭詩思岫雲濃

恆言不稱老綵舞拓秋窗驟雪渾圍月危峯欲墜江有時船去一何處邃横雙

今夜逢詩敵堅城未易降

鑑湖映門綠士與境俱佳渺渺臨葭菼時時到郡齋素琴鳴夜韻涼雨敬秋懷

物意同搖落霜花不委階

敬亭候月處回望白雲遙水浸沙深靜天晴日轉搖行看長水網歸去北山樵

相對融融樂蟠桃奉碧霄

民國十三年十月　族孫元濟校

跋

河池明府張春溪先生僕十年前素心友也昔曾壯遊薊北嗣經筮仕雍西樂鴻案之齊眉賃舂寫照撫蔡琴之焦尾遊宦蜚聲風情未盡消磨哦咏全留心跡糜隃萬斛抒忠愛之丹忱鴻寶千秋矢門閭之素願萱花燦爛艱奉潘輿棣萼纏綿永懷姜被金城簪紱早詩列籍之名玉帳悲歌復著從戎之詠盈函佳製字字眞珠入手奚囊篇篇拱璧既而䍐明入薦貢禹彈冠膺隴右之巖疆撫河池之重地琴堂詩草袖籠每下莎廳梅閣花牋墨灑頻鋪玉案雲山駹膩經用倍覺鮮明珠玭陸離走盤只憑咳唾嘉陵江畔鬱懷古之深情鐵嶺雲邊立救時之善政經營石室欽化蜀之文翁振飭金天比治蒲之季路七霜著績八景揮毫志乘留補漏之天磨碣表前勳之龍（新訪出武安王碑記）凡茲勝蹟到處留題每遇欣懷隨時搦管篝燈螢火咸歌賢尹之詩墨榻芸香競索才人之筆草野宜

其樂易露冕歡呼髦士被夫甄陶執經往復宜其邑播武城之化政綏北海之猷矣況夫還山夙願依戀白雲好古初心炳麟黃卷欲歸頻思買棹從政無能挂冠憶千里之蒓鱸秋風念切撫萬家之煙火春雨膏勻宜其論隱致書閒入江郎綵筆豈同懷鉛問字仍多揚子玄經已也僕蘭山結契雅締同心白水重親幸叨接膝盡出篋中之祕案列琳瑯蒙攀河上之蹤靈披肝膈人儀樵李集訂宣城績既茂而陶情仕能優而則學政成言志直可作報最之編徵事論詩尤足驗循良之蹟用竭蠡測以作弁言

嘉慶歲次戊辰十月望九日西蜀愚弟徐文貢頓首

古稱三不朽一曰立德二曰立功三曰立言近而求之吾宗兼斯三者有吾族祖春溪公焉公少家貧年十七走京師博升斗之祿以養父母旋出官外省以所積金付兩弟買田充甘旨之奉謂不欲朘民脂膏以貽親憂既至甘肅從軍白崖山之役與鞏昌太守朱爾漢中伏俱負重傷太守麾公去公不忍卒負之而出事親交友若此可不謂之立德乎嘉慶初公從四川總督宜緜討白蓮賊分守開縣生擒賊首松筠繼督川陝諸軍檄公守徽縣捍賊有功旋授徽縣令擢平涼守均以循良著稱上登薦剡戡亂致治文武兼備可不謂之立功乎公嗜爲詩自言歷三十年得古今體二千餘言茲編所錄未及其半同時陳楊盧徐諸子推許備至要可附於立言之列矣余嘗讀吳兔牀之記張徽縣與陳寶摩之題公從戎圖欽公之爲人曩余議續修宗譜訪公後裔同邑中已無一人譜載有遠出甘肅者倩人於西安蘭州登報徵求無應者然以報施常理論之

吾不敢信公之無後也辛酉冬重修宗祠落成公墓去城遠迹而求之幸未湮沒因亟贖所失墓田歸諸宗祠以時享祀夫以公之明德昭著有功於國距今不過百年在宗族鄉黨中姓字已若存而若亡然則功與德之能不朽者固不若言之傳世之尤爲久遠也余求公詩文不可得初僅見徽縣志所錄公所爲詩數十首竊以爲茲稿必在世間未幾果得之亟付手民集字印行庶幾公之立言得以傳於後世然諸子序跋或謂其篤行根本以至性發爲至情而不汨沒於習俗或謂其政成言志可作報最之編則所以傳公者又豈僅立言之不朽已哉戊辰仲春族孫元濟謹跋

海鹽張賜采撰

笠晶詩存

族孫元濟謹署

海鹽張氏託上海商務
印書館用活字排印於
民國十七年四月出版

武原素稱詩藪而涉園張氏门才尤盛所謂前有敷演鏡暢後有充融稷曠代同符風流未遠茲讀竺巖詩而益信矣竺巖自幼嗜學工詩長而斐聲黌序試詩賦輒高等才名籍甚兩海间蓋其為詩也耳濡目染有淵源焉恬吟密咏有性情焉博取漢魏六朝唐宋有宗派焉具是三者而詩能無之體

不工乎余與竺巖戚誼忝屬鄘伊且有一日之雅敢更為竺巖頌努力壯年致身須早行見擁金馬上玉堂振 給諫之家聲綿橫浦之世澤此則拭者眼以俟者也竺巖為鷗舫小阮又俞潛山宅相也二君皆詩壇耆宿試以余言質之為何如

嘉慶辛酉四月既望松靄周春篹 時年七十有三

張頤侯詩引

昔韓子有云日進前而不御遥聞聲而相思盖以貴遠賤
近向聲背實爲文人之詬病也若迺一函叙意千里論交
苔情異岑桐能應石髙恵尋夢中之路李那馳江上之書
容契微言如石投水同方共術如豆合黄斯又知己之深
情非相輕之故習矣頤侯張君余友春溪之小阮也神心
妙遠雅思都長早鮮属文尤工索句齒漱蘭露襟披蕙風
著遊山之九吟和郊居之十詠留連花月揮洒性靈摩詰
髙情探木鉏瓜之外青蓮逸思捫松撫鶴之餘爱風骨之

高奇想音塵之遼邈隴坂祇言愁之什江雲有望遠之思寄我一編念君千里聽述祖之雅操不覺情移聆輔嗣之清言頓超神解訂敦盤之後約托毫素之深心君家自有嗣宗豈癡人之相惜當世非無伯樂寧真賞之終疏從此澄震聲音提擕標格步遺塵於前喆馳逸軌於將來所謂文章未墜必有英絕領袖之者非顧侯其誰屬哉嘉慶紀元嘉平月金匱楊芳燦蓉裳氏著

海鹽吾宗　涉園主人自　大白先生以下代有聞人其詩集〻卓然流傳者未易一二數　笠嵒大兄　大白先生〻六世孫也幼承家學即工於詩稍長者〻益篤家素多藏書沈酣其中廿餘年又從赤城胡氏假人借讀統籤稾本嘗效集唐詩數百首廷濟曾賦詩志〻此又自刪其稾存十〻三四以示其言情賦詠〻作固多新思妙句而海寧錢氏

捍海塘諸臣篇其言明以暢其氣閎以深尤深合於賦事之旨固有知其必傳無疑者吾家秋篁曾書海鹽志笠巖過予齋信宿譚話每和以唐宋人詩句輒能背誦不遺其根柢深邃如此則它日所到豈必更有進者而年屆衛武耄耋矍鑠吟詠安得丐我跋言使之附于雅林之末耶——庚申冬初弟廷濟謹書於八甎精舍

廷濟

叔未

黃門清節名園舊大傳芝蘭奕葉光庵画溪邊添庵畫卷與湖上詠卷

涉園有小庵画溪集中卷與湖咏卷與詩

與珊瑚文采本天成

元佳

碧海鯨鯢耀日明若把
青山高處讀祇疑謝朓
是前生

青山在海
鹽西南

小律二首題奉

竺巖大兄先生政

菟牀弟吳騫

憶昔名叔訪參商不相見屈指四五年旅跡滞
上念故人擊傳手札得識君面、廣文亦從皮腐
齋兼安硯朝夕叔過從日以殊縫〻嘗我宵
詩癡君溲吹箏檢示我琳瑯詞伏枕讀百
編寄興多慷慨作意出鏗鏘漸知蔗境甘
忽覺徵聲哀如列五音而頓使我自瞠技
沙以揀金去麩而存麵傳世後日疑題詞看
館藉深崇步後塵謬門許狂指

嘉慶癸亥春二月石泉弟紫源拜手

文學竺巖張君家傳

同里李聿求撰

竺巖張君諱賜采字顯侯世爲海鹽右族其先世詳其家乘弱冠補府學弟子員旋食餼累試於有司不得志年三十八鬱鬱卒其爲人倜儻不羈好詼諧見意所不可者嘻笑戲謔其人不能堪亦不顧藏古錢甚夥摩挲拂拭以消其抑鬱讀書極博於經則考其異同而辨其是非於史則尤熟於地志文嗜柳河東詩宗陸放翁於近人酷似查初白詩雖曾見賞於阮芸臺中丞卒格於例而不獲薦用士處今世舍科目無進身之階縱有異途之可循要豈竺巖所願哉竺巖既不見用於世不得已而託之於酒嘗飲余齋中席未終而竺巖已倒於地余挽之余亦踣余起再挽之則酒反湧而嘔每醉俟其自醒則不嘔醒而起兩手揩眼長嘯一聲出門狂奔觀者大笑嗚呼以竺巖之才不克以經濟之學取傳於世而徒以詩酒鳴其不平是可慨已身後屏當雜文不滿十篇其證經辨

史之作已散佚無存存者惟洞天福地志古錢錄笠巖詩集笠巖集唐共若干
卷余屬其從子秀野抄而傳之秀野屬爲家傳余笠巖忘年友也不敢辭

目錄

竺嵒詩存

海鹽張賜采　顯侯

詩意篇

少小讀國風比興意纏綿三頌和且平二雅體貞堅四始幷六義大雅已該全騷經託遼渺離憂浩無邊滂渟吐方寸雜佩采蘭荃蘅澤含生怨哀豔出毫巔大旨終納誨歸根三百篇渟古氣渾樸漢以河梁傳建安稍騁才茹吐致翩翩當塗破單行典午始排連金粉起六朝駢體抒藻鮮好濫多淫志輕薄弄妖妍風雲月露詞溺音成幺絃獨有陶彭澤高標義熙前其品既超卓其辭任自然譬居戰國中獨見鄒嶧賢此外寫景物好句陰何專庾鮑饒清逸風神差秀娟至唐振槖籥奧竅闢坤乾李杜相繼起筆力窮人天光芒長萬丈元氣相盤旋高岑暨王孟風流寡比肩從來西崑體格律殊相懸神氣去萬里華縟互爭先

徒然沸絲竹肉聲已久湮宋人收昔邋洒落袪塵緣大蘇如鯤鵬汪洋滄海間歐王亦擺脫吹氣成雲烟其他數百家本領亦貫穿意匠傷太嶄欲靜反喧闐乃知風水渙文章此生焉嘗觀近作手濫觴非一泉宗派各不同有若沙門禪余慙漆黑桶無從窺深淵憑胸且妄作笑此亦眞詮

海鸛歌

乙巳冬海有大魚從大洋至潮退閣淺不能去爲土人臠割一晝夜始盡計肉約萬觔黑色無鱗考廣古今五行記內載鹽官縣石浦有海魚狀與所見同土人呼爲海鸛斯魚其類耶爰作長句以識之

朔風翻海海怒號黑雲黏天天不高雪山無根千丈起魚龍爭舞淩城壕歲在乙木風神異大魚乘潮來此地高鶱頭尾不可量翻身旋見濤如沸考之昔日鹽官縣黑色無鱗名海鸛地之異同姑勿論泱漭潮頭今又見其聲如牛其形鮨枒然失水如俘囚任公奚藉金鉤餌越客焉能綵網收况乎鱗蟲三百六斯魚本是鯨鯢族胡爲天公譴若來致使居民臠其肉吾聞斯魚卽往觀皮肉割

盡腥風寒誰驅海隅彰顯戮當年空想黑蛟蟠吁嗟天道本好生底事斯魚遭斧鑕情知致雨無巨鱗殲魁恐混蛟龍質

即景

春光依舊滿孤城點綴山林景倍淸野日有芒村外白雜花無賴社邊明欲知天意終難問可喜人心尙太平聞道禦災曾有計樹皮草汁兩延生

饑民篇

皇帝丙午歲新正元宵初鄉間忽倉皇夜僦城中居云有白手子本是田間徒去年天亢旱其穫多空虛未冬食已罄苟延祇斯須遂謀標姓氏昂然競忞盱蟻緣爭上屋席捲無留餘鴟口索穀米蓄意搜金珠鳴官終慮緩官來家已無急事乏良謀暫雇城中廬滿載數十艘往來如飛鳧長吏初呻吟羣力相攙扶土兵及壯役覥面搔頭膚長繩與短棍遮護伺遠塗豈知飽食鳥翛翛尾畢逋

長吏久徘徊簇擁坐村墟盻視阡陌中踉蹌走村夫命隸擒之來加罪云非誣村夫見長吏有若豕遇屠哀鳴待刀砧孰爲辨賢愚豈知脅從人其類千百俱胡不殲巨魁舍狼姑問狐假饑跳若虎眞饑囚如驢觳觫跪堂下拳梏形凋瘵衙蠹食饑民紈袴妻羅襦里胥食饑民乘肥衣輕銖挾怨嗾殷戶勒賄爭紛呶十夫一長絢繫從到鰥孤求生反慘死婉轉任嚴誅傷哉遭凶歲異事良可吁

城南曉步

獨步古城南旭日散晴靄不知眼界寬反覺天光大鳥語碧叢中人行春草外此時氣俱清悠然心獨會

初夏

湖上柳絲已拂沙屋垣新籜漸夭斜夜來穿戶雲移月曉起翻盆雨送花細水驟添魚貼岸綠陰未重燕知家閉門讀罷離騷賦且試初烹顧渚茶

新秋

離離石逕傍溪頭雨後新涼逼早秋秋至莫嫌秋圃淡曉風籬落看牽牛

清明

惱人節序仲春天淡宕風光似去年楊柳不知寒食禁小橋又暖一溪烟

冶遊詞

撩人春色漫躊躕濃豔香凝樹萬株臉薄桃腮難閣淚猩紅一點滴花鬚

並誰索句對花殘雨灑鶯衣濕未乾怎許春光還自栗非關吹面柳風寒

霏微小雨咂迴嵐潑眼芳華倦眼探吾欲遍栽銷恨草試花開到石梁南

爭妍競麗雨中看那許豪情趁夜闌怪底花前狂小蝶雙雙移夢過欄杆

秦谿十詠

永安春泛

一葉扁舟樂湖浮瀲灩波萍堆春岸鴨柳映遠山螺爲愛水天好爰追高士歌
推篷人意爽酒舍隱芳坡

琴臺懷古

山水依然調攜琴到古苔濤聲洗耳壯松韻叶音哀聞道操絃者相期邑宰來
居人曾不察誤認伯牙臺

西溪塔影

西溪標一塔倒看綠波浮縱使機如潑偏能影獨留乍疑遷海屋還訝起雲樓
何必僧敲月鐘聲帶水流

金粟禪林

通幽紆曲逕草木驗春秋山靜禪皆定溪迴水自流天花隨雨落清磬出林幽
還羨西來意金風歲歲遒

紫雲山村

點點山村小陰陰古樹團雲歸栖古木雨過瀉層巒閒鳥啼花寂靈猿叫月寒秋容山盡紫不獨染楓丹

胥橋玩月

不盡英雄淚潺潺寫大篇至今留舊圮亘古話忠泉應嘆鴟夷子如登解脫禪月明添漲水渾似怒長川

石塘觀潮

噌吰潮有信能應石雞鳴遙島蜃舒氣幽宮龍暗驚恩沾廉使澤波撼寄奴城爲問滄桑事而今幾變更

雲岫合朔

古寺懸孤頂凌霄路不通萬山烟鎖翠兩岸霧開紅夜月潮初落朝陽馭駕空

並行原不悖海氣盪天風

烏夜村莊

一帶霞飛處暝烟積樹稠松杉盤古道雲霧繞寒樓給諫傳先澤家園憶早秋登高憑眺處佳景望中收

秦峯積雪

雪山蒐古畫夕杵動寒郵駐杳秦皇蹕詩驚孟浩魂幾堆遮峭壁何處辨天門代歷梅花綻潮峯驗旦昏

喜慶堂弟歸自山陽值雨後飲於捫腹齋中分韻得江字即席賦三十韻

笛送山陽客帆飛返海邦家園三逕好棣蕚兩情降小築喧堪避淸談語豈哤恍疑居北郭何異隱南淙院落風光靜郊原暝色蹤登高思縹渺望遠立跉蹤驟雨飛天閃將晴見水椿餘霞明散綺晚霽聽奔瀧逐浪魚多少銜泥燕一雙

板橋胸境淨空谷足音跫不減春臺樂奚須夏屋龐山房遮雪榖舫室度雲杠
簷掛能言鳥廊眠識字尨席珍皆磊落漁石亦崆峴邱壑心成癖峰巒勢可雙
意花殊寂寞託樹氣敦厖此地疑金谷開筵酌玉釭欣逢無白眼相憶有紅豇
對酒藏鉤巧催花揭鼓䃅傳觴皆暢敍品食異饞饞卜夜移芳席焚膏列燄釭
寶鑪香馥郁鐵馬響琤瑽桐帽侵蓮幕棕鞋踏蘚矼城隅初月上古寺遠鐘撞
笑彼山陰棹羞他赤壁艭何如開北苑相聚話西窗虎氣光騰上龍文筆自扛
揮毫舒錦繡吮墨咏蘭茳更讀離騷賦休塡水調腔竹居添逸興詩思到湘江
漁石山房觀丁香花
散漫吟懷久廢詩一簾淸景坐忘時可知昨夜瀟瀟雨扶起花頭數百枝
蕉窗
一望碧雲幽書齋暑氣收夢魂涼到骨風雨半窗秋

海上竹枝詞

青山曲曲水盈盈隔樹波光分外明一葉扁舟發何處阿儂家住寄奴城

家家水閣傍河居近種桑麻十畝餘聽說建南賈客到郎從乍浦販番茄

夕汐朝潮挈網歸橫塘寂寞柳依依春風海物偏多味三月桃花吐鐵肥

藍田白馬接香烟廟貌雖新不計年妾似藍田春種玉郎如白馬浪加鞭

巍峨勅海塑慈航坐鎮洪波不敢揚聞道鐵牛沉海底至今人說太平塘

海舟盡泊普陀西過得新年拜佛齊子午寒潮知有約從今不聽石雞啼

郎自乘桴儂索綯天涯海角緊牢牢潮聲夜半隨風急結伴揚帆釣六鼇

中秋纔過看潮忙潮水秋來漲白洋細雨蘆花孤棹穩保儂歸去拜龍王

海味由來貴及時分棕劈竹結絲絲儂居城北染紅網郎在塘南蹋白皮

高山流水憶琴仙臺沒荒郊鎖暮烟一片平沙秋色遠月明何處訪成連

納涼

何處堪消夏涼從樹底來瓜當辰日種蓮記午時開流水移琴榻奇雲入酒盃
綠陰繞亭館高臥隔塵埃

寄曹嘯岩陳潄石

空庭木葉下天高秋氣爽西風吹樹杪颯颯敲清響此時懷故人中夜勞夢想
漸覺商飈冷陰蛩鳴唧唧吟成字未安四顧與誰質新月作佳賓推窗延入室

秋柳次韻

蕭瑟誰堪落木天腰肢減盡獨凄然門前月墮人同老樓外風寒夢孰憐星眼
開殘初看雨黛痕蹙損曉凝烟柔情縷縷依稀在腸斷章臺伴酒眠
回首河干事已非赤闌橋畔畫眉稀鞭絲尙戀青絲拂僧眼難教碧眼依金縷
聽從他日唱玉花空憶舊時飛樹猶如此人何惜雙淚無端落舞衣

五花春日試金鞭何事斜陽秋滿天灞岸雪飛驢漸滑華林旗颭箭曾穿人歸南國今休矣魂斷西風總黯然無數亂鴉栖未穩月明啼過釣魚船

清霜一夜灑郊原踠地風流不復存渭北歌殘三疊恨江南夢斷六朝魂一灣涼月迷荒壘十里寒烟鎖遠村走馬青旗紅板路白波何處認離痕

和海昌俞潛山舅氏觀潮元韻

迴瀾三折向南方疊疊魚鱗儘可當撼地千聲驅大步橫天一線曳長牆亂穿塘脚驚蛇赴高捲潮頭怒馬驤此際襟懷眞曠達浩然意氣覺行行

馬頭烟樹憶高蟾自我來觀興屢淹篷席盡飛千里浪繡輿齊捲一時簾龍翻貝闕花噴雪日麗沙場井曬鹽正值太平波不起東南雄鎮兩峯尖

春睡

銀燭照棠仙沉酣午夜天月殘雙柳岸日上八花甎起任鶯催早遊從蝶占先

宿醒猶未解別院憶歌紘

陳鳳潘魚兩渺然傷心紫玉已成烟空房不敢公然淚暖閣春閨只半年

悼亡

捍海塘偶成

大海何蒼莽變態生倉猝積勢幾萬里澎湃始一發氣可吸八埏力能拔崷崪
迴瀾既浩蕩激湍尤溟渤當其恬靜時濁浪生渾浡長空駕彩虹滉瀁金波月
或見鮫人市或露水妃韈安期與羨門游戲常出沒泛泛星河槎靄靄蓬萊闕
戢戢黿鼉宮隱隱蛟龍窟相安若無事未敢施張獗俄焉起赫怒無邊吐蓬勃
四圍鼓隆隆半空雷揭揭鯨呿而鼇震醜類孰區別其鋒刮原野天地爲之掣
捍塘稍支撑恒慮被溢决安得括精銅鎔成高巀嶪我思武肅王射潮計良拙
又念精衛鳥銜石空憤切方今幸清宴波臣斂詭譎所賴磐石固延袤包邸垤

可忘坐嘯驚可免波浪齧庶幾居是邦永遠辭魚鼈

玉簪花次朱文圃韻

舌端昨夜吐青蓮小立瑤階玉皎然半股横翹分月麗一枝斜插入秋妍含情欲化飛瓊女解珮空歸姑射仙最是晚妝初卸後更闌猶自伴花眠

除夕

夜闌獨自對銀釭詩酒豪情兩未降收拾一年詩句好酒杯猶記賈長江

踏凍歌

雪深石裂天街凍滿徑濕雲黯如夢出門幾作臥冰人蕭條寒氣迎人中曉日初高凍不開一步兩步蹈蹶來芒鞋短笻行不得踦驅歷盡愁傾頹吁嗟天意何蕭索心自戰兢如履薄因思歷鍊識堅貞笑踏層冰曾赤脚

秦山懷古

晴嵐直上逼層霄古碣荒涼世代遙函谷弓刀千里破阿房宮殿一時焦空思
采藥傳員嶠猶憶鞭山撼怒潮贏得年年二月四海民香火未曾銷

杏花春雨詞

滿園春色雨中寒作意東風入夜闌小院無人花氣重一簾香霧曉漫漫
爛熳頻看錦繡堆仙根合是倚雲栽小樓盡日濛濛雨深巷明朝滿擔來
閒探花信莫辭勞葉葉春衣興自豪竹外小橋橋外店微風微雨酒旗高
深沉花雨曉凝眸靄靄山村霧半收一色霞飛春似海珠簾十里捲紅樓

雨霽後喜文圃見過

春波流澗急枯卉發條新久雨得新旭小軒來故人論歡多近古耽隱每忘貧
一笑空留醉甑中尚是塵

棹發和平港

輕舟蕩漾白蘋灘最喜和平路不難千股松釵巢鶴子一隄柳綫掛漁竿碧苔點點殘碑沒青塚年年古樹寒棹倚綠波歸去晚夕陽無限水雲寬

上巳清明

今日衆蘭節偏逢插柳時禁烟藏市寂曲水泛觴遲莫憶華林賦休歌汾水詩騁懷游目處此意靜中知

次徐天石韻卽以誌別

高情攬勝獨低徊繡口堪欽吐鳳才無日不吟青玉案有時共飲白雲盃同心愧我忘形切知己何人得意來春水綠波君又別滿隄垂柳似章臺

插柳歌

春寒正値禁烟令雨中柳色沿隄盛粥香餳白紅杏飛踏青繡陌東風勁柳絲輕颺麴塵寒千條萬條拂淺灘折得柔條約伴□茀簷遍插迎風乾垂垂綠影

蝸廬窄瑣碎日光穿牖隙莫愁飛絮黏人衣深窗獨坐凝寒碧

登鎭海塔

四圍烟樹俯蒼蒼幾許春愁盡入腸天外鳥飛平野綠日邊雲淨午潮黃孤城縹緲眞如彈大海空濛欲變桑到此已消塵世想不須鈴語說高王

登海昌城觀潮卽用靑邱韻

扁舟離故鄉一葉海昌息百里潮信通一水安坤德孤輿上城垣雙眸迷物色大氣扑鼇來高情陋蠡測烟光杳靄中四顧開胸臆此時浩歌者曠然超塵域俄焉雷電作潮起蛟龍國山光淡欲流日色寒疑昃天吳不敢狂波臣盡效職澒洞紫瀾翻屈曲皆通塞帆飛勢若駛舟攲危欲溺烟籠柳陌黃雲擁沙隄黑兩腋生淸風凌霄振羽翼

遊安瀾園歌寄主人陳蕉崖先生

天開名勝東海隅烟霞收拾通雲衢太傅文簡施巨手海波不見揚寰區恩祉如春春如海陰火不然陽冰濯晚來掛冠學黃石朝吟夕弄雲鬖鬖自從翠華幸臨安摩天巨筆揮宸翰詔築魚鱗百千丈從兹萬禩慶安瀾今年三月春光媚相約同人選勝致入門已覺境清涼況乃天然之位置山石犖确登濠梁水竹延清灑天章平泉綠野何足擬中有靈池蛟潛藏長橋幾折紅欄曲獨倚巖頭肆遐矚花明籬落映山紅雨洗窗前春草綠迴廊曲徑兩相逢十步九目開心胸羣芳閣外春偏好十二樓頭花正濃湘簾織霧鎖庭戶繽紛花落如紅雨春水痕侵碕石磯春雲影落天香塢竹深荷淨洗詩脾此意不許俗客知風流詎用催花檄怪底花信今何遲斯時幸有同心伴披襟共坐筠香館啼鳥一聲何處來似因促我詩情懶眼前百卉俱新栽小山疊石峯崔嵬姚黃魏紫猶未數玉盤已見瓊花開迴身迤邐穿巖樾木香靄靄當春發架陰滿地碧如雲橋

影合波圓似月振衣獨上翠微亭仄徑雨後苔紋青滿園佳景憑欄得欲寬眼界窮幽冥此是園中最高處俯視幽谷絕人語天風浩浩吹我襟貪看景色忘歸去吾家涉園雖蒼然恢宏遠遜茲林泉珠璣磊落龍文炳碑亭屹立深雕鐫一生酷有烟霞癖騁懷遊目忘朝夕借問知心如有情明朝再趁吟詩屐

遊安國寺雜咏

仙畫壁

眼底起烟雲斯畫何壁立我欲訪仙人移家近古歙

一步橋

一步眞堪步春流曲曲斜雨餘橋水漲漂出滿園花

應潮瓶

七寶聚精靈寒潮應子午誰將楊柳枝灑作人間雨

記時珠

果證菩提後光陰彈指中維摩消息透世界等飛蓬

登占鼇塔

天風引我上雲程景象空濛眼底生隔岸山光浮海出繞城柳色壓隄平潮驅十萬軍聲壯人出三千世界清今日鼇頭稱獨占春光宕漾勝題名

海昌憶舊

離愁脈脈思依依烟雨霏微染客衣記得去年人別處春熙門外柳綿飛

新倉竹枝詞

迢迢卅里赴新倉烟火魚鹽自一鄉舟泊小桐溪口穩約郎看賽捍沙王

三層綵閣盡花裝鼓吹春風寶蓋張有女如雲嬌不避一時齊立萬花塘

登尖山

登臨絕頂景平添聞道山尖山不尖柳色遥開沙岸闊潮聲亂奪海門嚴千重雲樹迷於越百里家鄉望古鹽落日滿懷催我下蒼然歸路笑遲淹

餞春日留别蕉崖先生

隙影催遊子高年合唤翁形忘詩思外春盡客愁中惜别經秋遠相思此日同音書長夏裏望寄海雲東

家園閒步

久雨洗園林曲水通幽渚春殘花落鬢日暖柳飛絮畫檻接山光綠陰藏鳥語斜陽入我襟相對忘歸去

麥浪

浥雨翻清曉臨風漲遠天沙鷗飛欲下一點沒空烟

四月晦觀海市用東坡韻

鴻濛一氣蟠太空古今變幻滄桑中三山縹緲望誰見秦皇漢武輕離宮今早蜃氣幻雲氣白晝奇巧奪天工高樓大厦纔倏忽又成貝闕驚魚龍當年詩紀登州郡得見唯有東坡翁吾鄉寒潮日夕打孤城氣奪黃盤雄每逢梅熟雲欲雨變幻時當四月窮頃刻山城横匹練朱樓畫棟光熊熊人生落落如漚泡此地豈眞仙靈鍾踰時晴霽雲影賦桑濃麥秀過元豐詩人少見多所怪不見樹頭懸青銅我來不用紛祈禱濯足萬里凌長風

楊柳枝詞次當湖朱雅山元韻

南浦風流別恨新青青又見柳絲勻如何軟碧輕搖曳不解迎人解送人

沿隄曉望淡烟籠綠遍平橋漾小紅記得河陽三百樹年年送盡浪花風

柳絮輕飛不放顛霏微花撲滿溪烟枝頭姤殺鶯兒語惱亂紅閨一晌眠

輕暖輕寒二月時東風翦出一枝枝連朝無那濛濛雨遮斷旗亭畫壁詞

別有離愁一萬重情懷贏得陌頭濃河亭盡日無人住遠色微茫憶薛逢
醉烟輕罩小紅樓怪底絲絲織別愁幾欲折來編作紙頻書恨字畫雙鉤
鶯兒鎮日盡情啼似惜楊花糝作泥春雨春風溪水張一行如畫板橋低
時向溪頭綰別離絲長絲短總參差年來莫怪無情思不唱楊枝唱竹枝

高漸離擊筑

易水咽不流燕山飛黃塵壯士從茲去奈此同心人悲聲一再發氣吞虎狼秦
明知事不就送以白衣巾

禰正平撾鼓

撾鼓復撾鼓莫謂堪我侮四座絕無人誰爲漢廷輔鄙鄔臍甫燃阿瞞復步武
火井不再炎撾罷淚如雨

劉越石吹笳

羌塵動地來孤城如卵累道梗外援絶兵民紛涕淚將軍意慨慷吹笳動羌思

千騎一朝遁忠膽注天地

戴安道碎琴

世人但賞琴不知琴中音琴碎心俱碎知音千載沉男兒重意氣不受權貴侵

寄語虞羅者鴻飛已千尋

哭帶鋤姪

每憶情相洽由來氣味親年纔逾二甲命竟殞三辛已矣圖成讖傷哉掌失珍

書齋空闃寂風雨獨愴神

北村

濃雲開谷口細路繞孤村漠漠炊生樹蕭蕭葉打門荒墩行客少古木亂鴉屯

薄暮秋風緊壚頭酒未溫

歸自北村

暝色催歸客蒼烟赴暮城月高人影瘦風緊雁聲清近市晚鐘起橫橋漁火明懸知門未掩稍慰倚閭情

嘯巖招飲桂花新釀卽席用東坡韻呈謝

叢桂舒芳釀酒盆淺斟細酌碧香渾杯輸芍藥鎔黃雪色勝酴醿倒綠樽明月頻添知己興小山屢召主人恩交情水乳神相契何日更翻醉竹村

桐臺懷古次漱石韻

古蹟蒼茫隱市闤芳洲一笑杳難攀鶴飛雪夜孤舟返人自清風兩袖還隙地空來焚諫草落花何處葬歌鬟十年霜雪城南曲慚愧閒居鬢未斑

舟中次漱石韻

客臥一船霜衝寒赴野塘月臨秋水闊夢入碧雲長抵足嫌無地吟詩愧擅場

由來多放誕莫笑白公狂

登千佛閣

琳宮鎮海甸傑閣涵平壤屹然如巀嶪高出百里上城河流縈帶野田包氛坱
入秋樹初凋烟雲猶蒼莽憑欄豁眼界心神頓開曠浩蕩凌虛意周覽任俯仰
下視康衢中紅塵深十丈我亦此處來俄焉登高敞靜觀欣有會隨遇卽寄放
振衣披長風琅琅塔鈴響

客夜示漱石

鄉夢兩難憑寒衾感倍增十年山霧豹萬里海雲鵬夜雨鐙如豆秋風簟似冰
懷人眠未穩此夕酒難勝

登乍浦城

獨上城垣放兩眸崢嶸景物蕩人愁近村烟火全依郭浮海岡巒半壓洲漠漠

野塘芳草遠蕭蕭紅樹白雲秋無端幾處悲笳起催落斜陽下戍樓

登陳山

振策危巒眼界空滄波半壁蕩洪濛雲間孤塔標東海鳥外輕帆走北風不盡

潮來天影碧無邊烟散日華紅蒼茫獨立吟詩句□□烟霞滿眼中

冬夜寄嘯巖

忽聞天畔雁聲落碧窗紗月色淡於雪霜威寒作花愁邊詩思遠夢裏墨痕斜

寄語陳思道相將惜歲華

夜坐聞笛

鐵笛仙人下玉樓梅花吹徹碧雲幽夜深寂寞一聲起苦雨淒風人正愁

歲寒雜感用少陵秋興韻

閉門潑墨寫雲林恍坐空山樹影森自笑老蛟潛舞壑空悲元鶴愛鳴陰披襟

每有淩霄志擁褐長懷捧日心半榻吟魂正愁絕不堪重聽搗霜砧

懷人無那玉鉤斜月冷紗窗感物華墮地空思留鵲印探源何處溯星槎粗豪膽落禰衡鼓感慨悲生越石笳況復樓頭侵曉起捲簾霜影正飛花

靜開峻閣對寒暉落木聲中詩思微吟到狂時長起舞興緣逸處忽遄飛一椽茅屋胸常坦萬卷遺經願未違莫放酒杯須痛飲白蘆岸落蟹初肥

宣城空賭一枰棋剩水殘山枉自悲落日秦臺雲散後西風隋苑柳凋時半天光引星辰上平地詩成華岳馳自問何煩知己者揮絃聊寫夢中思

不將疏懶傲青山架樹依林屋數間傍砌花殘歸水壑安巢鶴穩臥松關常淩碧嶂開生面一洗紅塵不到顏願奉玉皇香案吏追隨直上五雲班

蕭蕭塵世葉蒙頭白眼看人冷若秋長棄酒杯緣謝病不超詩句半含愁稻粱有意肥黃雀江海無情老白鷗聞道青雲聲價重龍門何日識荊州

鼎勒鐘銘百世功寂寥知己笑談中十年共聽連牀雨萬里誰乘破浪風勁柏枝撑孤嶺秀秋蓉色老滿江紅相期努力無餘事得失情懷付塞翁

歧路休悲草徑迤得時水暖化龍陂鵬飛滄海雲千里月朗中秋桂一枝寂寞孤懷驚日落蕭騷兩鬢嘆星移寒消漸覺春光暖佇看英名萬古垂

晚發海昌

日落暮山蒼扁舟發海昌岸移孤櫂月人卧五更霜世路寒如許余心笑底忙勞勞當歲晚猶自理輕裝

曉經硤石

輕舟硤石兩峯中歷歷寒星落短篷樹影中流蕭寺月雞聲茅店野塘風烟迷喬木藤蘿翠霜壓禪房柿葉紅整頓孤帆且歸去夢魂猶逐曉雲空

大雪日微雪用東坡聚星堂韻

朔風響徹空林葉密雲不雨天釀雪樓頭寂寞一詩人吟魂簾底正清絕忽憶去年大雪時肌膚欲裂指欲折傳聞奇事遍長途屋上馬蹄跡不滅或云秋水見災祲太平敢有蛟龍掣今年天又佈彤雲欲雪不雪眼生纈有時三點復兩點宛若紫府飛瓊屑衝寒獨踏凍雲開凍雲一瀉光如瞥但願明年麰麥熟嚴寒莫禦復何說斯時且尋梅花去梅花如雪枝如鐵

喜仁騶姪歸自滇南時曉占兄尙在滇故結句及之

帆帶風烟六詔飛故園松菊久暌違十年骨肉書空寄萬里關山汝獨歸錯認鬢眉侵雨雪久思少壯戀庭闈劇憐薄暮高堂上白髮誰傳戲綵衣

次吳郡沈東田棟新葺小織簾居四首原韻爲巴蘅臯汝炎作

相思遙隔水雲關木石幽居定不頑家業織簾書萬卷先生高臥屋三間錦帆涇遠頻洄溯香水溪長任往還自是新詞誇八詠結廬奚必入深山

潔淨由來似繭窩萬花叢搆海棠窠案頭雪亮奇書集座上風流逸興多疎豁
文窗皆窈窕淡虛紙閣不偏頗堪欽研席談經處擬向東林載酒過
虛室空明寄此身閒中靜裏養天眞斬新粉壁環三面依舊雲山作四鄰夢到
騎鵬誇吉慶佇看馱馬煥絲綸激昂自是干霄器莫學羲皇以上民
翩翩賦竹自吟安不耐優閒誦涅槃謝砌班窗容我到虎邱鶴市任人看詩書
半榻長松靜烟月盈庭夜氣闌一紙永明佳製在愧予學頌比斯干

紅梅步朱醒莽夫子原韻四首

東風昨夜染芳林休聽江南笛裏音帶雪數枝添醉纈向陽幾點逗春心曉霞
晴擁千山麗夕照初沉一徑深疎影暗香依舊在前村容易月中尋
玉骨珊珊七尺玗應從紫府鍊成丹非無媚態堪爭豔爲有冰心尙耐寒仙杏
猶遲牆角出山茶並向雪中看芳姿不是嫌孤瘦生恐淸高入世難

爲愛名花獨翦茨聳肩吟到酒闌時未能拔俗還隨俗且減冰姿逞豔姿一片
月華添瘦影十分春色凍寒枝底須傾國標香海流水空山也自宜
出世風流壓衆芳橫斜老幹洗春光朱欄仙去留餘韻絳帳人歸破曉霜醉聽
紅羅歌豔雪嬌憐黃額點新妝從今不作師雄夢赤脚尋來別有香

送醒莽夫子教授台州

春風杖履溯師承愧我龍門價未增玉海難教蠡志測紫陽又見鶴書徵才歸
黌舍文章聚道重經筵意氣凝翹首天台無限意越山是處影層層
南浦銷魂總黯然綠波迢遞一帆懸星星雨細梅花驛翦翦風輕竹葉船異地
別愁抽似繭隔江春樹淡於烟到時絳帳清閒甚千古高懷揖鄭虔
六潭山下著書簾活水源頭妙緒拈公意辭煩甘就簡我儕耐冷不趨炎括蒼
洞隱翠崖底太白堂高華頂尖贏得風光比東府詩成聲價重師嚴

涉園雜詠

帶笠入深巖雪亂梅花影坐久雪滿山香助書齋冷

右笠雪觀梅

山色似雲飛春潮如雪湧濤響入松風靜立神還悚

右松坪望海

不數山陰路流觴泛醁醽如何千載下只是說蘭亭

右曲徑流觴

滿地堆綠雲淸風驅炎酷晝靜竹翛翛垂簾生意足

右樸巢避暑

溟濛幽谷暗曲徑鎖寒煙夜雨洗秋竹窗中人未眠

右吾槎夜雨

荷花香不已香漲水平岸出水照紅衣參差人影亂

右花津荷香

春風臺上花春色雨中晝花落雨晴初常見晶簾掛

右杏臺瀑布

日落波光淨垂綸萬慮無此中有眞意如坐輞川圖

右可漱垂綸

一徑入叢林扶疏積寒翠花雨久無聲何處忘機地

右翠深梵音

風雨起中夜吹殘天半濤起看山月小斜掛萬松高

右半閣松聲

窗南翠潑山窗北樹如玉亭亭玉山中頹乎傾醽醁

右攬翠玉蘭

曲折迴廊靜亭虛面面池深沉花木暗明月坐來遲

右虛亭待月

雨霽後偕友北郭探梅

春來陰霾雨廉纖丁眈不絕滴茅簷欲破岑寂竟未得閑置小閣下鉤簾忽然東壁照新旭天宇空青開鏡奩似惜早梅初綻蕚憶之不啻痁求砭晨炊未熟姑舍是急繫蠟屐勇前瞻北郊石路尙濘滑彎環微徑沙苔黏我與好友迤邐入烏帽瑟縮衝寒嚴憶昔尋香踏雪來頗愛此花看不厭豈料逡巡重到此饞客未免思貪饜蒐羅郊坰意未足密打僧廬探幽潛俄見草坡遠風拂觸鼻香氣來漸漸虬枝瘦影更錯落三三兩兩倚村閭疏斜整散各有態乍融冰雪凝朝暹拆苞數朶未全放半靨倍覺精神添欲抒復斂吐芬馥絳蒂出染鬚猶箝

淺含深暈兩瀟洒默憩相對心爲恬因思爛縵當奇絕翻恨來早未盡覘天晴
一碧浮清氣偃仰聊復晷刻淹潺潺碧水繞松根細藤紐樹垂紫髯嬉遊隨處
便佇足坐看來往如郵籤登高快覩遠巒出微茫一角浮青尖拂衣緩步歸城
壕吳吟率口徒呫呫自憐生平不喜俗出門清爽入昏憸偶滌煩寃發深省胡
爲瑣屑籌米鹽祇恐梅花還笑我大浮白酒酬銀蟾

海上

大海轉洪波雲天奈遠何日高漁市集潮滿客帆多白沃空傳馬青山覆似螺
琴臺人不見千載尚悲歌

橫塘閒步

萬象橫塘集唯餘靜者經屐侵沙路輭風挾海潮腥鹽曬人開井茶香客過亭
不知雙足健踏破數峯青

登秦山絕頂

天風時引兩眸寬直上芙蓉壯大觀萬里潮聲驅白塔千山秋氣接黃盤豪情縹緲干雲上野色蒼茫入暮攢吟罷更尋投策處四圍煙翠逼人寒

寄呈潛山舅氏

春雲靄靄舒春空春潮灔灔宕春風羣山合沓英靈鍾中有詩人潛山翁居常吐氣如白虹渾然此胸有化工憶昔觀潮筆陣雄長城屹立孰敢攻效顰徒捧東施胸況余賦質更凡庸識翁之時春方濃風流滿座接譚叢眉飛目舞光融融有時放筆開愚蒙令人展讀聲玲瓏擕歸百讀不厭窮風迴落日春潮紅精靈直與騷壇通乃知鴻才夙所宗瓣香獨爲曾南豐歸來應笑事匆匆恨不縮地時追從今朝天雨更冥濛令人慨然託鱗鴻側身末技愧雕蟲孤吟聊以寄詩筒欲識相思東海東伯牙臺畔松風中

春草和漱石次木威道人韻

花放緋紅柳放綿滿隄景色故依然微波細雨憐三月野火春風又一年古岸不愁荒澤畔空庭隨意長階前浮光莫辨遙天碧似有如無接遠煙腸斷郊原眼界空平蕪入望影蘢葱青穿硯北簾千桁綠滿窗南地一弓凝碧遙連春水渡含煙直接翠微宮那堪蹤跡渾難住到處青青獨舞風莫憶秋風滿塞黃且看春暖柳絲鄉低鋪綠褥人人醉輭襯青驄日日忙輕靄有時迷拾翠夕陽是處爲薰香南湖一種撩春恨無限情懷萬里長韶華負暖氣包羅昨夜東風滿澗阿淺傍綠波春岸闊暗埋紅雨落花多詩情且莫追靈運種植奚須藉橐駝最是魂消南浦外傷心一碧更如何

謁陸宣公祠

時危注意將時平注意相將相一誤用賢者空悽愴我謁梓里賢慷慨發高唱

李唐寵奄豎藩鎮復驕亢公出持其危用慰蒼生望德宗苟倚重貞觀不足兩
先時楊與盧流毒使禍釀賊泚乘勢起烽煙逼主鬯倉皇幸奉天六軍惄無狀
公草罪己詔涕泣到厮養九廟委兵火黎老淚相向既營瓊林庫用充大盈藏
遣將求內人復思尊號上非公抗疏爭天下增惆悵移軍挫懷光兵機何曉暢
一朝返長安紛紛肆讒謗不得陽城力並無忠州放嗟哉飛鳥盡良弓奚足仗
東海水不枯南山石空仰精靈卓千古遺烈邈難尙

贈漱石

幾日茅堂許論詩挑燈促膝坐遲遲畢家酒甕錢家瑟爲問情懷若箇癡

秦谿道中

遠峰環繞水漣漪人坐中流棹獨移水郭青帘村店酒山谿紅葉板橋詩偶隨
鷗鷺忘機去卜得煙霞入望時他日結茅容占此谿光最愛影迷離

漱石有窀穸之舉詩以慰之

讀書馬足未知數豈復營營辨世故漸看人事生矯激感慨生兒何必富富兒
高貲擁租屋不向邱隴捐尺土游宦天涯載滿車故鬼桐棺久暴露當時楄柎
求窀穸只有貧兒葬獨舉貧兒勤事手口瘏富兒掉頭不肯顧漫道富兒如路
人路人猶有脫驂賻

月夜寄嘯巖

孤館相思夜寥寥靜閉門聞雞空自舞談蝨不堪捫風疾燈光亂霜高月色渾
詩成還獨賞清況與誰論

玉馬簷頭和丁零最可聽夜光浮戶白寒氣逼燈青春水懷南浦秋風憶洞庭
屋梁空有影曉色已冥冥

雪後重過秦谿

油然碧水共雲浮畫舫重移杜若洲數里亂山迎故客半谿殘雪入孤舟淸流人影空中淡薄暝煙容樹裏稠爲問滄浪垂釣者忘機曾否到閒鷗

寒齋

霜重月痕高寒齋酒與豪醉中狂未得不敢讀離騷

寓齋夜雨懷社中諸子

殘年急景客愁攻況復嚴寒斗帳空幽閣一燈形共影夜窗孤枕雨兼風寂寥知已狂名在落拓生涯境地同更漏緊時鈴柝切聲聲併入寓樓中

酬顧嶺梅開先次元韻

卓犖是人英才高四座傾憑誰稱勁敵制勝出奇兵食蔗有佳境垂簾無俗情讀書臺畔路相望若雲程

從軍行

鐵甲霜明寶劍長旌旗獵獵捲星芒男兒不向沙場死誰信千秋俠骨香

飲酒

貧士不飲酒毛骨太清寒一壺祛俗腸再壺生歡顏雅量固蘊藉小戶亦殊觀天和腴其中宕然人僞删皡皡羲皇淳太古出心肝而我於斯時亦復共安閒世間惟此味換骨敵金丹臨風欲冲舉始知仙非頑

素性愛獨酌劇飲頗不屑倘逢知己來對舉亦歡悅提壺手頻勸玉色揚芳潔客去尚徘徊臨風致清逸天地一酒壚不飲眞俗物華屋豈久住人間一蟻垤余心正悠遠浩歌與酣適緩斟花影下悠悠送孤月

贈蕭績堂 書勳

靜觀萬類刼塵灰獨喜春光到眼開小鳥若魚穿水疾亂雲如獸出山來人從定後當思過事若成時莫浪猜未破愁城君莫慮酒狂贏得掃氛埃

送友人北上

風雪渡黃河中流自在過波連星宿遠山入岱宗多日麗關門迴雲開殿閣峨
知君才可用努力莫蹉跎

送漱石遊豫章

極天風雨滿征鞍無限離愁此日攢客路有山皆勝境吟懷到處壯奇觀浪翻
彭蠡三千頃雲擁匡廬五百盤預約隔年期定否綠波春草正瀰漫

送銘勳姪 錫三 入滇扶始堂兄櫬四十韻

縹緲春風起驪歌試暫聽嗟余常落拓爲爾歎飄零黃卷綿先澤靑氈倘典型
琴書茅屋靜風雨紙窗扃志大寧題鳳才高愧識鷗英聲霏作屑浩氣激爲霆
親老淹殊域雲深望絕陘功名何坎坷家業更伶仃詎意風能驟偏令樹不停
廿年虛陟岵萬里又流萍放眼天光遠凌胸日色熒一肩行李月幾點道途星

古木鞫輈叫橫隄躑躅馨亂山朝霧白野店暮燈青憶舊悲紅板懷人上翠屏
路歧休縱馬波險莫揚舲驛舍催殘雨韶華感落蓂不妨車指路時見雁棲汀
尙喜蒼頭健能無黃耳靈興來詩作伴愁到酒傾瓶且漫歌楊柳還堪賦鶺鴒
銀匙寬旅食玉樹茂家庭慈母未衰邁荊妻猶弱齡友朋皆克己弟妹漸成丁
未得麒麟種高翔鸛鶴翎諸親誰仗俠癡叔愧書銘此去愁中景都從淚裏經
渡殘雙隻堠歷盡短長亭五華鍾靈秀昆明會滙瀠到時須擇地是處可忘形
昔憶離離雁今同脈脈螢逢人如意氣與我問康寧寂寞休彈鋏飛騰待發硎
劍光衝北斗鯤勢起南溟故國山河隔他鄉草木腥及期迴桂棹努力返雲軿
別調人誰和哀音汝細聆那堪波淼淼況値雨冥冥遊思隨芳草離愁對綠醽
當筵拚却醉莫放夢魂醒

春雪寄賀吉人 履謙

生涯一曲鏡湖寬狂士偏登李杜壇小閣喜逢村酒熟晚窗同對朔風寒錦囊於我常抛易春雪如人欲聚難貧病不須愁似繭由來閉戶有袁安

雨霽登南山懷潄石

鎮日歎愁霖孤懷衹自吟夕陽留半壁殘雨滴重林眼病逢山豁雲歸傍谷陰故人江上遠惆悵獨登臨

同石窗登南城樓即次元韻

萬里風煙春色浮城高天迥兩含愁茫茫白海時侵岸歷歷靑山半入樓四望濃陰開繡野一腔浩氣逐寒流與君盡日登臨處笑指南園足臥遊

玉菴老樹歌呈雞窗

尋梅漸入北村路忽向玉菴得老樹蒼然古色偏槎枒礧磈蟠根異態具初疑小徑積峯巒怪石枯株相交互幾層位置頗嶙峋歷落參差有佳趣細觀乃知

樹璊珊出土便如山脚布宛若堆砌㙮名手分擘玲瓏稠疊固其上贅癭約二三大如蹲獅小如兔由來樸樕本尋常竟以不材逃刼數世間好物各紛爭似此醜質無人顧我同雞窗共叫絶有若太古之人相把晤但願此樹千百年不遇兵燹長保護綠葉繽紛照春煦

猛虎行

空林颯颯腥風起倉皇百獸藏山裏南山猛虎突如來不在深林在城市公然橫行踞我堂狐假其威爭跳梁金瞳閃爍光不定欲思一擊反恐傷白日欲沒奈爾何倀魂且莫導前路何當有日爪牙去猛虎雖猛奚足懼

寄懷漱石同吉人作

飛花飛絮滿寒汀憶昔江南長短亭一路好山供去馬幾林疏柳掛殘星高堂有母頭應白客舍逢人眼孰青寂寞情懷惟我在等閒聚散似浮萍

得漱石江西書用大復韻

開軒忽報豫章書書內芳情獨起予知己十年同社在故人千里隔江居暮雲春樹渺何許落日秋山愁自如贏得離懷容易起瀟瀟風雨滿寒廬

秋夜

萬事酒消磨更深驅睡魔孤吟清况坐不寐奈愁何竹影月光碎秋聲蟲語多劇憐深院裏高枕且狂歌

靜况

靜况滿空庭好是幽居者纔試半籬花秋清一蝶下

溆川曉發

夢破五更煙輕裝發溆川孤城殘角曉獨樹斷崖懸愁思横滄海奇懷入遠天佇看初日上秋色落吟邊

夜遊高士湖

落日蒼煙起暮愁欲追高士渺難求橫隄浪隔中流樹懷古人移獨夜舟寒水月臨天地闊亂山泉帶雨風秋莫嫌靜況無知己孤與偏宜載鶴遊

送許芝庭廷墀入楚

送君南向穆陵關無那西風對别顔自古江湖孤客老只今詩酒幾人閒洞庭葉落澄秋水湘浦雲深隔遠山行矣星霜須努力成名莫使鬢毛斑

懷銘勳姪

秋林蕭瑟半村黄雨雨風風夜正長杯影空涵滄海月劍光寒落薊門霜情隨舊夢人千里目斷遥天雁一行聞道别方山色好登臨何處望家鄉

涇塘道中

春風颺片席七里到涇塘古井泉何淡豐山石半黄曠觀心自得放棹興偏長

此地如堪隱奚須勸客裝

白桃花同陸溯川顧源作

雪影曉來繁春風倚短垣人情誇爛縵只説武陵源

次韻吉人移居

瀟灑新居勝舊居得君高雅更誰如瑤篇示我從頭讀錦字逢人信手書城曲夕陽低古廟柳橋流水繞寒廬蓬門清靜堪高臥莫向柴桑憶故墟

桑柘陰陰數畝寬劇來知已足盤桓生涯倘可尋孤况境地何妨處萬難疏豁文窗排鳳尾紆徐曲徑種雞冠幽蘭自是甘空谷不傍朱門十二欄

哭吳凝仲本貞

芝委寒林竟絶塵心知爾我向來眞死生恨隔三旬別童稚情思十載親海國秋風悲斷雁萱堂夜雨泣斯人最憐詩畫稱雙絶相對爭禁淚點頻

潡川歸去隔鄉關凶問驚聞若夢間顧我有懷空白日哭君無句到靑山往來
竹屋成虛願談笑書簾憶别顔一事更教人莫及隻身全受竟全還

喜潄石歸自西江

正憶故人稀喜聞君乍歸春風催客騎行色滿征衣詩酒情猶壯江湖計已非
今宵燈影下相見話依依

偕潄石過吉人書齋

風雨掩雙扉幽尋願未違相思知己共此意俗人稀古廟雲長抱寒塘葉正飛
書齋須對酒爛醉兩忘歸

先人週忌日示弟輩

空堂風雨起無端此日遺容忍獨看匝歲持家愁兀兀中宵哭父恨漫漫言能
切己寧辭直事到當頭欲罷難只恐九泉心未慰秋原珍重脊令寒

石泉道中

瑟瑟西風卅里遙斷冰殘雪未全銷滿溪流水西南注行盡寒塘十八橋

紹興石經一百韻

河洛苞符洩圖書萬古昌結繩蟲鳥始雨粟鬼神彰邱索兼墳典唐虞迄夏商謨猷昭郁郁史册煥煌煌慘被秦皇火殘留魯壁藏炎劉歌復旦帝運喜重光虎觀參同異鴻儒互贊襄書讐天祿向字問子雲楊石刻名由肇經生義乃詳風流沿魏晉時代閱隋唐宋室眞人出思陵御藻香中興勤惕勵南渡歎倉惶幾務偏多暇憂勤且未遑酉山搜版牒乙夜覽縑緗講幄延名宿瓊筵仰素王格言師亞聖列傳寫汾陽勤似然薪畢勞同鑿壁匡右文崇太學校籙入春坊根柢榮經笥菑畬茂墨莊珠簾垂太室雪案擁明堂虎僕珊瑚架鸞章玳瑁裝五車酣麴蘖六籍足笙簧握管螺膠漆臨池兔飽霜韭花斜挺秀薤葉倒垂芳

靜几摹飛白晴窗搨硬黃書常珍內史工可軼中郎翰灑宮闈擅觚操憲聖良
擘箋登閬苑應制出椒房贊禮摯瑤爵凝庥兆績筐母儀輝廟社坤德冠嬪嬙
不買千金賦還羞半面妝探籌符月夢補袞織雲裳繭紙烏絲畫仙才玉尺量
破書千萬卷下筆十三行瀟灑玲瓏腕聰明錦繡腸揮來傳左右辨處莫低昂
勁比雙鉤麗柔如百鍊剛聯珠仍足貫合璧恰相當貂尾休嫌續蠅頭那可方
因之垂女則足以輔乾綱詔詣臨安地工鳩朶殿傍大成宮縹緲首善閣飛揚
堂自開三禮碑還立兩廂片言嚴斧鉞一字固金湯東壁相輝映西園共頡頏
亥寧愁作豕璋豈誤成麞考證求無舛依歸卜允臧標題全卷帙鄭重等珩璜
建閣猶思趙鐫珉每憶張硃砰與大匠結構度洪樟楷隸追程邈勳名埒單颺
形聲師急就體製辨凡將追琢疑懷瑾磨礱比截肪籀偕周石鼓篆類漢銅章
模範輝盧牖英靈照畫梁巍乎華岳峙燦若日星芒慨自金元後嗟隨犖确亡

眞伽謀毀巧廉訪力持強謬入看經社幾登選佛場塔中埋琥珀柱下損琳瑯
零落誰收拾艱難孰備嘗靈威徒想像宛委更蒼茫碣並之罘古碑偕岣嶁荒
斯文遭散佚吾道孰維防大雅吳盧作同懷瓦礫傷摩崖沉露草斷碣雜風篁
攬勝繚而曲抒情慨以慷奇搜荊棘岸蹟探有無鄉漫漶尋遺址遷移嵌峻牆
階驅頑贔屭瓦覆錦鴛鴦突兀排屏嶂嶙峋炳廟廊典謨欽伏勝風雅溯毛萇
孔孟微言在羲文卦義長中庸延道脈盲左衍麟祥摹勒功誠鉅摩挲典未忘
如披羣玉府宛坐曬書牀摒擋依然在傾攲庶不妨遺徽頻領略餘跡共瞻望
彝器留爨序儀型遍上庠森然環壁府美矣耀錢塘顯晦時爲主升沉理自常
人來勤拂拭讀罷每淒涼黨籍鐫元祐軍功紀靖康冬青枝闇淡杜宇淚淋浪
晝學招多士宮詞仰上皇江山留半壁翰墨積千箱此事關興替其中判聖狂
有經皆入庫無石不成倉華闕昭天水豐碑鎭古杭名山存副本祕省貯縹囊

出入觀如市周迴列似罔陸離圜數仞呵護奠中央湖淨涵明聖峯靈毓鳳凰
橋門圜濟濟泮水樂洋洋雲路心尤切瓊林願未償截蒲爭黽勉編柳效劻勷
待詔趨金馬同文到白狼龍蛇精八體書翰備三蒼玉館包羅富芸臺檢討忙
太平文治盛教澤被無疆

題朱氏墓

吉壤從天定牛眠毓秀靈墳高藤盡紫地暖柏常青作合來風雨貽謀式典型
一編遺跡在千載姓名馨

過朱午亭豐村莊

到此塵懷迥碧空田家景象畫難工板橋春水浮陳步古廟寒林賽魏公把酒
筵開賓是主談詩窗冷雪兼風他年若許團茆住共釣金鈎一曲中

雪夜與午亭話舊

千秋詩酒話春宵翦盡西窗燭幾條醉後鄉愁渾不覺滿天風雪宿斜橋

留別午亭兼示其弟春樹恆

信宿故人留懷歸祇自愁鄉城懸十里兄弟送孤舟古渡明殘照春橋鎖亂流

中秋重有約步月訪林邱

偶成

羣山爭高低明月有圓缺如何世上人見面分涼熱夏蟲莫語冰秋蟬焉知雪仰彼後凋心胸懷抱孤潔

平湖晚發

平湖閒放棹風景足農家水碓轉村犢秧田鳴亂蛙客懷悲落日詩思淡餘霞更憶迎涼處荷開十里花

上河

上河秋水貼雲平終夜寒塘絡緯鳴回首月明煙不斷推篷又見半山横

湖上遇雨

芙蓉三面好躋攀彈指蓬萊去海間雙鬧奔流秋減水半湖奇景雨藏山亭横煙際鶴初去舫繫橋頭僧未還不信蘇公成絕唱空濛佳句壓詩班

步登天竺

白雲堆裏最高巔行脚來參大覺禪竹木千林沾法雨峯巒萬疊擁香煙凡心滌去清三竺佛界登臨又一天我欲慈悲歸淨土出山底事有飛泉

韜光徑

振策韜光徑崎嶇別有天雨昏滄海岸風送落花泉古刹横雲際閒亭到眼前半山聊憩坐石磴獨忘年

韜光菴

獨凌萬峯頂俯視若登天修竹迷蒼霧空山響細泉湖光明樹杪塔影落窗前為訪遺蹤事青氈憶昔年

登北高峯頂

登塔必造尖登山必造頂夙昔好入山胸懷頗高迥其月月在酉其日日在丙獨上北高峯飄然興愈逞非無同志者疇能惠然肯餘勇竟不賈孤懷亦莫並白雲起足底倐然塵慮屏石磴走千盤山田横萬頃隔湖開南屏蒼翠搖圓景金城十萬家擾擾如飛蜢元氣渾江流寒潮驅雪嶺迴看來時路縹緲成雲境重湖壓碧隄吳山插青影雲海浩茫茫風吹天籟静

過五柳居

細柳蕭疏湖上村提壺聲裏客攜樽分明往夢來尋後曾到山坳叩此門一棹乘流雨未開王維畫裏舊亭臺秋容滿眼心如醉直把西湖當酒盃

岳王墳

南枝高塚自年年不到黃龍恨不塡寃獄埋鎚猶吐氣墓門鑄佞有誰憐家傳桯史千秋筆寒薦銀瓶一勺泉今日衣冠憑弔處青山無際水無邊

和靖墓

行行峯麓入幽遐爲訪逋仙跡未賒涼露暗滋荒墓草碧苔黏盡古碑花地鄰青塚埋香蹟雲起孤山帶晚霞回首西泠橋畔路綠波是處暮煙遮

巢居閣

梅荒三百樹鶴老一千年尙有前山閣巢居憶昔賢

冷泉亭

亭藏千嶂裏心入一泓清誰是忘機者灘頭可濯纓

訪小青墓

玉碎香銷何處歸西泠橋畔是耶非秋月冷煙杳不見芳魂千古空依依身前錯認三生路身後猶憐一抔土幽怨當年鬱未攄白楊風急蕭蕭暮

北山路

湖畔小舟停扶筇到翠屏水流青壁檻花落紫薇亭靜愛峯巒古陰看草木靈不知身是客幽興每忘形

中秋後二日月夜隨鷗舫伯暨績堂蘅皋遊西湖

西湖秋色何斕斑尋詩每恨天緣慳夕陽忽落碧雲合滿湖水氣藏煙鬟段家橋頭憑風坐共看月出東南彎恍若水銀瀉滿地空明蕩漾搖塵寰卻憶中秋月更好孤賞常苦隔城關今夕清輝幸未減一輪飛上寒山間更喜萬里雲盡捲依然突怒山巒環就中蕭史發奇興約我夜遊辭躋攀喚渡更偕巴敬祖大阮磊落拘牽删舟子打槳破霜鏡煙水一碧銜潺湲斯時重扶殘醉去舉杯邀

月樂且般況聞三月印潭底泠泠寒氣逼蒼顏惜哉皓月未卓午銀河欲墮催棹還歸來湖樓坐待曉貪看景色類癡頑須臾月斜天欲曙鐘聲遥起南屏山

紫陽山頂

白雲縹緲起層巒歷盡崎嶇壯大觀城郭下臨雙眼闊樓臺高出一峯寒江流曲折成之字山頂巍峨鎮坎壇寂寞紫陽遺跡杳不堪憑弔夕陽殘

吳山第一峯

何處碧巉巉峯頭景不凡雲深瑞石洞泉落感花巖山聳明湖小樓高落日銜米顛濡大筆字蹟尚鐫劖

萬松嶺

四圍雲霧冷侵裳萬樹高撑蔭女牆一路陰陰蒼鼠叫晚涼空翠落殘陽

錢塘江

偶向臨安一住鞭樟亭回首思蒼然越山雲淨沙如雪吳地春歸草似煙十里晚潮孤客櫂半江殘雨夕陽天島門滚滚波瀾捲鐵弩三千倘憶錢

雲棲寺

泉聲一路響山隈翠竹參差繞徑開惟有閒雲棲最穩不隨流水出山來

喜芝庭見過

澤國西風起暮煙相思人到正欣然江湖作客空過日衣食隨人不計年海角離愁懷夜雨霞關仙路返秋天他時卜宅偕桑梓好與高齋結靜緣

冷露中宵溼桂枝挑燈相對兩情知與君一夕談前事愧我孤懷異昔時鄰寺霜高鐘韻起小樓月黑雁飛遲來朝同泛西溪棹莫向樽前唱別離

舟泊洛溪

小榜斜陽外柴桑入畫圖橋橫三板闊廟倚一松孤葉落秋何靜村虛徑自迂

田家風景好曾許結鄰無

登更上一層樓

危樓百尺聳雲梯是處秋光入望迷高下稻田環洛水東南山勢控華溪振衣人快三層上插架書藏萬卷齊今日登臨豁雙眼奚須巖壑好攀躋

洛水道中

西風蕭瑟暮秋天行李輕裝一葉船行盡洛溪三十里夕陽小市入斜川

寒塘晚歸

寂歷寒塘一水通天清人影落波中燈明蟹籪懸秋雨棹趁魚榔鼓晚風村酒有情消積慮客舟無定感飛蓬匆匆又掛歸帆轉回首殘霞隔海紅

夜泊斜川

薄暮斜川道扁舟宿葦花辛田秋後熟亥市月中譁橋鎖西南水村連百二家

鄉心正愁絕孤雁起平沙

寄漱石

秋水落池塘秋風散林樾涼氣一蕭疏中情減鬱勃男兒重意氣不受時顚蹶
含沙巧射影蜀犬好吠日相賞少知音相逢無傲骨知己在一方窮居各兀兀
雲樹繆山川相思寄溟渤寂寞竚空庭肝膽照秋月

寄芝庭

秋深曾訪白鷗家黃葉林中一水斜入港板橋圍柘樹隔溪村店傍蘆花樓頭
讀畫消淸晝渡口尋詩憶晚霞一自與君相別後歸來猶是夢窗紗

送望雲兄赴鉛山之招

正憶離愁苦諸兄半出遊如何同室者又上遠行舟家事常相累輕裝欲繫愁
客囊倘無恙歸計莫遲留

聞道鉛山宰飛書肯見招歸期三月約音信一江遙目送他鄉遠心懸歲暮焦

弟兄今又別愁聽葉蕭蕭

寄海昌鍾箬溪 大源

高臥空牀結靜緣天才如此倍堪憐名標詩國東南地病入愁城十六年放棹

晚風蘆岸月懷人秋草華門煙伯牙臺畔離居久爲憶知音獨鼓絃

箬溪題予秋鐙課弟小影次韻奉酬

相契結金蘭相談辭瑣碎相見即相離相思勞寤寐高館每停雲關河隔百二

忽傳佳句新異地有同志兀兀破愁城便便欽腹笥何時近吟榻聯句問奇字

人生天地間俯仰求無愧靜寫讀書圖雅淡人所棄惟君品題眞予亦課予季

少小不努力老大悲失意況當手澤存遺命敢先墜文章實致身寧徒溫飽事

展卷誦佳章眞情不可泊落月滿屋梁孤懷高百世

秋泛

露白花黃涼氣增小舟衝破碧雲層半湖秋水晚風急何處一聲歌采菱

登豐山

詠懷欣刈稻攬勝上崚嶒古寺僧何在空山匠獨登石高黃作屋徑僻紫懸藤
乘興扶笻去孤行健尚能

寄懷詩

回首音容想像餘蒼梧遙望每愁余懷人海角空相憶遠客滇南獨寄居青髮

廿年霜有信碧雲萬里雁無書老人星照高堂上何日秋風返故廬 曉占兄

側身西望暮雲攢一雁高飛影獨寒歲晚星霜侵客易路長音信到家難三年
離別情何限十省交遊興未闌可憶故鄉兄弟樂爲傳雙鯉報平安 雌裳兄

紅塵僕僕爲家貧別後相思我獨頻風緊誰傳江右信月明愁絕海東人曾隨

講席教相長況復同居情更親一事寄君聊慰藉支持門戶不勞神望雲兄

怕聽陽關折柳枝況聞人赴嶺南時半年蹤跡愁寥落一紙音書當別離衣食無情催汝老詩篇空寄笑余癡算來還是他鄉好莫爲家園浪自悲仁騊姪

寓禾雜詠

檇李橋

小橋橫五石下無流水通閒尋檇李跡日暮起秋風

金明寺

何處望金明寥寥古寺冷惟有破樓鐘落日無僧打

覺第

已是忘機客來捫兜率天公然上座者無語是眞傳

聽雨堂

習靜虛堂下人來憶樂羣此時期聽雨不是望停雲

煮花井

紅蓮秀可餐白石頑可茹何如此井泉時把藤花煮

雲翥軒

軒闢開圖畫誰言雲翥時惟留一片月相伴鶴來遲

楊柳灣

碧水繞一灣楊柳何年種人影亂旗亭紛紛自迎送

同人觀娑羅樹

造物本無奇人情自好異詩人少所見見輒多所識予來楊柳灣言過金明寺

舉首望龍葱云是殷園地乘興約同遊陸三與胡四入門訪鐵舟溪山有眞意

主人期不來林泉空高致古木盡槎枒翹然大樹二地蟠根柢深天搖枝柯翠

春華愛垂垂秋實懸纍纍迥非臃腫材洵是棟梁器客云此樹名娑羅予曾記
拾粒熬以脂染質到衣被其他無所用枝葉任風墜此樹定千年栽培良非易
大材獨小用擲筆一噓嚱

南湖晚渡

露白已涼天臨流思渺然夕陽楓葉路秋水葦花船好景憑孤賞高懷謝衆牽
望中樓閣好煙雨畫圖傳

雌裳兄歸自蜀

靜夜修成書一方乍聞行李已回鄉君因客久思歸省我正愁時欲寄將路寄
七千舟似葉年將五十鬢如霜家園依舊萱花謝恨抱終天淚暗傷

曉自淡塘歸

侵曉肩行李初歸自淡塘板橋村店靜枯木野田荒烏語寒山日人衝古道霜

花溪水深候又復泛輕航

哭雞窗兄

客裏初聞病歸來獨悔遲豈眞皆絕命其奈乏良醫共抱終天恨纔爲半月離

斯人有斯疾此理竟難知

執手誰憐我知心祇有君連牀曾聽雨翦燭憶論文月冷烏啼樹霜高雁失羣

空齋松韻在蕭瑟不堪聞

自別音容後誰知會晤難相思悲永訣含殮忍同看家業愁懸磬人言定蓋棺

哭君空涕淚誰有返魂丹

舊業城南曲追隨每比肩弟兄詩酒會風雨十三年此景猶堪憶其人獨可憐

今朝對遺像口口淚潸然

送友人渡江

地美湖山耐息機故交相對倍依依清溪鼓棹曾分袂白露橫江又溼衣十里風帆隨浪穩一行秋雁背人飛君行倘憶同心友此去關河信莫稀

與芝庭話舊

惆悵三年別青雲尚未曾弟兄同此夕風雨話秋燈臥榻蟲聲近空庭木葉增相期各努力萬里羨飛鵬

村居贈春樹

陋室寧嫌君子居高歌縹緲竟誰如清溪野艇閒投釣古屋梅花靜讀書座有琴樽時遣興門無車馬任逃虛林泉如此占高致何日同來賦遂初

馬涇阻風

風急浪花飛鄉心對落暉寒橋舟乍泊村店客如歸飽羨來帆穩爭愁去鷁稀今宵拚一醉擁被宿漁磯

曉渡太湖

極目波無際人煙望亦稀湖魚迎日上水鳥背船飛山聳塔形遠天遙帆影微何時結茆屋來伴釣鼇磯

晚抵橫塘

逆帆風急太湖渾舟抵橫塘夜已昏古渡寒橋隨水轉上方山色入雲屯鄉城五里通孤棹燈火千家自一村無限離愁眠未穩烏啼月落倘銷魂

橫塘夜宿

半年蹤跡浪花堆又上姑蘇客思催不是楓橋舊泊處也曾夜半聽鐘來

吳江道中

清江一道接雲平鎮日輕舟逐浪行兩岸魚蝦爭晚市半湖風雨入孤城鐘催古寺懷張繼句到丹楓憶信明此際推篷試遙望隔溪無限暮煙橫

曉發青蓮溪

侵曉打雙槳蓮溪溪水澄小舟移盤斷古樹掛魚罾風勁霜還厲雲開日漸升往來空僕僕應笑客何能

元夕

此夜真良夜今年勝去年雪消春乍暖潮滿月初圓雲幕層層捲星毬戶戶懸何當花影下攜酒醉梅邊

客懷

荏苒花爭發風光又一年獨吟知己少孤月異鄉圓客思三更起歸心兩海懸那堪憑眺處春色正無邊

贈箸溪

曾經字問草堂師流水高山憶子期孤榻短簾君臥處斷冰殘雪客來時幸逢

名宿邀青眼更喜英才盡白眉愧我忘形忍言別漫將吟句慰離思

呈周松靄先生 春

風流儒雅亦吾師談笑居然浹素期坐我春風三月裏論詩芳草滿庭時樓開百尺月如鏡潮湧雙尖山似眉聞道龍門聲價重識韓長繫芷蘭思

偕芝庭過雙忠祠

結伴尋遺跡雙忠獨此祠春風喧社鼓落日動靈旗評重昌黎筆才傳季迪詩今朝同拜仰千載有餘思

舟中雜詠

兩岸紅花養早陰滿溪生意愜歸心移舟愛向小橋泊鵝鴨一羣春草深

十里蘼蕪極望時輕風似翦雨如絲不知楊柳因何恨開盡桃花未放眉

雨片煙絲亂客腸催人風景太匆忙蘆芽已長河豚老又見晴開鵲口桑

夕陽村店酒頻沽醉臥溪邊獨自娛正是横塘春水漲兒童爭釣菜花艫

意花軒與春溪叔話舊

君不見穽中虎搖尾求食形何苦又不見海上鼇乘風破浪聲何豪英雄出處未可必成敗之論徒啾嘈憶昔初歸闢荒徑相逢寧減竹林興涼窗風雨一燈中試問行藏説不盡十年落魄上帝京窮途誰識阮步兵自古岐黄出國手居然縞紵交吳卿文章報國正年少萬里一官投邊徼家業曾傳入告編盈廷況有求賢詔書生赤手本無奇乍聞此語心嘘唏讀書不能展經濟紛紛焉用呫嗶爲今君歸來悲陟岵窀穸不辭心力勴謀事在人成在天此舉恍有神靈助秋風欲别奈爾何黄河浩浩山峩峩故園詩酒多知己一樽相送空悲歌何當縱虎斷鼇足逍遙林下忘榮辱風塵僕僕胡爲乎不如歸臥南山曲

閒居雜感

俗士多齷齪阿時尙泥蟠未嘗知大節焉能識龍跧詩書即呫嗶所學彌癡頑
羞惡尙不解心力亦徒殫余卑栖栖者入世緣多慳相徵惟酒肉面諛比孔顏
一旦忽分手品評任恣彈交道日澌滅同心非金蘭但逢朱紫客投刺爭交歡
側聞古君子學術審其端戒愼在屋漏問心必坦安倘來處今日獨行良獨難
紛紛雞鶩中一鶴振高翰

有娀聘阿衡神農師崆峒古者君若臣忘勢道愈隆當其處巖谷救世挾孤忠
其心雖及物而節若貞松一自秦漢後蒲輪徵茅蓬四皓堅不出釆芝商山中
嚴光與周黨肯屈舂陵翁高蹈有徐穉獨行多梁鴻降及鴻都館俗子慶遭逢
所舉率輕浮鳥篆幷魚蟲應命遍闕下千載山林空甚或惑婦寺不爾干兒童
此日潔身者孤唱誰能從已矣無孟子何以尊儒風

椿庭每依戀逝者追莫及哀哀陟岵思棖觸空號泣憶昔古聖人三十能自立

余也日讀書家貧徒憂悒非無達士觀欲置愁先集蹉跎歲序移窀穸情還急所賴九原恩幽冥常噓吸遺此不肖軀家事未寧輯敢愛茲勤勞家居事贍給彼哉犧入廟何如苓在隰豈不懷感激中心熱誰執少小欲翺翔思跨兩黃鵠直上九羅天神仙受丹籙誰知一擲間卅載光陰促抑鬱意不平中心如棋局自念淡宕人遙情寄高矚焉能廢觴詠脂韋從汙俗笑被魑魅形羞與爭明燭拱手辭揶揄將謀水一曲深林怪絕蹤空山人如玉讀餘輓一犁團茅住修竹

雨中鄰船聞笛

衝煙雙槳發鄉路舊曾經一笛臨風弄孤篷帶雨聽雲容隨岸闊水氣逼人腥五月江深處梅花落遠汀

渡南湖

南湖之水清且漣小舟一葉風中顛公無渡湖公竟渡此理合付蒼蒼天夕陽時泊磯前櫓四望非煙復非雨但看月出水中央隔浦漁椰隨月聚

燒香詞

鄉人競燒夜香譁拜願初來月未斜解渴最宜籚㰹裹紙紅燈映白蒲瓜

送芝庭之揚州

每憶寒齋話緣飢又欲驅流螢花苑歇春草古城蕪小埭築思謝文臺游記蘇不知騎鶴者清夢到家無

訪買臣墓

古寺淩東塔荒墳傍殿陰斷碑已蝕土枯樹半成林莫羨買臣志徒傷羞婦心請看兩寥落何處迹堪尋

秋雨行寄箬溪

西風滿天搖秋篁老屋半傾頽薜牆况兼秋霖日復夜天漏無術彊淜滂前溪水漲高數尺河魚潑刺衝菱塘小樓一望景黯淡借鞭誰走羣山光悄然中夜坐歎息空望美人天一方柴門風雨鎖三徑欲飛仙艇無雲檣雙鯉殷勤奇尺素夢魂安得親君傍憶昔與君結歡愛君方臥病據胡牀贈我光瑩青玉案飲我沆瀣五雲漿臨歧又贈瑤華句半年離別淒中腸男兒墮地志四方賢豪聚首那得常苦恨塵寰知己少相逢未久旋參商參商猶可年矢促鏡裏星星兩鬢蒼嗚呼有酒難獨觴援琴爲鼓雍門行

再寄箬溪

對榻談詩月上初別來又覺半年餘九歌欲賦相知句五短深慚論隱書黃葉黃花新病後秋風秋雨故人疏相思擬待乘湖便袖草來親處士廬

送春溪叔重赴甘肅參軍任

相對襟期盪九霄一燈風雨話中宵諱癡不敢誇王濟得俊奚須讓鮑昭感慨

燕臺曾擊筑飛揚吳市憶吹簫悲歌欲把離騷讀痛飲誰將塊壘澆

醉中意氣滿乾坤欲別相思未敢論供帳曾經橫渤海征車又復出崑崙交遊

冀北音書少兵革荆南將帥尊烈士壯心殊未已白虹耿耿志猶存

隻身京洛去求官八口還家名獨完陟岵終天遺恨遠尸饔老母欲離難門庭

有子懷□□廊廡何人薦伯鸞羸得悼亡齊下淚一篇錦瑟恨無端

極邊經略重參軍更喜長才武共文三十年來誰是伴七千里外獨離羣飛帆

遠渡錢江水西馬橫衝古道雲落拓阿咸詩送別未須祖道太殷勤

再次留別元韻

功名微祿重圭田萬里爲官正壯年知己無勞逢狗監論詩有識闢狐禪蓮花

幕下爭名士修竹林中結靜緣今日獨攜書劍去荻蘆風急水茫然

極天風雨滿征鞍西塞爭如蜀道難水到渾河天上落雲開華岳馬頭看七千
縹緲途何遠半載交遊興未闌別後應思尊酒樂他鄉莫忘故鄉歡
輕裝整頓客離家不見春來陌上花老圃秋容猶足戀岐亭山色亦堪誇關河
落日榆林晚驛路西風狄道斜此去定教殊俗化循行奚必獨埋車
爲念高堂有老親濡遲行李尚經旬書銘豈恤無名子撫首深慚率爾人去日
菊舒籬下醲到時梅放嶺頭春立身畢竟歸忠孝王事驅馳豈憚辛
淩霄意氣未銷沉回首西風感獨吟和就詩章皆割錦圖成主客定知音人歸
海角青山畔家近寒橋碧水潯來往不教虛禮束祇因落拓有同心
衰柳蕭條繞故城一行秋雁背人鳴雙輪古驛紅塵輭孤艇橫江白露清平子
聲華能遠播茂先兒女總多情相思兩地應同此何日相逢酒共傾

汪酉君夢棠將赴德州到鹽遠別詩以送之

風雨話離愁聞君赴德州相逢纔一日此别又經秋歷下尋遺跡高唐有善謳桃花春水漲歸計莫淹留

九日登攬潮峯

家園日涉同攜手況復時逢九月九相約登臨不憚勞笑指一峯藏林藪此峯屹立衆山中天香團繞吹天風佇看萬里秋濤捲意氣直與蓬萊通淩雲自是男兒志足踏絕頂如平地得酒但忘落帽酣驚才奚必題餻字君不見菊葉酒茱萸囊當年避禍借長房我欲相與御風薄霄漢登高不數孫陵崗

風雨

風雨一燈昏連宵感慨存醉中頻看劍何處報知恩

里門晚發

輕舟向古杭晚發辭鄉縣落日下寒塘西風掠波面星明遠岸燈雲淨秋江練

渺渺暮煙平蕭蕭殘葉捲蒹葭水一方月露凝成片吟罷訪伊人蒼茫杳不見

扣櫃

扣櫃破寒煙微雲卷碧天月明波面闊魚躍浪花圓夜冷露逾潔秋深蟲可憐披衣坐風下蕭瑟不成眠

羅星臺晚眺

臺鎮水中央登臨客思長北流新市遠南望半山蒼古戍飛黃葉歸舟赴夕陽遙看煙靄外詩興滿寒塘

塘棲夜泊

瑟瑟西風暮色平蒼然煙水迫行程河流三道隨橋轉燈火千家隔岸明夜靜月高香市寂秋深露重客船清去年此夕横塘泊旅柝驚心歲又更

西湖行

使星彪炳斗牛渡十道飛馳算國庫官船峨峨駃江來紅旗噪開擂大鼓西湖本是銷金窩碧樹紅樓迷處所重山複水罨畫中玉館珠樓不知數晝徵穠桃夜選李金釭連壁燈交炷蘭橈桂楫蕩中流不用朱提看歌舞君不見李郃當年舍二人微服曾向益州住何事英雄本大才年年供帳消征賦

遊南山

迢遞入南山茲遊本素願不辭吟屐勞一徑披葱蒨煙光窈窕深嵐氣陰晴變萬物協靜觀秋林丹翠絢叢寒蒼鼠啼風急皂鵰健聲如草際蟲飛如雲中電落葉下空山一僧歸古殿溪泉未知根橋蘚渾成片回首望來徑雲深互隱現雷峯映夕陽蒼茫紅半面漸知晚色寒曰歸有餘戀由來山水奇形容殆未遍山房倘可住夙駕無須勸

由靈隱至韜光

振策叢林山四圍千年古寺白雲依泉聲入竹流香積嵐氣隨人上翠微塔影
神尼簷際落湖涵明聖樹中稀心源一路蒼煙裏纔到峯腰便息機

贈德清車諤廷朝綱兼送其歸白彪村

惜別客初到相逢秋又凋忘形同逆旅知己話連宵照讀思丹鳥安居近白彪
來朝重判袂歸路兩迢迢

過謝村

秋色空濛杳靄間扁舟乍向謝村還行人船尾猶回首飽看西湖十里山

海昌晤箸溪

之子貧兼病更憐如此才疾期无妄喜詩有小弁哀獨擁藜牀臥時敲甕牖來
胡爲一相見欲別每低徊

曉發

扁舟宿海昌野色倘蒼茫孤枕客懷靜滿船秋月涼溪煙三里鎖村市五更忙底事歸心切西風趁曉颸

寄芝庭

聞君六月赴維揚今日空登綠野堂百里關河愁見少一年兄弟獨離長秋風山色橫瓜步曉雨茶香上蜀岡二十四橋簫不斷月明何處滯歸航

望西山

望望西岡上登臨思浩然洛溪雲外樹峽石道中船山淨深秋日風高落木天還聞東寺裏塔影舊曾傳

和春溪叔哭秋泉叔作

斯人斯疾竟淪亡哀輓誰逾此日傷蒿里深情移夢杳秋堂夜雨入詩涼碧天雁冷悲殘月黃葉風多帶曉霜寂寞小樓吟思苦鴒原何處斷人腸

嶼城道中

浪打逆船風南行入望中霾深村樹白日落破窯紅杳靄途猶遠蒼茫歲欲窮那堪寒月裏夜宿道塘東

袁家亭

袁家亭枕水縈洄日出山門尙未開風緊河橋人獨望隔溪划子打冰來

梵潮菴

菴住水雲窩終朝對碧螺風隨潮信急松帶梵音和灰死僧廚寂經殘鼠跡多唯餘遊客屐時向靜中過

楝浦夜泊

落日下孤舟蒼涼晚不發誰言九曲長愛此巢雲窟隔溪煙乍深星河互滅沒遊魚潛夜潭飛鳥藏林樾獨臥水中央心淸浦口月

遊青蓮寺

寂寞青蓮寺孤尋興轉濃溪橋通泖水門徑記廬峰古柏有春意居僧無定容幽禪何處是花木閉重重

即景

朔風獵獵逼寒襟卅里彎環碧樹深春岸凍開分燥溼野田雲影異晴陰遊魚出水驚人語歸鳥投林動客心翻笑匆匆成底事何如閉戶學長吟

竺嵒詩存終

民國十二年九月　族孫元濟元杰同校

半農艸舍詩選四卷

海鹽張廷棟撰

族姪元濟謹署

海鹽張氏託上海商務
印書館用活字排印於
民國十七年四月出版

序

詩三百篇聖人列之爲經而其教小子曰可以興可以觀可以羣可以怨約之以邇事父遠事君蓋發乎情止乎義其爲教足以感人心而厚風俗固非可以章句求也越千百年楚屈原以忠君愛國之心託諸美人香草而作離騷好色不淫怨誹不怒殆兼國風小雅而有之古人重有取焉至陶靖節際易姓之交樂隱居之志其爲詩深微淡遠寄意獨超視碩人槃澗之詩心更苦也論者謂得於三百篇最深繼此者杜少陵也當祿山之亂奔走戎馬之中慨然以君民爲念其間朋友之聚散家室之流離悲傷抑塞之懷一皆於詩發之非得乎情性之正者乎詩教賴以不墜者恃此數人耳若夫昌黎掃八代浮靡之習太白與少陵抗衡東坡獨闢町畦別開詩派類皆有眞學問眞經濟眞性情以貫徹其間故能卓然成家與風詩相表裏自餖飣之學盛一變而爲性靈性靈之說

行一變而爲詭異專於規倣者獨少心裁貎爲清新者中無寄託詩教之衰有由然矣張子文圃少問字於余工舉業自遭粤寇後以優等貢成均所如輒左家日落乃以悲愁之隱寄之於詩講求者素矣暇日彙所著半農草舍稿就正於余披閱一過覺搜詞必麗託興必遙思親懷友諸篇尤識古人立言之意美才未易量也爰舉詩教之大以廣之文圃年方壯擴之以見聞深之以閱歷養心一室縱目千秋即興觀羣怨之訓以讀三百篇並以讀諸大家之詩浸而久之藴蓄富而涵養深取法精而格律正他日揄揚盛美漸登著作之堂所造當更有進者豈徒吟風弄月藉攄抑鬱之心也耶文圃其勉乎哉是爲序同治十年辛未海天逸叟李承肅

序

今人十年就傅卽讀綫裝書至十七八歲時積盈數尺我意其下筆屬文當融會貫通汩汩乎其來矣無如今之子弟祇會口讀不知心解其書在腹猶錢散地不知從何覓起卽或能用幾句又是生吞活剝毫無生氣良可歎也試觀古來名家大家何嘗不用書卻又何嘗用書蓋其運用時鼓鑄陶鎔不肯爲書所縛故能如此夫人之立言也所以發抒性靈耳必當自運杼柚使紙上躍躍有生氣人人望而怖之斯爲之妙惟詩亦然予同硯友張君文圃幼甚敏悟髫年讀書日數十行喜作詩學畫至十六七歲書已數尺出筆時渾渾灝灝頃刻數千言皆從性情中流出予師　存希李夫子奇而歎曰此子頗有內心他年定成大器而課之益嚴庚申兵燹紛起城垣被據讀書者皆從此閣筆而張君亦以家境艱難幾棄而學賈甲子賊平旋里後復埋頭用功乙丑入泮旋食餼貢

入成均鄉闈屢躓於是斂屣功名益肆力於詩畫並通音律借花月山水舒其懷抱磊落奇偉之氣時時自十指中出集中無一句不典卻無一句是典風流蘊藉蓋其天性然也嘗言曰詩以道性情貴乎眞而已平日以杜少陵爲師每作一首必印證之故時有脗合焉然其激昂慷慨又由於鬱鬱不得志而出也予與之締交最久唱和有年胸臆抱負盡深悉之他日付梓當以予言附於末也同治九年庚午人日同硯譜弟陳高明月峯氏謹敍

序

庚申之歲余避亂南鄉卜居於馬鞍山下茅屋三間面山背水徜徉其間洵足樂也惜無能詩者與之游盡搜山水之奇奧踰年陳君月峰亦賃居於此乃與之聯步登高東望秦峰南望大海北望鹽城西望硤川兩塔高聳於雲端萬山錯出於林表春秋冬夏之交風雨晦明之候彼此倡和逸興遄飛陳君謂余曰此間勝境設令張君見之又當增許多詩情畫意矣余問張君爲誰曰吾少時同硯友也字文圃善畫能詩自我不見於今三年今不知流落何處相與悼嘆者久之甲子寇平遷者既歸散者復敍余始因月峰獲交張君是時世態浮雲人情流水張君獨以古道自處不蹈俗態聯吟社結詩盟詠綠水青山之句唱春花秋月之詞有秋圃倡和集蘊古樓詩草尚未問世今執半農草舍稿屬序於余余自慚譾陋辭不獲因述其締交之由以應所請是爲序同治壬申春王

正月同譜弟層山徐用蕃謹識

序

蓋嘗仰觀俯察見夫宇宙之中山川草木鳥獸蟲魚怪怪奇奇千態萬狀莫可名言而神於畫者往往繪色繪聲繪形繪影以肖其神而盡其妙心竊異之以爲畫雖小道其化境固若是之神耶及與張君交見其所繪之畫無不曲肖其形而所題之詩又無不曲肖其畫於是恍然悟曰畫與詩固相爲表裏者也張君字文圃性聰慧多讀書舉業之餘旁及百家雖天之高遠地之幽深莫不探源攷奥以窮其理故所作詩詞悉與人異蓋其天分既高學識又廣舉凡身之所歷目之所見詩不能達者形之於畫畫不能傳者筆之於詩無不臻乎化境而神妙莫測此其神明於畫宜其神明於詩或有聞而哂者曰如子言善詩者必工畫則不善畫者其必不工於詩者乎予曰否否蓋畫以寫詩之形詩以達畫之意文圃以繪畫之筆施之於詩故其詩尤神也若必能畫而後能詩則古

今來之以詩名者其皆能畫者耶予之與文圃交最晚而相契最厚每當聯吟唱和時一有不合處卽爲余指陳得失而文圃每一脫稿亦錄以示予故予之稍稍能詩者皆文圃之所指授也則文圃與予固友而兼師者也今讀半農草舍詩集無格不備無美不臻覺向之所謂莫可名言者今皆於詩得之則山川草木鳥獸蟲魚之飛潛動植於宇宙中者不獨神於畫者能繪色繪聲繪形繪影之肖其神而盡其妙也古人有以畫爲無聲詩今觀於文圃之詩實謂之有聲畫也可捧誦之餘聊書數語於簡端未識文圃以爲如何同治癸酉仲冬月

介石弟陳賡笙拜撰

題詞

一別於今思倍切書來差幸慰離愁遥傳初集成三卷更惠新詩寫九秋微獨丹青追畫聖好將元白作吟儔因知風雅皆餘事羡汝多才迥不侔

開卷儘多珠玉在何煩遠道索題詞效顰應惜蒼顔老學步徒慚白髮遲枵腹悟從衰晚後埋頭功屬少年時愧無黄絹堪持贈珍重楮生達鳳墀

同治壬申秋九月展誦　文圃内阮寄示吟稿率成二律以酬之

丹卿沈拱樞録於螽城之山陰學舍

自序

今夫詩之妙境無不曰眞然眞則近於朴無不曰幽然幽則近於晦甚至牛鬼蛇神俚辭粗句狡怪百出皆不足以云詩也詩之至者在乎道性情性情所至風格立焉華采見也聲調出焉由本而立不可偏廢也僕從事於斯有年而百不能得其一二於以知作詩之難而幾欲焚其筆研以固陋終身矣自乙丑歲始或客中誌感或病中寫懷偶有所觸直抒胸臆兼之長夏無事或假吟詠以卻睡魔是亦消遣之一法也然求其有合於作詩之道而以工拙論也則不暇及矣同治五年歲在丙寅九秋張廷棟書於蘊古樓

半農草舍詩選目錄

卷一

卷二

卷四

半農草舍詩選卷一

海鹽張廷棟　文圃

夜讀 以下丙寅

月落一燈寒不寐惟吾獨開匣檢奇書朗誦神鬼肅香爇半鑪煙室護千竿竹

花落花又開堪歎年華速漏殘天破曉好鳥還催讀

深秋夜坐

日短秋將老宵深月倍明好花燈下看落葉夢中驚世態棋千局人情歲幾更

近來詩思瘦得句未妨清

送春曲 以下丁卯

垂老東風吹柳絮九十春還有幾許杜宇聲聲不住啼無端喚卻春歸去春歸

去留無計游絲百尺春難繫畢竟春歸歸何處著意問春春不語春不語歸何

遽贈行覓遍無佳句閒愁萬斛付殘花春心翦碎同飛縷惜花人悄倚東風隔簾亂落如紅雨

繡毬花

留得春前雪鎔成箇箇毬離塵香自滾弄月影俱浮碎帶三分潔閒抛一段愁梅花誰繡出寒玉滿枝頭

春草

嫩綠柔香遠更濃春來何處不茸茸六朝舊恨斜陽裏南浦新愁細雨中近水欲迷歌扇碧隔花偏襯舞裙紅平川十里人歸晚無數牛羊一篴風

麥浪

滾滾寒濤四月秋輕風隴畔雨初收低昂也作翻騰勢驚破閒眠幾白鷗

聽雨

滴階碎玉響東丁半壁燈殘夢乍醒點點窗蕉蕉上雨那堪深夜枕邊聽

吹笛

瞬息光陰又晚秋閒吹短笛破新愁珠簾捲處香風動知有人聽在畫樓

寒鴉

蕭蕭古木亂棲鴉幾日西風冷意加墨點最宜山色淡噪聲偏愛夕陽斜寒生義府詩中樹飛破雲林畫裏霞日暮小橋荒徑外滿江紅葉正如花

陳月峰來硤石見訪喜吟 以下己巳

河橋二月垂新柳閉戶攤書消永晝忽聞青鳥報君來一笑咍然難合口掩卷擡身話闊衷彼此相疑是夢否同心結契十餘年道義往還情本厚明風晦雨共論文翦燭西窗一樽酒今春攜笈寄雙山不獲披襟時敘首問君何事忽相過客館班荊復道舊坐我春風和氣中我輩交情淡愈久百年能得幾知音欲

別還教頻握手不須惆悵暫離羣後會有期淸明候人生會合本無常請看浮雲幻蒼狗

寄陳月峰

月鈎鈎起恨千重短夢驚回野寺鐘自別知音三兩日旅魂常繞白雲峰

其二

夢隔山山東望遙夕陽煙樹路迢迢欲酬高誼無佳句故把靑燈幾次挑

晚步山野書所見

樹影參差塔影低夕陽淡鎖沈山西一叢靑草誰家塚半作桑田半入溪

其二

槿籬環處綠陰肥臨水人家半野扉浴罷碧桃花下水一羣野鴨向前飛

少芝弟以家書至

敗殘春興雨初乾遙盼鄉書半月寬昨夜燈花原有兆應君傳語報平安

借月樵老人游山

重重煙樹綠初勻隔岸青山點綴眞一角紅牆雲外寺滿頭白髮畫中人松茅屋小峰環險石板橋低水漲新野徑藤花開未了猶留淺色戀殘春

新筍

觸藩斑剝豹成文頭角峥然已不羣自小生成君子格出山早有志凌雲

新蟬

初出泥塗第一聲炎涼風味早分明梧桐十丈猶堪託自守淸高了此生

舟泊橫頭鎭

夜泊平橋外孤舟客夢涼月連蘆絮白風送稻花香促膝談知己關心話故鄉更殘眠未得何處笛聲長

中秋前二日舟次青逕聞居民云有保福庵僧愼修者善寫竹能碁卽偕潤吾過訪求畫與之手談三局作此留别

彼岸同登與俗離禪房淸淨頗相宜庭花疎淡爭秋放胸竹横斜出筆奇倚燭無言權入定呼茶小坐試談棋林深地僻幾忘世何日相逢再訂期

豔體四絕次當湖胡蘭濱韻以下庚午

隔重簾幙隔重春祇見圍屏不見人倚遍闌干紅十二今宵何處著閒身

其二

夜深不避朔風寒猶自推窗幾次看花徑月斜香露冷爲誰憑遍玉闌干

其三

香鎖鴛鴦夢不同蘭房春暖一燈紅綠窗夜靜誰彈指定有神仙下月宫

其四

春上梅梢信乍通水晶簾捲待東風畫眉窗下情多少盡在先生詩句中

早春客中散步東湖

一番雨過一番新萬卉爭春變換頻曲岸梅殘猶弄雪平坡草軟漸成茵柳條綠破鶯先覺花市紅疎蝶未親湖上酒家風月慣往來不管别離人

春夜聽雨不寐

尺二燈殘漏五更滴階猶聽雨聲聲滿懷詩思清於水一夜憂花夢不成

春曉

鶯啼驚夢斷夢斷忽還續春倦只思眠日高猶未足

苦雨

客中日日雨愁煞客中人煙鎖紅橋斷雲指綠野新頓添三尺水又隔一重春畫裏青山活消閒寄此身

寄家書

暫客何嘗算遠游敢將小病累親憂今朝好趁東風便再寄平安慰白頭

感時

綠到垂楊紅到花春風春雨遍天涯故園新燕應思我如此春光不在家

相思曲

欲語相思冒雨去相思欲語渾難語幾日相思勝幾秋題詩祇有相思句

其二

相思若渴愁難掃許多愁寄相思草雨餘窗下話相思相思恨不相逢早

題東湖酒樓

喜趁游蜂過釣矼往來燕子自雙雙板橋花市香千疊茅店春風酒一缸紅杏

爭開騎馬路綠楊閒繫賣魚艭人家樓閣多臨水日暮移帆補紙窗

新燕

秋去春來半客中年年別恨了無窮也羞茆屋巢初定欲附雕梁路未通楊柳風疎雙翦碧杏花雨嫩一襟紅主人情重簾先捲口嚼香泥話闊衷

花朝出游

客裏風光客裏身六街春暖一番新今朝撲蝶誰爲伴要讓桃花作主人

其二

綠楊深處酒旗翻風信頻吹又一番花見詩人齊帶笑依依欲語更無言

其三

橋外花多路欲迷鶯聲著力爲誰啼無邊春色眞無價不惜黃金榮一畦

其四

柳色三分春二分時聽好鳥樂同羣故人家在桃源裏相約看花趁夕曛

其五

杏花樓閣綠楊煙裝點陽春二月天誰借風流才子筆隔簾摹影畫神仙

其六

青青楊柳軟如絲管領東風入夢遲郊外游春多少客折來聊且慰相思

答友人贈別見寄

短別非爲別空懷對酒時多君尋舊誼慰我寄新詩夜月千秋恨春風兩地思

落花魂欲斷更值雨如絲

雜興

爲惜餘芳掃落花替花扶月上窗紗年年春比花先老只煮離愁不煮茶春盡日以落花煮茶當酒謂之煮離愁宋人有句云煮茶先煮愁愁與春共去

其二

蝶戀餘花未忍拋夢回雙板不勝敲殘紅滿地誰收拾燕帶歸泥補舊巢

其三

戴勝聲中雨一犁催春且漫向人啼近城風俗無忙月蠶市闌珊葉市稀

其四

鯧魚入市繼冰鮮喜換時新又一年昨夜剛逢春去後落花飛到酒樽邊

其五

梅子青青鬭筍櫻新蠶豆熟始嘗新嫩寒猶怯羅衫薄曉起綿衣未脫身

其六

香試新茶煮雨前小齋杯酒夕陽天滿盤青翠千金菜俗稱萵苣菜難買春回不值錢

病中思親枕上口占

淅瀝復淅瀝細雨窗前滴有人枕上聽夜靜倍淒絕轉側不成眠滿腹愁懷積
燈殘爭欲花柝轉聲何急遥念堂上親何事輕離别今宵病孰知肢體俱無力
客館有誰憐自病還自惜欲以告高堂又恐勞親憶倦眼轉朦朧一擊一呼吸
願驅病魔去夜夜安枕席

初夏過鄰園

蜂蝶隨春去澆春酒尚溫早花多結子晚竹始生孫柳浪輕翻岸桑陰濃到門
他鄉知己少心事共誰論

喜得友人書

昨夜醉酩酊曉起猶未醒忽得故人書如渴得茶飲反覆幾回看勝展同心錦
胸懷殊戀戀立盡梧桐影

偶從亂草中得蘭花一種

蘭從荊棘叢中出愈辱泥塗愈見眞不與羣花爭色相謂同臭味豈無人

寒夜不寐

數盡更籌眠未穩雞聲遙聽出鄰家寒威逼戶霜初落竹影當窗月正斜曙鳥
欲啼還入夢短檠猶暈不勝花清貧門巷無驚犬何用連番夜柝撾

述懷

年來多病喜安居豈爲清貧廢讀書達士不嫌茅舍陋名花何礙竹籬疏愛看
山水閒披畫學種桑麻自弄鋤誰料庭空春又到一枝梅放雨晴初

日暮冒雪訪陳月峯因事下鄉不晤歸而作歌

日暮雪霏霏萬點梅花沾我衣雪舞漫天白數點梅花點我額衝風冒雪過溪
橋橋外空濛柳絮飄笑爾飛來不擇地無端片片逐風消窮途狹巷曾鋪遍落
花滿徑瓊瑤賤清寒直逼故人家無緣不識袁安面悄掩虛窗鶴守門先生鼓

棹去江村聞道歸期今不遠試看清白滿乾坤乾坤清白河山壯行行獨立溪橋望玉樹交枝力不勝千林萬木瓊花放今朝驢背共誰來四野無塵淨似揩我心方得一清淨不有梅花春自佳

汪嶧山丈喜酒善吟年逾六旬精神軒爽顧與訂忘年交詠黄梅花索和

撚蠟初成小試春一枝漫寄隴頭人疎疎巧弄鵝黄色宫額齊翻花樣新

其二

石湖九十科梅品未補東南第一花莫道春風消息斷返魂香草透窗紗

其三

洗淨鉛華試道裝幾曾拋得月昏黄菊分顏色梅分韻爭占花魁别有香

寒食前二日偕月峰介石散步北郊途遇風雨觸目有感以下壬申

鳴鳩呼雨聲聲急風捲飛花點點輕又是一年寒食了隔溪煙柳未分明

其二

杏花村遠酒旗飄楊柳陰深露石橋不見當年行樂地門前依舊竹蕭蕭

二月廿七日清明燈下感賦

十二年前事今宵一雨同（咸豐辛酉二月廿七遭髮逆難城陷是夕雷雨交作今年同此節同此雷雨）依然仍故我未免憶驚鴻（城陷日余亦被擄刀鎗相逼幾致喪身）生死皆由命（二次被擄艱苦備嘗竟脫虎口生還始信生死皆由天命）光陰類轉蓬不堪回首處無語對春風

燈下對桃花

柳絲搖曳東風軟月明虛室簾初捲故使當窗絳燭燒桃花欲認劉郎面欲認劉郎還索句碧欄干外嬌無語祇恐容顏妬煞人紛紛吹落如紅雨紅雨飄零點翠苔劉郎空自憶天台天台路隔難重到辜負春光又一回

贈陳介石

君家僻處水雲村無事營求深閉門紅影搖風田隔岸綠陰扶月柳當軒數聲幽鳥松間出一曲流泉雨後奔莫道武陵多别境塵囂斷處卽仙源

其二

誰識城西處士廬梅花松竹伴幽居牆低不礙雲來去葉落時勞風掃除欲學陶潛貪種菊也同莊叟喜觀魚先生意計高天下豈爲功名始讀書

初聞蟋蟀鳴

秋蟲本是言愁物慣向荒庭冷苑鳴月落小窗燈影淡偏從隔院試新聲

雨過

雨過夕陽收湘簾盡上鉤招涼宜北牖遲月過西樓竹暗先除暑林深早得秋殘螢飛不勁緩帶濕雲流

叔雲從弟於季夏八日溘逝秋窗靜坐追憶感賦

賢良天所妬完木早摧殘素抱知非淺英才欲展難爲傷荊樹折轉苦雁行單
漠漠泉臺杳應教淚暗彈

其二

萬事皆非了悲哉一世人如何安白首竟爾脫紅塵夢想還疑假容顏寫未眞
夜涼增寂寞惟我獨傷神

寫懷寄鄂陽山人范雲鄂

風勁驕庭樹秋高寄託深冰霜堅士氣衣食困詩心倦翮貪恬逸幽懷曠古今
栽花常自適無事但豪吟

月鏡

恐被紅塵染秋高帶雨磨臨虛窺匣滿仍見舊山河

落葉

古木霜寒半不禁蕭蕭瑟瑟下疎林點階硬雨驚秋夢擲地乾聲震客心零亂慣同風掃竹依稀時誤月敲砧虛窗入夜誰彈指感觸騷人放浪吟

春閨詞 以下癸酉

曉起新晴薄薄寒臨風無語倚闌干情顔淺泛桃花色花是愁根不忍看

其二

無益相思最有情畫樓春淺不聞鶯餳簫隔巷吹花暖纔聽銷魂第一聲

其三

斷腸功課斷腸詩夢裏情懷祇自知簾外靜聽雙燕語從頭一一話相思

其四

撫鏡臨妝綠鬢鬆粉香花氣兩朦朧紅窗半啟垂簾坐小睡纔醒尙怕風

其五

暗卜金釵媚語低小樓斜傍綠楊隄籠煙織雨休成幙祇怕行人歸路迷

其六

蕭閒庭院午風慵寶屧輕移粉氣濃花底恐驚雙蝶夢放開團扇讓游蜂

其七

春嬾渾如酒未醒百花也帶醉魂馨鳥聲自有關情處不解相思不會聽

其八

杏花樓閣最銷魂打疊尋春未掩門冷月疎窗燈影淡依依無奈是黃昏

雙山道中

半湖楊柳半湖烟花底朱闌水底天船在畫橋春鬧處日高猶傍酒家眠

其二

人面桃花事已非落紅片片點春衣溪山刼後春無色古寺荒涼樹木稀

其三

無端客裏過淸明終日游山載酒行棹向柳陰深處泊烟圍花裏聽啼鶯

其四

日暮烟中水鴨呼水天相接樹雲無兩山春色歸雙槳行篋新添一幅圖

當湖春泛

放櫂東湖烟翠間桃花紅隱兩三灣酒家樓閣多臨水祇少西南一角山

其二

片片飛花撲石矼琵琶玉管鬧輕艭人家多在湖光裏丁字珠簾卍字窗

其三

夾溪鶯燕語春風古木横橋一水通行到湖心春更好紅闌干在綠楊中

其四

酒香花氣混煙塵面面窗開看不眞日暮畫船隄外過小樓驚起捲簾人

日暮偕李子綏陳月峯散步南郊

同步出南城春風吹拂拂引人入幽探四望盡新綠敗籬野花香古墓老樹禿高田麥苗齊淺水燕子浴人家板橋西垂楊覆茆屋忽聞海潮聲怒響雜松竹聯袂一登高淸曠豁游目天末走孤帆沙渚眠雙鷺遠山靑欲流雲斷忽還續炊煙上墟里倦鳥思投宿晚景逗微茫收取入圖幅俯仰天地寬處世渾忘俗前村夕照低古寺鐘聲促行行二三里小市在城曲茶話松棚下暫入農桑局興闌天欲暝歸途猶躑躅殷勤李謫仙邀我入巖谷燒筍煮園蔬燈煖酒初熟一醉樂陶然不覺春生腹明月相伴歸游賞既云足偷得浮生趣也算閒中福

雨過夜坐

雲陰雨黑一燈明桐樹聲疎秋暗生欲引新涼簾半捲倚闌聽笛到三更

偕徐怡庭廷楨泛舟茹安橋小泊

野店茶初熟臨流草閣斜炊煙迷岸柳春浪漲桃花漁市船爲屋鷗羣水作家孤舟橋外泊上有綠陰遮

新竹

小園門不開護此數竿竹性情如稚女未肯遽出屋遠夢生瀟湘輕蔭散巖谷微風一披拂新粉卸寒玉朝來聞雨過更愛淡如沐安得老可來爲我寫橫幅置身磐石間獨坐鬢眉綠

初夏以下甲戌

一榻綠陰淨松蘿試越茶靜觀消夏錄愁看殿春花窗碎雲爲補簾開日未斜忽聽微雨過水上有鳴蛙

午睡惜夢

殘蟬驚好夢夢醒覺無聊欹枕還思續淸風竹亂敲

月下

煙樹接微茫陰連舊草堂竹疎雲補隙燈淡月分光風響梧桐亂宵涼絡緯忙

秋聲聽不斷簾捲坐昏黃

自題山水畫軸

怪石奇峰舞筆端松雲捲處墨池寒本來物外無塵境看到空靈眼界寬

半農草舍詩選卷二

海鹽張廷棟　文圃

曲水園探梅贈馬錫蕃 以下乙亥

修得梅花結比鄰羨君消受十分春可能容我移家去冷淡香中寄此身

其二

門臨曲水鶴常來 曲水園有來鶴軒劫後尚存一楹 萬樹梅花抱屋開安得如君十日醉掃乾明月臥蒼苔

其三

春風一到便相思幾日濛濛雨似絲欲與梅花尋舊約未來先報主人知 去年花遲因天雨不果曾約主人今春早來

其四

茆屋三間足避喧入春香海繞柴門客來沽酒前村去祇爲梅花應接繁

寄意

涉世登高山徑狹多荊棘行行路轉迷欲息不得息仰觀天自高俯視心悽惻
忽聞山鳥啼幾聲行不得放膽力爭先雲路久塡塞四圍峭壁深三面海濤逼
不覺步履堅恨少淩風翼怪石鬱嵯峨又防虎狼匿危險固如此人心知何極
不如莫登山坐守安家食

雪後

自向空階掃積苔天低卻喜凍雲開月明殘雪爭淸絕祇少庭前一樹梅

久雨立春前一日作

淡泊自安居家貧詩有餘雨多春欲到事集歲將除閉戶尋殘夢挑燈作遠書
滴階聲不斷淸冷夜窗虛

寫興 以下丁丑

詩書餘暇事田蠶靜裏曾將世味諳計候忽驚春欲老談玄自覺性成憨撲簾花雨紅猶潤拖屋桑陰綠正酣獨上高樓望明月西窗塔影暮雲含

又

早秋天氣似深秋日午涼生暑盡收花底煎茶香滿逕風拖煙影上簾鉤

其二

蟲聲一鬧自成秋雨過殘雲帶月流涼逗疎窗燈影淡醉攜紅袖共登樓

自足吟

日夕焚香謝上天終年無病即神仙藥爐打破成丹竈濟世功夫不費錢

其二

研田有獲報秋成還把心田著力耕過草盡芟方住手栽培善果向春生

其三

小樓儘足寄閒身花鳥相親樂最眞菜飯無憂隨分過閉門安坐省求人

南湖渡船詞 以下戊寅

雨氣迷人中酒天樓高深鎖綠楊煙鴛鴦見我如相識兩兩含情戲水邊

其二

柔艣聲輕豔力微扁舟故傍水禽飛貪看春色忘煙雨惹得萍花香滿衣

其三

一層楊柳一層風雨笠煙簑學釣翁驚起鴛鴦三十六一齊飛入浪花中

其四

杏花紅雨綠楊煙畫出陽和二月天鷗鷺有緣湖畔住春光占盡自年年

其五

多事黄鶯破曉啼催人春夢落前溪東風昨夜城南緊楊柳千條盡向西

其六

夕陽疎雨最關情天爲游人特放晴客裏光陰容易過再遲半月是清明

蘊古樓日暮偶吟

閱歷還嫌淺闔門且待時閒來聊作畫興到浪吟詩室暖春回早樓高日落遲盆梅見來復花發兩三枝

寒夜

簾隙光微露斜穿月半痕詩多尋稿健窗冷借燈温得句頻呵管防寒緊閉門撥爐還暖酒一醉傲乾坤

早春 以下己卯

日暖雙蝶飛尋花傍竹扉不知春尚早花發樹頭稀

訪徐吟舫振常不遇

西山日薄訪高人，道說栽花到海濱。爭羨一庭紅雪豔，願君贈我一枝春。（君家園中紅杏盛開嬌豔動人）

母病咳甚重寫悶

親老病纏綿，連宵未穩眠。世無醫可信，心並藥同煎。繪佛酬新願（堂上前曾病痢三年餘百藥罔效許願敬繪大士聖像百幅分送後漸愈今復許願繪送），焚香告上天。惟期添壽算，不日慶安全。

雨過夜坐

一雨詩懷爽，庭空秋漸多。蟲聲牆外起，雲影月中拖。簾捲涼猶嫩，花開香未和。清風無限好，獨坐細吟哦。

題邑侯司春崖明府（開先）鐵石梅花山房圖

快哉海上春風來，梅花大地盡爭開。花開香氣滿山谷，散布海天盈蔀屋。那知卽是使君心人與梅花共古今梅花丰格最淸潔使君懷抱如冰雪一般氣節兩相宜花自孤高人自奇手植梅花訂知己槎枒堅勁志難移挺挺鐵石腸淸風明月滿城香嬌嬌鐵石骨雪幹霜枝不可屈凛凛鐵石姿不與凡花開並時神仙富貴騷人詩別有心腸梅花知梅花差幸結平生使君山房稱其名恍似當年宋廣平風流詞賦一時情抱屋梅花千萬樹此中祇合高人住高人器宇寬天下琴堂深得煙霞趣今番我欲擬就新圖獻使君梅花樹下挹淸芬他日更爲使君圖寫淩煙閣依然圖內梅花笑共索百年身世一椽中化行海國盡春風惟願春風常不去海上梅花香有主小草欣沾化雨多花香百里快如何興來長嘯發狂歌

小春望前二日朱斗泉明經泉徵李止亭明經維暉徐吟舫王少宜兩茂才同於海上治水航餞別汪子介司馬元昌何庚生少尉夢星並爲眉

生王君接風作此示同人

日暖風輕春正小海天空闊寛懷抱人生聚散本無常別酒言歡情更好銜盃笑指夕陽邊隔岸漁村楓葉老家家茆屋起炊煙特爲何郎添畫稿何庚生粤東人善寫山水雁字書空斷復連似誰醉墨和雲掃座中汪子介朱斗泉王眉生徐吟舫諸君均善書點破青天鐵畫長換鵝客返福州道王君眉生游幕福建福州迄今二十餘年適旋里省墓不唱驪歌贈遠人綠楊裛盡隨芳草亭臺花木尙精神酒狂勿被神龍惱相對觀潮共倚闌銀濤擁月離蓬島一笑出門分袂行寺鐘相送聲催早謫仙邀我泛舟游芷亭李君放棹海上泊聞琴橋畔約朱君斗泉泛月同歸蘆汀月冷風聲燥不知此會重逢在幾時推篷搔首問蒼昊

燈下

風雨聲中節序新安排餞竈更迎春歲闌事集惟澆酒多少燈前得意人

除夕

今夕除夕何所除除卻窮愁換癡愚癡不解愁常快活愚不知窮忘有無有錢
難買萱堂壽年年今夕歲同守有錢難買兒生福掌上珠圓心已足幼女持杯
妻執壺醉聽呼爺還喚夫難得今吾非故吾燈前團敍笑相呼春風入座飮屠
蘇

余家涉園刼後林木傷殘不少今族人檢點一過則喬木多半成灰燼矣
作此感誌 以下庚辰

嘆息城南園刼後僅瓦礫花木漸凋零侵伐大苛刻樓臺可復興古木難再得
荒蕪二十年石竅叢篁塞雜樹尙參差好山仍奇特所惜草盤紆小逕多欹仄
餘花懶不開倦臥石橋側可憐採薪人罔念先人植刀斧忍相加觸目心悽惻
數典敢忘祖相向豈容默偕行同檢視堂構誰分力攀蘿陟層峯願展凌風翼
方期得藉手泉石重增色潮來舊時聲空翠遠山逼時有遊人至嘖嘖猶賞識

飲酒或敲棋蒼苔頻拂拭幽鳥權爲主飛鳴當守職嗟哉我不如歸途空嘆息

汪嶧丈抄示漱紅主人何衡山詩伯近作讀之殊覺元氣渾成詠贈以誌

欽仰

南岳插天高攀躋誰能上但聞漱玉聲知是清泉響峯藏松竹間雲隱境愈爽

可望不可即高山徒景仰邱陵不自慚相形離千丈聊解斧柯愁樵歌療技癢

西窗觀雨

墨雲遍野鎖長空塔影孤擎煙霧中葉戰狂風酣鬬綠花防淫雨早藏紅春衣

乍脫寒猶滯畫稿新添寫未工簾捲西窗遙望處米家筆法正相同

即目

昏昏連日雨啼鳥寂無聲草長路疑沒橋低人斷行亂泉爭出澗野霧尚連城

愁煞雲猶滯東風不放晴

鄉村

鄉村四月少閒人話到田蠶最苦辛門上家家記蠶月殷紅紙襯綠陰新

其二

養蠶最怕雨綿綿添得餘寒蠶懶眠新豆熟時春筍老光陰正值採桑天

蠶忙詞

朝出挑桑雨壓肩夜防蠶餧未安眠鄉農事業眞辛苦過了蠶忙又插田

其二

雲鬟繚亂半垂肩春酒豚蹄做大眠呼喚兒童休懶惰瓜秧攜去種桑田

其三

連日匆忙未息肩山棚底下伴柴眠今年虧得蠶花好賣出新絲買自田

其四

郎年十五正齊肩新婦年輕少小憐豆麥登場絲上市相幫料理做秧田

五禽言

鵓哥哥守舊窠鳴高柯空相呼呼天不應可奈何呼晴晴又訛呼雨雨無多鵓哥哥避風波守舊窠

其二

提壺提壺有酒當沽問甚清濁管甚榮枯醉也快樂醒也糊塗提壺提壺有酒痛呼

其三

泥滑滑難行煞黑霧濛濛雨䨓䨓風狂走沙山欲壓荊棘當途亂刺脚鬼嘯暗驚人陰燐忞恐嚇泥滑滑客路關山難行煞

其四

行不得也哥哥世間平地有風波逆浪翻空處處多沉溺人人喚奈何大海汪洋實難過何處堪尋安樂窩一枝聊借在平坡自弄好音自唱歌行不得也哥哥世途處處有風波

其五

不如歸去好胡勿安閒尋煩惱南北奔波何時了人生百歲終須老幾人快活愁懷少幾人碌碌終潦倒幾人富貴到兒孫幾人得意長安道他年一樣荒墳草幾堆白骨同枯槁叫得回頭春尚早不如歸去好

布穀

家家蠶熟快快布穀我其來兮桑陰滿目我將去兮新絲盈軸絲貴喫肉絲賤喫粥惟爾鄉農快快布穀

贈友

燈花落盡夜漫漫一局圍棋勢未殘下子不先思應著守隅何暇顧通盤歧途莫問機空鬭勝算難操智已殫孤壘力支無策了旁觀心轉爲柯寒

擬杜少陵白絲行

楝花風細繅車鳴銀絲縷縷清泉清繅成浣向清江上搖動清波白練明浣得清絲上機織夜窗篝火風側側一寸柔絲一寸心月光如雪兩爭色織就添君身上衣三更素手未停機織就爲君牀上被素心織向素絲裏願得君心勿棄捐緇塵未染本娟娟君不見黼黻文章藻采多廷獻不比篋中羅妾心自潔君自貴五色憑君手自和

幽居

門外青浮草徑迷疎林時有野禽棲庭閒好鳥何妨住屋小巴簾不礙低篠本垂陰新築架花苗出土自添泥兩三竿竹清風掃雲擁山根翠一畦假山下翠雲草擁護

層疊可愛

小滿曲

小滿節交農滿足繭滿山頭絲滿軸蠶豆莢粗滿意嘗黃雲滿野新麥熟甕頭酒滿謝蠶花滿煮雞豚同飲福兒童子婦滿樽前淺斟滿酌笑鼓腹竹籬花滿香馥馥醉到斜陽月上屋老妻白髮歡同宿

偶成

時節了蠶桑風來楝子香鳩因呼婦急燕爲哺雛忙籬脚菊苗長牆根竹母昂靜觀生理妙春意漫相忘

題自畫山水册葉

柳煙劃斷半山青花淡雲慵春未醒隔水投竿誰把釣白鷗驚破起沙汀

其二

亂山隨意疊新樹任欹斜人立溪橋畔尋春問酒家

其三

茅亭傍山根石橋枕山脚桃花隔隖開媚人紅灼灼恍入武陵溪小艇柳陰泊

春在有無中閒身何處著

其四

昨宵一雨山光淸新綠陰中囀晚鶯跨水人家雲半護酒帘低映夕陽明

其五

新潑一池墨雲濃屋後環雨聲努力寫烘出米家山

其六

山瘦峭露骨樹古虬枝秃秋從何處來聲到籬邊竹隔浦船乍歸疎林鳥投宿

訪道孰携琴柴門聽剝啄

其七

紅徧霜林青徧山白雲堆裏掩禪關鐘聲遠渡空江去古寺深藏何處間

其八

鴉噪疏林晚天空秋氣淸倚門流水外山頂看雲生

其九

雪滿江干沒釣磯兩三茅舍掩柴扉此中應有袁安臥路斷行人識者稀

其十

山前山後松竹齊梅花壓屋香過溪探春人上野橋去家在梅花香聚處梅花常對詩人開不愛梅花不肯來香雪滿山春似玉幽居空谷亦心足長伴梅花聊免俗

四月田家

蛙喧亂草雨初收蓑笠欹斜已滿疇布穀聲中農事集繅絲歌裏野行幽浮天綠蔭宜槐夏捲地黃雲正麥秋煮豆卻逢新釀熟夕陽未下晚餐留

題自繪便面

雲生峯底墨龍盤石舞山飛松雨寒多少人家煙樹裏水光浸入碧闌干

納涼

未秋卻愛十分涼風墮飛螢逗石床月滿空庭何處笛清聲倂入藕花香

秋夜

風掃湘簾竹韻輕滿窗涼月聽秋聲梧桐陰碎添淸籟一派詩情屬短檠

書窗遣興 以下辛巳

不許將離放春光又欲歸聽殘紅樹囀看到綠陰肥紅樹春鳥名也花架新藤繞松窗倦竹依閑門閒課讀來往故人稀

雨後信步

沿溪一帶綠陰新紫燕銜泥却避人楊柳拖煙猶臥水牡丹厄雨早辭春已逢蠶市過三月又聽蛙聲滿四鄰滑滑當途行不得讀書聊自守天眞

夏日

綠陰滿架午風清一曲蟬琴聽有情除卻詩朋兼畫友書齋絕少扣門聲

竹夫人

冰肌玉骨漫相親夢裏湘妃認未眞伴我橫眠能解愠愛他入抱不矜春雖然附熱猶知節莫道趨炎縱失身堪嘆秋涼分散去霜寒夜冷託誰人

牽牛花

何年銀漢結仙胎仙種應知鵲啄來下界雙星隨處有不須生傍夜機開

翦秋羅

綠窗疑是唾花紅薄似秋雲織較工燕子將歸忙著力翦裁好擬禦秋風

閏七夕

誰效穿鍼更上樓呼槎我欲問牽牛不知自嫁天孫後此是千秋第幾秋

其二

相期不必在經年兩度金梭此夕閒畢竟是誰眞得巧只添詩料在人間

病起

荻花楓葉老江村籬落橫斜殘菊存病裏獨憐秋晴去小齋一月未開門

其二

藥罏親處短檠疎辜負宵長廢讀書黃葉積階人不掃秋聲寂靜已無餘

半農草舍詩選卷三

海鹽張廷棟　文圃

新歲連日晴朗 以下壬午

爆竹報平安新年事事寬天晴人意悅日暖鳥聲歡頓起探梅興渾忘隔歲寒
郊原春正好到處足游觀

燈下觀梅

牆角暮雲屯中天月色昏詩求新句拙春借短檠溫竹樹交成影梅花淡有痕
暗香餘一縷幽意佐清樽

寫興

翦燭編籬落挑泥築小坡山林權養性天地借行窩庭小藏春窄花嬌引客多
開窗閒覓句靜聽鳥聲和

夏日

岸船無暑到籬落宛巖谷雜樹接桐陰掩映北窗綠茶烟含雨重競向簷前宿
正逢幽客來一椀淸談足

其二

湘簾晝不捲簾角夕陽明閒庭花正放日暮香且淸炎歊俱遠屏午睡無人驚
詩成復誰和忽聽一蟬鳴

其三

前庭數竿竹風來引淸響石隙翠雲披流螢飛三兩六月無炎暑夜涼等秋爽
披襟防病侵寧作如是想

偶成

風逗蝦簾抹麗香桐陰深鎖北窗涼閒花點綴疏籬角猶吐殘紅媚夕陽

殘冬臥病

臘盡又春頭圖謀一病休燒丹愁計拙種藥喜根留有酒消殘歲無錢典敝裘餘生今幸獲何事更營求

養疴蘊古樓 以下癸未

靜掩重窗度歲華聲喧爆竹聽家家庭空寂寞無人到梅病春寒未吐花

歸隱詞

七尺頑軀幸再生風光何必與春爭梅花冷落相憐我病後重聯隔世情

其二

勘透人情學閉關前溪羨煞白鷗閒早知世路多艱險四十餘年悔出山

其三

放開歧路讓人行何用心兵暗裏爭風月無邊天不吝一生儘足寄閒情

其四

兩般名利總艱難撇卻歧途十八灘謝絕親朋歸隱去葫蘆剖破孰還丹

其五

堂前萱草就衰時百慮千愁忍令知菜飯安居心願足筆耕聊貢稻粱資

其六

得安樂處便爲家地闊天寬到處嘉我本移家無長物一筐詩稿一航花

詠梅花

洗濯冰魂雨未乾幾生修到此身難敢嫌冷淡遲清夢不避風霜破曉寒一縷幽香煙外動半窗疎影月中看愛他老幹饒春色畢竟山中甲子寬

其二

心腸鐵鍊耐清愁不發奇花死不休冰雪胸襟難共俗神仙眷屬淡封侯耽幽

名豈因春重結隱香疑爲我留世上但知桃李豔轉教桃李替人羞

及門馬稼蕃茂才爾泰邀看梅花作詩以謝之

病餘猶自怕春寒舉步支離行路難恐被梅花憎我俗今年不敢出門看

其二

舍南舍北徧梅花遙憶香雲老屋遮地僻紅塵飛不到那知城市有仙家

述懷

俗念頓消盡焚香讀道書不知春已半猶自守蓬廬

其二

客少門常閉日長反覺閒持齋學佛性世事一齊删

其三

不管閒桃李辭春別處栽諸徒星散各就他塾偶將兒女課晴日綺窗開

其四

壓籬梅有韻倚檻杏含嬌各自饒春色庭中梅杏並放綽約可喜相看破寂寥

閒步湖上至韜光小憩

蘇白隄邊去復還滿腔心事付青山今朝欲借西湖水洗盡愁根換笑顏

其二

聳身直上翠雲端煙樹迷茫竹徑寒俗念不知何處去令人眼界一時寬

小樓聽雨不成寐枕上作

夜靜雨聲聲無言對短檠曉鐘催斷夢官鼓續殘更客邸宵偏永山房氣轉淸

春光時欲暮頓起別離情

客裏

客裏偏多雨和雲不出山開窗閒讀畫好待鶴飛還

其二

一春愁裏過春去未離愁何事心頭足終朝伴白頭

其三

盼望家書切燈花卜幾回剛尋鄉夢到怪底曉鐘催

雨窗悶坐

愁上心頭百事灰不堪岑寂坐樓臺雨經匝月晴難定雲壓千山掃不開繞屋猶聞鳩語急捲簾時望燕飛來麥秋天氣家鄉好料道蠶桑欲了纔

夏日曉起至三雅園品茶

青山環抱水邊樓紅藕花香到渡頭雲氣橫空煙靄碧嫩涼已帶一分秋

其二

籬下迎風挈茗壺愛看山水坐臨湖涼陰滿地渾忘夏曉起將身入畫圖

山樓

來時楊柳半含靑轉眼秋風到蓼汀枝老花疎時序換依然身世托浮萍

其二

悶來湖上學偷閒小艇輕划任往還應被白雲常妬我也知一味戀靑山

重陽前三日偕友王琴齋遊韜光小憇隨登北高峯

步入韜光徑夾道翠靄籠撐天喬木古修竹翠叢叢古刹橫雲際勢如接蒼穹

登高縱遊目天然圖畫工秋山色更佳點逗楓葉紅湖光明樹杪泉響雜松風

入門僧問姓賁茗倩山僮靑氈訴往事到此覔遺踪九世祖大白公曾讀書於此廊舍插雲

表僊宇殊玲瓏煉丹爐已息臺古白雲封山後有呂祖煉丹臺偷閒暫離俗神仙究難逢

猶幸雙足健直上免攜筇同行志不餒盤旋氣轉雄賈勇百折上喘息興猶濃

常存失足想憇定心猶舂憑空一俯仰浩氣流心胸目逾飛鳥疾遍覽及遙空

地勢來西北夭矯若飛龍南行不得騁怒起爲千峯大江忽束住萬古流當中地隨山忽轉勢如馬首東雄城隱一角但見夕陽烘人家十萬戶佳氣鬱葱葱旭日眞可捧飛龍更何從身到最高頂便不與人同故鄉不可見身世感飄蓬隱微誰與訴杳冥豈難通恨我無羽翼志徒羨飛冲何當跨元鶴謁見蓬萊宮蓬萊渺難接歸歟意轉慵戀山山知否聲聲何處鐘烏啼催客返遊興嘆未窮

采蓴曲

采蓴莫采菱日暮歸湖口蓴絲作郎羹菱角刺儂手

其二

采蓴莫采蓮終朝下西浦郎似蓴心滑儂比蓮心苦

其三

采蓴復采蓴一年秋又到四月蓴初生八月蓴將老

其四

采蕁復采蕁隨波動白蘋蘋末西風起衣單愁煞人

遊北山晚泛湖中

斜照塔邊下蒼然樵徑迷樓懸空翠合山插暮雲齊野鶴依松立輕鷗傍柳棲
相將訪漁父撥棹過前溪

秋感

我鬢雖未白我髮亦漸稀涉秋自多感事業今猶非蟋蟀夜吟急霜寒思添衣
悄然懷故里閒吟偶忘機樓高夜撫枕還思慈母依出門一眺望落葉滿山飛

其二

嘹唳雲中雁天空發清音來從玉關塞亦復經上林阿嬌在何處燈下常悲吟
恩寵今異昔顏色昔猶今漢皇自盛德親賢遠荒淫金屋春光遠長門秋色深

休買相如賦重蠱君王心

歸家未果

人生百歲本如寄到處爲家也不妨今歲殘冬客裏過明年未識在何方

其二

一家相共走天涯雖說無家總有家我室寓人非可惜最難割愛一庭花

有雪 以下甲申

昨夜家鄉夢裏還醒來積玉滿塵寰天公快把晴光放欲看西湖雪後山

其二

歲歲寒香鬬雪酣春來豈獨在江南故鄉梅信知何許北郭何時更一探

寒食村居

繁華又是去年時好鳥聲聲戀故枝莫道東風是花信東風容易雨如絲是日天雨

其二

誰家荒塚草芊芊日暮松楸叫杜鵑一片蒼涼人跡斷紙灰散作墓門烟

其三

小隱花園古里村漫將通塞費評論試看桃李爭春色萬樹和雲綠到門

其四

作伴農家野趣添笑看插柳到茅簷相傳此夕無燈火草草和衣向黑甜

天雨

舍北舍南烟雨昏日長無事倚柴門時過寒食猶多雨岸有桃花便是村巔棗

儒冠焚筆硯甘隨野老牧雞豚家風清白貧何厭只望遺經到子孫

雨霽散步

連番陰雨喜天晴隴畔尋詩緩步行桑眼漸粗蠶事近豆花香處雉爭鳴

暮春野望

桑柘青連陌新蠶過二眠劇憐春似客最愛日如年薄暖催花雨輕陰養葉天開門一片綠又看麥齊肩

村居

豚柵雞栖外茅簷接豆棚竹窗疎樹合蘆壁嫩苔生煑飯泥塗竈添肴菜作羹日長閒不了隴畔看春耕

新夏

一番春事又蹉跎空聽流鶯喚奈何纔得春來春又去野花飛盡綠陰多

其二

村邊綠樹嫩陰涼吹盡東風楝子香零亂殘紅無覓處衹留芳草與垂楊

遠望

一片田原野色幽嫩陰叢裏數聲鳩緑雲已隔遊春路春去東風尚未休

雨霽晚眺

驟寒添雨後眺望極林隈比戶炊烟動遙天夕照開野田青似海雜樹翠成堆不盡雲飛處一行白鷺來

春農二詠

蠶

村中二三月具曲植籧筐農功方得暇餘力事蠶忙歡因佐婚嫁愁或償官糧千般賴一舉未事先思量戢戢乍盈箔攏攏初暖房婦子各努力飼葉安敢忘心常計得失夢易醒倉皇勞苦寧不惜但期慰所望小姑操豚蹄大姑進酒觴喃喃花影裏共祝馬頭娘

豆

田疇納稼後種麥豆𦍒之麥長豆稍短風弄影參差春暮花燦燦夏首子離離
天教先麥熟用以慰朝飢將來雜作粥開甑滑流匙農家唯此味洵美我所思
村翁篤情誼家家滿筐貽賤子耽坐食素餐愧何辭兒童競多少追逐何太癡
何當租一頃學種聊非遲

雨中

老農野田行濛濛一蓑雨隔隖兩三家柴門對烟浦

寫興

也足衡門度歲華飽餐鮮筍試新茶居常慣與村農近不愛庭花愛野花

其二

麥黃蠶老夕陽紅我太清閒學釣翁最是鄉村好時節茅簷吹過楝花風

自解

踏遍天涯路無非勢利場耐貧聊守命避俗且居鄉豈爲人情薄愁將世味嘗彼蒼如著眼否極或光昌

憶西湖

棲身獨愛吳山好樓上山窗兩面開記得尋詩常倚檻江帆移入畫中來

其二

入秋客裏爭多感雲外香飄丹桂開記得遊山曾結伴划船喚到渡頭來

其三

千層細浪風吹縐一道浮萍櫓劃開記得白公隄外泊鐘聲穿過白雲來

其四

六橋橋畔舟初放點點菱花鏡面開記得曲園曾小憩隔花笑語麗人來

其五

雨餘山色峯峯秀風定湖光面面開記得段橋南岸立藕花香裏待船來

其六

泉聲百道穿林出黛色雙峯向晚開記得歸來天竺晚夕陽隨我下山來

其七

澗邊修竹千竿密雲裏韜光一徑開記得倦眠峯畔石綠陰移上葛衣來

其八

隔窗楊柳陰常合繞徑笆籬花亂開記得湖邊朝品茗萬山青送入簾來

憫農夫

農家天未曉催耕鶯啼鳥荷插出柴門日高腹未飽沾體盡汗泥雙足沒青草分秧已及時破土各爭早笠影滿阡陌幾日綠雲繞風雨豈辭勞日炙誰敢惱青年面目黧未老形枯槁所居惟茅茨所食無美好嗟彼力田者辛苦何年了

須知農力艱粒米宜珍寶

納涼

草長亂螢流村居夜色幽蛙聲爭噪野蟲語預啼秋地熱風何吝雲多月似羞
破愁橫鐵笛驚起水邊鷗

夏日

無計消煩暑松陰聽鳥啼安能事筆硯我亦望雲霓地僻閒居好村貧生計低
妖氛海隅起尙足羨安栖

其二

不踏長安道逃名樂隱居未能供草具偏喜講農書避暑無高厦安身有寄廬
一椽茅屋小喬木蔭扶踈

曉起野望

宿霧初收露氣涼輕風微弄稻花香昨宵雨過田原足把釣人閒坐石梁

重陽日對菊獨酌

佳節無相負前村買濁醪看花拚一醉賣畫換雙螯地僻居無伴人貧氣尚豪攜樽喚兒女且漫說登高

其二

栽得庭前菊花開應候黃感時歡共隱傲世愧同芳冷落秋情淡蕭疎故態涼

記事

村居鮮韻事聊以慰重陽

農家贈我甕頭春餞歲酬神不患貧僻處鄉村多草草黃雞分惠謝西鄰

其二

安閒度日勝豪華有酒前村莫漫賒爆竹催年又一歲小窗料理看梅花

花朝野步 以下乙酉

梅花作雪柳成烟又是光陰二月天紅遍野桃嬌傍路綠勻芳草細盈阡村雞就日屯籬外溪鳥驚人避水邊地僻不知春過半良辰無雨喜今年

二月杪泛舟武林雜詠

李花散雪破微茫開遍臨平十里塘消損野桃春色減亂山蒸翠襯紅妝

其二

烟花釀就萬家春一路垂楊牽弄人遥望青山如故友經年相别又相親去年春正月十三日旋里

其三

雲擁斜陽上敵樓東風相送到杭州依微塔影冲烟出細雨連番滯客舟雨至二十二日晚晴舟方抵城

其四

春陰漠漠鎖烟鬟錯認元章畫裏山二十三日泛舟湖上又值大雨舟泊柳陰觀雨竟日東風吹白雨好山何日笑開顔

其五

白雲如絮雨如絲湖上重遊感舊時依舊青山依舊我青山不老我添髭

其六

冒雨衝風覓故交訪池陽高秀山於吳山又遇雨阻登山轉想更營巢余前年僑寓吳山樓今仍虚室相待歸帆難帶青山去猶戀西湖未忍抛

紫燕來巢寄廬廹成忽被貍奴驚去回翔審顧若依戀不忍去者感而賦此

伴我呢喃興不孤驚飛巢燕恨貍奴綠陰門巷知初熟子細商量忍别圖

其二

驚魂未定總疑猜爲念多情去復回可惜雙雙難解語幾番相勸不歸來

其三

草舍依然又夕暉新巢未定問何依從今別卻詩人去巢冷空梁何日歸

刺梨花

繁枝亂蕊傍谿生搖曳臨風也動情莫道野花無色相幽香不讓玉梅清

其二

冰姿不禁被人攀隨意花開碧水灣羞比陌頭十姊妹背春猶自鬬嬌顏

村居

野品隨時換村居不礙貧筍羹誇甚美蒜醬愛微辛竹戶開雙扇繅車動四鄰

相看儂較逸忙煞是農人

半農草舍詩選卷四

海鹽張廷棟　文圃

淸明前二日 以下丙戌

牆外野桃開淸明節又來春深猶戀雨花晚尙飛梅知己驚長別疑聞尙自猜昨得友人信知王仁珊於客冬作古不勝感嘆南溪如復到誰與共銜杯

雨餘散步

無事看花野外行前溪路滑草叢生東風容易吹成雨三月曾無十日晴

其二

桃花繞屋柳遮門隔水人家又一村點綴春光隨處好追尋詩跡認苔痕

野塘

野塘香散木樨風秋色人家點染工猶有涼蟬鳴遠樹數聲斷續夕陽中

春日 以下戊子

春色上桃花爭春蜂蝶譁豔分高士宅紅到野人家岸柳連村合谿橋隔水斜此中閒把釣有酒問誰賒

至文庵訪蜀僧光華和尚

村居無俗事野寺去尋幽老樹連天合斜陽逐水流客來門自啓僧病菊仍秋小坐清談久茶烟一榻留

歲暮

一年將近又殘冬人自匆忙我自慵地僻市遙生計拙不愁柴米羨村農

其二

天涯到處可安身無意營謀不礙貧難得鄉村力田輩頻來親近讀書人

除夕

黄雞白酒餞殘年兒女爭分壓歲錢僻處鄉村閒務少靜聽爆竹俗情牽薦饈

話舊人團坐翦燭迎新夜未眠窗外雪深寒意勁梅花飛舞落燈邊

冬夜夢回枕上口占 己丑

夢回天未曉疑是月光生簷短布衾薄窗虛紙帳明沈沈燈散影簌簌竹鳴聲

遙聽寒雞唱前村報五更

哀痛詞十二章 以下壬辰

庚寅四月十二日　先慈見背哀痛之餘不能握管成章思借吟詠以

伸孺慕未經下筆先已傷心不禁淚落沾襟擱筆三五次至壬辰春日

方得續成

思親不得見何處更尋孃撒手拋兒去傷心欲斷腸

其二

思親難再見萬事盡灰心入室誰呼我能無眷戀深

其三

思親總不見冷落度晨昏爲我孃辛苦劬勞未報恩

其四

思親不復見體恤有誰人衣舊權縫補艱難歎我貧

其五

思親杳不見何日更相逢手澤存衣袴孃皆親手縫先慈在日衣袴皆親自裁製予之舊衣亦常爲縫補

其六

思親不能見覩物倍傷心物在親何在茫茫何處尋

其七

思親永不見虛望我名揚未就凌雲志一生空負孃先慈盼余成名甚切每逢鄉試輒典衣鬻物爲余措

辦諸事報罷後不加責斥反爲寬慰而余終不獲一第以慰親心不孝之罪大矣

其八

思親何日見無路覓重泉爲我操勞盡累孃五十年

其九

思親何處見惟有夢中尋膝下瞻依慣難忘孺慕心

其十

思親夢裏見夜夜不離孃願得天長夜更長夢亦長

其十一

思親夜夜見言笑竟如生夢醒難追憶傷心淚暗傾

其十二

思親苦不見和淚強題詩誰識無孃苦兒悲孃不知

避暑城南寺贈蓮坤上人以下甲午

暫離煩惱境寄跡上方邊地僻忘塵俗心空締佛緣養閒聊讀畫適性學參禪幸有高僧遇從兹妄念捐

其二

不信眞修少全憑夙慧深淸談參道妙靜坐見禪心遇合休嫌晚空明未易尋迷途叨指引何用入山林

重陽日贈蓮坤上人

風萍聚散本無常人世何殊夢一場過去已多來日少百年能有幾重陽

其二

荆棘纏人試道心一番經歷一番深骨堅不怕秋風惡任聽霜華暗裏侵

除夕前一日燈下

人生難得計安全十載光陰幾變遷壬午度歲在武林寓甲申至辛卯八年在西溪花園浜兒女無端分兩處今年各自度殘年

其二

萬般造化本由天何用空教俗慮牽茅屋半間燈影我黃虀淡飯度殘年近好持齋誦經菜飯得安心已足矣

其三

閉門歲月任推遷偷得安閒卽是仙過去未來均不管金經一卷度殘年

破曉起誦金經聞樹頭鵲語似作梵音以下乙未

曙色微看逗紙窗宵長待漏剔殘缸孤村僻靜無雞犬報曉惟聽鵲一雙寄廬門前大樹新營鵲巢每旦聞鵲聲報曉起作功課

其二

喜上眉梢印佛心經營不憚苦功深鵲所營巢之樹與庭中老梅隔牆而枝蔭相接雙鵲常飛息梅枝互相語答新巢方就爭歡悅也解金經學梵音

寫與

誰識隱居樂隱居樂最眞分將一角地占盡四時春寄廬庭中東半庭編籬栽花四時不斷花草盈庭宇桑麻接水濱悠然混太古僻處遠風塵

一春多雨無快晴之日屈指春又將去雨仍不息

九日春光餘幾日東風吹雨未肯息三日天陰一日晴百花憔悴無顏色岸柳拖煙眠未起綠陰門徑雲昏黑光陰又是去年時葉卷桑田寒尙勤新蠶出種已初眠淅淅窗前雨更力寄廬門外草迷離綠遍村南與村北溪頭水漲小橋低滑滑泥塗行不得

殘冬 以下己亥

老去光陰兩鬢催壯年情興未曾灰幼時景況還如昨不覺春來六十回

其二

水仙妃子下蓬萊隨我城南古寺來時寄居福業寺余以水仙移植盆內攜至寺中清夢初回春又轉

梅花分寵上樓臺移來盆梅值花怒放與水仙同供養樓中

其三

家家餞竈並酬神我獨偷閒避俗塵送歲迎年多不管本家歲務皆命雲兒料理梅花相伴

入新春

戲詠水仙

愛卿娟潔侍清修獨立亭亭韻態柔隨我專房先得寵不須入座尚含羞

其二

縞衣輕褪暗垂頭玉骨無塵香意留買得梅姬卿莫妬春回紙帳兩綢繆

題畫扇 以下庚子

水閣山牕野趣幽小橋斜枕綠楊洲有人載酒來尋伴相約明朝去賞秋

和任學舒詠木桃花韻

一番陰雨一番風咫尺難將款曲通細把吟花詩句讀嬌春想像十分紅

其二

數盡春來花信風詩腸搜索自靈通爲花欲與君聯韻銀燭燒殘一寸紅

嘉平月十九日卽事

先春風雨入春晴暖日烘牕几案明冰研未開寒尚勁盆梅欲吐歲將更塵緣難割仙機遠俗事潛芟心地淸寂寞樓臺禪境靜荒城海角寄閒情

歲晚無事感賦

僧樓覔句無吟伴感歎西園成荒曈記得當年名士居倚晴樓上吟箋滿謂倚晴樓

主人黃韻甫先生少時約略記難清詩酒相傳常不斷而今一片草凄迷破壁頹垣人跡罕古木摧殘作野薪緋桃委盡等禾稈倚晴樓集中有詠緋桃詩夕陽依舊照城西詩境清寒熨不煖我本耽吟百感生催詩借酒斟盈盌香積廚中菜羹香長齋清淨滌腸脘聽海樓高海作鄰東風催雨潮聲悍春到人間歲欲除梅花含蕊笑相款家家爆竹送殘年俗事何庸我計算梵宇深居久避囂身安夢隱宵疑短莫問窮通是與非翦除俗慮無憂懣料理瓶花供歲朝黃雞白酒姑從緩

爲任學舒遺照補圖幷題 以下壬寅

先生歸去也身世方知假按圖面目眞不減舊風雅握管爲補圖幽景從心寫吟香竹徑邊醉雨松棚下悠然高士風賞識紅塵寡相對默無言頓覺新愁惹思君不復來更無知音者

聽雨

古寺晨鐘禁幽棲夢亦安樓高聽海近市遠覺天寬事少偏疏嬾春深尚峭寒
那堪連日雨陰重壓闌干

秋闈榜發報罷

秋風吹老桂子香湖光萬頃鋪斜陽畫船歸來醉歌長風流少年氣飛揚愧我
衰顏鬢鬢蒼隨人提笈趨文場孤燈矮屋味再嘗精神矍鑠猶爭強龍門翹首
殊軒昂無才多半替人忙文章光燄羞空囊徒事吁嗟走筆狂出門一笑意傍
徨名落孫山空相望回首湖山遠茫茫年年不改秋來妝寄語湖山無相忘秋
風更踏槐花黃

懷舊 以下癸卯

幽蘭在空谷尋香來訂盟此花不附熱甘傍荆棘生荆棘易刺手相親若爲情
出山性不改豈附桃李榮孤高不入俗芬芳早知名何必慕富貴深山孤月明

其二

雲情何太薄無心看出岫披絮嶺頭生重疊又疑厚非霧更非煙布散空宇宙

變幻多奇觀轉眼渾非舊入秋又如羅恍惚波紋皺何將比世情相映山容瘦

題表貞集爲黃玉章少尉寶璋之女作樂府九章

天上仙姝人間小謫原詩注君女誕生之夕母夢仙姬擁花帚自天降遂育既締良緣分飛堪惜一解

鸞鳳未諧鴛鴦鏡破一卷新詞斷腸功課二解貞女著有薄命詞

千金聲價名傳江夏生許何郎歸從地下三解貞女字何姓未婚而何郎病歿女誓不他適至何氏抱木主成禮不數年亦逝

枝結連理志堅難奪一枝枯死寧肯獨活四解

是冰雪志是金石心卓哉女子貞烈堪欽五解

徵彼幽蘭既馨且潔花斷連枝情根斬絕六解

月缺難圓共謝塵緣巾幗丈夫孝義兼傳 七解
女貞花現國瑞家祥冰霜凜凜志潔行芳 八解
情天何補寸心獨苦待看旌揚流芳千古 九解

花朝喜晴

綠柳紅桃點染輕連番春漲小橋平花朝成例年年雨難得今朝特放晴

偶見地上水仙盛開任人踐踏爲之惋惜不置

風前月下自娟娟雪壓低頭孰見憐一入泥塗扶不起更無清福結前緣

其二

一枝折供綺窗前洗淨汙泥玉貌全訪得梅花聊作伴免教狼藉樹根眠

追憶庚辰八月查德甫以詩約同人於十八日至海上觀潮繪圖贈陳介石 以下乙巳

詩東喜相招同看東海潮出門遇良友先認酒旗飄是日偕月峯赴約途遇陸敬安汪嶧丈先邀至東市小飲

其二

出郭海風狂蕭疏鶴頸塘秋聲兩岸起雲水自蒼茫

其三

風緊浪花開濤頭一綫來神仙不可接何處是蓬萊

其四

結伴陟危塘齊登治水航海天同一覽高唱笑詩狂

其五

已近菊花時何嫌入夢遲介石自號夢花居士是日偕徐怡庭遲到後各有詩邀君來入社同唱竹枝

詞

其六

海角鮮知音子期何處尋聞琴橋畔坐坐久不聞琴

其七

忽忽卅餘年依然海上天舊朋滯何處圖寫爲君憐

其八

月上海東頭蕭蕭蘆荻秋再來覓詩侶不見舊盟鷗

和介石春分日作步原韻

昨日剛逢社應看新燕回柳眠扶未起杏醉倦難開雨久花遲孕寒深竹始胎掃除苔徑滑好待故人來

其二

久雨今方歇陽和未肯回草蘇煙外潤梅盡雪前開美景先傳信新圖乍脫胎

爲介石繪圖八幅今初脫稿春光分半去不見故人來

快晴

經旬積雨快新晴嫩日烘窗怯放明疊疊癡雲猶未散樹頭好鳥試春聲

午窗靜坐

春日遲遲午夢慵隔城猶聽海南鐘晝餘閣筆茶煙起吟罷添香花氣濃漫動簾鉤驚睡燕撥開窗紙放游蜂淸閒自覺無情緒庭外尋芳倚短笻

懷友寄介石

涼意逗簷低鄰園絡緯啼藤陰無宿鳥村遠不聞雞倚檻風三面開門水一溪感秋懷故友破夢把詩題

其二

契合云難得吾廬身未安層陰紅日薄無暑綠雲寒壁虎牀頭踞蝸牛屋角盤

何時回故里握手更言歡

中秋後旋里作

徧地蟲聲起方知秋漸深暝煙縈老樹涼月出疏林事理閒中得人情冷處尋十年離我室證古不如今

九月十日熱甚忽聞蟬聲

已過重陽扇未捐出門不見賣花船菊花天氣如炎暑高樹還聞九月蟬

作客白苧村

虎眼橋邊夕照明村村禾黍告秋成比鄰割稻登場喜古渡移罾舉網行臨水觀魚得生意隔溪打鴨助閒情兒童相喚歸家去晚飯黄昏對短檠

閒坐樓頭對景有感

靜坐樓頭聽鳥聲聞聲還憶幼時情回思六十年前事余幼時侍先大父秀埜公讀書樓下聞此鳥

聲宛似當年情景風景全非換一生

其二

海棠春豔正垂絲記得花明月滿時憶咸豐初年先叔芝亭公讀書於蘊古樓上窗前玉蘭盛開海棠競放兼之明月當窗更增景色先叔因顔其額曰花明月滿隨侍翦燈曾夜讀此情此景幾人知

其三

清綺齋前草不除夕陽殘壁未曾虛樓前有屋三楹舊名清綺齋而今祗餘瓦礫矣房櫳盡易前人蹟舊室猶留可讀書樓下爲先大父書室窗檻均極精緻吾笏山比部德涵題其額曰可讀書室

不寐

三更月到枕頭邊靜聽蟲聲未穩眠夜色清涼樓閣暖心閒無事即安便

夢見故友陳月峯醒而有感

北斗倚闌干宵長漏未殘尋詩燈影淡警夜角聲寒月轉桐陰散風過竹韻乾

故人來入夢相對共言歡

睡起開窗書所見

年衰多病苦難支曉起開窗睡醒遲牆角黃梅綴新蕊花開先到最南枝

其二

雲凝煙鎖雨餘時花木凋零歲月移最好生機眞活潑一羣寒鵲占梅枝

病後苦囂除夕至白苧村馮氏女家度歲

避去塵囂遠俗情連朝風雨喜新晴二十七日起風雨不止至除夕方晴鄉村風俗多從儉絕少

喧天爆竹聲

人日天雨以下丙午

今年人日雨紛紛谿水臨門漲幾分作客鄉村無箇事對花聊把好香焚

其二

瓶花含笑媚人開瓶中插水仙梅花間以月季嬌豔奪目破悶常澆酒一杯屈指餘寒無幾日連朝風雨逐春來正月十二日立春

正月十二日子刻立春是日天晴

青旂赤馬護春來野外梅花著力開天氣晴和風日暖思歸遥憶舊樓臺

其二

孤吟嚼筆入新春看到瓶花最可人寂寞鄉村年興淡飄流無定歎浮身

連日雨雪倚門遠眺

靜觀門外雪飛花隔岸林深露幾家翠竹横斜茅屋矮臨流一曲樹交加

其二

野鳧狎水過前洲小艇划來網未收雨笠煙蓑神自得攀蘆掃雪泊磯頭

其三

前溪聽出午雞啼最愛青青菜一畦屋後橋低春漲滿小園圍抱竹林齊

其四

東風吹緊十分寒纔過新年歲月寬準擬看花天意阻梅花消息雪中殘

雨霽

連緜十日雨雲破喜新晴水漲三篙足雷驚萬物萌落花憐舊夢瓶中所插梅花日漸零落

好鳥試春聲閉戶樓頭坐餘寒靜處生

雪後

看花庭外幾回空冷落紅梅煙霧中地下水仙曾浴雨一枝喜剩玉玲瓏

其二

連日瀟瀟煙雨昏小樓春冷借燈溫夜長不寐聽更漏思與高人對榻論用東坡句

立夏前二日

匆匆春又去花事雨中完自正月至四月無快晴之日新綠和煙長餘紅浥露殘薄寒依日盡老病脫根難爲愛鄉村好尋詩獨倚闌

薄晴出游村外

嫩晴天氣雨初乾剪剪風來四月寒獨立斜陽覓佳句藤花滿架耐閒看隔岸紫藤花盛開

其二

羣鳩呼雨復呼晴桑柘陰濃夕照明誰識村居風景好雞鳴犬吠盡詩情

右詩爲余族父文圃公撰公少有文名早歲入邑庠旋食餼自幼喜爲詩兼善繪事性孤介與人落落寡合余歸自粤東見公時已年踰四十矣嘗設肆賣藥躬自操執不辭勞瘁業不振旋舍去徙居於邑之西鄉足不履城市某歲新年余往謁賀棹小舟行小港中曲折不得達入夜始抵其處公以酒飯餉余族祖母族母暨弟妹輩團坐一室融融洩洩公語余鄉居甚樂也未幾又還居城中公素喜道家言至是心益專學益進且屏其家人獨居於城南福業寺閒與朋輩習靜談玄蓋微有厭世之意矣公僅一子未授室卒公痛之甚踰月亦逝女一先適人且寡居聞余有涉園叢刻之輯以公詩數册畀余卷端有公自撰丙寅序其李徐二陳諸公序言亦皆成於癸酉以前後此數十年所作悉未編定稿殊錯雜略加整治起同治丙寅迄光緒丙午得詩三百五十九首析爲四卷其詩冲和恬淡天籟自鳴不事修飾與白香山陸放翁兩家爲近公自序曰詩

之至者在乎道性情又曰偶有所觸直抒胸臆斯言也可謂自知也已戊辰仲

春族姪元濟謹跋

海鹽張鐵華撰

西泠鴻爪

族孫元濟謹署

海鹽張氏託上海商務
印書館用活字排印於
民國十七年四月出版

目錄

詩餘

西泠鴻爪

海鹽張鐵華　硯青

短歌

四坐且勿語聽我歌短歌少壯及時須行樂人生百年良無多華燈煌煌照筵席樽前侑酒雙青娥滿堂絲竹慘不懽秋風颯颯生綺羅拂衣起視天未曙長天耿耿橫星河

我有一琴名綠綺千金購得常珍藏張以朱絲之絃索護以綠玉之錦囊子期不作成連死一彈再鼓空自喜世間俗樂方嘲哳金徽玉軫爲誰理

陰山月黑虎嘯風射獵健開五石弓一箭遙中白額虎少年意氣何豪雄半夜歸來還置酒胡姬按曲酡顏紅纏頭十萬不足惜笑看寶刀氣如虹丈夫生世當有爲豈能鬱鬱終蒿蓬

雲棧千盤連劍閣哀猿叫月木葉落峨嵋巫峽靑天高灩澦瞿塘白浪惡別家
萬里出門去道路風霜愁僕御嗟哉世上無康衢行子驅車向何處
灌夫謾罵唐衢哭咄嗟身世愁局促拔劍斫案心膽豪中宵起舞太白高男兒
墮地當封侯有石須勒燕山頭不然買取負郭田抱耒耕種全其天
野樵伐殘松柏樹翁仲無語臥煙霧黃腸出草華表摧人云此是達官墓生前
威赫誰敢觸豐肌今飽狐狸腹白楊蕭蕭夜飄雨鬼馬嘶煙鬼妾語
我欲慕神仙服石求延年三十六水諳妙術九丹道悟飛龜篇身佩五嶽眞形
圖鞭鸞控鶴凌雲煙謝塵世遊太虛瑤房瓊室徧探尋眞之所居弱水三千蓬
萊遙大魚吞舟掀波濤長生有願心徒切惆悵無從問丹訣

張巡殺妾歌

妾身不殺軍士饑將軍愛妾乃爲私妾身一殺軍士活將軍愛乃爲國割睢陽

城外賊告警睢陽城中雀鼠盡三軍斷食饑欲死將軍殺妾饗軍士喚使蛾眉出玉帳豐肌旋登刀俎上美人如花刀如雪將軍無情心腸鐵心腸鐵爲守城此時將軍不知有妾知有兵豈惜一妾死但願三軍生妾肉乃爲軍士食妾身雖死死爲國死爲國名不沒將軍殺妾實愛妾君不見六龍西幸帝蒙塵萬乘猶難活婦人佛堂自縊楊妃死何況區區賤妾身

神仙引

罡風怒吹蓬山倒青鸞慘啼白榆老瑤草綠枯瓊田荒洞天日月何曾長瘦騎碧鳳朝蓉闕玉棺愁葬神仙骨蟠桃花落瑤池紅偷桃小兒俄成翁

將進酒

鴛鴦琖鳳凰杯翠幕華燈照筵開葡萄香醞爲君壽願君歡樂飲千回吳姬如花年十六紅袖銀箏理新曲來勸綠酒傾玉壺黃金買笑歡不足君當酩酊莫

愁苦富貴須臾皆黃土君不見昔日魏王歌舞地銅雀臺荒愁風雨

短歌行

我恨女媧氏徒能補蒼天不肯縛白日使之毋西遷我恨神農帝教種五穀田不令耕芝草食之盡延年我欲挽六龍奪却羲和鞭我欲種靈藥舉世成神仙老者不復死人人壽萬千

長干曲

妾居長干里嫁與鄰家子自喜生同鄉終身得倚恃
不道郎出戶出作洛陽賈千里求錢刀妾空守鄉土
憶昔折柳條相送朱雀橋楊花飛滿路分離各魂銷
客從郎處來道郎卽日回星黃曆上貼畫眉玉鏡臺
春風江波綠江花照人目朝朝候歸船夜夜愁獨宿

獨宿思天涯紅顏落鉛華錢多非妾願願郎早還家

黃綿襖辭

大裘普被天下人白傳此語何其仁可憐白傳古今少蒼蒼乃製黃緜襖黃緜襖張九霄裁量不必煩翦刀天衣豈獨羨無縫海宇徧稱人身腰少年有時著不得老人適體慮天黑是誰總皐繅扶桑染成一例鵝兒色鵝兒色宜南榮一襲萬古傳高曾壓來松影忽破碎補綴時賴松醪傾黃緜襖美無匹我將負之獻帝側帝曰此衣安且吉臣對來從不夜國

寒菜 仿韓孟聯句體

春韭秋菘外園蔬適我口露華漸滋濡土膏益深厚城市賣菜傭鄉村灌園叟分蘭成一畦種坡老半畝莩甲涼雨餘擢秀繁霜後矮窠白截肪茸葉青而黝拔比茅連茹采異芹與茆稛束載船裝筠籃付販負論斤任爭買求益許多取

或湘以錡釜或儲以罌瓿熟或爛蒸壺生或脆嚼藕劑和點鹽豉芬香雜椒酒薺原甘似飴齏亦辛能受用各適其宜好得未曾有每當雪壓廬時復風穿牖擁爐正獨斟解酲須五斗腥羶謝宴賓旨蓄歸謀婦封泥甕乍開切玉刀徐剖請冰壺先生爲麴秀才友茹蔬古意存皺根家風守不數張掾蒓何事庾郎韭視彼饕餮方斯覺膩垢惟冷故能淸惟淡則彌久借問肉食徒此意能知否

明妃曲

風吹白草黃塵飛雲霾苦日天無輝塞鴻南翔人跡絕琵琶馬上彈明妃明妃去作邊庭月夜夜遙臨漢宮闕蘇武能歸妾不歸紅顏誤人竟淪沒琵琶纏緜作胡語愁煞氈城無限女白登刻木猶妒人靑塚埋香尙鄰汝

水仙花

湘娥曉試淩波步翠羽明璫墜淸露幻作幽芳媚晚汀亭亭不受塵埃汙沙明

水碧洞庭春錦瑟聲希不見人日落東風吹細雨滿湖煙浪渺無垠

對雪 用東坡韻

朔風如翦裁雲葉散落人間作飛雪攪空歷亂雁銜遠漫野迷茫人去絕長松偃蓋猶力撐修竹垂梢已腰折兩儀浩蕩氛翳掃千里晶瑩瘴煙滅霰輕先透瓦溝灑颼動忽兼簾押掣夜眠肌粟生被池晨起眩花漾巾纈韓子柴門未踏片漢皇露掌曾和屑豐年瑞應且來歲老子詩成剛轉瞀陳言務去君莫訝生面別開吾敢說興酣書破剡溪藤冰冰鼠鬚利如鐵

擣衣篇

空庭露下涼秋影片葉梧桐墜金井促織悲鳴繡戶開洞房環珮中宵冷銀釭耿耿透疏簾玉手纖纖疊素縑砧響暗風秋歷歷杵鳴殘月夜厭厭佳人用盡閨中力蕩子從征無信息白羽遙馳大漠西寒衣遠寄交河北元戎不數霍嫖

姚度幕犂庭轉戰遙已説天兵連得勝應看漢騎卽還朝明河不動天如洗織女橋邊烏鵲起天上佳期此夕逢人間别思何時已

建蘭曲

建陽水清山骨寒靈氣獨鍾芳草蘭纍纍盆罌致千里供栽華屋邀清歡吾聞蘭本生幽谷豈謂移根在塵俗嫩蕊時迎扇月香疏莖近帶屏山綠玉立參差凝露華美人環佩當風斜盧堂客子愴無寐三嗅古馨重咄嗟空山無人白日晚流水泠泠去不返賢人在野道則光安得攜汝之江湘

孤山古梅歌

我棹扁舟問梅花孤嶼寥落空烟霞苔色蒼涼古徑滑柳絲澹宕東風斜攀枝直上最高頂一樹獨倚長松乂寂歷祠門閉春日莓苔薜荔濃交加六朝美人謝金粉千歲仙子辭鉛華東皇有情待我輩未遣雪片沾泥沙鐵骨瓊姿那忍

折盤旋百匝重吁嗟古人奇句我何有坡老去遠逋仙遐一樽竟爲花起舞醉
倒莫愁歸路賒明月滿身臥花底夢回山雀啼查查

西湖采蓴曲

湖波汪汪鴨頭綠中有湖蓴瑩如玉盪槳誰家好女兒同聲競唱采蓴曲亂紅
如雨漫湖飛風起浪高愁溼衣小艇卻移三塔下蓴絲滑膩蓴葉肥不惜涼波
浸雪腕頻搴要積筠筐滿日暮歸來望六橋綠楊陰裏猶絃管借問蓴絲誰作
羹畫舫行廚羅玉盌

平原君

兵合邯鄲告急頻可憐趙弱困強秦絕無心腹歸公子空獻頭顱斬美人晉鄙
不教專節鉞信陵幸與託婚姻衣冠座上三千客除卻毛生計孰陳

書司空圖詩品後

墜笏朝端故失儀王官谷裏自棲遲早知國事無能挽日閉柴門祇品詩

題楊妹子荷花小幅

南宋淒涼尺幅留楊娃畫筆擅風流輸他阿姊椒房裏一樣花開是並頭

南宋宮詞

小劉孃子態娉婷炭暖金鑪鵓鴿青盡日深宮無別事九哥親自搨蘭亭

紅羅裹肚賜專房熏取雲頭舊內香聽得金鈴花外響爭看放鴿出宮牆

翠寒堂裏奏哀絃都管新充得主憐慣向樽前檀板按聲聲唱出杏花天

需雲殿上急傳呼一局金枰玉子鋪爲欲圍棊消永日女官特召沈姑姑

羅帕金龍寵愛殊內庭供奉盡名姝才華獨許楊家妹題徧殘山剩水圖

麝羅衫子鬭宮娃帔別紅霞更紫霞一樣承恩誰最寵青芝如意賜官家

芙蓉昨夜報花開清霽亭前賞宴來博得君王含笑看盼兒侑酒勸金杯

一聲白雁入臨安月落觚棱殿闕寒腸斷新詞題驛壁沖華北去請黃冠
宮裏蝦蟆斷六更紅兜又起唱經聲淒涼鳳輦無消息降表名羞謝道淸
水咽銅溝碧血新六宮雲散悵飄零誰人猶唱當時曲頭白金姬掩淚聽

遊仙

果腹胡麻飯飽嘗天風微送紫芝香瓊田別種金光草日課靑童灌溉忙
樓臺縹緲白雲生照徹神山海日明忽遇戹孃王母女碧桃花底按瑤笙
爛醉瑤池宴散餘廣寒宮闕返淸虛正愁供膳無佳味忽餉琴高赤鯉魚
崔巍絳闕五雲中萬樹琪花夾路紅新授玉皇香案吏謝恩親到蕊珠宮
飛觴日日飲流霞醉訪瓊樓玉女家最是瑤京春色好滿林開徧白環花
迦陵仙鳥樹間鳴穩駕雲車赴碧城聊把星辰作棊子閒招橘叟賭輸贏
瓊簫吹斷紫雲迴金粟香霏桂樹開八萬匠人持玉斧喜看修月向瑤臺

卜居最愛住蓬瀛放浪形骸過一生撈得天船橫碧海珊竿十丈釣鯤鯨

題杜工部集

拓戟酣歌興欲狂捋鬚嚴武許登牀亂離天子麻鞋見遲暮佳人翠袖傷弟妹關心懷骨肉園廬回首痛家鄉可憐拾橡空山裏稷契平生願未償

題南部煙花畫册

馬湘蘭

孔雀庵荒冷夕曛畫蘭人去渺行雲紅牙十五鴉鬟女猶唱當年白練裙

卞玉京

手抱瑤琴淚數行舊居休問大功坊美人飄泊干戈後愁著黃絁學道裝

柳如是

圖書坐擁絳雲樓小字蘼蕪喚亦愁閒煞小莊紅豆樹恨他夫壻覓封侯

李香君

誰識蛾眉俠骨存徵歌豈屑應朱門妾心不負侯公子扇上桃花豔雪痕

阮籍

褌蝨無知實可哀猖狂憤世醉千回先生既有窮途淚底哭兵家一女來

張華

初賦鷦鷯立志微位高猶未解朝衣空將博物聲名著不識台星是禍機

題管夫人墨竹

閒掃琅玕蘸墨華鷗波亭冷夕陽斜天寒翠袖無窮感愁煞王孫不憶家

十國宮詞

吳

巨燭毬場入夜供楊花飛作雪花濃君王可笑爲蒼鶻臣下空教夢白龍平日

羽衣耽自服當時玉册究誰封丹陽宫裏來衫笏腸斷䰂髯痛九重

南唐

譜出提鞋樂府詞風流鍾隱此何時書藏玉軸蛾眉掌曲奏金鈴鳳管吹緇服空勤披梵夾紅羅豈惜作宫帷窅娘方進淩雲舞敵國量江竟不知

前蜀

兔子金牀阿父空醉妝嬪女玉顏紅每教狎客陪歡宴更選良家入後宫檀板霓裳歌未罷綵毬錦帳樂無窮白衣旋見牽羊出降表詞臣草撰工

後蜀

觀燈恰值上元辰步輦香風碾畫輪梔子獻來留野老牡丹開出賞羣臣鴛衾孰得專房寵犀帶堪悲去國陳兩袋河山歸趙氏張仙惆悵拜夫人

南漢

侍中冠佩拜瓊仙神語空傳帳裏宣碧水池迷蓮葉色紅雲宴醉荔支天綺羅
爭鬬花千種土木徒誇賦幾篇北去劉郎羞執梃明珠一炬散如煙

楚

風景名園儘可娛賦詩陪駕侍臣趨九龍殿起傷民力五馬歌成啟霸圖畫障
偏工摹女俠金經底事誦浮屠空聞禮佛深宮裏免得他年殺運無

吳越

陌上花開滿路香宮車緩緩返紅妝弄兒漫說看銀鹿得子先聞獻玉羊塔建
黃妃誇壯麗樓名靑史更荒唐當筵愁聽琵琶伎金鳳歌殘國已亡

閩

水晶宮裏喜勾留幾日西湖翠輦遊瑪瑙杯寒天子醉鴛鴦花暖美人愁大牀
長枕銷魂樂豔舞嬌歌轉眼休何事寶皇無策救任他邊鎬下鐔州

荆南

風光春鎖渚宮深繡闥朱甍照碧潯海內千金求寶馬殿前十伎奏瑤琴華筵頻會中朝使錦段難歡上國心井底香魂花欲泣宋師愁煞一朝臨

北漢

廐中三品飼黃騮爵賜將軍寵待優頒物叔皇求玉帶工書嗣主學銀鉤兵圍枉自封函告師敗還聞得疾憂當日青宮多養子劉家早已失金甌

題漁隱叢話後

故紙堆中老更忙千年鬼語費平章閉門忘卻連朝雨牆角繁英謝米囊

題畫

碧梧涼影畫檐虛小篆香濃透綺疏月暗燈明人隱約翠鬟紅袖坐繙書

古意

百花有顔色蜂蝶本無心采得花凋零又向別枝尋

詠史

始皇燔燬百家書書灰未冷書又起文章本由言語成須知有口不能燬

山變海兮海成磧綠鬢青絲回首白帝王感慨學長生可憐錯餌亡身藥

旅夜

旅夜蟲亂嘶靜坐時起立胸中千古愁啟門出問月莫是癡乾坤偏好造愁骨

問月月不應暗中有人答前行問阿誰四面萬山黑

懷井田

同是天所生是人皆可得何以山與田據之爲己物致使有有無飽暖不均一

有者有萬困無者無一粒強弱起戰爭殺人爲寸尺我懷古井田問天長太息

可憐斯世民胡不生周室

仙人塚

仙凡必脫凡委骨葬青山分明仙亦死白日飛昇難

秋夜

雁聲千里月紅葉萬山秋唧唧蟲鳴砌蕭蕭風撼樓殘編賢聖業心事古今愁

橐筆長爲客吾今半白頭

又

蝙蝠迎人小院偏晚風如扇乍涼天秋光不共離情好獨掩斜窗背月眠

殘釭欲燼炧還明薄醉全消夢未成莫說西泠風景勝一般庭樹有秋聲

對酒

無聊一尊酒小飲足消愁天地幾青眼江湖將白頭月明頻起舞風嘯助狂謳

我是忘憂者離家事壯遊

秋草

古巷迢迢黯夕霏寒塘漠漠送斜暉前塵未斷螢棲敚舊夢重尋蝶颭衣三徑雨荒簾影重一庭煙暝屐聲微亭皋莫悵先搖落好並漁蓑擁釣磯一夕微霜淡碧煙蓼紅蘆白鎮相捐空懷遠志沈幽谷未惜芳心折暮天南浦獨來悲逝水西堂重過感流年菁華老去陳根在更待東皇雨露偏年年樓上盼飛鴻二月春愁滿鏡中芳草綠迷天近遠落花紅隔水西東未能化石身猶在何處爲雲夢始通欲織流黃迴錦字一番惆悵又成空

伏枕

錦瑟年華逝水東病軀還似雪泥鴻玉鑪暗爇初更火銀押輕移後夜風曙色欲來花影外春寒猶在雨聲中溼雲吹盡城頭角伏枕悠悠被再蒙

女兒酒

有山不種蒲桃樹有水可釀薔薇露越中女兒好顏色臨溪浣紗當戶織縷金待製嫁時衣糟牀高壓女牀側新篘乳滴鵝黃嬌舊醅色湛紅櫻桃壻家不惜千金聘百甕瓊漿更爭勝合歡共酌鴛鴦杯酒光人面交相映浦東佳釀擅時名女兒豔色尤輕盈玉壺欲買春無價且擲杖頭醉深夜

七夕

林梢小雨乍銷炎窗外蛛絲正拂簷誰似天孫有餘巧兩頭彎就月纖纖

瓶梅

碎玉鱗鱗滿硯池膽瓶相對未多時一冬誰似園丁暇看徧南枝又北枝

百頃香田種雪溫安排遊屐挈清尊三年兩訂羅岡約待得花時又出門

歲暮雜詩

違俗甘長隱耽閒愛小詩懶添人事拙貧累故交疑散帙霜蟫飽窺檐凍雀飢

庭梅足生意姿發去年枝
地僻稀來往寥寥過客蹤屋明鄰巷火門掩寺樓鐘短榻支頤慣朝梳理髮慵
深潛觀物理吾道欲何從
越醖沽難再村醪薄許嘗擁鑪添座暖說餠覺杯長匙溜菘□滑羹添玉糝香
百錢供口腹一笑大官羊
貰酒未堪典敝裘還尙存霜風欺破縫朝日擁餘溫漫作豐貂想猶勝短褐論
無衣歎黎庶凍餒徧郊原

戲題煙花如意圖

一生懷抱陳同甫幾載江湖杜牧之卻笑人才多狡獪花非花處太迷離
插鬢花枝紫裲襠升菴老去劇顚狂君看玉立雲中鶴只少青城道士裝
曼陀花雨散繽紛如此情禪定惱君我有松枝當麈尾氤氳卻借戒香薰

醉後心情百不宜花枝勸酒倘嫌遲唾壺擊缺渾閒事莫要渠儂獺髓醫

山茶

不見仙人蕚綠華卻看冷豔寫丹砂黃昏簾外天如墨襯出猩紅滿樹花

題石谷子畫

淺碧蘆灣鴨鴨藏深紅桕葉颭新霜溪山大好無人見留與前村醉夕陽

橄欖

青膚巧映荔枝紅風骨棱棱迥不同禪悅曾參辟支果諫言應號筆頭公咀含自別酸鹹味盪滌何殊藥石功我似相如消渴甚恰宜芳液□□□

詠菊

傲菊經秋老猶餘晚節芳花殘凌暮雨葉瘦戰新霜籬寄原非志枝寒尚有香不同桃李豔祇解媚春光

冬柳

衰柳蕭疏賸幾絲風流無復少年時鬟堆雪色搔還短眉染霜痕畫不宜月冷灞橋搖瘦影烏棲漢苑占殘枝旗亭歲晚重攀折尙爲人間管別離

搖落江潭夕照低婆娑此樹倚長隄雪如飛絮看成幻冰綴垂絲翦不齊冷逼金衣鶯已去寒驚玉勒馬頻嘶枒杈懶學迴風舞空傍桃花憶舊蹊

西風吹斷萬絲金蕭瑟都非昔日陰老樹空維漁子艇短條猶繫故人心章臺舊夢何堪憶隋苑繁華不可尋記續漁洋秋柳詠又驚寒序去駸駸

嫋娜丰姿不耐霜疏林冷淡月昏黃小蠻瘦損腰偏細張緒頹唐貌亦蒼日落荒村鴉結陣風鳴殘葉雁成行待看破臘回陽後漏洩春光轉綠楊

三潭魚樂詞

紅蓮多處萃潛鱗秋唼菱花春唼蒓數畝方塘任游泳何曾吞餌上鉤綸

九折橋邊靜倚欄日斜風定對晴瀾一聲撥刺波心響當作鯨魚跋浪觀
鼓鬣揚鰭鯈出游空亭恰枕碧波流有人蹲坐學垂釣不下彎鉤下直鉤
香積厨分飯半盂淩波一擲米成珠千頭戢戢爭來就贏得兒童拍手呼

自君之出矣

自君之出矣愁腸日九回思君如瘦鶴獨自守寒梅
自君之出矣臨妝懶畫眉思君如杜宇祇喚不如歸
自君之出矣寂寞倚闌干思君如蠟炬心熱淚難乾
自君之出矣膏沐爲誰容思君如蓮子薏苦蘊當中

電報

萬里不寄雁足書尺素不遺雙鯉魚鑿破混沌具奇識匪夷所思眞獨得製器
巧妙不能窺用電不難難在收電時固知管入地中可曷爲洞山沈海長貼妥

自從兩地始合符中西傳語衹須臾傾耳何必笑空函雖隔千里如面談願君勿言且飲酒金人銘重三緘口

題柳如是小像

瞥眼驚鴻展素綃雲鬟妝束認前朝笑他紅杏無顏色轉遜章臺舊柳條分明林下見丰神花貌端莊斂翠顰莫訝尙書太憐愛蘼蕪原不愧夫人

城頭烏

城頭烏啼何哀爲哺雛身早衰身衰毋自苦雛烏能返哺

湖中雁

湖中雁來何求稻粱已穫天氣秋秋霜秋露寒不勝稻粱之謀羣鶩爭湖中雁何不效黃鵠一舉干雲程

林尉墓

梅花新補墓門妍始信人間尉是仙死却逢時須厚福葬能得地亦前緣孤忠合繼七旬日謂閣典史宗姓重香五百年鶴子不來誰侍奠西風淒冷裏湖煙

新聞紙

中外寄耳目賴此一張紙予貶予褒視主使或者徒子虛或者竟實指道聽塗說斯可矣皇皇朝報錄中間市語雜鈔如稗史述作不精胡貴此要知朝野情不通此紙傳報非無功昔者衢巷言悉許干宸聽所貴秉筆秉大公奈何據此如椽帚一紙新聞爲利藪率意書之殊太苟春秋之意班馬才庶幾閱者無驚猜惜乎主筆無鄒枚

醉司命迎送神弦

封黄羊斟綠螘調寒餳薦明水神之來去兮潔淯灑貼甲馬焚篝輿主人肅衣拜主婦襝衽俱神之將去兮街鼓紞如月光墨爆聲急風吹雲馬兮去無迹神

之善惡滿胸臆神既去兮心惕惕心惕惕天茫茫玉皇今夜開明堂何者爲否何者臧原本竈疏相評章由來媚竈非荒唐

東家燒神燈西家進柏酒神座塵氛糞以帚神兮歸來曰否否債兮有臺廚兮無柴恰有瓦瓶梅盛開送窮詩就雙眉飛此時此際神應回神將回兮擊神鼓廚娘鞠跽竈婢舞速神歸兮祝竈母神早歸兮竈有主神歸來兮歲事竟問神胡爲醉不醒神曰吾本醉司命

水仙花詞

雪中霜裏費平章恍覩伊人水一方半晌詩人題字小洛神新寫十三行

番風第一占春光遮莫羣芳與較量千古孤山祠址在牡丹雖好只稱王

窗外微波漾碧紗通辭未竟動吝嗟那堪袁魏都禾黍祇有蛾眉化作花

質自清癯骨自超不逢子固漫抽毫如何沅芷湘蘭外長與梅花漏楚騷

炙硯

筆花開後冰花坼晴日烘窗冰不釋爭似火爐榾柮煨一陽來復比春回炙手可熱況於硯須臾墨雲融一片先生毋乃笑冬烘耕爾石田藉火攻

擁爐

簾幃深下重裘擁夜寒猶是吟肩聳座中惟有鴨爐溫撥灰煨芋火尚存探懷得此深醞釀火候十分如挾纊興酣落筆見性靈新詩煉到爐火青

漁父

生事固云薄優遊在江天鳴榔北渚霧挂網西陵煙渡口月上時綠蓑藉醉眠潮來復潮去不離蘆花邊濯足坐寒流悠悠閱逝川風波豈不險安遇隨所緣鷗鳥幸勿棄時時還周旋方期及春漲去覬桃源仙

讀陶詩

南榮美風日匡坐聊繙書裋褐不蔽肘寬然狐貉居寒梅始著花翠竹交扶疏
香影媚幽獨孤襟淡歲餘達人有微尚篇什時起予高詠未終曲春風盎衡廬
萬物各有性水流雲卷舒人生有酒飲不樂將何如

擬江南春二首

參差玉迸苔蹊筍燕子樓臺風日靜畫簾不捲寒食天綠陰斜臥闌干影夭桃
面熱梨顋冷並倚銀牀照金井陌上青驄烏玦巾雨香如夢更如塵
流水閒飛花急野塘紅淚燕支溼游絲欲挽春何及春愁迢迢滿平碧蝶夢鵑
魂對於邑黃鸝獨背東風立翠點零星沙際萍相逢各自悲營營

詩餘

蝶戀花 題玉人和月折梅花圖

吹透幽香良夜永簾外寒深簾內禁寒等忽地一丸添瘦影空階鶴夢驚催醒一樹橫斜攀未忍欲抱香歸先把嫦娥請素魄冰魂同耐冷願他翠羽雙棲穩

菩薩蠻 冬閨怨

晚妝半卸燈微暈無言屈指殘年盡心事卜金錢金錢箇箇圓　寒梅爭弄色似逗春消息呵凍寫相思阿儂知不知

前調 冬閨消寒四闋

玉梅花下消寒九暖人腸胃茶如酒觸耳聽瓶笙天風鸞鳳鳴　紅泥爐樣小第一湯初好舌本漸回甘儂心苦自含 右詠烹茗

紅樓隔斷巫雲障博山深護流蘇帳心字篆迴環癡心欲訴難　長途風雪早底事歸期杳夜夜卜金錢紅檀手自然右詠焚香

燒雲暖熨端溪石毫尖呵潤香津溼淚滴玉蟾蜍相思寫得無　寒窗臨快雪冷逼銀光潔莫訝水生稜冰消墨吐芬右詠炙硯

綺疏剛下葳蕤鎖紅爐暖閣新裝妥香透被池春雙雙睡鴨溫　鏡中青鬢老獨宿空房悄篝火耐殘更相偎坐到明右詠擁爐

蘇幕遮　翫月

粉牆高花影碎明月窺窗窗上紗籠翠欲捲晶簾看似水雛鬟小鼎香燒未展紅氍臨玉砌昨夜還虧今夜團圓喜拜罷宜歸深閣裏露重寒生莫待三更睡

一萼紅　女兒酒

乍相逢是泥人體態酣笑倚東風淺釀心酸低斟眉送暗擡星眼朦朧待擷繁
英露蕊碎珍珠香醞百花紅爲乞瓊漿慣調玉液味比情濃　猶憶當壚人去
想臨邛花月落魄匆匆嫩褪鵝黃嬌凝蟻綠新篘盼到春融記一笑梨渦淺露
逗芳心香暖合歡叢商略杏花深處合住伊儂

金縷曲　歲暮書懷

歲又將闌矣更那堪天涯風雪埋愁無地驢磨鳩營徒碌碌挫盡平生壯志問
誰惜冬郎憔悴酒社歌場仍逐隊算人間但有浮名耳思往迹付流水　孤燈
伴我渾無寐憶頻年親嘗淡泊甕齏風味拋卻黃金難買笑俗眼由來如此數
落落幾人知己裘敝黑貂寒自耐漸陽和吹入東風裏看梅蕚有春意

西泠鴻爪終

民國十二年九月　族孫元濟元杰同校

余年十三自粵東侍吾母歸於家以子弟禮徧謁族中長老棣園曾叔祖居城隍廟前老屋鬢髮皤然道貌巖巖余進見時硯青叔祖侍於側余拜而退不敢交一言洎年稍長嘗從諸伯叔從兄後獲與硯青公相接然行輩卑幼學業尤淺猶未敢以文字相切劘故其學之所造未能詳也惟知公以能文名於鄉每學政歲科試書院月課輒居前列公豪於飲一舉數十觥既醉則抵掌而談聲若洪鐘意氣豪放有不可一世之概嘗出外游幕未幾卒於嚴州年四十有五僅以青衿終其身傷已余索公遺文得右詩如干首皆僑寓杭州時所作興酣落筆慷慨淋漓讀之想見其爲人雖非全豹要可窺見一斑已同時同居者有梅君叔祖於公爲從兄弟有聲黌序文名且出公上亦坎坷不得志卒後遺稿散佚余求之數年零篇斷句亦不可得懼其名終湮沒因附記於此戊辰春族

孫元濟謹跋

張氏藝文

海鹽張氏託上海商務
印書館用活字排印於
民國十七年四月出版

吾國有史以來歷數百年必有一大亂亂之方生士大夫習於頹靡恇怯無所措而獷悍無識之徒風起雲涌競以武力相尙本其殘酷之性濟以平日忿怨之氣所至之處一切破壞無所顧惜吾輩生古人後欲求一千百年前之宮室器物而瞻望焉摩挲焉不可得也焚書之禍嬴秦而後無復再見然試檢歷代藝文志其書之存於今者有幾蓋不亡於帝王之火而亡於民衆之火矣而猶詡詡然誇於世界曰我四千年之文明古國也能不羞乎能不羞乎余家海鹽號稱舊族歷數百年讀書種子不絕家乘所紀先人遺著凡數十種中經洪楊之亂大半散佚余蒐求數十年所獲僅什二三最後得張氏藝文二卷爲桂垣公華胥公之作明季樸全公所刊一稱天香館一稱鼎泰堂意必彙刻先世遺集不僅限此二種不然如以成公之被薦賢哲克明公之刻意經籍敬哉公之旌獎德壽龍洲公之遺愛八閩親泉公之崇祀鄉賢寧無一字之留貽者是必

闖獻之亂禍及文獻甚於洪楊先人手澤爲家乘所不載不傳於今者不知凡幾也余生也晚丁兹世變懼祖德之隕墜舊存家集先後印行已如干卷其專集就佚或偶有題詠散見他書者咸爲葺録次之凡得三十八人仍以天香館鼎泰堂詩冠於首總稱曰張氏藝文承樸全公志也繼自今民智日啓世局演進其必不復有闖獻洪楊之亂兹之所集吾子子孫孫其或能永保勿失乎戊辰春海鹽張元濟謹敍

張氏藝文目錄

張鶴徵詩八首詞一首
張玉田詩二首
張鷺振詩五首
張雲掞詩一首
張　慎詩六首補遺一首
張　默詩四首
張秉綸詩一首
張世基詩六首
張以壽詞一首
張應奎詩三首
張孝思詩六首
張家聲詩一首
張壽康詩三首
張大任詩九首
張德明詩十九首
張劉冠昭詩十一首

張大有

秀水朱國祚太學桂垣張先生傳　傳者傳也非三不朽曷克傳桂垣先生余少讀其文知其人可以傳嗣君孝廉質侯洎余子大猷同榜同門誼篤知益稔一日孝廉過從道其先人一經勿售泣下沾臆曰願得先生如椽起白骨而肉之余感其誠爰爲之傳先生姓張氏諱大有字思謙桂垣其號也爲雙泉公采長子生穎異博聞強識治蔡氏書弱冠雋諸生事父母王母謹友愛諸弟以兄兼師旦晚督訓帖括成名雋有長枕大被風王母盧節婦慟所天卒歲鮮色喜每子夜聞咿唔聲爲之粲曰此兒當大吾家不負吾一生孤苦爲文雄沈古宕嗜五經性理先秦兩漢文弗悴手錄硃墨淋漓甲乙詮注每試輒高等冠軍三食餼蚤督學諸公咸國士器之一時同社賀令尹雲樓彭比部沖谿劉比部陳

南宋外翰玉泉胥推狎主齊盟奉南指踵接成名士先生七臺浙棘弗售文宗先正學不逢時點額劉蕡厥有繇也或勸先生時趨先生正色曰讀書務本實踐窮理致知豈弋獵青紫已哉先生名愈噪郡邑大夫咸借西塾而金閶姚江海昌霅川罔不負笈擔簦執弟子禮先生立教首德行次文學及門蔚薈遐邇更僕難數同邑錢刺史惺吾沈茂才蓮洲輩其白眉至陸茂才部偕其兄郡先生於其齠年卽奇而教之皆舉奇童部丱齡中乙榜九人占先生冰鑑先生雖艱一第志不在溫飽凡國家禮樂戎兵刑獄錢穀迄歷代治亂興亡政事得失隆中論斷當世心折隱然文正秀才時天下自任先是某科先生卷落某房已彀入綠邑侯某類科首遴先生是科侯減諸生里道貲羣鬨然相戒毋謁謝先生亦勿往侯銜之會同考見而抑之則先生之數奇也而亮方不阿所

好概可見已先生逾艾志勿衰迨升貢南雍載戰載鎩其羽始浩歎命也何復與造化爭遂裹足掩扉出所藏編廸子曰吾未了志願付之兒曹間則偕二三故舊挈壺攬勝分韻賦詩蝸角蠅頭勿問也先生撝謙婣睦慷慨慈和重然諾夷寵辱與人交白首不貳至愍外母陳乏嗣迎養終身喪葬如禮尤古所難操履醇備正誼明道澹泊寧靜殆其人乎蔣孺人名族媛嫺內則先生壹志制業不治家人計賓戚凶嘉應酬居平米鹽零雜鉅纖賴之綜理先生歿齒無內顧憂蓋梁鴻之姒樂羊子之妻云

送龍洲兄廷試北上

長風吹柳繫離情畫鷁朝飛動遠征十載功名曾比翼三千禮樂獨蜚英纔紓驥足追先進始信龍頭屬老成翹首五雲天際見應知大對說蒼生

方今天子重公車多少英豪每曳裾鮑叔正當推轂日賈生初上治安書池邊芳草年逾綠徑裏梅花意自如他日泥金來報曉佇看佳氣滿門閭

句曲道中雨後同學豐丈

四野陰雲幕地生翩翩公子踏沙行蒼松引佩風成隊碧草銜珠水作程老驥豈能終下乘神蛟端合奮滄瀛白門秋老眞堪羨怪底先霑玉露榮

贈江右習君

習家池館舊綈袍何幸翩翩挹鳳毛玉表乍開千樹曉英標端傍五雲高庭前詩禮推山斗海內文章屬俊髦況是白門秋正好願追騏驥沐重褒

遊牛首山同鳳洲湯六丈懷蘆卜一丈學豐馮三丈

北固峯高幾欲登偶來偏喜趁秋晴千尋古樹穿雲迴百丈流泉出澗鳴塔影倒涵山日白梵音齊唱晚風清十年幸得酬知己莫事躊躇負此行

雲陽歸途

秋風捲地客東歸無限塵埃滿目非白鷺溪邊徒隻影黃花徑裏未全緋天涯遊子思行李旅邸慈親走重幃時吳淞一士夫婦尋兒偶有所感獨有一枝偏嫋娜頓令馬首幾依依

答徐秋沙

適歸自禾承秋沙社長以見懷詩示教即武原韻奉答幷謝

黃鶴高飛久不還卻憐洪客獨霞餐氣凌五嶽丹霄迥詞倒三湘白玉寒秋淨瑤臺曾共眺沙明員嶠好相看鑑湖自昔饒風景安學投簪操猗蘭

初春雨雪

咄咄書生鬢已皤那堪風雪入春多間關好鳥聲猶澀爛熳名花景尚蹉蕭瑟獨嫌詩思嬾飄零誰共醉顏酡幽窗寂寂渾無賴深媿當年馬伏波

同玉泉丈郊外觀梅

幽香一種傍城隈攜杖相看首重回不但浩然能踏雪也知和靖占先魁折來驛使憑誰寄沁入詩脾取次裁爲道江南春信早調羹應待出羣才

送直卿兄尹永福

琴堂乍啟午風輕使節讙謼夾道迎自是福星當一路須知利器握專城恩霑雨露圖書潤氣轉洪鈞物色榮況是河陽花正滿獨憐池草不勝情

海上祥光正早春東風搖曳接轔駪向來桃李雄三輔此去絃歌播八閩白晝公庭閒鳥雀青山几案理絲綸鱣堂自昔稱佳慶奕奕聲名徹紫宸

贈心泉崔丈且招入社

名園開向少城傍識爾雄心尚未償白雪調高驚別鶴崔有別鶴詩綵雲光燦見橫塘論文忽憶柴桑侶彈鋏應憐玉樹行麟閣自來君舊業肯同潦倒賦滄浪

答沈介林翁

偶同仙杖綠陰傍樽酒相酬興欲償徙倚白雲流海嶠坐看青草長池塘幽心已逐禽魚伴壯志空違鵷鷺行攜手歸來明月上數聲漁笛在滄浪

和徐秋沙丈

海上秋高灝氣開百年幾日此登臺紛紛落木玄霜下杲杲晴空白雁來蕭瑟尙遲花滿徑歡娛何意酒盈杯相期凌絕鷹窠頂安得乘槎帶月回

九天晴日午雲開攜手同登海上臺古木露棲榮復瘁寒濤風捲去還來籬邊尙藥陶潛菊檻外空傳袁紹杯獨媿予才非作賦漫勞佳句兩三回

悼門人陸謨廷

經便年少力攀龍頻歲黎然丙夜同佇爾鵬摶名日下驚君蝶夢賦天公子淵短命生賢枉伯道無兒樹德空義重不禁分灼艾最憐原鶺泣西風

輓門人陸雲津

才名二陸氣豪華快我傳經塾爾家六載燈窗思曷已千秋道義惓無涯曩憐玉碎長嗚咽今慟珠沉重嘆嗟贏得赤雛堪奮翮清臺翹首表天街

附候龍洲兄簡

隔歲言別翹首燕雲未嘗不搖搖神往冬仲奉華翰知我兄手足之愛不以遐遺五郎倖列子衿亦辱芬齒骨肉綣繾有加無已深切感佩聞我兄遂養倍常且器重諸大老問名益隆學益贍清秋奪錦開歲聯鑣當立金臺一大赤幟與吾鹽湯劉諸公後先相雄長今春方融池草欣榮如椽更作何狀弟每從寤寐儼然如對但株守海濱殊乏佳況少侯或上留都作白下遊恐不克赴遠注也大姪雄文鳴世二姪克家訓子足稱家千里駒我兄福德隆茂正未有艾如弟止有望巫氣索再家使來京敬附一緘馳問興居伏惟順時

珍攝以應不日天眷

張季文

海鹽縣圖經　張季文字質侯舉壬子鄉闈與從子孝廉奇齡齊名比林下二阮天性簡穆謝世務日閉戶讀書或爲詩歌以寄興與人交澹而能久館于高足劉子元家二十年如一日也未及中壽卒

上饒鄭以偉孝廉質侯張公墓誌　質侯張君余不穀壬子典試浙闈所舉雋也先是質侯爲同考肩生游公弁取薦額讀其文超秀研密意必醇備息深俠烈其人乎既又得文孟朱君卷不相軒輊兩皆尙書徬徊久之勉置魁選撤棘來謁汪度丰儀昂然丈夫私心得士慶乃一再上公車凶問陡至素車白馬道阻且修唁賻空馳可勝淒斷越歲質侯從子孝廉符九持其遺孤亶齡狀泣請予志曰從父一介草莽辱公國士知慚負所天但生以公擕死必公表竁石之石匪公無敢當乞一言

生死不朽余惡能辭按孝廉姓張氏諱季文字賓侯別號華胥國子公桂垣又次子文章節義夙有紹明幼不喜嬉度若成人六歲就外傅經史左穀游目成誦十二從名賢武原朱先生元弼學卽善屬文靈機泉涌藻思雲蒸出人意表先生爲邑宗匠負笈戶屨滿獨奇賓侯越歲督學林公第一補諸生曰此汗血鳴駒行當千里飛去民部袁公主粟過海上賓侯持文往謁驚訝曰此童子秀才殆非常兒國子公喜曰我一生辛苦艱一第此子必不長貧賓侯攻苦力學日偕文孟朱君讀書慶壽山房風雨晦冥砥礪勿輟業益精一時社友侍御彭公天承憲副沈公原萬方岳許公含若比部王公襟寰咸推執牛耳會伯兄歿時弱冠哭之慟負其孤教之恤之曲慰二親至不知戚西河枌里咸以閔曾重之辛卯從父文學杏里歿乏後遜立兄仲孝得量授田愀然不爲釁始

分授弗染甲午邑令止庵王公錄科首雋質侯屢試高等應闈試凡七
壬寅補增副卷不售癸卯國子公病侍湯藥坐卧不離左右者數月卒
哀毀骨立殯殮務豐不以家涼節嗇每凴棺一慟失聲幾絶國子公析
產時仲兄出繼例不與意實睠子姓胥相顧不語質侯毅然以此非薄
莫匪二人櫛沐風雨卧嘗膽薪所致安忍不以悦親首白願惟命國子
公暝亦色喜國子公歿事母蔣孺人益謹凊溫靡間母性好款語質侯
頻引古今佳話母爲解頤丙午母卒五七飯僧設薦一哭嘔血伏地恍
見母地下起殫力喪葬如父質侯歷落數年中哭兄哭叔哭父哭母哭
妻哭外父哀鴻銜恤風木長號鼓盆重戚瓜葛分痛涕淚洗面日困愁
城祝融復祟噍類無遺左右支吾肘襟畢露憂危坎坷靡有朝夕而考
古證今靈明愈湛論文制藝解悟益超非宿秉慧根當不如是壬子賓

興質侯憤發治舍謂此戰不售當焚書投筆披髮入山矣邑侯訒齋喬公負冰鑑類科冠軍以天下士盼睞遂魁浙闈名藉甚主司忌奇南宮迍蹶下帷憤悱心口卒痺里舍經營形神況瘁乙卯再上公車時全魯洊飢流亡載道質侯撫轅愾嘆情見乎詩讀之于邑先憂後樂萬物一體質侯良足當之其爲古所難者仲兄出爲人後殁復經紀後事保護遺孤慟元配王孝敬拮据齒及雪涕慟繼姒王誕允廣業撫前弱息欲守曾子王駿之義雖以藐孤續姒每自道念卿淚未乾外父月樓王翁家饒乏嗣嗣子殁宗人羣譁力爲排解立後王氏遂定酬以金弗受族黨高其義以張孝基再世翁配黃從壻老事之如母閱歲十餘喪葬如禮內舅王翁卜壽域得吉于質侯膏壤慨然與之姪某不克娶引爲己辜急爲之媾林某寠人子念載設塾當湖袁有脩脯爲奸所紿覆嫁重

辟誣之郡邑不介爲白凡此皆質侯陰行其德不求人知固宜純嘏遐
算隆報無艾夫何丁巳方執尙書之幟與雲間毘陵諸名士相鼓吹天
降厥凶奄然長逝遇不酬功齒不輔德能弗欷歔質侯孝友撝謙直諒
慈惠痛王大母貞嫠廣徵純節流芳諸名公詠壽之剞劂誠後百世勿
祧事兩尊人外父母如禮勿忒交友慷慨道義務勗無狎暱容接人平
恕一介五尺不輕凌厲宗黨子姪嘉予玉成不辭勞勩性簡靜旣薦賢
書絕勢閉戶誦哦無斁天機洋溢間爲詩歌不事推敲生以長者稱卒
之日當時哀之茂實林君偕質侯館高足劉子元冢幾三十年所知稔
誄曰公恬勢利勤好修旣飭廣廷復愼衾影一念未安急滌靈府一事
未妥急議改弦惇倫睦族輕財俠施好友睦鄰一言九鼎更僕難數足
稱知言配王孺人海甯衞世侯海山王公女繼王孺人嘉興隱君月樓

王公女再繼馬孺人世冑晚川馬公女女士天釐賢淑遞著子亶齡海甯庠生娶樵李外翰昆吾王公女卽繼姒王女姪女三長適茂才顧元碩次適茂才朱銑前姒王出次適劉治與亶齡俱繼姒王出孝廉生隆慶辛未十一月十四日未時卒萬歷丁巳六月十九日戌時年四十有七元配王孺人生隆慶庚午十月十一日巳時卒萬歷辛丑六月初九日戌時年三十有二繼王孺人生萬歷壬午十月二十九日午時卒萬歷庚戌六月十六日丑時年二十有九馬孺人生萬歷己卯四月初三日子時卒萬歷庚申四月二十七日戌時年四十有二以天啟乙丑十二月初十日丑時奉柩合葬于北關外之新阡而爲之銘曰西京之制孝廉特隆名實匆符古誼攸斁繄三不朽曰功德言至節雄文如君鮮匹道堪型式風足羽儀予以千秋奪之一息歿安生順歸于其居樹滋

發祥繩繩蟄蟄

壬子重寓天長寺

韶華過客迅如流挾策重來覓舊遊紺宇依然瞻慧日朱顔倏爾變霜秋多君
青眼風雲許老我枯腸竽瑟愁天地自寬偏我隘英雄涕淚向誰收

瞻拜岳武穆墓

千古精忠廟貌崇孤墳兀自有高封可憐寂寞諸陵骨蚤已茫茫衰草中

過岳墳宿于墳

孤墳遥對兩山頭人世惟應正氣留熱血一腔無地灑卻翹千古茂松楸

戲題粗扇

物情好醜亦何常借手扶搖一樣涼莫道秋來便無用桂花叢裏撲天香

中秋後五日夢先繼内君王夢中有語

朱弦再鼓悲還絕兩易春秋日嗚咽何來此地尚依依精神造化分明說我自
念卿淚未乾卿亦憐予魂豈滅醒來殘月炤窗櫺孤枕空餘淚成血

臨淮道中

聞道臨淮近征車冒雨行馬蹄迷故步雞肋愧微名煙鎖人家隔雲封山徑深
幸瞻湯沐地何日是燕京

迎春日思鄉

遙憶風光徧海城滿街仕女踏春行朱樓霽影連霞燦歌妓嬌喉共鳥嚶駿馬
馳來傳柳信畫船預作採蓮聲我今岑寂一羈客帝里看花何限情

過徐州哭外父海山王翁四首

慘澹陰雲日掩晞翁今旅魄竟何依故鄉不盡江山恨應向寒鴉帶影飛
釃酒無從意惘然臨風空憶大招篇茫茫客舍知誰是幾度低回馬不前

去年含殮已無親執紼今還少一人不是報翁恩誼薄可憐死葬隔關津

每憶遺徃淚欲流思翁併作十分愁傷心只恨逢年晚虛負相期二十秋

曝背老人

車馬縱橫門外過蠅蝸頭角逐長途老人曝背茅簷下爲問行人知也無

晨行卽事

雞聲乍唱急征鞍月送淸光風送寒兩岸蒼葭渾點雪卻教極目盼長安

除夕抵京

壯行初試入長安帝里風光馬上看市有黃金知骨貴囊懸白璧賸光寒雖驚歲月隨殘臘喜見韶華又履端況復得朋家小謝明朝再醉五辛盤

癸丑春仲朱君升年丈邀同門昌化章際元江山徐藿心新昌潘我白秀水金雙南暨朱文孟陸道符諸年丈遊御園海子値駕幸壽皇殿喜而

紀勝

獻策瞻仙仗尋芳躡紫宸砌花疑解笑宮柳若迎人鳳閣依雲近龍舟倚日親
妝樓餘黛色員殿接華津御苑深如海瓊林遍是春乘輿臨萬壽贄介媿微臣
遇合誰爲主機逢若有神瞻顏非迥隔借箸可前陳蹴踖重閽越氤氳兩袖新
歸來歡劇飲簪筆紀良辰

京邸答訪沈原萬値雨有感

匪學趨炎輩多君施偶先前途經雨溼投刺愜予傳來往皆無意親疎別有權
應知昏夜客多少乞哀憐

其二

四十無聞我交情抱嬾痾貴人隨浪長寒士逐塵多昔是論文定昨猶折簡過
閽人望冠蓋奈未識吾何

道中即事

雨歇正清曉歸途早促裝淡煙籠樹色霾日漏波光地識江南氣山踰薊北霜可憐芳草路空踏馬蹄忙

劉子元育女

王母池邊下小仙蘭閨分得美娟娟一枝先報芳非信百葉從教次第傳爭道瑤天占瑞氣況當寶婺正齊年（尊慈壽古稀故及之）報劉好把屠酥勸歲歲欣看茁玉田

悼老僕李能 癸丑夏

樸遬追隨二十年赤心一片獨殷然蠢時可罵還堪笑好處堪嘉復可憐有酒鯨吞軀不惜無錢蠅逐夜安眠主人貧病依依久未滿相期遽九泉

立夏苕溪思歸

瞥眼春歸去看花非故鄉千峯雲樹暗十里岕茶香道味無過淡禪心不惹忙

忽看飛柳絮僕子促行裝

讀坡翁問琴偈戲下轉語

偈云若言琴上有琴聲放在匣中何不鳴若云聲在指頭上何不于君

指上聽

若言琴上無琴聲彈向指頭亦不鳴若言聲非指頭上何不于君匣裏聽

輓劉伯臨

造化閟靈氣懷奇殞茂齒嗟此漢王孫短于顏氏子刲股壽親生嘔血爲書死

天池擢鳳毛玄室靳麟趾二十名未成百年景何駛藉有智無涯大年只如此

贈潘道尊奕世高懿

筍江有逸叟萬石君儕偶邂逅道遺金默默爲伊守傍徨驚復疑輾轉暮夜思

行李寂然主人訝四旬留滯將奚爲道傍呑聲誰氏子自言金盡惟一死笑指

囊頭阿堵存慷慨授之如脫屣卓哉高誼淩蒼穹千秋喬木生華風孰云盛美
鮮繩武賸有弓裘紹阿翁濯濯明珠號南浦更有瑰行高千古二豎爲菑伯氏
危百身莫贖甘刲股陰德長祥受帝恩蟬聯甲第緜後昆謝家玉樹且莫數燕
桂庭槐未足論吾師岳牧懋綏祉竚覘燮亮襄天子欲知世澤幾許深試看筍
江源源水

道中流民有感

到處停車只說荒瘡痍載道悉逃亡伊誰畫卻流民狀哭爲蒼生請發倉

宿三家店次壁間韻

半生磈礨未能平幾度令人按劍驚自媿歲華眞浪擲敢乘春早發光榮漢槎
猶幸支機穩周道從教如砥平咫尺五雲梅有信上林好去聽啼鶯

乙卯除夕四憶

憶符九姪

把酒堪嗟小阮賒昔年此夕慰風沙可憐秋老池塘草誰共春風上苑花

憶婦子

牀頭離卻呻吟婦膝下拋將問字兒千里信音頻目到不禁魂夢五更時

憶壻姪

骨肉相依本俗緣怪來情緒去還牽人生總向離愁老兩地相看又一年

憶劉子元

傳來雁字黯銷魂縮地無繇有淚痕千卷縹緗一杯酒梅軒猶記月黄昏

都門新月

春仲二月晡新月朗然時與諸丈散步有謂春孟月盈而然有謂借日光未甚下而然有謂都門天較低每夜星斗去簷不遠諺有之北京月

豈比別處月其然侯詢之天官氏

笑道皇都月不同何來此夕已懸空釵橫敲斷應沈海弦細希微欲上弓豈是哉生隨日影卻疑晦朔轉玄穹高天不覺燕雲近翹首明光尺五中

仇敬父兄冬孟五日懸弧社中稱觴爲壽予病不及與遥贈

吾儕兄弟束髮時槃光相炤蘭若居風生意氣爭相許後先策馬馳天衢斗酒耳熱燒高燭淋漓唱和開元曲秋月春花興不孤尋芳攬勝趣常足敬父逍遥藐世緣社中差長諸少年清標疑是陶元亮爽氣渾如李謫仙咄兹彼此皆偃蹇授經先生顔面轉英雄拓落漸蕭然酒債花情恩分淺去年此日惠好申醵錢遞慶懸弧辰三萬六千可行樂誰知榆景頻催人喜今冬孟屬敬父憐予善病艱步武咫尺山陰阻過從心旌飛越陪歌舞莫言無酒晤緣慳有酒還嗟聚首難人生有幾好兄弟忍無片語祝南山初年予最稱小子今日肩隨亦老矣

但願年年介壽耳

送玉川禪師歸終南二首

草龕兀坐竟忘眠解道蒲團湧白蓮日夜潮音隨法轉海東應是接西天

金光幻影亦虛空自有慈緣到處逢飛錫碧空秋正淨等閒秦越孔毫中

張奇齡詩十八首

浙江通志　張奇齡海鹽人宋丞相張無垢後父鋼有隱德夢唐相張九齡輿騎入室而奇齡生故名齡字符九奇齡幼穎異八歲徧讀經書九歲能文祭酒馮夢禎奇之弱冠登鄉榜第九人開講席西湖茗雪間與黄汝良韓敬相切磨華亭董其昌張鼐爭聘之使子弟游門下奇齡名益高巡撫劉一焜徵之主虎林書院奇齡一無所干謁老病謝公車著國家大政筆記六十卷未成以疾卒以子惟赤貴贈中憲大夫崇祀鄉賢

海鹽縣續圖經　張奇齡字符九號子延宋贈太師橫浦先生裔世居海甯至明遷鹽之聞琴里代有隱德祖申萬曆初潮溢建議開新河分殺水勢父鋼夢唐相張九齡輿騎入室而奇齡生故以爲名字焉公幼

穎異十二歲補博士弟子員文譽雀起最爲祭酒馮具區所器重萬曆
癸卯年十八秋闈試畢以文呈馮公馮公方置酒湖上語坐客曰此文
當發解否亦斷不失房首坐客愕眙未信榜發名果第九是夕宿於舟
中馮公遣使馳報漏下四鼓鄰舟寂然或疑之使曰奉馮公命十名以
外可無庸看故速爾馮公嘗序其文稱其氣沈骨堅且曰以舉子業擅
名細事耳勉其大者可也其後凡十上公車不第然身愈躓名愈高志
亦愈堅研窮濂洛之學開講席於西湖苕霅間與黃貞父韓求仲沈無
回諸名流互相切劘華亭董宗伯其昌及張少宰鼐爭延致令子弟遊
門下四方學者稱爲大白先生云撫軍劉公一焜徵之主虎林書院公
一無所干謁莆田林侍御愼日來按浙公素交也不往謁邑令樊公維
城每造廬第相與抵掌揚搉古今不一及私也其方正耿介如此嘗訓

學者曰古人讀書各有原本如焦氏京氏之於易大小夏侯之於書公羊穀梁之於春秋杜元凱之於左傳皆竭一生之精力或合一家之研摩故其著述卓然足以自見今則買五經旁訓一部獵取古奥數語置文字中斑斑剝剝便侈然自命爲經術矣掇拾性理腐語以飾其固陋周程張朱諸書無論體驗尚未寓目已傲然自命爲理學矣取塗愈多而心術愈僞施功愈捷而收效愈觕故與爲贋經術不若爲眞詞章與爲贋理學不若爲眞訓詁也聞者歎爲名言自謂恆於冷縫中覷出聖賢機關作用處故讀經傳更覺有味其論史事有曰趙韓王對藝祖云臣以半部論語佐陛下治天下以余觀之普尚未識信字何論半部甚矣普之誕也閒與人談時藝則曰今人惟視時藝爲獵名位釣臭腐之具故一切游詞巵語叢集筆端不知古帝王將相聖賢豪傑之大肯綮

俱在五經四子中即在八股中祖宗功令固欲借文存質借經生帖括存經傳典禮以挽天下於睢睢盱盱之盛也觀其言論可以知其學術公蓋因馮公言勉其大者而不徒以舉業見長矣所著有鐵庵集存笥集識大編問業紀事諸書以子惟赤貴贈中憲大夫崇祀郡邑鄉賢

渡瓜步

岷江直走七千里飛出夔門下揚子晝斷中原十二州滔滔獨自開南紀孫郎一旅來江東未朝天子先稱雄魏文會獵事未果苻堅投鞭力亦窮潤州城西瓜步樹煙水微茫蜃海霧橫江鐵鎖竟銷沈何處尋求五馬渡猶記昔年少壯遊晝船角吹咽中流即今擇木哀窮鳥聊爾忘機隨野鷗布帆一葉簾花曉細雨輕風身渺渺萬里扶桑指顧間扣舷一歌天地小

蓮塢晚坐

孤村細雨落疏花繞屋鳴鳩喚種麻臥聽一林煙外磬一峰正對晚晴霞

泖上招提憶友

水郭招提淨層層鐘磬深妙音空色界晴鳥散春陰落魄難爲客扁舟共此心

那知江海際一騎日駸駸

夏日晨起

爛爛晨星稀垂垂晚光發攬衣步庭除清露濯我髮葛衣不被肘皎然侵肌骨

野人寡所營坐此梧下月久之朝霞升遙與海霧接開軒納早涼琴書亦盈袠

倘無世事攖高臥存靜業

西湖僧寺

蘭若帶巖隈芸窗倚水開未知龍出聽疑有鷲飛來香氣連庭桂疏風落晚槐

貝經翻誦處壯士亦心迴

海上

海上層層列戍城高風落日見懸旌蜃雲正對□門結鼉鼓遙連角吹鳴井邑

牛羊新有禁魚鹽狙獪故多爭猶聞父老茅檐語此語當年見太平

泖湖舟次與董思翁老友

久與君相對那知老已侵饑寒常簡出風雨獨長吟且酌一杯酒重論昔日心

霜江來暮色鷗鷺共追尋

海岸煙波闊空灘雁鶩長故人同老病落日共蒼茫少壯難回首桑田似故鄉

賴君發高唱得意在清狂

聽琴

松風掃石磴蘿月藹夕陰吾友靜者流往來共披襟雖無斗酒樂亦可絃素琴

願君一拂拭寤寐懷所欽不爲廣陵散不爲梁父吟試爲猗蘭操悟此望羊心

高山自爲高流水自爲深曲終無一語相忘古與今

超霖和尙靜室 善畫有堂畫甚好

蒲團安勝地斗室見諸天海上一峯秀窗中萬象懸春簷啼乳鴿古鉢吐靑蓮何日塵機盡來依惠遠禪

與超霖和尙談

浩浩江湖水滔滔日夜流彭殤同有盡田竇幾時休野衲無多事秋風亦白頭與君坐談笑咫尺是仙洲

開歲三日置酒柬叔氏華胥

歲歲韶光不負人重將曉色報新春海天雲物無多異暮齒嫺朋轉覺親羔酒未堪諸父醉詩書不厭老儒貧眼看殘雪初消盡何物風光又及辰

泖上禪院

小結招提泖水涯月明如水護蒹葭鐘聲低送潮音落幡影平分雁序斜雲海千層同噩夢滄浪一曲盡忘家我來欲問津梁處古佛無言手弄花

思友董香光

宛彼露葵植我中庭有客戾止言采其榮于以烹之亦孔之馨以進我友陶此天眞

燁燁芙蕖在江之湄言往從之我用是怡逝將去之于心有違道阻且長有懷如饑

飄飄鴻雁卷舒有文柔風引吭入我南雲嗟我君子寧不樂羣永言無斁好德維勤

樂彼之園有菊始花衆草不蓊其芳孔嘉麗以栝柏被之雲霞同心之臭千里匪遐

渡蘆溝橋

萬疊西山翠色迎一鞭落日近神京十年五渡桑乾水倦馬頻嘶不肯行

張亶齡詩二十四首

海鹽縣續圖經　張亶齡字樸全號孺伯孝廉季文子生秉英姿就傅力學博極史漢唐宋大家幼失怙恃哀毁中禮事繼母委曲承志嫁幼妹資送甚厚體親心也名噪甯庠益攻苦與孝廉黄耀如從兄奇齡調元論文講藝寒暑勿輟屢入棘闈數奇不偶杜門卻掃詩酒自娱晏如也置祭田輯家乘纂世藝身任不惜勞費若助婚代葬焚劵行之勿倦邑令湯令其升器重之兩舉賓筵壽六十五而終著有佩言我娱初録等編

海鹽鄭宣文學如伯張公墓誌　公諱亶齡字如伯號樸全系出文忠公後元末有諱留孫者避兵海上入明被徵不就因家焉子孫遂世爲浙之海鹽人八傳爲公祖大有負學行以廩例升宫成均文章經術屹

然爲海内斗山繡水朱文恪公國祚嘗爲立傳父季文萬曆壬子舉人崇祀鄉賢公其三子也生而魁岸凝重具器識甫就傅即游目成誦長而志力矯勁學不專博士家言孝廉公絕憐愛之常榜其齋曰能貽豈必籯是金肯構試看堂有玉蓋厚望之也年十五抱文謁秀水金雙南銓部深器識之曰此張氏白眉也公歸益下帷發憤矻矻不少懈每拈一藝必獨標新解淸藻颷發庚午受知於武進鄒公嘉生先是鄒公衡文嘉屬公格于外内艱未服闋至是選士武林遂得採芹海昌一時同舟獲雋者九人張氏居其半人文稱極盛焉然公雖籍名膠序恆肆力於揣摩不以寒暑輟業居常惟好友三四輩時共論文角藝士非參元氣者不得一規其眉宇爾時先輩若鴛水葛伯明海昌范文白查伊璜暨同里胡孝轅徐印臺支于壬劉子元姚叔祥陳則梁陸鳳書諸先生

皆以文字知敦麗澤之好者也而性尤恬退不屑於奔競以故前後郡邑長佐往往藉文章爲特達知從無片牘之入邀盼睞棘闈屢試雖再躓再北終抑抑自下安以時命會勝國季中原擾攘戚友凋殘遂絕意經生業每一僮自隨探幽勝訪故識時或焚香兀坐手不停披凡經史百氏以及累朝典故經濟諸書無不洞晰理窟遇花晨月夕舉觴對景流連忘倦間爲詩歌小詞亦不俟推敲稾脫即棄去故工於詩而不以詩名於時稽古格言手錄二十餘卷以爲省身克己助顏曰張子佩言又嘗採輯遺聞韻事彙而成帙名之曰我娛錄晚年當道疊薦賓鄉飲兩叙名憲曹公辭曰吾儕讀書窮理而不能匡國長民少抒其素抱徒曳縫掖以與達官長者相頡頏亦奚面目爲卒堅謝不赴丙午春邑大夫湯公其升式廬固請親知亦爲慫恿始勉出一聽鹿鳴非其好也生

平孝友出自天性痛孝廉公早歿奉繼母馬太孺人承顔順志服食與居之需罔不畢盡孝養初太孺人以厚值得外氏腴田若干逮太孺人病尋劇馬宗人以公非太孺人出求歸其產公慨然歸券無難色上世祖墓歲有祀而費苦無措公力割己產以歲入爲春秋需通宗至今沐其澤兩從兄歿卜兆得吉於公壤公曰若翁吾同氣况而安所親正孝子事也吾豈吝此尺土爲卒授之地而不責其值蒼頭徐某瞽人也與同里角一夕誤經他姓之門某紳挾其子以爲訟公廉得其狀即爲具棺殮通邑爲之稱德邑有某負逋期劏所愛侍兒以償公曰吾豈以錐刀末抛而白頭好乎終身不償責同族某貧不克葬公曰予責也即爲窀穸之他若修譜牒以收族明姓系之流委輸祭田以展孝思遇歲歉必首唱設糜以賑捨棺掩骼助婚嫁戚族貧乏者賚予賙給之此又陰

行其善而德配王孺人贊佐之力居多也孺人故檇李學博德晟公女
有賢聲年未笄歸張兢兢惟婦事是謹莊靜有度無耀首膏脣飾尤不
廢女紅事操家秉勤儉米鹽瑣屑一不以聞公公素艱子孺人每爲嗣
續計廣選良家以充副貳進皆婦德所難若孺人者固德耀儔也夫以
公之內行修茂無衾影失抱慚於夙夜與孺人白首相莊終身如一日
而卒遇不副志巖穴終老天其或者厚封培之以克昌其後耶不爾何
天之豐其學宏其德而竟嗇其施耶公生萬曆壬寅十月初一日卯時
卒康熙戊申九月初二日午時享年六十有七孺人生萬曆甲辰十月
初三日卯時卒康熙己酉十二月十六日酉時享年六十有六公逝之
後序立兩仲兄子節敷以爲子卒後四年辛亥節敷等卜以十二月望
奉公與孺人合葬於慶豐里孝廉公墓左新阡又二十年余自淮上歸

省會公孫眕執經家季之門勒公狀乞銘於余念張氏與寒家世有姻好因勉副所請而誌以銘之銘曰於惟張公青箱代殖家學淵源父作子述志潔行端學充質直見義必爲惟善是適綽有高世之風先民之德鹿門偕隱梁孟是匹紹前修於不替裕後昆以餘澤惟兹慶豊之里永綏君子之魄土龐脈蜿昌以吉松楸鬱芊高突兀我銘高風愧蔡筆世世子孫其永式

王岫青肅賓

青原繡芳草布席會羣英枝底鶯聲滑簾前花事榮徵歌紅袖媚調管玉璈清飲滿不辭醉陶然遺世情

山叟

尋秋攜杖笠緩步楓林還白雲繞茅屋明月照青山

讀書有政堂

登堂思孝友惠和眞翔洽授書均子姓不作親疏別

簾下鳥和鳴分飛比連翼時渭年游省俱同研席雲程九萬里羽毛豈異飾

筆生花入夢酒對月當懷桃李公門樹春風絳帳開

疏簾格風露映影剔殘燈孤月碧天淨午夜聞書聲

薔薇

滿架繁英鬬豔妝凝脂笑對紫薇郎舉觴試倩嬌花伴絳綠叢中暗送香

聞顧仲若應薦賢才

鶚薦元無匹雲飛羨有因觀光賓上國挾策對天人制行謨猷展匡時道誼伸

席珍須待聘今日重儒臣

春寓西湖

水漾碧瀾涵芰影花蒸紅霧薦香泉春流不盡澄湖月鏡面無聲印碧天

山口口月挂青蘿雲濕香林鶴在阿洞裏桃花嬌未睡夜深飛入野人渦

閱邸鈔　殉難諸公

世運逢陽九瞻烏歎爰止殉節良獨難廷臣何累累生寄鴻毛輕報國重一死

慷慨復悲歌安計垂青史浩氣淩山河千秋共流峙高爲砥柱峯深作龍門水

屠三朋喬梓歸禾

昨秋初對因兵火今夏倥傯又送君流寓半椽慳席暖浮生何日長榆枌

觀史

流觀青史具隻眼萬古陳人開生面危疑心事難告人撥霧披雲待後彥

惜陰

梅報先春方破臘梧飄晚夏又驚秋韶華不戀朱顏駐珍重淸光莫浪遊

夢醒

昨夜夢見君醒來愁耿耿遥憶夢中人宛在龜茲枕

春院

階前春草細芊緜一架繁紅落更妍生意滿前收不盡綠陰深處浣花天

春莫

黄鸝鳴徹陰晴樹繁李香來遠近村和日暖風芳草路快攜童冠出靑門

秋汎

遠巒翠口滴楓林紅欲然扁舟渡深澗野色映晴川

述懷

短髮先添白修牗不放靑烽煙何日靜無恙舊傳經

自嘲

老女困閨中猶將嫁衣理笑殺畫眉人日高還未起

閒

閒來學圃問桑麻昨夜東風養稻花但得有年多納稼社期須醉老農家

維元姪邀同楚琦徐翁琴臺看牡丹歸飲卽事

相將遊賞豔陽天小園咫尺琴臺前（臺本先世故居）紅紫嫣然若醉倚濤聲浩蕩春光姸阿咸年少肩隨後達觀呼作忘年友言旋緩步詣龍門錦堂取次開樽酒紅兒雪兒進玉卮歌罷櫻桃舞楊柳（時楚翁有女優一時豔絕）重攜綠綺自調絃高山流水吾何有

漂泊

飄零故國眞如絮浪蕩浮家半似僧豆粥布袍支歲月翻口世眼幾能淸

過李開始故居懷葉金枝親丈

夙昔稱良友鬚眉各皓然不因老廢學翻勝少求全鈞古多玄解許今每破顔
千秋業何限彈指已飛煙

張頤詩五十首詞五首

海鹽縣續圖經　張頤字二養號我任符九先生從子也幼聰穎爲符九先生所器重弱冠補弟子員著藝英俊文壇推爲白眉九試棘闈不售結廬琴臺之畔博綜今古廉隅峻整裏足公庭慷慨有羊舌之仁友讓多郈成之義足以維風俗傳家學

伯牙臺觀潮次羿仁韻

躡屐躋攀百尺臺飛濤東望海門來千尋澎湃驚晴雪萬疊奔騰駭疾雷鳳輦影消秦駐翠鴟夷怒撼浙江迴琴中山水依然是寂寞疏花點綠苔

客中苦雨

曠野陰火微崦嵫日西岫嗟哉行域難況當風雨候策馬問前途主僕互先後煩悥詠周飢悴憔已心疚長林起疾風赫赫若猛獸猝遇異鄉人殷勤等故舊

修途遇屯艱功名復何有

新蟬

泥塗纔脫跡西陸漸高飛噪晚聲猶怯吟風力尚微行藏隨世運語默識時機

幸勿嗟遲暮穠春性所非

送及門徐爾斯公車北上

把酒旗亭離思餘渭城曉唱動征車黃河水急孤帆遠岱嶽雲深匹馬徐擊楫

當年稱祖逖題橋今日羨相如好將綵筆承新寵寄我佳音慰索居

落梅

五更風雨玉魂銷素手亭亭不可招舞月自憐羅袂薄凌波誰惜楚江遙曉妝

已就香猶在午夢初醒恨未消羌笛吹殘煙漠漠孤村官閣迴蕭條

午日西湖同陸孝廉嚴比部觀龍舟

客邸欣逢競渡辰攜朋覽勝到湖濱殷殷鼉鼓衝波急擾擾口旗逐浪屯風俗猶傳荆楚舊人情更覺歲時新且將濁酒酬佳節獨醒何須弔逐臣

海上即事次駱龍媒韻

大壑波濤迴遐觀實壯哉朝宗咸到此歸宿可曾來鷙鳥摩風疾驕鼉負雨迴平生何限意對此一爲開

舟次語溪簡勞羽士

輕舟移小浦風過疊生波擊楫懷名士攜尊待遠過柳煙篷影亂水氣棹聲和坐久羈愁發斜陽挂薜蘿

阻風泊虎邱

百結幽懷傍柳條春風吹瘦沈郎腰千人石上歌聲細腸斷吳儂碧玉簫

秋日螺浮弟邀飲城南別業桂林間

小山昨夜桂初芳邀我園亭共舉觴鴻雁影聯□□□麝檀香細粟堆黃樽浮
綠蜡流霞豔歌度紅兒郢雪涼良會欲忘歸路遠露華蟾影照橫塘

輓陳烈婦

錚錚女俠出村家不逐輕盈陌上花攖鍔但知名節重留芳寧羨古今嘉黃壚
掩恨悲宵月素冢埋香照晚霞笑殺館娃傾國者扁舟重泛是非耶

閒居草堂費學博見過

江雲一片擁新秋兀坐閒齋事事幽有屐穿林驚鳥雀無尊空對感交遊十年
豪俠貧猶在千里河山夢未收忽憶少時頭盡白羨君獨繫漢臣裘

海昌早發

作客鹽官久晨興放小舟雞聲催月落帆影逐煙浮睡少愁侵夢涼多露浥裘
故園黃菊好歸去正逢秋

登眞如塔

躡足孤雲外憑欄古刹中一溪惟鶩鷺三徑雜梧桐香靄春浮殿煙花暮鎖宮滿懷湖海氣飄泊任征鴻

鞋山

弓鞋窄窄浪花攢踏破滄波萬頃煙帝女夜歸蓮瓣墮靈妃曉涉襪塵乾禪攜隻履浮杯渡風送秋潮響屧寒幾度欲行還且止斜陽竚立傍流湍

雨中桃花

東風淡蕩雨餘痕溼透輕綃一斷魂渡口有情憐白晝陽臺無夢入黃昏已知嫩綠無多在更憶輕紅幾許存寄語莫隨流水盡鵑聲啼血滿江村

禾中曹侍郎招飲因病不赴賦謝

北窗臥病聞剝啄對鏡那堪髦髮禿百年心事付東流遠愛閒雲出溪谷良朋

折簡興何限酴醾百斛拍浮面閒身力疾嗟赴難尺素手持空戀戀人生嘉會良有期春風況是花開時神明相照爲君契停雲落月徒相思

登石塘望江南山

水國氛氳白日低海門洶湃浪花飛迢迢天外雙峯起望斷江南倦眼迷

十年霜雪老黃門爲螺浮弟賦二首

十年霜雪老黃門麴鏡樓臺印酒尊螺浮製畫圖彝尊中鏤涉園諸景冶綠嵐光涵草色輭紅塵影浣衫痕圍碁墅繫東山望退食心懸北闕恩邱壑不教容獨樂鄭圖賈策徧村村

十年霜雪老黃門約法曾沾白獸尊待聽曉鐘嚴對仗補陳前牘綴留痕環升左省還臣職橘訟湘潭感聖恩況有松莊容賜沐月明無恙舊烏村

秋海棠

石欄花草徑叢發鬬秋光宿雨含嬌淚斜陽妬晚妝睡餘香夢杳脂冷夜更長

一種風流態相思合斷腸

冬夜懷范文白先生

挑燈懷宿昔折柳賦將歸留飲鱸香脆揮衫鶴影依路非千里隔書惜一春違

芳草知人意相思碧葉肥

過苕溪

朝逐鷗凫泛客槎晴川百折斷還賒孤城遥望歸何處靜聽漁舟唱落花

投贈梁別駕

鴛水澄秋一鑑明甘棠處處起歌聲陽春有脚窮簷暖肺石無寃訟獄清花徑

客來聞犬吠桑陰春到有人耕襲黃茂績通丹扆竚聽綸音出鳳城

雲間阻雨懷歸

孤館匡牀半擁衾枕邊淅瀝夢全醒紙窗滴破羈人淚蕉葉敲殘故國情烏鵲
巢寒風不止鶺鴒音斷溼無聲何時撥得浮雲盡一棹滄波趁晚晴

湖頭有遇戲贈素文

緩蹋尋詩到小橋偶逢春色賽花嬌不須攜贈江臯珮贏得羈魂已暗消

徐逸人山居

廬結亂峯下閒花繞徑紅啼猿深晝靜歌鳥逗春融樵去丹崖北漁歸碧嶺東
醉眠江月白夢斷紫宸宮

賦得人比黃花瘦

起來無力斂雙螺減盡腰圍奈若何籬下秋英渾似我垂垂不耐晚風多

同諸子姪晚步默庵

精廬迷四望扶杖逐溪花風急蛩聲碎雲低雁影斜磬傳煙外杳燈照荻邊賒

寂寂滄波遠蓴鱸莫浪嗟

秋日懷螺浮弟掌科都門

一別相驚行路難可憐消息斷長安爾能忠孝符先志我亦詩書囗囗囗燕市風塵悲擊筑河橋雨雪勸加餐遙遙情隔三千里隻雁南來未許看

同湘潭王山長過伯牙臺次韻

尋春獨步到東郭水鎖石橋何寂寞于中兀立有高臺云是當年伯牙作抱琴有意海上來刺船人去徒徘徊窅然神喪移情志流水高山安在哉可憐琴意誰能惜千古知音竟難得荒臺寥廓閉寒煙過客題詩滿苔壁嗚呼古來絕藝稱入神相知還記在知心只今竽瑟干時偏媿煞焚琴與碎琴

弔岳鄂王墓

欲雪先王恥其如數已傾金牌非主命白骨是臣情名節千秋重安危一代輕

忠魂應不散庭樹卻南生

秋杪同蕭大梁登秦駐絕頂

崖口秋天迴登臨在白雲叢林蒸雨氣曠野列星文海闊蓬萊遠山空麋鹿羣沙邱無限意愁落葉紛紛

陳太史簡邀西湖玩月

千載西湖月三秋正好時那堪今夜色偏照故鄉思露冷鐘鳴杳風迴雁落遲閒愁無賴起坐石且題詩

重至西湖有感

不到蘇隄已十年湖光山色總堪憐畫樓花柳皆非昔古剎煙霞口口口日暮

七旬初度

健兒吹觱栗夜深牧馬散溪田倚闌無限增惆悵貰酒旗亭一醉眠

韶光堪歎逝如川花甲週來又十年日月盡從忙裏過功名俱作夢中緣難償
夙負惟詩債且喜生涯有硯田俎豆只今添一輩殘編堪付不須憐

錫山感秋

霜滿孤城曉色寒忽驚時序又秋殘吟成紅樹羞窺鬢摘得黃花懶插冠歌鳳
莫言狂者僻披裘還羨釣徒安起來獨向東山立望裏浮雲倦眼看

送玄覺上人住錫草菴

爲愛淸齋好因辭古法堂渡杯心自靜飛錫世相忘濬濬松千匝疏疏月一方
安禪常獨坐龍虎盡深藏

村居三首

幽棲北郭只梅花絕勝桃源避世家夜靜一腔口短笛暗林深處月將斜
春雨霏霏筍蕨肥板橋零落過人稀扶笻欲向花深去沽得村醪又典衣

柴門晝掩靜滄洲綠漲平湖水面秋最愛淡煙芳草裏釣舟斜繫映湍流

秋夜與竟陵毛世兄話别

論心交不淺此别意何深把臂邀吳月狂歌送楚吟淚揮千日酒俠刺一囊金

鷗鷺悲星散河山雨雪侵

閨情

春入南園花柳香鴛鴦倦刺倚迴廊無端最是枝頭鳥叫得愁心縷縷長

集吳磊齋先輩宅時有江左之役

春靜招攜具當筵别思生銜杯花影墮翦燭雪痕明落魄常居客驅馳總爲名

莫言清夜久明日一帆輕

菊花二首

凄凄露冷白蘋洲逸士偏珍澹漠秋高下疏花分短徑纖穠清蕊影斜邱風踰

沅水神爲往夜奪巫雲夢欲留日涉東籬成野趣披襟不羨五陵裘

東皋淨豔日離離淡雨微煙亦自持有酒不妨歌白苧無愁何用讀騷辭幽詣

逸性閒頻晚靜對閒心謝獨遲潦倒清樽欹短髮干戈未定莫尋思

元宵小集緩步觀燈

閒窗春早典鷫裘招集羣公上小樓知己不妨千日醉同人口口六街遊光搖

火樹疑將曉影燦星橋訝欲秋信是才高多曠逸豪觀不減晉風流

訪虛白上人不遇

北郭春光晚東林物色新已違來訪意無那少緣親門靜苔花厚庭空野雀馴

扶筇隨所去惆悵爲誰頻

同毛紫斯夜泊漢江

十里蒹葭雨乍收遠空一望月初浮野袍白幘同幽賞菰米蓮房作好秋波靜

驪龍探醉臥夜涼銀漢逼漁舟此生已寄形骸外何用逢人説勝遊

過金粟寺

第一東南刹羣山繞鬱葱篋留淳祐葉寺存宋紙五聖所書藏經僧續貫休風老樹迎村緑殘陽入座紅翛然忘世慮何必更談空

詞附

點絳脣舟中

快挂蒲帆澄泓秋水扁舟渡天涯雲樹望斷行人路　隔岸霜林短笛聲相和愁無那無端梵鼓懺我情禪破

點絳脣秋夜宿王伯遠書樓

獨寤孤樓漏長野曠人喧寂蛙掮歷歷三弄漁陽息　忽聽鴉鳴報道東方白田家出行人如織柔櫓歸來疾

菩薩蠻 雨窗憶所知

荷顏映出佳人面芳情宛轉如嬌燕忽憶掌中珠深憐那得如　素口櫻桃匹溫柔聲歷歷不恨見時疏還嫌夢去疾

點絳脣 懷人

夜雨聲頻簷前滴滴相思淚和衣閒睡想入風流隊　怎奈情深縈繫心如醉牙籤背心香暗墜形影空相對

點絳脣 對鏡憶所知

對鏡沉思鏡中何日人添個歡娛儘做備把離悰訴　擬泛金樽共醉池亭左回頭顧芙蓉嬌朵也覺紅顏過

張朏詩三首

家乘　字弦上號淡存康熙附監生考授州同知

和李邑宰涉園雅集

翠深隨避暑雅接令公香蓮瓣催杯渡冰徽映座涼翦燈留繾綣題墨羨飛揚勝集傳他日風流繼未央

又

風流初日照紅蕖消夏溪灣佩解魚賭酒快謁牟衎鼓聯吟縱寫擘窠書林泉趣得揮絃外裙屐遊從退食餘且喜兩坨頻枉顧花邊分駐使君車

碧渚參橫露隱蕖談深城漏下銅魚豪追十日平原飲勝擅西園雅集書小隊花間分帶綏詩家瑞公總戎暨家成九闓參偕座明珂月底度鳬餘清時上客同休沐酌對三騶就麯車

張朊詩二首

家乘　字升菴號宇乾康熙丁巳恩貢歷官溫州府遂安縣訓導

涉園雅集和李邑宰韻

花雖非解語傾國卻輸香帶雨浮輕潤翻風送遠涼□□□□□□□□□□
獨羨神君化膏濡正未央

又七律

共諧心賞翫池蕖樂意眞同戲藻魚座上班揚皆擅賦筵前韓白總躭書追陪
幸綴英游末吟和惟慚咳唾餘□□讓才同下駟敢齊飛轡逐鋒車

張昤詩三首

家乘　字函暉號端葵別號竹莊康熙嘉興府學生

鴛湖即景

雙湖屈曲萬家連瀲灩騰空起素鴛百丈浮圖迎曉日千章喬木護平川淩霄傑閣憑沙渚野寺疏鐘到客船莫道女蘿山徑折葦杭飛處即攡禪

煙雨樓春望

高閣摩空氣鬱蒼凭欄四顧正春陽文峯突兀湖邊出郛郭稀微樹底藏岸北煙雲凝暮紫村南花柳發新香登臨漫說抒豪素點筆慚無崔顥長

送蔡邑宰

海上方需主計才賢侯皎皎幸初來鳴弦頓使羣囂息保障先教積弊裁愷澤七旬歧麥秀謳思一旦淚碑哀挽留何限車前臥空對棠陰慕寇萊

張本涵詩一首

家乘　字餘村康熙縣學生

寄馬墨麟

坂輪下白日黑髮垂星星惟有惜别意始終自牢扃憶昔春日暖水碧天窅冥桃花夾兩岸絲柳搖長亭繫纜鴛鴦湖執手兩涕零芳時不忍覩臨發棹重停子言家食難敢不勞其形曰歸幸早賦要使白髮寧我時與子期櫚葉飛中庭那知逢世拙衆醉輕獨醒悠悠落人海踽踽悲伶丁五年鳥過目飄轉隨流萍故園渺何許歸夢憑爽靈子文金石響跌宕驅六經謂如庖丁刃砉然發新硎何緣比鈍鋒未脫一衿青秋風吹蟾窟如雨飄芳馨努力磨修斧快斫高岭岈我衰學久廢五畝堅自銘莫待歸來日松根對茯苓

張宗栻 詩四首

嘉興府志 張宗栻字敬貽以副貢授瑞安教諭歷官粤東徐聞縣知縣以經術文飾吏治著有南垞文稿 按公尚著有羅陽紀游甌歸小草見續檇李詩繫

海昌許焞廣東雷州府徐聞縣知縣南垞張公墓誌 公諱宗栻字敬貽號南垞一字頵山姓張氏先世爲宋崇國公無垢後家錢塘明洪武初有諱留孫者入籍海鹽遂世爲海鹽人高祖諱奇齡明萬歷癸卯舉人贈中憲大夫曾祖諱惟赤順治乙未進士歷官工科給事中授中憲大夫祖諱皓康熙壬子舉人歷官刑部主事授徵仕郎父芳湄康熙丙寅拔貢歷官刑部郎中授中大夫母鄭繼母陳俱封淑人兄弟八人公爲之長以康熙辛卯副榜選瑞安縣教諭遷紹興府教授陞廣東雷州

府徐聞縣知縣授文林郎署雷州海防同知致仕歸越十年而卒年七十有二乾隆十九年五月二十九日也公性馴謹無紈袴風年十七補學宮弟子員時大父致仕家居父官繫京師公侍大父左右得大父歡迨父乞歸終養未抵里門大父病不起公嘗藥以及含斂罔不竭情盡愼父於途次聞訃終天之恨賴以稍攄焉其在瑞安也與諸生砥礪廉隅講道不輟數年之間士風丕變秩滿量移紹興府教授會大吏督查浙省錢糧積欠稔公賢能檄委清查四明之鄞縣賦重户繁官吏未免侵漁而里户狡獪者藉以推卸公以爲民間失票情或有之然串根紅簿有數可稽者方准銷算不憚煩勞分毫必核兩月間鉅萬逋糧悉皆清釐官吏無由隱冒里户勿致重賠一切供應出諸己橐無纖毫染上官嘉其才保舉咨部紹庠起行之日諸生攀轅賦詩設餞蓬萊之驛一

如章安就道祖餞繪圖以誌其居官之賢勞概可見矣暫假歸省即赴
都門揀發廣東以知縣用公念粤東去家五千餘里父母年老不能迎
養又不忍遠離嚴冬冒寒繞道歸省依依子舍難乎爲別蓋其純孝成
性也庭訓以王命不得滯留且家有諸弟克奉甘旨即趨裝溯粤偕行
者有婁江徐雪村花溪許硯村相與涉章贛度嶺達珠江游歷名勝各
賦詩倡和抵粤即委署文昌縣縣居海外多盜藪民被盜劫牒訴倥偬
公搜緝窩藏以清其源力行保甲隨獲盜首二名正法一年之内四境
晏然文邑有險津凡外國貨船遭風擊壞棍徒乘機搶掠公訪渠魁懲
之追還原物後無再犯者撫恤遭風遠人給發口糧俾其守候順風覓
舟歸國遠人感德往往焚香至縣庭叩頭作喚喁聲旋丁父憂奔喪歸
哀毁骨立後起復原省委署電白縣縣素稱難治公以甯静治之盜首

林自新者捕役畏懼不敢攖其鋒公親自督擒民得以安獄有疑案公立爲剖鞫奇寃得雪民苦賦役之繁公盡除官吏中飽積弊而賦役以省署韶州之曲江道鎭同城兵民雜處前令以少年剛愎不得民心被參之日民擁衆喧嚷前令愧忿上訴袒護者將釀成大獄公涖任訪得愚民無知土音譁雜實無聚衆辱官情事枷責爲首數人民情帖然上官以公練達凡外邑重案檄委覆勘多所平反曲邑有礦場爲藏奸之藪部行開採商民射利相趨而烏合之衆一旦失業易爲盜劫之招公條議不宜開者有七上是其議題覆中止地方賴以安堵嗣是而署廣甯署開建並有卓魯聲迨其宰徐聞也徐爲海疆地產雜貨商賈輻輳東西各設巡檢仍歸縣令督理公撫循有法剔弊興利多善政徐邑科第百餘年來竟成絕響公考輿圖知四門外西南隅向有文明一門聳

峙學宮之前自明季兵燹後堵塞士風因之不振遂倡捐重開建文星閣於城闉設立義學集生童之穎異者肄業於中不數年而秋闈獲雋者鵲起文風丕振其撫字之勞較前攝篆諸邑時益以清慎勤自矢時郡司馬缺出疊委護理深爲上官嘉許然公年逾週甲淡於宦情且於錢糧倉穀出納嚴謹無少短虧去就自由遂乞休歸居涉園之西偏十年來杜門卻掃侍萱序樂快意林泉繪撫松圖以誌樂頗自得也無何病一夕而卒元配徐工部尚書諱元正女繼配袁庠生鳳苞女皆封孺人均有懿行爲女宗子四人照炳燦燾照燾先卒炳燦皆太學生女四人長殤次字施者仁福建丁卯舉人光祿寺署丞次字朱廷掄同邑貢生次字沈方堯俱未嫁卒孫男四人秉綸復基世基秉經子炳等將以某年月日葬公於和平港之新阡啟徐孺人之兆而合焉請銘於余余

按狀而次序之不敢增損焉懼失實也銘曰才非百里爲廉吏錯節盤
根別利器歸老故園無餘累不屑一官如匏繫百年考德石以識

登西山紫霞峯

摩空石壁高峭拔垂雲布上有女蘿纏夭矯龍蛇附大竅復中虛如彼五石瓠
窅冥不可窺仰觀眼欲瞀返照入平江蒼崖翻古渡聞有如椽手大書走毫兔
豈謂擅靈奇反被造物妬嗟嗟紫霞峯三字成掌故奈何竟沈埋零落同殘雨
山靈應笑人君自來遲暮

重游仙巖

八度桃花嶺三過梅雨潭瀑花看未厭泉注酌彌甘薄宦流連久游蹤興致酣
林巒應惜別巧樣設雲藍

石門洞

棹入寒江水一涯圓峯拱峙擁銀沙劈開山眼飛香霧湧出源頭襯紫霞巖罅

濆珠珠濺雪晴巒排雨雨吹花摩空石厂玲瓏竅枕漱天然可當家

縉雲山

溪橋小瀑聽潺潺身在流雲紛郁間靑眼相看靑不了縉雲山外更無山

張元龍詩八首

上虞趙金簡學博曉堂張君家傳　君諱元龍字魯良號曉堂姓張氏世籍嘉興海鹽人高祖諱奇齡萬歷癸卯舉人以文學致大名曾祖諱惟赤順治乙未進士官工科掌印給事中奏議盈帙直聲震一時祖諱皓康熙壬子舉人官刑部福建司主事考諱芳湄康熙丁卯拔貢官刑部江西司郎中兩世歷職郎署並著清廉妣鄭淑人繼妣陳淑人比部公令嗣八人君其第四子也甫三歲遭妣鄭淑人喪至性異常兒稍長岐嶷穎慧無紈袴習比部公與陳淑人手持一編課之盛寒暑勿間也凡經史子集百家之書輒與同志切劘講貫故發爲詩古文詞章卓然成一家言年弱冠補秀庠博士弟子員每試屢冠其儕偶旋食餼試牘一出膾炙藝林乃屢躓棘闈聞者惜焉而君初不以得失介懷雍正己

酉學使者交河王公拔文行兼優者君以秀水籍貢入成均同時選拔
如李屺望粱詩正皆翹材碩望咸賀王公爲知人能得士也余忝同譜
始識君恨相見之晚庚戌入都廷試魏塘沈椒園先生留寓京師一見
定交當日名宿雲集而君獨與椒園先生及屺望與余尤爲莫逆詩酒
唱酬樂共晨夕適比部公有手諭寄君勉以進取科名善繼家聲毋與
揀選試後卽束裝南還是歲十月比部公卒於里第君方在道及抵門
始知大故一慟幾絶哀毀骨立每以旅次需遲勿獲躬視含殮爲憾君
孝友性成不與戶外事陳淑人在堂伯兄遠官嶺表偕仲兄及羣季承
歡膝下極庭闈之樂宗黨亟稱之乙亥陳淑人棄世君年近六旬矣然
盡哀盡禮孺慕之誠終身不改服闋後絶意仕途辛巳以親族敦勉需
次就選得杭郡昌化縣教諭廣文雖冷曹然教育人材職綦重也昌係

僻邑士習文風素稱樸陋君日與諸生砥礪廉隅課講不輟乙酉科試方子起鳳首膺選拔蓋前此所罕有也由是數年之間翕然丕變邑宰雷江方君以文爲壽方之胡安定之治蘇湖覽者謂無愧詞焉余與君自庚戌握别後聚散不常於是君以試事詣會城適余亦承乏郡鐸問水尋山撫今追昔我兩人亦皆老矣壬午恭遇覃恩勅授修職郎君司鐸六載年逾古稀遂以年老致仕昌邑諸生環署攀留君臨别贈言有從兹海角遥相憶長在青山紫水邊之句師弟之情盡見乎此歸田後杜門不出掃地焚香日以圖史自娱初大白先生嘗讀書城南之烏夜村其後給諫公因以築園樹石池館之勝甲於一邑君晚歲優游其間一觴一詠當花月之良辰享林泉之清福而余顧羈縻苜蓿徒聞其勝而未能過也猶憶客秋謁椒園先生謂余今昔語娓娓不倦精神矍鑠

期頤可卜相與慰藉者良久豈料椒園先生已返道山而君訃音猝至嗚呼所謂天者誠難問耶君生於康熙三十六年正月九日午時卒於乾隆三十七年八月七日未時享年七十有六配袁孺人先卒子男五人長玉輪次玉臨嗣弟含广後袁孺人出次玉嘉玉調玉鳴側室徐出女三人袁孺人出者一側室徐出者二孫男五人長墀對先卒孫女二人曾孫一人所著詩古文集若干俱未梓君素行純粹其課子若孫先德行而後文藝蓋自大白先生迄今五世流風餘韻被服深矣與人交胸無城府人無賢愚僅一接君無不誦君爲仁人也乃若交君最密知君獨深者莫如余不敢以不文辭謹論次其梗概云

頌海鹽王令

海邦稱劇邑訟牒理棼緒明府才無匹清操世莫儕銅符初攝篆竹棒對籠街

部署精神肅蒼生屬望皆下車諮疾苦微服混塵霾伏莽青山畔沉寃淥水涯
訪聞期得實公論信非乖漏網名隨記藏窩戶必挨神工煩獨運號令密添差
漸逐穿墉鼠先除當道豺雷行驚掣電風掃疾飄颻懸鑑形難遁盤根器未埋
鴟音憑反覆鐵案少推排暴戢羣心帖歡騰衆口諧補牢孳兓畜安枕守荊柴
夙夜冰霜厲春風雨露偕吹嘘新草木披拂舊根荄濟猛仍寬惠開誠布坦懷
庭清無滯獄衙退即高齋翰墨身常接丹黄手自揩定知花滿縣共挹酒如淮
僚佐情相洽芝蘭氣更佳琴堂沾化澤講席樹模楷報績循良最同時薦擢偕
秩應推五馬門已植三槐早晚刀州夢行看展綬緺

縴夫謠

縴夫苦縴夫苦汗如漿面如土糧艘不動高於山河水逆流疾於努一帶傴僂
魚貫行衶速安能敵檣櫓前人邪許後喁于唇乾舌燥音酸楚吾聞此聲心怦

然中宵伏枕難酣眠寄語黃綢被裏放衙官食俸豈事膺千石耕耘輸挽民力疲愼勿官廚誇飽食嗚呼愼勿官廚誇飽食

山行

四圍巒翠溼人衣一徑幽香藥草肥行近溪頭頻駐馬晚花開到野薔薇

路轉山坳見梵宮諸天瓔珞總塵封頹垣斷棟香煙絕枯樹一枝懸古鐘

和寒坪兄移居感事原韻

北窗一榻任高眠老健非關藥駐年季雅買鄰原有價涪翁使鬼獨無錢閒揮麈尾譚鋒直靜爇龍涎篆影旋捫腹舊圖題句好此中應索解人傳

趙北口

畫橋連接水拖藍煙柳絲絲送客驂若使輭紅淸十丈風光未肯讓江南

漫興

廉泉讓水耐淸寒山下沿洄幾度看豈是臨淵無羨意有風波處怕垂竿

春日久雨

東風不停吹時聞瀉簷溜偶或逗晴光雨勢旋復驟溼雲障虛空老眼迷昏晝莫笑杞人憂我亦疑天漏庭梅惜被摧寒勒香遲透不然桃李花漫山已如繡

張宗枬詩四首

海鹽陸以謙太學含广張先生墓誌銘　海鹽涉園張氏自大白先生以名孝廉著於前代國朝螺浮給諫繼之門戶益大後兩世爲主政爲郎中咸在比部世濟其美園亭之幽書卷之富甲於一邑故子姓彬彬皆以讀書纂述爲樂不僅如世俗子弟挾兔園一册博科名已也先生諱宗枬字汝楩別號含广孝廉諱奇齡高祖也給諫諱惟赤曾祖也主政諱皓郎中諱芳湄祖若考也母鄭陳皆封淑人先生陳出也兄弟八人先生第五弱冠就昏河南密縣娶於莊甫一年卒繼娶楊又卒最後娶於馮相莊有年善理家政先生始得一意讀書凡經史子集舉業外博覽綜稽家有園終年不窺人比之董江都詩文不肯率爾下筆即制藝高雅絕倫省試十五回屢薦不售年五十餘陳淑人下世先生不復

作奉檄想矣因憶就昏古密時取道山左宿曹縣夢見新城王尙書來摳衣再拜延居上席王公藹乎其言若引掖後進者然今思有以自見或者附驥尾而彰乎漁洋詩爲本朝大家詩話一册未盡精藴嗣後讀書南曲凡屬公著述語關論詩者悉𥳑錄焉或疑文集諸條筆勢與雜著有別不知竹垞先生明詩綜輯評亦有翦裁序跋者且倣靜志居詩話史論軼事博極蒐羅又取本朝諸大家緒論與漁洋發明間有疑義偕花溪許蒿廬暨兄寒坪弟詠川芷齋諸先生互相剖析曉牖夜檠三易稿而後成爲門八爲類六十有四總三十卷啟前賢之扃鐍作後學之津梁其書洵集大成已先生性嚴肅危坐一室儀度儼然不妄交遊不畜妾媵讀書著述以孝友端方爲根本有聲藝林虛懷若谷晚年更不臧否人物齋中懸一聯云莊語漸爲流俗隱素襟偶對好花開其高

簡丰神益可想見平生詩古文散佚不自收拾僅存吟廬小稿一卷度香詞一卷歲乙酉臥病立玉臨鶴徵爲後孫男五人女二人曾孫男二人生於康熙四十三年十一月二十二日卒於乾隆三十年八月二十七日享年六十有二丁亥十月葬於半邏遊祿里之原前兩孺人祔焉後二十年馮孺人辭世長君玉臨已前卒戊申十一月二十六日次君鶴徵奉孺人柩與先生合窆禮也謙與次君交最久常至度香池館見先生所遺書籍鉛槧如新固依然無恙也且率其子若姪早夜誦習則先生洵有後矣次君請銘於謙其又奚辭銘曰君家兄弟有八人第五之名最嶙峋風流著書常閉門箋言記事鈎其元繼姪爲子子有孫遺編克守勤討論詩書之澤宜長存

喜楊甥雲根歸自平番得詩二首

行客蹤何定隔江信已眞（先數月得維揚來信）荒村寒盡日殘雪夜歸人歲酒春篘熟梅花凍萼新故鄉情話好勞苦問西秦

曾聞樂府曲絕徼古涼州擊缶猶遺俗驅車得壯游王師傳羽檄幕府亟邊籌莫道從軍樂高堂漸白頭

東湖漫興

愛聽鳴榔泊弄珠澄波如鑑影浮圖鐘聲日暮飄煙際直送春潮過泖湖

黃泥浦早行

故鄉歸夢忽驚還雞唱催人早出關燈影漸稀村砦裏柝聲遙落女牆彎溪邊宿霧迷荒堞天半初霞映遠山曉景儘堪開倦眼不辭辛苦履孱顏

度清流關小憩山寺

落日關山古寺邊解鞍徐步思飄然谿盤曲磴疑無路雲度前峯別有天石扇

中開叢樹列松寮半掩一鐘懸禪僧不受人間暑閒把軍持細酌泉

張宗樎詩六首

家乘　字詠川號思巖康熙國子監生著有詞林紀事輯晴雪軒雅詞

按公尙著有樂是盧詩稿見續檇李詩繫

石瀨山房詩話　思巖家多藏書性好吟詠尤工詩餘婉麗不減秦柳

歲杪感懷呈蒿盧夫子

昔別曾經歲今來又幾年光陰眞過客離合豈前緣强制延陵淚難迴別浦船不知池上月可許話重圓

題蘭樹東谷兩弟對牀風雨圖

幾年游宦各江湖三徑歸來尙未蕪閒話田園還惜別情人摹寫對牀圖

顧影誰同翦燭譚離居卅載我奚堪眼中似爾眞奇福不讓陶庵與邵庵

臘梅

不道冰霜裏檀心獨吐香蕊凝殘蠟淚花綴小蜂房品自涪翁著名聞京洛芳
南枝猶未放讓爾占年光

弄珠樓懷孫子蒼舒

春光晤似錦登眺最相宜樓曠天逾闊湖平浪故遲夕陽明梵宇疏柳隱叢祠
不見與公久臨風獨爾思

靈巖寺尋吳宮舊蹟

巖翠層層隱上方竹兜搖曳上崇岡吳宮草色仍新碧梵宇鐘聲又夕陽響屧
廊空名尚在琴臺石黯蹟全荒老僧不解閒情思說與途人總斷腸

張載華詩五首

海鹽縣志　張載華字佩兼貢生藏書萬卷遇一善本手自鈔錄刻有初白庵詩評　按公尚著有寄林殘編見續檇李詩繫

海鹽陸以謙明經芷齋張先生墓誌　海鹽出南郭門里許卽烏夜村望之林木蓊鬱蔚然深秀園亭第宅衡宇相望是爲涉園張氏園之東相隔不數武中田有廬是爲芷齋先生所居先生諱載華字佩兼兄弟八人行第七高祖奇齡萬歷癸卯舉人爲韓求仲馮開之兩先生器重學者稱大白先生曾祖惟赤順治乙未進士工科掌印給事中所著入告編悉關國計民瘼祖皓康熙壬子舉人刑部福建司主事考芳湄康熙丁卯拔貢刑部江西司郎中皆有清望妣鄭淑人繼妣陳淑人先生陳出也比部公歿年甫十三事陳淑人至孝旣析居故第悉讓諸兄或

勸先生徙居城先生曰有母在朝夕何以奉侍卽以園傍築室費不足則以所受遺金貯質庫者補之先生有田三百畝治家有程度他無所好而獨好飲酒讀書先生晨夕定省越陌度阡宛轉如家衖陳淑人亦板輿時時往來年十八補弟子員旋貢成均棄舉子業肆力於經史百氏之書苕溪書賈持祕册求售或爲諸兄所得先生戲曰於此微有妬意然彼此傳鈔各藏一本互相讐校以爲樂先生著述甚夥其已付剞劂者初白庵詩評考訂精核如東坡集劉貢父見余詩詞數首以詩見戲聊次其韻半山集嚴陵祠堂兩詩原注偶誤引悉爲捄正他多類此仲兄含广簒輯帶經堂詩話采擇羣賢評論與漁洋發明附識諸條先生商略之功多焉諸兄相繼殂謝先生任家長不辭勞勩季弟斗臨早亡撫其遺孤兩世弟婦朱守節請旌他若開園前河漑田數千百頃甃

築馬路便行人之達於郭門者先生固不以風雅廢經世務也涉園係
先人舊業池亭樹石之勝甲於一邑先生不敢任其頹廢與從弟蘭樹
東谷葺治春秋佳日偕羣從及里中名士彈琴賦詩評書讀畫非有大
事終歲不入城市嘗語人曰近日有快事二三伏曝書數十日不遇疾
風暴雨檢酒庫得數年前所遺舊釀一罇嗚呼亦可想見先生高致矣
臨終遺命不作佛事生康熙五十七年正月十五日卒乾隆四十九年
九月二十一日年六十有七配楊孺人康熙丙辰進士內閣學士禮部
侍郎兼詹事府詹事瑄孫女康熙己丑進士候補中書錫恒女孺人生
長華閥習儉勤嫺禮法數十年如一日子二人長鶴徵嗣兄含广後次
鷺振女三人長適金山縣楊浚次適同邑蕭嘉植次適海昌許奎孫男
三人思曾嗣鷺振後思纘思繼女一人曾孫男一人鏞余與先生父子

相交在羣紀之間鶴徵於乾隆五十一年十二月二日葬先生於涇塘橋之原以余相知深且質直無諛詞以狀請銘余不敢以不文辭謹紀其實而系之以銘曰家有質庫不習紈袴家有藏書不飽蠹魚修治園亭剬緝詩評是爲大白元孫初白功臣涇塘之阡碧水粼粼幽宅既安以啟後昆

東湖曉發

一片東湖水扁舟去復來夢隨雞唱覺棹向霧中開野燒青方茁垂楊綠半回春寒殊未減倚枕撥鑪灰

西泠橋送春

空濛山翠撲人衣柳絮漫天作雪飛愁煞西泠橋畔路落花微雨送春歸

自石壁絕頂下牛鼻嘴濯足太湖用歸愚先生韻

石壁枕太湖勢若牛鼻狀奔騰赴水濱直欲攫龍藏余生夙好奇鼓勇踞其上
俯視三萬頃風濤一何壯晴空淨纖塵縱目蘚碑障七十二峯翠一一羅盆盎
冒險下山趾藤蘿肯輕放行行石且盡伸足濯寒浪高詠滄浪篇孤懷絕依傍
回首來時蹤白雲渺樵唱

題馮曠庭先生觀弈圖

軟紅塵土外蒼翠石苔間世路人方競松林鶴與閒一枰聊寓意二客亦忘還
我欲濯纓去泉流長在山

初秋和許絲如韻

暗裏年華換流光忽屆秋雨催涼氣早風捲火雲收砌畔蛩如訴花間露欲浮
何人明月下吹笛倚高樓

張宗本 詩六首

海鹽縣志　張宗本字蘭樹乾隆丙子副貢候選鑾儀衛經歷性孝友事母壯年猶孺慕好接貧士有貸者未能償又告又貸之終不能償折其券有至數千金者家以是中落而施與不倦

錢塘梁同書蘭樹張君墓誌　君姓張氏諱宗本字禮耕蘭樹其別號也先世居錢塘明初遷嘉興之海鹽遂爲海鹽人高祖孝廉諱奇齡隱德不耀曾祖給諫諱惟赤祖主政諱皓崇祀鄉賢考諱芳潢贈徵士郎原聘母汪氏吏科給事諱煜女妣俞氏吏部侍郎諱兆岳女俱封贈孺人汪孺人未成昏卒贈公奉父命以婦禮喪之俞孺人生子二君其長也君少有大志與弟東谷柯相切劘奮然欲有爲於世年十有七入邑庠連試不第乾隆丙子應順天鄉試僅中副榜入貲就京職亦未銓用

其設施不可得見然觀其孝弟行於家恩意浹於宗黨及於僕婢與夫振興風俗知其得爲於時所裨益於斯世者不少而惜乎其未也贈公讀書務實踐尙義輕財出於天性晚年事修養結廬郊外置家事不問四方道流聞風踵至君患之念神仙家言惟魏伯陽參同契爲正朱子嘗爲註釋因講善本從容進質並婉言他非所宜留意贈公頷之道流旋稍稍引去歲時祭祀贈公自郊外歸君與弟詰朝灑掃屛息迎侍肅若朝廷後有微疾勸歸盡養居喪一稟朱子家禮人皆歎之而事母壯年猶孺慕與弟朝夕不違左右一人歌謠則一人撫背抑搔更互爲之率以爲常與弟友愛甚篤事無鉅細必相咨以行財物無分爾我東谷訓導定海烏程時凡米鹽出入子女昏嫁君治之一如己事給諫有別業曰涉園建先祠於中四時花放薦新而後燕私於遊觀之樂而寓敬

宗睦族之道其具饌潔而不豐每歲修葺樸而不華至今其風不替君
維持之力居多嘗慨然曰俗尚奢靡胥吏之徒尤甚主持轉移之吾輩
責也豈復可爲其所染𠂻子原聘余氏卽君仲姊女世俗禮文悉屏汰
惟以二襆裹衣物令蒼頭擔之去至期率以步至姊家旋返遣兩肩輿
迎之歸而已邑里傳爲美談有效之者平居嘗製一單布袍春秋衣之
冬則以襲裘人又以爲美觀轉相仿效如郭林宗之折角巾矣同邑孝
廉吳燈庵文輝潛居里巷足跡不入城市贈公慕其文行以君女妻其
子以敬其賓甥館方病肺性且孤介恒默坐一室如處女君獨愛之治
其病病愈補學宮弟子尋奉其繼母就醫雲間致咯血疾君招致治之
不愈瀕卒請於君曰壻家治喪不用浮屠既卒或議用之君揮涕厲聲
曰誰敢壞伊家法且我死亦不許用浮屠也議者乃息其愛人以德如

此君風度偉然嫺禮儀人望之心欽而接之藹然胸無城府亦不隨人是非尤好接貧士委曲周至能體其意之所欲言性極仁慈饑者與粟寒者與衣疾病者與藥急難者與排解貸者未能償又告又貸之終不能償則折其券有負至數千金者家以是少落而施與不倦君家本素封足以自娛以急人之急憂人之憂用攖其懷且自喪母以後内外戚屬疾病死喪頻仍以故意忽忽嘗若不自聊而一病遂以不起卒之日親疏遠近下逮厮養莫不哭之痛以爲斯人而不享大年天道固不可知矣乾隆四十四年己亥七月十有八日也距其生康熙六十一年壬寅九月初十日春秋五十有八越八年丙午十一月二十有一日葬於秦駐山之平潮洋先是君曾祖給諫卜葬地買此山若干畝誅茅種茶延僧守之後以山峻不果葬君考嘗以葬母二年遷去至是卜葬君他

處不吉卜此吉遂以葬云君配俞孺人郎侍郎公孫女癸卯舉人諱鴻赤女子四長愼邑庠生馴謹工書畫後君四年卒次逢泰太學生次承懋後君十三年卒季承愷太學生女四長適吳以敬邑庠生次適沈光祖次適胡屋次適查世恆並太學生孫十有一人君弟東谷秉鐸吾郡因與之交其人蓋長者一日以君行狀請銘遂次其事而銘之銘曰泰山有壤厥祖貽昔葬不葬孰爲疑今以葬君孰爲推萬事溟漠知有司厥子若姪班祔之（檀弓云其班祔）以厥配同穴竁且治（周禮地官卜葬兆甫竁註始爲穴也顏延年詩月竁來賓註竁窟也廣韻竁穿壙也又唐人謂壽壙曰神空杜預云壙空也）厥弟天顯篤怡怡百歲之後亦藏斯古云族葬禮不違我惟君德後必熙彌歷億載徵銘辭

題張顧堂大令胥橋送行圖

甘雨和風是處宜陽春有脚化無私柘湖本析鹽官地一路恩波到水湄

延堤綠樹叫鉤輈脈脈離情接水流白苧一帆容穩坐東風吹上弄珠樓

頌海鹽王令

秦臺明鏡共盟心凫舄長瞻福曜臨袞職九重思製錦潮聲千疊和鳴琴如山鐵案眞難動似月冰壺肯受侵幸托甘棠叨蔭庇編將政績入謳吟

暑夜遲友人

晴雲高不落暑氣逼空林永夜洗塵俗清談見古今微風來木杪淡月度牆陰子靜歸來晚軒窗有素心

秋夜聞笛

鐵笛吹來動柳枝清宵底事最情移一聲響徹關山月風到疏簾入夢遲

題彭愚山觀泉圖

峨峨者山混混者波波勢激蕩□□□晝夜琴筑鳴山阿緬彼聽泉者心遠神

恬和泠泠萬古意瀉入雙卷阿水哉有取豈私見意出孔孟本同科俯思時出
意仰歌滄浪歌波流自混混山高自峨峨

張柯詩六首

海鹽縣志　張柯字東谷由廩貢生官杭州府訓導與朱炎陸以謙輩相唱和著有搴雲樓詩稿兼工書出入蘇米之間人爭寶之

華亭王顯曾學博東谷張君家傳　君姓張氏諱柯字晉樵號東谷海鹽人也高祖奇齡登萬曆癸卯賢書曾祖惟赤順治乙未捷南宮官給諫祖皓康熙壬子孝廉官主政考芳潢能矯志勵節以有聲於時妣汪氏俞氏皆著婦德君性和易好讀書篤於孝友年十七爲學官弟子以貢生謁選得定海之司訓四明自黃梨洲萬充宗諸子講學山中一時之能士秀民翕然從之君至則横經藉書丹鉛錯互虀鹽燈火以刻苦相尚以故鄮之人皆多氣節而能文章君精明才幹乾隆乙酉間聖天子省方至浙凡排纘南巡大典咸屬君手恩賞荷包緞疋人以爲榮未

幾遭父憂除服遷吳興之烏程郡城南有碧浪湖歲久皆葑沮洳相望郡守楊公成龍素與君契知君能委會紳士濬之君躬率畚插淺者堰之深者坡之腴者稻窪者漁淖者藕夾隄植檉柳萬本行人藉得美蔭龍骨翻翻聲相續也案有疑久未決守與君謀君指陳之下必中其隱乃如君言而獄成守爲之歎服曰此非特百里才羈縻苜蓿烏足爲人才勸將會中丞熊學使者錢薦諸朝而君以母俞年高力辭之既而俞夫人歿元配杜氏亦卒長子默咯血又亡兄蘭樹相繼謝世數年之間死喪接踵竭蹶襄事獨居侘傺形容枯槁欲追疇曩聚順之歡不可復得會壬子春銓授杭州府訓導慨然曰本不欲出奈枯坐無聊西湖一片水殆堪從省會士人講論泳游吾將終焉可乎挈二子之官其課士一如在定海烏程時學舍外多隙地君偏栽芙蓉其上經年花如錦城

至今游槐市者思遺澤矣君工書凡摹仿古人筆意無不逼肖而於蘇米猶得其天趣山舟粱太史一見定交每論書法有水乳之契造訪特密故君歿時太史哭爲之痛歲在戊己遘肺疾亟告歸大宗丞阮雅重君慰留者再因強視事然精力憊卒以不起易簀之夕諄諄以讀書爲善克繼家聲教兩幼子無一言及私烏夜村有林亭爲給諫娛老地君攜琴載酒日與耆英朋舊異僧田父據梧坐嘯其中水益加浸木益加章有持絹素踏門請乞者率欣然應之醉墨淋浪雖涴衫袖弗惜也親在時就學職歲必歸省兩遭大故皆乞假在籍躬治含殮居喪盡禮時祭必親滌器每宦遊以兄蘭榭尙家食爲對牀風雨圖以寫懷蘭榭患背疽君力任醫藥之資蓋其孝友天性然也著有詩文若干卷未付梓君生雍正二年七月八日卒嘉慶五年正月七日年七十有七以覃恩

敎授修職佐郎配杜孺人繼配胡孺人子默邑庠生先卒次瑛次承望

題胥橋送行圖

胥橋瞻望處欲別意茫然化雨三年澤春風一葉船魚鹽饒海市桑柘徧湖田

極目蒲帆遠迢迢水接天

頌海鹽王令

鵰飛鶚薦奮騰聲快覩仙軺展驥程邑有仁風稱父母衙無弊竇誦神明千村

狐鼠紛逃匿百里桑麻並發榮早晚彤庭膺顯擢喬遷世德佩刀横

到普陀

停楫桃花漾招提得鉅觀平沙噴激浪飛瀑濺危灘雲卧嵐煙遠潮迴蜃氣寒

晚來幽興劇歸路逕層巒

題李慕迂先生照

李侯相士如相馬羅致羣英歸陶冶權奇俶儻無留良一朝羣空冀北野李侯
愛馬如愛士獨賞神駿標微旨雄姿矯矯精爽緊霜蹄蹴踏志千里秋風蕭騷
秋草肥平原漠漠柳霏微顧影驕嘶屹相向風鬣霧鬣勢欲飛古稱八駿名非
誣得一已足驚凡夫王良伯樂時豈無臨風一笑相招呼昂頭蹶起莫踟躕追
雲逐日走天都

學署登閣

四圍桑柘綠陰叢傑閣登臨氣象雄繞郭山川屏障外萬家煙火畫圖中西來
爽氣浮城闕北望層樓接梵宮最喜烏程酒市近攜觴高詠坐春風

題彭愚山表兄觀泉圖

先生淡蕩姿澄懷若止水下榻來蕭齋三載親風軌論事必探原無本獨深恥
倩友畫作圖趺坐標微旨逝者如斯夫水哉有取爾寫貌更傳神愜意乃傾耳

石磴瀉潺湲松聲落澗底紛紛人海鬧素心澹然矣

張諤詩二首

陽湖洪亮吉檢討端峯張公家傳　檢討名諤字廷一端峯其別署浙之海鹽人也高祖給諫諱惟赤曾祖主政諱皓祖贈公諱芳溶本生祖比部諱芳湄父贈公諱宗松贈公生六子先生次第三生而敦敏無子弟之過孝友肫篤内行重於鄉里早歲補博士弟子績學能文困於場屋年幾髦應己酉恩科鄉試同考官開化令杜君得先生卷歎爲實學薦之不售大吏奏請賜舉人明年應會試賜翰林院檢討乙卯入都恭預千叟宴賜杯杖緞荷包等物閲數載卒於家先生爲海鹽望族家有涉園林泉絶勝爲六世祖大白先生讀書處藏書之富甲於東南先生家居力學兄弟自相切劘偏誦經史百氏之言生平有所述作最矜慎不輕下筆必求字字合於古人顧闇淡潛修世無知者同時有吳君澹

川與先生皆耆年碩學浙西稱魯靈光澹川遇畢弇山尚書羅致幕府
爲之延譽於四方賓客以是老而知名先生獨不介交遊以自通當是
時海內名公鉅卿多負人倫藻鑑舉凡高才俊民一藝之長莫不求通
聲氣博稱譽交相引重以取傳於當世而先生悠然養晦獨以老儒宿
學自全其天不樂一時之浮名卒之年登大耋神明不衰恭逢盛世身
膺曠典其學問之深醇雖不見用於時而天之所以報其苦志者亦良
厚矣先生娶李氏秀水諸生諱承曾女有淑德治家有法是以先生得
專力於學子二長貴裕國學生次書圮諸生皆以孝友稱能繼其家學
論曰余丙午過吳門訪潘君榕皋榕皋爲余言端峯之篤學適端峯自
其弟山陽官署還浙余因得訂交舟中後端峯往來山陽道出蘭陵余
必出所著以相質端峯亦以所爲文示余余曰君之學流俗何能識之

端峯曰吾但計學之至不至初不計人之識不識也嗚呼此可以知端峯矣余自塞外歸知君已下世因其孤之請爲之傳蓋益深老成難再之慨已　按公著有筠心堂稿見續檇李詩繫

謁開化明府杜老師

寶田世澤近燕京早步蟾宮冠俊英久識晉陽留治績還聞宋縣著仁聲一簾花雨琴心靜滿架圖書鶴影清好入他年循吏傳口碑聽取頌神明木天名列荷皇恩爲念師門感獨存匠遇不材能妙用鳳將倦翮亦高騫登瀛偏詡桑榆晚鼓篋欣承笑語溫忝竊濫竽難報稱白頭長把寸心捫

張訒 詩二首

家乘 字敦六號厚齋乾隆國子監生 按公著有晚香樓吟草見續檇李詩繫

弄珠樓看月

遙夜登樓望朱欄映碧波不知湖水闊翻覺月光多倒影孤峯立長空匹練拖游魚應出聽宛轉試吳歌

午倦

掩關長日靜無譁攤飯瞢騰好夢賒嫩雨一簾紅簌簌東風吹盡碧桃花

張玉輪詩十三首詞二首

家乘　字星讓號練峯乾隆縣學生　按公著有粥粥翁拾餘草見續

槜李詩繫

汪氏雙節旌門題辭

汎彼柏舟迺左迺右哀我征夫不顧其後　予室翹翹維風及雨願言思伯綢繆牖戶　彼姝者子聽用我謀及爾如貫亦又何求　維彼忍心如蠻如髦左右綏之莫知其尤　及爾顛覆堇荼如飴式相好矣德音莫違　念昔先人孔填不寧是烝是享以保我後生　肆成人有德棘人欒欒兮母氏勞苦終不可諼兮

泊桃花隖

煙水淡無際扁舟欲問津落紅流不盡疑入武陵春

范蠡湖懷古

陶朱霸越後飄然泛扁舟卻載苧蘿人五湖同夷猶云何棄富貴而乃戀溫柔往事數千載未知信與不或云梳妝臺遺址今尙留綺羅渺何處碧水空自流我來訪古廟喬木蒼煙稠徘徊湖水畔但見雙白鷗欲尋胭脂匯落日啼鈎輈須臾新月出仿彿蛾眉愁

漫興

跳擲雙丸肯暫停不才只合守遺經幾番攬鏡鬚添白何處逢人眼放青把酒原非澆塊壘吟詩莫漫感飄零口枝一夜花爭發春色先看到小庭

燕

王謝堂何在春歸爾亦歸纔聞三兩語忽見一雙飛細雨芹泥潤濃煙柳影微營巢偏不定還似認烏衣

與藻庭弟

可記開樽樂事稠韶光無奈竟如流長貧愧我凋雙鬢小試期君出一頭（閏三月初縣考）繞屋不妨多種樹看山何必定登樓（弟嘗言居獨無樓程友又嫌當戶多樹）夢回春草缸花燦弱弟欣傳疾有瘳（卓人弟病勢小愈）

春日與同人散步

早約尋春去聯翩不待邀一尖城外塔三板屋邊橋緩步心彌愜閒吟趣各饒村童來賣菜笑問幾回挑

題華陰行旅圖

華陰地接古潼津聯轡無緣共適秦玉女蓮花都在望披圖翻羨跨驢人

三峯遠翠插晴空往返炎風朔雪中不爲高堂添白髮歸心那便逐南鴻

聞蟋蟀聲有感

四壁疏燈外俄聞唧唧聲那堪搖落後如訴短長更弄杍風無賴侵牀月有情
屢遷終未穩斂翼莫爭鳴

秋夜不寐寫懷寄杉溪

落葉響窗前那堪倦未眠月明孤雁度風細一燈懸感事愁今夕論詩憶昔年
知君吟枕畔秋思更飄然

看村翁種菜感賦

蕭然烏夜舊時村抱甕猶憐老叟存萬事終當輸學圃三年自笑懶窺園栽培
縱歷冰霜苦採摘休忘雨露恩肉食於今殊可鄙菜根家味向誰論

對菊懷友

晚言秋色好籬畔燦黃菊有人淡如花脫巾酒頻漉酣餘山月斜快把離騷讀
何以寄我思采采不盈匊

詞附

天香子 詠淡巴菰

翠葉匀搓金絲細翦生香暗糝蘭蕊恰稱茶前偏宜飯後倩作消閒花史西窗燭短話不盡相思滋味辟得春寒料峭縈簾碧煙吹遞　行吟漫巡簷底握筠筒繡囊斜繫知此情否應笑熱腸未已句引癡兒騃女也折取蓮莖去偷試潦倒爐邊宛然醉矣

邁陂塘 題呈石帆南湖載酒圖

問南湖誰移釣艇翩然清興如許浮家擬訪天隨子茶竈筆牀都具拚小住愛巾漉春醪醉眼迷香霧翠篷容與認楊柳絲多鴛鴦夢冷箇裏覓愁句　吟懷好寫偏蓼汀蘆沚欵眠聊伴鷗鷺棹迴穩趁纖纖月指點石帆青處容喚渡看故態狂奴側帽尊前舞他時記取約第五橋邊吾槎重泛把盞肯來否

張玉臨詩三首

家乘　字亭立號香皐乾隆縣學生

退思軒閒坐

梅影横窗瘦蘭香繞室清閒來無別事時聽讀書聲

題彭愚山表叔聽泉圖

坐愛空山託迹幽喈然靜聽與神謀清音激越松濤應知是源泉滾滾流

絡石縈林瀉碧波不辭風雨亦來過憑誰繪出空明鏡冷笑江湖濁浪多

張鶴徵詩九首詞一首

家乘　字選巖號雲汀別號鷗舫乾隆國子監生　按公著有鷗舫小

草見續檇李詩繫

汪氏雙節旌門題辭

佳山碧連空潘水清徹底比似兩節母千秋永芳軌淑質懷椒蘭同心相夫子

忽訝所天傾神魂迷定止不惜死相從破巢誰可恃敢以十齡孤上爲耄姑累

勉作未亡人幷命空閨裏門戶我當持舂爨爾堪委調飢不忍言疾困不暇理

夜鐙麻繼絲曉井冰瘃指豈無外侮侵柔謹終能弭倚依三十年雛鳳摶漢起

所悲鞠育恩祿養不及俟念往三歎息齒冷江有汜

題馬愚菴少白兩上舍鄂韡聯吟處

棣華韡韡列書楹坐向春風句共賡可似玉溪好兄弟他年編集定齊名

求友無如弟與昆壎篪遞唱對家園偏教展卷增新感羡爾鴒原好細論

題咸仲和竹垞太史鴛鴦湖櫂歌一百首後

新春花鳥伴吟哦水調翻成妙語多料得鴛湖應唱徧不教朱十擅清歌

百篇續和更搜奇莫便尊前付雪兒他日蓬窗同載酒漁榔臥聽月明時

題文魚鴛鴦湖櫂歌一百首後

長水塘長日扣舷春煙秋月任流連新聲別譜湖船曲寄語旗亭莫浪傳

吟成百詠比堯同風土都傳欸乃中一笑儂今須記取酒邊徵令也豪雄昔有人召客讌者每酒一行以各陳風土爲令鄉人重舉煙雨樓以對吳越相傳爲笑談讀兄櫂歌不勝枚舉故戲及之

上巳日同人涉園修禊分韻得林字率成短律二首錄請南人世長兄教正

佳節逢三巳翛然喜足音尊移臨水坐鳥聽隔花吟晴日春爭麗清譚味轉深

不徒修禊好良會占家林
況入春風坐追陪愜素心不分賓與主還視昔猶今樂事當觴詠淸遊彷竹林
柴門相話別後約待新陰

詞附

行香子 題胥橋送行圖

橋下珠光橋畔花香喜年來春滿河陽緬懷仙令事業文章是錦爲心玉爲骨雪爲腸　一束琴囊三尺書牀挂輕帆帶水偏長驪歌唱闋夾道凝望正萍初生桐初引麥初黃

張玉田詩二首

家乘　字英石號太樸乾隆國子監生

頌海鹽王令

仁聲夙著浙西東飛舄鹽城政益隆花縣纔臨先剔弊鼓樓不築已擒雄催耕大沛秦溪雨較獄清來瀲浦風從此陽春眞有脚公庭無事樂熙融

循良治績古來傳幸遇吾侯媲昔賢宗道隄前看接踵伯牙臺畔聽鳴絃烹鮮小試調羹手問俗爭稱報最年指日超遷徵異數甘棠餘蔭自綿延

張鷺振詩五首

家乘　字在廷號圭塘乾隆附貢生　按公著有圭塘偶吟見續檇李

詩繫

題胥橋送行圖

依然琴鶴一帆輕夜月胥橋繫別情如此水光如此月映來亦讓使君清

三年治績頌聲傳忽唱驪歌對別筵從此甘棠常勿翦披圖還望聽鶯遷

龍井

名山吟屐往來稀一徑松篁轉翠微春雨每看千澗合暮禽時帶片雲歸香縈

茶筍知禪味翠滴嵐光上佛衣泉石幽深塵不染惟餘白鶴繞巖扉

放船

連日春光好沿流自放船小桃纔破蕚高柳未飛綿谿轉疑無路村藏別有天

維舟何處所獨木短橋邊

水中雁字

筆勢高從霄漢翔卻留妙蹟在瀟湘縠紋細皺波三折鏡面平鋪札十行饒有煙雲供點染偏於飛動見鋒芒蒹葭霜老無消息目送伊人水一方

張雲掞詩一首

家乘　字藻庭號曉碧乾隆國子監生

題胥橋送行圖

仁風政績邁龔黃相送胥川別恨長三載勤勞留惠澤一官廉潔凜冰霜關情共下攀轅淚報德空憑祖道觴看罷畫圖難挽駕海濱從此頌甘棠

張愼 詩六首

海鹽縣志　張愼字謹臣諸生能詩善畫尤工書法有石刻蘭亭樂毅論十三行臨本行世

海昌俞思謙文學南廬張君小傳　士有百行惟聖人能得其全大賢以下即有不能兼備者况在希賢之士哉孔門弟子分爲四科史傳亦有忠義孝友儒林文苑循吏之目而後漢之獨行五代之一行宋之道學則又前無古人後無來者而獨著於一時者也後之修郡縣志者官至三品以上必欲入於名臣苟叨一命之榮無不歸之循吏稍能講學儼然儒林略識之無便稱文苑惟忠義非實有死事之節不敢妄爭其不能得名臣循吏儒林文苑乃退而入於孝友以孝友爲人之庸行尤易假借也嗚呼文筆之濫至於如此而人之品始不能得其眞矣而孝

弟爲仁之本尤不能覈其實矣張君南廬余之中表弟也弱冠補博士弟子員工詩文更精書畫小楷出入二王六法逼眞衡山常戲署其款莫能辨也能鼓琴性好善惜物澹用愼交尙義故邑人多稱之然余謂此皆不足以傳君君之可傳者自在孝友也君考蘭榭先生抱病君日侍牀第衣不解帶者數月既居喪哀毀幾不欲生以老母在勉食饘粥蔬食者三年事母先意承志能得母歡心弟患痼疾竭力醫治弟幸不死而君遂得咯血症夭其天年臨卒惟以不能終事老母爲恨嗚呼如君者可以謂眞孝友矣而非憑空結撰者之所能比也君名愼字謹臣南廬其號也用進士官給諫直聲聞朝野諱惟赤者君高祖也舉孝廉官西曹諱皓者君曾祖也性慕黃老隱居不仕諱芳潢者君祖也以明經授鑾儀衞經歷諱宗本者君考也余之祖姑爲君祖母余之姑爲君

母君又爲余妹壻故知君獨得其眞甥敦善請余爲君家傳余深厭世之虛譽而無實者故不敢一事涉於虛而質言之庶後之人無疑於余之言歟

得胡芷航書

別久情逾切迢迢會面難故鄉明月夜客路幾人看鐘響孤山迥蕉聲滴露寒雁鳴搖落處兩字報平安

獨坐悲蕭瑟寒窗漏幾更聲悽烏夜月潮落馬嗥城逆旅三年別傳書萬里情何時重聚首相對話平生

問簡言何摯緣知誼更眞相思一夜雨極目未歸人豈謂飢寒迫胡爲久客身佳人渺何許風雨自相親

木落寒風至征衣苦見侵數聲江上鴈千里故園心落拓襟懷古天涯歲月深

停雲殊悵望魂夢杳難尋

登樓

嫋嫋西風始欲愁無涯煙景望中收雲飛烏夜孤村夕潮打青山極浦秋自昔佳期懷北渚祇今清興想南樓行藏回首眞岑寂觴詠何緣共薄游

題杉溪兄洗寒圖

雪風凜凜苦寒月萬木槎枒凍欲絶獨有江梅不受寒要顯平生冰玉色因知造物工鐫雕特遺孤陽迴地脈窈窕佳人世外姿肯同粉黛標俗格羡君豪舉振疏惰倚樓一見春愁破淋漓百榼不知酣揮灑千言纔離坐少年意氣定如此不信寒蟲號得過卻笑當時驢背人浪誇詩思坐窮餓

張默詩四首

海鹽縣志　張默字聲雷諸生事親以孝聞母病籲天願以身代及母歿哀毁成疾不數月亦卒

秋夜

林表起秋聲感此衆芳歇何以遣淸宵把酒招明月浮雲動夷猶嵐光時出沒悠悠愜素心徙倚望城闕

春江花月夜

駕言泛春江花月延孤舫花明野岸幽月落寒沙廣景色淡相成揮杯適俯仰花月自年年幽期與誰賞欲采仙山芝臨流結遐想

城南僧舍

消夏城南好僧房不速來野陰連竹徑雲氣護香臺淸磬深林出新詩驟雨催

淹留佳客共更進碧篘杯

題消寒圖

嚴陰凛冽朔風斜紅袖清樽興未賒笑我寒酸拚到骨年年和雪嚼梅花

張秉綸詩一首

家乘　字翰階號蕁江乾隆縣學生

頌海鹽王令

期年治績百年箴澤與秦溪等量深彰癉有經千里頌恩威無我萬民欽淸於秋月明於鏡行似薫風德似琴盡說潘花與魯雉定知古者不如今

張世基詩六首

家乘　字畬堂號榆堂乾隆縣學廩生　按公著有湖海詩人稿見續

檇李詩繫

題張顧堂大令胥橋送行圖

桃李公門盛春風笑語溫長令親几舄亦得伴琴樽無策酬知己非才愧受恩
陽關歌一曲不聽總銷魂

浪遊淮水上未獲送河干鶴徑春風去琴臺夜月寒坐來渾似夢畫裏幾回看
便擬重迎拜兒童共忭歡

夜宿平望

遠近春波漲夕曛煙中柔櫓夜深聞淒涼一派吳江水江北江南此地分

山陽官舍即事

寂寥官舍冷樂事儘堪誇只有花藏印從無吏放衙詩成常在夜客到便思家
唯我多吟思依人望正賒

聞雁憶家兄始堂客滇南

聲聲嘹喨欲黃昏響徹關山吐復吞孤館燈靑霜有信連江蘆白月無痕雲間
似訴三秋怨夜半偏驚獨客魂一種相思何處寄滇南遙隔不堪論

寄雞窗弟

歲月堂堂病裏過蹣跚無那半人何看花倘試尋春屐分寄閒情到薜蘿

張以壽 詞一首

家乘 字開先號雛窗乾隆縣學生

點絳脣 詠淡巴菰

按拍紅牙新聲別自抒機柚百篇珠玉試譜霓裳曲 日涉園畦慣看煙生熟余家涉園前後左右徧栽煙草種有生熟之別 吟情觸瓣香披讀綺語慙難續家東澤詞名綺語債

張應奎詩三首

家乘　字掞庭號雲槎乾隆戊子舉人　按公著有雲槎吟稿山左草

見續檇李詩繫

題蘭江兄觀泉圖

松風吹不斷落葉隔溪聞流水杳無際空山獨有君鐘聲傳絕壑潭影瀉寒雲

孤坐尋遐賞相期待夕曛

踞石此高坐翛然涼意生因知心不競但覺夢俱淸風月饒佳趣煙霞澹俗情

出山亦何愧曾與白鷗盟

題汪薌圃刺史白雲紅樹青山圖

三年燕趙栖遲久八月蓴鱸感慨多我是南人愛南土夜來歸夢繞滄波

張孝思詩六首

家乘　字歷耕號吟蘭嘉慶庚申歲貢候選訓導

同人北郊尋春小酌

城北行遊好春光緩步尋隔籬雙吠犬隱樹獨鳴禽酒愛沽花戶人欣比竹林幾回歸未得還望月華侵

清明日東郊踏青

清明走馬出城東迢遞晴光曳暖風十里煙開山聳翠一枝花謝水浮紅閒看戲蝶高原上靜聽鳴鵑古墓中永日尋春歸未得靑堤回首月朦朧

寄懷許兌初

垂柳忽靑靑懷君思不禁五更遊子夢千里故人心把酒經春別裁詩對月吟幾回相憶處庭際落花深

鴛鴦湖櫂歌

十里湖光萬頃秋阿儂扶槳出中流呼郎莫便移舟去多少鴛鴦古渡頭

清風淡月夜寥寥一片湖光入望遙前度女郎船未遠相招同出五龍橋

蘆葦蕭蕭兩岸低鴛湖景物盡堪題阿誰種得鮮菱在采采歸來日正西

張家聲詩一首

家乘 字誦芬號衣聞乾隆縣學生

觀競渡

浴蘭采木輕風柔晴波十頃何悠悠誰家少年誇競渡靚妝炫服蕩龍舟龍舟
掉尾銜波入㮰船綵鷁紛紛集夾岸紅旗閃電光滿江畫鼓鳴雷急萬馬奔騰
巨浪迎羣龍鼓舞遊魚驚公然奪得錦標去瓊林高宴爭先聲

張壽康詩三首

家乘　字景春號熙臺咸豐縣學廪貢生候選訓導

題背立美人

彼姝與我是何仇幾度輕呼不掉頭幸得年來空色相也無嬉笑也無愁

入時髻挽妙風神不顧閒人背後論縱把嬌姿空自掩依然漏洩幾多春

題宣甫族姪置酒契菊圖

靑蓮斗酒詩百篇醉來自稱酒中仙淵明愛菊賦歸田園林日涉趣悠然逍遙

酒地與花天高風千古長流傳人生行樂須及先役役塵勞吁可憐何用富貴

慕高騫坐令出入深煩煎百年烏兎倐飛遷虛擲光陰奚爲焉我披此圖喜欲

顚一樽笑對黃花妍勸君莫辭酒十千我將來就東籬邊一醉直上南山巓喚

取長庚在眼前選石高眠三百年

張大任 詩九首

家乘 字佐庭號星楡同治乙丑補行辛酉暨壬戌恩科舉人歷官江蘇震澤宜興等縣知縣

邑宰何士循勉之行將交代以留別詩見贈答和原韻

民心借寇竟難期留得棠陰繫去思朞月絃歌覘雅化一生琴鶴訂相知窮黎猶待深恩沛寶筏如何半渡辭況復仁聲聞遠近活人心術久欽遲公在籍時督辦水災捐貲拯溺活人無算

平時風雨守遺編治術須根學術傳講藝虛懷能下士掄才雅鑒副求賢公癸巳科襄校浙闈所得皆知名士解元亦出公門下琴鳴絳帳施時雨公曾主邑中文社餅錫紅綾羨昔年文教潛敷黎庶化頓看百里靖鋒鋋澉浦兵變公喻之以理一時民心翕然

移風易俗攬良圖甘雨隨車溥濟濡誅詰頑民如薙拔修明吏職禁摴蒱海濱頑民

日事賭博公親自捕獲訟庭似水清懷潊野老瞻雲素願紆潊浦人民以禱雨請逾時果得甘霖三善悉符

蒲邑治思劉能得復來無

廉讓官箴未忍抛化民因悟解牛庖恍逢卓茂賢良治免却邊韶好睡嘲公勤於政事黎明即起碑紀閭閻孚衆口潊浦人民欲樹碑以頌公德量周民物感同胞福星一路馳東海公題補樂清漫就匡廬自結茅

戊子秋初題宣甫族兄置酒契菊圖

酒能掃愁號歡伯菊可延齡稱壽客劉伶荷鍤一樽隨陶令辭官三徑闢古來騷客與詩人愛酒愛菊皆有癖阿兄志趣邁羣倫不慕市朝慕泉石畫圖寫出古人風酒與菊兮共晨夕生平好古復多能詩酒琴棊羅几席兄善飲工詩尤精於棊與來兀坐發長歌一盃在手常不釋我捫腹笥慚空疎況復飢驅勞形役時任奉檄調簾將有白門之行茫茫宦海歷風波胸次俗塵三斗積視君雅量清且高相去奚啻霄壤

隔吁嗟乎人生富貴幾何時一轉瞬間成陳迹何如移酒菊花叢對花狂飲杯三百陶然一醉天地寬萬慮全消百體適

辛卯菊秋養痾里門復覩是圖有感於中爰步原韻以和之

百壺美酒菊千枝高會羣仙快賦詩寄語風塵折腰吏莫將五斗傲東籬

黄花紅友訂相知名士風流處士姿人與秋容同澹雅詩情畫意共欽遲

知兄甘苦早親嘗難得清閒俗慮忘萬事不如杯在手此中眞趣自深長

得句歡傾酒十觴君才如許斗難量清芬世德知無負兄修葺宗祠創修家乘皆獨任其勞詩草還同諫草香先給諫公入告編兵燹後板付刼灰今擬重刊

張德明詩十九首

家乘 字𦫿庭號宣甫著有契菊晏如室詩草

秋日東行留贈嶧山汪丈

嬉遊樂泉石我徒羨彭澤僕僕喚奈何年年仍作客偷閒伏里門寄傲略形迹秋花繞砌香寒竹盈窗碧有時五柳翁笑入三椽宅高論異俗情春風盎几席年老交愈深堅貞同松柏興至酌村醪狂吟玩月魄物外悟因緣性中求順適馳驅本自謀慚愧爲誰役吁嗟乎百里東行雖咫尺離情當爲知己白鈞徒十月賦歸來晚菊迎風笑自開

謁岳武穆墓

千秋正氣鎮山巒白鐵蒙羞草色寒漫說世人同一盡賢奸畢竟兩般看

閒居

花氣壓欄香心閒晝倍長春風何作意吹蝶過東牆

午睡

新竹粉俱香綠雲繞榻涼飯餘人意倦清夢入瀟湘

邀月

停杯捲疎簾再酌復歌嘯花外新月來清光喜相照

探梅

踏雪段橋東衝寒破曉風暗香疎影裏彌望玉玲瓏

晚泊東湖

移舟泊渡口入覽浩無窮新霽一湖碧夕陽滿樹紅風聲驅晚漲水影上孤篷

宿鳥嘈何處弄珠樓外楓

己卯秋夜夢中得詩一聯因倚枕續成之

睡覺聞雞欲曙天心淸猶自記吟聯因循歲月惟安命落拓風光不計年此一聯於夢內得之

夢裏敲詩聊寫性枕邊續句强成篇浮雲富貴邯鄲道省識晨鐘便是仙

重過舊遊地有感而作

繁華草草莫追論偶爾重遊過此門回顧壁間腸欲斷舊題詩處墨留痕

樓臺閒煞綠楊春燕子雙雙絮語頻剩有海棠花一樹依稀猶識咏詩人

冬日至田家卽景

西風獵獵敝裘輕楓葉蘆花戰晚晴流水半灣堪坐釣遠山一角不知名閒情

轉向忙中得俗慮宜於野外淸籬落漁農相聚飲同邀杯酒話平生

秋燕

虛室淸閒獨卷簾一雙紫燕立斜暉秋來猶在喃喃語可戀烏衣不忍歸

九世祖素隱公八世祖大白公祠宇頹圮與恂卿姪合貲修葺工竣誌喜

報本先安九世親，宗祠修繕不辭頻。（自甲申至辛卯已修葺三次）誰憐老馬堪同道，幸遇家駒免問津。（辛卯春與恂卿姪合貲興修，不另捐款）稍盡孝思差自慰，重瞻廟貌喜如新。來朝種植森森柏，嘉蔭葱蘢百代春。（墓前補植松柏）

紅梅花

冰雪風神絕世姿，自憐何處可相宜。癯仙豈愛濃妝好，不點燕支不入時。

桃花

不是桃源也是春，花開似笑問津人。無言自有超塵致，何必頻頻說避秦。

題曹芝巖稻香樓田家雜咏遺稿

吟情農事兩評量，刼後猶餘翰墨香。想見當年好風景，柳溪深處有書倉。（曹氏有書倉室）

別具詩腸迥出儔，不吟花月逞風流。占晴課雨一枝筆，賺得稻香香滿樓。

六秩初度

五十九年甘苦嘗而今六十幸康強天生傲骨磨難盡人訝餘生老更狂毀譽不關容我懶功名無分爲誰忙朋儕若問桑榆景契菊培蘭興倍長

衰年已屆杖鄉期魚鹿催成兩鬢絲漫道青氈原我物卻如黃菊寄人籬勤搜妙句貧猶樂補讀奇書老未癡孝友傳家欣有後抱孫常誦白華詩

張劉冠昭詩十一首

家乘　張樹源室無錫劉書勳長女蘇州蘇蘇女學校師範畢業生

夜雨不寐

連番春雨釀清明聽盡江南杜宇聲滴碎五更心轉悄喚回千里夢難成風窺

窗隙長吟細漏入苔階冷咽清爲問天涯舊知己何時翦燭話離情

乙卯仲春遊京江雜詩

第一泉

夾道垂楊新翦裁中泠舊跡費疑猜問誰識得清涼性徧灑瘡痍萬點來

第一泉邊數落花塵封亭閣半欹斜一杯洗盡胸中俗苦盡甘來識此茶

焦山道中

彳亍山腰回首看京江城郭似彈丸前程遥指凌雲閣莫道崎嶇行路難

道旁桃李自年年狼籍春風劇可憐誰是東皇時雨化一齊移植到門前

衡峯樓在甘露寺相傳爲蜀漢孫夫人梳妝處

樓閣半欹兵燹後河山四面畫圖中舊時花木今誰主暮色蒼茫夕照紅

吸江樓

登樓遠眺大江東淘盡英雄萬古空烽火邊城驚四起無情去浪自淙淙

江天寺塔

七級浮圖階百廿自平地至頂共一百二十級直登絕頂勢淩雲疏櫺繞徧玲瓏塔檐角鈴聲處處聞

秋雲時在塞北

白絮卷舒雁字籠魚鱗千疊奪天工輕穿客路八千里半截寒山十二峯似霧偏隨風力亂非煙卻伴月華融秋雲漫說多澆薄怎及人情到處空

題寄伯兄小影

花間戲稚犬莫謂體態猷阿妹年二十須知心尙孩廬山眞面目海鷗漫相猜

旅思

浪跡風塵裏家書一紙遲夢回千里塞腸斷五更時雨滴鄉心碎雲飛別意隨故園何處是冷月隔簾窺

補遺

題畫菜　張柯

淡抹濃添次第芟不須辛苦費長鑱先生粱肉知無分飽看霜葵也解饞

千叟宴恭紀集唐　張謌

天屬尊堯典杜甫恩光共此辰韓濬長筵鵷鷺集李嶠朝賦管絃新張說春豫靈池會宋之問觴連北斗醇明皇小臣持獻壽杜審言竊抃荷陶甄殷寅

中秋泛月南北湖　張慎

把酒問明月清光爲誰發當年孫許爾何人早來高占煙霞窟今我來思蘆荻秋湖風山月進扁舟鶴歸不見雲村隱吟罷難邀鐵笛遊湖北湖南浩無極明月迢迢總一色水底峯嵐看欲飛煙中笑語聽難識何日還攜鷗鷺羣百壺傾倒各殷勤此間自有湖山主可惜風光不待人

涉園題詠續編三卷

海鹽張氏託上海商務
印書館用活字排印於
民國十七年四月出版

余家涉園爲大白公讀書之處創於明萬歷之季逮螺浮公始觀厥成林泉臺榭爲一邑之勝歷康雍乾嘉四朝修葺不廢四方名士至余邑者必往游游則必有題詠嘉慶丙寅鷗舫公集而刊之又數十年而洪楊難作園始毀然至於今出南郭訪其遺址崇岡崔巍危石欲墮登攬潮之峯猶可以遠望大海也問濠濮之館龔合肥書額雖不得見而老屋數楹猶峙立於希白池畔而池亦未盡淤也若楡若桐若松若桂若杉若梅雖不盡存而叢篁古木周遭掩映樹之大可數圍者依然參天而拔地也徒以工鉅力薄未能興復俯仰盛衰慨然興歎昔皜亭公官京師繫懷斯園嘗繪爲圖置諸左右以寄臥游之意今圖猶藏宗人所顧朽敝甚不堪觸手余請出貲重裝至再至三迄不獲命余甚懼夫園既廢而圖復將毀也每念昔時繁華勝境裙屐絡繹四時佳日觴詠稱盛昔人游覽諸作散見集中多有爲前刻所未及者余悉錄而存之桐鄉馮孟亭先生

圖記謂東谷公當壯歲時倩查日華別摹縮本自以小楷備錄諸公之作總萬餘言求諸同族咸無所知去夏忽遇於海上輸金贖歸展而讀之公所錄雖不全然可補前刻之闕者凡二十餘篇又近人詩詞雜詠園中事物者亦時有所見不忍舍棄因連類而及之略變前例輯爲上下二卷集印既終復有所獲則爲補遺附錄於後開卷莊誦如見康雍乾嘉之盛則斯園雖廢而終不廢也余今將以所贖之圖偏乞友朋貺以篇什百朋之錫異日更爲是編之續斯園將藉以長存而斯圖亦隨以不朽豈不懿歟戊辰春日海鹽張元濟

涉園題詠續編目録

卷上

寒食寄懷李武曾業師在崑山時讀書涉園作　前　人

涉園即事呈顒侯孝廉九芝先生中峽從舅　前　人

同澹歸大師徐蘭生張顒侯兩孝廉家青士伯下榻張皜亭夫子城南書屋流連旬日作此誌之　前　人

過涉園　馬世榮

飲皜亭叔園林即事　張　濠

過皓亭叔涉園　釋淨浦

飲涉園贈別張葭士　黃龍眉

張氏園呈象賢主政　萬高芬

九月之杪自武林返棹至鹽官朱笠亭邀同人集涉園分題得可漱亭即以留別　沈　初

十九日偕吾君桐村竹房重過涉園看梅玉玲瓏館懸董思翁所書唐人詩即用其韻　前人

酒邊出前人簡牘名蹟同看　前人

咸仲歸自剡中鷗舫主人招同賞桂在席棟亭李君竹房吾君暨令叔東谷先生二首　前人

正月二十六日涉園梅花盛開張啟文偕舍姪書堂觴其師穰園胡君花下同席者海昌朱東朔鷗舫主人暨僕也二首　前人

梅里李上舍某歸自嶺南八月二十一日涉園張氏羣從觴之喜雨亭時園桂盛開同席胡孝廉光龍俞公子某賦九言一章　前人

四月七日鷗舫主人踐前約設讌蓮葉塢賦謝二首　前人

送春後三日涉園賞牡丹同朱丈笠亭陸丈太沖作　黃仙根

涉園雜詠二首　吳以敬

夏日閑居聞淥飲文魚諸君涉園雅集卻寄二首　吳騫

九日同吾竹房涉園登高贈芷齋張丈　前人

雨中同吾竹房過涉園贈鷗舫主人二首　前人

立春日大雪張棨巖邀遊涉園晚歸成詠呈鷗舫先生三首　胡倬

涉園雜題十二首　前人

重過張氏涉園　徐泂

遊張氏涉園　方坰

涉園晚步　馬國偉

暮春日同華隱瘦山敬園家古田少白並主人張仲峆雅集涉園小飲用

新秋同人至涉園用陸魯望雨中遊包山精舍原韻　前　人

上巳日同何廣文春巢承燕吳廣文遠村克同張上舍鷗舫鶴徵秀才竺巖賜采顧秀才少逸錫慶畹香德馨李上舍南人應占秀才南村懋集涉園喜雨亭修禊分韻得有字　前　人

同人集涉園修禊分韻得修字　何承燕

乙亥暮春偕吾春農芴山張春嶼鄭雲帆顧茉圃李南人雲鋤家南洲涉園主人冠百心友同遊涉園率成一律　徐香祖

乙亥二月五日同南人表弟涉園探梅　朱新之

涉園探梅口占贈南人　前　人

花朝日同南人表弟復至涉園探梅遇同人劇飲作此寄懷　前　人

園之遊依韻奉答四首　湯拱辰

秋日偕嘉興張介庵宗惠遊涉園　朱承鉽

涉園探梅同夢梅師輔齋姪　前　人

朵山兄招同金山錢聽甫德清戚潤如查伯羣張少岷孚山兄涉園賞梅　前　人

閏上巳招集馮耿甫茂才李存希茂才陸建堂孝廉富斗槎孝廉吳笑梅茂才家從兄雅山茂才從子鏡香司馬少虞孝廉從孫清渠明經修禊涉園越日屬陳逸珊繪圖紀事集蘭亭字得詩四首錄之圖尾　前　人

南曲舊業歌并敘　朱炳清

家保甫叔承鉽閏上巳涉園修禊圖　前　人

題涉園圖詩就付女孫於起居堂上時轉呈因示以一絶　徐　倬

題涉園圖卷　張榕端

前題十首　陳　尊

海鹽張螺浮先生於本朝初年有聲諫垣既由副使歸里治園近郊曰涉園名人投贈甚富其後人端峯檢討刻范忠貞宿園中留贈詩及王新城尚書題咏彙爲一册並攜圖示余因賦此即書圖後余以行部屢過海鹽未得一遊涉園而先生故先高祖鄉會同年也披圖展讀有餘慕焉二首　秦　瀛

題涉園圖　梁同書

前題調寄石湖仙　前　人

題涉園圖卷　阮　元

前人

前題 張鼎

題釆芝山人涉園小景 吳壽暘

補遺

張觀察涉園六首 彭孫貽

同簡可而介家信弦飲張觀察涉園牡丹下二首 前人

同日永石書渭臣子服遊涉園四首 前人

秋杪小白招飲涉園同王望百旃維申子于漢飛沛如方節公澍杓文臨長二祉信弦巨展朗園敷文子敬素安靜原 前人

方壺几席樓觀海歌呈張螺浮都諫 前人

題城南書屋留別皜亭四首 今釋

遊海鹽張氏涉園二首　沈均

遊張氏涉園　闞鳴珂

偕朱寶青源慶鄭左卿廷椿游張氏涉園　林壽椿

涉園題詠續編

卷上

秋夜讌集涉園卽席次張題侯韻

海鹽 彭孫遹 羨門

春雪初聞絶妙詞紅牙響遏碧雲遲芳蘭綠芷思公子淡月輕風倚少兒北海開樽多勝侶西園飛蓋有新詩明朝擬赴東籬約看試黃花第一枝

擬避暑樂事贈涉園主人

海鹽 曹三才 希文

池塘紆曲種紅蓮怪石橫坡繫釣船古木千尋環徑擁青琅萬箇遶籬穿堂開幽邃驅炎去花落參差任客眠更有清涼超世界胸中無事聽潺湲

其二

峭壁稜層臨瀑泉結廬正對數峯前松枝覆屋雲封滿桐子當窗綠影圓夢去常依三島宿語來忽見九州煙此身忘卻何知熱山月初來獨扣舷

中秋後二日涉園雅集　前　人

秋色平分纔過望遲遲月影上林端催花香細參差舞浮白樽前醉醒看燈豔綠林飄綺席桂承清露裛金蘭主人情重誠何極隱隱潮聲沒幾竿

宗伯許時庵先生過張氏涉園雅飲趨陪卽事　海鹽陳世倕存齋

雨後園林暑乍收名賢投組暫羈留率眞心若忘機鳥閒適身同不繫舟眺罷論文經與史譚餘雅讌獻還酬追陪嘯詠忘遲暮歸路欣看月似鉤

張黃門涉園有感　海鹽徐豫貞德宣

年來誰道涉園荒依舊春風士女行看竹客來眉鬢綠踏花人去履衣香平泉買罷駒陰促華表歸時鶴路長幾向西州門下過山邱華屋使人傷

戊午重三日同木文諸子飲張皜亭夫子園亭賦謝用羨門先生上巳前一日喜木文過飲詩韻　海鹽周福柱瀟岳

罏畔香醪次第催門生初過得邀杯名園到已中春後修竹看因上巳來阜帽

乍黏梅片落靑鞋閒踏草心摧歡場眞感帡幪切珍重燈前笑口開

涉園　前人

別墅城南美重三問字過蘭亭之後少松樹此中多山頂多古松獨鶴閒梳翮雙魚

靜戲波到來春正好花事奈愁何

其二

諫草曾焚處吾師讀禮筵野池平似鑑書室矮如船修竹靑堪摘垂楊碧可憐

追隨函丈數欲廢蓼莪篇

其三

亭子紅泥半闌干丹漆曾辛夷晴後放苦茗雨前蒸老樹縈蒼蘚頹垣絡瘦藤

所欣居士共脫帽一如僧時顒侯孝廉披沙門服

其四

江梅飄欲盡仙杏綻將開蛩徑傍多石看花上有臺山尖紅斂霧屐齒綠黏苔

即此堪遊賞淹留未擬回

其五

康成推夙昔夫子近能同最愛題詩客頻呼捧研童檐聞吹葉雨窗灑落花風

不是傳經後何能到此中

其六

需才廊廟急三載暫投閒素服猶居室蒼生望出山捲簾看越嶠開閣想燕關

舊是鳳池手新詩或肯刪

飲涉園醉後漫作　　前　人

香几園屏併畫叉園中幽事絕堪誇酒材翻與門生共僧帽還看處士加謂顯侯孝

廉時取放翁句自况云識字深村叟加巾下板僧映水枝低桃放萼拂欄絲挂柳成了吐茵狂態渾無賴怪殺溪南少葛花葛花銷酒故云

寒食寄懷李武曾業師在崑山時讀書涉園作　前人

簫聲村塢賣餳天杏萼桃枝各帶煙吹面風和寒食路寄懷詩趁送書船時涉園夫子購古書三千餘本送徐健菴先生鶴巢背客花陰立鶯語羞人樹裏穿二語書實景心逐馬鞍山下去吾師日夕手勤編

涉園即事呈顒侯孝廉九芝先生中峽從舅　前人

小窗山頂露松筠野客繩牀及兩旬滿架書籤行作伴少陵詩版臥爲鄰予臥榻之側有杜詩鐫版幸逢前輩銷閒日不使今年負此春坐對忽生濠濮想與來魚鳥欲相親

同澹歸大師徐蘭生張顒侯兩孝廉家靑士伯下榻張嵪亭夫子城南書

屋留連句日作此誌之　　前　人

書屋經旬住茶鐺並酒缸丹霞僧別寺澹大師從粵中丹霞歸浙翠水客當窗銷日棋三百謂蘭生先生及家伯也支糧鶴一雙園中雙鶴甚馴到來生靜思不必對旛幢

過涉園　　海鹽馬世榮煥如

月明烏烏樂言尋烏夜村名園舊亭館日涉開芳尊細草今岑寂潮汐城南門

飲皜亭叔園林即事　　張濠在湄

名園築傍海城西梧柳千株夾岸齊春去亂花飄逕磴晨開雙鷺浴晴溪吟多芳草烏絲窄行礙垂藤白帢低共說竹林淸興在苔牆今有仲容題

過皓亭叔涉園　　釋淨溥

孤城秦海畔絕勝此園林花有凌霄志人無媚世心潮聲吹日冷山氣接天陰東顧趨庭處蓬蒿一徑深

飲涉園贈別張蒦士

海鹽　黃龍眉　海門

春風何造次落花紅滿池花落有時盡相思無盡期爲君引滿三千斗知己如君得未有相逢一笑復幾時月明倒挂溪前柳

張氏園呈象賢主政

海鹽　萬高芬　豫章

青桐曉閣覆清陰泉石經營恰匠心安放亭臺臨水竹隔開城市換山林園中風月君爲主花下琴尊客醉吟世上只今誰杜老題詩莫惜費幽尋

九月之杪自武林返棹至鹽官朱笠亭邀同人集涉園分題得可漱亭郎以留別

平湖　沈　初　雲椒

風日宜清游城南度迤邐竹樹生秋光壺觴就流水愛茲名園佳良覿後諸子洞壑探欲窮階除坐屢徙林閒出孤亭亭虛石齒齒清言思晉人吾意欲漱此徘徊愜幽蹤極望暮煙紫煙際橫扁舟逝將戒行李山水志未償風塵跡已始

晤言隔曩疇達生昧高旨夕霞映歸袖酡顏各醉止回首見巖扉翳然白雲起

同人集涉園送雲椒北上分題得攬潮峯

海鹽朱　炎笠亭

瀛洲有仙客飄翩渡雨槳眷言別故人握手寄霞想攬潮陵高峯拔地數十丈雲日互蔽虧林木氣森爽微風起晴濤松顛發奇響回看樹隙間乃得見沆漭眼中小滄海一杯如在掌何處是三山延矚意惝惘仙客能乘雲一去不可仰縱有萬斛舟安得追遐賞分襟潮水東極目層崖上但見朝與夕依信自來往

將赴金華戒行李矣舟人失期張子芑堂來因偕出城過鷗舫又不值相與徘徊涉園中登眺移晷感興而作

前　人

于役向婺州神往山谷裏舟人遲不來有客忽至止以此半日閒且使兩情委連袂踏芳郊園林隔城市爲尋吟詩侶去訪鷗舫子叩門不得見相顧悵然矣徘徊徑術間林烏蔽村起嘉樹鬱仟仟草色光薿薿亭臺上霽色衿袗照流水

去住本無心觸境良有以隨機與爲應萬事總如此蒿徑穿詰曲山石見碕礒
池塘定不波古木交若倚何處放晴葩從風飄殘綺板橋自可度花關竟未啟
回探洞壑幽不問桃與李更上攬潮峰洪濤近尺咫登登聞築塘歷歷記成毀
此爲桑梓憂往事感轉徙低須默無言陟磴踵相企眼前足盡歡息慮看移晷
歸途語芭堂春江盛蘭芷挂帆七里瀨著屐三洞底此行去金華山川亦信美
何如此日遊偶然得瀟灑爲樂貴及時無爲拂意累

遊城南張氏涉園　　海鹽 馬緯雲 依塀

二三十載住城南烏夜村鄰懶駐驂今日迢遙翻策蹇輕衫濃染舊山嵐

其二

清瑤瑟瑟水泯泯池上游鱗躍白蘋我亦居然濠濮想銜泉蔭石不逢人

其三

橫溪略彴亙長虹曲水流觴小澗通一陣簾風香不定荷津漸漾綠波紅

其四

翠羽啁啾老樹端霜淒柳幔綠陰殘客稀一徑荒涼甚誰與幽香慰歲寒

涉園　　海鹽吳　熙太沖

曠野闢異境山水平地生豈復誇池館居然訝蓬瀛初披花竹入紛見峯巒迎俄頃迷洞壑頓失天宇明乍從石罅上仍在穴底行捫手嵐氣溼滿耳谷風鳴盤旋出窈窱顧盼俯崢嶸攬潮驚浩蕩漱流愛澄清緩步捨故道林棲爭弄聲相攜渡略彴畢至憩軒楹孤亭彙衆有流目移羣情中央水涵碧四面峯削成詎羨金谷麗虛想平泉名樂哉今茲遊四美庶合幷

首夏同耘廬叔許培之遊涉園　　前　人

廛居寂無悰興言城南遊跂彼烏夜村喬木鬱何稠出郭遠曠蕩遵途憺夷猶

遙聞谷鳥吟側見渚花浮碧溪繚而曲野徑阻且修高榆敷層陰弱藻冒清流
得朋悅麗澤攬物懷崇邱實覺神情超豈惟迹象侔導先徑深造入勝期冥搜
勿辭登頓疲庶令痌疾瘳

其二

水泛想峥嶸山居羡平衍兼長良復難具美此其選摳衣上嶇嶔杖策隨宛轉
雲日互蔽虧崖谷遞幽顯錦鱗躍澄潭翠羽下崇巘居然意已殊何知歷猶淺
陰洞靄未收陽林露還泫偪仄路斯窮披豁境忽展竹亭架潺湲石橋接陘峴
衆玅畢來臻孤慮自茲遣

其三

逝矣青陽徂赫焉朱明臨撫化動我懷玩物豈余心息彼安宅居愛茲嘉樹陰
斷手想在昔騁懷方自今東壁閱文藻南軒憩欗椽灎灎荷貼波欹欹籜解林

興至感不淺理足悟自深主意既云厚客情彌不任長松落涼颸夕暉頽遠岑
終願攜古懽一奏邱中琴

秋分前一日遊涉園　　海鹽 任宗延 秋湄

不到名園十五年重攜裙屐興陶然行隨花氣迎人醉坐倚筠亭落影娟穿石
健忘三徑滑攀雲笑贈一枝先攬潮峯頂扶笻立極目秋濤怒拍天

再到涉園有懷螺浮先生　　前人

古木鵶啼帶晚煙高風林下想依然名成左掖封章手天與先生負郭田竟夕
談餘忘主客對山讀罷總神仙一官漫羨收身早如此功名孰比肩

正月十三日偕桐村吾君觴李傳巖先生於涉園玉玲瓏館時梅花半開
即席留詩依韻奉和兼柬鷗舫主人　　海鹽 陸以謙 太沖

名園海上百餘年魯殿靈光尙巋然經世文章齊翰苑給諫有入告編傳家子弟勝平

泉樹石皆愛護如故吟詩墨蘸催花雨對客毫揮落紙煙檐外寒梅如欲笑數枝相向露清妍

其二

曾經滄海數人文話到當年日又曛座間談及許西峯蕭廬諸先輩結社故事往事存亡同逝水平生出處付流雲樊籠觸著都成網鸞鶴相逢定有羣況是天南頻託跡羅浮仙子訪遺聞

春初出南郭門步至涉園即疊前韻　前人

一番春雪壓芳年矯首郊原尚黯然曉日微烘初暖樹東風乍解欲流泉正欣燕麥含時雨卻惜鶯花隔禁煙轉眼韶華三月暮更添紅紫鬪暄妍

其二

溪邊隱隱動霞文一望春遲似夕曛野店開扉除積雪幽人攜杖入寒雲枯桑

枝潤將舒葉乾雀聲喧亦樂羣還憶名園曾養鶴天空清唳遠相聞

十九日偕吾君桐村竹房重過涉園看梅玉玲瓏館懸董思翁所書唐人詩即用其韻　前人

孤館客重來主人好置酒正值寒梅開況當殘雪後登樓望遠山翠影隔榆柳何必訪仇池潛通天小有暗香度前楹不覺憑闌久夕陽下亭臺徘徊未分手主人問客歸杏開還來否

酒邊出前人簡牘名蹟同看　前人

玲瓏館裏花清冽壺中酒古簡陳座隅老眼觀醉後槎枒澗底松婀娜風前柳字體各爭奇俗書屏何有結成翰墨緣一一摩挱久掩卷思昔人今誰與抗手梅花格韻高衆卉能如否

咸仲歸自剡中鷗舫主人招同賞桂在席棟亭李君竹房吾君暨令叔東

谷先生己酉八月二十九日　　前人

薄雲蕩層霄涼風動芳沚微微新寒生鬱鬱炎光洗名園在近郛勝侶偕佳士況我同懷客渡江暫歸止招邀出郭門迤邐遵涯涘濃芬遞遠颸懷袖霑清灑入門望秋林蒼翠雜紅紫金粟散林端碎錦眞如綺憶昔北地遊不見南枝採樹或種燕山花偏慳晉水山右栽桂無花黝儵得氣多朱方獨秀峙叢生逾八樹飄香過九里即此園中林連蜷數莫紀

其二

長夏多亢陽入秋間陰晴昨宵簷溜滴淩晨乾雀驚曦景來朝爽秋光報午清幽懷動客興歡悰愜主情嘉肴出新意綺席陳水亭中孚占誠信貳簋與時行木蓮未垂岸枯荷尚浮汀秋香懸畫欄映帶三峯青靜勝小山幽高擬合浦縈團圞正映月表表還連坪飲酣心彌適暑退涼方生

正月二十六日涉園梅花盛開張啓文偕舍姪晝堂觴其師穙園胡君花下同席者海昌朱惠翶鷗舫主人暨僕也　前　人

故交如寒梅歷久濇愈好花開故人來相對抒懷抱東風方入律曉雨微霑道筍輿出郊坰名園恣幽討暗香入門浮橫枝隔牆老雨氣帶淸芬繚繞松杉杪苔滋蒼翠濃徑僻紅塵杳居然濠濮間徘徊立池沼

其二

更上望海樓香雪眞成海俯視但一色白波卷采采王盧穎士門咸籍阮家子入林詩共吟問字酒同載劇譚任天眞醧飲無苛禮斜陽忽送晴鳥聲亦欣喜返照入梅林花氣蒸數倍傍晚撲鼻來風味有如此絕勝憶平泉攀枝竟誰是

梅里李上舍某歸自嶺南八月二十一日涉園張氏羣從觴之喜雨亭時園桂盛開同席胡孝廉光龍兪公子某賦九言一章　前　人

今年自夏徂秋雨不絕田疇霑足城郭多通津中秋纔過六日氣淸爽九里十里天葩香遠聞梅會李君遠從五嶺至羚羊峽口硯石攜紛紛南鄰卜宅愛此素心客度阡越陌來往忘主賓涉園羣從一門六七子招邀同調莫放兹良辰老者舟行少者步出郭野航逼窄只受三兩人第五橋邊蘆荻生夾岸舟子搖櫓曲曲通園門臨風映日瑤林散碎錦何殊藏金粟界衆香勻三峯翠落喜雨亭前檻吳腔燕曲侑酒高歌頻古來達者只說行樂耳况復人生蹤跡如浮雲試問李君南方草木狀丹桂菌桂牡桂何紛紛請看松杉雜此秋香古不減合浦生必高山巔（巔字疑誤）我鄉世澤獨溯黃門永南曲舊業合已傳雲昆奇花異石一一俱無恙絕勝平泉作記徒諄諄鵜鴂鳴時衆芳漸搖落節序雖改光景猶常新伯勞之音同此變榮悴轉眼又將共探梅花春

四月七日鷗舫主人踐前約設讌蓮葉塢賦謝　前人

晴霞縷縷散天東捧出曈曨曉日紅淑景催回禽語裏春光消盡雨聲中廚開櫻筍香盈座花落園林碧滿叢不是主人情熳爛芳樽那得百壺空

其二

亭開四面午晴初簾影疏疏漾碧虛寒玉碎雲琢玉成團琪樹幻紅鬚綠刺生枝逐架錦屏舒谷深有竹堪藏鶴池淨無蓮亦戲魚更擬鼠姑添數本欲教花事徧階除蓮葉塢對面篔谷時薔薇繡毬盛開亭前牡丹向多今少主人擬添種數本

送春後三日涉園賞牡丹同朱丈笠亭陸丈太沖作　海鹽黃仙根曾若

春去人間春已殘瓊樓十二壓珠闌天生富貴何須早地占清華更覺難濃豔倘容三日醉輕煙恰散五雲寒放翁舊譜凋零盡彩筆還將氣象干

同錢秀才延鵬王秀才世魁蔣秀才泰來陳秀才樽遊涉園

前人

名園景物近如何聯袂城南踏綠莎流水穿花春鴨鬧輕煙護柳晚鶯多橋襟
洞口迎風上亭枕山腰背月過指點海門潮汐近憑欄長嘯起蛟鼉

涉園在吾邑南城外張氏別業　海鹽　陳石麟寶摩

日涉固成趣偶涉趣亦佳如與故人別相見彌暢懷長藤絡古樹微徑滋蒼苔
林壑屢回互巖洞亦盤徊居然濠濮間嵐翠窗中排高臺一以眺海濤從東來
匹練接天末不聞聲如雷名園隔城南我家北城隈相違非咫尺經歲能幾回
選勝逢佳日我友必與偕茲別過東山何日心顏開

遊涉園　海鹽　朱光暄晴嵐

涉園佳景勝瀛洲山色溪光面面收絕壁陡疑雲外立清流渾似鏡中浮徑當
絕處偏開路日近晡時獨照樓最喜攬潮峯上望波濤涼吼豁雙眸

同竹房遊涉園　前人

不到名園久於今已隔年苔痕凝露滑雲意借風旋是日陰雲密布喬木蒼然古梅花香可憐茲遊同盍友更得主人賢

小集涉園度香池館　　海鹽錢懋曾稼如

積霖晤朝昏漠漠雲出岫苔點上侵階石罅凝如繡園林澹無豫簾垂坐清晝樂此素心人翦燭共攜袖入席忘主賓舉觴誰先後落紅滿院來間雜雨絲驟婪尾杯殘時姚黃花放候擊鉢催詩成羣公競雕鏤酩酊漫塗鴉頹然忘鄙陋

涉園荷亭小飲　　前人

積雨放新晴披豁塵慮屏復此池館涼芰荷發淨靚雅集招同心豐膳出佳醞紅萼迎遠風碧筒瀉清飲傾倒聆麈談槃薄解衣裎幾聲鳴晚蟬高柳蕭疎影明月忽照席人在冰壺境嗟彼褦襶者觸熱不知省徘徊繞花間襟期共馳騁何當日斟酌幸與君子近

遊張氏涉園　　嘉興　潘鴻謨陛颺

扁舟沿荻港一路到花源客子不知徑野人導入門狻猊石危踞鸞鷟樹高騫
勝概眞披豁長吟倚小軒

其二

古翠四圍淨野涼十倍淸廊隨徑屈折亭俯沼空明裙屐聯佳日琴尊超俗情
三山奚待訪卽此是蓬瀛

人日偕雨山硯農衡山菽園朗山昶遊涉園次衡山韻

海鹽　陳震省健齋

乘輿游南曲天晴映紫氛徑幽惟繞竹山古欲生雲喬木依然聳仙禽不可聞
盤旋上峯頂縱目共諸君

其二

地爲何準宅開徑幾星霜此日古嘉尙數來人老蒼濠梁尋樂近曦景入春長莫買村醪飲山泉美可嘗

其三

由來名勝地未許俗人知內史幾行序少陵十首詩雪消排筍瘦退思軒前有二石筍梅冷著花遲去去還相訂重游日暖時

疊前韻　前人

盤礴名園裏淸幽絕俗氛筧流寒澗水檐鎖遠山雲客思花前發潮聲樹杪聞歸田誠樂事不讓晉徵君謂螺浮給諫園有桃源洞

其二

蠟屐適吾用淩晨薄有霜同遊皆俊彥妙繪鬱靑蒼涉園圖爲查君日華所作谷鳥調吭澀厓松挺幹長籬根將迸筍新味待分嘗

其三

篔谷欣相値先來卻未知硯農衡山先至晤於園之篔谷入林容把臂選石坐論詩蟲伏花攢早天空鏡下遲楹聯花氣伏蟲心又榜書太白月下飛天鏡句重酬何遜句倚杖立移時

小寒後三日陸青乙人炳招同衡山涉園探梅次青乙韻　前　人

長吉胸羅天上宿劉伶曠達躭於酒奇才未遇劇憐君對酒終朝不放手酒稱大戶詩長城前無古人後難友詩酒陶情作達觀掃愁不用掃花帚青氈兀坐年復年著鞭祖逖何妨後平生不少道義交半在家園半奔走西泠騷客徇勾留謂支一山黃蓮舫韻珊昆季東海吟朋但坐守我年既老境愈窮落落塵寰嗟寡偶秋晚曾同看菊來留連籬下時交酉菊淡如人遠俗氛一枝折供書窗右今朝喜共探芳梅復有何郎招釣叟遊思邱壑多夔龍金印何須誇繫肘園丁延我啟雙扉細看蒼髯問年壽雪欺徑竹數竿垂風撼山松一聲吼峰回路轉足力疲喜

雨亭中團坐久參差花鴨走池冰掩映梅梢入窗牖玉玲瓏館種不同二十六稱傳張某曾抱瑤琴曲弄三將登暖閣寒消九輸君酒量若海寬應向花前傾幾斗先春且作探梅詩歸路還嘗仲家醆園北有仲氏酒肆我愛梅花約再來花毋厭我龍鍾耇

涉園雜詠　　海鹽吳以敬惺仲

山腹微徑通行循隙光影捫壁螺旋入如螘緣修綆俄從地中出卻在諸峰嶺

一線天

其二

四山蔭涼木中有孤亭幽境清鳥聲悅砌潤苔衣稠林飈一蕩漾滿亭如水流

翠深處

夏日閑居聞淥飲文魚諸君涉園雅集卻寄　　海寧吳騫槎客

綠竹名園舊鳳阿滄江逸興起酣歌永嘉南渡才尤少漢上題襟句孰多花落幾經春婉娩烏啼莫問夜如何也知吳質新來病不得絺衣挂薜蘿

其二

公子歸來晚更忙鶯鶯燕燕此相羊桃源不似人間世濠濮居然水一方鏡裏芙蓉淒露粉巖前松檜飽風霜好留第五風流在重醉陶家九日觴

九日同吾竹房涉園登高贈芷齋張丈　前人

落木蕭蕭砧杵稀驚風颯颯滿人衣同懷辭客三秋感來叩名園九日扉座上題糕聞雁過峯頭側帽攬潮歸雖然不是龍山會也勝登臨悵落暉

雨中同吾竹房過涉園贈鷗舫主人　前人

弱柳芳塘雨辛夷古樹陰三春同剝啄暇日果幽尋琴外知無事隆中自有吟悠然忘坐久歸路落花深

其二

從來杜陵叟偏愛瀼西居散帙鉤簾下觀魚放食餘古藤春不老石洞晝長虛
忽報桃源外紅泉已滿渠

立春日大雪張築巖邀遊涉園晚歸成詠呈鷗舫先生

海鹽　胡　倬石窗

尋幽過南曲雨雪自紛紛一徑入修竹數峯横亂雲寒聲落松葉春意動煙氛
爲記銜杯日年華悵手分去歲李文圃張雉裳拉予踏雪過園主人留飲攬翠閣

其二

萬里張公子崎嶇蜀道難時雉裳客蜀雲生巫峽暗雁度海山寒樂事他鄉少芳樽
故土寬主人扶杖出依舊醉憑欄

其三

孤城生暝色浛浛夕雲稠煙火沈郊甸笙歌出縣樓雪花連戶冷燈樹照人愁

回首南山下園林樂事幽

涉園雜題　　　前　人

山深樹復深結宇棲林下來往不逢人誰識巢居者 樸巢

其二

長松秀孤嶺落落聞濤聲只疑山雨至不知山月生 落落坪

其三

鳥鳴山未曉雨過春已酣高臺一登眺春思滿江南 杏花臺

其四

松杉暗谷口犖确行徑微薄暮倚修竹空翠溼人衣 翠深處

其五

石路紆且深寂歷斜陽裏何處暗香來雪風吹未已 寒香徑

其六

春風度流鶯閒關花外柳惆悵板橋西絲絲隔攜手 柳幔

其七

雨止碧雲生餘淸藹嘉樹返照入花林冥冥不知處 綠淨

其八

山容藏太古寂寞不知春借問枝頭月吟香幾箇人 古香閣

其九

叢蕉倚孤石秋陰綠幾重朝朝窗戶裏蕭颯雨兼風 蕉石山房

其十

攀藤躡幽磴一覽衆峯開極目波無際風帆樹杪來 攬潮峯

其十一

𩾷𩾷笠簷風漠漠巖頭雪不見跨驢人梅花幾愁絕笠雪巖

其十二

華月生津樹涼風時一過香飄不知處空憶采蓮歌荷香津

重過張氏涉園　　嘉興徐洄玉飛

再到名園春未殘小橋流水繞層巒樸巢仍抱松千尺響石猶圍竹萬竿遊女折花香國近騷人把酒醉鄉寬晚歸笑傲煙霞裏驚起眠鷗出釣灘

遊張氏涉園　　平湖方垌思臧

名園突兀城南隅野色浩蕩波回紆閑偕勝侶展游眺蒼然秋色沾衣裾入門一徑踏寒綠煙鳥格磔聲相呼松杉檜柏兩邊合十步九折巖巒殊溪流綠淨不容唾中植檉柳紅芙蕖嵌空奇石皺瘦透高下向背紛難摹重樓疊樹互枕

倚出入洞壑愁迷塗旁人流覽詫幽勝云此布置同倪迂豈知妙處貴心得口舌贊歎徒區區園亭况復藉人重匪止花鳥供嬉娛蒼苔滿徑木葉下懷舊頗憶經營初當時給諫負經濟一日五疏陳青蒲兵刑禮樂事草創凡所建豎皆良謨民生國計慮悠遠臺中擬以陸敬輿直聲嶽嶽震朝右縱忤執政忘崎嶇歸來卜築隱泉石頗事琴酒躭詩書花間客到共談讌春日煮茗冬圍爐四時佳興無不有竟欲肥遯終田廬一朝姓氏登薦牘柏臺再聽風中烏依然慷慨動章奏豸冠峩聳丹墀趨蔚州魏公天下士表揚品節良非誣雖然身沒未大用清白傳世堪爲模至今後世並敦樸猶守堂構勤三餘我來憑眺憶先哲天水一碧涵空虛山楓未落映斜日籬菊初綻明寒渠翠屏窈窕各異態勝披黃鶴山樵圖匆匆暝色促歸棹臨別尚欲留須臾園中勝概遊未盡但窺崖略空踟躕此間更逢雪月好相賞况得煙霞徒他時襆被許同宿晨夕嘯詠歡何如

涉園晚步

海鹽馬國偉應䶵

向夕尋名勝天空景倍幽雪松臨斷澗風竹倚危樓徑曲寒香合巒深遠翠浮躋攀豪興在步月更遲留

暮春日同華隱瘦山嵌園家古田少白幷主人張中峆雅集涉園小飲用昌黎酬盧四兄韻

前人

來薰門外涉園好水石環列雲氣函奇峯疊嶂綠窗底蒼翠無異峭壁巉我來拜石覓遺跡丰茸草色黏青衫古藤滿架蔭几席春酒正熟杯可銜東湖南湖兩相望邀客不用音書緘諸君善飲嫌斗小我猶吟思如草芟乘醉登高一賈勇攬潮直上淩雲巖海上東風陡然作吹來細雨兼潮鹹談天炙轂忘日夕主賓雜坐聲詁諵興來忽地發長嘯閒關鳥語如相讒維昔黃門嗜幽隱疊石曾倩巨斧劖林泉無恙人歇絕風流千古誰賞鑒和風三月春正好煙景足飽饞

眼饞當前何況盡名士雖無絲竹音和諴歌闌醉罷出奇句傳寫更奪春葱攕

同人雅集涉園有作　　海鹽馬用俊少白

涉園樹木經千年葱葱鬱鬱生雲煙園即烏夜邨舊址黃門當日遂初服經綸不試營林泉王侯第宅走狐兎薪木無毀子孫賢鄰家墟落遠相接後通曲港前平田溪徑曲折呈畫本山紅澗碧供攀援諸君興發共浩歎恍如鸞鶴翔青天主人留客且轟飲更燒玉版同參禪人生忽忽如寄耳千古不朽惟詩篇不如借此把茅地豪吟痛飲枕石眠

同華隱瘦山敔園遊澉川後留飲涉園兼以送別　前人

咫尺名園在晴空散白雲青山常照眼綠酒且論文既得浮身樂何愁客路分不知蜂蝶鬧花落自紛紛

其二

佳會殊難得斯遊奈别何客帆風信急歸路月痕多來卜他時約空留此日歌
湖山應識我蠟屐復來過

題涉園壁兼呈主人鷗舫張丈　前　人

涉園山水綠周遮客到惟聞鳥語譁林際乍收三日雨隄邊不斷一春花苔封
古石疑無路煙鎖垂楊似有家差喜主人留我住草堂閒試玉川茶

涉園訪大白先生讀書處　前　人

名園勝銑溪中有高人住靑陽緬前哲日涉自成趣泉石情所耽簪紱意豈慕
時陳三篋書偶致兩京賦可知賢達心誦習非外騖功名啟後賢螺浮先生淸節立
朝著羣稱諫草傳悉本庭訓豫迄今百年餘堂構尙如故我來覓遺躅曲徑屢
迂步餘輝照煙霞淸風被竹素偶經邱壑旁似聽咕嗶處流連坐文石摩挲憩
蓓樹永懷山賓言欲去更回顧

重遊張氏涉園用雲秀山房坐雨韻

海寧蔣楷三益

憶昔追春風轉眼秋色淨棠梨入夢遙松菊凝香冷新吟發桂堂舊題尋竹埂鞠躬轉空洞屏息走側嶺苔階日晤移蕉徑雨忽打石級上層層海鏡窺炯炯鳴禽報日午落花填樹影主人嬾臥雲客子自燒茗慚悔萬物備流連半日永路遠愁僕夫急歸天未冥

涉園玉玲瓏館賞梅

前人

郭外晴葩樹樹新玲瓏山館綺筵陳酒吞疏影香撐腹手折高枝雪滿身玉笛漫吹江上調銀毫還寫月中春不須幾世修纔到風月分明是福人

涉園探梅

海寧潘經緯臣

十月東風破早梅兩三詩伴記重來到門芳意已先逗臨水一枝猶未開暝色和煙籠竹樹花光如雪映樓臺何須萬本香成海索笑檐前且一回

過張氏涉園　海寧蔣仁榮修華

蘆雪白無際扁舟泊淺汀徑隨叢筱轉山對海門青老樹烏啼月小池魚唼星螺翁呼不起莫使酒杯停

春日游張氏園　海鹽戴陳常笙鏞

地僻疑無路幽尋興趣長平橋通窄徑雜樹繞迴廊雲氣護空翠鳥聲喧夕陽凭欄宜小坐消受老梅香

疊前韻和南園秋晚涉園　海鹽蕭繩祖雨香

第五橋邊鎖落霞悠然濠濮悟南華君如淡菊臨霜信我似寒梅待雪花爾日詩書堪報國他年山水好移家鄉思頻誦黃門句到處徘徊蔦徑斜

新秋同人至涉園用陸魯望雨中遊包山精舍原韻　前人

山中宿雨晴樹杪明霞絢西風動遊思南曲眈清便喬木欲成龍飛泉如奔電

石磴步千尋，軒窗開四面。靜宜鼓玉琴，寒若漂銀霰。竹韻繞山屏，荷香凝水殿。擬參白玉禪，共誦黃庭卷。村深少啼烏，市遠乏朝膳。相攜跂石人，最愛餐花片。蒿徑尋逾深，濠梁遊未倦。有意守黑甜，無心拾青鈿。煮來蝦眼茶，拂倩龍皮扇。晚來興更多，欲去情還戀。聊吟九老詩董元宰所書，何用十人饌。消夏既披襟，迎春須強飯。更期早著鞭，切莫輕投傳。歸隱緬黃門，壁上珠璣濺。

上巳日同何廣文春巢承燕、吳廣文遠村克用、張上舍鷗舫鶴徵、秀才竺巖賜采、顧秀才少逸錫慶、晼香德馨、李上舍南人應占、秀才南村楙集涉園喜雨亭修禊分韻得有字　前人

春風吹落南園柳，籃輿行來兩詩叟。主人無事掃落花，花徑相逢開笑口。纖雲四卷天氣新，萬里晴光雞吐綬。觴詠重教仿晉人，追陪況得青雲友。喜雨孤亭望翼然，面山臨池枕林阜。窈窕芙蓉巒岫濃，槎枒檜柏龍蛇走。其北桃李將成

蹊紅霞香雪休孤負嵇阮翩翩皆酒龍幽情豈出蘭亭後開得瓊筵玉版參渭川千畝胸中有村釀頻傾小屈巵山肴不亞春初韭酒闌分韻各題詩記取芳辰歲在酉別有城南李謫仙粉本曾探金石藪余與李君南人謁春巢夫子見示定武蘭亭搨本及姚士粦所繪蘭亭圖與酣落筆追此圖圖成直逼雲林手南人并繪涉園修禊圖主人更邀池上樓一桁簾波卷窗牖幾生修得等梅花邱壑清閒供消受夕陽攬翠高閣來胸吞雲夢得八九望斷湖山佳會遙飄零手澤重回首近讀先子與王太守文治蔣考功泰來高司馬瀛洲李庶常鍇章中翰煦吉人與姚明府廷璣張孝廉雲璈王上舍永沛諸先生西湖修禊詩名園幸得陪羣公憐我靑衫常株守卻思學士登瀛洲玉河春水流觴久蓬池禊飲賡雲韶韻事風流傳不朽何日偕來萬柳堂西湖詩話京師萬柳堂在崇文門外馮相國益都先生創置之爲朝士遊憩地每逢上巳先生率門下士修禊其中一樽共醉長安酒

同人集涉園修禊分韻得修字　錢塘何承燕春巢

聞說城南地最幽春風有約禊同修天因令節晴偏老（連宵風雨是日大晴）人到名園病亦瘳（余扶病而往）流水桃花經宿雨夕陽山色對紅樓籃輿扶醉將歸去樹底爲誰又小留（適繆南漱董後泉至復小留片刻）

乙亥暮春偕吾春農笏山張春嶼鄭雲帆顧茉圃李南人雲鋤家南洲涉園主人冠百心友同遊涉園率成一律

元和徐香祖（秋崖）

二難四美總相因邂逅無端十一人名士風流兼被酒故家喬木亦宜春縱譚上下窮今古列坐高卑溷主賓願得伯時圖雅集（南人善丹青）他年各證百年身

乙亥二月五日同南人表弟涉園探梅

海鹽朱新之（華墅）

烏聲驚春至雪花散平林朝眠猶未起有客款門尋攜手踏凍土城南老樹森寒萼連根綴古澗水沈沈登山陟高岡隔岸列衆岑俯視但一氣梵音與海音昔年同探梅歲暮感天心高樹喜陽和奈受霜雪侵涉世多波濤華開成古今

竹外兩三枝幽香深復深盡此一杯酒長笛作龍吟花朝擬復來爲我理清琴

涉園探梅口占贈南人　前人

蘭橋隔歲探梅來古閣登臨亦快哉漫道神仙無後約暖風次第爲君開癸酉除夕偕往北郭探梅甲戌復約爲風雪所阻不果往

花朝日同南人表弟復至涉園探梅遇同人劇飲作此寄懷　前人

花朝重探梅一雨喜新晴暖風撲面來登高覺衣輕提壺復挈榼城南緩步行香含猶未綻籬外綴繁英忽逢老樹根婆娑寄深情前輩風味佳廟堂重調羹歸田築園圃長揖辭公卿常恐古歡少羅列梅花迎拾級披雲閣波瀾千古驚狂言譁四座兒童增歡聲神仙無觴政修到知幾生杏開期再約選石聽流鶯

二月望日同孫黼齋先生趙竹亭七兄鏡山家四弟涉園探梅作此遺興

併寄懷南人表弟　前人

神仙無傀儡興到即顔開天心一夕見舉眼絕塵埃知己兩三人攝衣上高臺好花笑我寂多約友朋來當年種花人辛苦幾回栽我來三探望野鶴暗驚猜臘餘猶見雪春半尚尋梅紅顔愛惜春到此立徘徊歲歲花相似流光已暗催滄桑幾變易望斷白雲隈欲將紅顔駐愧無竹葉杯幸有園主人殷勤相追陪板橋扶我過激宕水瀠洄花香撲衣袂晴峯隔崔嵬

除夕同李南人表弟涉園探梅小飲并訪吾春農表兄同登文星閣作此

奉贈　前人

此夕何云除除茲乃能安城南攜手往入山路盤盤梅魂獨未返婆娑老樹看勿謂今夕盡預結來年歡文星拱北斗大海迴波瀾壯懷須磊落俯仰天地寬在山有靈芝在谷有幽蘭何年沾柳汁爲君慶彈冠君家有染衣得遇聯句故云

春日過張氏涉園小飲　　海鹽趙淳履竹亭

藉訪南村景，名園載酒遊。半簾殘蝶夢，一水泛觴流。鶯語斜陽徑，香凝隔院樓。凭欄情不禁，逸興繞春洲。

同人醵分攜樽集飲涉園預祝李蘅齋四十壽　　前人

人稱仙李子，自號秀州民。風月三千首，鶯花四十春。鶴籌添在酉（君丁酉生），魚象兆生申（謂手中魚文）。久託蘇程誼，追隨步後塵。

其二

南園梅繞屋，雅集竹林賢（同席七人）。綠酒樽前醉，紅絲月下牽（蒙爲兒女執柯）。吟情工獺祭，畫意善龍眠。預慶諸天會（君誕七月），高歌唱百年。

同友訪張氏涉園　　前人

偶值花生日，村醪醉未醒。名園一憩息，高士半飄零。雨過溪頭碧，風迴柳眼青。

夕陽人影裏笑語兩忘形

仲春同孫黼齋舅氏朱華墅新之涉園訪梅　前人

屈指花朝經四日古梅才見放南枝影疏世外憐君瘦春在山中爲我遲雪虐風饕都歷盡美人名士各相宜園林踏遍曾遊路綺閣簾開待燕時

秋日涉園雅集分得南字二十韻　海鹽張謙雲槎

覲鄉新霽後散誕出城南山色凝蒼翠天光淨蔚藍逶迤橋第五邂逅友逢三選勝人偕往聽秋我獨諳松濤幽澗瀉桂馥小亭含遇雨穿林入斷風坐石談黃門歌詠斷綠墅畫圖參海鶴朝飛倦村烏夜噪酣甘霖傳德政曲徑恣幽探邱壑壺中貯煙霞物外躭詩朋皆庾鮑道侶雜莊聃鸞鷺歡同聚茱萸笑共簪行廚鄰竹塢布席近花龕高閣吟懷暢深盃酒力擔團臍堆紫蟹搓手擘黃柑勝會羣賢集長空爽氣涵三春重挈榼百歲幾停驂薄靄籠喬木頹陽下夕嵐

扶笻歸緩緩連蘗話喃喃依舊遵前路心空月滿潭

張桐山邀遊海鹽涉園偕往者王鉏園顧東水

嘉興　沈銘彝紀常

城南地僻敞名園樹老溪深認舊村烏夜村故址石罅尚噓雲氣出松聲齊挾海濤奔黃門結契詩篇雅園多國初諸老題句綠野傳家第宅存園側巨第皆螺浮子孫世居之半日句留看不盡滿林啼鳥最銷魂

偕虹舫遊張氏涉園

桐鄉　沈炳垣曉滄

一徑闢修竹到門空翠飛亂雲扶石瘦古樹著苔肥曲水泉淙遠方壺海氣微何時來下榻塵外共忘機

登攬潮峰峯在園內可望海

前人

準備芒鞵愜素心松杉夾道盡成陰路盤孤磴苔痕滑城壓寒濤海氣深是處亭臺誇壯麗幾人詩酒快登臨欲招鸞鶴三山去天水茫茫莫可尋

張春嶼應泰芝亭澍兩茂才招同朱朵山給諫昌頤何子安汝枚潘載園坤厚兩學博顧翰園大令元寀兄蓮舫讌集涉園　海鹽黃燮清韻珊

長廊翳寒叢幽磴蔭喬木詩懷如白雲因風墮巖谷主人京兆裔儒雅表清族及此風日佳聯鑣曠遊矚霜槲豔林隙露蓉絢隄曲落照暎醉顔秋錦紛在目我從天柱歸衣染九峰綠入山苦不深凡骨未療俗十日城市中腥穢更相觸借君一杯酒洗我六根濁樂哉濠濮遊水清不汙犢物我兩忘機願借南華讀

長水竹枝詞　前人

風吹花信到樓臺馬路迢遙雪下開馬路在南城外坦直可試馬因名香霧襲衣寒不散玉玲瓏館探梅來館在城南張氏園樹梅數十本春初作花皎如積玉

其二

烏夜村中舊隱棲張氏涉園亭臺邱壑爲一邑之勝卽烏夜村故址也水邊亭子柳邊隄游人春去佩聲

杳滿院落花鶯亂啼

查竹洲仲詰集同人於涉園玉玲瓏館餞梅 調寄點絳脣　前人

粉淡煙濃半開半謝元宵節暗香誰惜留在羅裙褶　淺醉微吟花外寒猶力春陰寂晝簾如月添箇人吹笛

春初訪黃君韻珊同遊螺浮給諫張公涉園觀梅　嘉興王壽 補樓

武原才子與飛揚招我來遊給諫莊春日壺觴情自勝謝公邱壑道難忘一篇疏草嚴天澤數點梅花醖古香坐久不知歸路晚澹煙疏影月昏黃

涉園閒步有懷螺浮給諫　海鹽任沛霖 硯雲

亞字闌干映水紅迴廊曲折小橋通鍾靈鳥夜村成墅直諫黃門氣吐虹到處幽篁仙籟拂祇今喬木澹煙籠歸田善事知多少不獨林泉布置工 給諫修學宮濬城河上疏裁鄉兵

同人涉園探梅登攬翠閣　　前人

疏影橫斜客倚欄名園踏徧路迴盤古梅獨得冰霜氣峻閣直臨星斗寒初霽雲多攜雨過含香花久待人看孤山幽趣羣消受歸去蓬廬興未闌

元宵前二日硯雲師招同朱葆青孝廉（源慶）家椒堂廣文（祥儀）賞梅涉園

海鹽　陳景高（雲山）

涉園舊在城南隅百年桑梓相依於萍蓬行蹤渺無定負他花柳空踟躕春駒十里春風使一半寒梅初破蘂好客爭傳任彥昇主人共訪張平子（謂以三舅祖）廣文先生況吾宗更邀來踏芙蓉峯塵埃蔽眼足難息此間洵有仙人蹤昔時給諫盛風義垂老山林投壯志書卷猶餘翰墨香亭臺尙帶經綸意五歲我爲無父兒曾隨大母來娛嬉（園爲先大母家舊業）空庭老樹不能語當年同見含飴時我生二十已奔走故鄉親舊疏卮酒文藝傳薪愧克家旨甘負米慚將母恰當座上春

風溫訪春來集啼烏村雪鴻轉晌又飛去此心常繫梅花魂

遊城南張氏園登攬潮峯

海鹽 吳廷燮 彥宣

秋高原野曠落照淡空林薄遊城南園躡足登雲岑修竹激幽籟喬木多古陰
窈窕轉細徑突兀淩崎崟天空海氣薄日暮寒煙深秋色從西來蒼然何鬱森
成連不可期誰與弄鳴琴

遊張氏涉園贈主人　前人

美人期不至追步慰相思一徑踏寒雪小亭傍曲池竹深啼鳥寂樹老得春遲
極目憑欄久蒼茫自詠詩

城南看梅遂至張氏涉園憩玉玲瓏館得詩五首　前人

十日春寒凍不開今朝晴旭暖相催傍籬一樹垂垂玉應笑芒鞵歲歲來

其二

茅舍臨溪野水遲春風亂插最繁枝明朝約伴傾村釀直要梅花作主持

其三

曲榭虛亭水一涯根穿石罅自横斜天寒背立嬋娟影未許人窺萼綠華喜雨亭側綠萼一株最好

其四

瘦蛟倒臥骨珊珊蘚裂苔封玉蘂寒莫道此花耐冰雪種花人是鐵爲肝張給諫公在烏府有直聲

其五

軒窗面面映冰壺香雪冥濛一色鋪曾見元章圖萬玉可能來此寫生無玉玲瓏館以梅故名

九日遊涉園賦

海鹽顧夔編磊亭

滿城風雨最好近重陽今年晴朗尤便忞徜徉況是中元有閏秋興早未到九月青女已飛霜茲來涉園登高攬翠閣南望秦峰東望海汪洋烏菱紫蟹佐此綠螘酒紅樹青山占徧白雲鄉轉過樸巢來憩濠濮館記得春三坐花此飛觴瞬息繁華收入秋風去綴出芙蓉冷淡菊花黄敗荷衰柳瘦盡溪頭碧松鼠竹雞飛破樹巔蒼斜陽忽挂當面簾鉤上約我臘月來探梅花香

春日偕雪廬桐樵保甫雲屏階山小飲涉園　高如玉定甫

一灣春水膩如油薄日烘雲雨乍收寂寂風光誰管領有花有酒且勾留

其二

楚粤年來未解兵鶯花無主暗呑聲今朝不負東風約漫典春衣結酒盟

其三

醉中吹氣氣如春春色無邊滿眼新應請鳳凰池上客批紅判白掌絲綸

其四

一枝柔艣駕行雲鳥語花香自在聞相送先生歸去也柳絲和雨搭殘曛

同人涉園探梅　海鹽徐維釗愼齋

春風蕩漾催花信九十韶華僅轉瞬選勝尋幽須及時何苦蹉跎歎雙鬢我有忘年交邀我出南郊一路偕行探野景何妨到處敲衡茅迤邐看遍臨溪樹小橋仄徑穿無數茂林一望擁如山居然畫出林泉趣信步已到烏夜村清河給諫留名園紅牆曲折藏花塢翠竹參差護篳門入門緩步橫斜徑流水潺潺助清興靜聽鳥語出林端似與吟聲相答應濠濮之旁通吾槎臨流軒館皆栽花更有古柏抱槐茁百丈奇樹連理尤杈枒喜雨亭前列翠嶂滿目煙霞無俗狀曲水流觴事已陳松坪雲海觀何壯上山下山來樸巢碧闌九曲依山坳玉玲瓏閣尚未叩隔牆已見梅花梢梅花潔白眞如玉姿態飄然絕塵俗有時奇幻

改新妝亦有跌紅間萼綠捲簾小坐嗅餘芬忽看遊女來如雲時花美女各鬬豔點綴園林殊繽紛石橋通徑越數步當門但見橫大樹杏壇路接偏宜偏出山依舊來時路一竿紅日橫西溪但聞村中啼午雞鶯花過眼皆詩料歸途踏徧綠楊隄

上巳偕秀珊涉園修禊用杜工部麗人行韻　　前人

清明雨過花事新上巳佳日最動人溪山煙景皆天眞點綴春光尤停匀有友招我去踏春聯袂安步有如控鶴與驂騫南郊一路探芳信先聽鶯簧巧弄脣清河給諫闢名勝宦成於此寄閒身生逢聖代得與林泉親不比桃源專避秦到門溪水環一曲綠波上下翔紅鱗可漱亭子對濠濮拳石臨流宜垂綸修禊到此絕無半點塵園丁送茗亦覺味如珍人生果有逸少舊丰神何必山陰道上再問津茅檐竹徑次第巡時或清話坐苔茵歸路微聞風聲起靑蘋但見新

綠如雨撲衣巾我擬他時結鄰居此作隱倫卻喧就冷箕踞嘯傲一任世俗嗔

上巳徐醒齋上舍韻園廣文招集仁和孫篠蘭學博同里朱葆青孝廉黄

蓮舫明經韻甫大令陳湘漁參軍祝春渠上舍朱鏡香明府郁燕山比

部顏子偉内翰張芝亭朱保甫茂才富斗槎朱怡齋孝廉徐小雲明經

涉園修禊

海鹽 趙衡銓 拳山

曾聞南澗集名流觴詠依然禊事修三月鶯花催令節百年裙屐續良游園留

給諫風差古地近蓬萊樂未休吾欲併將雲霧洗是日微霧天空海闊豁雙眸

西郊探梅後十日徐愼齋以七律四首見投復邀同朱秀山高宜圃作涉

園之游依韻奉答

湯拱辰 耑木

昨步西郊雨乍晴今游南曲景生情新詩白雪邀人和綠野春風拂面迎老去

幸逢腰脚健梅開先喜夢魂淸遥看喬木森森際早逗流鶯三兩聲

其二

流水周遭直到門前修舊業溯名園三三徑闢煙霞古九九寒消梅萼存笠雪聞香春有信吾槎聽雨綠添痕幾番憑弔登高望此是江南烏夜邨

其三

憶從鷗舫醉梅邊佳日春秋裙屐連愛聽鳥鳴山寂寂更看魚戲葉田田秋香吟後月如水紅葉飛殘霜滿天往事重思倍惆悵令人撫景意茫然園中諸名勝皆昔偕鷗舫丈讌飲處也

其四

我曹選勝逢春日豪氣如虹孰比肩鐘鼎銘勳思此際山林高隱待他年英才自有風雲會懶性甘爲水石緣索笑巡檐休漫擬調羹豫兆看花前爲愼齋秀山兩君預頌

秋日偕嘉興張介庵宗惠游涉園

海鹽朱承鉞秀珊

喜與幽人偭同尋烏夜村青山斜抱郭黃葉亂堆門小隱海天闊名言奏疏存當前樂情話落日坐苔根

涉園探梅同夢梅師輔齋姪

前人

第五橋邊水一灣芒鞋踏破蘚痕斑樹嵌殘白留香雪窗引遙青入遠山環佩魂歸誰弔古園係烏夜邨故址林泉退老足偸閒螺浮給諫手築是中不少清幽趣多爲尋詩數往還

朵山兄招同金山錢聽甫德淸戚潤如查伯羣張少岷孚山兄涉園賞梅

前人

滿林香雪怯春寒野竹修修一徑寬最好樓臺饒水石卻宜風雨置杯盤夜烏啼處人非昔老鶴歸來夢已殘難得今朝裙屐盛橫斜影裏盡餘歡

閏上巳招集馮耿甫茂才李存希茂才陸建堂孝廉富斗槎孝廉吳笑梅茂才家從兄雅山茂才從子鏡香司馬少虞孝廉從孫淸渠明經修禊涉園越日屬陳逸珊繪圖紀事集蘭亭字得詩四首錄之圖尾

前人

今日足盛會放浪欣有由羣集昔賢地禊事當春修室虛蘭氣靜亭曲竹陰幽山水旣可樂觴詠懷風流

其二

春氣又云暮流覽時亦異大化靜自得悲樂隨情至無言豈能喻相遇况同類諸文足詠懷所錄不敍次

其三

臨流懷故人昔游豈不娛及今情事遷興感生死殊向同林間叙所嗟迹亦虛

坐終不盡觴後人將悲諸

其四

斯游信足述同懷得諸賢放言極今古無取管與絃時事況若此俯仰一慨然
興致騁游覽亦將視當年

家保甫叔承鉽閏上巳涉園脩禊圖　海鹽　朱炳清小泉

給諫歸田地內史脩禊天雅集繼晉人列坐來羣賢桃紅仍含雨柳綠仍帶煙
時逢閏上巳事同永和年東瀛境幽僻南曲客留連一觴兼一詠嘯傲水雲邊
外翰人中傑倜儻俗情捐秋蘭揚名馥春華摛藻鮮曾秉山陰鐸蘭亭夙有緣
後先相輝映重三開瓊筵黃門墅可借烏夜村久傳十人裙屐聚璧合又珠聯
於以祓不祥陳迹留素縑西南嗟時事紅羊刼可憐虎林苦蹂躪馬嗥亦戒嚴
海隅荒一角不遭楚炬炎銀河期洗甲金谷姑擘箋命題有寄託意在筆之先

大小阮作記掩抑素琴絃披圖增慨慕象外得眞詮

南曲舊業歌并敍　　前人

涉園在武原南門外烏夜村張大白先生讀書處卽南曲舊業也其子螺浮給諫諱惟赤又增創造山林溪壑儼若天成中有攬翠閣諸景給諫直言敢諫舊有廠夫在外又明季通省設鄉兵皆流毒地方悉上疏裁之歸籍居鄉修學宮濬城河有利於邑者力行勿倦暇則築遂初堂營此名園亭臺邱壑爲一邑之勝每當春秋佳日尋幽選勝者屐齒所必經余幼時恆隨張南陔舅氏往游撫今追昔爲作歌以紀之

馬嗥城外樹生煙岡巒起伏開洞天綠野芳園添韻事黄門別墅懷前賢黄門矯矯人中傑抗疏直諫心似鐵朱雲折檻是前身乾坤正氣忠臣節居官聲價光蘭臺皎月當空雲霧開鴻鵠沖天方遠舉鷹隼競物羣疑猜歸來南曲甘隱

伏謝絕簪纓友麋鹿乃父當年此讀書亭臺邱壑重修築康熙中葉貞成康故
鄉棲息游羲皇此是烏夜村故址地靈人傑非尋常羣松修竹愚公谷名花異
卉華子岡風采嚴峻居諫輔一日五疏心獨苦可惜鶯花管領時臣衷缺陷慚
無補玉麈清談歸籍餘銀毫覓句懷抱攄更教閭里成樂土豈第臺榭誇閒居
黄門再出辭桑梓直言敢諫仍如此北海方看清讌開東山終爲蒼生起錦帆
百尺赴長安纏緜魂夢泉石裏寄語猨鶴善護持好留花柳待歸里憶我髫年
屐齒經城南韋杜留典型舒嘯登臨攬翠閣尋幽徙倚流觴亭濠濮觀魚樂復
樂荷香柳幔詩夢醒探春疑入孤山路玉玲瓏館梅花馨范王謂范承謨中丞王貽上尚書
詩句觀石刻名卿鉅製山嶽靈想見昔時文讌盛延津會合來使星誰知轉瞬
興廢變紅羊浩刼驚刀箭人民城郭風景殊何況黄門一幽院層臺曲榭飛灰
塵斷垣敗瓦紛荊榛蟲聲如雨弔金谷燕影覓主愁玉津聞說人牽到公石冷

雲一朵連城珍零落昔賢棲隱地應教花鳥都傷神自古盛衰駒過隙風流閒寂嗟陳迹茶磨故宅（謂許黃門相清）銅臺山（謂張黃門靖之）祇今惟見芳草碧人間萬事隨飛蓬舊游何在名園空荒煙一徑來憑弔聲聲杜宇啼殘紅

偕姚晴江諸子游邑城南張氏涉園別後郤寄　海鹽吳起元秋浦

涉園傲岸如高士置身不肯入城市即之蒼莽亦離奇我來小憩偕諸子入門蹊徑與常殊叢篠夾路路縈紆一上覽潮峯峭絕諸峯宛似兒孫列一峯一亭數十峯合沓林巒自團結前望滄瀛收雲濤背浸青溪如游濠下山出自洞天裏古木干雲根連理香山坡老諸名流曾經勾留留題紀我爲贊歎重思維一十六景非人爲位置天然得向背浙西名園無與齊思欲林間再小住可奈夕陽挂疏樹臨行不行各評章催歸聲促拂衣去去時徑從偏宜偏落花如雨竹流煙吾人行樂即游學緊記溪山當畫讀胸中邱壑既縈懷筆底文章自殊俗

作詩一笑君應聞有約重遊後當續

朱瘦杉徵閏上巳涉園脩禊詩勉謅四絕應命　前　人

百子池邊灌濯頻漢宮先作永和春承平豈有氛堪祓聊假春嬉問水濱西京雜記

高祖與戚夫人正月上辰出百子池邊灌濯以祓妖邪三月上巳張樂於流水

其二

兵火三春黯省垣西湖名勝百無存東濱猶有流觴地欲借靈光比涉園時西湖名勝盡爲賊壘

其三

洗兵日月在前三如墨妖氛取次戡天假祓除先置閏重修禊事作佳談省垣於二月二十七日失守三月三日克復

其四

五百年前共寇攘方田潰卒擾餘杭掃軍願倩諸君筆歲歲年年廸吉康浙省於元末被兵後迄今已五百餘年矣

遊張氏涉園有懷都諫螺浮先生

海鹽任端良心莊

晨起一無事我書時還讀忽聞故人來交深不待速相約出郭門舊業訪南曲行行復行行踏遍芳草綠天成此佳境如張畫一幅蓬蒿繚仄徑松柏雜修竹空翠侵人衣亭臺隱林木蒼虯蟠怒枝樹老色濃郁心神自淸曠居然在濠濮方池拭鏡面一水涵衆淥旁有支流通雙虹板橋東飛閣凌中央圍之以翠幄峯巒高聳前疊石儼山麓瘦骨撑嶙峋其容秀可掬俄經驟雨過林梢挂飛瀑檐牙飢鵰窺花跗小鳥啄坐久來淸風松聲聽謖謖危牆露微紅梅花樓一角記得花開時玲瓏碎羣玉言登攬翠閣足以遠眺矚方壺列几案秦峯復縱目我來百載下俯仰緬芳躅立朝傳直聲諫草焚猶續一朝賦遂初軒冕脫塵俗

流連烏夜村林泉快卜築名園留馬嘷城南景幽獨觴詠攜朋儔遊人雜往復逸興猶未闌夕陽倏已促悠然思前賢足音渺空谷

約遊涉園遇雨不果　海鹽朱丙壽少虞

借得天公一日春春光曾否十分新綠章未到通明殿人負梅花雨負人

同小周子巖遊涉園　前人

到門萬木莽蕭蕭卍字闌干白板橋鴛誤敲扉常剝啄荷憐委地太飄搖貪看紅葉全忘路有約青山半出潮（有攬潮峯三人鼓勇一登）如此亭臺宜有主（園已數百年傾圮過半主人張芝亭重加修葺煥然一新）何妨沽酒破無聊（出門時約同人聚飲於此）

遊涉園同洛如小周爲賦九言紀遊　前人

三人拍手出門齊大笑如此春光不尋烏能到君提斗酒我且攜雙柑黃鸝驚起飛鳴作前導主人之門雖設而常關此園直供我輩所遊眺園丁告我昨日

牡丹開香風一路雜以蜂蝶鬧萬花擁護居然南面王層層樓臺矗起尤奇妙從傍怪石作勢打人頭枯枝如鶴因風攫人帽出水遊魚唼唼銜花行客從何來持竿競往釣客心非在得魚不得魚形形色色借以作詩料如詩不成罰以金谷酒君詩先成相呼以絕調詩呼絕調人亦算絕調三人歸路拍手猶狂叫

閏上巳修禊涉園 并敘

前人

庚申春仲偕計吏北上同舟者爲陸師建堂張子銘齋一路聯吟不減聽水聽風之趣至射陽湖以道梗復溯江而南歸況蕭條行囊無色相約抵家後以三月三日修禊於涉園時浙江晏然鉦鼓不驚也銘齋挐舟歸海上復堅其約乃甫卸行裝卽聞虎林之變西湖佳山水一旦爲突騎蹴踏鬼哭荒郊燐飛白日風流頓歇悽然以悲武原密邇錢江轉從倉皇文酒之會亦零落殆盡銘齋既不能至而鄉里聚首往往談虎

色變無復優游終日有臨流賦詩之樂茲幸烽火漸遠青帝亦暫爲客留爰於閏上巳補修禊事來會者九人而銘齋又以海氛甚惡挈家避兵終不能至豈離合之緣果有前定乎是日積雨初晴新綠滿樹水濱風月碧桃亂開檻外遠山一角明秀如繪顧而樂之欣然舉杯招山靈與語便有晉人風景不殊湖山頓異之慨薄暮遊倦步晚霞而歸因各收佳景入奚囊中夫遇合不可必也聚散不及料也盛衰之故未能測也哀樂之情未能遣也斯遊也不過十人時不過竟日而賓朋之歡遨遊之樂吟眺之健不讓永和焉則亦何負乎陽春煙景哉異日者出門悄悄跡滯關河故園釣遊之侶風流雲散回首昔日南皮之遊此中感慨將何從說起耶蘭亭外史屬陳子逸珊俞子芝客繪兩圖藏之而並爲之記余亦走筆記之更以詩寄銘齋以誇此日遊宴之盛銘齋知之

殆亦謂不忘舊約云

山桃無次紅萬樹莽新綠春歸故遲遲花事喜能續芳辰際重三良會頗不俗
今歲三月三烽煙逼三竺浩刼歷紅羊人鬼相聚哭十室九逃亡黃鳥哀邦族
敗興類催租悶愁添萬斛不圖喪亂餘仍享昇平福無恙浣花堂得返愚公谷
鐃歌聽西陵杯酒聚南曲南曲地十弓黃門舊卜築側徑穿羊腸高軒踞巖腹
古木叫鉤輈修竹鳴寒玉一亭在河干居然似濠濮暗水流落英野雲低檐角
羽觴可浮波好住水邊屋天爲駐韶華撫景娛心目主賓無俗情澆愁一杯足
山殽雜筍蔬清談陋絲竹醉欲臥甕旁狂或書裙幅采采澤中蘭不祥更除祓
嗟彼刼餘灰棋難收殘局亂離身幸存草露風中燭百年幾青春浮生徒碌碌
蠻觸日紛紜時事多反覆蘭亭感興亡序言難卒讀且盡掌中杯請就詹尹卜

亂定還鄉城南張給諫別墅毀於兵火　前人

百年名勝話城南刼火摧殘更不堪草長閒門無客到一鉤涼月照空潭

涉園懷古

海鹽任方珩叔田

行行南郭南薄遊趁晴旭遙見煙靄籠森森樹影綠路盡方到園小橋臥溪曲斷垣周四圍怪石半傾仆蕭疎蓬蒿中三椽剩老屋細認懸額書居然在濠濮池塘春草生淤泥涸新淥一峯仍高撑繚繞雜叢竹牆角嵌古碑摩挲剔蘚讀乃是忠貞詩完善未顛覆濠濮廳西牆上嵌范制軍承謨詩碣猶完善如新亭臺成邱墟淒涼已滿目惟有蚪幹松風吹自謖謖舊業悲荒蕪故家想喬木父老猶流傳緒論習聞熟當年官黃門入告富篇牘侃侃攄忠言聖朝資啓沃白簡彈蠹奸墨吏劾貪黷凡有所敷陳皆不避謗讟給諫公有入告編初中下三集如海防漕蠹廠夫塘工尤多所建白一旦辭諫垣歸田謝顯祿時有忌公者擠就外任旋因裁缺歸里搆造涉園未幾復召入掖省不久逝世時論惜之弁髦軒冕榮逍遙遂初服愼重先人廬園即大白先生讀書處經營起林麓非徒布置工優游享淸福試看居家時

善事惠民俗建議裁鄉兵閭閻免荼毒修學文教興濬河水利復（國初鄉兵頗爲民害公奏請裁革及修學宮濬城河皆歸田後事）至今桑梓間念之尙敬肅刼火猶難逃名勝變寒谷橚槭啼飢鴉夕陽放黃犢興廢如循環盛衰若轉轂二百餘年來前徽問誰續效尤徒紛紛幽棲快卜築觴詠招朋儔花鳥騁瞻矚豪華曾幾時秋墳鬼夜哭虛籟生梧楸助我動感觸勞勞笑後人悠然緬芳躅

前題（調寄金縷曲）　前人

悵望城南曲約良朋重來弔古感懷芳躅二百餘年名勝地可惜荒涼滿目空想像故家喬木剩有頹垣嵌斷碣任遊人細剔苔痕讀思往哲新愁觸　黃門舊績誰能續有許多歸田事業造生民福泉石猶難逃刼火一霎山邱華屋笑豪右爭誇幽築滄海桑田容易變怕回頭鬼向秋墳哭塵世夢本蕉鹿

涉園題詠續編

卷下

題涉園圖詩就付女孫於起居堂上時轉呈因示以一絶

德清徐倬蘋村

卷軸題詩句已成讀來竟似啞羊聲堂前好自殷勤啓牙牙難教唱渭城

題涉園圖卷

張榕端

螺浮先生愛泉石武原郭外名園闢隱逐雲深匹華陽趣堪日涉擬彭澤先生

氣概夙昂藏十年左掖凜風霜諫草煌煌留史册扁舟遊衍返滄浪象賢遠近

推華胄乘槎時聽皇華奏彈冠未許問松筠踵武行看廓堂構更爲林泉懷曩

昔修篁喬木前人植杖履風流髣髴存丹青傳寫當年跡雲峰峨峨案頭起烟

嵐舒卷吳綾裏慚愧先人遺楧園蓬蒿未翦混邱樊羡君綢繆秋復春螺浮手

澤年年新淸河宗派欣同溯他日誅茅願卜鄰

前題　　陳尊

曲水環阡陌垂楊出畫橋雲容團矮屋松勢矗層霄策馬城南去啼烏如見招素心殊可愜聊以寄逍遥

其二

積雨初收霽柴門況獨淸板橋危渡馬深樹坐啼鶯杯憶靑精飯匙翻玉葉羹名園風月古身在畫中行

其三

看竹連幽徑方笻手自支新篁辭故籜疏影入淸池誰識此君意平生我自知養成千萬个荆棘莫離披

其四

池影搖春樹虛堂入野花屋山高揖客樵徑曲盤蛇喜雨亭仍在流觴事已賒
避喧成小築終古一山家
其五
一徑穿林去蒼山相向開側身入古洞翹首見殘梅天向雲根出人從樹杪來
桃源本虛幻且復坐莓苔
其六
百轉登高頂深林落暗泉乾坤此空闊筋力倍沈緜果熟喧山雀荷平貼水錢
布帆天際出回首望秦川
其七
寒流殊可漱掬月散幽香暝色忽然合松風相與涼昏雅爭去住歸雁信行藏
倏起幽栖想蒹葭露未蒼

其八

獨遊思往日舊好漸差池身世悲萍梗風流倒接䍦寵應名燕子酒自酌鵝兒感念同袍客登臨孰與隨

其九

感慨烏啼夜山腰宿暮雲披圖思往日經世緬鴻文（謂都諫奏疏）結構何年事滄桑此日分（謂何準事）升沈誠莫定野草自繽紛

其十

已覺經行倦情深奈別何林泉南曲舊春色暮山多不作青霞想誰來招隱歌幾時婚嫁畢扶杖日來過

海鹽張螺浮先生於本朝初年有聲諫垣既由副使歸里治園近郊曰涉園名人投贈甚富其後人端峯檢討刻范忠貞宿園中留贈詩及王新

城尙書題咏彙爲一册並攜圖示余因賦此卽書圖後余以行部屢過海鹽未得一遊涉園而先生故先高祖鄉會同年也披圖展讀有餘慕焉　無錫秦瀛

海國經行處曾聞十畝園却看摩詰畫疑入武陵源鶴立當時徑烏啼昨夜邨雲巖兼竹港雅尙憶黃門

其二

諫牘傳靑史歸來此卜居留詩聞節使感舊得尙書新城題卷時先生已歿庾信爲園日陶潛解綬餘故山松桂好吾亦愛吾廬

題涉園圖　錢塘梁同書山舟

我友晉樵子黃門四葉孫故家喬木在老輩典刑存鷗下忘機海烏啼舊隱村何時浮一葦來訪畫中園

螺浮先生在國初起自諫垣風節侃侃凡章疏朝奏夕可可謂極君臣一德之盛矣其後以微疾放歸拓先人讀書之廬構涉園以頤老覽是圖者穆然猶見山高而水長令人有仰止之慕所尤難者百數十年來賢子孫隨時葺治園中蒼藤古木崇臺奥室無改舊觀爲自來紀園圃者所未有益以歎先生正色立朝之流澤深且遠也余從先生曾孫東谷學博所借觀謹識於後甲寅冬日錢唐梁同書又識

前題　調寄石湖仙　　前人

都諫張螺浮先生正色立朝風骨侃侃所居涉園去海鹽城南一里而近林泉之勝甲於一時有王補雲繪圖葉横山復爲之記而園之趣盡矣後多國初諸老輩題跋其裔孫張益齋茂才以此卷屬題因用白石老仙自度腔以寫其概

鵝溪絹細有竹籟泉聲相間吹起天末引秋風早分到鱸魚一味歸來松徑想勁節歲寒如此圖裏怕輞川倘遜高致　蕉陰舊焚諫草羨朝端稜稜骨峙見說閒鷗也許同盟烟水檻約花吟石留苔醉釣游堪記喬木美清門世守誰比

題涉園圖卷　儀徵阮元芸臺

稜稜丰采老黃門卜築歸來烏夜村絳守園池萬言記輞川館隖兩圖存料應華表棲雲鶴還上高臺看海暾不獨故家有喬木百年風雅屬文孫

前題嘉慶戊寅秋用芸臺韻　萍鄉劉鳳誥金門

依然丹谷舊清門一老初衣傍越村海上尋山鄉夢好天邊浴日諫書存千金不易平泉石萬樹長懸太古暾休道田園無恙在幾家能得讀書孫

前題　侯官林則徐少穆

黃門昔歸田經營此泉石卜築東海濱負郭三徑闢鶴柴縈疏紅魚梁映淨碧

滄浪歌獨聽濠濮意自適登眺怡心神朋尊數晨夕人識止足情謂是烟霞癖
誰知立朝時蘭臺簡猶白嚴憚挾風霜疏草傳東掖當日鐵柱冠老去惟岸幘
後起多聞人堂構延世澤迄今百年餘亭館儼疇昔行部記曾過仰止頌遺直
況以恬退悰能令躁心息因之懷故山松桂重相憶

前題　　錢塘吳儆

檇李老黄門國史傳諫牘永叔乍還山乃著歸田錄庾信賦小園翛然遠塵俗
有客慕園居於茲常信宿綠野堂中人烏夜村邊屋萬卷貽文孫百年有喬木
吾家柘水濱相近東西陸思浮海上槎未訪柯亭竹何幸得披圖烟雲快我目
故老盛衣冠新詩富卷軸臥遊亦成趣白雲起林麓

前題　　海鹽朱瑞椿春山

吾鄉給諫聲名久南曲林泉傳世守喬木千章舊澤深構堂事業今無負當年

抗疏建殊勳螺浮先生天下聞補袞山龍資杼軸遂初風月見經綸小邑南原本清曠位置高卑勞意匠烏夜村前古樹多馬嘷城外寒濤壯蒿徑逶迤戶不扃迂迴門巷認來靑堂開掬月潭千尺瀑響凌波雨一亭繚垣陡折如無路略彴攲斜花下度松篁虧蔽入山深四望雲迷不知處沈沈洞壑晝生寒身入壺中天地寬彷彿蟻珠穿九曲渾疑鳥道有千盤陟巘降原心目眩螺屏秀削當前面峯迴路轉過溪來磵岫參差還譎變攬潮峯勢最嶙峋崱嶰東來入望明浪卷鼇山趨越徼花開輦路記嬴秦蓬萊弱水非難即此地乘槎去不極蓮花塢上有橋曰乘槎蓮塢淪漪一鏡空兩行梅柳沿溪側結竹爲籬板作扉書堂晝靜綠陰肥晚翠閣下有額曰大白先生讀書處烟霞高蹈懷前哲詩禮傳家羨紹衣鷗舫主人眞好事此日騷壇堪拔幟羣季聲華比惠連封胡羯末皆偉器令節壺觴興不孤花朝折簡枉招呼今歲花朝鷗舫先生同令弟廣卿先生暨令姪輩開宴攬翠閣邀余賞玉蘭以涉園杯侑酒出涉園圖屬題先人杯棬千

年澤勝地烟巒一幅圖雅集花間歌既醉屬我題圖三致意名作如林愧續貂
高風猶在欣附驥展卷重看挹瓣香歸來日涉繼柴桑餘春一笑今何處餘春園即小瀛洲一笑山爲張方洲先生別業珍重承家世澤長

張學博出眎其先給諫烏夜村林居畫卷

桐鄉汪淮小海

天許烟霞暫乞身瀛洲舊社倦游人淸時自得成高節聖主何曾放直臣一簣
春風爲福地千年粉本當靈辰平泉獨樂竟何有誰與滄波看刼塵

涉園圖鷗舫屬題

海鹽吳東發侃叔

白苧南來古堞存秦溪幾曲到烏村題詩每倚花間石待月常移竹裏尊一壑
風烟開罨畫十年霜雪老黃門輞川名勝多無恙付與王孃方薰妙手論

其二

藉甚塘南第五橋馬蹄從古不辭遙曲池展帖春修禊指甲寅上巳事高閣談經夜聽

潮雅有幽懷傳董巨別開生面付漁樵平生不是張侯舊幾認青山話六朝・

張給諫涉園杯爲蘭榭先生宗本賦　前人

燭花幢幢漾清酒一笑涉園落吾手何人刻畫奪鬼工臺觀林麓無不有主人拂拭銀光寒酒人起立相傳觀指點朝來看花處幽深一徑迴闌干雲雷外擬彝尊製中間更見蠅頭字一杯中容酒一壺座客何人肯辭醉由來玩物不足珍言是先人手澤存入告歸來息林下於茲想見太平身

張給諫刻涉園圖銀杯歌爲東谷學博柯賦　海鹽朱俎莘若衡

銀觥注酒清見底無數樓臺酒底起笑指城南十畝園落我掌中不盈咫蠅頭小字偏題名一一臚陳勝畫史想見歸田賦臥游縮取林泉入杯裏主人酌客烏夜村琥珀光射寒朝暾口徑四寸足稍殺雲雷外繞同彝尊給諫功勳在青史區區巧製何足論後人拂拭見祖德珍重當年口澤存列座傳觀相歎賞刻

鏤精工世無兩起指醉眼重摩挲滿斟陡覺精神爽爲潑餘醅和墨題酒香拂拂吟懷暢揮毫乘興生雲烟一笑詩成新月朗

正月廿六日九九同人集樸園送寒重飲涉園杯因賦長句示文伯姪

朱承鉽

嚴寒消盡陽和回流亡乍集觴詠開涉園樓閣雖被毀畫圖猶復存銀杯此園未屬他人後此杯早落他人手（杯爲家孚山兄所得）憶昔十三古印齋轟飲花前傾一斗轉眼流光不十年酒人化去隨雲烟（前在十三古印齋席上曾兩飲此杯者未梅叔朶山月樵彥山喜虞諸兄輔齋姪皆歸道山矣）況復兵戈逼荊棘幸不流落能保全樸園亦復饒水石九九消寒招酒客髠柳垂簷蘇嫩黃落梅點砌留殘白聞道牆東有巨觴攜來拂拭生明光一樽滿泛葡萄綠座客未飲先端詳雲雷外繞製作古中繪亭臺花石補口徑四寸撫朱女（朱女爵口方現藏張氏清儀閣杯口似之）腹納三升仿癸父（容酒三升大逾癸父爵）酒龍狂吸到口多

我更感舊頻摩挲杯乎杯乎爾無恙醉來爲作銀杯歌

退思軒觀范忠貞公行田海鹽駐節涉園留贈張螺浮給諫長歌墨蹟

前人

滿紙龍蛇勢飛舞草聖詩狂誰與伍小范老子眞天人十萬胸中甲兵吐大節昭昭炳日星畫壁高吟颯風雨當日巡邊來海疆十畝名園駐行部題詩留贈寓憂辛天缺思將隻手補可憐浙士空嗟留恨見閩藩肆跋扈此頭可斷志不移二載拘囚亦良苦至今字字凜冰霜眞力彌滿正氣聚憶昔曾搜入告編累累萬言標柏府觀其取友見平生一范一張各千古

前題

海鹽張鼎銘齋

三百驚蛇蹟光芒海上留孤忠開一代遺墨重千秋身繫蒼生望心先天下憂臨風寫懷抱字字杜陵愁

題采芝山人涉園小景

海甯　吳壽暘　虞臣

女几輕鬟出麗娟香閨筆妙寫林泉客來烏夜村邊路人指鴛湖鏡裏天一曲濠梁千尺水半園松石萬重烟毫顛不盡蕭閒意都付秋風鶴夢前

涉園題詠續編

補遺

海鹽彭孫貽茗齋

張觀察涉園六首

烏夜村前路黄門舊隱居煙嵐當座合潮汐撼窗虚布埒寛調馬疏泉巧種魚東山雖素志恐未許懸車

其二

大白先生在高齋擁百篇雄文留故蹟勝地表名賢斗拔雲峰峻横空磴道懸流觀山海處題榜尙飛騫

其三

登臨攜屐上南眺越王臺巖壑宜龍臥山樓夾蜃開松高奇響出藤古壽形迴公自心如鐵河妨徧種梅

其四

犖山園管葛五畝枕邱陵選石堪移谷穿池待采菱滄波休沐遠日月賜環升

側席行相召時艱漫曲肱

其五

南軒闢容膝曲徑鎖煙蘿雖有藏書處公焚諫艸多雲霄支遁鶴沼沚右軍鵝

時一相鳴和清人得寤歌

其六

外臺歸憲節入楚慰騷人佩得湘蘭綠來分海國春較晴田父共乞食野僧親

誰識荷衣客先皇獻納臣

同簡可而介家信弦飲張觀察涉園牡丹下二首　　前　人

沈冥春色擁煙鬢終日攜樽醉此間何事夜遊銀燭下犖公晝繡錦衣還名花

端不殊金谷上客頽然倒玉山野老漫歌招隱句未妨絲竹對潺湲

其二

池塘水木倚清華烏夜郿南憲使家傾國神仙來此夜還鄉富貴共名花乍晴

海市魚牙上起舞香山豸角斜不醉無歸歸不得驕嘶欲墜捲毛騧

同日永石書渭臣子服遊涉園　　前人

蠟屐春初理巖扉午不關松聲寥泬上海氣有無間野客偶然至主人相對閒

同來磐石坐遙待鶴飛還

其二

樓閣濛濛裏蒼山積氣東人穿空翠入澗繞曲池通衣袂萬花溼軒窗深綠中

濃香遮不住雲裊出簾櫳

其三

碉戶晴疑雨山房高復低四時幽卉發終日野禽啼潮汐喧茶竈陂陀滑絮泥林丁若無導紆複幾回迷

其四

隱翳煙蘿下當時大白居雞鳴亭午候花落報春枝世事此中斷游人那得知祇應共君等到處一題詩

秋杪小白招飲涉園同王望百旃維申子于漢飛沛如方節公澍杓文臨長二社信弦巨展朗園敷文子敬素安靜原　前　人

名園勝會集羣賢山水清音雜管弦朔吹寒生荷蓋雨醇醪暖坐菊花天迎人野鶴雙雙至狎客閒鷗故故眠試舞未終橫笛起不知秋思落誰邊

方壺几席樓觀海歌呈張螺浮都諫　前　人

張公飛閣淩滄洲九點青蒼入遠眸奔雷駕雪大海湧時見山蜃當我樓岱輿

三峯在几席濯足何須萬里流陰陰夏木冷衆壑坐客五月堪披裘羣公興會殊自俊賭墅讙呼酬博進自慙笨伯眞古錐茫然虎特終莫知日射晚潮雲脚紫聯屐登樓浮綠螘奇雲如山萬疊靑圖幛畫成胡在此二十年來海禁密赤脚魚牙能作賊釣竿空自拂珊瑚金色殘鱗不可得近聞弛禁容捕鮮拾虷肩網人萬千野夫久已斷魚錯對此食指驚流涎玉堂學士瀛洲仙出秉旄鉞東南天曾來雲壑駐牙纛手題椽筆猶飛騫先生雲臥臥莫堅留中封事在御前異日朝廷思此賢南床八座席且懸焉能弄鶴長周旋急呼平頭催管絃炙笙撥阮竹肉圓亂蛙兩部歌更作聲雜落潮和檻泉諸公盡醉卓甕邊勿譚朝事及典銓蒲樽竹罼無滴涓竟日及夕轟觥船張鐙待月月下弦山風入樓吹爽然客既醉矣公且眠巾車別去花叢穿回觀飛閣倚暝煙太白黃樓五百年他日此遊當必傳

題城南書屋留别皜亭　　今釋澹歸

十畝能逃俗千金曾買閒遠心依白業冷眼注青山道在空三世雲飛剩半間高流相得處黄鳥語緜蠻

其二

雪意晨迴薄潮音夜泬寥似雲還見石疑閣忽成橋倚杖聽花信擕金辨藥苗馬頭塵撲面此隱不須招

其三

路難千古歎客喜一如歸宴坐花頻落徐行鶴懶飛設身纔處地稱體復裁衣已熟休相戀憐予未息機

其四

重來難自定何地更相逢萍散元隨水鴻飛不印空登臨遺小閣消息問孤松

此後看圖上而今已夢中

過涉園悼張螺浮給事　　前人

梅關一面成長别電影穿雲不可持報國有心堪任怨惜民餘力敢求知自聞薤露行歌後定憶松風入夢時卻怪巫咸招未得海天春冷雪絲絲

偎公避暑涉園　　嘉興周篔篔谷

凌晨探淨域休夏寓名園荇帶平浮沼苔衣曲上垣鐘魚時破寂車馬久忘喧他日廬山約宗雷不負言

其二

暝色縈千樹天光匝一池妙香花自發淸梵鳥能知兵甲紛爭外功名勇退時支公將許椽千載共追隨

其三

水石淸無暑松梧蔭作涼森森流碧影宛宛散空香乍出毗耶室如登華子岡

倐然罷淸盥緩步近斜陽

其四

蒼荔搖風細紅蕖浥露稠坐便人北向歸待火西流自悟三生應何矜八極游

紛紛爭蟻蛭直可覔孫劉

其五

金微庚巳伏火鑠午方中陰轉槐楡密風來洞穴空白龍潛石罅翠鳥下孤叢

雲合纔膚寸雷車震鼓逢

其六

談經楊子宅散髮謝敷家形槁眞如木心空不作花雲端靑海月天半赤城霞

此日醍醐灌無煩瀹瀹茶

蓮花塢　　陳世倕

結隝蒼池曲蓮深人不見葉披高士衣花展六郎面輕風簇微波柄蓋互傾戰
千盤走珠璣瀉出速如電呼童急追掬淨淥光一片

攬翠閣　　前人

岱岫列窗几鬱律蟠蒼虬晴雲忽縈繞絮帽蒙其頭有時露點點一一修眉浮
況當新雨後溼翠光滿樓陶公若住此見之心更悠

擬遊烏夜村雨阻不果　　嘉興史璜印懷

螺浮開勝景微雨阻行程不見法倪蹟徒深游客情雲低秦駐塢潮打寄奴城
歸路斜陽下烏啼月未明

游涉園　　秀水張楷端如

海上有園園有山小橋仄徑水迴環客來臘雪初消後春在寒梅未放間壁上

龍蛇傳唱和壁刻螺浮主人同范公唱和詩望中樓閣試躋攀夜烏一曲人誰在日落寒林露翠鬟園基即烏夜村

苦雨連朝涉園看梅之約不果作詩卻寄　　海鹽吳懋政蘭陔

欲索梅花笑梅花卻笑人草堂空有約蠟屐竟無因蝶夢殘燈曉鳩鳴細雨春遙憐東閣樹和溼碾香塵

游涉園　　嘉興沈可均禮蕃

烏夜村邊訪隱淪武原城外草如茵遙看春色歸何處明月清風是故人

涉園看梅用坡公韻　　平湖陸烜梅谷

鹽官城南烏夜邨竹石瀟灑清心魂老梅百株更奇絕掩映溪谷迷朝昏策策尙聞雪墜瓦盎盎已覺春滿園一冬玉骨苦僵凍蘇醒稍賴東風溫蠻烟瘴雨不受傴預期海日開晴暾靑天杳冥乘白鶴長揖安期與羨門歸來却與此花

侶似契生前無片言題詩大笑恐唐突疎林落日移殘樽

同趙竹亭游涉園　嘉興徐大杬元甫

曲磴盤青靄平臺訪翠微茶煙晴繞屋嵐氣冷侵衣雨過苔痕長天寒木葉飛招尋良不厭徙倚欲忘歸

與孫雪房道士紀康游城南張氏涉園作　秀水陳鴻誥曼壽

初冬風日好篷窗射朝暾忽來黃冠侶招游烏夜村隔林見臺榭同訪給諫園行行入蒿徑刺眼叢篠繁古杉立錯雜壽藤垂紛紜冷賞意不厭吟過來青門面池起高館水光淸照軒居然是濠濮魚鳥咸親人晚楓紅一樹蒼蘚綠滿垣高登攬潮峯眺遠滌塵煩番檣與海舶參差移夕曛園丁能愛客茗椀花間陳探梅留後約延月開芳樽

游海鹽張氏涉園　嘉興沈均咸臨

城南烏夜舊時村諫議曾來賦小園亭榭參差留淺霧林泉明瑟下朝暾淸池水暖魚爭樂芳樹陰涼鳥不喧觴咏最宜幽客過未妨日涉駐高軒

其二

不信移山果有權巧收巖壑入壺天小橋仄處雲峰出曲徑通時水榭連極目飛濤看滾雪盤空古木迥含煙幾回捫讀前人句賓主興衰思惘然園有范忠貞公詩石刻

游張氏涉園　嘉興　闞鳴珂聲昭

不到名園廿五年甲子秋侍家君來遊今已二十五年園中風景已茫然疎花短竹渾如夢濁酒新詩已散煙峯頂雲濤仍滾滾亭前山翠滴涓涓流連忘卻歸途晚載得斜陽已滿船

偕朱寶靑源慶鄭左卿廷椿游張氏涉園　平湖　林壽椿雪巖

相將出郭訪名園曲抱溪流烏夜郁鳥語晴煙通竹隖詩題翠墨隱苔垣壁間嵌董香光王漁洋諸名人石刻奇峰雨霽雲陰澹高閣潮來海氣昏給諫當時吟歗地忻瞻喬木至今存

涉園修禊集

海鹽張氏託上海商務
印書館用活字排印於
民國十七年四月出版

涉園脩禊集

脩禊同人姓氏

吳騫　字槎客號兎牀海寧人

張鶴徵　字選巖號鷗舫海鹽人

張燕昌　字芑堂號文魚海鹽人

黃仙根　元名運輿字曾若號亞圩海鹽人

黃運亨　字品咸號夢腴海鹽人

吾進　字以方號竹房海鹽人

李聘　字一徵號作舟秀水人

孫師錫　字賡良號松亭嘉興人

董彬　字均叔武進人

黄錫蕃 字晉康號椒升海鹽人

張應泰 字侍姚號春嶼海鹽人

鄭鼎鍘 字羹和海鹽人

李濟光 字謙吉秀水人

吳壽暘 字嵎臣號小愚海寧人

朱煥雲 字蘭臣號春岫海鹽人

張開福 字石匏海鹽人

涉園脩禊記　　吳　騫

涉園在海鹽縣城南三里故給諫螺浮張先生所刱志稱烏夜邨故址也亭池林木之勝甲于一邑而主人鷗舫雅好事又與余有連歲甲寅暮春之初鷗舫招同人脩永和故事於園以予有前約也先是壬寅冬予偶游武原購得楊忠愍公手書眞蹟公時在請室中寄端簡鄭公勉以後事者書後題跋累累皆名賢手畢故爲鄭所藏自明迄今二百三十年未嘗易主一旦落余家慮有所失墜思得鄭氏之賢而歸之懷此志蓋歲星一周矣鄭子羹和爲端簡嫡裔年少有雋才識之數年前意謂庶幾其可託是日羹和亦在會爰舉以歸焉四座傳觀僉以爲善舉始知予有前約者蓋以此也既相與流觴于居然濠濮間酒中余謁諸君而言曰昔人謂典午名流類多好清言作達致使神州陸沈其信然歟曰然清言作達果能致神州乎陸沉則吾未敢以爲必然也竊謂苟清言而

不至於廢務作達而不至於妨教敗俗庸何傷且如蘭亭一集王謝諸公實爲風雅領袖當日一觴一詠暢叙幽情曷嘗斷以清言作達爲禁哉若羲之慕會稽山水徜徉忘返安石攜妓東山流連絲竹至於立朝政績多有可觀要之士君子或出或處其風懷氣節故自有不同匪若後世士習委蛇汚身穢迹媮爲一切苟得志則萬事瓦解爲世所姍笑唯是爲人主者於股肱心膂之寄實治亂興亡所關尤不可不愼之已愼耳試觀晉簡文孝武之時國如綴斿安石一出而疆寇殲殄中外乂安明世廟委政分宜父子奸黨恣熾諍臣弼士誅夷黜逐略盡而國事遂不可問至今讀忠愍手書與諸公之跋猶爲之欷歔流涕故予嘗謂使忠愍端簡幸而與王謝諸公同時故當金蘭契合把臂入林王謝諸公設不幸而處忠愍端簡之境亦唯有剖心瀝膽見危致命正簡文所謂旣與人同樂必不得不與人同憂也然則謂典午之淸言作達而致神州陸沈豈篤

論哉諸君咸曰子言是也盍書之以告來者俾知吾輩斯集非徒飲食燕衎蓋亦有知人論世之道存焉是日也風日清美不減永和癸丑諸君既觴詠盡懽各有所述而余復爲之記

涉園脩禊詩序

海鹽胡文蔚茂齋

去歲冬杪文魚張君謂予頃得兔牀先生書明年上巳至涉園脩禊且有物贈鄭生此雅集也不可以不來鄭生名鼎鋓余門人明刑部尚書端簡公十一世孫兔牀曾忘年與之交今三月三日兔牀果至我邑清流畢會予以宗祀事不及赴翌日文魚書來具道爾日勝遊及兔牀以楊忠愍獄中與鄭端簡手書歸鄭生事予維城南禊飲凡風景之美友朋之樂無過於斯非甚風雅不能數舉也而兔牀之意似又不盡在此夫當觴詠之地懽讌之時幕天席地往往不暇尚論古人或以詩文書畫彝鼎珍玩相與鑑賞評品者則有之乃兔牀忽焉出

前賢手蹟凜凜烈烈生氣滿前意必四座爲之色變至相對愕然者嗟乎當分
宜枋國炙手之勢疇不怵息忠愍以閑曹新進輒條其奸罪欲擠之死地不暇
計其濟與否甚矣忠且壯也至予杖入獄手劄其創吏執燭顫欲墮公自若也
且洋洋灑翰若是是雖自有膽要惟天地正氣有行於生死外者矣迨法紀彰
而賢奸定案鈐山冰雪曾不得與牧田豎子爭一日之名則又論古者所愉快
泝東風而酹忠魂何弗共浮一白矣抑又聞東樓之陷王中丞忬也非僅以弇
州經紀忠愍喪事史稱琑事相搆直謂淸明上河圖洵乎異物之不足貴已今
兔牀於此卷其藏之也謂楊公風烈足以廉頑立懦故重其物實重其人也茲
挈以付鄭生非不甚愛得其人而歸之亦以重其物也此其用心且遠軼乎愛
古嗜奇者又何弗共侑一觴與若鄭生者宜思先人功業品望所以見重于古
今者奚似今而少陵夷衰微矣宜若何奮厲使家聲不墜卽兔牀相屬之微意

矣是當酌酒先座客爲兔牀壽則是舉也豈徒以柔荑綿羽肴蔌觴醳摹曲水之故事已哉兔牀姓吳氏名騫字槎客兔牀其號貢生休寧人今隸海寧州籍會者凡十有七人某某有詩者幾人無詩者幾人不與會有詩者幾人

涉園脩禊詩　　吳騫

甲寅三月三日涉園脩禊兼以楊忠愍公與鄭端簡手書眞跡歸鄭子羹和即席呈諸同志四首

黄門遺跡未全隳綠玉漪漪水四圍上巳襟懷宜勝賞名園草木借光輝也知人似山陰好何必珠非合浦歸他日風流徵故事還留佳話在烏衣

良辰聊復快幽尋第五橋南一徑深雨後巖巒添罨畫風前絲竹盡淸音探懷不必西臺賺撫卷猶然北寺心向使康成同此會也應臭味激苔岑

椒房舊說烏村迹蘭渚新開曲水圖涉園相傳即烏夜邨爲晉章穆何皇后故宅按史后以穆帝升平元年册立計去右

軍脩禊時僅五載耳百里風煙通遠望三春桃李接平蕪柳眉尙學張京兆鳥語如呼鄭鷓鴣比似瀛洲當日事依稀光景近蓬壺明嘉靖中徐東濱與諸公爲小瀛洲十老會傳諸圖詠內史風流豈再逢昭陵繭紙逐飛蓬春來海國天仍朗風過桃源絮亦紅遠黛恰當秦嶺秀淸言不讓晉人工祇嫌潦倒吳儂態金谷難辭聖屢中

再成七古一首兼酧黃亞圩明經

寄奴春物爭春妍游人競指偏宜偏園中亭名桃花半紅李半白吟朋絡繹裾相牽茲辰況復逢令序肯容風景裂老顚主人好客尤好事軒窗一一披晴煙秦山窺戶一峰秀修竹舞榭千迴旋流杯渡口發嘲弄桃源有路眞通仙天風環珮引我入雲璈處處繁管絃龐眉皓首三五輩或擕韶齒秀且娟偶采琪花瑤島側俄看玉蕊珠宮聯別有深情坐懷古往事歷歷星日懸瀛洲圖畫近碧血嘉靖中諸名宿爲小瀛洲社會正當分宜枋國忠愍公發憤擊奸時也烏臺諫草垂靑編椒山先生自有膽以生睬

死無憂煎馬市一疏創未合帝閽重叫肝腦捐尺躔間關報我友南事君其尙
勉旃尙書得此慟欲絕斑斑淚跡久逾鮮什襲珍之重璆貝無端流落隨寒氈
故知忠貞必有後當時鄭釋之張世多賢攬環結佩義在昔玩好于我何有焉
一朝竟同趙璧返十五不用秦城連流觀四座皆歎息謂斯事可千秋傳楚弓
雖失仍楚得漢鼎寧肯終漢堙卽今淸風滿巖谷相於且樂浮棗筵就中最愛
黃叔度新詩輒贈盈于篇微吟朗詠情不厭鳥啼花笑增纏綿勸君莫惜終日
醉良時過隙追無緣江左風流總陳迹昭陵玉匣徒招愆惟有山陰一片石年
年野蝶飛翾翾

松靄大令謂余涉園脩禊記頗似戴剡源戲成長句答之

自古文章有畛蹊春工裁出剪刀齊漫教剡曲方烏夜猶道蘭亭慕銑谿觴詠
怡情箋乍擘管絃合座鳥頻啼迴頭笑問周公瑾矉效東家可似西

胡文蔚

勝事貴僅見數舉乃不鮮采蘭贈芍藥雅尚豈足賢賢者自有尚卽景堪留連
南曲林木秀雲影更便娟以之會羣彥文藻殊翩翩吳公非好事忠跡貴百鍰
赫蹏裝玉軸碧血照爛斑謂是鄭公物畀之守其先寶不同燕石什襲逾十年
亦異琴碎市聲價斯翕然揚清以激濁用意一何元風日有餘情遲遲媚清川

海寧周春松靄

名園雅集正天融一首臨河序最工昔日蘭亭無義舉此時梓澤有高風西江
熱血悲餘子天水冰山負乃公續會祕圖安足擬都教位置晉賢中

張鶴徵

開徑逢三巳春光放蔚藍林園多野趣觴詠盍朋簪遺跡懷高義還珠播美談
不徒脩禊事佳會占城南

羣賢來不速勝舉表孤忠翠墨摩挲久丹心感慨同晤言娛永日遊覽醉春風漫說今非昔襟懷迥碧空

張燕昌

雁陂事久寂蘭渚曠誰脩佳賓惠然至開軒面淸流流風轉林麓碧玉盈盈曲照此錦帶書丹心若可掬南都倘可爲東海藉一笠（端簡跋自稱海上大笠生）赫赫高皇靈奈此衆鬼泣先生志終古高義緣靑冥脫手一以贈四座爲之驚驚餘共浮白樂飲且今夕千載永和筵原知無此客

黃運亨

那知魚雁久沈浮瞥見還歸臨禊舟續魄招魂添勝蹟表忠慕義徧名流居然寶劍由吳贈底事祊田爲鄭謀從此珍藏酬令節蘭亭不數永和脩

李聘

丹心百世振綱常異代猶令發慨慷碎玉聲名山岳重斷金翰墨日星光豈徒霜簡留生氣直與寒梅配古香忠愍訟繫時作墨梅詩卷贈冀大司馬自題有古秀清香之句此日山陰行樂地羣賢詩思豳幽芳

鄭鼎銏

南曲陪觴詠春光引興長山容翳古木水色漾新篁事溯蘭亭韻辰追洛水芳風流欽握麈裙屐樂徜徉

家世烏衣舊流傳碧血珍青詞誰抗節霜簡獨披鱗正氣淩霄漢丹衷泣鬼神遺氈悲故物搔首感懷頻

平生知己感高誼更欽心不減中郎贈何須合浦尋緇衣慚化未青眼荷垂深雅會眞千古蕪詞表悃忱

朱煥雲

物是榮陽何人購得延陵巨室好趁良辰懽逢賢裔合浦珠還日字挾風霜言
欽岳瀆直使權奸色失歷千秋點畫如生認取尙書鉅筆 雅事誰傳古風遙
接共讓拜經遺逸好客主人淸言名士眞臭味同洽浹半塢夭桃一林暮靄歸
去王孫徑密問此番生面別開續否蘭亭帖 右調永遇樂

李濟光

爲愛春光共執觚名園勝侶足淸娛一編呵護忠魂在片紙流傳正氣扶圜土
當年悲化碧扁舟此日喜還珠須知雅會關風教不羨流觴曲水圖

海鹽 朱瑞榕 容叔

春光極目滿平疇郭外名園禊事修未許東堂開小會還追南磵憶芳遊晴郊
攜侶浮橋渡勝地稱觴曲水流翰墨爭看遺蹟古椒山往事足千秋

海鹽 曹森 翠堂

上巳流光好敞名園琴張綠綺觴浮碧沼裙屐相逢欣暢敍奚必羹調宋嫂最騷雅延陵逸老太息滎陽遺手澤出珍藏完璧仍歸趙披翠墨丹心皎　還珠佳話千秋少羨羣賢紛投箋素推襟送抱嘉會無緣同擊鉢錯向江頭鬬草這勝舉箇儂傾倒南曲高風應作記握生花誰續蘭亭稿永和後騁詞藻　右調金縷曲

海寧　陳孝達　鍾臺

名園嘉會未追陪人事天時往復來俯仰林泉增勝概東南賓主盡宏才嵐浮積翠侵書幌風舞殘紅落酒盃不有奇文共欣賞千秋襟抱向誰開

海寧　朱型家　允達

延州此舉超千古彝鼎椒山尺素書假續瀛洲三日會便歸趙璧十年餘憐才志激孤臣裔論世名收座客譽雅集城南獨不見鴻篇讀罷轉愁予

海鹽胡倬石窗

落紅如委春如水千秋獨數蘭亭紙自從玉匣出昭陵不見汾陰寶光起今朝祓禊聚羣賢勝地重開翰墨筵酒酣忽出尙書物云是椒山獄中所寄之遺箋我聞此箋遷易凡幾姓何人獨記尙書鄭一朝舊物辱拜嘉絕勝相如完璧請紛紛題款墨花濃如披青史見孤忠況我百年見先澤（尾有家職方公跋語）別有感慨塡心胸回頭頓念忠襄墨（余家向有蔡忠襄手書久經散失曾於吾竹房處見之）借箸頻籌邦國活尺幅書傳帷幄謀孤臣力竭河汾賊滄桑往事那可論故紙飄零無一存偶然流落在人世爭此片牘如奇珍亦有范文忠結契師門好（余向藏范文忠手書爲某攫去文忠職方公門下士也）大節炳雲霄深心託翰藻函關忽訝雞聲早破壁驚看電光掃從教靈畫似登仙誰念楚弓得自保君不見世間嗜古復幾家鑒賞直欲欺張華居奇包裹充玩好藝林爭閧口矜誇孰如吳公眞好古此會名園世罕睹鄒陽明月非暗投

王祥佩刀差比數公然合浦覩還珠吁嗟王祥佩刀何代無

黃仙根

甲寅上巳芑堂招飲涉園觀忠愍獄中與鄭端簡公手書及諸先輩跋語此册藏鄭氏已二百三十年戊寅夏曾於蕚輝堂拜閲一過乾隆癸卯歸於海寧吳兔牀先生重爲裝治并請當代名流題識貯之行笈凡十有三年今復攜贈端簡後裔羹和茂才俾永其傳蓋不欲以鄭氏之寶私爲己有也因作歌以贈

海天日暖東風來桃花杏花相映開名園此時春色滿故人招我同浮杯杯浮曲水羣賢聚兔牀先生多盛舉不因脩禊續蘭亭別有明珠歸合浦憶予戊寅才弱冠蕚輝堂中再拜看字畫離奇淚未乾墨痕慘淡心無惋中有數語尤驚人血肉騰飛剩此身永陵父子不相顧南都主張猶諄諄二十四跋皆奇古目

染耳濡惟比部朱巾素袍自天來本傳所無眞可補沈吟此事數十秋欲再覩之良無由延津龍合有天幸益撫圖還非人謀鷗舫主人笑啞啞斡旋終藉兎牀力表忠全孝誠有功須知大德仍不德請君寶之好收藏浩然正氣凌風霜林煙淡淡夕陽暮高歌痛飲俱激昂明日扁舟還故鄉長河波浪心茫茫

再集蘭亭序字成七絕四首贈兎牀并柬鷗舫

人文會合及時娛席間兎牀以楊忠愍獄中與鄭端簡手書册葉完歸端簡裔孫羹和茂才遇目興懷致豈殊水自淸幽亭自古引觴得次永和無

和風天外引遊絲作者悲懷盡仰之聽取臨觴陳一曲也知感慨係當時閱忠愍手書同人各有題咏

山亭觴咏快相於盛會風流信不虛俯仰古今同寄慨一年樂事暮春初鷗舫述昔日文讌之盛

今視昔猶昔視今嘗將此地作山陰癸未甲申嘗隨魯堂夫子及諸名宿脩褉園中晤言未盡春風莫峻嶺當於九日臨是日尚未登嶺兎林因有九日重遊之訂

圖書在版編目（CIP）數據

海鹽張氏涉園叢刻全编 / 張元濟輯；張元濟圖書館，張元濟研究會編. — 上海：上海古籍出版社，2022.12

ISBN 978-7-5732-0556-8

Ⅰ.①海… Ⅱ.①張… ②張… ③張… Ⅲ.①古典詩歌—詩集—中國—清代 ②古典散文—散文集—中國—清代 Ⅳ.① I214.91

中國版本圖書館 CIP 數據核字（2022）第 222650 號

海鹽張氏涉園叢刻全编

（全二册）

張元濟　輯

張元濟圖書館　張元濟研究會　編

上海古籍出版社出版發行

（上海市閔行區號景路 159 弄 1-5 號 A 座 5F　郵政編碼 201101）

（1）網址：www.guji.com.cn

（2）E-mail：guji1@guji.com.cn

（3）易文網網址：www.ewen.co

上海世紀嘉晉數字信息技術有限公司印刷

開本 710×1000　1/16　印張 99.5　插頁 10

2022 年 12 月第 1 版　2022 年 12 月第 1 次印刷

ISBN 978-7-5732-0556-8

I·3694　定價：680.00 元

如有質量問題，請與承印公司聯繫